Dieses Buch ist meiner Familie gewidmet:

meinem Mann Dirk,
unseren Kindern Philipp, Manfred, Judith
und natürlich meiner Mutter

Ich danke Euch für Eure Unterstützung
und Geduld in den letzten zwei Jahren,
in denen dieses Buch entstanden ist.

Abb. Kartusche 1:

J. Grecoe ist das Pseudonym der Autorin, die 1961 in Augsburg geboren wurde. Sie war 35 Jahre in der Immobilienbranche tätig und lebt mit ihrer fünfköpfigen Familie in Süddeutschland. Seit ihrer Jugend ist ein Leben ohne Bücher für die Autorin unvorstellbar. So begann sie 2012 ihre Leidenschaft für spannende Bücher in die Tat umsetzen.

Mit *Beaufort 4123 - Die Tiefe birgt die Erinnerung* kommt nun ihr erster Thriller in den Handel. Das Buch ist der erste Teil einer geplanten Reihe von Thrillern zu aktuellen Themen.

©Tuschezeichnungen von Philipp Greuling

©weitere Abbildungen J. Grecoe und Judith Greuling

J. Grecoe

Beaufort 4123
Die Tiefe birgt die Erinnerung

Thriller

Bibliografische Information der Deutschen Nationalbibliothek
Die Deutsche Nationalbibliothek verzeichnet diese Publikation
in der Deutschen Nationalbibliografie, detaillierte bibliografische
Daten sind im Internet über http://dnb.dnb.de abrufbar.

©2014 J. Grecoe
Herstellung und Verlag
BoD - Books on Demand, Norderstedt

ISBN: 978-3-7386-0233-3

Prolog

Jerusalem 1191

Bruder Cunradus setzte seinen Becher auf dem Tisch ab. Er war der Älteste der Sieben hier in der Runde. Er hatte sie alle für diesen Abend in sein Haus einbestellt. Nach außen lebten die sieben Männer ein ganz normales Leben als Kaufleute und Handwerker. Hier, in ihrer Versammlungsstätte, trugen Sie die schwarzen Kutten ihres Ordens. Draußen durften sie sich nicht so zu erkennen geben. Das wäre ihr Todesurteil gewesen.

»Brüder, ich habe Euch zusammengerufen, weil ich Euch meine Entscheidung mitzuteilen habe: Wir müssen uns aufteilen! Und den Papyrus auch! Es wird zu gefährlich, das Wissen an einem Ort zu behalten. Vor allem an einer so gefährlichen Stätte wie hier in Jerusalem. Bis jetzt waren wir sicher, denn keiner wusste, dass wir unter den Muslimen leben. Wenn aber der Kampf um Jerusalem wieder auflebt, können wir unsere Tarnung vielleicht nicht mehr aufrechterhalten. Wir müssen gehen, solange wir es noch können!«

»Und wie stellt ihr Euch das vor?«, fragte Bruder Linhardt nach.

Cunradus nahm eine kleine Tonkartusche vom Tisch und drehte sie in der Hand, so dass alle sie sehen konnten:

»Wir werden den Papyrus in sieben Teile zerlegen. Jedes Fragment kommt in eine solche Tonröhre. Bruder Arens hat bereits sieben Kartuschen vorbereitet. Die einzelnen Kartuschen werden von uns an verschiedenen Orten verborgen. Dort sollen sie so lange verbleiben, bis sie ihrer Bestimmung übergeben werden können. Niemand darf sie vorher finden! Jeder Einzelne von Euch bürgt mit seinem Leben für die Sicherheit dieser Kartuschen!«

»Wie soll das über einen so langen Zeitraum gehen, Bruder Cunradus? Wann wissen wir, dass der Richtige kommt, um die Teile wieder zusammenzuführen?«, zweifelte Bruder Bartimes.

»Und wie sollen wir ihn erkennen?«, rief ein anderer dazwischen.

Cunradus stand auf und gebot den Brüdern, ihre Aufregung in Zaum zu halten.

»Wir, die Custodes Posteritatis, folgen nun schon seit beinahe einhundert Jahren der Bestimmung. Und das werden wir auch die nächsten 822 Jahre tun. Dann wird das Wissen seiner Bestimmung zugeführt. Wir müssen dafür sorgen, dass das dann auch geschieht. Vorher darf es nicht entdeckt werden. Seht zu, dass ihr immer einen

Nachfolger findet, der für die Sicherheit der Teile sorgt. Ab heute dürft ihr euren Nachfolgern nur noch die Orte der Verstecke mitteilen, aber nicht mehr, was darin geschrieben steht. Dieses Wissen muss mit uns sterben! Wir sind die Letzten, denen es offenbart wurde! Vergesst das nicht! Sonst wird die Menschheit vergessen!

Ein Mann und eine Frau werden der Wahrheit helfen, ans Licht zu kommen. Ein Mann aus beiden Welten wird ihnen zur Seite stehen. Sein Name wird *Hoffnung und Gerechtigkeit* sein!«

Alle sieben legten ihr Schwert auf den runden Tisch. Die Spitzen zeigten zur Mitte, wo ein Zahnrad eingeprägt war. Eine Speiche spaltete das Zahnrad. Links stand ein C und rechts davon ein P. Es war das Siegel ihres Auftrags und ein jeder von ihnen trug dieses Siegel auf der Brust.

21.5.2013
Forschungsschiff Neptunia
Arktis

Ihm fiel das Blatt Papier aus der Hand, auf dem die Nachricht stand, dass Serena tot aufgefunden worden war. Er hörte nur das Rauschen in seinen Ohren. Von dem Lärm in der Schiffs-Kombüse nahm er nichts wahr. An die zwanzig Männer und Frauen saßen an den Tischen, allesamt Forscher aus den verschiedensten Ländern des Globus. Sie hatten Stunden in der arktischen Kälte zugebracht und waren froh sich in der warmen Stube, bei einer heißen Mahlzeit, aufzuwärmen. Langsam senkte sich der Lärmpegel im Raum, als immer mehr Personen seinen Schockzustand wahrnahmen. Elsbeth Kierkegaard, eine hochgewachsene Geologin, stand auf und kam auf ihn zu:
»Was ist los? Was hast du?«, sie legte ihre Hand auf seine Schulter und rüttelte leicht daran. Aber der Mann ließ durch keinerlei Zeichen erkennen, dass er Elsbeths Berührung wahrgenommen hatte. Nun legte sich Stille über den Raum und immer mehr Leute blickten zu den beiden. Als er weiterhin keine Reaktion zeigte, bückte sich Elsbeth und

nahm das Schreiben vom Boden auf. Sie las die Zeilen, die auf der Nachricht standen:

Serena Öresond wurde am 20. Mai 2013, um 16.23 Uhr tot in ihrer Wohnung aufgefunden.

Die Nachricht war von der Polizeidienststelle Yellowknife in Kanada geschickt worden. Da Serena keine Eltern mehr hatte, hatte die Dienststelle ihren Chef auf der Neptunia verständigt. Elsbeth ließ die Hand mit dem Blatt sinken und sah in die Runde ihrer Kollegen:

»Serena ist tot!«

Nun stand auch all den anderen der Schreck im Gesicht. Serena war eine sehr beliebte Kollegin gewesen. Polarforscherin mit Leib und Seele. Stets hilfsbereit allen Kollegen gegenüber und eine echte Expertin auf ihrem Gebiet. Sie hatte sich auf die Erforschung der Meso-, Mikro- und Makrofauna der Tiefsee spezialisiert, ihr Schwerpunkt lag dabei auf dem Gebiet des Benthos. Hier auf der Neptunia hatte sie mittels eines Tauchroboters Proben vom Meeresgrund genommen. Erst vor zwei Tagen hatte sie ihren Kollegen gegenüber erwähnt, dass sie bei den neuen Proben aus über 4000m Tiefe eine Entdeckung gemacht hatte, die ihr keine Ruhe ließ. Mehr hatte sie den anderen Forschern nicht verraten. Sie war so begeistert gewesen, geradezu aufgeregt. Eigentlich wollte sie den Hubschrauberflug an Land gar nicht wahrnehmen, so sehr war sie von ihrer Arbeit in Beschlag genommen. Sie hatte sogar ihre Kollegen ersucht, mit ihr die freien Tage zu tauschen. Aber alle waren der Meinung, dass Serena ein paar Tage Urlaub gut tun würden, und gingen nicht auf den Tauschvorschlag ein.

Paris 2013

Schwärze umgab sie und ihr war kalt. Sie zitterte so stark, dass ihre Zähne aufeinanderschlugen und ihr ganzer Körper bebte. Als sie zu sich gekommen war, hatte sie die moderne, kühle Feuchtigkeit wahrgenommen. Sie hatte keine Ahnung, wo sie war, nur das Nichts umgab sie und sie hatte Todesangst. Sie spürte, dass sie auf feuchtem Untergrund saß. Die Kälte musste schon seit Stunden durch ihren Körper gekrochen sein. Sie konnte mit der Hand den Boden spüren, alles war sandig, feucht und hart. Ab und zu hörte sie ein donnerndes Geräusch, konnte sich jedoch überhaupt nicht vorstellen, was es verursachte. Sie wollte nach ihrem Handy tasten, aber ihre Hände waren zusammengebunden. Sie lehnte an einer Wand und in ihrem Kopf spürte sie ihren Herzschlag hämmern. Wie lange war sie schon hier. - Würde sie hier sterben?

Sie hörte Schritte. Rechts von ihr kam ein leichter Lichtschimmer. Nun konnte sie Strukturen erkennen. Mit Schreck stellte sie fest: *Sie war wirklich wieder in den Katakomben!* Und dann wurde es auf einen Schlag hell. Sie drehte den Kopf zur Seite und kniff die Augen zusammen. Das Licht schmerzte richtig in den Augäpfeln. Als sie die Lider langsam wieder öffnete, erkannte sie einen Schemen direkt vor ihr. Sie erschrak zu Tode und stieß einen Schrei aus ...

TEIL I

Freitag - 1. Woche

1   Dießen am Ammersee   Der Brief

Sie musste unbedingt neuen Kaffee kaufen. Das nächste Mal, wenn sie in München unterwegs wäre, würde sie im *Starbucks* ihren Lieblingskaffee mitnehmen. Der Tag fing für Julia Weiler einfach nur mit einem guten Kaffee richtig an - anders als in den Cafés angeboten - mit einer Prise Vanillezucker darin und kaltem Milchschaum oben drauf. Sie war gerade von ihrer morgendlichen Laufrunde durchs Seeholz zurückgekommen. Sie versuchte, bei jedem Wetter zusammen mit ihrem Jack Russell diese Runde zu drehen. Nur fünf Kilometer, aber das verlangte sie jeden Morgen von ihrem 43 Jahre alten inneren Schweinehund ab. Am Rückweg lief sie stets beim Bäcker vorbei und holte sich ihr Frühstücksgebäck. Anschließend - allerdings nur, wenn die Wassertemperatur über achtzehn Grad lag - ging sie im See schwimmen. Sie hatte das Glück des eigenen Seezugangs mit kleinem Bootshaus und Steg. Das war heute auch für viel Geld kaum mehr zu bekommen. Das Haus mit dem großen Grundstück war seit drei Generationen in Familienbesitz. Während sie nun in der Küche die Tüte mit den frischen Brezen öffnete, sah sie auf den See hinaus. Sie hatte heute etwas länger geschlafen. Es war schon halb neun. Der Südwind war schon längst in einen leichten Ostwind übergegangen. Die Morgensonne glitzerte auf der rauen Wasseroberfläche, dass sie die Augen zusammenkneifen musste, so sehr blendete es. Auf der Wiese vor der Küche jagte Foster einem Schmetterling hinterher. Die Hündin war nach den fünf Kilometern gerade mal warmgelaufen. Julia holte Butter und Wurst aus dem Kühlschrank. Dabei streifte ihr Blick den Umschlag auf der Küchentheke. *Den hatte sie total vergessen!* Gestern abend hatte sie ihn aus dem Briefkasten genommen und zusammen mit den Einkäufen hier abgelegt. Nach dem Einräumen des Kühlschranks hatte sie nicht mehr daran gedacht. Sie nahm ihn zur Hand und drehte ihn um. Von einem Anwalt aus München. Was konnte das bedeuten? Sie nahm ein Messer aus der Schublade und schnitt das Kuvert auf. Es enthielt nur ein Blatt und darauf stand:

13

Sehr geehrte Frau Weiler,

unsere Kanzlei wurde von Martha Weiler beauftragt, Ihnen einen Brief auszuhändigen. Wir bitten Sie, uns in unseren Räumen in München aufzusuchen, damit Sie den Brief persönlich entgegen nehmen können.

Mit freundlichen Grüßen

Dr. Peter Manzinger

Ihre Tante war vor einem halben Jahr gestorben. Sie hatte ihren Mann nur ein Jahr überlebt. Onkel Günter war der jüngere Bruder von Julias Vater gewesen.

Sie holte das Telefon aus der Ladeschale im Wohnzimmer und wählte die Nummer der Kanzlei. Nachdem sie ihr Anliegen vorgebracht hatte, erhielt sie sogar noch für diesen Vormittag einen Termin. Sie war froh, dass sie gleich heute ein Treffen mit dem Anwalt hatte, denn sie musste so schnell wie möglich wissen, was Tante Martha ihr da hinterlassen hatte.

Es war eindeutig Zeit für einen Anruf bei Lisa.

Lisa Kuhnert war ihre beste Freundin. Sie kannten sich seit Grundschultagen und waren seitdem unzertrennlich. Beide lebten hier am Ammersee, wo sie auch ihre Kindheit und Jugend verbracht hatten. Sie telefonierten seit Jahren jeden Morgen miteinander.

Beide waren seit ein paar Jahren wieder Single. Jede hatte eine langjährige Beziehung hinter sich. Die Trennung von ihren Partnern hatte die Freundinnen noch enger zusammengeschweißt.

Julia war über zehn Jahre mit Michael liiert gewesen. Vor fünf Jahren begannen sie, sich auseinander zu leben. Und vor drei Jahren zogen sie einvernehmlich den Schlussstrich unter ihre Beziehung. Es hatte einige Zeit gedauert, aber heute war Julia zufrieden mit ihrem Leben. Nun war sie an das Alleinsein gewöhnt. Aufgrund der Erbschaft ihres leider viel zu früh verstorbenen Vaters war sie seit Jahren finanziell unabhängig. So hatte sie sich ihr Leben seit der Trennung von Michael nach ihren Vorstellungen eingerichtet und konnte es sich leisten, als freie Journalistin nur die für sie interessanten Aufträge anzunehmen.

Julia war eine leidenschaftliche Seglerin. Sie nahm oft an Regatten teil. Dann allerdings als Vorschoterin auf größeren Jachten. Da sie mit ihrer alten O-Jolle mit den neuen Renn-Jollen nicht mithalten konnte, hatte sie sich als Vorschoterin verdingt. Die Steuerleute buchten sie gerne, da sie ein Ass als Vorschoter war. So kam sie im Sommer auch viel an andere Seen. Aber der Ammersee war und blieb ihre Heimat. Sie genoss es jedes Mal, mit ihrer alten O-Jolle, die schon ihr Vater in seiner Jugend gesegelt hatte, einen Schlag über den See zu machen. Viele Ideen für ihre Artikel kamen ihr in der Abgeschiedenheit auf dem See. Stets lagen Block und Bleistift in einer wasserdichten Box an Bord. Sie schrieb immer wieder für Segel- und Sportbootmagazine und berichtete von Regatten. So hatte sie sich auch international einen Namen als Sport-Journalistin gemacht.

Lisa betrieb eine Töpferwerkstatt. Dießen war bekannt für seine Töpferwaren. Eigentlich war Lisa Rechtsanwältin. Als ihre Mutter vor vier Jahren ihre Töpferwerkstatt inklusive daran anschließendem Wohnhaus in Dießen verkaufen wollte, entschied sich Lisa spontan den Anwaltsberuf an den Nagel zu hängen - mit dem Beruf auch Steffen, ihren Lebensgefährten - und die Werkstatt zu übernehmen. Sie renovierte das Haus von Grund auf und richtete es komplett neu ein. Was selbst zu machen war, machte Lisa auch selbst. Das erstreckte sich vom Vorhänge nähen, über Parkettabschleifen bis zum Möbelbauen. Lisa war der perfekte Heimwerker. So hatte sie auch Julia bei der Renovierung deren Hauses geholfen.

Julia drückte lange die Taste 3 auf dem Telefon. Schon immer war auf Taste 3 Lisas Nummer eingespeichert.

»Hallo Lisa, guten Morgen!«

»Hey, Julia!«

»Schon in der Werkstatt?«

»Natürlich. Klappt es heute Nachmittag mit Andechs?«, fragte Lisa nach.

»Ich denke doch. Ich muss vorher nach München. Stell dir vor, gestern habe ich einen Brief von einem Anwalt aus München erhalten. Tante Martha hat bei ihm einen Brief für mich hinterlegt.«

»Aber deine Tante ist doch schon vor einem halben Jahr gestorben!«

»Ja. Ich weiß auch nicht, warum sie das gemacht hat. Um zwölf Uhr habe ich dort einen Termin. Ich komme danach gleich zu dir in die Werkstatt!«

»Gut. Dann sprechen wir nachher weiter. Ich habe gerade Kundschaft bekommen. Bis nachher!«

Julia nahm einen Schluck Kaffee. Was erwartete sie wohl in München? Wieso nach so langer Zeit diese Nachricht? Sie konnte sich keinen Reim darauf machen.

Über viele Jahre hatte Julia einmal in der Woche ihre Tante besucht. Günter jedoch war stets in seine Bücher vertieft gewesen und hatte nie Zeit gehabt, sich dazu zu setzen, wenn sie miteinander Tee getrunken haben. Das wäre für ihn Zeitverschwendung gewesen. Er hatte immer nur seine Wissenschaft im Kopf. Seine Leidenschaft war die Welt Karls des Großen gewesen und alles, was damit zusammenhing. Bücher und Artikel zu diesem Thema hatte er wie mit einem Schwamm aufgesaugt. Die Buchhandlungen und Antiquariate in München hatte er regelmäßig nach Büchern zum Thema des Karolingers durchsucht. Auch das Internet hatte er, trotz seines fortgeschrittenen Alters, nach Abhandlungen und neuen Forschungsergebnissen durchforstet.

Er war lange Jahre in Heidelberg an der Universitätsbibliothek tätig gewesen und vor zwölf Jahren als Historiker und Paläograph an die Universitätsbibliothek nach München gewechselt. Hier hatte er seine Forschungen intensiv weiter betrieben. Er war für den Bereich frühes Mittelalter zuständig gewesen, und wenn er in seinen Büchern gelesen hatte, war er für niemanden mehr ansprechbar gewesen.

Martha und Günter hatten keine Kinder. Deshalb war Julia für Martha eine Art Tochter gewesen.

Günter war nicht immer einfühlsam mit Martha umgegangen. Selbst Urlaube hatte er stets ohne jede Rücksicht auf Marthas Reisewünsche an Orten verbracht, die mit seiner Passion oder sonst in irgendeiner Art und Weise mit alten Schriften in Verbindung standen. So blieben sie einmal einen ganzen Sommer lang in Aachen, damit Günter seine Recherchen betreiben konnte. Er hatte sich dafür extra ein Vierteljahr von der Universität freistellen lassen. Ein anderes Mal musste Martha wochenlang von Kloster zu Kloster reisen, angefangen von St. Denis in Frankreich bis in den Norden Italiens. Sie fand diese Reisen einerseits schon auch interessant, doch hatte Julia immer gespürt, dass Martha wusste, dass sie nur die zweite Geige in Günters Leben spielte. Sie musste ihre Interessen immer zurückstellen und nur für ihren Mann da sein. Eigentlich war er ein echter Macho gewesen, dachte Julia für sich.

Martha lebte nach Günters plötzlichem Tod sehr zurückgezogen. Julia hatte damals gehofft, sie würde aufleben, nun, da sie nicht mehr nur für ihren Mann da sein musste. Nun hätte sie doch ihre eigenen

Wünsche verwirklichen können. Das hörte man ja immer wieder von Witwen. Aber das Gegenteil war der Fall. Julia merkte damals, dass Martha das Leben ohne ihren Mann keine Freude mehr machte. Wie bei einer Blume konnte sie zusehen, wie Martha welkte. Günter war vor eineinhalb Jahren bei einem Treppensturz tödlich verunglückt. Es war ein Sonntagmorgen. Als er gefunden wurde, musste er dort schon seit Stunden gelegen haben. Er war sein ganzes Leben ein extremer Frühaufsteher gewesen, denn er blieb selten länger als bis 4.30 Uhr im Bett. Martha dagegen war ein Langschläfer und genoss es, wenigstens am Wochenende auszuschlafen. So hatte sie noch stundenlang geschlafen, als ihr Mann schon längst tot war. Das hatte ihr schwer zu schaffen gemacht.

Nach Günters tragischem Tod stellte Martha jeden Kontakt zu ihren Freunden ein - auch Julia kam immer schlechter an sie heran. Sie nahm auch keine Aufträge der Handarbeitsgeschäfte mehr an, für die sie seit Jahren Auftragsarbeiten wie Pullover, Tischdecken und Stickereien angefertigt hatte. Sie zog sich völlig zurück.

Manchmal wirkte Martha geradezu ängstlich und apathisch. Seit sie alleine lebte, sperrte sie alle Türen ab, schloss nachts alle Läden, obwohl sie im dritten Stock wohnte. Julia hatte mehrmals versucht herauszufinden, was Martha solche Angst einflößte. Aber sie hatte nichts preisgegeben. Von Besuch zu Besuch war das schlimmer geworden.

Julia räumte das Frühstücksgeschirr auf und zog sich fertig an. Es war Zeit sich auf den Weg zu machen. Sie rief Foster aus dem Garten und ging mit dem quirligen Hund zu ihrem blauen Mini-Cabrio, das oben auf der Straße in der Einfahrt parkte. Von der Straße ging es ein bisschen bergab zu ihrem Haus, was bei starkem Regen etwas unangenehm war, weil es dann den ganzen Staub und Schmutz von der Straße in ihr Grundstück schwemmte. Die Uferstraße war nämlich immer noch eine Schotterstraße, wie schon zu ihrer Kindheit. Dementsprechend staubte es auch an trockenen Sommertagen. Diese Straße war eine der ältesten in Dießen. Hier standen noch die ganz alten Häuser aus dem Anfang des 20. Jahrhunderts. Auch einige Künstlerhäuser, die heute unter Denkmalschutz standen. Diese alten Häuser machten den Flair dieser Gegend aus.

Sie öffnete das Verdeck ihres Cabrios und startete Richtung München. Zum Glück fuhr Foster gerne Auto. Sie hatte ihren Platz auf der Rückbank und machte es sich dort sogleich bequem.

Kurz vor zwölf betrat Julia über eine breite Freitreppe die Kanzlei *'Manzinger und Kollegen'.* Es war eine sehr vornehme Kanzlei. Das erkannte man sofort beim Anblick der alten Stadtvilla, die augenscheinlich für ein Vermögen renoviert worden war. Im Vorgarten standen moderne Skulpturen. *Wie kam ihre Tante zu dieser Kanzlei?* Sie wollte nie etwas mit Anwälten zu tun haben. Das war auch ein Punkt, der Julia so stutzig machte.

Julia wurde aus ihren Gedanken gerissen, als die Empfangsdame sie ansprach. Diese hatte eine Art Chanel-Kostüm an und ließ einen skeptischen Blick auf Foster fallen. Julia ignorierte das, berief sich auf ihren heutigen Anruf und wurde sofort in ein Besprechungszimmer geführt. In der Wartezeit studierte sie den Stuck der Decke und wie perfekt das Muster der Tapeten zu den Vorhängen passte. Alles war in eleganten Grau-Nuancen aufeinander abgestimmt. LED-Spots schufen ein angenehmes Licht.

Die Tür öffnete sich und ein elegant gekleideter Mann Mitte 50, mit grauen Schläfen und einer goldenen Breitling am Handgelenk, betrat den Raum. Foster hüpfte kurz auf, legte sich aber auf ein Fingerschnippen von Julia sofort wieder unter den Stuhl.

»Guten Tag, ich bin Peter Manzinger. Sie sind Frau Julia Weiler?«, stellte sich der Anwalt vor.

»Ja. Grüß Gott, Herr Manzinger«, nickte Julia. Sie streckte ihm die Hand entgegen.

»Sie sind sicher sehr überrascht gewesen, ein halbes Jahr nach dem Tod Ihrer Tante dieses Schreiben von mir zu erhalten. Aber Frau Weiler hat genau geregelt, dass Sie am 31. Mai 2013 über diese Nachricht verfügen sollen. Den Grund dafür kenne ich nicht. Sie ging nicht ins Detail, als sie die Hinterlegung des Briefes bei uns veranlasste. - Wenn ich bitte Ihren Ausweis sehen dürfte!«

»Bitte schön!«, Julia reichte ihm den Ausweis über den polierten Schreibtisch.

»Ich verstehe nicht, was meine Tante dazu gebracht hat, mir auf so geheimnisvolle Weise eine Nachricht zukommen zu lassen. Sie war gegen Ende ihres Lebens sehr verschlossen und hat nicht mehr viel erzählt.«

»Wie gesagt, sie hat mich nicht über Einzelheiten informiert. - Der Ausweis ist in Ordnung. - Einen Moment, ich lasse den Umschlag

18

bringen«, sagte er nüchtern. Er reichte Julia den Ausweis zurück, griff zum Telefon und drückte eine Taste:
»Frau Gerstmeier, bitte bringen Sie den Umschlag für Frau Weiler!«, er trennte die Verbindung. Dieser Mann war es nicht gewohnt, sich mit Nebensächlichkeiten aufzuhalten. Dieses Mandat schien ihm lästig zu sein, zumindest verstand Julia sein Gebaren so.

Die Bürotüre öffnete sich und das Chanel-Kostüm brachte den Umschlag zum Schreibtisch. Förmlich überreichte der Anwalt Julia den Umschlag und sagte:
»Hiermit übergebe ich Ihnen den hinterlegten Brief von Frau Martha Weiler und bitte Sie, mir den Empfang zu quittieren. Sehen Sie, dort unten auf dem Formular.« Er zeigte mit dem Zeigefinger seiner manikürten Hand auf die Stelle. Julia unterschrieb auf der dafür vorgesehenen Linie.

»Noch eine Frage: Wann hat meine Tante diesen Umschlag bei ihnen deponiert?«

»Augenblick - das war«, er öffnete den Aktenumschlag, » am 20. Dezember 2011.«

Julia erhob sich vom Stuhl.

»Danke, Herr Manzinger - auf Wiedersehen«, sie zog leicht an Fosters Leine und verließ sein Büro. Julia ging die Treppe hinunter, zurück zum Auto.

Wieso hatte Tante Martha, fünf Tage nach dem Tod ihres Mannes, diesen Umschlag bei einem Anwalt hinterlegt? Warum die Auflage, Julia den Umschlag am 31.5.2013 zukommen zu lassen. Sie war jetzt zu aufgeregt, um den Umschlag gleich hier zu öffnen. Sie würde erst einmal zu Lisa fahren und dann bei ihr den Brief lesen. Der Umschlag war sehr dick. Julia meinte, ein Buch darin zu spüren.

Sie öffnete die Wagentüre, ließ Foster auf die Rückbank springen und stieg ebenfalls ein.

Kurz vor vierzehn Uhr kam sie bei Lisa an. Ihre Freundin hatte gerade Kundschaft und deutete Julia, schon in die Wohnung zu gehen und einen Kaffee zu kochen.

Julia deckte den Tisch auf der Terrasse. Nach einer Viertelstunde kam Lisa mit einem Apfelkuchen. Das Kuvert lag ungeöffnet auf dem Tisch.

19

»Ich habe den Laden geschlossen. Jetzt haben wir den Rest des Tages für uns. Und, wie war's? Was hast du beim Anwalt erfahren?«, wollte Lisa wissen, noch bevor sie sich hingesetzt hatte.

»Erfahren habe ich nicht viel«, meinte Julia und schilderte ihrer Freundin den Besuch in der Kanzlei.

»Der Anwalt war ein eigenartiger Typ und gab kein Wort zu viel von sich. Er war äußerst reserviert. Ich kann mit solchen Typen einfach nichts anfangen. Ich weiß schon, warum ich mit Anwälten nichts zu tun haben will.«

»Du erinnerst dich schon noch, dass ich auch Anwältin bin?«

»Ja, aber du bist meine Freundin. Das ist was anderes! Außerdem übst du den Beruf nicht mehr aus! Und so hast du sicher nie gewirkt.« Julia stupste Lisa mit einem Lächeln an.

»Aber zurück zum Thema. Hat sich deine Tante damals nicht irgendwie sonderbar verhalten nach dem Tod deines Onkels? Ich hab da so was in Erinnerung.«

»Ja, das stimmt schon! Von Besuch zu Besuch wurde sie verschlossener. Auf mein Nachfragen erhielt ich nur wenig Antworten. - Aber lass uns erst nachsehen, was sie mir hinterlassen hat!«

Julia riss den Umschlag auf. Zum Vorschein kam ein in braunes Packpapier eingeschlagenes Notizbuch. Obendrauf lag ein Brief.

»Hast du nicht jede Menge von diesen Büchern in deinem Bücherregal stehen?«, fragte Lisa nach.

»Ja, es sind 78 Stück. Alle im Stil der Moleskin-Bücher, so wie dieses Buch. Mein Onkel hat immer diese Art von Notizbuch verwendet. Darin hat er über seine Reisen geschrieben. Jeder Eintrag ist mit Datum versehen und am Anfang jeden Buches ist ein Inhaltsverzeichnis aufgelistet.

Ich nehme mir immer wieder eines aus dem Regal, mache mir damit einen gemütlichen Abend und gehe in Gedanken auf die Reise. Ich komme mir dann vor wie Indiana Jones, der im Notizbuch seines Vaters blättert. Das klingt verrückt, oder? Aber du musst dir die Bücher einmal genau ansehen. Er hat über jedes Buch, das er gelesen und jeden Ort, den er besucht hat, einen Eintrag verfasst. Sogar seine Recherchen im Internet hat er detailliert aufgeschrieben - mit genauer Angabe des jeweiligen Links. Streckenweise sind ganz fantastische Zeichnungen in den Büchern. Auch Fotos und Kartenausschnitte hat er eingeklebt. Du kannst in diesen Notizbüchern wirklich auf Entdeckungsreise gehen. Für mich sind sie mein wertvollster Schatz!«

Sie öffnete den beiliegenden Briefumschlag von Ihrer Tante.

»Mal sehen, was Martha geschrieben hat!«

Julia faltete den Brief auf und begann zu lesen. Sie erkannte sofort Marthas Handschrift. Früher war ihre Schrift wunderschön gewesen, alle Buchstaben im gleichen Winkel leicht nach rechts geneigt. Wie mit der Maschine geschrieben. Aber im Alter war ihre Hand immer zittriger geworden:

Julia, mein lieber Schatz,

du wirst dich fragen, warum ich dir so schnell die Notizbücher deines Onkels übergeben habe: Ich hatte Angst, sie weiter im Haus zu haben. In letzter Zeit hat sich dein Onkel sehr eigenartig verhalten. Dieses eine Notizbuch hat er immer versteckt und reagierte schon fast panisch, wenn er es dann nicht auf Anhieb wiedergefunden hat. Da er es jeden Tag an einer anderen Stelle deponierte, kam es natürlich auch vor, dass er es nicht sofort wiederfand. Dann konnte es geschehen, dass er mich beschuldigte, es verlegt zu haben. Er wurde dann fast zornig. In solchen Momenten meinte ich, ihn nicht wieder zu erkennen. Oder er behauptete, jemand wäre in der Wohnung gewesen und hätte es gestohlen. Auch ging er abends immer wieder ans Fenster, um die Straße vor dem Haus zu beobachten. Wie wenn er auf jemanden warten würde. Kurz vor seinem Tod warnte er mich, nicht immer so leichtfertig die Türe zu öffnen, wenn es klingelte. Ich solle immer erst durch den Türspion beobachten, wer vor der Tür stehe. Er ließ sogar noch ein weiteres Sicherheitsschloss einbauen. Der Querriegel vor der Haustüre war dir damals sofort aufgefallen.

Was deinen Onkel so verändert hat, weiß ich nicht. Das ging sicher schon ein halbes Jahr vor seinem Tod los. Seit damals war er immer nervös. Schließlich hat sich seine Angst auch auf mich übertragen. Jetzt sehe ich auch schon überall Verfolger, die mir das Notizbuch entwenden wollen.

Ich habe es immer und immer wieder durchgeblättert und kann trotzdem nichts entdecken, was so eine Veränderung in ihm ausgelöst haben könnte. In dem Buch sind alle möglichen Aufzeichnungen, Skizzen, Berechnungen, Listen und Tabellen. Zusammenhanglos. Ich kann nicht nachvollziehen, was es damit auf sich hat. Das Buch ist anders als alle anderen vorher. Das wirst du auch feststellen. Du hast den Vergleich. Du kennst alle seine anderen Bücher. Du weißt, sein ganzes Leben drehte sich ums Mittelalter, vor allem um Karl den Großen. Ich blieb dabei auf der Strecke. Hätte ich nicht angefangen, mir mit dem Verkauf meiner Handarbeiten einen Hauch eines eigenen Lebens aufzubauen, hätte ich mich wahrscheinlich doch irgendwann von deinem Onkel getrennt. Er war so dominant. Aber nach fast 50 Jahren geht man halt nicht so einfach.

Jetzt ist er zuerst gegangen und ich fühle mich so einsam ohne ihn. Wie gerne würde ich mich wieder über seine Marotten aufregen. Es ist so still geworden.

Gestern rief mich Erik an. Erik Mommsen hat seit einem Jahr die Stelle und auch das Büro deines Onkels übernommen. Ich glaube, das hatte ich dir erzählt. Ich kann mich nicht erinnern, ob du ihn schon einmal getroffen hast. Erik ist ein sehr angenehmer Mensch und genauso besessen von seiner Arbeit wir Günter. Auch bei ihm dreht sich alles nur ums Mittelalter. Auf jeden Fall hat mich sein Anruf sehr beunruhigt: Das Büro wurde vor zwei Tagen aufgebrochen. Es wurde total verwüstet. Die PCs sind zerstört. Die beiden Notebooks von Erik und Günter sind verschwunden. Und das vier Tage nach dem Tod Günters. Das ist doch eigenartig! Du musst wissen: Obwohl Günter seit zwei Monaten ganz im Ruhestand war, (was mit 72 Jahren auch nicht zu früh ist), ging er noch alle paar Tage zu Erik ins Büro, um sich mit ihm auszutauschen. In letzter Zeit mehrten sich diese Treffen sogar. Auch abends kamen die beiden ein- bis zweimal in der Woche auf ein Bierchen in der Gaststätte um die Ecke zusammen. Erik wohnt auch hier im Viertel, nicht weit von uns. Du siehst, hier hatten sich zwei Seelenverwandte getroffen. Auch Erik hat mir bestätigt, dass sich dein Onkel stark verändert hatte. Ihm kam er ebenfalls nervös vor.

Ich möchte nun dieses Notizbuch aus dem Haus haben, nicht dass ich hier auch noch ungebetenen Besuch bekomme. Vor allem will ich nicht, dass das Buch in falsche Hände gerät. Aber dir möchte ich es jetzt noch nicht geben, nicht dass du noch in Gefahr gerätst. Es soll aber später in einer Reihe mit den anderen Büchern stehen. Ich weiß doch, wie fasziniert du immer von seinen Notizen warst. Deshalb habe ich mir überlegt, es bei einem Anwalt zu hinterlegen. So hoffe ich, verliert sich die Spur des Buches für diejenigen, die es suchen. Ich bin nämlich sicher, dass die Einbrecher dieses Notizbuch im Büro gesucht haben. Erik wollte es mir abnehmen und für dich aufbewahren, damit ich es aus dem Haus habe. Das war sehr nett von ihm, aber ich will auch nicht, dass er in Gefahr gerät. Ich weise den Anwalt an, dir das Buch zum 1. Juni 2013 auszuhändigen. Irgendein Datum muss ich nennen. Dann sind eineinhalb Jahre seit dem Tod Günters ins Land gegangen. Hoffentlich kannst du dich dann ungestört mit dem Buch befassen. Wenn es dich interessiert, versuchst du vielleicht herauszufinden, was daran für Dritte so wichtig ist, dass sie dafür einen Einbruch begehen - oder Schlimmeres! Ich könnte mir nämlich gut vorstellen, dass Günter auf der Treppe gar keinen Unfall hatte. Inzwischen habe ich deutliche Zweifel.

Ich weiß nicht, wie lange ich noch hier bin. Mir gefällt es hier nicht mehr. Ich möchte lieber zu Günter.

Du warst mir immer wie eine Tochter, die ich leider nie hatte, mir aber immer gewünscht habe. Bedauerlicherweise hat das Leben mir dieses Glück verwehrt. Bleib, wie du bist. Ich liebe Dich und danke dir für alles, was du für mich getan hast. Auch, dass du immer für mich da warst.

Deine Martha

München, 20.12.2011

Julia legte den Brief auf den Tisch. Sie atmete tief durch. Die Tränen standen ihr in den Augen. Auch Lisa war ergriffen. Nach einigen Minuten des Schweigens fragte Lisa leise:

»Wie war das damals gleich noch mal mit dem Unfall deines Onkels?«

»Er ist an einem Sonntagmorgen die Kellertreppe hinabgestürzt. Da er immer so früh aufgestanden war, hatte das kein Mensch im Haus mitbekommen. Vielleicht hatte er auch gar nicht geschrien bei dem Sturz. Nicht um Hilfe gerufen oder so. Du hast damals doch alles miterlebt, du warst doch auch auf der Beerdigung und dem anschließenden Leichenschmaus. Ich weiß nur, dass er da mehrere Stunden gelegen haben muss, bis man ihn gefunden hat.«

»Und damals kam auch keiner auf die Idee, dass das vielleicht gar kein Unfall war?«

»Nein, natürlich nicht! Nicht eine Sekunde habe ich an einem Unfall gezweifelt. Wieso auch? Damals gab es für mich keinen Anlass dafür. Von Marthas Bedenken wusste ich nichts. Wenn sie ihre Befürchtungen geäußert hätte, hätte es vielleicht Ermittlungen gegeben. - Warum hat sie denn nicht mit mir gesprochen? Ich hätte ihr doch geholfen. - Nach diesem Brief sieht alles anders aus. Ich muss jetzt überlegen, wie ich das angehe. Mein Onkel muss etwas entdeckt haben, etwas wirklich Brisantes!«, Julia faltete den Brief wieder zusammen.

»Du meinst etwas so Wichtiges, dass er deshalb womöglich umgebracht wurde?«

»Ja! Und ich werde es herausfinden!«, sagte Julia entschlossen.

»Weißt du, was mich richtig schockt? - Dass Martha *so* unglücklich war. Ich hatte schon gemerkt, dass es ihr nicht gut ging. Dass es so schlimm war, das ist mir leider entgangen. Ich hätte mich noch viel mehr um sie kümmern müssen. Sie hatte sich sichtlich aufgegeben. Schon deshalb muss ich herausfinden, was meinem Onkel damals zugestoßen ist. Warum er sich so verändert hat.

Und dabei kann mir nur dieser Erik Mommsen helfen!«

Julia schlug die Augen auf. Wieder wartete ein Sommertag auf sie. Sie liebte es, beim ersten Blick hinaus auf den See das Glitzern der Sonne auf dem Wasser zu sehen. Noch stand der Südwind über dem See und raute die Wasseroberfläche leicht auf. Mehrere Segelboote waren schon auf dem See. Der Wind ließ die Blätter in den Bäumen rascheln. Es war ein so vertrautes Geräusch. Die Möwen schrien am Ufer und Julia hörte den singenden Ton, den die Schwäne verursachten, wenn sie auf dem Wasser Anlauf nahmen, um sich in die Luft zu erheben. Julia hatte sich im Obergeschoss ihres Häuschens ein kuscheliges Schlafzimmer eingerichtet. Im Landhausstil. Mit Blick auf den See. Die schulterhohe Holzverkleidung an den Wänden - wie sie hier in den alten Häusern üblich war - hatte sie weiß gestrichen. Den Holzboden hatte sie naturfarben belassen. Sie spänte ihn zwei- bis dreimal im Jahr mit Stahlwolle. Der Geruch des Bienenwachses, das anschließend auf den abgezogenen Holzboden aufgetragen und einpoliert wurde, hielt sich mehrere Tage im Haus. Das erinnerte sie immer an ihre Kindheitstage hier am See. Schon ihre Mutter hatte den Holzboden so behandelt. Julia verband oft Gerüche mit Erinnerungen.

Die Wände oberhalb der Paneele waren in einem zarten Blau gestrichen. Ihr Bett hatte sie erhöht gebaut. Zusammen mit Lisa hatte sie ein ganzes Wochenende an dem Bettgestell gesägt, geschraubt und lackiert. Unterm Bett waren drei große Schubladen übereinander gesetzt und somit viel Stauraum gewonnen. Die dadurch entstandene Erhöhung ließ sie jeden Morgen diesen einzigartigen Ausblick über den See genießen. So konnte sie, wie in ihrer Kindheit, beim Aufwachen auf den See blicken. Und heute war sie wieder einmal froh, dass sie ihr Schlafzimmer so gestaltet hatte.

An den Fenstern, die durch mehrere Sprossen in kleine Felder unterteilt waren, hatte sie weiße Vorhänge mit Hohlsaumstickerei aufgehängt. Tante Martha hatte sie ihr nach der Renovierung genäht.

Martha - auf einen Schlag war Julia wach!

Sie stand auf, schnappte sich den Bademantel und lief die Treppe hinunter. Heute sollte ausnahmsweise ihr *innerer Schweinehund* gewinnen. Sie würde den Lauf auslassen und gleich zum Schwimmen übergehen. Sie hatte sich für heute viel vorgenommen. Sie ging über die Terrassentür in den Garten und hinunter zum Steg.

Julia zog den Bademantel aus und hängte ihn an den Haken am Bootshaus. Sie stieg die Treppe ins Wasser hinunter. Nackt, denn man konnte sie nur von der Seeseite her sehen. Morgens waren wenig Boote unterwegs. Wen es störte, der sollte woanders hinsehen! Foster hüpfte ihr vorsichtig die Stufen hinterher. Der Hund schwamm gerne, allerdings nur in Julias Begleitung. Alleine ging er zum Glück nicht in den See. Ein paar Mal tauchte Julia unter und schwamm in flotten Zügen gute hundert Meter hinaus auf den See und wieder zurück. In der Mitte des Sees fuhr gerade die Herrsching. Julia drehte sich auf den Rücken und ließ sich auf den Wellen treiben. Das war fast wie am Meer.

Auf dem Weg zurück zum Haus fühlte sie sich frisch und wach. Sie ging nach oben und machte sich fertig. Vor dem Spiegel steckte sie ihre langen, dunklen Haare hoch und sinnierte über den gestrigen Abend. Die beiden Freundinnen hatten noch lange über Martha und Günter gesprochen. Julia war klar, sie musste Kontakt zu diesem Erik aufnehmen. Er war der Schlüssel zu der ganzen Angelegenheit. Wenn sich die beiden Historiker trotz Günters Ruhestand, noch so oft getroffen hatten, sogar im Büro von Erik, dann musste dieser wissen, was ihren Onkel so verändert hatte. Das war doch nicht normal, dass ein Ruheständler zweimal in der Woche seinen Nachfolger im Büro aufsuchte. Und das mehrere Monate lang! Julia hätte sowas als äußerst lästig empfunden. Für diesen Erik schien das aber in Ordnung gewesen zu sein. Sie hatten sich sogar noch abends getroffen. Julia fand das sehr eigenartig.

Im Speicher hinter ihrem Schlafzimmer hatte sie die beiden Kartons mit dem restlichen Hab und Gut von Martha und Günter. Da es keine anderen Verwandten gab, musste Julia damals die Wohnung auflösen. Sie öffnete die Dachbodentüre und schaltete das Licht ein. Da standen die Kisten. Immer noch so, wie sie sie vor einem halben Jahr abgestellt hatte. Sie öffnete die Größere von beiden: Fotoalben - allerlei Papiere, Familienstammbuch - mehrere alte Reisepässe und sonstige Unterlagen, von denen sie sich nicht auf die Schnelle hatte trennen können. Alte Zigarrenkistchen mit verschiedenstem Kleinkram stapelten sich im Karton. Dann klappte sie den Deckel des anderen Kartons auf: Da sah es auch nicht besser aus. Unter den Sachen musste auch das grüne Adressbuch von Günter sein. Es war eigentlich recht auffallend, da es rundherum eine dicke Ledernaht aufwies. Früher hatte es immer aufgeschlagen auf seinem Schreibtisch gelegen. Auf Anhieb fand sie es jetzt nicht. Sie würde später die Kisten gründlich danach durchsuchen. Es war sowieso noch viel zu früh, um Erik Mommsen anzurufen. Sie kannte ihn ja nicht einmal und es war schließlich Wochenende. Sie ließ die Kartons offen stehen und schaltete beim Hinausgehen das Licht wieder aus.

Auf der Terrasse vor der Küche drehte sie die Markise heraus und setzte sich gemütlich mit dem Notizbuch von Günter auf ihre Bank. Sie fuhr mit dem Finger die Goldprägung nach und öffnete das Buch. Die Seiten fühlten sich glatt an. Günters Notizbücher hatten immer schon ein gefälliges Papier gehabt. Da liefe auch die Tinte so gut darauf, hatte ihr Onkel ihr einmal erzählt. Er hatte alle Einträge stets mit Füller geschrieben.

Wie in allen Büchern ihres Onkels, fand sich auch in diesem gleich zu Beginn ein Inhaltsverzeichnis. Hinter jedem Eintrag war sogar das Datum der Aufzeichnung notiert. Die Einträge waren in Sütterlin geschrieben. Aber Julia hatte kein Problem damit. Ihr Onkel hatte es ihr damals in den Sommerferien nach der vierten Klasse beigebracht. Heute war Julia über seine damalige Hartnäckigkeit froh, denn alle seine Bücher waren so geschrieben.

Sie blätterte weiter und war wie immer fasziniert von seinen Aufzeichnungen: wundervolle Skizzen, manche sogar koloriert. Es waren viele Zeichnungen von Kirchenansichten, nein - sie musste sich verbessern, das waren schon eher Kathedralen, die ihr Onkel da mit Bleistift festgehalten hatte. Hauptsächlich schien das sogar immer ein und dieselbe Kathedrale zu sein, immer wieder eine andere Ansicht dazu. Sie blätterte die Seiten vor und zurück und verglich die einzelnen Darstellungen. Ja - es handelte sich eindeutig um dieselbe Kathedrale. Günter hatte die einzelnen Portale detailliert gezeichnet. Aus allen möglichen Blickwinkeln. Welcher Dom war das nur? Sie fand keinen Hinweis auf den Ort, an dem er stand. Sie blätterte durch alle Seiten. Immer wieder waren Teilansichten mit Bleistift festgehalten. Es war eindeutig eine gotische Kirche. Aber herauszufinden welche es war, würde Zeit in Anspruch nehmen. Es gab so viele gotische Kirchen. Auf einer Seite war ein Labyrinth abgebildet. Sie konnte sich keinen Reim darauf machen. Erneut entdeckte sie geometrische Zeichnungen, die sie an Hefteinträge aus ihrer Schulzeit erinnerten. Ein Eintrag stach ihr sofort ins Auge. Das Dreieck des Pythagoras mit den Quadraten über Katheten und Hypotenuse. Es waren Maße angebracht. Auch gab es mehrere Darstellungen von Vierecken, genauer gesagt Sehnenvierecken. Das waren Konstruktionszeichnungen. Aber für was?

Dazwischen - vollkommen unpassend zu den anderen Seiten davor - hatte sich der Onkel über mathematische Besonderheiten ausgelassen: den Goldenen Schnitt, Fibonacci-Zahlen, Primzahlen, Platonische Körper.

Dann war da ein Oktogon und Zahlen, die 6, die 8 und die 12 waren, beinahe belanglos, an den Rand geschrieben.

Eine wunderbare Darstellung vom Thron Karls des Großen. Auch Sarkophage waren farbig abgebildet. Daneben waren mehrere Säulen gezeichnet. Und in der gleichen Farbe wie Karls Thron gehalten. Keine Angabe von Orten. Gut den Thron erkannte sie sofort. Der war nun bekannt genug.

Auf mehreren Seiten waren Tische sowie Astrolabien abgebildet. Ein Tisch jedoch war sehr genau gezeichnet. Auf seiner Tischfläche war ein Kreis zu sehen, der durch eine Linie halbiert war. Die äußere Kontur des Kreises war gezackt. Links und rechts der Mittellinie stand ein Buchstabe: C und P. So etwas hatte Julia noch nie gesehen. Was konnte das sein?

Truhen, mit und ohne Tragestangen. Karren, die von Ochsen gezogen wurden, beladen mit Kisten. Irgendwie verzerrt dargestellt, vielleicht von einer Säule abgezeichnet. Darstellungen von Drachen waren über die Seiten verteilt. Fotografien von Wandmalereien, manche waren allerdings kaum zu erkennen. Fast ganz verblasst. Mosaike mit Blumenmuster erinnerten an byzantinischen Wandschmuck. Auch Wappen waren dargestellt.

Wo sollte sie da einen konkreten Hinweis entdecken? Sie hatte keine Ahnung, wo sie anfangen sollte. Es waren insgesamt achtzig Seiten mit einer Unmenge Informationen. Scheinbar wahllos aneinandergefügt.

Hinten im Buch gab es Zahlentabellen, die Julia erst einmal nichts sagten.

Des Weiteren gab es eine Bücherliste mit ISBN-Nummern. Vielleicht wollte er sich diese Bücher besorgen, dachte Julia bei sich. Sie blätterte nochmals von vorne durch das Buch:

Schiffe, Kreuze, Löwen, Blätter. Dazwischen Davidstern und Halbmond. Auf einer Seite war eine Stadt, nein, ein Dorf mit einer überdimensional hohen Mauer skizziert. Darin sowohl ein Kirchturm als auch ein Minarett. Irgendwie kam es Julia bekannt vor, aber sie kam gerade nicht darauf.

Dazwischen mehrere Doppelseiten mit den Grundrissen dieser Kathedrale. Julia mutmaßte, dass die Grundrisse verschiedene Bauepochen oder Ebenen dieser Kirche darstellten. Sie blätterte zurück zum Inhaltsverzeichnis. Tatsächlich keinerlei Ortsangaben! Und jetzt fiel es ihr auf: Die Datumsangaben dehnten sich über fünf Jahre. *FÜNF Jahre!* Julia rieb sich den Nacken. Sie war schon ganz steif vom stundenlangen Stillsitzen. Sie brauchte eine Pause.

Sie steckte das Buch in ihren Rucksack, schnappte sich die Leine von Foster und verließ das Haus. Sie ging hinauf zur Straße und dann Richtung Ortsmitte. Sie brauchte jetzt etwas Bewegung und ging zu Fuß zu Lisa. Das waren nur zwanzig Minuten. Das tat jetzt ganz gut.

Eine halbe Stunde später traf sie in Lisas Werkstatt ein.

»Dachte ich mir schon, dass du einen Kuchen mitbringst. - Hey, meine Liebe! Wie geht's dir denn?«, begrüßte Lisa ihre Freundin und nahm ihr den Kuchen ab.

»Danke. Ich sag dir, mir raucht schon der Kopf!«

»Hast du schon was herausgefunden?«

»Nein. Seit Stunden arbeite ich mich durch die Seiten und kann keinen Zusammenhang feststellen. Genauso, wie Martha es beschrieben hat«, stöhnte Julia.

»Hast du es mitgebracht?«

Julia nickte und zog das Buch aus ihrem Rucksack. »Hier! Tu dir keinen Zwang an!«

Lisa nahm das Buch und blätterte es durch.

»Das sind so schöne Zeichnungen. Dein Onkel war echt begabt.«

»Ja, er hatte wirklich Talent. Mir wäre es lieber, wenn er mehr geschrieben statt gezeichnet hätte! Du musst dir einmal das Inhaltsverzeichnis ansehen. Keine Ortsangaben. Nur Datumsangaben. Die gehen über fünf Jahre. Er muss also dieses Buch parallel zu den anderen Büchern geführt haben«, teilte Julia Lisa ihre Vermutung mit.

»Das bedeutet, dass du die anderen Notizbücher alle nach diesen Daten durchsuchen musst!«

»Die Idee ist mir auch schon gekommen.«

»Vielleicht findest du dann heraus, wo zum Beispiel diese Kathedrale steht. Das Buch scheint tatsächlich eine Verschlüsselung zu sein. Wenn er wirklich hinter etwas Sensationellem her war, dann wollte er das verbergen.«

»Das ist ihm dann gut gelungen!«, resignierte Julia.

Lisa nickte ihr aufmunternd zu: »Da hast du ein großes Stück Arbeit vor dir. - Hast du schon die Adresse von diesem Erik herausbekommen?«

»Nein, ich suche nachher das Adressbuch aus den Kartons heraus, die ich noch von meiner Tante habe.«

»Vorher könnten wir doch zum Entspannen ein Stündchen segeln gehen, oder? Auf eine Stunde mehr oder weniger kommt es jetzt auch nicht mehr an.«

»Gute Idee. Das macht meinen Kopf vielleicht wieder frei.«

Sie räumten den Tisch ab. Lisa packte ein paar Sachen zusammen und dann spazierten sie zurück zu Julias Haus. Der Fußmarsch tat ihnen beiden gut.

Kurz bevor sie in die Uferstraße zu Julias Haus einbogen, sahen sie einen schwarzen Range Rover auf sich zu fahren. Sie mussten auf die Seite springen, sonst hätte er sie umgefahren. Staub wirbelte unter seinen breiten Reifen hervor und Kieselsteine spritzen an ihre Beine.

»So ein Spinner! Rast hier wie ein Irrer durch die Straße. Hier springen auch Kinder herum«, schimpfte Lisa dem Wagen nach und zeigte ihm eine nicht gerade damenhafte Geste.

Als sie zur Einfahrt von Julias Grundstück kamen, sahen sie die Gartentüre offen stehen.

»Ich habe das Tor vorhin zugemacht! Da bin ich mir ganz sicher!«, staunte Julia.

Sie gingen hinunter zum Haus und blieben starr vor Schreck stehen. Julia glaubte, ihren Augen nicht zu trauen. Die Haustür war aufgebrochen. Lisa, pragmatisch wie immer, wählte schon vom Handy aus die Nummer der Polizei. Julia ging vorsichtig Richtung Haustür weiter.

»Bleib stehen, Julia!«, kommandierte Lisa. »Bist du verrückt? Du kannst doch da nicht reingehen! Die Polizei kommt gleich. Komm jetzt mit rauf zur Straße! Wir warten oben am Tor!«

Sie setzten sich auf die alte, grüne Holzbank, die neben dem Gartentor am Zaun stand. Es dauerte nicht lange, bis sie die Sirenen der Polizeiwagen hörten. Und als die Streifenwagen vor der Einfahrt hielten, war die Straße innerhalb von Minuten voller Schaulustiger. Als Erstes kamen vier uniformierte Polizisten zu ihnen und deuteten ihnen, weiter im Garten zu warten.

Kurz darauf kam die Spurensicherung. Mehrere Männer und Frauen in weißen Wegwerfoveralls und Koffern in der Hand gingen ins Haus. Vor der Haustüre streiften sie Plastikfüßlinge über ihre Schuhe. Es war ein Kommen und Gehen. Nach über zwei Stunden durften sie endlich ins Haus.

Im Wohnzimmer sah es aus, als ob eine Bombe eingeschlagen hätte. Alle Bücher waren aus den Regalen gezogen. Julia hatte im Wohnzimmer alle Wände mit Bücherregalen verkleidet. Vom Boden bis zur Decke. Hunderte von Büchern lagen am Boden verteilt. Sie ging in die Küche. Dort standen alle Schranktüren offen, Kochbücher, Handtücher, Besteck, alles war ausgeräumt und häufte sich auf dem Fußboden.

Gott sei Dank hatten die Einbrecher das Geschirr wenigstens ganz gelassen. In den Geschirrschränken hatte ihnen allem Anschein nach der Blick genügt, um zu erkennen, dass dort nichts versteckt war. Sie ging hinauf ins Schlafzimmer und ins Bad. Auch dort waren alle Schränke ausgeräumt. Die Eindringlinge hatten ganze Arbeit geleistet. Das würde Stunden dauern, alles wieder einzuräumen. Eigenartigerweise waren ihr Schmuck und der Umschlag mit knapp tausend Euro Bargeld noch da. Die Schatulle und der Umschlag lagen einfach so am Boden. Wieso hatten sie das nicht mitgenommen? Sie mussten es gesehen haben.

Selbst im Speicher waren alle Regale und Kisten durchwühlt. Die beiden Kartons ihrer Tante waren komplett ausgeleert und lagen achtlos zur Seite geworfen auf den anderen Kisten im Speicher. Sofort durchsuchte Julia das Chaos auf dem Dachboden nach dem Adressbuch. Nach einigen Minuten des Suchens war ihr klar, dass es weg war. Hätte sie es nur heute früh aus dem Karton genommen, dann wäre es jetzt vielleicht noch da, ärgerte sich Julia.

»Lisa komm mal rauf in den Speicher!«, rief sie nach unten. Lisa rannte die Treppe hoch und trat hinter Julia in den dunklen Raum.

»Ach du dickes Ei! Selbst hier haben sie alles durchsucht!«, sagte Lisa schockiert.

»Das Adressbuch meines Onkels ist weg. Auch ein paar andere Sachen scheinen aus dem Karton zu fehlen. Ich meine, da waren zwei kleine Fotoalben und ein Bündel mit Briefen. Heute Morgen habe ich sie noch gesehen. So ein richtig dicker Packen.« Und Julia zeigte einen Abstand von mindestens zehn Zentimetern.

»Die Briefe waren noch so im alten Stil mit Stoffbändern zusammengebunden. Ein rotes Band. Schon ziemlich verblichen. Deshalb erinnere ich mich auch so gut daran.«

»Bist du sicher, dass es fehlt? Vielleicht ist es noch in irgendeinem anderen Karton hier drin. Die anderen sind ja nicht ausgeleert.«

»Und jetzt frag noch: Warum?«, Julia stand auf und zeigte Lisa die beiden Deckel der Kartons ihrer Tante.

»Stand doch groß drauf: Martha und Günter. Die wussten ganz genau, was sie suchten. Und wo sie es finden konnten! Eigentlich wollte ich das alles einmal sortieren. Jedes Mal, wenn ich hier oben war, habe ich mir das vorgenommen. Aber immer kam etwas dazwischen und dann habe ich es wieder vergessen. Aus dem Blick, aus dem Sinn. Du weißt doch, wie das ist.«

»Dann lass uns im Wohnzimmer nachschauen, was dort fehlt!«, schlug Lisa vor.

»Nachdem das Adressbuch und die Briefe fehlen, kann ich mir schon denken, was die unten mitgenommen haben«, gab Julia zur Antwort.

»Das vermute ich auch«, schnaufte Lisa.

Im Wohnzimmer bestätigte sich nach kurzem Suchen ihr Verdacht. Alle 78 Notizbücher ihres Onkels waren gestohlen.

Ein Beamter bat Julia, so schnell wie möglich eine Aufstellung der gestohlenen Gegenstände auf das Revier zu bringen. Die Polizisten machten ihr jedoch keine Hoffnungen, dass die Täter ergriffen würden. In letzter Zeit seien mehrere Häuser in der Gegend aufgebrochen worden. Schließlich verabschiedete Julia die Polizisten. Dann sahen sich die beiden Frauen an und sagten zeitgleich »Packen wir's an!«

Sie werkelten bis nach Mitternacht. Dann hatten sie die Küche, das Bad und das Schlafzimmer wieder in Ordnung gebracht. Ein noch am späten Abend gerufener Schließnotdienst reparierte notdürftig die Haustüre und brachte ein neues Schloss an. So fühlte sich Julia wenigstens etwas sicherer. Lisa blieb über Nacht bei Julia. In dieser Nacht zogen sie auch alle Klappläden zu. Selbst den in ihrem Schlafzimmer. Würde am nächsten Morgen wohl nichts werden, mit dem Blick auf den See. Aber der Schock saß zu tief.

Sie lagen im Bett und unterhielten sich über den Abend. Sie hatten sich noch eine Flasche Chardonnay mit hinauf genommen, um sich etwas Bettschwere anzutrinken.

»Das war kein normaler Einbruch. Mit den Einbrüchen in der Gegend hat das sicher nichts zu tun«, meinte Lisa.

»Das sehe ich genauso. Mit Sicherheit haben sie dieses Buch gesucht«, Julia nahm das Buch vom Nachtkästchen. Wie gut, dass ich es heute Nachmittag mitgenommen habe.«

»Allerdings!«

»Ich glaube beinahe, mir wäre es lieber, wenn sie das Buch auch gefunden hätten. Dann wäre das Thema ´Geheimnisse um Onkel Günter´ endlich erledigt. Ich könnte die Spur nicht mehr verfolgen und hätte mein normales Leben zurück.«

»Du würdest trotzdem weitermachen! Du bist viel zu neugierig, um hier aufzugeben.«

»Fragt sich nur, ob sich diese Einbrecher mit den 78 Büchern zufriedengeben«, gähnte Julia, »oder, ob sie das 79. Buch auch noch haben wollen. Aber da sie heute hier aufgetaucht sind, nachdem ich gestern dieses Buch erhalten habe, gehe ich davon aus, dass sie Bescheid wissen. Sie werden das 79. Buch schon auch noch haben wollen. Vielleicht haben sie deshalb auch den Rest des Hauses auf den Kopf gestellt, obwohl sie unten schon die anderen Bücher gefunden hatten. Ob ich schon seit dem Besuch beim Anwalt beobachtet wurde? - Aber dann hätten sie sich das Buch doch schon früher aus der Anwaltskanzlei beschaffen können.«

»Solche Hinterlegungen bewahren Anwälte nicht in der Kanzlei auf. Das wäre viel zu gefährlich. So einfach kann man so etwas nicht stehlen. Und das wissen solche Typen auch. Da ist es schon einfacher, Geduld zu bewahren und sich dann an den Empfänger heranzumachen. Erst recht, wenn es sich um eine alleinstehende Frau handelt.«

Lisa räkelte sich. Sie konnte sich fast nicht mehr wachhalten.

»Deine Tante hatte vermutlich recht mit ihrer Vermutung, dass es kein Unfall war«, flüsterte Lisa. Ihr fielen die Augen zu. »Aber sei mir nicht böse, ich muss jetzt schlafen, ich kann nicht mehr.«

»Gute Nacht. Danke, dass du heute hier bleibst.«

»Das ist doch selbstverständlich. Schlaf gut!« murmelte Lisa gähnend und war auch schon eingeschlafen.

Sonntag

3   Dießen   Aufräumarbeiten

Am Sonntagmorgen wurde Julia von Foster geweckt, die jaulte und versuchte auf das Bett zu hüpfen.
»Du Arme. Es ist schon elf Uhr vorbei. Jetzt musst du aber dringend raus. Komm, ich lass dich in den Garten!«, Julia lief auf Zehenspitzen die Treppe hinunter. Sie wollte Lisa nicht wecken. Nur das Klackern von Fosters Krallen war auf den Holzbohlen zu hören. Unten entließ sie den Hund in den Garten.
Sie öffnete die restlichen Läden und richtete das Frühstück auf der Terrasse an. Es würde wieder ein sonniger Tag werden. Schon jetzt hatte es 23°.
»Guten Morgen. Hast du einigermaßen geschlafen?« fragte Lisa. Julia hatte sie gar nicht kommen hören.
»Sogar sehr gut. Der Chardonnay hat seine Schuldigkeit getan. Nach dem Frühstück mache ich mich ans Wohnzimmer. Wenn wirklich nichts außer den Notizbüchern verschwunden ist, dann stimmt unser Verdacht.«
»Deshalb fehlt auch nichts von deinem Schmuck. Der Badschrank war komplett ausgeräumt. Die Täter mussten den Schmuck sehen und das Geld auch. Normale Einbrecher hätten da nicht widerstehen können. Das ist ein klarer Hinweis, was der Grund dieses *Besuches* war.«
»Dann müssen sich bei den entwendeten Sachen Hinweise befunden haben?«, sagte Julia. »Die Briefe waren schon alt. Heute bindet man doch keine Briefe mehr mit einem Stoffband zusammen. Und außerdem glaube ich nicht, dass die beiden sich nach all den Jahren noch Briefe geschrieben haben. So romantisch war Günter nun wirklich nicht. - Es könnte natürlich auch ein neuerer Brief oder ein anderes Dokument dazwischen gewesen sein.«
»Die Täter werden bald wissen, dass du das wichtigste Buch noch hast, deshalb solltest du auf keinen Fall alleine im Haus sein! Zumindest nicht des Nachts.«
»Dann wird es am besten sein, wenn ich das Buch kopiere. Nur für den Fall der Fälle. Mit einer guten Kopie kann ich genauso gut arbeiten wie mit dem Original.«

»Gib mir das Buch! Ich gehe an den Kopierer und du an deine Regale. Beim Büchereinräumen kann ich dir sowieso nicht helfen. Nur du kennst dein System!«

Lisa schnappte sich das Notizbuch und ging in Julias Arbeitszimmer.

Bis zum frühen Abend waren sie mit den Aufräumarbeiten fertig. Lisa hatte das Buch zweimal kopiert, die Seiten zurechtgeschnitten und mit Julias Bindemaschine zwei Bücher gebunden. Ein Exemplar würde Lisa mitnehmen und in Sicherheit bringen.

»Ich warte dann auf ihre Nachricht, ob sie noch Änderungen an dem Artikel vornehmen wollen. Sie können mich jederzeit auf dem Handy erreichen. Ich werde in nächster Zeit viel unterwegs sein.«
»Ist in Ordnung. Dann bis zum nächsten Mal. Ich gehe davon aus, dass der Artikel in Ordnung ist, so wie es bis jetzt immer der Fall gewesen ist. Die Bilder der Reportage sind wieder brillant! Ich bin immer wieder begeistert von ihren Motiven. Machen Sie's gut, Frau Weiler!«
»Auf Wiederhören, Herr Ramsauer. Bis zum nächsten Mal.«
Die Reportage hatte sie abgegeben, jetzt konnte sie sich ganz dem Unterfangen *Notizbuch* zuwenden.

Gestern Abend noch hatte Julia die Kopie in der Holzverkleidung ihres Schlafzimmers versteckt. Dort konnte sie ein Brett ausklappen. Dahinter war ein Hohlraum. Das Fach war nur zu öffnen, wenn das Bett ein Stück herausgezogen wurde. Lisa hatte die zweite Kopie heute Morgen mitgenommen und würde sich um deren Aufbewahrung kümmern.
Julia klappte ihr MacBook auf, öffnete Safari und googelte die Seite der Universitätsbibliothek. Sie klickte auf die Abteilung von Erik Mommsen. Da es die gleiche Abteilung war, wie die, in der ihr Onkel gearbeitet hatte, musste sie nicht lange suchen. Nur hatte Julia ihren Onkel nie in der Arbeit angerufen. Das hätte sich ihr Onkel auch verbeten. So hatte sie auch nie seine Büronummer abgespeichert. Endlich fand sie in der Liste Erik Mommsen. Sie griff zum Telefon. Julia ließ es sicher zwanzig Mal klingeln. Nach einer Viertelstunde probierte sie es erneut. Wieder dasselbe. Dann suchte sie Eriks Privatadresse heraus. Das war nicht schwierig, da Martha in ihrem Brief erwähnt hatte, dass er in ihrem Viertel wohne. Und bald hatte sie seine Nummer. Es gab nur drei Mommsens in München. Ein S. und ein Michael. Und den E. rief sie jetzt an. Aber auch zuhause ging er nicht ans Telefon. Und nach einer weiteren Stunde sah es auch nicht anders aus. Sie musste diesen Mann finden. Er war ihre einzige Hoffnung, diesem Geheimnis auf die Spur zu kommen. Julia kam sich seit dem Einbruch so machtlos vor. Dieses Eindringen in ihre Privatsphäre hatte sie schon sehr erschüttert.

Hier schien ein gewaltiges Potential an krimineller Energie im Spiel zu sein. Was kam denn nach diesem Einbruch, wenn sie nicht schneller war und das Rätsel um das Notizbuch löste? Noch mehrere Male versuchte sie, Erik Mommsen zu erreichen. Um kurz nach drei war ihre Geduld zu Ende und sie machte sich auf den Weg nach München. Es war viel Verkehr, aber sie schaffte es trotzdem noch, vor 17 Uhr an der Bibliothek zu sein. Sie stellte ihren Wagen direkt davor im absoluten Halteverbot ab. Sie hatte jetzt wahrlich keine Zeit, einen ordentlichen Parkplatz zu suchen. Sie befürchtete, dass die Bibliothek schloss, bevor sie Erik Mommsen gefunden hatte. Julia ging durch die Drehtür am Eingang direkt zur Information.

»Entschuldigung. Mein Name ist Julia Weiler. Ich würde gerne zu Erik Mommsen. Könnten Sie mir sagen, wo ich ihn finde?«

Die junge Frau hinter der Theke - sichtlich eine Studentin, die hier ihr Salär aufbesserte - sah in einer Liste nach.

»Gehen sie hier den Gang rechts runter und die vierte Tür links. Dort ist sein Büro. Raum E07.«

»Vielen Dank«, lächelte Julia freundlich und ging in die bezeichnete Richtung.

»Entschuldigung! Den Hund können Sie da nicht mit rein nehmen!«, sie deutete auf ein Schild mit einem durchgestrichenen Hund, das an der Stirnseite der Theke klebte. »Ich passe gerne auf ihren Hund auf!«

»Danke, dann lasse ich Foster bei Ihnen. Ich komme gleich wieder!«

Vor der Türe E07 angekommen, klopfte sie. Aber es tat sich nichts. Sie klopfte noch einmal, wartete, dann drückte sie die Türklinke langsam herunter. Die Türe war nicht abgesperrt und ging sofort ein Stück weit auf. Julia öffnete sie ganz und ging hinein. Der Raum war leer. Sie trat näher an den Schreibtisch heran und ließ ihren Blick durch den Raum schweifen. Erik musste wohl schon heimgegangen sein. Sein Schreibtisch war aufgeräumt, da lag auch nicht ein Blatt Papier herum. Kein Stift. Kein Block. Nichts! Räumte man seinen Schreibtisch so auf, wenn man in den Feierabend ging? Das glaubte Julia weniger. Entweder er war im Urlaub oder er war ein penibler Ordnungsfanatiker.

Plötzlich hörte sie ein Rascheln hinter sich. Sie fuhr blitzartig herum. Da stand ein großer, breitschultriger Mann in der Tür. Er sah sie feindselig an und sagte schroff: »Was machen Sie hier? Ich habe sie hier noch nie gesehen? Wie kommen sie in das Büro?«

»Ich suche Erik Mommsen! Das Büro war nicht abgesperrt!«, verteidigte sich Julia mit zittriger Stimme.

»Und was wollen Sie von ihm?«, fragte der blonde Hüne und ging einen Schritt auf Julia zu. Sie wich zurück und stieß an den Schreibtisch.

»Ich suche ihn, weil er mit meinem Onkel zusammengearbeitet hat. Ich habe da ein paar Fragen an ihn«, erklärte ihm Julia.

»Wie heißt ihr Onkel?«

»Er hieß Günter Weiler.«

»Ich kannte ihn. Nicht gut, aber Erik mochte ihn gern«, entgegnete er jetzt freundlicher.

»Das sagte meine Tante auch. - Aber wer sind Sie eigentlich?«, fragte Julia.

»Ich bin Sven Mommsen, der Bruder von Erik«, stellte sich Sven vor. Jetzt schon viel zugänglicher.

Aha - S. Mommsen!

»Und wo ist Erik? Ich muss dringend mit ihm sprechen!«

»Na, das würde ich auch gerne wissen! Seit Samstag ist er spurlos verschwunden. Keine Meldung von ihm und er antwortet auch nicht auf meine Nachrichten.«

»Seit Samstag! Dann befürchte ich, dass hinter seinem Verschwinden die gleichen Typen stecken, die mein Haus aufgebrochen haben», versuchte Julia Sven zu erklären, sah jedoch seinem fragenden Blick an, dass er auf eine genauere Erklärung wartete. Er nickte mit dem Kopf Richtung Türe und sagte:

»Kommen Sie! Wir müssen uns dringend unterhalten!«

Die beiden verließen das Büro und holten Foster vom Informationsschalter ab.

»Auf Wiedersehen, Herr Mommsen«, lächelte die Studentin ihn an. Julia konnte die junge Frau verstehen, Sven Mommsen sah wirklich gut aus. Sehr gut sogar.

»Bis zum nächsten Mal, Frau Schreiner. Und nicht vergessen, sollten Sie etwas von meinem Bruder hören, rufen sie mich bitte sofort an!«, verabschiedete sich Sven Mommsen.

»Versprochen!«, sie lächelte ihn immer noch an.

Sie gingen in ein Café in der Residenzstraße. Julia bestellte sich einen Latte macchiato, Sven nahm einen Chai Latte. Sie suchten sich einen freien Tisch.

»Wo soll ich anfangen zu erzählen?«, begann Julia.

»Also - ich bin Sven. Wir sollten uns duzen, dann kommen wir gleich besser ins Gespräch. Findest du nicht auch?«

»Doch. Wie schon gesagt, ich bin Julia und von Beruf Journalistin. Ich lebe in Dießen am Ammersee - und was machst du? Bist du aus München?«

»Ja, ich bin gebürtiger Münchner. Ich habe ein Buchantiquariat hier im Lehel. Bücher faszinieren mich von je her. Besonders antiquarische Ausgaben. Mich reizt es, für Kunden vergriffene Exemplare aufzuspüren. Eigentlich habe ich aber Literaturwissenschaften und Germanistik studiert, wollte dann ins Lehramt. Aber oft kommt es anders als geplant. Ich habe dann viele Jahre in einem großen Verlag gearbeitet, bevor ich mein Antiquariat übernahm. Und du schreibst also.«

»Ich arbeite für verschiedene Verlage, meist Reise- und Wassersportmagazine, nicht nur für deutsche, sondern auch für französische und italienische Magazine.«

So tauschten sie sich aus und erkannten schnell, dass sie auf einer Wellenlinie lagen. Schließlich erläuterte Julia Sven die Geschehnisse der letzten Tage.

Sie erzählte von dem Brief ihrer Tante, auch deren Verdacht bezüglich der Ermordung Günters. Schnell waren sie sich einig, gemeinsam an das Problem heranzugehen. Sven machte sich große Sorgen um seinen Bruder. Er konnte sich nicht vorstellen, wohin er verschwunden sein könnte. War er womöglich entführt worden, verunglückt oder einfach für ein paar Tage verreist? Allerdings war Erik noch nie weggefahren, ohne vorher Bescheid zu geben. Der Einbruch und Eriks Abtauchen standen in irgendeinem Zusammenhang. Beides war am Samstag passiert. Das konnte kein Zufall sein.

Zurück im Auto wählte Julia sofort Lisas Nummer:

»Hey Lisa, ich fahr jetzt wieder nach Dießen zurück.«

»Wie war´s? Hast du Erik gefunden?«

»Nein, dafür seinen Bruder, Sven Mommsen. Er sucht Erik genauso wie ich«, und Julia erzählte während der ganzen Heimfahrt vom Gespräch mit Sven.

»Am Mittwoch kommt Sven zu mir nach Dießen. Wir müssen gemeinsam an das Problem herangehen.«

»Kannst du ihm trauen?«, fragte Lisa.

»Ja - ich denke schon. Ich glaube, was er gesagt hat«, meinte Julia.

»Holst du mich zuhause ab?«

»Ja, bin gleich da!«
»Bis gleich!«

Mittwoch

5   Dießen   Der Buchliebhaber

Sven kam pünktlich um 11 Uhr. Sie setzten sich zusammen auf die
Terrasse, wo Julia ein kleines Frühstück vorbereitet hatte. Es dauerte nicht
lange und sie unterhielten sich, wie wenn sie seit Jahren befreundet
wären. Sven sah das Notizbuch liegen und nahm es zur Hand. Er lehnte
sich zurück und begann die Seiten zu studieren. Es war ihm anzusehen,
dass er Bücher liebte. Wie er das Buch hielt und die Seiten durch die
Finger streifen ließ, hatte schon beinahe etwas Zärtliches, wie wenn er
das Buch nicht verletzen wollte.

»Ist dir inzwischen eine Idee gekommen?«

»Nein. Ich tappe noch völlig im Dunkeln. Vielleicht diese
Kathedrale und diese Grundrisse. Aber weiter bin ich auch noch nicht
gekommen.«

Sven blätterte vor und zurück im Buch, verglich die Seiten
miteinander. So betrieb er das eine ganze Weile.

»Also - meine Meinung ist folgende:

Auf den ersten Blick wirkt das Buch wie das Skizzenbuch eines
Hobbymalers. Aber dazwischen gibt es Einträge, die damit nichts zu tun
haben können. Und diese müssen wir uns herausziehen. Mit denen
können wir arbeiten. Zum Beispiel ganz hinten im Buch die Tabellen
und auch die Bücherliste. Die Tabellen sind Logarithmentafeln. Mir
kommt da ein Verdacht. Das erkläre ich dir später. Die haben auf jeden
Fall in einem normalen Skizzenbuch nichts zu suchen.«

Er blätterte zu einer anderen Stelle.

»Der Teufel, der Drache und dann diese Städtenamen hier: Smyrna,
Ephesus, Sardes, Philadelphia, Thyatira, Pergamon und Laodizea, das
sind die Namen der sieben Städte, an die die Sendschreiben in der
Apokalypse des Johannes gerichtet sind. Die Schreiben sollten den
Gemeinden Mut machen. - Das Tier in der Apokalypse soll der römische
Kaiser sein - Domitian, war das damals. Die Bevölkerung sollte ihn als
Gott anerkennen. Wer das nicht tat, war dem Tode geweiht. Manche
Christen waren wenigsten so schlau, so zu tun als ob und konnten so
sich und ihre Familien retten. Babylon steht hier für Rom. Der Drache

kommt hier natürlich auch vor. Er ist das Böse und wird vom Erzengel Michael besiegt.«

»Wow - das hast du einfach so aus dem Stegreif rezitiert. Nicht schlecht. Das nenne ich bibelfest.«

»Danke schön! - Die Grundrisse könnten wirklich verschiedene Bauepochen ein und derselben Kathedrale darstellen. Wir sollten sie vielleicht einscannen, auf die gleiche Größe bringen und dann übereinanderlegen. Dann hätten wir Gewissheit. Hast du einen Scanner?«

»Klar - komm mit! Das können wir gleich machen!«, sie schnappte sich das Buch und ging damit zum Schreibtisch. Kurz darauf saßen sie gemeinsam vor dem iMac und schoben die Bilder übereinander. Alle Grundrisse passten zueinander. Das hatten sie also geklärt.

»Da sind doch Markierungen in den Grundrissen oder täuscht das?«, suchte Julia die eingescannten Bilder ab. Sie vergrößerte die jeweilige Darstellung.

»Wir nehmen die Seiten mit den Grundrissen auf jeden Fall zu unseren exklusiven Seiten dazu!«

Julia nahm das Buch und blätterte zu einer bestimmten Zeichnung.

»Kennst du dieses Dorf mit der Mauer drum herum?«

»Das könnte das Katharinenkloster am Sinai sein. War dein Onkel in den letzten fünf Jahren in Israel?«

»Das weiß ich nicht. Er war ab und zu auf Forschungsreisen, auch ohne Martha. Vielleicht habe ich es einfach nur vergessen.«

»Wir nehmen das Blatt dazu!«

Dann zeigte Julia ihm einen Eintrag:

»Dieses Zeichen, hast du so etwas schon einmal gesehen?«, und sie deutete auf das kreisrunde Zeichen mit den beiden Buchstaben C und P.

»Nein - noch nie! Sieht fast wie ein Zahnrad aus. Vielleicht die Signatur eines Ordens oder sonst einer Vereinigung. Das müssen wir auf jeden Fall genauer untersuchen! Da hast du recht.«

»Und dann ist da noch dieses Oktogon.«

»Das finden wir«, meinte Sven zuversichtlich.

»Ich kopiere uns diese Seiten heraus!«

»Bitte auch die Wappen! Ich habe im Laden einige Bücher über Heraldik. Vielleicht finden wir da etwas zu diesen Wappen. Wobei wahrscheinlich das Internet mehr hergeben wird!«

»Wir würden uns sicher leichter tun, wenn wir die anderen Notizbücher noch hätten. Darin hätten wir sicher einige Ortsangaben gefunden.«

»Wir werden das Rätsel auch so knacken! - Aber es ist spät geworden. Hast du Hunger? - Dann koche ich was Feines für uns. Du musst wissen, ich koche leidenschaftlich gerne«, bot Sven an und ging in die Küche.

Um halb sieben gesellte sich Lisa zu ihnen.

»Was habt ihr herausgefunden?«, platzte sie sofort neugierig heraus, nachdem Julia die beiden einander vorgestellt hatte.

Während Sven das Essen zubereitete, berichtete Julia von ihrer Analyse des Buches. Aber schließlich siegte bei allen der Hunger.

»Jetzt lasst uns erst einmal zu Abend essen! Das riecht fantastisch und ich habe so einen Hunger. Heute Mittag ging es im Laden zu wie im Taubenschlag. Ein ganzer Reisebus Touristen hat sich über eine Stunde umgesehen - glücklicherweise auch viel gekauft«, erzählte Lisa von ihrem Tag. »Aber nach so einer Invasion bin ich immer fix und fertig.«

Spät am Abend sagte Lisa: »Also ich geh jetzt nach oben, ich bin total erledigt. Das war ein schöner Abend. Danke fürs Kochen, Sven! Gute Nacht«, sie ging in die Küche, stellt ihr Glas in die Spülmaschine und ging die Treppe nach oben.

»Ich pack´s jetzt auch und fahr nach München zurück«, Sven stand auf und ging genauso wie Lisa in die Küche und stellte ebenfalls das Glas in die Spülmaschine.

»Du musst hier nicht aufräumen. Das mache ich schon. Schließlich hast du das ganze Essen gekocht«, meinte Julia.

»Das ist schon in Ordnung. Wenn ich hier bin, werde ich genauso wie alle deine Freunde helfen - und ich denke, ich werde in nächster Zeit öfter hier sein. Oder?«, fragte er Julia mit einem Blick, der ihr durch und durch ging. Dabei streifte er kurz ihren Arm.

»Ich hoffe doch!«, sagte sie fast flüsternd. - *Was war denn los mit ihr? Sie war doch kein Teenager mehr, der nervös wurde, wenn ein gut aussehender Mann mit ihr flirtete. Er war nicht nur gut aussehend, sondern auch anziehend. Und diese Augen!* Sie hatten ein so intensives Blau, dass Julia nur ungern den Blickkontakt löste.

»Also - gute Nacht«, verabschiedete sich Sven an der Haustüre.

43

»Warte, ich bringe dich zu deinem Wagen«, bot Julia an.

»Oh, nein! Du sperrst jetzt deine Haustüre ab und ich gehe erst, wenn ich weiß, dass du gut im Haus eingesperrt bist. Nach der Sache am Samstag solltest du sicher nicht alleine nachts im Garten herumlaufen.«

»Na gut. Fahr vorsichtig. Wir telefonieren!«, sie schloss die Haustür und löschte die Lichter im Erdgeschoss. Als sie die Treppe hochging, weilten ihre Gedanken immer noch bei Sven. Sie fühlte sich zu ihm hingezogen. Das war nicht zu leugnen. So viele Jahre war sie jetzt Single. Sie hatte seit Jahren kein solches Gefühl mehr erlebt. Dieser Moment, als sein Blick etwas länger als nötig an ihrem hängen geblieben war.

Donnerstag

6   Dießen   Hinweise

Julia fuhr um zehn Uhr los Richtung München. Sie wollte heute Sven in seinem Antiquariat besuchen. An der letzten Ampel in Dießen drehte sie sich kurz zu Foster um. Dabei fiel ihr irgendetwas im Rückspiegel auf. Sie sah nochmals in den Spiegel und erkannte das Spiegelbild eines großen schwarzen Wagens. Plötzlich durchfuhr es sie wie ein Blitz. Sie hatte ein Déjà-vu: *der schwarze Range Rover* vom Samstag! Kurz sah sie wieder vor sich, wie der schwere Geländewagen von ihrem Grundstück kommend an ihnen vorbeigerast war. Und schlagartig erkannte sie, dass dies der Wagen der Einbrecher gewesen sein musste. Als die Kolonne vor ihr anfuhr, wollte sie schon in die nächste Straße rechts abbiegen, um wieder umzukehren. Aber dann beobachtete sie, dass der Geländewagen hinter ihr nach links in den Hof einer Metzgerei einfuhr. Ein Blick auf das Kennzeichen ließ sie das ortsübliche Kennzeichen erkennen. Trotzdem war sie so aufgepuscht, dass sie in die Tankstelle am Ortsende einbog, den Motor abstellte und erst einmal sitzen blieb, bis sie sich wieder im Griff hatte. Sie holte sich noch eine Flasche Wasser und fuhr dann weiter zu Sven nach München.

Da sie die Hausnummer des Antiquariats vergessen hatte, irrte sie ein bisschen im Lehel herum, bis sie die großen grünen Sprossenfenster der Buchhandlung entdeckte. Über den Auslagen stand in großen Einzellettern »Antiquariat S. Mommsen«. Über der Ladentür reichte ein schmiedeeisernes Schild an einem Ausleger weit auf den Gehsteig und zeigte durch ein aufgeschlagenes Buch mit rotem Buchbändchen an, dass sich hier eine Buchhandlung befand. Beim Öffnen der Türe klingelte ein Glockenspiel.

»Hallo Sven?«, rief Julia in den leeren Verkaufsraum.

»Julia!«, kam es freudig aus dem hinteren Ladenbereich.

»Ja! Ich dachte, ich komme dich besuchen. Ich war doch neugierig auf deinen Buchladen.«

Er kam auf sie zu und umarmte sie.

»Es erinnert ein bisschen an die Pariser Buchläden in Montmartre!«

»Das ist beabsichtigt. Ich habe mich davon in Paris inspirieren lassen. Wobei die Auslagen schon vom Vorbesitzer stammen. Aber hier drin habe ich alles neu eingerichtet.«

Die Regale waren aus dunkelgrün lackiertem Holz. Oben schlossen die Regale mit einer Schräge zur Decke hin ab, so dass nur ein armbreiter Freiraum zur Decke blieb. Lampen an nach unten gebogenen Messingstangen beleuchteten die einzelnen Regale. Mehrere Ledersessel standen in den beiden Verkaufsräumen. Daneben kleine Tischchen, damit man seinen Lesestoff ablegen konnte. Auf den Tischen standen auf alt gemachte Leselampen, passend zum Interieur.

»Komm mit nach hinten ins Büro. Magst du Tee oder Kaffee? Wir können gleich besprechen, wie wir weiter vorgehen wollen«, lud Sven sie ein.

»Eine Tasse Tee, bitte!«

Auch sein Büro hatte ein angenehmes Ambiente. Ein alter Schreibtisch, wie er in den fünfziger Jahren modern war. Links und rechts hatte der Tisch Rollos, die man zum Verschließen an kleinen Messingbügeln von unten nach oben zog, bis sie einrasteten. An der Wand stand ein Aktenschrank, ebenfalls mit Holzrollo davor. Die Wände waren mokkafarben gehalten und schlossen mittels einer weißen Stuckleiste an die Decke an. In der Mitte der Zimmerdecke hing ein alter Messingleuchter, ein Kubus aus Antikglas.

»Solche Aktenschränke hatte mein Großvater in seinem Büro stehen. Wo hast du die denn aufgetrieben?«

»Neu gekauft. Ich stehe auf so alt gemachte Sachen. Ich kann dir gerne die Adresse des Möbelgeschäfts geben.«

»Ich habe heute früh die Krankenhäuser abtelefoniert. Erik ist nirgends eingeliefert worden. Auf seinem Handy erreiche ich ihn immer noch nicht und seine Mailbox ist inzwischen abgeschaltet. Ich verstehe das einfach nicht! Wo kann er nur sein?«

Er streifte sich mit beiden Händen die Haare zurück und verschränkte die Hände hinter dem Kopf: »Ich wollte übrigens nachher in seine Wohnung gehen und genauer nachprüfen, ob sich dort irgendwelche Hinweise auf sein Verschwinden finden. Kommst du mit?«

»Dein Bruder kennt mich doch gar nicht. Das wäre ihm sicher nicht recht«, meinte Julia.

»Darüber brauchst du dir deinen hübschen Kopf nicht zu zerbrechen«, wieder lächelte er sie auf seine besondere Art an.

»Also gut, wenn du dir sicher bist?«

Beide sahen sich eine Zeitlang stillschweigend an, dann brach Julia den Blickkontakt ab, damit er nicht bemerkte, dass sie errötete. Sie

standen auf und gingen zur Ladentüre. Sven hängte das
»*Geschlossen*«-Schild in die Türe und sperrte ab.

»Ich hole nur schnell mein Fahrrad aus dem Hof. Hier mache ich
alles wenn möglich mit dem Fahrrad. Das ist in München das
bequemste. Nur wenn ich Auslieferungen mache und Bestellungen
abhole, benutze ich mein Auto.«

»Das würde ich hier auch nicht anders machen«, bestätigte Julia
und folgte Sven in den Hof hinter seinem Laden. Am Fahrradständer
stand ein altes orangefarbenes Rennrad ohne jeglichen modernen
Schnickschnack. Er kettete es ab und hob es aus dem Ständer. Er zeigte
auf einen alten grün-weißen VW-Bus aus den 80er Jahren, der in der
Ecke des Hofes stand.

»Das ist meiner. Ganz praktisch, wenn ich mehr zu transportieren
habe. Notfalls kann ich drin schlafen. Habe ich schon öfter gemacht,
wenn ich auf Buchmessen war und kein Hotelzimmer mehr gekriegt
habe. - Es ist nicht weit zu Eriks Wohnung. Meine Wohnung liegt auf
dem Weg dorthin. Ich stelle nur mein Rad dort ab und wir können direkt
weiter zu Erik gehen.«

»Hast du einen Schlüssel für seine Wohnung?«

»Ja, genauso wie er einen Schlüssel für meine Wohnung und
meinen Laden hat. Da vertrauen wir uns vollkommen.«

Eine Zeitlang liefen sie schweigend nebeneinander her.

Sie gingen direkt zu Eriks Wohnblock. Die Wohnung lag im dritten
Stock renovierten Altbaus. Die Treppe knarzte beim Hinaufgehen. Sven
sperrte die Wohnungstür auf und rief in die leere Stille: »Erik, bist du da?
- Hallo! - Ich bin´s, Sven«, aber es kam keine Antwort.

»Die Hoffnung stirbt zuletzt!«, sagte er enttäuscht.

Es war eine große Altbauwohnung, Julia zählte sechs Zimmertüren.
Von einem breiten Flur konnte man rechts und links in die Zimmer
gehen. Die Zimmertüren waren im Jugendstil gehalten, mit bunten
Antikglasscheiben. Sehr schön. Sie gingen durch die einzelnen Zimmer.
Eriks Wohnung war genauso aufgeräumt wie sein Büro. Er schien
generell ein sehr ordentlicher Mensch zu sein. Auch hier lag nichts
herum.

»Es scheint nichts durchsucht worden zu sein. Sonst sähe es aus wie
bei mir zuhause nach dem Einbruch!« meinte Julia, »und bei dieser
Ordnung, die dein Bruder hält, würde jeder Einbruch sofort auffallen!«

»Auf den ersten Blick sieht es hier wie immer aus. Warum hat er nicht Bescheid gegeben, wenn er verreist? Das hat er noch nie gemacht.«

»Weißt du, ob er zurzeit an etwas Besonderem gearbeitet hat?«

»Nein, er erzählt nicht viel von seiner Arbeit. In den letzten Monaten war er viel unterwegs. Manchmal hat er seinen Aufenthalt auch noch verlängert.«

»Wo war er denn überall?«, Julia ließ Foster von der Leine. Sven nickte ihr zu, dass es in Ordnung war, wenn der Hund frei herumlief.

»Wenn ich mich recht erinnere, war er zuletzt in Frankreich. Zweimal sogar.«

»Und wo noch?«, fragte Julia wie nebenbei, während sie sich in dem Zimmer umsah, das Eriks Büro zu sein schien.

»In der Schweiz, in Israel, in der Türkei, auch in Italien war er im letzten Jahr.«

»Vielleicht finden wir irgendwelche Unterlagen zu den Reisen. - Wo hat er denn seinen PC?«

»Der steht doch auf seinem Schreibtisch«, kam die Stimme von Sven aus dem Nebenraum.

»Der Schreibtisch ist so leer wie der in seinem Büro!«

Sven kam aus dem Nebenzimmer gesprungen: »Was?«

»Na, schau doch selbst! Siehst du hier etwa einen PC?«

»Letzte Woche war er noch da«, sagte Sven und ging an den Schreibtisch.

Er öffnete die drei Schubladen und die beiden Türchen im Schreibtisch. Aber da fanden sich nur Umschläge, Stifte, CDs, Zettelnotizen und Ordner. Nichts, was auf Anhieb als Hinweis gedeutet werden konnte.

»Erik hat einen PC und ein Notebook. Das Notebook hat er immer dabei. Aber der PC stand immer hier im Büro auf dem Schreibtisch. Dass der fehlt, ist äußerst merkwürdig. Lass uns die ganze Wohnung absuchen. Vielleicht hat er den Rechner auch zum Service gebracht und das Notebook mitgenommen.«

»Mir ist trotzdem nicht wohl dabei, die Schränke deines Bruders zu durchsuchen.«

Sie machten sich trotzdem an die Arbeit und öffneten jede Schublade und jeden Schrank.

Das Büro von Erik war stilvoll eingerichtet. Die Bibliothekswand zog sich über alle vier Wände. Für die Fenster waren Nischen ausgebildet, mit Bänken davor. Darauf seidene Sitzkissen. Julia konnte sich gut vorstellen, an einem kalten Winterabend auf so einer Fensterbank zu sitzen und sich ein gutes Buch zu gönnen. Allerdings glaubte sie nicht, dass Erik sich hier jemals zum Lesen hingesetzt hatte. Alle Kissen sahen neu und unbenutzt aus. Keine Falte!

Als sie mit dem Büro schließlich durch waren, nahmen sie sich das Wohnzimmer vor. Aber auch hier war kein Hinweis zu finden. So arbeiteten sie sich durch die ganze Wohnung. Ohne Erfolg!

Als sie später am Küchentisch saßen und eine Pause machten, stöhnte Sven:»Ich verstehe das nicht! Es muss doch irgendetwas zu finden sein. Wenn er wirklich an etwas Gefährlichem dran war, dann hätte er mir einen Hinweis hinterlassen.«

»Wieso bist du dir da so sicher?«

»Weil wir uns schon als Kinder Geheimbotschaften und chiffrierte Nachrichten geschrieben haben. Das war immer schon Eriks Steckenpferd. Auch heute noch sind Zahlen und Codierungen seine Leidenschaft. Er verschlingt alles an Büchern, was er über Codes, Zahlen und Verschlüsselungen nur finden kann. Als Kind hatte er sich immer Szenarien ausgedacht, wo er eine Botschaft hinterlassen würde, damit der beabsichtigte Empfänger sie findet. Und welche Geheimsprachen man sich ausdenken könnte, die dann nur der Empfänger entziffern kann.« Er führte Julia zurück in Eriks Büro und deutete auf die Regale.

»Da - sieh dir die Buchreihen an - Kryptographie, Verschlüsselung, Geheimsprachen, regalweise steht hier die Fachliteratur dazu. Ich glaube, Erik kennt alle Möglichkeiten, Nachrichten zu verschlüsseln. So schnell macht ihm da keiner etwas vor.«

»Und - was für Verstecke hattet ihr in eurer Kindheit?«

»Wir versteckten Nachrichten unter einer lockeren Holzdiele im Flur oder auf der Rückseite eines Bildes. Auch in der Deckenlampe deponierten wir Nachrichten oder wir schrieben codierte Texte auf die Rückseite der Kalenderblätter in der Küche oder im Flur.«

Während er das sagte, blieb sein Blick an der Wand hängen. Er stand auf und ging zu dem Kalender, der neben dem Kühlschrank hing. Der Mai hing noch auf der Vorderseite. Sven blätterte die Seite hoch und sah auf die Rückseite. Nichts. Dann blätterte er zum Juni weiter. Auf dessen Rückseite wurde er fündig. Hier hatte Erik mit Bleistift Zahlen aufgeschrieben. Sie waren nur ganz schwach zu erkennen. Sven riss die Seite vom Kalender.

»Deine Frage vorhin war gut! - Hier - er hat eine Nachricht hinterlassen. Jetzt müssen wir diese nur noch entschlüsseln - übrigens, ich sagte doch gestern, dass ich bei den Logarithmustafeln einen Verdacht hätte.«

»Ja, ich weiß.«

»Wir hatten damals die Logarithmentafeln zum ver- und entschlüsseln. Nur - was macht die Logarithmentafel dann im Notizbuch deines Onkels?«

»Eine interessante Frage! - Lass mich die Nachricht einmal ansehen!«, Julia nahm die Nachricht aus Svens Hand entgegen.

»Das sind ja nur Zahlenreihen! Kannst du damit etwas anfangen?«

»Ich denke schon. Erst muss ich herausfinden, welches System der Verschlüsselung er angewendet hat. Ich bin nicht mehr so fit in der Thematik wie Erik. Und bei mir ist es viele Jahre her, dass ich seine Nachrichten entschlüsselt habe. Eigentlich Jahrzehnte!«

»Es ist schon Viertel nach sieben. Gehen wir was essen und versuchen nachher der Nachricht auf die Spur zu kommen!« schlug Julia vor.

»Lass uns zu mir gehen!«, antwortete Sven. Sie standen auf, riefen Foster, die es sich unter dem Küchentisch bequem gemacht hatte, und verließen die Wohnung.

Kurz darauf öffneten sie Svens Wohnungstüre. Auch er wohnte in einem modernisierten Altbau, jedoch im 4. Stock. Wie in der Wohnung seines Bruders war auch hier das alte Parkett erhalten. Die hellen Möbel und der dunkle Holzboden harmonierten perfekt. Sven hatte einen guten Geschmack, sowohl bei der Einrichtung seiner Buchhandlung als auch hier. Julia fühlte sich auf Anhieb wohl. Die Räume luden zum Verweilen ein.

»Deine Gäste gehen sicher nicht freiwillig! Hier muss man sich einfach wohlfühlen!«, gab sie seiner Wohnung ein Kompliment.

Er hatte auch auf Details geachtet. Stehlampen und Kerzen, großflächige, rahmenlose Landschaftsbilder in Acryl und bunte Pflanzkübel bildeten farbige Akzente. Als Julia in die Küche kam, entfuhr ihr ein Ton des Erstaunens: »Das Beste hast du dir zum Schluss aufgehoben!«

»Gestern habe ich dir doch gesagt, dass Kochen meine große Leidenschaft ist. Das war nicht nur so in den Raum gesprochen. Als ich mir diese Wohnung gekauft habe, war für mich ausschlaggebend, wie groß der Raum für die Küche ist. Ich hatte ganz klare Vorstellungen, wie sie aussehen sollte. Massivholzmöbel, eine große Kochinsel mit Gasherd, Induktion und auch Bratplatte. Die ist super, wenn man Steaks macht und viele Gäste hat. Aber auch Bratkartoffel werden darauf perfekt. Selbstverständlich wollte ich auch Steinplatten als Arbeitsflächen. Ich nutze die Küche täglich zum Kochen. Auch für mich allein bereite ich jeden Abend eine volle, warme Mahlzeit zu.«

»Davon lass dich auch heute bitte nicht abhalten! Ich verhungere schon fast«, lächelte ihn Julia an. Jetzt war sie es, die den Blickkontakt länger als nötig hielt. Dann zog sie sich einen Barhocker zur Kücheninsel und nahm Platz: »Dann lass hören, was du uns Feines kredenzt.«

Sven öffnete den Kühlschrank und überlegte. »Wie wär´s mit einer Lasagne? Als Nachtisch könnte ich eine Mousse au Chocolat anbieten? Ich kann dir auch eine Creme Brûlée machen oder wenn du es einfacher möchtest, Crêpes.«

»Mousse au Chocolat passt. Darf ich mich inzwischen in deiner Wohnung ein bisschen umsehen?«

»Klar - nur keine Hemmungen. Möchtest du einen Rotwein?«

»Gerne.«

Nach ein paar Minuten kam sie zurück in die Küche.

»Hast du den Rotwein schon aufgemacht? Ich muss doch noch fahren. Da kommt Rotwein nicht so gut.«

»Bleib doch einfach hier! Du kannst im Wohnzimmer schlafen. Da steht eine komfortable Ausziehcouch. Ich habe selber schon darauf geschlafen. Sie ist echt bequem.«

»Ich habe nichts dabei zum Umziehen und auch kein Waschzeug.«

»Das ist kein Problem. Eine neue Zahnbürste habe ich da und einen Pyjama kannst du auch von mir haben.«

»Na gut - dann doch Rotwein. Ich sage schnell Lisa Bescheid. Sie macht sich sonst Sorgen. Seit dem Einbruch bei mir im Haus hält sie ihre Adleraugen über mich«, sie ging zu ihrem Rucksack, holte ihr Handy heraus und telefonierte kurz mit Lisa.

»Noch ein kleines Problem! Was hast du denn für Foster zum Fressen?«

»Ich habe Markknochen eingefroren. Ich koche ihr eine schöne Brühe mit Reis. Was hältst du davon?«

»Wahrscheinlich wird Foster das Trockenfutter zuhause nie wieder anrühren, wenn du sie hier so verwöhnst!«

Er lachte, bückte sich zu Foster und kraulte sie.

Dann machte er sich ans Kochen.

Julia setzte sich wieder an die Küchentheke und beobachtete Sven. Er war sehr routiniert in allen Handgriffen. Ja - er schien wirklich regelmäßig zu kochen.

»Morgen sollten wir gleich in der Früh loslegen, das Dokument zu entschlüsseln. Das wird ein hartes Stück Arbeit. Manchmal verwendete Erik sehr aufwendige Verschlüsselungsmethoden.«

»Ist wohl ein Spaßvogel, dein Bruder!«

»Oh, nein. Ganz und gar nicht. Ganz im Gegenteil! Er ist immer ernst und nachdenklich. Zu jeder Zeit in seine Wissenschaft versunken. Weißt du, er hat Bücher immer unter wissenschaftlichen Gesichtspunkten gelesen. Ich dagegen lese Bücher aus Freude am Lesen.«

«Mir geht es genauso. Ich liebe es, Bücher anzufassen, durchzublättern und sogar daran zu riechen«, entgegnete Julia.

Sven lächelte Julia an: »Ja - du hast mich verstanden!«

»Ich glaube schon«, wieder konnte sie den Blick fast nicht von seinen Augen lassen.

Um zehn Uhr waren sie mit dem Essen fertig. Zur Mousse genossen sie einen Espresso.

Gemeinsam spazierten sie noch eine Runde um den Block, damit Foster noch einmal raus kam. Als sie zurück in der Wohnung waren, wünschten sie sich eine gute Nacht. Julia machte es sich auf der Couch bequem und Foster rollte sich neben dem Kopfende am Boden zusammen. Es dauerte nicht lange und sie fiel in einen traumlosen Schlaf.

Sie wachte auf, weil ihr Foster die Hand abschleckte. Julia hatte wie ein Stein geschlafen. Mit noch verschwommenem Blick versuchte sie, auf dem Display ihres Handys die Uhrzeit abzulesen. Halb acht.

»Foster - du kannst schon noch ein Weilchen warten, bis ich fertig angezogen bin. Hier kann ich dich nicht einfach in den Garten lassen.«

Sie streichelte Foster und deutete ihr, sich wieder auf ihr Plätzchen zu legen. Julia stand auf, ging zum Fenster und sah zum Englischen Garten hinüber. Mitten in der Stadt und doch direkt im Grünen. *Herrlich!*

Nach einer Viertelstunde kam sie fertig angezogen aus dem Badezimmer. Sie war gerade auf dem Weg in die Küche, als Sven die Haustüre aufsperrte.

»Guten Morgen, du Schlafmütze«, lächelte er sie an und gab ihr einen flüchtigen Kuss auf die Wange.

»Ich habe frische Semmeln und Brezen geholt. Auch Weißwürste. Wir können uns also kräftig stärken, bevor wir uns an die Nachricht aus dem Kalender machen!«

»Wo seid ihr beide eigentlich aufgewachsen?«, fragte Julia.

»Hier in München. Wir sind auch auf dieselbe Schule gegangen. Ich war zwei Klassen über Erik.«

»Damals habt ihr Euch schon codierte Nachrichten geschrieben?«

»Ja - machen das nicht alle Jungs in diesem Alter. Räuber und Gendarm spielen, oder Cowboy und Indianer. Und natürlich Geheimschriften erfinden!«

»Ich weiß nicht. Ich bin schließlich kein Junge », grinste Julia Sven an.

»Gott sei Dank!«

Er stand auf und holte die Nachricht zum Küchentisch.

67174799764685196832898532740186129980365
5693728
88152721278397952212254761298 38235787
67408831993571782877004

01474971495618975357193303820 3537
385599501326099780856259613132 26517
66031226609778
68950828395169420898680014643 0145076
70879225291754750759235594628 0886
3273393600552863430234802

»So ähnlich sahen unsere Briefe damals auch aus. Jetzt ist nur die Frage, welches System er angewandt hat. Aber das bekomme ich schon heraus. Jetzt nehme ich zuerst einmal die Methode, die wir am häufigsten benutzt haben. Schließlich ist das alles schon eine Weile her. Ich muss erst wieder in Übung kommen. Erik hat sich immer weiter mit diesem Thema beschäftigt. Ich habe das zuletzt in meinen Studientagen gemacht.«

»Jetzt bin ich aber gespannt, wie du die Sache angehst.«

»Zuerst muss ich wissen, welches Schlüsselwort er benutzt hat. Dann brauche ich noch eine Tabelle von Zahlen. Wir nahmen damals immer unser Tafelwerk aus der Schule oder die Logarithmentafel aus unserem Mathelexikon. Das stand bei uns zuhause im Bücherschrank, ein dicker blauer Wälzer. Es war eines von Eriks Lieblingsbüchern. Er konnte abends im Bett liegen und stundenlang darin blättern, während ich Asterix oder Lederstrumpf las. Aber zurück zum Thema. Eine der beiden Tabellen muss es sein. Eine andere benutzten wir nicht. Durch die Positionsangabe kann ich schnell sagen, welche Tabelle ich benötige. Das ist nicht das Problem.«

»Und wie kannst du jetzt feststellen, welche Art der Verschlüsselung er benutzt hat?«

»Bei der Verschlüsselungsart, die ich meine, muss man von den ersten sechs Zahlen - ich habe sie hier unterstrichen - die zweiten sechs Zahlen abziehen. Das ergibt die Positionsangabe in der Liste der Zahlentabelle. Durch die Seitennummer weiß ich automatisch, welches Buch er genommen hat. Denn das Tafelwerk war ganz dünn, vielleicht fünfzig Seiten, das Mathelexikon hatte 800 oder 900 Seiten. Wenn ich die Position habe, dann schreibe ich die Zahlen aus der Tabelle ab dieser Startposition genau über die codierten Zahlen von Erik und ziehe die beiden voneinander ab. Dann habe ich die Zahlenkolonne, die ich nur noch in Buchstaben umwandeln muss. Dazu muss ich aber wissen, welches Schlüsselwort er genommen hat, um die Buchstabentabelle zu erstellen. Dafür brauche ich zuerst die häufigsten acht Buchstaben in deutschen Texten. Da nahmen wir immer die Buchstaben *D A S T R E I N*. Diese acht Buchstaben bekommen die Zahlen 0 - 7.«

»Ich versuche, dir zu folgen. Aber noch ist alles sehr theoretisch.«

»Das glaube ich dir gerne. Wie gesagt, wir müssen sowieso erst einmal herausfinden, welches Wort sein Schlüsselwort war. Ohne Schlüsselwort werde ich das Rätsel nicht lösen können.«

«Und wo sollen wir das Wort finden?«

»Am Besten gehen wir in seine Wohnung. Irgendwo muss es einen Hinweis geben. Komm mit!« Er schnappte sich seinen Schlüsselbund.

Auf dem Weg ließen sie Foster ein bisschen herumtoben, bevor sie hinauf in Eriks Wohnung gingen.

Sven sperrte die Tür auf und legte seine Schlüssel auf das Biedermeier-Tischchen im Flur.

»Ich sehe in seinem Arbeitszimmer nach. Nur wo? Es muss ein Wort mit sechs Buchstaben sein. Sechs verschiedene Buchstaben!«

Julia beobachtete ihn eine ganze Zeit, wie er Regalboden für Regalboden die Buchrücken durchschaute. Sie ging ins Wohnzimmer und sah sich dort um. Die Bücher in den Regalen waren thematisch sortiert. Als sie die Bücherregale durchsucht hatte, machte sie sich an die Schubladen, den Zeitschriftentisch und tastete die Couch und die Sessel ab, ob irgendetwas in den Schlitzen zwischen den Kissen versteckt war. Dann sah sie unter die Couch und die Sessel, hob schließlich sogar den Läufer hoch und sah darunter nach. Nichts!

Bei Sven lief es auch nicht besser. Er hatte inzwischen sämtliche Schubladen, Regale und Fächer durchsucht. Jetzt schritt er gerade in schmalen, parallelen Bahnen die Parkettdielen ab, ob sich eine lösen ließ. Auch Fehlanzeige.

Er ging in die Küche und durchforstete hier alle Schränke und Schubladen. Als er sich schließlich enttäuscht an den Tisch setzte, kam Julia in die Küche. Sie hatte mehrere Magnetbuchstaben in der Hand.

»Hast du was gefunden?«, wollte Sven wissen.

»Im Gang hängt eine Pinnwand, und die einzelnen Zettel sind mit diesen Magneten festgemacht. Es sind sechs Metallbuchstaben«, grinste Julia. »Nicht mehr und nicht weniger!«

»Das ist es! Typisch für Erik, etwas ganz offensichtlich zu verstecken. Leg sie bitte hierher!«

Sie schoben die Buchstaben auf dem Tisch hin und her.

K L A U N I - K A L U N I - K A U N I L - L U N I K A - ....

»Mir sagen diese Buchstaben nichts«, meinte Julia.

»Es muss etwas mit seiner Arbeit zu tun haben. Wenn wir hier alle möglichen Permutationen bilden wollen, dann sitzen wir in einer Woche noch hier rum. Das sind 720 Kombinationen.«

«Ich glaube dir das jetzt mal. Ich war nie so ein Mathegenie. Ich hab mich mit Mathe immer nur so durchgewurschtelt.«

»Das ist keine Hexerei. Ich zeig dir ein Beispiel. Auf wie viele Arten kannst du die Buchstaben A, B und C kombinieren«»Das krieg ich grad noch hin: ABC-CAB-BCA-ACB-BAC-CBA.«

»Aber es gibt einen schnelleren Weg, denn wenn das mehr als drei Buchstaben sind, dann gibt das ganz schnell viel mehr an Möglichkeiten: Wenn du drei Buchstaben hast, dann sind das 1 mal 2 mal 3 Möglichkeiten, also 6 Möglichkeiten. Vielleicht erinnerst du dich an den Begriff Fakultät! n verschiedene Elemente miteinander kombiniert. n mit einem Ausrufezeichen. Und um das auszurechnen, muss man die Zahlen 1 bis n miteinander multiplizieren.«

»Ja, da kommt eine schwache Erinnerung auf. Spaß beiseite - ich hab´s gecheckt. In unserem Fall sind das dann 1 mal 2 mal 3 mal 4 mal 5 mal 6, also die 720 Möglichkeiten, oder 6! - richtig?«

»Und deshalb meine ich, dass Erik hier irgendwo noch einen Hinweis hat.«

»Aber wo sollen wir noch suchen?«

»Oh, da gibt es noch viele Möglichkeiten. Du machst dir gar keine Vorstellung davon, wo man etwas verstecken kann. Erik war da immer schon sehr gut. Bevor wir dieses Wort nicht kennen, kann ich nicht mit dem Dechiffrieren loslegen.«

»Hast du gar keinen Schimmer, an was dein Bruder in letzter Zeit gearbeitet hat? Das alles hängt doch sicher damit zusammen!«

»Nein, wir haben selten über seine Arbeit gesprochen.«

»Mir fällt da was ein«, Julia sprang auf und ging in den Flur. Sven hörte Papier rascheln und schon kam sie wieder zurück in die Küche. Sie hatte einen ganzen Stapel Notizzettel in der Hand.

»Vielleicht ist da etwas dabei! Diese Zettel waren mit den sechs Magnetbuchstaben festgehalten«, schlug sie vor. »Vorhin habe ich nur auf die Magnetbuchstaben geachtet, nicht auf das, was damit festgeklemmt war.«

»Gute Idee«, bemerkte Sven. Sie breiteten die Zettel auf dem Tisch aus.

»Ein Kassenzettel aus der Metzgerei - komisch, dass er einen Beleg für Pfälzer Würstchen aufhebt. Ein Abholzettel aus der Reinigung K.Groß. Und hier eine Visitenkarte von einem Zahnarzt, A.Flaccus»

»Sieh mal diese Notiz an: *Sven das Mathelexikon zurückgeben*. Das ist es. Jetzt ist es auf einmal ganz klar!«

Julia beugte sich über die Notizen.

»Mathelexikon - er hat es zum Verschlüsseln vorgesehen, und hier, der Reinigungszettel, K.Groß - KARL DER GROSSE!«

»Jetzt müssen wir nur noch rauskriegen, wen er mit dem Zahnarzt A. Flaccus meint«, sagte Julia und holte aus ihrem Rucksack ihr iPad heraus. Sie öffnete den Browser und tippte Karl der Große so wie A. Flaccus ein. Bald fand sie einen Artikel, indem erklärt wurde, wer *A. Flaccus* war. Sven sah erstaunt auf den Bildschirm:

»Somit hätten wir die richtige Reihenfolge der sechs Buchstaben. Flaccus war der Hofname von ALKUIN, der die Hofschule in Aachen leitete. Zu Zeiten Karls des Großen.

Also - unser Schlüsselwort ist A L K U I N!«

Sven nahm einen Block zu Hand und schrieb:

Schlüsselwort **A L K U I N**.

Stamm-Buchstaben **D A S T R E I N**

Jetzt machte er eine Tabelle darunter.

»Siehst du, ich habe unter Alkuin alle übrigen Buchstaben des Alphabets aufgeschrieben, von links nach rechts und von oben nach unten. Die hellen Ziffern sind unter den acht häufigsten Buchstaben in unseren deutschsprachigen Landen. Die bekommen die Zahlen 0 bis 7 zugeordnet, von oben nach unten und von links nach rechts beschriftet. Die anderen Buchstaben, der Punkt und das Leerzeichen bekommen die Zahlen 80 - 99 von oben nach unten und von links nach rechts beschriftet:

A	L	K	U	I	N
0	83	87	90	6	7

B	C	D	E	F	G
80	84	3	5	94	97

H	J	M	O	P	Q
81	85	88	91	95	98

R	S	T	V	W	X
1	2	4	92	96	99

Y	Z	.	_
82	86	89	93

Das ist jetzt unsere Tabelle, mit der wir die Ziffernfolge wieder in Buchstaben umwandeln können. Jetzt brauchen wir zuerst die Zahlentabelle. Erik hat uns den Hinweis auf das Mathelexikon gelassen.«

»Und du weißt genau, welche Tabelle du daraus nehmen musst!«

»Ja, das gehört zu den Absprachen, die nicht mitverschlüsselt werden. Das muss der Empfänger bereits wissen.«

Er nahm die Nachricht von Erik und sah sich die Zahlenfolge an.

»Die Subtraktion der ersten sechs Zahlen von den zweiten sechs Zahlen ergibt die Position in der Zahlentabelle im Mathelexikon.«

Er rechnete die Zahlenposition aus.

671747
997646

»784101 ist das Ergebnis. Seite 784 Zeile 10 in Spalte 1 und davon mit der 3. und 4. Zahl beginnen. Auch das ist wieder vorher abgesprochen. Das Abziehen geht *ohne* Zehnerübertrag. Also - zum Beispiel - von 7 bis 11 sind es 4, von 9 bis 17 sind es 6, von 9 bis 16 sind es 7 usw., aber kein eins gemerkt oder so!«

»Woher weißt du, dass du die ersten sechs Zahlen und die zweiten sechs Zahlen voneinander abziehen musst?«

»Gehört auch zum vereinbarten Algorithmus, um auf die Position zu kommen. Genauso wie wir immer die dritte und vierte Zahl als Startposition in der Zahlentabelle genommen haben. Dieser Modus muss natürlich vorher abgesprochen sein. Der Algorithmus wird grundsätzlich nicht mitverschlüsselt.«

»Und wie geht´s dann weiter?«

»Jetzt schreibe ich unter die Ziffernreihe alle Zahlen aus der Tabelle nahtlos darunter. Wenn alle Zahlen so übereinander stehen, dann ziehe ich die Zahlen wieder ohne Zehnerübertrag voneinander ab. Nur die Einerstelle wird geschrieben. - Jetzt habe ich die Zahlenreihe, die ich mit Hilfe der Tabelle wieder in Buchstaben übersetzen kann.

Immer wenn eine 8 oder 9 vor einer Zahl steht, weiß ich, dass dies eine zweistellige Zahl ist. Ohne eine davor geschriebene 8 oder 9 handelt es sich um einen der Buchstaben *DASTREIN*. Der Sinn hinter dieser Subtraktion beziehungsweise vorherigen Addition der Tabellenzahlen liegt darin, dass so Häufigkeiten bestimmter Buchstaben nicht mehr erkannt werden können.«

Heraus kamen folgende Zahlen:

5672938791576975932584812898696965693
7590796
5672938791576975932584812899490579493
9686965693806293969651
5672938791576975932658057895679073
9490579486697939692651907331562269 7
80629265186697
8696569387915769759325848128975907 93
9686581795839025839489759078868 17
80628696569073869607866 97

Es dauerte einige Zeit, bis sie die Zahlenreihe in Buchstaben übersetzt hatten.

1 Könige 6.2 9W
1 Könige 6.5 W2 bis 4
1 Könige 7,51 W34 bis 40
2 Könige 6.9 W10plus11.19bis22

»So - den Text hätten wir. Pause? Sollen wir rüber in den Englischen Garten gehen? Es ist so schönes Wetter draußen, außerdem ist es schon nach 17 Uhr. Wir nehmen diese Sachen mit und machen erst einmal Brotzeit. Danach sehen wir, wie wir weiterkommen.«

»Gute Idee. Mir ist schon ganz flau vor Hunger. Heute Abend fahre ich wieder zurück nach Dießen. Ich brauche frische Anziehsachen. - Komm doch mit und verbring das Wochenende bei mir! Ich habe genügend Platz«, lud Julia Sven ein. »Und wir könnten noch schwimmen gehen. Hast du Lust?«

»Und ob!«

Gegen zehn Uhr abends kamen sie in Dießen an. Lisa wartete schon vor der Werkstatt auf die beiden. Sie nahmen Lisa mit zu Julia. Dort öffneten sie eine Flasche Wein und setzte sich bei Kerzenlicht gemütlich auf die Terrasse. Lisa wollte alles bis ins Detail wissen. So erklärte ihr Sven geduldig die Entschlüsselungstechnik.

Samstag

8 Dießen Ungebetene Gäste

Sie trafen sich morgens um zehn in der Küche und beschlossen, erst einmal Schwimmen zu gehen. Nach dem gemeinsamen Frühstück auf fuhr Lisa in ihre Werkstatt.

Sven und Julia holten die Papiere und eine Bibel zum Terrassentisch und begannen die entsprechenden Stellen herauszusuchen:

Das Haus, das König Salomo für den Herrn baute.

»Stopp. Nur die ersten neun Wörter«, meinte Sven.

Die Wände des Hauses
In die Schatzkammer des Hauses des Herrn
Hüte Dich liegen dort im Hinterhalt.

»Na toll. Das ist jetzt aber informativ!«, sagte Julia sarkastisch.

»Lass mich kurz nachdenken. Erik schreibt sowas nicht ohne Hintergedanken. Wir müssen nur versuchen seine Spur zurückzuverfolgen. Denk an die Hinweise:
Alkuin - K.Groß - Pfälzer Würste«.

Er lief auf und ab, ging in die Küche und kam mit einem Kaffee wieder zurück auf die Terrasse.

»Alkuin war der Hofname von Flaccus. Wie war der Hofname der anderen Leute am Hofe Karls?«

»Mal sehen, was das Internet dazu hergibt. - Ich habe es schon gefunden. Karl wurden die Hofnamen David und Salomo zugedacht. Die Pfalzkapelle wurde auch als Tempel Salomos bezeichnet. Damit ist unser Ziel wohl klar.«

»Wir müssen nach Aachen.«

»In die Pfalzkapelle!« Julia klappte den Laptop zu.

»Kannst du denn so einfach weg von deinem Antiquariat?«

»Ja, ich mach den Laden einfach für ein paar Tage zu. Das ist kein Problem. Das mache ich auch, wenn ich auf Messen fahre. Ich habe dann immer eine Bandansage auf dem Anrufbeantworter. Ist ein altes Gerät aus den 80ern, trotzdem verrichtet es seit dem ersten Tag unverändert seinen Dienst. Meine Stammkunden rufen eigentlich immer zuerst an, bevor sie zu mir kommen. Manche reisen auch von weit her an und holen ein bestelltes Buch ab. Die wollen den Weg natürlich nicht umsonst machen. Aber was ist mit dir? Kannst du einfach weg?«

»Ja, ich hab mich diese Woche schon darum gekümmert. Meine Artikel habe ich fertig geschrieben und abgeschickt. Foster kann für die Zeit zu Lisa. Das kennt sie schon. Wenn ich Termine habe, die über mehrere Tage gehen und viele Besprechungen beinhalten, lasse ich sie immer bei Lisa. Bei Lisa ist ihr zweites Zuhause!«

Sie mussten noch einige Besorgungen machen und fuhren deshalb nach Dießen hinein. Nach den Einkäufen besuchten sie Lisa und luden sie zum Abendessen bei Julia ein.

»Sven kocht heute wieder. Er macht Ratatouille und danach gibt´s noch eine Mascarpone-Pizza zum Nachtisch«, kündigte Julia an.

»Mascarpone-Pizza hab ich noch nie gehört!«, schaute Lisa ungläubig.

»Habe ich vor Jahren in der Toskana gegessen. Ich war so begeistert, dass ich dem Wirt das Rezept abschwatzte. Das hat mich mehrere Flaschen edlen Rotweins gekostet. Glaub mir, wenn du diese Pizza gegessen hast, möchtest du auch das Rezept«, lächelte Sven charmant.

»Wir können gerne einführen, dass du immer kochst, wenn du bei Julia bist. So lecker habe ich schon lange nicht mehr italienisch gegessen«, schwärmte Lisa.

»Danke, danke. Ist das jetzt der Versuch mich durch Schmeicheleien zum Kochen zu bringen?«, fragte Sven.

»Auch. Aber ich meine es ernst. Du kochst wirklich fantastisch!«

»Du müsstest seine Küche in München sehen. Mit der Ausstattung könnte er leicht ein Restaurant eröffnen. Profimäßig! - Also, du kommst dann nach dem Geschäft!«, forderte Julia Lisa auf.

»Abgemacht!«

Die beiden fuhren zu Julias Haus, parkten das Auto in der Einfahrt und luden die Taschen aus.

In der Küche verstauten sie alle Sachen im Kühlschrank und in den Schränken.

Als Julia ins Wohnzimmer ging, traute sie Ihren Augen nicht: das Fenster war eingeschlagen.

»Sven!«, rief sie ihn. »Schau dir das an! Das darf doch nicht wahr sein! Sie waren schon wieder da!« Vor der Fenstertüre lagen die Scherben am Boden. Das Fenster stand offen. Sonst war dieses Mal wenigstens kein Chaos angerichtet.

»Ist das Notizbuch noch da?«, wollte Sven als Erstes wissen. Julia blickte zu ihrem Schreibtisch.

«Nein, es ist weg! Ich habe vorhin vergessen, das Buch mitzunehmen. Die ganze Woche hatte ich es bei mir! Heute habe ich einfach nicht daran gedacht.«

»Du lagst also sichtlich richtig, dass sie noch danach suchten. Ich schau gleich nach, ob sie die Nachricht von Erik auch mitgenommen haben.«

Er ging ins Gästezimmer und rief zurück: »Nein, die Notiz und meine Aufzeichnungen sind noch da. Also scheinen sie uns nicht ständig zu überwachen, sonst wüssten sie, dass wir ein Stück weitergekommen sind. Dann hätten sie sicher diese Sachen auch noch mitgenommen.«

»Oder sie wollen, dass wir erst einmal weitersuchen und ihnen die Spur legen.«

»Ich denke, sie werden uns sowieso auf den Fersen bleiben. - Willst du die Polizei rufen?«

»Nein - ich glaube nicht, dass das was bringt. Die betreiben nur wieder stundenlange Spurensuche für nichts und wieder nichts. Außerdem - was soll die Polizei davon halten, dass schon wieder bei mir eingebrochen worden ist? Die nehmen doch dann an, dass bei mir irgendwas nicht stimmen kann.«

»Da hast du auch wieder recht. Wirkt für Außenstehende sicher eigenartig. Und den Behörden all das zu erklären, was wir in den letzten Tagen erlebt haben, dauert zu lange. Das hält uns nur auf. - Also, dann rufe ich den Glaser an, damit du noch fürs Wochenende die Scheibe ersetzt kriegst.«

Er ließ sich von Julia einen Meterstab geben und maß das Fenster aus. Anschließend ging er zum Telefon und griff sich das Branchenbuch. Nach kurzer Suche nahm er den Hörer auf und wählte den Glaser an.

Julia holte aus der Küche Schaufel, Besen und Staubsauger und beseitigte die Scherben. Schließlich sollte sich Foster nicht die Pfoten aufschneiden.

Sven stellte das Telefonbuch zurück.

»Der Glaser kommt um 17 Uhr und bringt gleich die Ersatzscheibe mit.«

Julia war eigenartigerweise bei Weitem nicht so erschrocken über den Einbruch wie beim ersten Mal. Es kam eher eine Art Entspannung bei ihr auf, da sie meinte, nun von den Verfolgern in Ruhe gelassen zu werden. Nun hatten sie doch, was sie wollten.

»Ob mein Bruder noch lebt? - Wir waren immer ein eingespieltes Team. Früher waren wir immer zusammen und hatten auch heute noch fast täglich Kontakt. Wir verstanden uns immer gut.«

Julia ging auf ihn zu und umarmte ihn.

»Jetzt lass den Kopf nicht hängen. Wir werden ihn finden!«

Er schob sie sanft etwas von sich und sah sie eine Zeit lang nur an. Vorsichtig streifte er ihr eine Haarsträhne aus der Stirn. Dann näherten sich seine Lippen langsam den ihren. Er zögerte kurz, ob sie sich zurückziehen würde, dann küsste er sie - zart - mit einer solchen Leidenschaft, dass Julia ganz schwach wurde. Als er sich langsam von ihr löste, sahen sie sich noch eine Weile in die Augen und gingen dann wortlos hinaus auf die Terrasse. Er nahm sie kurz bei der Hand und drückte sie sanft. Sie brauchten nichts zu sagen. Sie spürten die Zweisamkeit, die sich stillschweigend ergeben hatte. Beide fühlten die Geborgenheit. Es war einfach nur - schön.

Sie beendeten für diesen Tag ihre Recherchearbeit und Julia begann, ihre Tasche für Aachen zu packen.

Als um 17 Uhr der Glaser kam, begann Sven zu kochen und auch schon bald kam Lisa. Als sie erfuhr, dass die beiden nach Aachen reisen würden, sagte sie:

»Ich nehme Foster mit. Dann bin ich wenigstens nicht so alleine, während du weg bist. Weißt du Sven, wir beide sind hier eine eingeschworene Gemeinschaft und sehen uns jeden Tag. Da geht einem die Freundin schon ab, wenn sie für ein paar Tage verreist. Passt bloß auf euch auf. Das könnte durchaus richtig gefährlich werden. Der Hinweis auf den Hinterhalt ist wohl eindeutig. Sichtlich scheinen diese Typen keine Skrupel zu haben.«

»Wir passen schon auf uns auf. Mach dir keine Sorgen und ich werde dich jeden Tag anrufen.«

Es war ein wunderbarer Abend. Es hatte noch 25 Grad. Die Grillen zirpten und auf dem See hörte man den Dampfer vorbeifahren, auf dem

Dixie-Musik gespielt wurde. Die Wellen klatschten ans Ufer und die Enten unterhielten sich mit ihren nasalen Rufen. Die *Duckenten, wie sie hier am Ammersee genannt wurden,* pfiffen heiser, bevor sie abtauchten. Ihre Rufe gehörten einfach zu einem schönen Sommerabend hier am See.

»Wenn ihr wieder da seid, müssen wir unbedingt mit Sven in die *Alte Villa* fahren und einen Sonntag Vormittag den Dixie-Kapellen lauschen«, schlug Lisa vor.

»Abgemacht.«

Es war schon fast Mitternacht, als sie aufräumten und schlafen gingen. Nur dieses Mal tauschten Lisa und Sven die Zimmer.

»Keine Ursache! Dachte ich mir doch, dass es bei euch gefunkt hat. So, wie ihr Euch den ganzen Abend angesehen habt, war das wohl nicht zu übersehen. Gute Nacht, schlaft gut!«, schmunzelte Lisa und ging ins Gästezimmer.

»Gute Nacht, Lisa!«

»Schlaf gut!«, wünschte auch Sven ihr eine gute Nacht, »und danke!«, lächelte er sie nochmals an.

Die beiden gingen nach oben ins Schlafzimmer.

»Lisa ist hoffentlich nicht sauer, wenn sie heute im Gästezimmer schlafen muss.«

»Nein, das versteht sie schon. Aber lass uns jetzt nicht von Lisa reden. Ich habe den ganzen Abend darauf gewartet, mit dir alleine zu sein.« Sie ging auf ihn zu und legte ihre Arme um seinen Hals. Sie stellte sich auf die Zehenspitzen, um ihn zu küssen. Er kam ihr sofort entgegen. Wieder küsste er sie so zärtlich. Lange hatte sie kein solches Gefühl mehr empfunden. Es kam einer wunderbaren Willenlosigkeit gleich. Sie begehrte diesen Mann. Das war ihr schon am ersten Abend hier im Haus klar geworden. Sie wollte ihn, jetzt und hier. Sie wollte ihn spüren, streicheln und liebkosen, von ihm geliebt und gestreichelt werden. Sie ließen kurz voneinander ab.

»Lass uns schwimmen gehen!«, Sven streichelte zart über ihre Brustwarzen. Diese stellten sich sofort auf und wurden fest. Es schauderte sie angenehm, als sich ihr am ganzen Körper die Härchen aufstellten. Sie zog die Luft ein und wollte ihn umarmen.

»Nicht so stürmisch - ich gehe es lieber langsam an«, hauchte er ihr ins Ohr.

Sie schnappten sich die Handtücher, gingen leise die Treppe hinunter und liefen über die Terrasse zum See. Am Steg angekommen, legte Sven sein Handtuch am Boden aus. Sie stiegen die Treppe hinunter ins Wasser. Als Julia das Wasser bis zum Hals stand, hielt er sie zurück und hob sie hoch. Sie kreuzte die Beine hinter seinem Rücken und spürte seine Erregung. Er küsste sie leidenschaftlich. Sie ließ es wie in einer Art Trance geschehen. Sie wollte ihn so sehr.

Später lagen sie am Steg. Sie drehte sich auf die Seite und sah ihn an. Er hatte schöne Gesichtszüge und seine Augen funkelten im Mondlicht. Sie küsste ihn und legte ihr Bein über ihn.

»Ich denke, ich habe mich in dich verliebt«, hauchte sie ihm kaum hörbar ins Ohr und streichelte über seine Brust.

»Mir geht es nicht anders. Schon am ersten Abend hier, wusste ich, dass ich dir erliegen werde«, er zog sie wieder an sich. Sie blieben nur mit einem Handtuch bedeckt liegen und redeten lange. Sie hatten sich so viel zu erzählen. Später stiegen sie noch einmal ins Wasser, bevor sie zurück ins Haus gingen und aneinander gekuschelt einschliefen.

Lisa saß am Kaffeetisch in der Küche und trank genüsslich einen Latte macchiato. Den Tisch hatte sie schon gedeckt.

»Guten Morgen, ihr Turteltäubchen«, neckte sie die beiden, als sie die Küche betraten.

»Auch einen guten Morgen«, sagte Julia.

»Ich war bereits beim Bäcker, ihr müsst euch nur noch zu mir setzen. Guter Service, oder?«

»Danke Lisa, du bist ein Schatz«, lächelte Sven sie an: »Und ja, wir hatten eine bezaubernde Nacht. Nur um dir die Frage aus dem Mund zu nehmen!«

»Muss Liebe schön sein!«, stöhnte Lisa theatralisch.

»Mmh!«, bestätigte Julia. Sie lächelte Sven an: »Eine himmlische Nacht!«

»Entschuldigt, wenn ich euch wieder zur Realität zurückbringe. Wollt ihr heute noch nach Aachen aufbrechen?«

»Ja. Wir fahren nachmittags zu mir. Ich muss noch ein paar Vorkehrungen treffen, bevor ich abreise.«

»Wie lange werdet ihr wegbleiben?«, erkundigte sich Lisa.

»Schon bis zum Ende der Woche. Macht es dir auch nichts aus, Foster so lange zu nehmen?«

»Natürlich nicht. - Ich bin echt gespannt, was ihr in Aachen findet.«

»Wir auch, das kannst du uns glauben.«

Julia setzte sich an den Tisch.

»Wir dürfen die Kopie des Notizbuchs nicht vergessen!«

»Mein Exemplar ist sicher untergebracht. - Ich gehe jetzt. Foster nehme ich gleich mit. Hast du den Futtersack noch in der Speisekammer stehen?«

»Warte, ich hole ihn dir. - Unverändert, abends 100g Trockenfutter. Tagsüber kannst du ihr einen von den Kauknochen geben. - Danke, was würde ich nur ohne dich tun! - Lisa, du bist einfach die Beste!«

»Weiß ich doch! Keine Ursache. Und meldet Euch!«

»Ich halte dich jeden Tag auf dem Laufenden.«

Julia umarmte Lisa zum Abschied und kraulte Foster hinter den Ohren. Sie sah ihnen nach, wie sie die Uferstraße entlang gingen.

Julia ging zurück ins Haus. Sven kam auf sie zu und umarmte sie. »Lass uns das Haus abschließen und nach München fahren! Ich möchte noch einmal in Eriks Wohnung und kontrollieren, dass wir nichts übersehen haben.«

»Gut. Ich mache mich fertig!«

»Ich schließe derweil die Läden.«

10 München

Am späten Nachmittag erreichten sie Svens Geschäft. Er sah die Post durch und versperrte den Laden für die nächsten Tage.

In Eriks Wohnung überlegte er lange, wo sich noch ein Hinweis verbergen könnte.

»Wir müssen abklären, ob wir noch irgendwelche Literatur meines Bruders finden, die wir unter Umständen für die Suche brauchen können. Ich habe immer das Gefühl, dass wir noch etwas übersehen haben.«

»Ich nehme mir den Schreibtisch nochmal vor«, Julia öffnete die Schubladen und begann den Inhalt nacheinander durchzusehen. Diesmal noch gründlicher!

»Hier - ob das was bedeutet?«, sie hielt Sven einen Zettel hin. »Er ist mir aufgefallen, weil im Buch meines Onkels ebenfalls so eine Liste ist. Warte, ich vergleiche die Titel und Nummern«, sie öffnete ihre Kopie des Notizbuchs.

»Und?«, fragte Sven ungeduldig.

»Die Titel sind gleich, die ISBN-Nummern unterscheiden sich jedoch. Kann das auch eine chiffrierte Nachricht sein?«

Sven klappte sein Notebook auf. »Ich überprüfe kurz die Titel bei Amazon. - Die ISBN-Nummern auf der Liste deines Onkels stimmen. Somit könnten die Nummern bei Erik eine Verschlüsselung sein. Das heißt, Erik kennt das Buch deines Onkels ganz genau. Obwohl es schon seit eineinhalb Jahren seinem Zugriff entzogen ist!«

»Das ist doch alles eigenartig! In was sind wir da nur reingeraten?«, schüttelte Julia den Kopf.

»Ich weiß es nicht! Und vor allem: In was ist Erik da reingeraten?«

»Was brauchst du alles zum Entschlüsseln von Eriks Nachrichten? Wer weiß, ob wir nicht noch mehrere Mitteilungen von ihm unterwegs finden!«

»Das alles müsste sich hier in Eriks Wohnung finden. Er hat es schließlich auch zum Verschlüsseln gebraucht.«

Sven setzte sich auf das Eck des Schreibtischs und starrte auf die Bücherwand.

»Ich suche, wo er die Bücher stehen hat, die wir früher benutzt haben«, und er begann, die Regale der Reihe nach abzusuchen. Julia ging in der Zwischenzeit in die Küche und schenkte sich ein Glas Wasser ein. Sie hatte einen trockenen Mund. Wenn ihre Tante das alles gewusst hätte, hätte sie Julia aus all dem herausgehalten. Schnell schaltete sie ihre Gedanken um auf die noch zu erledigenden Punkte. - Sie musste noch am Geldschalter Bargeld holen. Kreditkarte, Ausweis und alle Passwörter, die sie in der Online-Welt brauchte, hatte sie dabei. Für alle Fälle. Ihre restlichen Reiseschecks hatte sie schon eingesteckt. - Sie war reisefertig.

Sven trat in die Küche und riss sie aus ihren Gedanken.

»Ich hab´s, er hat doch tatsächlich alles, was ich benötige, nebeneinander in ein Regal gestellt. Und in einem Buch lag diese Nachricht:

Vergiss nicht diese Bücher mitzunehmen.

Viel Glück. Erik -

Er muss genau gewusst haben, in welchen Schwierigkeiten er sich befindet und, dass er darauf angewiesen sein würde, dass ich seiner Spur folgen kann.«

»Verlieren wir keine Zeit. Ich muss noch an den Bankschalter, dann kann die Reise losgehen.«

»Jetzt könnten wir so schön die Zweisamkeit genießen und müssen uns auf eine Reise begeben, bei der wir nicht wissen, was auf uns zukommt. Ich hoffe, wir überstehen das unbeschadet und finden meinen Bruder lebend«. Er beugte sich zu ihr hinunter und küsste sie. Dann nahm er sie in den Arm und hielt sie eine Zeit lang fest.

»Wir werden die Nuss schon knacken!«, sagte sie, als sie sich aus seiner Umarmung löste. »Und sieh es mal so, ohne das alles hätten wir uns gar nicht kennengelernt. Schicksal! Mal sehen, wo es uns hinführt?«

Sie sperrten Eriks Wohnung ab und holten noch Svens Sachen aus seiner Wohnung. Sven packte einen Rucksack mit den nötigsten Dingen. Sein Notebook , Kleidung und Eriks Bücher.

»So - ich glaube - jetzt hab ich alles. Wenn wir nachts fahren, ist es sowieso besser. - Weniger Stau - Fahren wir mit deinem Auto oder mit meinem Bus?«

»Ich würde sagen mit meinem. Das geht schneller!«

»Höre ich da eine gewisse Kritik an meinem Wagen?«

»Nein, aber schneller und komfortabler geht es dann doch mit meinem, oder?« schmunzelte Julia, »obwohl mich der Schlafplatz im Bus schon reizen könnte«, meinte sie zweideutig.

»Schlafwagenabteil wäre angenehm, jedoch muss ich eingestehen, dass der Bus auf so langen Strecken hin und wieder streikt.«

Sven vergewisserte sich noch ein letztes Mal, dass er nichts vergessen hatte. Dann verließen sie die Wohnung.

»Ich fahr die erste Etappe, wenn es dir Recht ist. Nach der Hälfte wechseln wir!«

»In Ordnung. Dann schlaf ich ein bisschen voraus«, Sven stellte den Sitz nach hinten und schloss die Augen.

TEIL II

11   Aachen   Eine Videobotschaft

Um fünf Uhr morgens saßen sie in einem Café am Bahnhof. Es war das Einzige, das so früh aufhatte. Julia wollte sich ein bisschen frisch machen, bevor sie unter die Menschheit ging.

»Bestellst du mir bitte ein Frühstück, bis ich wieder zurück bin - Brötchen, Butter, Marmelade, einen Latte macchiato und ein weiches Ei«, bat sie ihn.

Als sie wieder zurückkam, fühlte sie sich schon wesentlich besser.

»Langsam kommen die Lebensgeister zurück. - Wie wollen wir jetzt vorgehen?« fragte sie.

»Zuerst suchen wir uns ein Hotel!«

Es war ein Business-Hotel und lag wirklich nur ein paar Gehminuten vom Dom entfernt. Ihren Wagen parkten sie in der Tiefgarage. Im Zimmer nahmen sie sich zuerst einmal die chiffrierte Liste von Erik vor. Sven erklärte ihr, wie er dabei vorging.

»Ich zeige dir jetzt, was ich an den Nummern zuerst kontrolliere und wie man auch feststellen kann, ob es sich um korrekte ISBN-Nummern handelt. Es könnten vielleicht andere Auflagen sein, und deshalb andere ISBN-Nummern vergeben sein. Hier handelt es sich ausschließlich um dreizehnstellige ISBN-Nummern. Die erste Zahlengruppe müsste entweder die 978 oder 979 sein, das ist der Code für ´Buch´. - Es sind nur deutsche Titel. Somit müsste danach eine 3 kommen. Das ist aber nicht der Fall. Somit ist schon klar, dass die Nummern falsch sind. - Die nächste Dreiergruppe gibt den Verlag an. Und die folgende Fünfergruppe ist die zugeteilte Buchnummer des jeweiligen Verlags. Ganz hinten die letzte Zahl ist die Prüfziffer. Jetzt gibt es noch bestimmte Rechenmodi, wie man durch Quersummenbildung die Korrektheit der Nummer prüfen kann. Aber das bringe ich aus dem Stegreif nicht mehr zusammen.«

»Du bist noch ganz schön firm in diesen Verschlüsselungssachen. Nicht nur dein Bruder. Also ich merke nicht, dass du das schon Jahre nicht mehr gemacht hast.«

»Wenn du in deiner Jugend meinen Bruder gehabt hättest, dann wärst du heute auch fit darin. Weißt du, ich kann nicht anders. Ich will das eigentlich gar nicht. Aber immer wenn ich Zahlenfolgen sehe, rattert es automatisch los in meinem Kopf und ich muss mich schlau darüber machen. Aber chiffriert habe ich schon ewig nichts mehr.«

»Aber du meinst, so Themen, wie ISBN-Nummern, da interessiert es dich dann doch, was sich hinter den einzelnen Elementen verbirgt.«

»Genau. Dann schau ich nach und kann es mir komischerweise auch meist merken, zumindest das Wichtigste.«

»Schlaues Köpfchen - das weiß dein Bruder auch.«

«Sieht so aus. Jetzt muss ich nur noch auf den Schlüssel kommen, den er hier verwendet hat.«

»Kann es nicht das gleiche System sein, das er beim ersten Mal benutzt hat? Er muss doch geahnt haben, dass du seine Nachrichten unterwegs entschlüsseln musst, und nicht seine ganze Bibliothek mitschleppen kannst.«

»Wir können es probieren. Welches Schlüsselwort könnte er sich hier ausgedacht haben?«

»Meinst du er hat das Schlüsselwort gewechselt.«

»Von diesem System ist er sicher nicht abgewichen. Womöglich hat er nur eine Variation von Alkuin verwendet: Flaccus! Nur mit einem C, dann stimmt es mit den sechs Buchstaben wieder.«

»Okay, lass es uns ausprobieren!«

Sie legten los und machten eine Tabelle mit dem Schlüsselwort, so wie sie es am Freitag schon einmal gemacht hatten. Das Mathelexikon hatten sie dabei. Sie bastelten über eine Stunde daran. Was zum Vorschein kam, war Folgendes:

Annastraße 231 5. OG
A:G:
19.346.760.332
miese Stirnwunde
A+O

»Und was heißt das jetzt?«, entfuhr es Julia.

»Ich würde auf eine Adresse in Aachen tippen. Nur gut, dass wir schon da sind«, lächelte Sven.

»Woraus schließt du jetzt, dass diese Adresse in Aachen ist?«

»A.G.: *Aquae granni*. Der lateinische Name für Aachen.«

»Und die Zahlen? Was heißt *miese Stirnwunde*?«

»Stirnwunde ist der Hinweis auf ein Datum aus unserer Kindheit. An diesem Tag bin ich auf das Schuppendach in unserem Hof abgestürzt.«

»Du erinnerst dich genau an dieses Datum?«

»Ja und ob! Es war der 80. Geburtstag meiner Großmutter. Die ganze Familie war da. Ein großes Fest. Uns beiden fiel nichts Besseres ein, als im Sonntagsstaat Kletterpartien in unserem Hof zu machen. Wir wohnten im zweiten Stock und stiegen gerne aus dem Fenster. Vor allem, wenn wir nicht raus durften: Hausarrest und solche Verbote. In einem solchen Fall kletterten wir aus dem Flurfenster und an der Dachrinne runter. Die hatte in regelmäßigen Abständen Befestigungsklammern, an denen man sich gut festhalten und so bis auf das Schuppendach runtersteigen konnte, das auf Höhe des ersten Stocks endete. Das machten wir ständig. Bis zu diesem Tag und dann nie wieder! Da rutschte ich ab und fiel auf das Schuppendach. Ich schlug hart auf und dann noch mit dem Kopf an die Fassade. Fazit, ein gebrochener Unterarm, praktischerweise rechts, du weißt schon Hausaufgaben und so, und eine Platzwunde an der Stirn.« Er schob seine Haare aus der Stirn und brachte eine 3 cm lange Narbe am Haaransatz zum Vorschein.«

»Und wann war das?«

»Am 24. Juli 1982. Aber, man beachte, dies ist eine Nachricht meines Bruders, also nichts ist so, wie es auf den ersten Blick scheint. Miese Stirnwunde steht da!«

»Miese - wie negative Beträge - also abziehen«, grinste Julia stolz.

»Genau - langsam verstehst du, wie mein Bruder tickt!«

Sie streichelte ihm zart über die Narbe und sagte:

»Es ist schon halb neun. Machen wir doch einen kleinen Spaziergang und essen irgendwo eine Kleinigkeit. Wir sind seit gestern nur gesessen. Ich brauche etwas Bewegung.«

»Und nach dem Essen sehen wir uns das Haus in der Annastraße an!«

»Ich frage mich, wie wir in diese Wohnung reinkommen sollen? Er hat uns doch keinen Schlüssel hinterlassen.«

»Vielleicht brauchen wir keinen Schlüssel! Bei Erik ist alles möglich. Er überlässt nichts dem Zufall. Dazu ist er ein viel zu pedantischer Mensch.«

Sie liefen durch die Stadt, und als sie an einem italienischen Lokal vorbeikamen, setzten sie sich dort in den Außenbereich. Es war gut besucht. Trotzdem fanden sie einen kleinen Tisch, nur für zwei Personen. Sie wollten unter sich sein. Zum Essen nahmen sie einen Brunello di Montalcino und beide entspannten sich darauf ein bisschen. Sie merkten erst jetzt, als der Wein ein bisschen zu wirken begann, wie angespannt sie waren.

Es war schon nach 22 Uhr, als sie das Restaurant verließen. Sie schlenderten zur Annastraße und suchten das Haus mit der Nummer 231. Was sie dort vorfanden, war alles andere als ein Wohnhaus. Sie meinten zuerst, dass sie an der falschen Adresse wären. Es handelte sich um ein gläsernes Gebäude, das als Tresorstation diente. Es sah geradezu futuristisch aus.

»So etwas habe ich noch nie gesehen.«

»Ich auch nicht«, entgegnete Sven. Das Gebäude ähnelte einer gläsernen Garage. Nur höher und wesentlich breiter. Innen waren an drei Seiten mehrere Reihen von Kästen angebracht. Wie Schließfachreihen in Bahnhöfen. Anthrazitfarbene Metallkästen. Jede Box war annähernd ein Würfel von 50 Zentimeter Kantenlänge. Das bot jede Menge Raum. An der gläsernen Eingangstüre befand sich ein Zahlentableau. Darüber stand ´Aachen Repository´.

Auf dem Display zeigte sich: »PIN?«

Kein Hinweis auf die Stellenanzahl.

Julia sah resigniert auf das Zahlenfeld.

»Und jetzt?«

»Also wenn ich jetzt das Datum von der Zahl abziehe, dann erhalte ich 19.322.688.350. Das könnte jetzt die PIN sein. Soll ich es probieren?« fragte er Julia.

»Ja! Es bleibt wohl nichts anderes übrig.«

Sven zögerte jedoch.

»Was hast du denn, warum gibst du die Zahl nicht ein?«

»Weil bei Erik nie etwas so gemacht wird, wie es normale Leute tun würden. A und O: - er meint die erste und die letzte Zahl, dann die Zweite und die Vorletzte. Ja, ich bin mir sicher«, und er tippte die Zahlen in dieser Reihenfolge ein.

Nach der letzten Eingabe gab es ein klickendes Geräusch. Die gläsernen Schiebetüren glitten auseinander.

»Voilà. Sesam öffne dich! - Siehst du, welches Fach sich entriegelt hat? Es muss in der fünften Reihe sein!«, schaute Sven fragend umher.

»Dort, da blinkt ein grünes Licht«, sie ging zu dem Fach, es war in der fünften Reihe auf der linken Seite. Sie zog sich eine dreistufige Trittleiter heran und stieg zu dem Fach hinauf.

»5. OG!«, Julia zog an dem Griff. Die Tür ließ sich ganz einfach öffnen. Im Fach lag eine Sporttasche. Sven nahm sie heraus. Sie schlossen den Tresor wieder und verließen den Glasbau.

Zurück im Hotelzimmer, sperrten sie die Türe hinter sich ab, schlossen die Vorhänge und öffneten die Tasche. Heraus kam ein Netbook mit dem zugehörigen Ladekabel. Julia beugte sich gerade zur Steckdose um das Kabel für das Netbook einzustecken, als sie eine unbekannte Stimme hinter sich hörte. Erschrocken fuhr sie hoch.

»Nicht erschrecken! Mein Bruder hat uns hier eine Videobotschaft hinterlassen.«

Sie sah Erik auf dem Bildschirm. Die Ähnlichkeit ließ sich nicht leugnen. Er hatte eine angenehme Stimme, dennoch wirkte er viel strenger als Sven.

Hallo Sven,

Ich habe dein Leben ganz schön durcheinandergebracht, oder?. Tut mir leid. Das bist du von mir nicht gewohnt! Ich weiß. Aber ich bin sicher, du bist bis hierher gekommen und siehst dir jetzt meine Videobotschaft an.

Sven - ich bin richtig in der Bredouille. Ich habe mich mit ganz üblen Leuten eingelassen. Obwohl ich noch nicht einmal genau weiß, um was es im Endeffekt geht. Aber es muss so wichtig sein, dass diese Leute auch nicht vor Gewaltanwendung zurückschrecken. Sie sind seit Tagen hinter mir her. Bedrohen mich! Ich habe eine Heidenangst. Ich denke, dass sie mich bald erwischen werden. - Aber jetzt zuerst einmal zum Beginn der Geschichte, damit du verstehst, um was es geht:

Günter Weiler und ich haben vor zwei Jahren eine Entdeckung gemacht. Wo und auf welche Weise wir dazukamen, spielt jetzt keine Rolle. Eine Handschrift, aus dem 13. Jahrhundert. So einen Fund wünscht sich jeder Historiker: ein Bericht, der mit Aufzeichnungen aus der Zeit Karls des Großen beginnt und bis zum Jahr 1220 reicht. Da endet der Bericht. Sagenhaft! Es wurde damals eine Spur gelegt, beginnend mit einem Geschenk Harun-al-Rashids an Carolus Magnus. Über Karl den Kahlen, den Enkel des großen Karl und weiter bis zu den Kreuzzügen. Das Originaldokument ist nicht mehr in meinem Besitz. Ich habe es dummerweise diesen Leuten verkauft, die jetzt hinter mir her sind. Wie außerordentlich unbedacht von mir. Ich weiß nicht, was mich damals geritten hat, das zu tun. Sie versprachen mir viel Geld für meine Forschungen, wenn ich Ihnen die Handschrift überlasse. Sie sagten mir, ein alter Sammler möchte unbedingt dieses Stück haben. Sie boten mir die unvorstellbare Summe von einer Million Euro. Da bin ich schwach geworden. Bei einer Million Euro war mein Gewissen nicht mehr da. Einfach weg! Heute kann ich mich selbst nicht mehr verstehen. Ich dachte nur noch daran, was ich alles mit diesem Geld anfangen könnte. Ich hatte längst alles im Kopf, was in diesem Dokument stand. Ich brauchte es nicht mehr, um der Sache nachzugehen. Günter gegenüber erwähnte ich den Verkauf zunächst nicht. Noch hatten Günter und ich niemanden in die Geschichte eingeweiht. Keiner konnte etwas von dem Deal merken. Wir beide wollten der Spur nachgehen, die Orte absuchen und dann mit dem kompletten Paket an die Öffentlichkeit gehen. Günter wäre selbst in seinem Alter noch mitgefahren auf diese Reise. Er war *richtig* verärgert, als ich ihm gestand, dass ich die alte Handschrift weggegeben hatte. Ich wollte ihm klarmachen, dass wir diese Unternehmung auch ohne das Original machen konnten. Eine Kopie hatten wir. Ich gab auch Günter eine Kopie.

Sven stoppte kurz die Wiedergabe.
»Und die Kopie wird in dem Packen mit den Briefen gewesen sein. Meinst du nicht auch?«
»Gut möglich!«, sie spielten den Film weiter ab:

Er wollte mich einfach nicht verstehen, obwohl ich ihm vergewisserte, dass er doch auch von diesem Geld profitieren würde. Er wollte den Behörden melden, dass ich gefundene Artefakte verkauft habe. Er gab keine Ruhe. Wir verabredeten uns bei ihm zuhause. An dem Morgen, an dem er starb. Ich hatte das Treffen vorgeschlagen. Ich wusste, dass er immer sehr früh aufsteht. Auf der Kellertreppe in seinem Haus haben wir uns dann so richtig in die Haare bekommen. Aufs Neue drohte er mir, mich anzuzeigen, wenn ich die Schrift nicht zurückhole. Er wollte mir eine Frist setzen. Er hörte mir gar nicht zu, als ich ihm erklären wollte, dass mit diesen Leuten nicht zu spaßen sei. Sie würden mir die Handschrift niemals zurückgeben. Dass sie gefährlich seien. Dass man von solchen Leuten nichts zurückfordern könne. Nicht, wenn man schon eine solche Menge Geld angenommen hat. Er ging richtig auf mich los. Er schubste mich mit den Händen immer weiter zurück und irgendwann wurde ich so wütend, dass ich ihn von mir wegstieß. Heftig! Zu heftig! Er verlor das Gleichgewicht und stürzte rückwärts die Treppe hinunter. Ich wollte ihn noch halten. Aber seine Hand rutschte aus meinem Griff. Ich wollte das nicht, das musst du mir glauben. Als er unten an der Treppe lag, sah ich, dass er tot war. Ich konnte ihm nicht mehr helfen. Ich bekam Panik und lief weg. Ich kann leider die Zeit nicht mehr zurückdrehen. Es tut mir wirklich leid!

Sven stoppte die Wiedergabe und schob den Positionszeiger des Media-Players um ein Stück zurück. Dann startete er die Wiedergabe erneut. Noch zweimal spulte er zurück. Julia sah, dass er weiß wie die Wand war. Aber er nickte ihren Blick ab und startete das Video:

Aber jetzt ist keine Zeit für Sentimentalitäten. Hör zu, um was es in diesem Schriftstück geht:
Karl der Große hatte freundschaftliche Beziehungen zu Harun-al-Rashid, dem Kalifen der Abbasiden und Herrscher des damaligen Kalifats. Die beiden Staatsoberhäupter tauschten über Gesandte Geschenke aus. Persönlich sind sie sich nie begegnet. Karl erhielt von Harun-al-Rashid einen weißen Elefanten und etliche andere Geschenke. So kam auch einmal ein kleines silbernes Kästchen aus dem Orient zu dem großen Karolinger, allerdings mit der Auflage, es gut zu hüten und nicht zu öffnen. Das Wissen darin sei für spätere Generationen bestimmt. Karl hütete dieses Kästchen sein ganzes Leben. Erst auf dem Sterbebett vertraute er Einhard sein Geheimnis an und übertrug ihm die Aufgabe, für die Sicherheit des Kästchens zu sorgen. Einhard versteckte dieses Kästchen in dem berühmten *Einhardbogen* über Karls Grablege. Dieser Bogen ist schon einige Jahre vor den Normannenangriffen 882 verschwunden. Wahrscheinlich wollte man verhindern, dass das Grab Karls geschändet wird, und hat den Bogen vorsorglich entfernt, bevor der Feind eintraf. Man weiß bis heute noch nicht genau, wo sich die ursprüngliche Grablege Karls damals befand.

Sein Enkel, Karl der Kahle, hat dieses silberne Kästchen aus dem Einhard-Bogen entfernt. Er war 876 nach Chartres aufgebrochen, um dort die neue Bischofskirche einzuweihen. Zur Info: Diese damalige Kirche entspricht außer ein paar Gebäudeteilen nicht der heutigen Kirche. Zum Beispiel ist die Krypta noch aus der damaligen Zeit. Karl der Kahle nahm zur Einweihung ein Stück des Gewandes der Jungfrau Maria mit, eine Reliquie, die Karl der Große einst vom byzantinischen Kaiser bekommen hatte. Er überbrachte die Reliquie in einer kleinen Truhe, in deren Boden das silberne Kästchen Harun-al-Rashids verborgen war. Und jetzt wird es spannend. In Chartres gab es einen kleinen Zirkel von Mönchen, die sich nun um den Schutz des Kästchens kümmerten. Woher diese Mönche von diesem Geheimnis wussten, habe ich bis jetzt nicht herausfinden können. Diese Mönche beschäftigten sich damals schon intensiv mit den Sieben Freien Künsten. Gerade wenn du nach Chartres gehst, wirst du viel von diesen Sieben Freien Künsten sehen. Die Gruppe aus Mönchen wurde von Jahr zu Jahr gebildeter. Sie wurden Fachleute im Bereich der Geometrie, der Baukunst, aber auch mit der Waffenkunst waren sie vertraut. Im Lauf der Jahrzehnte bestand die Gruppe schließlich nur noch aus adeligen, gebildeten Mönchen. Es sieht so aus, als hätten sich diese Mönche auf etwas vorbereitet. So verbarg sich das Kästchen bis zum Jahr 1095 in Chartres. Als Papst Urban II. im selben Jahr zum Kreuzzug aufrief, wandelten sich diese Mönche zu Kreuzrittern. Sie öffneten das Kästchen und - mit dem Wissen daraus - zogen sie nach Jerusalem. Sie hatten es sich zur Aufgabe gemacht, das zu suchen, was in dem Kästchen beschrieben wurde. Diese Siebener-Gruppe nannte sich fortan *Custodes Posteritatis*, die *Hüter der Zukunft*. Wie du weißt, wurde 1099 Jerusalem von den Kreuzrittern eingenommen und diese blieben bis 1187 dort.

Julia drückte die Leertaste, um den Film anzuhalten.

»Das Bild mit dem Tisch, das mein Onkel in sein Notizbuch gezeichnet hat«, sie blätterte durch die Kopie des Notizbuchs, bis sie die Seite gefunden hatte.

»Hier, sieh dir das an. Das ist das Zeichen dieser Custodes Posteritatis. Meinst du nicht?«, sie sah Sven fragend an. Er antwortete nicht. Er sah gebannt auf den Bildschirm. Julia nickte ihm nur zu und er startete erneut das Video.

Erik berichtete weiter:

Sie nahmen Wohnsitz in der Al-Aqsa-Moschee. Die sieben Kreuzritter und ihre Nachfolger hatten sich unter die anderen Kreuzfahrer gemischt und hatten nun 88 Jahre Zeit, sich auf die Suche nach dem Verheißenen zu machen. Sie richteten sich mit den anderen Kreuzrittern in der Al-Aqsa Moschee ein. Keiner bemerkte, dass sie in einer speziellen Mission unterwegs waren. Die Kreuzritter haben jahrzehntelang innerhalb der Moschee gegraben und nach den Spuren des Tempels Salomo gesucht. Noch heute sieht man in der Al-Aqsa-Moschee gotische Spitzbögen, die an die Anwesenheit der Kreuzfahrer erinnern. Wenn einer der Sieben verstarb, wurde ein neuer in ihre Reihen aufgenommen. Schließlich fanden sie bei ihren Grabungen eine Kartusche, in die ein Papyrus eingelegt war. Dieser Papyrus enthielt ein für die Menschheit des 21. Jahrhunderts bestimmtes Wissen. Dieser spätere Zeitraum wurde in dem Schreiben aus dem silbernen Kästchen explizit genannt. Stell dir vor, damals der Bezug auf unsere Zeit. Warum sollte dieser Papyrus erst unserer Generation von Nutzen sein. Wer hatte damals schon von dieser fernen Zukunft ahnen können? Das war für die damalige Zeit doch eine wahnsinnige Zeitspanne. Wenn uns heute einer etwas vom 32. Jahrhundert prophezeien würde, dann würden wir das belächeln, oder nicht? Das entspräche genau dieser Zeitspanne von damals bis heute.

Als nun Saladin 1187 Jerusalem für die Muslime zurückeroberte, erwies er sich den orientalischen christlichen Bewohnern gegenüber sehr freundlich. Sie durften weiterhin in der Stadt leben. Andere ließ er gegen Lösegeldzahlungen ziehen. Wer nicht zahlen konnte, kam in die Sklaverei. Unsere sieben Wächter mussten nun ihre Rolle wechseln, sich als Bürger ausgeben und durften nicht mehr als Kreuzritter zu erkennen sein. So konnten sie noch einige Jahre unerkannt in Jerusalem ihr Geheimnis hüten. 1191 wurde Akkon von den Kreuzfahrern zurückerobert. Die sieben Wächter beschlossen, den Papyrus in sieben Teile zu zerlegen und an verschiedenen Orten zu verstecken. So sollte es erschwert werden, das Geheimnis vor dem 21. Jahrhundert zu eröffnen. Sie verbargen die einzelnen Teile des Papyrus in kleinen Tonröhren, die sie fest mit einem Deckel und Wachs verschlossen. So würden die Teile die Jahrhunderte überdauern. In der Handschrift stand, die Größe entsprach ungefähr einem Daumen. Jeder der Sieben hatte ein Teil zur Aufbewahrung und bürgte natürlich mit seinem Leben für dessen Sicherheit.

Du kannst dir denken, dass du etwas von dieser Größe überall verstecken kannst.

Die Sieben zogen zunächst nach Akkon. Auf ihrer weiteren Reise kamen sie nach Rom, Ravenna und auch in die Schweiz. Um das Jahr 1200 kamen sie in Augsburg an. Hier trennten sie sich. 1214 zog einer der Sieben mit seinem Teil nach Aachen. 1216 zogen die anderen Sechs mit dem letzten Teil nach Chartres, zurück zur Wurzel ihrer Bruderschaft. Hier trafen sie sich wieder mit dem Siebten, der den Weg über Aachen genommen hatte. In Chartres muss ein Teil liegen. Die Kathedrale ist unvorstellbar groß. Tausende von Figuren. Da kannst du überall etwas ´vergessen´. Und bedenke: Seit 1220 steht die jetzige Kathedrale in Chartres. Das Teil dort wurde also zur Bauzeit der heutigen Kathedrale versteckt. Hier könnte es sich durchaus noch um das ursprüngliche Versteck der Custodes Posteritatis handeln.

Hier in Aachen muss ein Teil in der Pfalz liegen. Wo? Ich habe keine Ahnung. Soweit bin ich noch nicht gekommen. Noch etwas: ich vermute schwer, dass die Custodes Posteritatis immer noch aktiv sind und die Teile zwischenzeitlich auch an andere Orte gebracht haben. Es ist lange her, dass die Teile damals versteckt wurden. Über 800 Jahre. Verschiedene Umstände haben sicher ein Umverstecken zur Folge gehabt: Brände, Kriege , Pestausbrüche und Plünderungen. Es kann also sein, dass keines der Teile mehr am ursprünglichen Ort ist.

Du kennst jetzt die Geschichte. Den Rest musst du selber herausfinden. Versuch die Teile zu finden! Ich werde mich weiter verbergen und hoffen, dass mich die Käufer der Handschrift nicht erwischen. Vielleicht brauchst du die Kartuschen, um mich freizukaufen, sollte ich ihnen in die Hände fallen. Ich melde mich wieder bei dir. Wenn nicht - dann haben sie mich erwischt. Machs gut, Sven. Pass auf dich auf. Glaub mir, du befindest dich in großer Gefahr. In sehr großer Gefahr! Mit diesen Leuten ist nicht zu spaßen. Sie wollen diese Kartuschen um jeden Preis!

Ach ja, noch was: ich bin mir nicht sicher, ob es sich bei den Leuten, die hinter mir her sind, um diese *Custodes Posteritatis* handelt, oder um die Leute, denen ich das Dokument verkauft habe. Oder ob es sich dabei um ein und dieselben Leute handelt. Wer gut, und wer böse ist, kann ich dir nicht sagen.

Hoffentlich bis bald.

Sie sahen Erik noch zum Abschied die Hand heben, dann bewegte sich seine Hand zur Tastatur und schaltete das Bild ab.

»Erik ist also schuld am Tod meines Onkels! Das hätte ich jetzt nicht vermutet!«

Sie sah Sven an und erschrak:

»Geht es dir gut? Du bist kreidebleich im Gesicht!«

»Ich kann es nicht fassen! Ich erkenne ihn nicht wieder! Wie konnte er sich so verändern. Wann hat diese Veränderung stattgefunden. Vor allem verstehe ich nicht, warum ich nichts davon bemerkt habe. Wie wenn er eine andere Persönlichkeit angenommen hätte!«, Sven war erschüttert.

Sie sahen sich noch mehrere Male das Video an, bis sie meinten, den Inhalt komplett in sich aufgenommen zu haben.

Sie wachten gegen neun Uhr morgens auf. Bis halb vier Uhr morgens hatten sie sich das Video immer wieder angesehen und darüber gesprochen. Dann hatten sie das Netbook im Zimmersafe eingesperrt und sich schlafen gelegt.

»Ich bin heute Morgen total gerädert. Die zweite Nacht, in der ich zu wenig schlafe. Ich werde älter, früher hat mir das nichts ausgemacht«, jammerte Julia

»Ich fühle mich genauso erledigt. Ich kann es immer noch nicht fassen! Mein Bruder ist ein Verbrecher! Unglaublich!«

Sven stand auf und ging ins Bad. Als er nach einiger Zeit wieder frisch geduscht herauskam, sagte er:»Willst du mit mir überhaupt noch etwas zu tun haben? Ich könnte verstehen, wenn du zusammenpacken und heimfahren würdest. Vielleicht bin ich auch so ein Wahnsinniger wie Erik. Du für deinen Teil könntest doch die Sache in den Wind schreiben und zu deinem normalen Leben zurückkehren. Deinen Onkel macht die Suche auch nicht mehr lebendig. Vielleicht wäre es auch besser, wenn du nicht weißt, was hinter all dem steckt. Du könntest andererseits mit dem Video zur Polizei gehen und meinen Bruder des Mordes an deinem Onkel bezichtigen. Ich hätte vollstes Verständnis dafür, ich würde dir nicht im Weg stehen. Nur würde ich persönlich die Suche nicht abbrechen, sondern alleine weitermachen. Er ist und bleibt mein Bruder.«, er setzte sich niedergeschlagen auf den Bettrand und sah Julia traurig an.

»Das werde ich auch tun - später. Wenn wir ihn gefunden haben. Ich gebe zu, dass ich gerade hin- und hergerissen bin. Aber das betrifft nicht deine Person, Sven«, sie setzte sich auf und rutsche an ihn heran.»Wir machen weiter. Zusammen! Ich möchte wie du den Grund für all das kennen. Du sagst es ja: Er ist dein Bruder! Schon deshalb möchte ich ihm glauben, dass der Tod meines Onkels zumindest kein Vorsatz war. Noch kann ich das nicht, aber vielleicht ändert sich das noch im Laufe unserer Nachforschungen!«

»Bist du dir sicher, dass du weitermachen möchtest?«

»Ja, ich möchte deinem Bruder von Angesicht zu Angesicht gegenüberstehen und von ihm hören, warum er sich in diese Lage manövriert hat. - Wir dürfen auch nicht vergessen, dass mein Onkel genauso an dem Erwerb dieses Dokuments beteiligt war. Und auf dem Video klang das für mich so, als wenn der Erwerb nicht ganz astrein über die Bühne gegangen wäre. Warum sonst hätten die beiden den Fund nicht gemeldet. Günter hat genauso davon gewusst. Oder? Anfangs hat er mitgemacht. So bitter und unglaublich das für mich auch klingt. Das würde doch zu dem veränderten Verhalten meines Onkels passen, wie es Martha in ihrem Brief beschrieben hat. Vielleicht hat sein schlechtes Gewissen ihn so umgetrieben.«

»Ja, das könnte sein eigenartiges Verhalten erklären. Trotzdem bessert das noch lange nicht das Fehlverhalten meines Bruders auf. Aber ich will auch nicht, dass Erik etwas zustößt. Ich werde alle Hebel in Bewegung setzen, um das zu verhindern. Erik wird mir das erklären müssen und ich werde ihm klarmachen, dass er sich den Behörden stellen muss oder ich schleife ihn mit Gewalt zur Polizei!«

»Dann verlieren wir am Besten keine Zeit!«

Es war schon fast Mittag, als sie sich auf den Weg zur Pfalzkapelle machten. Auf dem Straßenpflaster sahen sie in unregelmäßiger Verteilung immer wieder runde Messingplatten mit dem Monogramm Karls des Großen.

»K steht für *Karolus*, S für *Serenissimus Augustus*, das bedeutet erlauchter Erhabener, R steht für *Rex Francorum*, also König der Franken und schließlich L für *Langobardum*, der Langobarden. Karl selbst konnte nicht schreiben. So musste seine Unterschrift immer von Notaren vorgefertigt werden. Er selbst setzte nur den V-förmigen Vollziehungsstrich in die Mitte des Monogramms. Die Herrscher der Merowinger und Karolinger benutzten dieses Verfahren des *Vollziehungsstrichs*. Ab der Stauferzeit ließen die Herrscher ihr Monogramm dann vollständig von den Schreibern erstellen.«

Julia und Sven betraten die Pfalzkapelle durch die schweren Bronzetüren.

»Die Türen sind enorm groß!« staunte Julia.

»Das sind die Originaltüren, die sogenannten ´Wolfstüren´; jede wiegt zwei Tonnen und beide wurden an einem Stück in Aachen gegossen. Der Name der Türen leitet sich von der Sage ab, die die Finanzierung der Pfalzkapelle erklärt:

Ein Mann hatte der Stadt das benötigte Geld für den Bau zur Verfügung gestellt und wollte es nicht einmal zurückbezahlt haben. Er bestand nur darauf, die erste Seele zu bekommen, die den fertigen Bau betrat. Bei dem »hilfsbereiten Mann« handelte es sich natürlich um den Teufel. Dieser dachte, er könne so die Seele des Bischofs erbeuten, da er annahm, diesem werde die Ehre zuteil, als Erster die Kirche zu betreten. Die Aachener waren jedoch raffiniert. Sie fingen in den Wäldern um Aachen einen Wolf und schickten diesen zuerst in die Kirche. Der Teufel nahm die Seele des Wolfes. Als er erkannte, wessen Seele das war, spuckte er sie aus und rannte wütend aus der Kirche. Er schlug die Türe krachend zu. Noch heute kann man den Riss in der Türe sehen, der entstand, als der Teufel die Türe wütend zuschlug. Und den abgerissenen Teufelsfinger kann man im rechten Türknauf tasten.«

Sie gingen in die Kapelle hinein.

»Sieh dir diese Pracht an!« entfuhr es Julia. Sie schaute in die Kuppel hinauf. Sven war genauso beeindruckt.

Das Innere der Pfalzkapelle strahlte golden und erschlug einen beinahe mit der bunten Pracht der Mosaike.

»Dass die Kirche so prachtvoll ist, hätte ich nicht vermutet. Von außen sieht sie nicht besonders schön aus. Alles grau in grau.«

»Hier müssen wir uns wirklich genauer mit der Materie vertraut machen, wenn wir die versteckte Kartusche finden wollen.«

»Vielleicht sollten wir uns erst einmal Details aus dem Leben Karls vornehmen und als Zweites die Pfalzkapelle. Die Geschichte Karls kann uns sicher wichtiges Hintergrundwissen verschaffen.«

»Schau dir diesen Lüster an! Wie lang diese Kette wohl ist?« Svens Blick folgte der Kette 23 Meter bis hinauf in die Kuppel.

Sie gingen durch die Kirche und schauten sich schweigend um. Sie nahmen die Eindrücke in sich auf und jeder von beiden machten sich Notizen, über welche Details sie sich informieren wollten.

Über zwei Stunden sahen sie sich in der Kirche um. Einiges schnappten sie bei einer Führung auf. Sie fotografierten alles, um sich nachher die Bilder in Ruhe genau zu betrachten. Zum Glück konnte man sich heute via Cloud die Bilder drahtlos auf Tablet und PC laden.

»Da werden wir viel recherchieren müssen. Hier kannst du überall so etwas Kleines verstecken«, stöhnte Julia.

»Mal sehen, was wir online herausfinden. Wir sollten auch noch in die Bibliothek gehen. Fachliteratur kann nicht schaden.«

»Gute Idee!« Julia nahm Sven bei der Hand und sie gingen zurück zum Hotel.

Sie suchten mittels Internet so viel wie möglich über die Pfalzkapelle und Karl den Großen herauszufinden.

In der Bibliothek wurden sie auch fündig. Daraufhin saßen sie den ganzen Abend über den Büchern und sichteten die Ergebnisse ihrer Bemühungen. Das Abendessen samt einer guten Flasche Wein ließen sie sich aufs Zimmer kommen. Julia hatte es sich im Schlafanzug bequem gemacht und saß im Bett ans Kopfende gelehnt. Im Schneidersitz, das iPad auf dem Schoß, begann sie Sven aus dem Leben Karls zu berichten:

»Karl war ein interessanter Mann. Obwohl er nicht richtig schreiben konnte, war er doch sehr wissbegierig. Im Schwertkampf war er ein absoluter Meister seines Fachs. Astronomie scheint eine weitere seiner Leidenschaften gewesen zu sein. Auch Sprachen flogen ihm zu. Latein sprach er sogar fließend, so gut wie seine Muttersprache. - Davon war ich weit entfernt«, merkte Julia an.

»Karl beschäftigte sich intensiv mit Kräuterkunde. In all seinen Pfalzen ließ er Kräutergärten anlegen und auf seinen Kriegszügen hatte er stets allerlei Heilpflanzen im Gepäck.

Sein größtes Augenmerk legte er auf Bildung und Kultur. So führte er die Schulpflicht ein. Adelige und bürgerliche Knaben mussten den Unterricht besuchen. So wollte er die geistige Entwicklung in allen

Schichten fördern. Dazu ließ er extra Lehrer ausbilden. An den Klosterschulen wurden die Sieben Freien Künste gelehrt. In der Grundschule wurde das Trivium unterrichtet und in der höheren Stufe das Quadrivium.

Durch Karls Bildungsreform kam es auch zu einer einheitlichen Schrift, der sogenannten *Karolinigischen Minuskel*. Diese einfachere Schrift erleichterte auch die Verständlichkeit.

Karl ließ Gesetze, Liedertexte und sonstige Geschichten, sogar von unterworfenen Völkern aufschreiben, damit sie für die Nachwelt erhalten blieben. Dieser Mann wollte immer Neues wissen und lernen. Alles verstehen. Er wollte die Welt nicht nur erobern, sondern auch begreifen.

So richtete er auch eine große Bibliothek ein. In der Schreibstube ließ er die wichtigsten Werke der damaligen Zeit kopieren. Sogar eine Abschrift des ersten althochdeutsch-lateinischen Wörterbuches entstand hier, der sogenannte *Abrogans*. Er nennt sich so nach dem ersten Eintrag in seinem Wörterverzeichnis: Abrogans gleichbedeutend mit *bescheiden*. Der Abrogans wird heute übrigens in der Stiftsbibliothek in St. Gallen aufbewahrt.

Auch eine Grammatik seiner Muttersprache wurde damals erstellt. Leider sind die Schriften seiner Bibliothek seit Karls Tod verschwunden.

Die Mahlzeiten nahm Karl stets im Kreis seiner Familie ein. Während sie speisten, wurden die antiken Autoren vorgelesen oder Musik gespielt. - In heutiger Zeit hätte er wahrscheinlich ein *audible-Abo*. Ich glaube, bezüglich Bildung habe ich alles erzählt. Halt - nein - was vielleicht noch wichtig ist, er umgab sich mit namhaften Gelehrten. *Alkuin*, den hatten wir ja schon, dann *Einhard, Paulus Diaconus, Osulf, Fridugis, Hrabanus Maurus* und einige mehr. Da können wir dann später noch näher darauf eingehen, wenn es nötig wird. Wer weiß, ob wir wieder Schlüsselwörter daraus bilden müssen.

Jetzt zu seinen Familienverhältnissen:

Karl war mehrere Male verheiratet. Seine erste Ehe war eine *Friedelehe*. Diese Art der Ehe wurde ganz einfach geschlossen. Der Mann nahm die Frau offiziell in sein Haus auf und nach vollzogenem Beischlaf war die Ehe geschlossen. Diese Form der Ehe gab der Frau besondere Rechte. Weder Frau noch Kinder standen unter der Vormundschaft des Mannes, die Frau konnte jederzeit die Scheidung verlangen. Karl hat sich auch nicht geniert, einen Sohn mit seiner jüngeren Schwester zu zeugen. Mutter und Kind mussten dann natürlich den Hof verlassen.

Aus politischen Bestrebungen heiratete Karl dann die Tochter des Langobardenkönigs. Die Ehe wurde anscheinend nicht vollzogen und die Braut nach kurzer Zeit an den Vater zurückgegeben - nach dem Motto: Annahme verweigert.

18 Kinder von acht Frauen. Er hat übrigens sehr an seinen Kindern gehangen und nahm sie auf alle Reisen mit. Wahrscheinlich ließ er deshalb auch seine Töchter nicht heiraten, um sich nicht von ihnen trennen zu müssen. Vielleicht wollte er sie auch nur nicht unter die Vormundschaft eines anderen Mannes stellen. Wer weiß das heute schon?«

»Was diese Frauen und Kinder alles mitgemacht haben!«

»Das war ein sehr schweres Leben für seine Frauen, denn er war ein *Reisekönig*. Bis 795 reiste er ständig mit dem ganzen Hofstaat durch sein Reich. Das heißt, auch seine jeweilige Frau und alle Kinder, alles reiste mit. Die Frauen bekamen während des Feldzugs ihre Kinder. Der König kam zum Volk und nicht das Volk zum König. Erst gegen Ende des 8. Jahrhunderts, als er mit dem Bau seiner Pfalz in Aachen begann, wurde er sesshafter. Es gab überhaupt nur zwei Jahre, in denen er keinen Krieg führte. Stell dir das nur vor!«

»Die Edlen lebten schließlich von der Beute, die sie bei den Feldzügen machten. Kein Krieg - kein Einkommen. Nur wenn sie die Schlacht gewonnen hatten, bekamen sie den Lohn für ihre Mühen«, warf Sven ein.

»Der Winter 763 auf 764 war der strengste Winter in ganz Europa. Das bestätigen auch die neuesten Wetteranalysen für diese Zeit. Schon im Oktober waren die Flüsse zugefroren. Im Jahr darauf gab es eine große Dürre. Daraufhin wurde 764 kein Feldzug unternommen, da alle geschwächt waren vom letzten Winter. Auch 790 gab es keinen Krieg. - Das hier ist noch interessant: Karl wollte eine Wasserverbindung zwischen Nordmeer und Südmeer schaffen. Im 8. Jahrhundert! Leider misslang der Versuch der *Fossa Carolina* an der Altmühl. Wir, im 20. Jahrhundert realisierten so einen Kanal mit dem Rhein-Main-Donau-Kanal. Aber wir haben heute auch andere technische Voraussetzungen. Wie genial dieser Mann doch war!

Als er ab 768 das Reich mit seinem Bruder Karlmann teilen musste, kam es gleich zu Konflikten. Karlmann starb drei Jahre später. Karlmanns

Frau und seine beiden Kinder verschwanden danach spurlos. Wahrscheinlich ließ Karl sie beseitigen, bevor sie ihm die Regentschaft streitig machen konnten. Karl konnte durchaus grausam sein.«

»Brudermord um der Macht willen?«

»Das ist durchaus im Bereich des Möglichen. Einhards *Vita Caroli Magni* ist ein Zeitzeugendokument aus dem 9. Jahrhundert. Zu den Sachsenkriegen im Nordosten des Reiches schreibt Einhard, dass die Sachsen ein wildes Volk waren und der Götzenanbetung frönten. Sie beteten die Irminsul an, die sogenannte Weltesche. Ständig überfielen die Sachsen die Siedlungen der Franken. 10000 Sachsen wurden durch Karl umgesiedelt. 33 Jahre Krieg zwischen Sachsen und Franken. Auch hier verhielt er sich mehr als grausam:

Karl ließ die Irminsul der Sachsen zerstören, heißt es. Wo sie genau stand, weiß man nicht. Ein vermuteter Standort soll sich bei den *Externsteinen* im Teutoburger Wald befunden haben. Dort gibt es ein Loch im Felsboden, in das der dicke Stamm der Irminsul gepasst haben könnte. 782 soll Karl beim sogenannten Verdener Blutgericht Tausende von Sachsen hingerichtet haben. Das ist zwar nicht bewiesen, aber Karl gilt seit diesem Datum als *Sachsenschlächter*.

An den Grenzen im Westen und Süden kämpfte er einerseits gegen die Mauren und andererseits gegen die Langobarden. Im Osten hielten ihn die Awaren acht lange Jahre im Kampf. Der gesamte hunnische Adel ging so zu Grunde. Ob er den berühmten Awarenschatz gefunden hat, weiß ich nicht«, Julia streckte sich. «Lass uns morgen weiter machen. Es ist schon nach eins. Ich bin so müde.«

Mittwoch

13   Aachen   Unter Beobachtung

Am nächsten Tag verließen sie das Hotel erst mittags. Was sie nicht wahrnahmen, war der Mann, der schon in der Hotelhalle auf sie gewartet hatte. In großem Abstand folgte er den beiden durch die Altstadt.

Als sie in einem Restaurant Platz genommen hatten, setzte sich der Mann nur wenige Plätze neben sie. Bis auf eine Kleinigkeit sah er unauffällig aus. Dunkel gekleidet und von normaler Statur. Allein ein dreieckiges Muttermal an seiner rechten Schläfe bewirkte, dass man ihn beachtete. Er hatte sich so gesetzt, dass das Muttermal von Julia und Sven nicht gesehen werden konnte. Seinen Wagen, einen schwarzen Range Rover hatte er ebenfalls in der Hotelgarage geparkt. Sein Zimmer lag nur drei Zimmer neben dem von Julia und Sven.

Einem Gast im Restaurant fiel das Muttermal jedoch auf, dem schlanken, aber sehr durchtrainiert wirkenden Mann, der noch zwei Tische weiter rechts saß. Er war ein asketischer Typ. Sehr hoch gewachsen. Auch er verhielt sich unauffällig. Er trug einen ganz normalen, grauen Business-Anzug und las scheinbar im FOCUS. Seine andere Hand umfasste ein Glas Wasser. Sein Aussehen ließ auf einen Geschäftsmann schließen, der die verspätete Mittagspause zum Studium eines Artikels nutzte, während er auf sein Essen wartete. Nichts an ihm war auffallend. Das, was an ihm besonders war, konnte man so nicht sehen: eine Tätowierung auf der linken Brust. Nicht nur er, sondern auch die anderen sechs Wächter hatten *dieses Mal*. Die Tätowierung ähnelte einem Zahnrad, das durch eine Speiche geteilt war. Auf jeder Seite der Speiche stand jeweils ein Buchstabe, links ein C und rechts ein P. Die Abkürzung für *Custodes Posteritatis*. Jeder der Wächter bekam zum Abschluss seiner Initiation diese Tätowierung gestochen. Damit übernahm er die frei gewordene Stelle in der Reihe der Sieben. Die Wächter waren immer noch aktiv. Wie früher fühlten sie sich weiter dem Schutz des Papyrus verpflichtet. Noch waren weder Sven noch Julia auf die beiden Männer aufmerksam geworden. Viel zu sehr waren sie mit ihrem Problem beschäftigt.

Gegen 15 Uhr verließen sie das Restaurant in Richtung Pfalzkapelle. Beide hatten keine Vorstellung, wo sie die Kartusche suchen sollten. Etwas so Kleines konnte in der großen Kirche überall versteckt sein.

Erneut überwältigte sie die prächtige Ausstattung. Die bunten Mosaike waren wunderschön. Sie wägten sich im Orient. Gold dominierte die Mosaike, kräftige Blau- und Rot-Töne wechselten sich in den Mustern ab. Die Ornamente wirkten byzantinisch. Sie konnten sich gar nicht sattsehen. Im Chor sahen sie sich das goldene *Antependium* am Hauptaltar an. Die Altartafel ist aus 17 einzelnen Platten zusammengesetzt. Sven begann Julia zu erläutern:

»Die goldene Altartafel wird auch Pala D´ Oro genannt. Sie besteht aus 17 einzelnen Tafeln. Vier davon tragen die Symbole der Evangelisten. Der Mensch steht für Matthäus, der Adler für Johannes, der Löwe für Markus und der Stier für Lukas. Christus ist in der Mitte in einer Mandorla abgebildet. Die beiden Tafeln rechts und links der Mandorla bilden Maria und den Erzengel Michael ab. Auf den zehn Tafeln darum herum sind Szenen aus der Leidensgeschichte Jesu dargestellt.«

Später gingen sie über den Kirchhof zur Schatzkammer, da in Eriks Nachricht die Schatzkammer erwähnt war. Zuerst stach Ihnen das Lotharkreuz ins Auge.

Das 50 Zentimeter hohe Kreuz aus dem 11. Jahrhundert ist auf beiden Seiten geschmückt. Auf der Vorderseite ist es mit Edelsteinen besetzt. Mit ihren goldenen Fassungen sehen sie von der Seite betrachtet, wie kleine Tempel aus **(Abb.S.72+94)**. Über dem Fuß des Kreuzes ist ein Bergkristall eingesetzt, der das Abbild König Lothars zeigt. Daher der Name *Lotharkreuz*. Auf der Rückseite ist der Gekreuzigte dargestellt. An den Enden des Querbalkens sieht man Mond und Sonne mit Tüchern vor dem Gesicht. Sie trauern um den Toten. Gott Vater hält einen Lorbeerkranz mit einer Taube über den Kopf des Gekreuzigten. Unter den Füßen Jesu windet sich eine gehörnte Schlange um den Fuß des Kreuzes. Das Böse ist besiegt.

Sie gingen wieder zurück in die Pfalzkirche.

»Wie Erik schon sagte, weiß man heute immer noch nicht, wo Karls Grab ursprünglich war. Es gibt die tollsten Gerüchte über sein Grab. Otto III. habe Karl unverwest und in sitzender Haltung auf seinem Thron vorgefunden. - Die Gebeine im Karlsschrein sollen wirklich die Gebeine des Karolingers sein. Zumindest weisen die Knochen alters- und größenmäßig darauf hin. Karl war ein Riese von annähernd zwei Meter. Das kam damals nicht so oft vor.«

Sie sahen sich weiter um und zweifelten immer mehr daran, diese Kartusche hier jemals zu entdecken.

Draußen meinte Sven: »Ich gehe in die Bibliothek die Bücher abgeben. Außerdem suche ich noch ein anderes Buch. Ich habe da eine Idee, die muss ich unbedingt verfolgen.«

Julia sah gerade auf die andere Straßenseite und fing den Blick eines Mannes auf, der sie eindeutig anstarrte. Der Blickkontakt hielt nur einen kurzen Moment. Julia zuckte erschrocken zusammen.

»Was hast du denn?«, fragte Sven. Er sah Julia besorgt an. Sie wirkte zutiefst beunruhigt.

»Der Mann in dem schwarzen Anzug! Dort drüben! Ich hatte gerade das Gefühl, dass er uns beobachtet.« Sie zeigte ohne Hemmungen in Richtung des Mannes auf der anderen Straßenseite. Darauf drehte dieser sich sofort um und ging weg. Dabei fiel Julia das Muttermal auf. Sie erkannte zwar nicht die dreieckige Form, aber dass da ein großes Muttermal war, sah sie.

»Bist du dir sicher?«, fragte Sven.

»Nein, sicher bin ich mir nicht. Nenne es Bauchgefühl. Mehr nicht. - Komm, lass uns gehen!«, und sie zog Sven weiter.

Sven legte den Arm um ihre Schulter und sie gingen weiter zur Bibliothek. Bald dachten sie nicht mehr an den Beobachter, da sie auf ihrer Suche nach dem richtigen Buch die Zeit vergaßen. Als sie wieder aus der Bibliothek traten, ging gerade ein Gewitterregen über der Stadt nieder. Es blitzte und donnerte heftig. Sie rannten zu einem Bistro und setzten sich an einen Tisch unter den Arkaden.

»Es wäre keine schlechte Idee gewesen, einen Regenschirm einzupacken«, sagte Julia. »Jedes Mal vergesse ich das!«

Sie tupfte sich mit einem Taschentuch die Regentropfen aus dem Gesicht. »Mir ist kalt und ich bin total durchnässt. Jetzt brauche ich erst einmal einen heißen Kakao, um mich wieder auszuwärmen!«

»Den sollst du bekommen«

Ein paar Minuten später kam der Kakao und der Cappuccino für Sven. Dazu nahmen sie Kuchen. Sven blätterte durch seine Notizen.

»Lass uns weitermachen. Ich hab hier einiges zur Kirche rausgefunden: Die Bauzeit steht ziemlich genau fest, da man die Holzpfeiler der Fundamente untersucht hat. Anhand der Jahresringe der vollkommen erhaltenen Stämme konnte das Alter zwischen 790 und 800 festgelegt werden. Auch ein Denar, der damals nur ein Jahr Gültigkeit besaß, wurde in den Fundamenten gefunden. Dieses Geldstück bestätigt die Altersangabe. Die ursprüngliche Pfalzkapelle war nur ein Oktogon. Die Kapellen rundherum wurden erst später angebaut. Demnach birgt hier Licht und Schatten das Geheimnis, zumindest im damals alleinstehenden Oktogon. Ich habe einiges über die Geometrie des Baus herausgefunden. Es ist hochinteressant! Die Zahlen 6 und 8 sind die Basiszahlen für die Konstruktion des Oktogons. Damit kannst du hier alles konstruieren.

Die 8 ist die *Zahl der Vollendung*. Die Zahlenfolge der 8 ist: 8,16,24,32,40,48, ... 96, ... 144 ... und so weiter.

Die 6 ist die einzige Zahl, bei der die Summe und das Produkt ihrer Teiler 6 ergeben:

$1+2+3 = 6$ und $1 \times 2 \times 3 = 6$

Deshalb gilt die 6 als die *vollkommenste Zahl*. Das siehst du auch an der Schöpfungsgeschichte:

Die Schöpfung dauerte 6 Tage:
am 1. Tag Licht,
am 2. Tag Himmel,
am 3. Tag Land und Meer,
am 4. Tag Sonne, Mond und Sterne,
am 5. Tag die Tiere des Wassers und der Lüfte,
am 6. Tag der Mensch.
Am 7. Tag ruhte Gott aus und
der 8. Tag ist das Symbol für Jesu Auferstehung.

In der Mathematik wird die Unendlichkeit mit einer quergelegten 8 dargestellt.

Was ich faszinierend finde, ist, dass der Grundriss der Pfalzkapelle allein mit Zirkel und Lineal zu konstruieren ist«, Sven kramte in seinem Rucksack ein Mäppchen und ein kariertes Notizbuch heraus. Aus dem Seitenfach holte er Lineal und Zirkel und begann zu zeichnen **Abb.S.97**).

»Ein Kästchen soll sechs Fuß entsprechen. Was jetzt jedoch nicht so wichtig ist. Wir orientieren uns jetzt nur an der Anzahl der Kästchen«, er begann, den Grundriss des Zentralbaus zu skizzieren. Zuerst legte er ein Raster von waagerechten und senkrechten Linien entlang der Kästchen an, mit jeweils vier Kästchen Abstand dazwischen. In der Mitte, auf einem Kreuzungspunkt, setzte er den Zirkel an. Er zog davon ausgehend drei Kreise mit dem Radius vier, acht und zwölf Kästchen.

»Wichtig ist hier jetzt nur das Raster. Es zieht sich durch das ganze Oktogon, sowohl im Grundriss als auch in die Höhe der Kapelle.« Er zeigte ihr auf dem iPad die Konstruktionszeichnungen, die er im Internet dazu gefunden hatte.

Der Durchmesser des Achtecks beträgt acht Kästchen.

Das 16-Eck, das um das Oktogon gelegt ist, beträgt im Durchmesser 16 Kästchen.

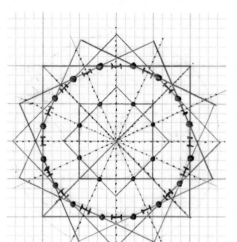

Die Fenster im Oktogon und im 16-Eck haben eine Breite von je einem Kästchen in unserer Zeichnung.

Sven zeichnete ein rechtwinkliges Achsenkreuz in den Oktogonkreis ein. Als Nächstes die Winkelhalbierenden. So entstand ein *achtstrahliger Stern*. Sodann nochmals die jeweiligen Winkelhalbierenden, dass ein *16-strahliger Stern* entstand.

Über den Mittelpunkt des Kreises legte er ein Quadrat von acht auf acht Kästchen entlang der Rasterlinien. Um 45° Grad gedreht zeichnete er nochmals ein Quadrat von acht Kästchen Kantenlänge parallel zu den Winkelhalbierenden.

»Wo sich die Linien der beiden Quadrate kreuzen, stehen die acht Säulen des Oktogons«, er markierte mit dem Bleistift einen Punkt an der jeweiligen Stelle als Säule.

»Jetzt lege ich dir über den Mittelpunkt ein Quadrat von 16 Kästchen Kantenlänge. Und das wiederhole ich jetzt über jeder der 16 Winkelhalbierenden. Auf den 16er-Quadraten entsteht immer da ein Fenster, wo eine Winkelhalbierende das 16er-Quadrat schneidet. Zwischen den Fenstern ergibt sich immer auf dem Schnittpunkt zweier 16er-Quadrate eine Säulenposition.

Fertig ist der Grundriss. Das ist hier natürlich nur ganz grob gezeichnet. Aber du sollst auch nur das System dahinter erkennen: Mit so einfachen Mitteln ist der Grundriss zu konstruieren. Die geometrische Basis ist das Quadrat und der Kreis. Wenn man jetzt noch die Kuppel dazu nimmt, dann kommt noch das Element der Kugel dazu. Übrigens, die Kuppel ist eine perfekte Halbkugel.

Du siehst hier also, wie die Zahlen eingebaut sind. Alles ist ein Teiler oder ein Vielfaches von 6 und 8. Das ist doch genial, oder nicht?«

»Ja, erstaunlich, was die Baumeister damals alles berücksichtigten. Ohne Taschenrechner, PC und CAD-Programm.«

»Vor allem ist beachtenswert, dass alle Maße gerade aufgehen. Keine Komma-Zahlen.

Und Karl muss entscheidend an der Planung mitgewirkt haben. Zusammen mit Alkuin und Odo von Metz plante er die Kirche gemäß der Offenbarung des Johannes. Hier sollte das himmlische Jerusalem entstehen. So ist der innere Umfang des Oktogons 144 Fuß, beim himmlischen Jerusalem ist die Mauer um die Stadt 144 Ellen lang.

Alkuin hat Briefe an Karl geschrieben. Darin nennt er Aachen das Jerusalem des karolingischen Reiches. Die Marienkirche sollte als Tempel Salomos das Zentrum des karolingischen Reiches bilden.

Noch etwas zu den Proportionen: Die Höhe des Baus entspricht dem doppelten Durchmesser des Oktogons. Die Symmetrie geht so weit, dass die 6 Fuß, die bei der Apsis im Osten fehlen, am Westbau ergänzt wurden. Somit stimmt die Gesamtlänge von 144 Fuß wieder. Apsis und Westbau habe ich jetzt nicht eingezeichnet. Die Architekturbücher des Vitruv waren Karl und seinen Gelehrten durchaus bekannt. Die Aachener Pfalzkapelle war übrigens der erste Kuppelbau nördlich der Alpen. - So, mehr habe ich nicht!« Sven lehnte sich zurück und nahm einen Schluck Wasser.

«Es wird schon Abend. Gehen wir zurück ins Hotel?«

»Gute Idee. Nach dem Abendessen möchte ich das mit der Sonnenuhr noch abklären.« Sven legte das Geld auf den Tisch und sie verließen das Café.

»Lass uns noch einen Spaziergang machen, bevor wir zurückgehen. Ein bisschen die Beine vertreten.«

Sie bummelten durch die Stadt zurück. In einem Lebensmittelgeschäft kauften sie Getränke und Knabbersachen für den Abend, bevor sie ins Hotel gingen.

Julia ging zum Schreibtisch und öffnete die Tür zum Unterschrank. Im oberen Fach befand sich der Tresor, in den Julia das Netbook von Erik gelegt hatte. Sie räumte die Einkäufe in das Fach darunter. Kurz streifte ihr Blick dabei den Tresor.

»Es war jemand am Tresor!«, sagte Julia schockiert.

»Wieso? - Wie kommst du darauf?« fragte er nach.

»Ich habe den Schlitz der Tresortüre mit einem Stück meines Knet-Radiergummis aufgefüllt. Der Gummi ist nun zusammengedrückt. Die Tresortüre war also in der Zwischenzeit offen. - Hier siehst du das?«

Da fiel ihr wieder schlagartig der Mann mit dem Muttermal ein.

»Hast du den Mann heute Mittag genauer gesehen?«, fragte sie.

»Nein. Nicht besser als du. Nur das Muttermal im Gesicht ist mir aufgefallen.«

«Mir auch. - Jetzt bin ich mir sicher, dass er uns beobachtet hat. Das macht mir Angst, Sven!«

Er nahm sie in den Arm. »Wir werden heil aus der Sache herauskommen. Wir müssen einfach unsere Umgebung aufmerksam im Blick behalten. Sollten diese Typen den Inhalt des Videos gesehen haben, ändert das auch nichts. Wenn sie Erik noch nicht in der Gewalt haben, finden sie ihn durch das Video auch nicht schneller. Und falls sie ihn schon haben, ändert das auch nichts. Wir arbeiten doch im Sinne dieser Leute. Wir suchen das Gleiche wie sie. Sie wären dumm, wenn sie uns daran hinderten. Aber beobachtet zu werden ist mehr als unangenehm. Wenn wir fündig werden, wird´s brenzlig! Dann müssen wir aufpassen, dass sie uns den Fund nicht abnehmen!«

Julia nickte.

»Sei mir nicht böse - ich bin total erschöpft. Ich leg mich dann aufs Ohr. Eine Nacht durchschlafen bringt mich wieder auf die Beine.«

Sie ging ins Badezimmer und nahm ein heißes Bad. Sven hörte aus dem Badezimmer wie Julia »Bin heute Abend bei dir« sang. Das war eines der Lieblingslieder von Julia. Auf ihrem Weg ins Schlafzimmer gab sie Sven einen Kuss: »Gute Nacht.«

»Das ist schön!«
Zärtlich streichelte Julia über seinen Kopf und er öffnete langsam die Augen.

»Nicht aufhören! Daran könnte ich mich gewöhnen.«

»Guten Morgen. Wie lange warst du denn auf?«

»Das letzte Mal habe ich kurz vor drei auf die Uhr gesehen. Aber ich habe ganz interessante Theorien zur Kirche entdeckt.«

«Dann mach dich mal hübsch! Ich bin heute endlich wieder ausgeschlafen.«

Als sie hinunter gingen in den Frühstücksraum, erzählte ihr Sven davon, dass die Kirche vielleicht sogar als eine Art Sonnenuhr gebaut wurde. Manche Bereiche wurden früher regelmäßig zur Sommersonnenwende und auch zur Wintersonnenwende vom Sonnenlicht angestrahlt; andere Bereiche zweimal im Jahr zur Tag- und Nachtgleiche. Natürlich nur, solange die Kapellen um das Oktogon noch nicht angebaut waren und die Fenster dem Lichteinfall entzogen. Im Frühstücksraum nahm Sven seine Aufzeichnungen zur Hand.

»Um wieder auf die Architektur der Marienkirche zurückzukommen«, sagte Sven. »Der Zentralbau ist in West-Ost Richtung angelegt. Der Thron steht im Westen auf dem oberen Umgang, über dem Eingang mit den Wolfstüren. Der König saß erhöht über dem Volk. Nur die Edlen befanden sich mit ihm auf der Empore. Der König sah direkt nach Osten. Er konnte so dem Jüngsten Tag entgegen sehen, wenn das himmlische Jerusalem kommen würde. Deshalb spielt hier auch die Offenbarung des Johannes so eine wichtige Rolle. Der König hatte auf seinem Thron die Position des weltlichen und geistlichen Richters. Er blickte über das Volk. Übrigens: Der Thron und die sechs Stufen davor bestehen wahrscheinlich aus Marmorplatten und -säulen aus der Grabeskirche in Jerusalem. Auf den Seiten der Stufen sind Kreuze eingeritzt. Solche Kreuze haben die Pilger an vielen Stellen in die Wände der Grabeskirche geritzt. Das könnte ein Indiz für den Ursprung der Steinplatten sein.

Wichtig für Aachen sind die vier Reliquien, die hier aufbewahrt werden. Seit Mitte des 14. Jahrhunderts werden sie alle sieben Jahre bei der Heiligtums-Fahrt gezeigt. Erstens das Kleid Mariens, zweitens die

Windeln Jesu, drittens das Enthauptungstuch des hl. Johannes und viertens das Lendentuch, das Jesus am Kreuz getragen hat. Diese Reliquien waren schon zu Karls Zeit in Aachen. Sie werden im Marienschrein aufbewahrt. Dieser Schrein wurde wahrscheinlich im 13. Jahrhundert hergestellt. Ein Teil des Kleides von Maria brachte Karl der Kahle, der Enkel Karls des Großen, zur Weihe der Kirche von Chartres. Wie uns Erik in dem Video berichtet hat.«

»Wo sollen wir hier nur dieses Ding finden? Das ist doch eine unlösbare Aufgabe«, zweifelte Julia an ihrer Mission.

»Am Besten gehen wir gleich nochmals zur Pfalzkapelle.«

»Ich würde mir zunächst gerne das Christussymbol an der Nordseite ansehen, das am Tag der Wintersonnenwende angestrahlt wird.«

»Wie kommst du darauf?«, fragte Sven.

»Ich kann es nicht erklären. Aber seit du das mit der Sonnenuhr erzählt hast, lässt mich das Christussysmbol nicht mehr los. Ich sehe immer den Lichtstrahl auf dem Symbol vor mir.«

»Dann lass uns aufbrechen!«

Sie gingen in die Hotelhalle. Gerade noch sah Julia den Mann mit dem Muttermal im Aufzug verschwinden.

»Sven! Da ist schon wieder der Typ von gestern! Der mit dem Muttermal!« Panisch packte sie Sven am Arm.

»Wo?«

»Er ist gerade in den linken Aufzug eingestiegen!«

»Ich geh ihm nach! Den schnappe ich mir!«, sagte Sven und machte sich von Julia los.

»Nein! Wenn er bewaffnet ist!«, sie hielt Sven zurück.

»Dann lass uns hinaufgehen, alles zusammenpacken und auschecken! Umgehend!«

Sie gingen zur Rezeption und baten um die Rechnung.

45 Minuten später fuhren sie mit ihrem Wagen aus der Tiefgarage. Der Schreck hatte sich noch vergrößert, als sie den schwarzen Range Rover auf dem Stellplatz hinter ihnen wahrnahmen. Sie suchten einen Parkplatz außerhalb des Zentrums. Mit einem Taxi fuhren sie zurück in die Stadt.

»Wo schlafen wir heute Nacht?«, fragte Julia.

»Wir suchen ein kleines Hotel, eine Pension oder Ähnliches. In einem kleinen Haus fällt unser Verfolger besser auf.«

»Aber zuerst gehen wir nochmal in den Dom. Ich muss das mit dem Christussymbol nachprüfen. Vielleicht werden wir fündig und können Aachen bald verlassen.«

»Das wäre mir das Allerliebste«, meinte Sven.

Sie gingen zum Domplatz. Bevor sie in die Kirche eintraten, vergewisserten sie sich noch einmal, dass sie keinen Verfolger hatten.

Sie schritten langsam durch die Kirche, erst im unteren Bereich, dann im oberen Umgang.

Julia musterte das Mosaik mit dem Christus-Symbol.

»Was suchst du denn genau?«, wollte Sven wissen.

»Ich kann es dir nicht sagen, ich dachte irgendwie, wenn ich davor stehe, fällt es mir auf. Ich weiß nicht mehr, was mich an diesem Mosaik irritiert hat. Irgendetwas war anders.«

»Schau es dir in Ruhe an, dann fällt es dir vielleicht wieder ein. Ich geh mal rechts herum.«

Julia blieb vor dem Mosaik stehen und konnte nicht darauf kommen, über welches Detail sie auf diesem Mosaik gestolpert war. Plötzlich trat Sven neben sie und zog sie am Ärmel mit.

»Hast du was entdeckt?«

»Komm mit, ich glaube, ich weiß, was dir aufgefallen ist. Das da drüben hat ähnliche Komponenten, nur etwas ist daran falsch. Und ich denke, das ist es, was dich beschäftigt hat.«

Sie kamen vor einem Mosaik im Nordosten des Umgangs zum Stehen. Dort sah man zwischen den Türmen von Jerusalems Stadtmauer ein Kreuz, das links und rechts von einem Alpha und einem Omega begleitet wurde. Es war eine Abbildung des himmlischen Jerusalems. Das Omega-Zeichen war jedoch verkehrt herum! (**Abb.S.104**)

»Das ist es! Das Omega steht auf dem Kopf. Man könnte es vielleicht mit dem kleinen Omega verwechseln, bei dem der mittlere Strich verkümmert ist - aber dann müsste das Alpha wiederum auch anders aussehen. Denn hier ist es ein großes Alpha.«

Julia sah eine Frau an sich vorbeigehen, die Flyer für ein Konzert in der Hand hielt.

»Entschuldigen Sie, gehören Sie hier zur Kirche oder kennen sie sich hier aus?«

»Ja, warum? Wie kann ich Ihnen behilflich sein?«

»Ich habe eine Frage: Warum ist das Omega-Zeichen hier verkehrt herum eingesetzt?«

»Das ist bei der Restaurierung passiert. Ein dummer Fehler. Weiter nichts«, erklärte die Frau.

»Danke für Ihre Auskunft.«

»Und du meinst, dass das etwas bedeutet. Dass es vielleicht absichtlich verkehrt herum gesetzt wurde, damit die Spur gefunden wird?«, Sven schaute Julia fragend an.

»Du hast doch gesagt, dass die Mosaike um 1900 angefertigt wurden.«

»Ja, die Arbeiten dauerten knapp dreißig Jahre.«

»Wenn das der Fall ist, kann es doch sein, dass die Kartusche damals an einen anderen Ort gebracht wurde, weil sie sonst den Handwerkern in die Hände gefallen wäre.«

»Das wäre eine Möglichkeit.«

»Eventuell haben wir hier den Hinweis auf das neue Versteck. - Also was siehst du genau, und was fällt dir dazu ein? Komm, versuchen können wir es doch wenigstens!«

»Also, ich könnte es jetzt zunächst ganz profan probieren. Das Alpha und das Omega, also umgangssprachlich, das A und O. Der Kern des Ganzen. In dem Fall das, was zwischen dem A und dem O steht: Das Kreuz«, Sven schaute Julia an und wartete auf ihre Reaktion.

»Aber welches Kreuz?«

»Da kommen hier wahrscheinlich ein oder zwei Kreuze in Betracht«, lächelte Sven sie an.

»Dann lass uns fürs Erste nachdenken, auf welches Kreuz sich das hier beziehen könnte. Wir wissen noch nicht einmal, ob wir auf der richtigen Spur sind. Aber versuchen sollten wir es.«

»Gehen wir noch einmal langsam durch die ganze Kirche, den Schwerpunkt auf Kreuze gelegt.«

Bei jeder Kreuzdarstellung blieben sie stehen und überlegten, ob hier etwas zu deuten war. Schließlich gingen sie in die Domschatzkammer. Und hier stießen sie beide gleichzeitig auf das gesuchte Kreuz.

»Das Lotharkreuz, das ist es. Ich bin mir sicher. Sieh dir die Enden der Kreuzbalken an. Die haben die gleiche Form wie das Kreuz auf dem Mosaik«, sagte Julia.

»Aber wo sollen wir hier die Kartusche finden?«

»Ich denke nicht, dass hier der Papyrus versteckt ist. Es soll nur ein Wegweiser sein. Wie sollten wir an das Kreuz herankommen. Dafür müssten wir den Glaskasten zerstören. Das kann es also nicht sein.«

«Dann lass uns jetzt erst ein neues Quartier suchen und dann machen wir uns daran, herauszufinden, womit das Lotharkreuz in Verbindung steht.«

»Ich denke, da müssen wir online dran gehen. - Aber eine Frage stellt sich mir schon: Weiß jemand in dem zuständigen Ausschuss für die Renovierung des Doms von diesen Wächtern der Zukunft? Das muss doch fast der Fall sein. Seit so vielen Jahren steht das Omega auf dem Kopf. Das müsste doch irgendwann jemanden so stören, das er den Auftrag erteilen würde, es zu korrigieren. Also könnte doch durchaus jemand vor Ort mit den Custodes in Verbindung stehen; um eben genau das zu verhindern.«

»Je genauer ich mir das überlege, umso sicherer bin ich mir, dass wir hier auf der richtigen Fährte sind.« Julia zeigte auf ein Haus auf der anderen Straßenseite.

»Da drüben ist eine Pension. Lass uns dort nach einem Zimmer fragen!«

Sie gingen über die Straße und betraten das Haus. Die Anmeldung war schnell erledigt. Sie hatten ein nettes kleines Doppelzimmer mit einem kleinen Bad. WLan war auch verfügbar. So konnten sie es schon ein bis zwei Tage aushalten.

Zum Abendessen gingen sie in eine Pizzeria gleich um die Ecke. Bei Pizza und Rotwein begannen sie, über das Lotharkreuz zu recherchieren. Sie hatten das iPad zwischen sich liegen und googelten, was zum Kreuz zu finden war. Auf einer der Such-Seiten tauchte das Wort *Externstein* auf.

»Das ist es!«, lächelte Sven siegessicher. »Das hatte ich doch beim möglichen Standpunkt der Irminsul genannt!«

Sie suchten die Seiten über die Externsteine bei Detmold durch und fanden schließlich einen Bericht über das Kreuzabnahmerelief. Gemeinsam arbeiteten sie sich durch die Seiten. Hier war angeblich eine sächsische Kultstätte in eine christliche Verwendung überführt worden. Das Relief wurde von mittelalterlichen Steinmetzen angefertigt und entsprach in weiten Teilen der Darstellung auf dem Lotharkreuz. Sonne und Mond mit Tüchern verhüllt, Gottes segnende Hand darüber und am Fuß des Kreuzes eine Schlange. Jesus wird gerade von Nikodemus und Josef von Arimathia vom Kreuz abgenommen. Nikodemus steht auf einer umgeknickten Palme, was aber bei genauerer Betrachtung auch als die umgeknickte Irminsul gedeutet werden könnte. Rechts und links neben dem Kreuz stehen Maria und Johannes. Das romanische Relief wird ins 12. Jahrhundert datiert. Man ist sicher, dass hier ab dem 10. Jahrhundert Menschen gesiedelt haben. Die Externsteine lagen damals an einer wichtigen Verbindungsstraße zwischen Rhein und Elbe. Im 17. Jahrhundert wurde hier eine Festung errichtet, die aber schnell wieder aufgegeben wurde. Im 19. Jahrhundert wurde ein kleiner Teich aufgestaut, um das Gelände für den Tourismus zu nutzen. Unter Umständen wurden die Externsteine auch zu astronomischen Zwecken genutzt, zum Beispiel als Sonnenuhr. Aber das wurde bis heute nicht nachgewiesen. Leider wurde das Gebiet im Dritten Reich auch für nationalsozialistische Zwecke missbraucht. Seit 2004 ist das Areal um die Externsteine ein Naturschutzgebiet.

»Ich denke, wir fahren morgen früh gleich dorthin«, schlug Julia vor.

»Hoffentlich finden wir dort die Kartusche!«

107

Freitag - 3. Woche

15   **Detmold**   Viele Steine

Sie fuhren knapp vier Stunden. Es waren 300 km und zweimal kamen sie in einen Stau. Was sie leider nicht bemerkten, war der kleine Sender, der hinter der Kunststoffverkleidung des Beifahrerspiegels klemmte. Dieser sendete konstant ein Signal an den Laptop, der sich auf dem Schoß eines Mannes in einem schwarzen Range Rover befand. Der Mann hatte ein dreieckiges Muttermal an der rechten Schläfe und schaute gerade auf das Display seines Rechners.

»Es erleichtert das Verfolgen erheblich, wenn man in großem Abstand hinterher fahren kann«, meinte er zum Fahrer.

»Die beiden kommen allem Anschein nach gar nicht auf die Idee, dass wir schon wieder an ihnen dran sind. Sie denken tatsächlich, sie hätten uns abgehängt.«

»Wir dürfen sie nicht unterschätzen. Vorgestern habe ich schon gemerkt, dass gerade die Frau sehr auf ihre Umgebung achtet. Sie hatte mit einem derart verschreckten Blick zu mir herüber gesehen, dass ich nun in ihrer Nähe vorsichtiger bin. Und im Hotel hat sie mich sofort wiedererkannt.«

»Die beiden kommen schnell vorwärts. Leider war auf dem Video nichts Neues zu erfahren. Wir können nichts anderes tun, als an ihnen dran zu bleiben. Vielleicht wissen sie schon, wo die Kartusche zu finden ist.«

»Zu schade, dass sie so schnell aus dem Hotel ausgecheckt haben. Ich hatte das Mikro so gut im Zimmer platziert. Das hätten sie nie gefunden und wir hätten alles live mitbekommen.«

»Du hättest doch im Mini ein Mikrofon installieren können.«

»Nein, das ist ein Cabrio. Da hättest du nichts verstanden. So ein Stoffdach macht erhebliche Fahrgeräusche. Da hast du schon ab 100 kmh Probleme zu telefonieren.«

»Dann müssen wir versuchen, ihnen ein Mikro in einen Ihrer Rucksäcke zu platzieren.«

«Erst mal so nah an den Rucksack herankommen. Du kannst diese Wanzen nicht einfach im Vorbeigehen am Rucksack befestigen. Das muss schon mit Bedacht gemacht werden, wenn sie nicht beim ersten Öffnen des Rucksacks herausfallen los.«

»Hast du schon den Chef benachrichtigt?«, fragte der Beifahrer.

»Nein, ich warte ab, bis wir etwas Konkretes haben. Der Boss scheint erfolgsverwöhnt. Dem muss man ständig kleine Häppchen liefern, sonst wird er, glaube ich, sehr unangenehm.«

Julia und Sven fuhren direkt zu den Externsteinen. Sie waren viel zu neugierig, um zuerst eine Pause zu machen. Sie stellten ihren Wagen an dem riesigen Parkplatz ab und liefen zu der Felsanlage. Da schönes Wetter war und das Wochenende vor der Tür stand, hielten sich hier viele Touristen auf. Die großen Sandsteinfelsen zogen jede Menge Wochenendausflügler an. Kinder fuhren mit ihren Fahrrädern den breiten Weg entlang. Am Kassenhäuschen entrichteten sie den Eintrittspreis und traten vor das Kreuzabnahmerelief. Sven und Julia standen vor dem Gitter, das Besucher vom Anfassen des Reliefs abhalten sollte.

»Das wird nicht so einfach werden, das Relief genau unter die Lupe zu nehmen, wenn hier so viele Leute herumspazieren«, zweifelte Sven an ihrem Vorhaben.

Sie gingen zurück zum Wagen und fuhren nach Detmold hinein.

Drei Stunden später kamen sie wie Wochenendausflügler zurück zu den Externsteinen. Sie breiteten auf der Wiese eine Decke aus und machten es sich gemütlich. Genauso wie viele andere Touristen auch.

So warteten sie ab, bis sich das Gelände geleert hatte.

Als sie am frühen Abend längere Zeit keine anderen Besucher mehr wahrgenommen hatten, stiegen sie die steilen und hohen Stufen, die in den Felsen gehauen waren, zur Höhenkammer hinauf. Diese lag im Turmfelsen. Sie wollten dort auf den Einbruch der Nacht warten. Von hier oben hatten sie einen guten Blick über die Anlage. Wenn sie sicher wären, keine Zuschauer zu bekommen, würden sie das Kreuzabnahmerelief genau untersuchen. Hier konnte durchaus die Kartusche versteckt sein.

Was sie nicht sehen konnten, war der hagere Mann, der sich an ihrem Wagen zu schaffen machte. Er nahm die Verkleidung an ihrem rechten Außenspiegel ab und entfernte den Sender. Dann ging er zu einem Wagen mit polnischem Kennzeichen, der am anderen Ende des Parkplatzes stand. Dort heftete er den Sender mit einem Klebeband an eine Metallschiene am Kühlergrill. »Lassen wir den Sender auf die Reise gehen«, dachte er und ging zurück zu seinem Wagen, der auf dem angrenzenden Parkplatz stand. Es war ein unauffälliger Golf in schwarzer Farbe, jedoch mit einer 250 PS-starken Maschine unter der Motorhaube. Von außen wirkte der Wagen wie ein normaler Golf, der schon in die

Jahre gekommen war. Der Besitzer, Alain du Gardin, liebte das Understatement. Das gehörte auch zu seiner Berufung. Er blieb im Wagen sitzen und beobachtete den blauen Mini. Er würde an den beiden dran bleiben, wenn sie vom Externstein zurückkamen. Er war einer der Wächter. Seine Familie stellte seit Beginn des Ordens ihre männlichen Nachkommen in den Dienst der Wächter. Stets, durch alle Jahrhunderte hindurch hatten sie ein Auge auf die Kartuschen gehalten. Sie achteten darauf, dass diese nicht in falsche Hände kamen, und versteckten sie an neuen Orten, wenn es nötig war. Sein Vorfahr war einer der sieben Wächter, die damals den Papyrus in Jerusalem aufteilten. Aber das Geheimnis, das in der Kartusche verborgen lag, behielten die damaligen Wächter wirklich für sich. Somit wusste auch Alain du Gardin nicht, was auf dem Papyrus in den Kartuschen stand.

Mit Einbruch der Dunkelheit stiegen Sven und Julia hinunter zum Kreuzabnahmerelief. Es war gar nicht so einfach, die steilen und unregelmäßigen Stufen in der Dunkelheit hinunterzugehen. Zum Glück gab es einen Handlauf. Am Relief angekommen, untersuchten sie mit der Taschenlampe Zentimeter für Zentimeter die Figuren. Als sie die Bereiche abgesucht hatten, die sie ohne Hilfsmittel erreichen konnten, holte Sven zwei von den Abfalleimern und stellte sie umgekehrt auf. So konnten sie nochmals gute 70cm höher die Oberfläche des Steinreliefs absuchen. Plötzlich hielt Sven inne: »Ich glaube, ich spüre da etwas Lockeres. Hier, wo eigentlich die Beine des Nikodemus angesetzt sein müssten, fühlt sich der Stein anders an. Er bröselt ab, wenn ich fest daran kratze und rüttle.«

Er hielt sich mit einer Hand am Stein fest und holte sein Taschenmesser aus der Hosentasche. Er schabte damit unter dem Rocksaum der Steinfigur. Immer mehr bröselte ab und schon bald spürte Sven, wie sich etwas im Stein lockerte.

»Ja, da steckt etwas drin, was sich bewegen lässt. Gleich kann ich es rausziehen«, gab er mit angestrengter Stimme zu verstehen. Nach ein paar weiteren Versuchen gelang es ihm, die Kartusche aus der Wand zu ziehen. Es ging so plötzlich, dass sie ihm aus der Hand fiel. Sven sprang vom Abfalleimer und hob sie schnell auf. Sie war um einiges größer als in Eriks Beschreibung. Schnell packten sie die Kartusche in den Rucksack. Sven stellte die Abfalleimer zurück, damit niemand merkte, dass am Relief hantiert wurde. Dann liefen sie zurück zum Wagen.

»Lass uns so schnell wie möglich von hier verschwinden. Wir schauen uns das Teil später an. Hier sitzen wir zu sehr auf dem Präsentierteller.«

Der Parkplatz war jetzt fast leer. Ein paar Campingfahrzeuge standen noch da und die Leute campierten vor ihren Wagen und unterhielten sich.

»Fahren wir doch gleich nach Hause. Warum noch Zeit verlieren?«

Im Wagen konnte Julia es trotzdem nicht lassen, die Kartusche von dem Putz zu befreien, in dem sie viele Jahrzehnte verborgen war. Vorsichtig krümelte sie Stück für Stück mit den Fingern ab. Dann hatte sie endlich alles entfernt.

Die Kartusche war schön verkleidet, mit Silber, mit vielen Mustern auf der Oberfläche. Geprägte Linien. Julia konnte schlecht die einzelnen Details erkennen, denn es war zu dunkel im Wagen. Sie würde wohl oder übel warten müssen, bis sie zu Hause waren.

Samstag

16   Dießen   Rückkehr

Als sie aufwachte, war es heller Morgen. Sie sah auf die Uhr an der Mittelkonsole und erkannte, dass es schon 5.35 Uhr war. Der Mini stand - vor Lisas Werkstatt! Lisa und Sven lehnten an der Hauswand und unterhielten sich angeregt. Jeder hielt eine Kaffeetasse in der Hand.

»Guten Morgen!«, sagte Sven und kam auf Julias Seite ans Auto heran. Als er gerade die Beifahrertüre öffnen wollte, sah er den Sprung an der Zierplatte des Außenspiegels.

»Die Verkleidung des Außenspiegels ist beschädigt. Das ist mir in den letzten Tagen gar nicht aufgefallen«, sagte er, während er mit der Hand über den Spiegel strich. Er öffnete die Tür und half Julia aus dem Wagen.

»Ich bin ganz steif vom langen Sitzen.«, sie streichelte über seine Wange.

»Du hast so tief geschlafen, dass du nicht einmal gemerkt hast, als ich zum Tanken anhielt. Du hast auch auf meinen Weckversuch nicht im Geringsten reagiert. Da hab ich mir halt einen doppelten Espresso geholt und bin die Strecke durchgefahren. Ich hatte kein Problem damit. Du brauchst also kein schlechtes Gewissen zu haben.«

Hinter sich hörte sie plötzlich lautes Gejaule und Gefiepe. Sie drehte sich um und schon sprang Foster auf sie zu. Sie ging in die Hocke und nahm sie in Empfang. Das war eine Begrüßung! Der Hund vollführte einen Freudentanz und überschlug sich gleich mehrmals.

»Hallo meine Süße. Ich freu mich doch auch, dich wieder zu sehen!«, Foster legte sich auf den Rücken und ließ sich von Julia den Bauch streicheln. Das liebte der Hund. Als sich Foster einigermaßen beruhigt hatte, stand Julia auf und nahm Lisa in den Arm.

»Hallo Lisa. Wie geht´s dir denn?«

»Gut! - So, jetzt kommt herein, ich mach euch erst einmal ein Frühstück!«, lud Lisa sie ein.

»Ich darf erst einmal in dein Bad und mich unter die Dusche stellen«, sagte Julia und verschwand gleich nach oben in Lisas Badezimmer.

»Aber klar doch.«

Sven holte die Rucksäcke aus dem Auto und ging ins Haus zurück.

Dass ein schwarzer Golf langsam am Haus vorbeifuhr und um die Ecke parkte, nahm er nicht zur Kenntnis.

TEIL III

Labyrinth v. Chartres

Lisa öffnete diesen Samstag nicht ihre Werkstatt. Bis mittags saßen sie in ihrer Küche zusammen und erzählten von ihrem Trip nach Aachen und Detmold. Lisa hörte gebannt zu.

»Das Schlimmste für mich ist, dass ich keine Nachricht von Erik habe. Also können wir vermutlich davon ausgehen, dass er von seinen Verfolgern geschnappt wurde. Hoffentlich ist er noch am Leben«, sagte Sven niedergeschlagen.

»Sie werden ihm nichts tun, solange sie die Teile nicht haben«, meinte Julia. »Sie wissen, dass er uns informiert hat. Sie haben doch das Video gesehen und werden nun noch mehr an uns dran hängen, um die Teile zu bekommen.«

»Wie konnte er sich auf so etwas einlassen? Das sieht ihm überhaupt nicht ähnlich. Ich hatte nie den geringsten Zweifel an seiner Person. Sein ganzes Leben lang. Wissenschaft ging immer vor, ich hätte nie gedacht, dass er bestechlich ist. Geld war ihm doch nie wichtig.«

»Wollt ihr nicht doch die Behörden einschalten?«, fragte Lisa.

»Nein! Was sollen wir denn erzählen? Das alles ist so unglaublich, dass die Polizei uns doch für Spinner hält. Gut, mit dem Video hätten wir jetzt etwas in der Hand. - Wir würden nur Zeit verlieren mit Reden und dem Verfassen von Protokollaufzeichnungen. Wo soll die Polizei auch ansetzen. Die würden sich doch nur mit dem gestohlenen Pergament aufhalten und uns am Weitersuchen hindern. Du glaubst doch nicht im Ernst, dass sie einverstanden wären, wenn wir auf eigene Faust weitermachen. Leider wird Julias Onkel davon auch nicht mehr lebendig. Und wenn Erik wieder aufgetaucht ist, wird er sich sowieso für alles zu verantworten haben. Dafür sorge ich schon. Keine Angst!«

Erst am Nachmittag fuhren Sven und Julia zu ihrem Haus. Sie luden die Einkäufe aus dem Wagen. Am Abend würde Sven für alle Drei kochen. Das war das Mindeste, um sich bei Lisa für die Aufnahme von Foster zu bedanken. Am Nachmittag untersuchten sie zuerst die Kartusche. Sie war knapp 14 cm lang und 4,5 cm im Durchmesser.

»Sie ist viel größer als ich annahm!«, meinte Sven. »Vielleicht ein Übersetzungsfehler. Könnte vielleicht auch daumenförmig statt daumengroß geheißen haben. Die Hülle gibt nach, wenn ich sie leicht zusammendrücke. Da muss ich keine Kraft aufwenden. Ich denke, die Silberschicht ist nicht mit der inneren Kartusche verbunden.«

»Die Silberschicht wird nur ganz dünn sein. Sonst könnte sie nicht solch feine Stanzungen haben.«

»Sollen wir sie öffnen?«

»Nein. Zuerst sollten wir sie von allen Seiten fotografieren. Ich habe Angst, dass wir beim Aufschneiden etwas zerstören. Meinst du, es könnte auch etwas Giftiges aus der Kartusche austreten?«, ließ Julia einfließen.

»Das denke ich nicht«, Sven zog sein Handy aus der Hosentasche und begann seine Kontakte durchzublättern.

»Was suchst du denn?«

»Die Nummer eines Freundes, eines Schulkameraden. Er ist Orthopäde und hat eine eigene Praxis.«

»Und bei was soll der uns helfen?«

»Peter hat einen Röntgenapparat. Wenn ich mich richtig erinnere, ist der sogar erst zwei Jahre alt. Ich fände es nicht schlecht, das Ding erst einmal zu durchleuchten, bevor wir es öffnen. Der Stopfen sitzt so fest in dem Röhrchen, da kann sich alles Mögliche drin gehalten haben. Allerdings weiß ich nicht, ob man etwas auf dem Röntgenbild erkennt. Geschweige denn, ob Peters Röntgenapparat für so etwas geeignet ist. Wenn nicht, dann müssen wir die Umhüllung halt aufs grade Wohl abbauen.«

Mit Peter war Sven ins Gymnasium gegangen. Ab und an trafen sie sich auf ein Glas Wein in Peters Haus in Grünwald. Und im Winter gingen sie öfters miteinander Skifahren. Peter hatte sich vor ein paar Jahren einen alten Maiensäss gekauft. Dieser lag ganz einsam über Lenzerheide in Graubünden. Das waren reine Sportwochenenden. Peter und Sven waren leidenschaftliche Skifahrer und frönten an solchen Wochenenden von früh bis spät ihrem Hobby. Keine Piste war dann vor ihnen sicher. Egal wie das Wetter war. Und an den Abenden unterhielten sie sich über Gott und die Welt. Auch Peter war seit einigen Jahren Single. Kein Wunder; war er doch ein reiner Workaholic. Da konnte er keine Frau finden.

Nach mehreren Versuchen meldete sich endlich Peters Stimme am anderen Ende der Leitung.

»Binder?«

»Hallo Peter.«

«Grüß dich, Sven. Wie geht´s, wie steht´s?«

Sven kam ohne Umschweife zum Thema.

»Es könnte besser gehen. Nichts Gesundheitliches! Keine Sorge! Aber - ich habe da ein Problem. Ich habe etwas gefunden, scheint eine Tonröhre zu sein, die mit einem Silberblech ummantelt ist. Mit Sicherheit an die 800 Jahre alt. Bevor ich sie öffne, möchte ich wissen, was da drin sein könnte.«

»Und du meinst jetzt, mein Röntgenapparat könnte Klarheit schaffen.«

»Schnell erkannt, auf was ich raus will!«

»Wann willst du denn kommen?«

»Geht es morgen?«

»Ungestörtheit kann dabei nicht schaden, oder?«

»Ja, denn ich weiß noch gar nicht, auf was ich da gestoßen bin. Machst du es?«

»Natürlich. Komm um 11 Uhr in meine Praxis!«

»Ich danke dir, Peter. Du hast was gut bei mir.«

»Ist schon in Ordnung. Du kochst am ersten Skiwochenende.«

»Abgemacht. Bis morgen!«

»Schönen Abend noch«, Peter Binder hängte ein.

Sven drehte sich zu Julia um und sagte:

»Also, morgen um 11 Uhr bei Peter in der Praxis. Am Besten fahren wir vorher bei mir im Laden vorbei; ich habe im Büro Feinwerkzeuge, auch verschiedene Skalpelle. - Beim Restaurieren der alten Bücher ist im Laufe der Jahre eine erkleckliche Sammlung an Instrumenten zusammengekommen. Und die können uns hier sicher gut helfen.«

»Du hast lauter verborgene Talente«, sie kuschelte sich an ihn.

»Ich glaube, ich bin jetzt dann überflüssig«, sagte Lisa mit einem Schmunzeln.

»Nein, bleib doch noch«, forderte Sven sie auf.

»Ihr seid doch total erledigt von dieser Woche. Das kann ich schon verstehen. Ich bin auch müde. Danke für das gute Essen und den schönen Abend!«

»Warte, ich bring dich noch zum Auto«, bot Sven an.

»Ich komm auch mit raus. Noch ein bisschen frische Luft schnappen. Und nochmals vielen Dank, Lisa, dass du dich so lieb um Foster gekümmert hast«, Julia drückte Lisa.

»Das wird ganz einsam, wenn ich sie nicht mehr bei mir habe. Ich habe mich schon so daran gewöhnt.«

»Ich denke, du wirst sie schon bald wieder aufnehmen müssen! Gute Nacht!«

Als sie das Gartentor zugesperrt hatten, gingen sie Arm in Arm zurück ins Haus, löschten die Lichter und gingen nach oben.

Sonntag

17   Dießen   Zeichen aus der Vergangenheit

Die Regentropfen hämmerten gegen das Fenster. Sven und Julia hatten die Kartusche vor sich auf dem Tisch liegen und musterten sie von allen Seiten.

Ich bin wirklich gespannt, was da raus kommt, dachte Julia.

»Schau dir nur die Muster an, die da drauf sind.«

Er nahm die Kartusche in die Hand und drehte sie langsam zwischen den Fingern.

»Ob das wirklich Hinweise auf die nächste Fundstelle sind?«, fragte sie.

«Davon gehe ich aus. Das müssten die Wächter dann unterwegs gemacht haben, wenn sie genau wussten, wo sie die nächste Kartusche verstecken wollten. Auch mussten sie wohl immer jemanden dabei haben, der sich mit dem Punzieren von Silber auskannte. Sie konnten unmöglich schon in Jerusalem wissen, wo sie jedes Teil verstecken würden. Die Tonröhren hatten sie fertig und die Silberplatten wurden jeweils an Ort und Stelle gefertigt. Ja, so muss es gewesen sein! - Aber was für ein Aufwand, wenn Kartuschen umversteckt werden mussten. Dann musste die wegweisende Kartusche auch aus ihrem Versteck geholt und umpunziert werden. Allein die Zeit, die die Reise verschlang. Da müssen jedes Mal Wochen und Monate ins Land gegangen sein.«

»Am Besten fahren wir jetzt gleich zu dir ins Geschäft. Hier können wir nichts mehr an der Kartusche ausrichten.«

Er stand auf und packte seine Sachen zusammen.

»Ich bin gleich fertig, dann können wir los. Foster, heute darfst du auch wieder mit.«

Der Hund stürmte zu ihr und zeigte mit viel Schwanzwedeln, dass er froh war, wieder bei ihr zu sein.

18   München

Da an einem regnerischen Sonntagvormittag die Straßen noch leerer sind als an Schönwettersonntagen, waren sie in kürzester Zeit im Lehel.

In seinem Laden schob er erst einmal mit der sich öffnenden Türe den Poststapel am Boden weg. Dann hob er die Post auf die Ladentheke und sah sie kurz durch. Nichts Wichtiges. Er legte sie in ein Fach und ging mit Julia nach hinten in sein Büro. Aus dem Schrank holte er einen kleinen Klappkoffer und stellte ihn auf den Schreibtisch. Er breitete eine Zeitung auf dem Tisch aus. Aus der Schublade holte er mehrere Skalpelle.

»Wir können loslegen!«

»Wie willst du das Silberblech abmachen?«, fragte Julia, während Sven Einweghandschuhe überzog.

»Ich versuche mit der Metallschere entlang der Naht aufzuschneiden, an der das Blech zusammengefügt wurde. Ich hoffe, dass das Blech nur herumgewickelt ist.«

»Uhu wird´s damals noch nicht gegeben haben.«

Julia beobachtete Sven, wie er vorsichtig, die silberne Naht aufschnitt. Er nahm dazu eine kleine Blechschere, kleiner als eine Nagelschere. Nicht gebogen, sondern gerade geformt. Es war gar nicht so einfach, mit der Spitze der Schere zwischen Ton und Silber einzudringen. Aber schließlich gelang es. Ganz vorsichtig setzte er einen Schnitt nach dem anderen. Als er über die ganze Länge durch war, legte er die Schere zur Seite und bog vorsichtig das Silberblech ein Stück weit auf. Langsam kam die braune tönerne Oberfläche der Kartusche zum Vorschein. Dann musste er noch am unteren Rand entlang aufschneiden, bis sich auch dort, am Boden der Kartusche, der runde Silberdeckel aufbiegen ließ. An einem Randstück ließ er die runde Metallscheibe an der großen Platte hängen.

»Die Kartusche ist aus Ton - jetzt können wir sie also röntgen«, lächelte Sven. Er bog das Silberblech vorsichtig ein bisschen weiter auf, nahm die Kartusche heraus und legte sie in eine mit Watte ausgepolsterte Pappschachtel. Dann bog er die Silberplatte langsam weiter auf, damit sie die Innenseite besser sehen konnten. Wie eine aufgeschnittene Coladose, deren Deckel man entfernt hatte und deren runder Boden noch an einem Fitzel mit dem Dosenmantel verbunden war, lag die Silberummantelung vor ihnen.

»Sieh dir die Zeichen auf der Innenseite an!«, Sven deute mit dem Finger auf die Platte. Auf der runden Bodenplatte war ein Muster eingeprägt.

»Das hier sieht aus wie ein Mandala. - Könnte natürlich auch ein Labyrinth darstellen! Was meinst du?«, wollte Julia wissen.

Sie zeigte auf das runde Symbol, das mit verschlungenen Labyrinthlinien gefüllt war. Außen herum war eine gezackte Linie gezogen. (**Abb.S.121**)

»Derjenige, der dieses Labyrinth hier in Silber getrieben hat, war ein Meister seines Fachs.«

»Es ist wirklich eine sehr schöne Arbeit!«, meinte Sven.

»Und das hier könnte eine Harfe sein«, Julia zeigte mit dem Zeigefinger auf ein kleines Bildnis einer Harfe.

»Diese Symbole hier sehen aus wie aus dem Mondkalender. Das ist das Symbol für Sonne, Jupiter, Mond, Merkur, Mars, Venus und Saturn«, stutzte Sven »und dieses Zeichen soll wohl ein **Phi** darstellen.«

»Was soll das alles bedeuten? Und hier - die geflügelten Wesen!«

»Das sind die Evangelistensymbole - der Adler; der Löwe; der Stier und der Mensch. Die Evangelien von Matthäus und Markus sind die vermutlich Ältesten, dann kommt das von Lukas und schließlich das von Johannes. Aber alle sind wahrscheinlich innerhalb von fünfzig bis siebzig Jahren geschrieben worden«, Sven blickte auf seine Armbanduhr:

»Jetzt müssen wir los! Peter liebt Pünktlichkeit. Und da wir etwas von ihm wollen, sollten wir ihn nicht warten lassen!« Sven stand auf und packte die Kartusche und das Silberblech in den Karton, verschloss diesen und steckte ihn in eine Sporttasche. Er schnappte sich noch seinen Schlüsselbund und dann verließen sie den Laden.

Zwanzig Minuten später waren sie bei Peter an der Praxis. Keine fünf Sekunden nach dem Klingeln öffnet Peter die Türe.

»Hallo ihr beiden! Pünktlich wie die Uhrmacher. - Grüß dich, ich bin der Peter!«, sagte er herzlich zu Julia.

»Hey, ich bin Julia!«, sie nahm seine Hand und spürte seinen kräftigen Händedruck. Er war braun gebrannt; mit Drei-Tages-Bart. Die ersten grauen Strähnen zeigten sich in seinem lockigen Haar, das er im Stil der fünfziger Jahre nach hinten gebürstet trug. Peter war noch größer als Sven. Er wirkte aber trotz seiner Größe nicht schlaksig, sondern sportlich und elegant; mit weißem Hemd, Jeans und Turnschuhen. Genau der gleiche Typ wie Sven, nur dunkelhaarig. Während Sven seine blonden Locken wild durcheinandergewirbelt trug, so dass es immer den Anschein hatte, als hätte er gerade einen Sturm durchlaufen. Was aber genau zu ihm passte. Sie fand Peter auf Anhieb sympathisch. Sie folgten ihm durch die modern eingerichtete Praxis. An den sandfarbenen Wänden hingen Drucke von Surrealisten. Die Räume wirkten einladend hell durch die indirekte Beleuchtung und verbreiteten eine angenehme Wärme, gar keine Praxisatmosphäre. Er führte sie durch die Gänge zu seinem Büro. Im ganzen Praxisbereich war ein weißer, mattschimmernder Steinboden verlegt. In vereinzelten Platten sah Julia kleine weiße LED-Lichter leuchten. Das hatte sie noch nie gesehen.

»Trinken wir einen Kaffee!«

»Gute Idee. Ich hoffe, wir haben dich nicht von was anderem abgehalten«, sagte Sven.

»Nein! Heute hatte ich wirklich nichts vor.«

»Wir haben hier eine echt harte Nuss zu knacken. Schwierige Situation, und ich möchte dir eigentlich gar nicht so viel davon erzählen. Denn die ganze Sache ist nicht ungefährlich«, meinte Sven.

»Jetzt hast du mich neugierig gemacht!«

»Peter, glaub mir, das willst du wirklich nicht wissen!« versuchte Sven Peters Neugier zu stoppen.

»Wie lange kennen wir uns jetzt? So an die 33 Jahre. Wir konnten uns immer aufeinander verlassen. Also vertrau mir!«, versuchte Peter Sven zu überzeugen.

Sven sah Julia mit fragendem Blick an.

Julia nickte und begann erst einmal die Sache mit dem Brief ihrer Tante zu erläutern und Sven machte dann mit den Neuigkeiten über seinen Bruder weiter.

»Da habt ihr Euch etwas vorgenommen. Und du meinst, ihr schafft das alleine? Ohne Polizei? Das finde ich schon grenzwertig!«

»Es bleibt uns nichts anderes übrig. Wir haben die Sache von allen Seiten beleuchtet und sind zu der Überzeugung gekommen, dass uns die Behörden auch nicht helfen können«, meinte Sven.

»Dann lasst uns das Ding mal auf den Röntgentisch packen! Mal sehen, was wir erkennen können!«, Peter stand auf und ging mit den beiden in den Röntgenraum.

Es dauerte eine ganze Zeit, bis die Anlage angefahren war.

»Ich bin wirklich gespannt, was da drin ist«, Peter verschwand hinter der Trennwand und schickte die beiden aus dem Raum. Kurz darauf kam er aus dem Zimmer und zeigte ihnen am Bildschirm auf einem Stehpult die Aufnahmen.

»Ich muss euch leider enttäuschen, außer Schwärze ist nichts zu sehen. Unter dem Ton muss noch eine isolierende Schicht sein«, meinte

Peter enttäuscht zu den beiden. »Tut mir wirklich leid. Ich hätte euch gerne geholfen.«

»Schade, jetzt sind wir so schlau wie vorher. Und du hast dich wegen uns auch noch um deinen Sonntag gebracht«, sagte Julia entschuldigend zu Peter.

»Keine Ursache! - Haltet mich auf dem Laufenden!«

Sie gingen zur Praxistüre und verabschiedeten sich von Peter.

»Und jetzt?«, fragte Julia, als sie zum Mini zurückgingen. »Wie machen wir jetzt weiter?«

»Lass uns zu mir fahren. Wir kochen uns was Schönes und überlegen unser weiteres Vorgehen? Was hältst du davon?«, schlug Sven vor.

»Ich war so sicher, dass wir heute einen großen Schritt vorwärtskommen. Irgendwie dachte ich, wir gehen von Peter weg und wissen, wie wir weitermachen müssen.«

»Ich bin auch nicht gerade glücklich über den Ausgang dieser Aktion. Aber wir müssen dranbleiben. Jetzt lass den Kopf nicht hängen!«

Er küsste sie und hielt sie eine Zeitlang im Arm:

»Ich liebe dich. Und ich bin mit dieser Aussage sehr vorsichtig«, er sah sie an und streifte ihr eine Haarsträhne aus der Stirn. »Ich dachte nicht, dass mir das noch einmal passiert. Ich bin schon seit sechs Jahren ungebunden und habe mich in den letzten Jahren auch gegen jede Art von Bindung gesträubt. Ich traute mich nicht, wieder eine Beziehung einzugehen. Letztes Mal wurde ich zu sehr enttäuscht. Aber mit dir ist das, wie wenn ich dich schon ewig kennen würde. Schon im Büro von Erik, habe ich gespürt, dass zu dir eine besondere Verbindung besteht. Diese Vertrautheit, die ich bei dir spüre - manchmal denke ich, ich muss gar nichts sagen und du weißt schon, was ich meine. - Ich bin so froh, dass ich dich getroffen habe.« Wieder küsste er sie. »Hoffentlich kannst du weiterhin zwischen dem Fehlverhalten von Erik und meiner Person unterscheiden.«

»Da brauchst du dir keine Gedanken zu machen. Es ist doch klar, dass du deinem Bruder hilfst. Ich werde auch weiterhin an deiner Seite nach ihm suchen«, sie stiegen ein und fuhren zu Svens Wohnung. Bevor Sven aus der Parklücke fahren konnte, musste er noch einmal abrupt anhalten, da ein weißer Lieferwagen forsch an ihm vorbei Richtung

Tiefgarageneinfahrt von Peters Praxisgebäude fuhr. Sven dachte sich nichts weiter dabei.

19 München   Schmerzen

Peter war in der Praxis geblieben. Er hatte sich vorgenommen - wenn er nun schon am Sonntag in der Praxis war - den Nachmittag hier zu bleiben und seine Patientenberichte zu diktieren. Heute hatte er Ruhe und würde nicht unterbrochen werden. Kaum hatte er die erste Akte fertig, klingelte es an der Türe. Er stand auf und ging zum Praxiseingang. Er sah gar nicht nach, wer vor der Türe stand und sagte noch beim Öffnen der Tür: »Habt ihr was vergessen?«, weil er davon ausging, dass Sven und Julia noch einmal zurückgekommen wären. Aber da standen zwei fremde Männer in dunklen Anzügen. Ein untersetzter Mann hielt ihm eine Waffe entgegen und ein Zweiter - wesentlich größer, muskulös und mit einer Halbglatze mit rotem Haarkranz - stand neben ihm. Als Türsteher hätte er durchaus Chancen gehabt.

»Guten Tag, Herr Dr. Binder. Wir müssen mit ihnen über ihre beiden Freunde sprechen!«

Peter wusste nicht, was er tun sollte. Die Waffe zielte bedrohlich auf ihn. Er wollte nichts riskieren.

»Was wollen Sie? Wer sind sie?«

»Sie können sich doch denken, warum wir da sind!«, sagte der Bewaffnete.

»Nein! Das kann ich nicht!«, entgegnete Peter. Vielleicht klappte es abzustreiten, etwas von Svens Angelegenheit zu wissen. Aber da täuschte er sich gewaltig. Ehe er es sich versah, war der Rote neben ihm, hatte ihm den Arm auf den Rücken gedreht und ihn in die Praxis geschoben.

»Mal sehen, was sie hier als Betäubungsmittel im Einsatz haben!«

»Ich habe keine Betäubungsmittel hier. Ich bin Orthopäde und kein Chirurg. Ich operiere nicht!«, stöhnte Peter. Er hatte Höllenschmerzen, so weit hatte ihm der Typ den Arm nach oben gebogen. Peter schrie kurz auf, als der Mann seinen Arm noch weiter nach oben riss. Wenn er noch ein bisschen weiter ging, würde ihm die Schulter ausgerenkt werden.

»Das ist Pech für sie. Aber keine Angst. Wir haben vorgesorgt.«. Der Dicke steckte seine Waffe in das Holster unter seinem Jackett und zog aus der Innentasche eine Spritze hervor. Langsam zog er die Kappe von der Nadel. Es sah fast aus, als bereite es ihm Freude, seinem Gegenüber Angst einzujagen.

Panik stieg in Peter auf und er versuchte, sich aus dem Griff zu befreien. Er wand sich heftig, aber der Typ war so stark, dass er keine Chance hatte.

»Was ist das? Lassen sie das! Gehn sie weg damit! Nein! Okay - ich wehre mich nicht mehr!« Peter ließ jeden Widerstand fahren, in der Hoffnung, so der Injektionsnadel zu entgehen. Als Nächstes fuhr ihm ein reißender Schmerz den rechten Arm entlang. Es war passiert. Seine rechte Schulter war ausgerenkt. Ihm wurde schlecht und beinahe schwarz vor Augen. Kurz darauf spürte er einen Stich am Oberarm und verlor innerhalb weniger Sekunden das Bewusstsein.

»Hätte nicht gedacht, dass er versucht sich zu wehren. Er sah so erschrocken aus, als er uns in der Tür stehen sah.«

»Du hättest ihn nicht so grob anfassen sollen. Das gibt nur Ärger mit dem Chef. Er hat extra gesagt, wir sollen ihm nichts tun. Er braucht ihn unversehrt!«

»Da ist schon nichts passiert«, meinte der Grobschlächtige.

Peter wachte in einem abgedunkelten Raum wieder auf. Er hatte hämmernde Kopfschmerzen und seinen rechten Arm konnte er nicht bewegen. Der kleinste Versuch bereitete ihm dermaßen unerträgliche Schmerzen, dass er starr liegen blieb. Sein rechter Oberarm stand in einem unnatürlichen Winkel ab und ihm war bewusst, dass in seinem Schultergelenk etwas gebrochen war. Er versuchte, sich ohne jegliche Bewegung einen Eindruck von seinem Gefängnis zu machen. Drei Fenster, aber die waren mit grauer Lackfarbe zugestrichen. Ein Tisch, ein Stuhl, ein Bett. Er lag am Boden. Sie hatten sich nicht einmal die Mühe gemacht, ihn auf das Bett zu legen. An der Decke hing eine einsame Glühbirne; an den Wänden ein altes Pin-up Bild und ein Kalender aus dem Jahr 1998. Neben dem Bett stand ein Träger Wasser. Verdursten musste er also nicht! Aber erst einmal da hin kommen. Er versuchte, sich aufzusetzen - ließ sich aber sofort wieder zurücksinken. Keine Chance! Erst einmal nur liegenbleiben und etwas Kraft sammeln. Vielleicht ließen die Schmerzen dann ein bisschen nach. Wo war er da nur reingeraten? Was hat Sven entdeckt, dass es solche Typen auf den Plan holte? - Er hörte Schritte! Dann drehte jemand einen Schlüssel um und öffnete die

Tür. Das hereindringende Licht blendete so sehr, dass er die Augen schließen musste.

»Sind Sie wieder wach? Das wurde auch Zeit!«, Peter erkannte die Stimme des Mannes mit der Waffe.

»Dann stellen wir sie mal auf die Beine«, hörte Peter den *Roten* sagen.

»Nein! Lassen sie das. Das geht nicht! Nicht anfassen!«, wollte Peter die Berührung abwenden. Aber das interessierte den Mann überhaupt nicht. Er beugte sich von hinten zu Peter hinunter, griff ihn unter den Achseln und zog ihn einfach hoch. Peter entfuhr ein markerschütternder Schrei, dann verlor er die Besinnung.

Als er das nächste Mal zu sich kam, lag er auf dem Bett.

»Wieder aufgewacht?«, hörte er eine ihm fremde Stimme.

Peter blickte zum Stuhl und sah dort einen Mann sitzen.

»Es tut mir leid, dass sie so behandelt wurden, Herr Dr. Binder! Das wollte ich eigentlich vermeiden. Darf ich mich vorstellen, mein Name ist Meier.« Der Mann erhob sich und kam zu Peter ans Bett.

»Was wollen Sie von mir?«, fragte Peter mit heißerer Stimme.

Meier bückte sich und holte eine Flasche Wasser aus dem Träger am Boden. Er öffnete sie und hielt sie Peter hin. Dieser versuchte, sich aufzusetzen. Aber das war ein unmögliches Unterfangen, er konnte die Schmerzen nicht ertragen.

Meier verließ den Raum und kam nach ein paar Minuten in Begleitung des Kraftprotzes wieder zurück. Der Riese half ihm in die Sitzposition und unterlegte dann das Kopfteil der Liege, damit Peter höher lag und somit auch selber aufstehen konnte. Sein Wärter hatte keine Berührungsängste. Schmerzensschreie prallten einfach an ihm ab.

»Ich hatte sie gefragt, was sie von mir wollen?«, flüsterte Peter schon fast. Er hatte kaum noch Kraft zu sprechen.

»Was hat ihnen Sven Mommsen gezeigt. Was ist in der Kartusche drin?«

»Ich weiß es nicht!«

»Lügen sie mich nicht an!«, fuhr Meier ihn harsch an.

»Ich lüge nicht! Ich weiß es wirklich nicht!«

»Sie haben das Teil geröntgt. Stimmt's?«

»Ja, aber es war nichts auf der Aufnahme zu erkennen. Bringen sie mich in meine Praxis und ich zeige ihnen die Bilder. Dann sehen sie selbst, dass ich die Wahrheit sage! Nichts als Schwärze.«

»Und wo ist die Kartusche jetzt?«

»Das weiß ich auch nicht. Sven hat sie wieder mitgenommen«, Peter schloss erschöpft die Augen.

Nach dem Abendessen holte Julia den Karton mit der Kartusche zum Tisch. »Ich möchte zu gern wissen, was in dieser Kartusche drin ist. Meinst du, dass da noch eine Bleiröhre drinsteckt?«, sie reichte die Tonröhre an Sven.

»Kann gut sein. Die Kartusche hat ein ziemliches Gewicht. Schon die Römer fertigten alles Mögliche aus Blei. Obwohl es damals durchaus bekannt war, dass Blei zu Gesundheitsschäden führt. Der berühmte *Vitruv* riet schon damals davon ab, Wasserleitungen aus Blei zu verwenden. Aber selbst in Deutschland waren in den 60er Jahren die Wasserleitungen zum Teil noch aus Blei. - Heute unvorstellbar.«

»Also haben wir alle wahrscheinlich noch Wasser aus solchen Leitungen getrunken.«

»Das eine oder andere Mal sicher!«

»Und im Englischen heißt Installateur plumber. Das spricht doch für sich selbst. - Aber zurück zur Kartusche. Sollen wir sie aufbrechen?« fragte Julia zögernd.

»Nein - das würde ich nicht tun. Wer weiß, wie die Röhre aufgebaut ist. Ob es nicht einen Grund hat, warum das Ding so fest verschlossen ist. Wenn ich es mir recht überlege, sollten wir das Ding gar nicht hier in der Wohnung haben.«

»Denkst du an Viren oder so etwas?«

»Wäre doch möglich. Denk nur an die Pharaonengräber!«

»Na ja! Das war aber ein paar tausend Jahre früher. Die Totenruhe sollte nicht gestört werden. Hier ist es doch was anderes, die Kartusche soll geöffnet werden. Ich glaube eigentlich nicht, dass eine Gefahr von dem Inhalt ausgeht. Zumindest keine Gesundheitsgefährdende. Wir sollten die Kartusche vorerst sicher unterbringen und uns auf die Suche nach den anderen sechs Behältern machen«, Sven stand auf und ging ins Wohnzimmer. Kurz darauf kam er mit einer Kamera zurück.

»Aber zu erst machen wir Bilder davon. Von allen Seiten, damit wir unterwegs alle Informationen dabei haben.«

»Ich habe in Dießen ein Schließfach. Sollen wir die Kartusche dort deponieren?« fragte Julia.

»Guter Vorschlag. Ich bin erst beruhigt, wenn das Ding aus dem Haus ist.«

Die besten Aufnahmen luden sie auf einen USB-Stick. Sven machte noch einen Upload auf seine Dropbox. So konnte er von jedem Ort aus auf die Bilder zugreifen.

Montag

21   Dießen   Der Schock

Julia und Sven waren schon um neun Uhr vor der Bank. Sie parkten gegenüber dem Gebäude in einer Parkbucht. Julia hatte die Kartusche in eine luftgepolsterte Folie eingewickelt und trug sie in einer unauffälligen schwarzen Einkaufstasche. Sie hatte gerade die Wagentüre zugedrückt und wollte über die Straße zur Bankfiliale gehen, als ein blauer Wagen mit quietschenden Reifen genau vor ihr zum Stehen kam. Sie hatte ihn überhaupt nicht kommen sehen. Ein Mann sprang aus der Beifahrertür, riss ihr die Tasche aus der Hand und schubste sie gegen ihren Mini zurück. Sie prallte mit voller Wucht gegen ihre Fahrertüre und glitt zu Boden. Der Mann war sofort wieder eingestiegen. Der Wagen raste mit voller Beschleunigung und quietschenden Reifen davon. Julia saß benommen an ihre Autotüre gelehnt. Sven war sofort bei ihr.

»Um Gottes willen, Julia!«, er zog sie auf die Beine und führte sie auf die Gehsteigseite des Mini. Er lehnte sie an die Motorhaube, dass sie sich erst einmal ein bisschen vom Schreck erholen konnte.

»Ich fahr dich sofort zu einem Arzt!«, beschloss er.

»Nein, es geht schon wieder. Es ist mir nichts passiert. Ich habe mich nur am Auto angestoßen. Es ist mehr der Schreck.«

Sven streichelte sie am Arm: »Bist du sicher?«,

»Ja, lass uns nach Hause fahren!«

Zuhause duschte so lange, bis kein heißes Wasser mehr aus der Leitung kam. Sie hatte vor lauter Schreck einen Schüttelfrost.

In einen flauschigen Bademantel gewickelt und mit warmen Hüttenschuhen ausgestattet setzte sie sich schließlich in die Küche. Darunter hatte sie sogar noch einen Hausanzug an, so wärmebedürftig war sie. Sven hatte ihr eine Kanne heißen Tee gemacht und auf dem Rechaud warmgestellt. Er rieb ihr den Rücken vorsichtig warm; anschließend massierte er ihre Füße warm.

»Geht's wieder? Ich hatte solche Angst um dich. Geht es dir wirklich gut? Ich finde immer noch, dass wir zum Arzt gehen sollten!«

»Das Zittern hat aufgehört. Mir tut ein bisschen der Rücken weh. Aber das ist nur eine Prellung. Keine Sorge. Nichts, was ich nicht mit Hausmittelchen wieder kurieren könnte. - Schau mich nicht so ängstlich an, Sven. Ich bin okay! Wirklich!«, beteuerte sie ihm.

Er sah sie so liebevoll an. Sein Blick spiegelte seine Selbstvorwürfe wieder, dass er sie nicht hatte beschützen können.

Julia holte ihren Rucksack und nahm die Kopie des Notizbuches und ihr Macbook mit an den Tisch.

»Lass uns das Notizbuch nach diesen Zeichen auf der Silberplatte durchsuchen. Ich bin mir sicher, dass genau dieses Muster, oder nennen wir es Labyrinth in dem Notizbuch abgebildet ist«, sie blätterte schon durch die Seiten.

Sven sagte: »Bevor ich es vergesse - Lisa kommt in ihrer Mittagspause. - Ich habe sie angerufen, während du geduscht hast. - Sieh mich nicht so vorwurfsvoll an! Sie ist deine beste Freundin. Sie sollte schon wissen, wenn dir solche Dinge widerfahren, oder? Sie würde mir den Kopf abreisen, wenn ich es ihr nicht gesagt hätte!«

»Da hast du allerdings Recht. - Und was hat sie daraufhin gemeint?«

»O-Ton Lisa? *Panik - Polizei - Irre - total verrückt - Ihr spinnt! Ich hab's euch ja gesagt! Du und dein Bruder!* - Hab ich noch was vergessen? Nein, das war's glaube ich so ziemlich. Auf jeden Fall jede Menge Vorwürfe an meine Person, warum ich nicht besser auf dich aufpasse und so fort. Womit sie ja auch recht hat! Ich verstehe sie absolut«, sagte Sven niedergeschlagen.

»Nein, hat sie nicht! Wie hättest du in diesem Moment besser auf mich aufpassen sollen. Das ging doch gar nicht. - Die waren so schnell da. Ich war gerade erst ausgestiegen«, rechtfertigte sie Svens Verhalten. »Und du auch. So schnell konntest du gar nicht auf meiner Wagenseite sein, um mir zu helfen. Diese Typen haben das schon so getimt, dass sie mir die Tasche mit einem Griff abnehmen konnten. Lass uns am besten nicht mehr daran denken!«

»Sie haben das Auto gewechselt. Wir müssen zukünftig besser darauf achten, ob wir beobachtet werden. Vermutlich haben sie hier in Dießen oder schon gestern bei mir in München auf uns gewartet.«

»Kein Mensch kann ständig alle parkenden und vorbeifahrenden Autos im Blick behalten. Mach dir jetzt nicht so viele Vorwürfe. Zum Glück wollten sie nur dieses Ding haben«, beschwichtigte Julia seine Selbstvorwürfe.

»Aber woher wussten sie, dass die Kartusche in der Tasche ist. Jetzt - heute und hier? - Wenn sie uns gestern schon beobachtet haben, dann könnten sie auch gesehen haben, wie wir Peter besuchten!«

Sven wurde blass. Er zog sein Handy aus der Tasche und wählte Peters Nummer. Er stand auf und lief nervös hin und her. Nach kurzer Zeit ging die Mailbox dran.

»Er geht nicht ran! - Ich rufe in seiner Praxis an. Vielleicht behandelt er gerade und kann nicht annehmen!«

»Praxis Dr. Binder, Guten Tag, Irene Strauss am Apparat«, sagte eine freundliche Stimme. Sven kannte Irene, sie war ab und zu mit Ihrem Mann dabei, wenn sich Peter und Sven abends trafen.

»Grüß dich, Irene. Hier spricht Sven. Kann ich bitte Peter sprechen?«

»Hallo Sven! Peter hat sich heute Morgen krankgemeldet. Für die ganze Woche. Ich musste alle Termine absagen. Ab morgen kommt ein Springer in die Praxis und übernimmt die Sprechstunde.«

»Da muss er sich etwas Heftigeres eingefangen haben, wenn er die Praxis für eine ganze Woche schließt.«

»Er klang gar nicht gut. Irgendwie eigenartig! Er hatte eine ganz veränderte Stimme. Als ich ihn hörte, dachte ich mir, dass es ihm wirklich schlecht gehen muss. Er meinte auch, dass er sich nicht sicher ist, ob er nächste Woche schon wieder fit ist. Ich habe die Vertretung sicherheitshalber auch für nächste Woche geordert.«

»Hat er sonst noch irgendetwas gesagt?«

»Nein. Probier´s halt auf seinem Handy oder bei ihm zu Hause!«

»Mach ich. Bis bald, Irene!«, und er drückte den roten Button.

»Was ist?«, fragte Julia. Sie war aufgestanden und neben Sven getreten.

»Irene sagt, er hat die Praxis für die ganze Woche dichtgemacht. Er hätte gemeint, dass er wahrscheinlich nächste Woche auch noch nicht arbeiten kann. Irene hat für beide Wochen eine Vertretung geordert. Das ist total untypisch für Peter! Normalerweise geht er noch halb tot in die Praxis. Er ist ein totales Arbeitstier.«

»Gestern ging es ihm doch auch noch gut. Ich hatte nicht den Eindruck, dass ihm irgendetwas fehlt!«

»Ich auch nicht. - Ich fahr jetzt nach München und sehe nach ihm. Ich habe die Befürchtung, dass das mit unserer Aktion gestern zusammenhängt!«, Sven ging seine Jacke holen und kam noch einmal zu Julia zurück. Er nahm sie in den Arm und küsste sie.

»Wahrscheinlich haben sie uns gestern doch schon vor dem Besuch bei Peter beobachtet. Pass auf dich auf!«

»Kann ich deinen Mini nehmen?«

»Klar doch!«

»Lisa müsste gleich da sein. Fahr doch mit ihr in die Werkstatt!«

»Nicht nötig - ich bleibe hier und versuche die Hinweise auf der Silberplatte zu deuten. Nachdem sie die Kartusche jetzt haben, bin ich hier sicher nicht mehr in Gefahr. Mach dir also um mich keine Sorgen!«

»Ich melde mich aus München!«

Julia sperrte die Haustüre hinter Sven ab und schnappte sich Foster. Sie setzte sich mit ihr auf die Couch und nahm den Laptop und das Notizbuch ihres Onkel mit.

Mal sehen, welche Symbole auch in dem Buch zu finden sind. So suchte sie in der Kopie, bis Lisa klingelte. Zweimal klingeln war Lisas Kennzeichen, damit Julia wusste, dass sie es war.

»Hey, Lisa!«

»Was für ein Glück, dass das heute gut gegangen ist«, umarmte Lisa Julia.

»Schön, dass du da bist!«

»Wo ist Sven?«

»Der ist nach München zu Peter gefahren. Der meldet sich nicht. Hat seine Praxis dichtgemacht. Angeblich krank. Gestern ging es ihm noch gut. Nach dem Vorfall heute hat Sven natürlich Angst, dass Peter was zugestoßen ist!«

»Sven hätte auch besser auf dich aufpassen müssen!«, schimpfte Lisa.

»Hör auf! Er kann gar nichts dafür. Ich stieg gerade aus dem Wagen. Da riss mir schon der Typ die Tasche aus der Hand, sprang in sein Auto zurück und fuhr weg. Das ging so schnell. Ich habe den Wagen überhaupt nicht kommen sehen. Da konnte Sven gar nichts machen«, verteidigte Julia Sven.

»Dann muss ich mich wohl bei Sven entschuldigen!«

»Wäre durchaus angebracht!«, grinste Julia. »Ich weiß, dass er dir nicht böse ist. Er macht sich selbst Vorwürfe. Es geht mir wirklich gut. Beim Skifahren habe ich mir schon schlimmere Prellungen zugezogen.«

Lisa zeigte auf das kopierte Notizbuch und den Laptop. »Hast du schon etwas herausgefunden?«

»Noch nicht. Schau hier - die Bilder von der Silberplatte. Zum Glück hat Sven gestern Abend noch diese Aufnahmen gemacht. Sonst könnten wir die Suche jetzt aufgeben.«

»Wie kam Sven denn jetzt darauf, nach Peter zu fragen?«

»Wir haben vorhin überlegt, wo uns diese Typen wieder auf die Spur gekommen sind. Genau heute, wo wir diese Kartusche in den Banktresor legen wollten. Keiner konnte sehen, was wir in der Einkaufstasche hatten. Es hätte auch nicht anders ausgesehen, wenn ich zur Bank gefahren wäre, um wie sonst auch Geld abzuheben. Diese Leute wussten ganz genau, was in der Tasche ist, und dass ich diese in das Schließfach legen wollte«, erklärte Julia. Sie mussten sichtlich handeln, bevor das Ding im Tresor ihrem Zugriff entzogen worden wäre.«

»Und jetzt dachte Sven, dass die Typen womöglich Peter besucht haben, um zu erfahren, was ihr beim Röntgen rausgefunden habt.«

»Röntgenbilder werden heute Digital gespeichert. Da wäre es doch naheliegend, dass sie in Peters Praxis die Bilder sehen wollen. Woher sie jedoch wussten, dass wir das Teil in den Tresor legen wollten, erschließt sich mir immer noch nicht. Da hätten sie uns schon abhören müssen.«

Julia setzte sich abrupt auf.

»Du denkst an eine Wanze, so wie im Krimi? Watergate lässt grüßen!« versuchte Lisa zu scherzen.

»Ist doch möglich. Du kannst heute ohne Probleme jedes Handy abhören. Einen Trojaner auf dein Handy gespielt, das ist schnell geschehen. Den fängst du dir mit einer SMS ein. Ich habe schon etliche SMS bekommen, deren Absender ich nicht kannte. - So etwa wie: *Alles Gute zum Geburtstag, deine Angelika, meld dich mal wieder* - dachte mir aber nie was dabei. Habe sie halt gelöscht. - Und diese Leute kennen diese Tricks sicher auch«, sinnierte Julia.

Sie holte ihr Handy. »Ich rufe jetzt kurz Sven an und setze dann mein Handy zurück« Sie wählte Svens Nummer.

»Hallo Julia, alles in Ordnung?«, fragte er besorgt.

»Alles in Ordnung. Ich habe den Verdacht, dass wir abgehört werden. Anders konnten sie nicht wissen, wo wir heute früh hinwollten. Ich werde jetzt mein Handy komplett löschen und neu aufsetzen. Wenn du mich anrufen willst, wähle meinen Festnetzanschluss oder Lisas Handynummer!«

»Mach ich. Ich bin jetzt dann gleich bei Peter in Grünwald. Ich melde mich von ihm aus. Bis gleich!«

»Ciao!«

Julia ließ zuerst eine Antiviren-App über ihr Handy laufen. Diese brachte keine Meldung bezüglich eines Virus. Anschließend setzte sie das Smartphone komplett neu auf.

Bis die Installation ihres Handys fertig war, untersuchten Julia und Lisa die Silberplatte. Julia hatte das Notizbuch vor sich liegen.

Darin fand sie ebenfalls das Labyrinth. Sie verglich die beiden Darstellungen: Das Labyrinth im Buch hatte außen ebenfalls diese charakteristischen Zähnchen und die verschlungenen Linien im Inneren des Kreises entsprachen auch der Darstellung auf der Platte. Sie zählte sie ab und kam beide Male auf 113 Stück. Dann blätterte sie zu der Darstellung mit dem Tisch und dem Zahnrad mit den beiden Buchstaben C und P weiter.

»Hier, sieh mal! Dieser Tisch hat auch so ein gezacktes Kreissymbol drauf. Ich gehe es mal einscannen und vergrößern!« Es waren auch 113 Zacken.

»Das ist das Zeichen dieser Wächter, der Custodes Posteritatis, c und p. Das kann kein Zufall sein. Wo hat mein Onkel diesen Tisch entdeckt?« Sie merkte die Seite ein. Dann machten sie sich an die nächsten Symbole auf der Silberplatte: Die Planetensymbole.

Jedes Planetensymbol entsprach einer Disziplin der Sieben Freien Künste.

»Hier habe ich eine Liste im Lexikon gefunden: Also - das Symbol für Sonne steht für die Grammatik. Der Jupiter für die Rhetorik, der Mond für Dialektik, der Merkur für Arithmetik, der Mars für Geometrie, die Venus für Musik und schließlich der Saturn für die Astronomie. - Wenn ich mir das so ansehe, kommt langsam die Erinnerung, dass ich das schon einmal gehört habe. Aber ohne Nachschlagen wäre ich da nicht mehr drauf gekommen. Alles Disziplinen der Sieben Freien Künste.«

»Warum eigentliche *FREIE* Künste?«

»Weil nur freie Männer diese Disziplinen studieren durften.«

»Man lernt nicht aus. Ich kann da Buchstaben lesen! Hier auf der Platte. Sie sind nur schwach zu erkennen. Nur auf dieser einen Aufnahme.« Lisa drehte den PC zu Julia, damit sie die Buchstaben auch sehen konnte.

»Du hast recht. Das sieht aus wie ein A und dahinter, das könnte ein R sein, das nächste Zeichen kann ich nicht entziffern.«

Lisa beugte sich ebenfalls über den Bildschirm und zusammen versuchten sie, aus den einzelnen Buchstaben Wörter zu bilden. Nach längerem Ausprobieren meinten sie, die Worte ´ARCHA CEDERIS´ könnten sich daraus ergeben.

»Ich sehe im Internet nach.« Julia nahm den Laptop auf den Schoß und tippte in die Tastatur.

»Archa cederis hic amititur - das steht am Nordportal in Chartres; in der Kathedrale von Laon wird es allerdings auch so geschrieben. Beide Male ist das Wort Arca falsch geschrieben, nämlich mit ´h´, und ... warte, jetzt hole ich das Netbook von Erik und spiele dir das Video vor.«

Sie ging zu ihrem Rucksack, holte das Netbook heraus und startete die Videobotschaft von Erik. »Hör genau hin!« -

»Der sieht aber auch gut aus!«, lächelte Lisa.

»Wenn wir ihn wiedergefunden haben, mach ich dir einen Termin«, schmunzelte Julia und schüttelte den Kopf, »Den Guten musst du dir aber mit der Polizei teilen. Sein Charakter ist lange nicht so gut wie sein Aussehen! - Jetzt im Ernst! Hast du es gehört: Er hat Chartres erwähnt. Die Sieben Freien Künste. Das Labyrinth. Es gibt nur ein solches Labyrinth mit 113 Zähnchen auf dem Rand und das ist in Chartres. Das steht hier im Internet. Ich bin überzeugt, unser nächster Reisepunkt ist die Kathedrale von Chartres.«

»Nicht schlecht!«, bestätigte Lisa ihre Schlussfolgerung.

»Wenn du nicht diese Buchstaben gefunden hättest, hätte die Suche sicher länger gedauert. Die hatte ich nämlich gar nicht beachtet! - Wenn sich nur Sven endlich melden würde!«, sorgte sich Julia und sah auf die Uhr. Er ist schon seit drei Stunden in München. Es ist gleich 17 Uhr. Er wollte mich doch anrufen, wenn er bei Peter ist.«

»Ruf du an!«, riet Lisa. Julia wählte Svens Nummer.

»Er meldet sich nicht. Es geht sofort seine Mailbox dran!«

»Meinst du, er hat sein Handy auch ausgeschaltet?«

»Das glaube ich nicht. Das machst du doch in so einer Situation nicht. Was ist, wenn er Hilfe braucht? Du hast gesehen, dass das Zurücksetzen eine ganze Zeit dauert. Und mit 3G kriegst du das überhaupt nicht hin. Da brauchst du WLan. Nein, das hat er sicher nicht gemacht.«

»Ich suche Peters Nummer im Telefonbuch raus. Wie heißt er noch gleich mit Nachnamen?« fragte Lisa, während sie im Computer das Örtliche aufrief.

»Binder, Orthopäde.«

»Ich hab´s!«

Julia wählte die von Lisa auf einen Zettel notierte Nummer. Aber auch da kam nach nur wenigen Wähltönen, die Ansage der Sprachbox.

»Also ich probiere es jetzt noch eine halbe Stunde, dann holen wir dein Auto und fahren nach München. Ich hab ein ganz schlechtes Gefühl!«

»Machen wir uns lieber sofort auf den Weg!«, schlug Lisa vor.

Der Abendverkehr nach München war sehr dicht, so dauerte es beinahe zwei Stunden, bis sie um kurz nach sieben in die Hubertusstraße in Grünwald einbogen. Julia hatte weiterhin ständig versucht, Sven zu erreichen. Auf beiden Nummern. Erfolglos!

»Den Hausnummern nach muss es da vorne auf der rechten Seite sein. - Da, schau! Dort steht dein Mini in der Einfahrt!« Lisa parkte ihren alten Voyager kurz hinter der Einfahrt, in der der Mini stand.

Sie stiegen aus und gingen langsam zur Haustüre. Diese war nur angelehnt und man sah, dass sie gewaltsam geöffnet worden war. Es standen lauter Holzspreißel vom Türrahmen ab.

»Wir sollten da nicht reingehen!«, meinte Lisa. »Lass uns die Polizei holen. Sei bitte vernünftig, Julia! Dieses eine Mal, bitte!«

»Nein! Wenn sie Sven oder Peter etwas angetan oder sie womöglich entführt haben, möchte ich erst einmal sehen, ob eine Nachricht da ist. - Bleib du hier draußen. Aber mach dich bereit, die Polizei zu rufen!«

»Gut! Wie du willst! Ich habe die 110 schon getippt. Ich brauche nur noch auf den Knopf zu drücken.«

»Okay, ich gehe jetzt rein! Die Haustür lasse ich ganz offen stehen, damit du mich hören kannst, wenn ich dir rufe.«

Vorsichtig schob Julia die Haustür ganz auf und ging mit leisen Schritten ins Haus. Weit brauchte sie nicht zu gehen, dann sah sie schon Svens Beine hinter der nächsten Türe vorstehen. Ohne weiter nachzudenken, trat sie in das Zimmer ein und erschrak zu Tode. Sven lag bewusstlos am Boden. Schnell ging sie zu ihm, kniete sich neben ihn und streichelte seine Wange.

»Sven! Sven! Wach doch auf!« Sie rüttelte an seinen Schultern, dann zwickte sie ihn in die Arme. Sie klatschte ihm die Wangen. Dann endlich bewegte er sich. Er stöhnte und drehte den Kopf zur Seite. Dann öffnete er die Augen und suchte Julias Blick.

»Gott sei Dank. Du lebst!« Sie küsste ihn auf die Wange und die Stirn und den Mund. Tränen liefen ihr herunter. Jetzt löste das ganze Adrenalin Tränen aus.

»Mein Kopf!«, sagte er mit belegter Stimme. Er versuchte, sich aufzusetzen. Erst stützte er sich auf einen Ellbogen, dann stemmte er sich auf und blieb erst einmal auf dem Boden sitzen.

»Was ist passiert?«, fragte Julia mit zittriger Stimme. Sie half ihm auf die Beine und führte ihn zur Couch. »Setz dich zuerst hin. Ich hol dir was zu trinken.«

Sie eilte aus dem Zimmer Richtung Haustüre und rief Lisa ins Haus.

»Ich hab ihn gefunden. Du kannst kommen!«

Julia kam mit einem Glas Wasser in der Hand zurück ins Wohnzimmer.

»Du siehst ja schlimm aus!«, meinte Lisa.

»Danke, ich fühle mich auch so. Ich habe keine Ahnung, was passiert ist. Ich weiß nur, dass ich die aufgebrochene Haustüre aufdrückte und in den Vorplatz ging. Dann bekam ich diesen Schlag auf den Kopf. Fertig. Mehr Infos habe ich nicht«, Sven rieb sich den Kopf und trank erst einmal das Glas Wasser aus.

»Du wirst eine Gehirnerschütterung haben. Wer weiß, wie lange du bewusstlos warst?«

»Davon kannst du ausgehen, so wie es in meinem Kopf zugeht.«

»Lisa und ich sehen uns einstweilen im Haus um!«

»Auf keinen Fall. Wartet kurz, bis ich wieder auf die Beine komme, dann machen wir das gemeinsam!«

»Ihr meint nicht zufällig, dass jetzt ein Anruf bei der Polizei angebracht wäre?«, wollte Lisa wissen.

»Erst einmal möchte ich wissen, ob im Haus eine Spur von Peter zu finden ist.«

»In der Küche habe ich vorhin eine Kaffeemaschine gesehen. Ich mache dir einen doppelten Espresso, dann kommst du wieder auf die Beine«, sagte Julia auf dem Weg zur Küche.

Lisa ging hinaus zu ihrem Wagen und holte eine Kopfschmerztablette aus ihrer Tasche.

Sie drücke Sven zwei Tabletten in die Hand und sagte »Schluck die runter, damit die Kopfschmerzen weggehen!«

»Danke!«

Julia brachte den Espresso. Sven blieb eine Zeitlang sitzen und Julia und Lisa sahen sich in Peters Wohnzimmer um.

»Da hat wohl jemand eine Nachricht hinterlassen!«

Mitten in der Scheibe der Terrassentür klebte eine große gelbe Haftnotiz. Darauf stand in Druckbuchstaben:

Für Sven Mommsen bestimmt.

Wir haben Dr. Binder. Wenn Sie uns alle sieben Kartuschen geliefert haben, bekommen sie ihren Freund unversehrt zurück. Das Leben Ihres Freundes sollte Ihnen Ansporn genug sein, diese Teile zu finden. Keine Polizei! Kontaktieren sie diese Nummer, wenn sie ein Teil gefunden haben, dann erfahren Sie die jeweiligen Übergabemodalitäten:

Unten auf dem Zettel stand eine Münchner Telefonnummer.

Julia steckte den Zettel ein.

»Kommt, lasst uns jetzt trotzdem alle Räume absuchen. Nicht, dass Peter doch in irgendeinem Zimmer liegt. Wenn wir ihn nicht finden, dann fahren wir zurück und besprechen alles Weitere!« Sven stand vorsichtig auf. Er war noch etwas wackelig auf den Beinen und stützte sich bei Julia ab.

»Geht´s?«, fragte Julia besorgt und stützte Sven am Arm.

»Es geht schon wieder. Komm, lass uns das noch machen und dann fahren wir heim!«

Er hatte müde Augen und Julia sah, dass er sich elend fühlte. Trotzdem mussten sie auf Nummer sicher gehen.

Aber sie fanden keine Spur von Peter. Also nahm Sven den Hausschlüssel vom Haken und sperrte die Haustüre ab. Beim ersten Verriegeln hielt das aufgebrochene Schloss noch nicht. Bei der zweiten Umdrehung saß der Schlossbolzen so tief, dass die Tür zu blieb und nicht einfach wieder aufgedrückt werden konnte. Wer wusste schon, wie lange es dauern würde, bis Peter wieder hier war.

Sie kamen gegen zehn Uhr abends in Dießen an.

Auf der Heimfahrt hatten sie zweimal anhalten müssen, da sich Sven übergeben musste. Es ging ihm gar nicht gut.

In Dießen legte er sich sofort ins Bett. Auf ein weiteres Schmerzmittel hin schlief er auch sofort ein.

»In zwei, drei Tagen ist er wieder fit«, meinte Lisa.

»Ja, ich hoffe es. Er braucht jetzt Ruhe, dann geht es schon wieder.«

Die beiden machten sich noch eine kleine Brotzeit, dann ging Lisa ins Gästezimmer und Julia legte sich leise zu Sven. Er schlief mit langen, gleichmäßigen Atemzügen, so dass sie nicht die Befürchtung hatte, dass es ihm schlechter ging.

Am Morgen schlich sich Julia aus dem Bett. Sven hatte relativ ruhig geschlafen. Nur ein paar Mal hatte er im Schlaf gestöhnt. Einmal hatte er sich an ihre Seite gekuschelt und seinen Arm über ihre Brust gelegt. Sie hatte seine Wärme gespürt. Sein gleichmäßiges Atmen. Nach den Schrecken des gestrigen Tages seinen Körper zu spüren, tat gut. Auf dem Weg nach München war sie vor Angst um ihn schier wahnsinnig geworden. Sie hatte wirklich gedacht, ihn nie wieder zu sehen.

In der Küche saß Lisa am Esstisch und schob sich gerade den letzten Bissen einer Wurstsemmel in den Mund. Sie trank noch einen Schluck Kaffee und stand dann vom Tisch auf.

»Ich war schon beim Bäcker. So kannst du deinen kranken Schatz mit einem guten Frühstück verwöhnen. Hier habe ich dir noch Tabletten mitgebracht. - Die habe ich noch vom letzten Winter übrig, als ich mir bei dem Sturz in Zermatt die Gehirnerschütterung zugezogen habe. Die helfen gut und schnell. Sven sollte trotzdem zum Arzt gehen. Aber was rede ich gegen Windmühlen an!«, sie schüttelte den Kopf.

»Danke, das ist lieb von dir.«

»Ich fahr dann jetzt in die Werkstatt. Wenn du was brauchst, ruf mich an. Ansonsten telefonieren wir abends. Machs gut, meine Liebe.«

Julia nahm sich die Zeitung, die Lisa schon mit hereingebracht hatte. Sie blätterte nur mit halber Aufmerksamkeit durch die Seiten, als sie Svens Stimme hinter sich hörte:

»Guten Morgen. Geht´s dir gut?«, er umarmte sie sanft.

»Mir schon. Und dir? Wie geht´s deinem Kopf?«, fragte sie besorgt.

»Schon viel besser. Der Kopf schmerzt nur noch ein bisschen. Ich denke, wenn ich es heute noch ruhig angehen lasse, dann bin ich morgen wieder voll einsatzbereit.«

»Dein Kopf hat ganz schön was abgekriegt. Du musst dir im Spiegel deine Beule ansehen.«

»Wenn sie in echt so groß ist wie sie sich anfühlt, dann möchte ich sie gar nicht sehen. Da werde ich heute hin und wieder ein Kühlpad draufhalten, dann schwillt das schnell wieder ab. - Gestern war nicht gerade unser beider Tag, oder?«, sah er Julia mitleidig an. »Und Peters Tag erst recht nicht!«

»Ein Schreck jagte den anderen. - Aber ich wollte dir noch was erzählen: Etwas ist mir heute zu den gestrigen Ereignissen eingefallen. Wieso gehen die Entführer von Peter davon aus, dass du erst jetzt den sogenannten Ansporn hast, für sie diese Teile zu suchen. Wir dachten doch, dein Bruder sei schon in ihrer Gewalt. Das hört sich auf der Nachricht am Fenster aber nicht so an.«

»Stimmt - das ist mir noch gar nicht aufgefallen.«

»Wenn diese Leute, die Peter entführt haben, deinen Bruder gar nicht haben, wo ist er denn dann? Oder wer hat ihn dann entführt? - Ist er überhaupt entführt! Ist hier noch eine weitere Gruppe im Spiel, neben den Wächtern und den Typen aus dem schwarzen Range Rover?«

»Oder hat mein Bruder mehr Dreck am Stecken, als wir annehmen möchten und er vertritt diese andere Partei?«, fragte Sven resigniert.

»Das möchte ich mir gar nicht vorstellen, und davon sollten wir zunächst auch nicht ausgehen. Oder traust du ihm ein solch doppeltes Spiel zu?«

»Bis vor Kurzem hätte ich das glatt verneint. Aber inzwischen ist so viel passiert, dass ich nicht mehr sicher bin, ob ich meinen Bruder jemals richtig gekannt habe. Er hat deinen Onkel umgebracht. Das hätte ich ihm nie zugetraut. Niemals!«

»Wenn dein Bruder auch entführt wurde, dann muss es noch andere Interessenten für die Kartuschen geben. Denn ich gehe nicht davon aus, dass diese Wächter ihn entführt haben. Ich habe das Gefühl, die sind unterwegs, um darauf zu achten, dass die Teile eben nicht in falsche Hände gelangen. Wenn es wirklich immer noch die gleiche Bruderschaft wie im Mittelalter ist, sind die Wächter doch darauf bedacht, ihren Auftrag zu erfüllen. Die Botschaft, die sich aus den sieben Teilen ergibt, soll von unserer Generation, jetzt und heute gelesen werden. Aber von den richtigen Leuten. Vielleicht gibt es auch Personen, die von dieser Nachricht wissen und sie verschwinden lassen oder für sich selbst nutzen wollen? Also müssen die Wächter doch darauf achten, dass das alles nach den damaligen Vorgaben geschieht. Sie sind dann also die *Guten*. Deshalb dachte ich, dass die *Bösen* hier diese Leute im Range Rover sind. Vor denen dachte ich, hatte auch dein Bruder Angst. Das kann nun nicht mehr der Fall sein. Denn die haben deinen Freund Peter, oder? Oder sind sie gar nicht die Kidnapper von Peter? Und ganz andere Leute denken, Peter sei ihr einziges Unterpfand um dich zu bewegen, ihnen die Teile zu beschaffen.«

»Das ist alles im Bereich des Möglichen. Der schlechte Beigeschmack bleibt somit bei meinem Bruder. Ich befürchte, hier spielt einer mit falschen Karten!«

Sven machte sich einen Kaffee Latte und setzte sich betrübt an den Tisch.

»Möchtest du etwas essen? Lisa hat heute Morgen schon frische Semmeln und Brezen geholt.«

»Sie ist doch eine echte Freundin!«

»Tabletten hat sie dir auch mitgebracht. Sie hat gesagt, dass sie nach ihrem Ski-Unfall gut geholfen haben.«

Sven nahm sich die Tablettenpackung und las auf dem Beipackzettel die Dosierungsanweisung. Er nahm zwei Tabletten aus dem Blister und schluckte sie mit etwas Wasser.

»Lisa und ich waren gestern sehr produktiv. Wir wissen nun, wo unser nächstes Ziel ist.«

»Und das wäre?«

»Notre Dame de Chartres - 80 km südlich von Paris.«

»Wie seid ihr darauf gekommen?«

»Lisa hat noch Schriftzeichen auf der Silberplatte entdeckt«, Julia erzählte ihm die Ergebnisse der Recherche des gestrigen Nachmittags.

»Archa cederis, damit ist doch die Bundeslade gemeint, oder?«

»Eigentlich müsste es Arca foederis heißen. *Arca cederis hic amititur* heißt meiner Meinung nach sinngemäß *Die Zederntruhe, die hier verschwunden ist.*«

»Aber doch nicht in Chartres?«, meinte Sven ungläubig.

»Vielleicht doch, wer weiß. Damals gab es kein Internet, Fernsehen oder Facebook. Da konnte man noch etwas geheim halten - bis heute hat sie keiner gefunden. Oder ist dir was anderes bekannt?«

»Nein, aber das glaubst du doch nicht wirklich! Suche nach der Bundeslade! Entschuldige! Das kann nicht sein! Das findest du nur in Krimis. Aber ich muss zugeben - ich habe einmal gelesen, dass die Templer, die sich nach dem ersten Kreuzzug in Jerusalem in der Al-Aqsa-Moschee niederließen, nach etwas gesucht haben, das der Erkenntnis oder einem Gesamtwissen entsprach. Ich denke, die Suche nach der Bundeslade entspringt eher dem Gedanken der Suche nach der göttlichen Erkenntnis.«

»In der Bundeslade sind die Gesetzestafeln, die Menora und der Schaubrottisch aufbewahrt.«

»Was du meinst, ist das Stiftszelt, darin wurden die Bundeslade, der Räucheraltar, der Schaubrottisch und die Menora aufgestellt. In der Bundeslade waren die Gesetzestafeln aufbewahrt, die Moses vom Berg Sinai gebracht hatte.«

»Du bist wahrlich bibelfest?«

»Nein, allerdings war ich auf einem katholischen Gymnasium. Neun Jahre Religionsunterricht von Benediktinern. Das wirst du nicht mehr los!«

»Dann wirst du uns mit deinem Wissen gut weiterhelfen können. Sollen wir morgen nach Frankreich aufbrechen. Ich fahre die Strecke. Ich habe die Route schon ausgesucht - knapp 850 km - zwei Tage, dann sind wir da. Du musst nur Beifahrer machen, kannst also viel schlafen und dich erholen. Meinst du, du schaffst das schon?«

»Ich denke, das geht. Und wenn nicht, dann wirfst du mich einfach raus!«

»Sicher, nachdem ich so erleichtert war, dich gestern wieder gefunden zu haben. Kaum bist du in mein Leben getreten, hätte ich dich beinahe schon wieder verloren. Es war der Horror, als ich an Peters Haustür stand und sah, dass die Türe aufgebrochen wurde! Und erst, als ich dich da liegen sah!«

Sven zog sie zu sich heran und küsste sie zärtlich und lange.

»Das war wahnsinnig mutig von dir, in Peters Haus zu gehen. Aber mach so etwas bitte nie wieder. Das nächste Mal holst du zuerst Hilfe! Okay?«

»Ich hatte doch Lisa vor der Türe. Aber ich gebe zu, noch einmal brauche ich eine solche Situation nicht!«

«Ich lass dich nie mehr los, Julia. Du bist das Beste, was mir seit Jahren passiert ist«

TEIL IV

Mittwoch

24   Frankreich

Sven schlief die ganze Fahrt auf dem zurückgelegten Beifahrersitz. Er war am Morgen noch recht blass um die Nase gewesen und hatte gerne Tabletten gegen seine Kopfschmerzen eingenommen. Sie waren lange Stunden unterwegs, bis sie in Metz ankamen. Julia hatte ein Zimmer in einem kleinen Hotel bekommen. Zuerst machten sie einen Spaziergang um die Kathedrale von Metz. Anschließend legte Sven sich wieder hin und Julia besichtigte in der Zwischenzeit die Kathedrale. Sie hielt sich den ganzen Nachmittag dort auf, machte viele Fotos. Vielleicht konnte sie die Bilder einmal für eine Reportage verwenden.

Als sie zurück ins Hotel kam, sah Sven schon bedeutend besser aus.

»Du siehst wieder gut aus. Fühlst du dich besser?«

»Wesentlich besser. Es hat gut getan, solange zu schlafen. Danke, dass du die ganze Strecke gefahren bist. Ich wäre noch nicht fahrtüchtig gewesen.«

»Komm - lass uns jetzt noch ein bisschen durch die Stadt spazieren. Es ist schon gleich halb sieben. Wir suchen uns ein nettes Lokal mit Außenbewirtung und machen uns einen schönen Abend. Es ist so angenehm warm draußen«, schlug Julia vor »Ich mach mich noch frisch, dann können wir los.«

Sie verbrachten den Abend in einem Restaurant, in dem sich nicht Touristen, sondern eher Einheimische aufhielten. Sie nahmen sich diesen Abend als Auszeit, um zeitweilig abzuschalten von den Problemen, mit denen sie sich seit drei Wochen herumzuschlagen hatten.

Zurück im Hotel gingen sie Arm in Arm die Treppe zu ihrem Zimmer hinauf.

»Wie fit bist du denn schon wieder?«, lächelte Julia. Sie drehte sich zu ihm um und sah ihm in die Augen.

»Ich bin noch pflegebedürftig und brauche jetzt deine intensive Betreuung!«

Donnerstag

25   Ankunft

Geweckt wurden sie durch den Streit, den der Koch des Hotels im Hof mit seinem Gemüselieferanten führte. Julia stieg nackt, wie sie war aus dem Bett, und spitzelte durch den Vorhang nach unten.

Wild gestikulierend standen sich die beiden Franzosen im Licht der aufgehenden Sonne gegenüber und beschimpften sich aufs heftigste.

»Was geht denn da unten ab?«, fragte Sven vom Bett her mit müder Stimme.

»Da unten haben sich zwei Franzosen *Louis-de-Funes*-mäßig in die Haare bekommen. Die beiden gestikulieren wild mit ihren Händen, wahrscheinlich gehen sie gleich aufeinander los«, lachte Julia.

»Wenn wir schon wach sind, können wir auch aufstehen. Um so schneller sind wir in Chartres«, er schwang seine langen Beine aus dem Bett und blieb erst einmal am Bettrand sitzen.

»Langsam scheine ich wieder der Alte zu werden. Kein Schwindel, keine Kopfschmerzen! - Das liegt sicher an deiner guten Betreuung von heute Nacht.« Er stand auf, trat hinter sie und legte seine Arme um Julia. Er schob ihre Haare zur Seite, sanft glitt sein Mund knabbernd ihren Hals hinab zur Schulter.

»Wenn du mich küsst, meine ich jedes Mal mein Herz setzt einen Moment aus. Hoffentlich hört dieses Gefühl nie auf. Ich fühle mich wie ein Teenager und könnte süchtig nach deiner Berührung werden.« Sie konnte nicht länger widerstehen und drehte sich zu ihm um.

»Die Chartres-Fahrt muss noch einen Moment warten!«, flüsterte sie ihm ins Ohr.

Am späten Nachmittag kamen sie in Chartres an. Sie fanden ein Hotel ganz in der Nähe der Kathedrale. Wieder ein kleines Haus, in einer schmalen Gasse. Es bot den Charme der 70er Jahre. Sie mussten den Mini auf einem Parkplatz knapp 500m entfernt abstellen, da in der Straße des Hotels nur Zulieferverkehr gestattet war. Die Gassen waren so eng, dass das Hotel keinen eigenen Stellplatz vorweisen konnte. Sie glaubten zwar nicht, dass sie bis hierher verfolgt wurden. Denn nun konnten ihre Gegenspieler in Ruhe abwarten bis Julia und Sven von sich aus bei ihnen anriefen. Niemand war mehr interessiert als die beiden, möglichst schnell ein gefundenes Teil bei diesen »Verbrechern«

abzugeben, um Peter so bald wie möglich frei zu bekommen. Somit hatten sie sich etwas entspannt bezüglich ihres Verfolgungswahns.

Wegen Erik bekam Sven jedoch ein immer mieseres Gefühl. Je länger er sich in den Stunden der Fahrt nach Chartres gedanklich mit Erik auseinandergesetzt hatte, desto weniger glaubte er, dass noch eine dritte Gruppe involviert war. Sein Verdacht verfestigte sich, dass Erik selbst hinter Peters Entführung steckte. Wie konnte er so etwas tun, er kannte Peter doch genauso lange wie Sven. Er war doch auch schon dabei gewesen, wenn sie zusammen Sport machten. Einmal hatte er auch an einem Skiwochenende in Lenzerheide teilgenommen.

Irgendwann auf der heutigen Fahrt hatte er zu Julia gesagt: »Ich denke, die Range Rover Typen arbeiten für Erik. Er macht mit Sicherheit gemeinsame Sache mit diesen Leuten. Die wissen vielleicht auch gar nicht, dass *er* ihnen die Befehle gibt. Aber sie wissen durch das Video, dass er mich auf diese Teile angesetzt hat und mit meiner Angst um ihn arbeitet!«

Danach hatte Sven lange geschwiegen. Es belastete ihn sehr, so von seinem Bruder enttäuscht worden zu sein. Und die Angst um Peter brachte ihn schier um den Verstand. Für nichts und wieder nichts hatte er Peter da mit hineingezogen. Hätte er Peter nur nie um Hilfe gebeten!

»Lass uns doch noch zur Kathedrale gehen und uns einen ersten Eindruck davon machen!«, schlug Julia vor, nachdem sie ihr Hotelzimmer in Augenschein genommen hatten.

»Machen wir. Es tut ganz gut, die Beine etwas zu vertreten. Gehen wir erst einmal da rüber, da gibt es Reiseführer zu kaufen. Ich möchte sehen, ob ich einen in deutscher Sprache ergattere; mein Französisch ist etwas eingerostet.«

»Bei mir geht es noch einigermaßen, da ich für meine Recherchen doch ab und zu französische Literatur lese. Je nachdem, für welchen Verlag ich unterwegs bin«, erklärte Julia.

In einem kleinen Laden, gegenüber vom Südportal, fanden sie Reiseführer und Informationsmaterial zur Kathedrale.

»Ich nehme diese Bücher, die scheinen sehr gut zu sein. Die esoterisch Angehauchten lasse ich außen vor«, Sven holte ein paar Geldscheine aus seinem Portemonnaie. Dann gingen sie zu dem berühmten Westportal, der Porta Regia. Gleich darüber sahen sie auch die Darstellung der Evangelisten, wie sie auf der Silberplatte zu sehen waren. Sie betraten die Kirche und staunten nicht schlecht über die enorme Größe.

»Die Notre Dame de Chartres ist eine der höchsten Kathedralen Frankreichs. Schade, dass die Stuhlreihen aufgebaut sind, sonst könnten wir das Labyrinth abschreiten. Siehst du am Rand die Zacken. Wir sind hier eindeutig am richtigen Ort.«

Sie gingen langsam durch die Kirche und kamen aus dem Staunen nicht heraus. Die bunten Fenster machten ein ganz besonderes Licht im Innenraum. Auf der Außenseite des Chorumgangs waren solch fantastische Figuren zu sehen. Unmengen, und in einer solchen Perfektion gestaltet. Die Fenster erzählten Geschichten aus dem Mittelalter und der Bibel. Hier würde es schwieriger als in Aachen werden. Sie blieben bis zum Beginn der Abendmesse. Dann traten sie hinaus in die warme Sommerluft. Es war ein herrlicher Abend. Angenehm warm und es roch nach Sommer.

»Setzen wir uns draußen hin. Wir bestellen uns einen guten französischen Landwein und blättern die Reiseführer durch. So bekommen wir einen ersten Eindruck von der Kathedrale. Da drüben, das sieht doch ganz einladend aus, was meinst du?«, fragte er Julia.

»Gefällt mir!«

Sie setzten sich an einen Tisch an der Hauswand und konnten so die vorbeilaufenden Touristen beobachten. Nachdem der Wein gebracht worden war, nahm sich jeder ein Buch zu Hand.

»Da haben wir jede Menge Stoff!«, Julia schüttelte den Kopf, »hier kann an tausend Stellen ein gutes Versteck sein. Allein die gigantische Anzahl von Skulpturen. Es sind um die 3500 Steinskulpturen, insgesamt an die 9500 figürliche Darstellungen aus Glas und Stein.«

»Und das wurde in ein paar Jahrzehnten geschaffen. Wenn man bedenkt, dass am Kölner Dom über 600 Jahre gebaut wurde.«

»Der ist auch wesentlich größer!«

»Ja, schon, aber mit den damaligen Mitteln, keine modernen Maschinen um die riesigen Steine zu bewegen«, Sven nippte an seinem Glas.

»Hm. Da kommt die Vorspeise. Ich hab schon so einen Hunger!«

Der Ober servierte Julia Ihr Zucchini-Carpaccio mit Knoblauchpesto und Sven bekam Jakobsmuscheln im Lauchmantel.

So verbrachten sie die nächsten Stunden mit der guten französischen Küche und der Literatur zur Kathedrale zu.

Als sie zurück im Hotelzimmer waren, machten sie sich weiter über die Bücher her und jeder schrieb sich Notizen zum gefundenen Material auf.

Freitag - 4. Woche

26   Chartres   Die Kathedrale

Sie betraten die Kathedrale um kurz nach 8 Uhr morgens. Es waren noch nicht viele Touristen in der Kirche, so konnten sie in Ruhe alles betrachten.

»Chartres war schon in vorchristlicher Zeit ein keltisches Druidenheiligtum. Schon Caesar hat in seinem ´de Bello gallico´ über diesen Ort berichtet. Hier war die oberste Gerichtsstätte der Druiden. Angeblich gab es hier auch eine Druidengrotte. Schon die Kelten glaubten an eine Jungfrau, die ein Kind gebären würde. Dieser Kult wurde dann in die Marienverehrung übernommen. An allen Orten in Frankreich, an denen heute Notre-Dame Kirchen stehen, waren früher solche keltischen Druidenplätze. Im vierten Jahrhundert wurde Chartres dann Bischofssitz und bekam eine erste Kirche, einen Holzbau. 743 plünderte dann der Herzog von Aquitanien die Stadt Chartres. 858 fielen die Normannen darüber her und brannten die Kirche nieder. Es gibt die Legende, dass die Bewohner, die sich widersetzt hatten, getötet und deren Leichen in den Brunnen geworfen wurden. Wegen dieser Märtyrer galt das Wasser dieses Brunnens lange Zeit als Heilwasser. Die Kirche wurde wieder neu aufgebaut.

876, zur Einweihung, brachte Karl der Kahle, der Enkel Karls des Großen, die heute noch verehrte Reliquie nach Chartres. - Wie wir schon in der Videobotschaft meines Bruders gehört haben. - Nochmals zur Erinnerung, es handelt sich um das Gewand der Maria, das sie bei der Verkündigung oder der Geburt Jesu getragen haben soll. 911 belagerte dann der Normannenherzog Rollo die Stadt Chartres. Durch das Zeigen der Reliquie über der Stadtmauer soll Rollo die Belagerung abgebrochen haben und ließ sich schließlich sogar taufen. Im Jahre 1006 wurde Fulbertus Bischof von Chartres. Er richtete eine Bibliothek ein, in der lateinische und griechische Schriften aufbewahrt wurden, obwohl damals hier noch niemand die griechischen Schriften lesen konnte. Diese Bibliothek muss damals eine der bedeutendsten in ganz Europa gewesen sein. Bischof Fulbertus legte viel Wert auf Bildung. Unter ihm entstand die *Schule von Chartres*, hier wurden die *Sieben Freien Künste* gelehrt. Ihm ging der Ruf nach, dass er sehr an der Medizin interessiert war, selbst auch medizinisch gebildet war. So richtete er in der Krypta eine Art Krankenhaus für leidende Pilger ein. Hier konnten sich die Kranken auch mehrere Tage lang aufhalten und auskurieren. Die kranken Pilger wurden dann mit dem heilenden Wasser des Brunnens besprengt. Der Brunnen heißt ´Puits des Saints Forts´. Dieses Lazarett gab es angeblich fünfhundert Jahre lang. Der Brunnen wurde im siebzehnten Jahrhundert zugeschüttet, weil diese Art von Kult als heidnisch galt. Im neunzehnten Jahrhundert hat man dann wieder nach ihm gegraben und ihn wahrscheinlich auch wieder entdeckt. Heute sitzt der Brunnen an einer anderen Stelle und ist vergittert, damit niemand hineinfällt.

Um 1020 brannte es dann wieder in der Kirche. Fulbertus regte einen Neubau an, womöglich sogar schon aus Stein. 1037 wurde diese romanische Kathedrale eingeweiht. Fulbertus erlebte die Einweihung der Kathedrale jedoch nicht mehr, er starb schon 1028. 1134 kam es dann wieder zu einem Brand. Teile der Westfassade brannten ab, danach erfolgt der Bau der beiden Türme und die Verlängerung der Westfassade. 1194 kam es dann zu der großen Brandkatastrophe. Es wurde ein Neubau initiiert. Die Bevölkerung war mit voller Begeisterung dabei. Da die Reliquie den Brand in der Lubinusgruft überstanden hatte, machten die Kirchenherren dem Volk klar, dass Maria den Brand geduldet habe, damit man ihr eine noch schönere, größere Kathedrale bauen konnte. In Wahrheit hatten die feinen Herren Angst, dass die Pilger ausbleiben würden, die das Geld nach Chartres brachten. Keine Pilger, keine Einnahmen! Jedes Jahr fanden in Chartres vier große Märkte statt. Die Händler bauten ihre Stände in den Portalen auf und die Pilger schliefen in der Kathedrale. Es soll sogar Prostituierte mit festen Plätzen in der Kirche gegeben haben. So kam es also zur heutigen gotischen Kathedrale. Außer der Westfassade mit ihren Türmen wurden die meisten Reste der Kirche abgerissen. Der romanische Chor blieb stehen und auch die Fundamente der Krypta, die Unterkirche aus der Zeit Fulberts. Sie ist heute die größte Krypta in Nordeuropa. Zwischen die romanischen drei Radialkapellen wurden vier gotische kleinere Kapellen eingefügt. Bis zu 1000 Menschen bauten gleichzeitig an der Kathedrale. Als Lohn erhielten sie Ablass von ihren Sünden. Das antike Wissen über Geometrie und Statik half bei dem rasanten Baufortschritt. In nur 26 Jahren wurde diese Kathedrale hochgezogen und schon 1220 eingeweiht. Deshalb ist ihr Stil auch so einheitlich. Kurze Bauzeit, wenig Stiländerung. Der Baumeister der Kathedrale ist unbekannt. Es gibt keine Aufzeichnungen oder Pläne von ihm. Anhand der Steinmetzzeichen kann man heute jedoch erkennen, dass dieselben Steinmetze an mehreren Kathedralen gearbeitet haben. Was ich noch vergessen habe zu erwähnen, die Kathedrale ist nicht wie sonst üblich nach Osten ausgerichtet, sondern sie zeigt beinahe genau nach Nordosten. Warum das so ist, konnte ich bis jetzt nicht eruieren.«

»Wo hast du denn diese ganze Info in so kurzer Zeit her?«

»Youtube macht´s möglich! Ich habe ganz wunderbare Filme zur Kathedrale gefunden. Auch noch interessant ist, dass die Kathedrale nach 1194 von dramatischen Bränden und Kriegen verschont blieb. Nur 1836 brannte einmal der Dachstuhl ab. Der neue Dachstuhl wurde dann schon mit einer Stahlkonstruktion erstellt. Selbst in der Französischen Revolution blieb der Kirche Schlimmeres erspart. Einzig: Die Schwarze Madonna aus der Krypta-Kapelle Notre-Dame-de-Sous-Terre wurde vor dem Westportal der Kirche verbrannt. Heute steht eine nachgebaute Marienstatue in der Kapelle, ebenfalls aus Birnenholz wie die Originalstatue damals. Selbst die deutsche Besatzungszeit überstand die Kathedrale schadlos.«

»Bei der Finanzierung der Kathedrale sollen die Templer die Finger im Spiel gehabt haben.«

»Ein Teil der Kosten wurde auch durch die Einnahmen von den Pilgern gedeckt. Und nicht zu vergessen, die Handwerkerzünfte spendeten fleißig bei den Fenstern. Auch die Adeligen und sogar Könige beteiligten sich an den Baukosten. Als Dank wurden sie in Fensterbildern dargestellt.«

Beharrlich kam Julia auf die Templer zurück.

»Aber, um auf die Templer und ihren Finanzen zurückzukommen. Hast du gewusst, dass die Templer die ersten Bankiers waren? Sie haben den bargeldlosen Zahlungsverkehr eingeführt, wie Scheck und Wechsel und auch das Girokonto. So konnten sie im heiligen Land an ihr Geld kommen, ohne es ständig mitzuführen. Das schützte sie natürlich davor, ausgeraubt zu werden. Des Weiteren waren Templer keinem Lehnsherrn verpflichtet und mussten auch keine Steuern zahlen. - Aber was ich eigentlich sagen wollte, ist: In der Kathedrale konnte man bis um 1970 an der Gewölbedecke ein Templerkreuz sehen. Dieses Kreuz wurde bei Renovierungsarbeiten überstrichen. Es gibt Spekulationen, dass dieses Kreuz eine Stelle unter dem Boden der Kathedrale markieren sollte. Darunter gäbe es angeblich einen Hohlraum, in dem die Bundeslade verborgen sein soll.«

»Jetzt hältst du aber Märchenstunde, oder? Bitte keine Verschwörungstheorien!«, lästerte Sven.

»Ich gebe nur wieder, was ich hier gelesen habe«, und sie hob ein französischsprachiges Buch zur Architektur der Kathedrale hoch, das sie im Buchladen unter dem Nordturm gekauft hatte.

»Schließlich suchen wir eine versteckte Kartusche, wer weiß, was sich alles dahinter verbirgt? In einer der Kryptakapellen sind übrigens in der Verglasung auch Templerkreuze zu sehen«.

»Dann erzähl weiter!«

»Hugo von Champagne I. machte zusammen mit Hugo von Payns, eine Pilgerreise ins Heilige Land. König Balduin II von Jerusalem war ein Cousin von Hugo de Payns. Die beiden Hugos suchten in Jerusalem nach biblischen Relikten. 1108 kehrten beide aus dem Heiligen Land wieder zurück. Ich möchte jetzt gar nicht so weit ausholen, auf jeden Fall trafen sie sich mit dem Schriftgelehrten und Zisterzienser Stephan Harding. Dieser war Prior von Kloster Citeaux. Er arbeitete mit Rabbinern zusammen. Diese Zisterzienser übersetzten unter Mithilfe der Rabbiner hebräische und arabische Schriften, die auf allerlei Umwegen in ihren Besitz gelangt waren. Dadurch erwarben sie viele Kenntnisse aus der arabischen und jüdischen Welt. Die beiden Hugos reisten nach ihrem Aufenthalt bei den Zisterziensern, wieder nach Jerusalem um dort die Bundeslade zu suchen. Ab 1120 nahmen sie Wohnsitz im Palast Al-Aqsa von Balduin II. und suchten dort am Tempelberg. Ab dieser Zeit nannte sich die Gemeinschaft um Hugo von Payns ´Arme Bruderschaft Christi vom Salomonischen Tempel zu Jerusalem´. Er wurde ihr Großmeister. Diese Truppe verschrieb sich der Armut, dem Zölibat und dem Gehorsam. Was interessant ist: Es waren neun Ritter, deren offizielle Aufgabe es war, die Pilger zu beschützen. Wie hätten diese neun Männer das machen sollen? Sie griffen nie in Kämpfe ein. Es heißt, in Wahrheit hätten sie Umbauten und Grabungen vorgenommen. Ich habe vor ein paar Monaten einen Fernsehbeitrag gesehen. Darin wurde berichtet, dass in den 80er Jahren sogar Tunnel gefunden wurden, die aus dieser Zeit stammen. Man kann das nur nicht weiter archäologisch erforschen, weil man am Tempelberg keine Grabungserlaubnis bekommt. Irgendetwas haben die Templer damals gefunden. Unter diese Templer müssen sich auch die sieben Wächter gemischt haben. Bernhard von Citeaux wurde von Stephan Harding zum 1. Abt von Kloster Clairvaux ernannt. Bernhard verfasste die Ordensregeln der Templer. Erst 1118 war der

Orden mit diesen Regeln offiziell gegründet worden. - Weil du vorhin das Thema Bundeslade belächelt hast, möchte ich dir nur sagen, dass dieser Bernhard von Clairvaux über 120 Predigten zum Thema Bundeslade und Gesetzestafeln geschrieben hat. Noch erwähnen muss ich, dass es angeblich zehn Kilometer entfernt von Chartres eine Templerkomturei gegeben haben soll. Diese soll sogar über einen unterirdischen Gang mit der Kathedrale verbunden gewesen sein. Und deshalb meine ich, dass unsere Suche sehr wohl mit den Templern zu tun hat.«

»Ich habe übrigens auch etwas bezüglich Templern gefunden. Da gab es Ludwig IX, den Heiligen, König von Frankreich, der fanatisch Reliquien sammelte. Er trat den Templern bei und baute in Paris die Kirche *Sainte Chapelle*. In dieser Kirche bewahrte er seine gesamten Reliquien auf. Unter anderem soll es die *Lanze des Longinus* gewesen sein, der *Aaronstab* und die *Dornenkrone Christi*. Sogar der *Schwamm*, mit dem Jesus am Kreuz zu trinken bekam, soll sich in seiner Sammlung befunden haben. Nach einem Kreuzzug brachte er auch noch einen *Nagel vom Kreuz Christi* mit.«

»Ich möchte nicht wissen, wie viele Lanzen, Schwämme, Dornenkronen etc. existieren.«

»Damals waren die Menschen besessen von diesen Reliquien. - Irgendwo habe ich aufgeschnappt, dass die Gesetzestafeln angeblich noch hier in Chartres versteckt sein könnten! Soviel zum Thema, dass ich dich nicht ernst nehme! - Nur frage ich mich, was an den Gesetzestafeln geheim sein soll. Alle Gläubigen kennen doch seit Urzeiten die Zehn Gebote, schließlich sollen die Christen doch danach handeln. Wenn sie geheim wären, wäre das wohl kontraproduktiv. Ist es nicht eher so, dass in der Bundeslade etwas ganz anderes zu finden ist, als die längst bekannten Tafeln des Moses? Sind die Gesetzestafeln nur das Synonym für das eigentliche Wissen aus der Bundeslade?«

»Hier in Chartres, am Nordportal gibt es doch diese Säule, an der die Bundeslade abgebildet ist. Darunter steht dieser Satz *archa cederis hic amititur* , auf den Lisa gestoßen ist. Also spielt die Bundeslade hier schon eine besondere Rolle. Davon bin ich überzeugt. Vielleicht hast du Recht und es ist etwas ganz anderes darin. Vielleicht ist es sogar das, auf was die Kartuschen hinführen sollen.«

»Das wäre dann wohl die absolute Sensation.«

161

Sie standen auf und gingen zum Nordportal, um sich diese Säule anzusehen. Sie mussten lange suchen, da sie der Meinung waren, es handele sich um eine sehr große Darstellung. Als sie schon aufgeben wollten, entdeckten sie eine kleine Darstellung der Bundeslade auf der Innenseite des rechten Portals.(**Abb.S.155**)

»Hier siehst du die Lade auf dem Wagen. Sie wird von den Philistern zurückgebracht.« Julia zeigte auf die Darstellung.

»Aber wohin? - Soll das ein Hinweis sein, dass sie hierher gebracht wurde?«

»Könnte doch sein. Schau - da ist dann die Abbildung der Gesetzestafeln. Das kann doch nicht alles nur Zufall sein«, schaute sie ihn fragend an. Sie gingen wieder in das Seitenschiff.

»Die Menschen damals waren Analphabeten, durch die bunten Fenster und die vielen Skulpturen konnten sie auch, ohne des Lesens mächtig zu sein, die Bibelgeschichten erfahren. Den lateinischen Gottesdienst verstanden die wenigsten. Sie sahen in den Bildern aber unter anderem exotische Tiere aus fernen Ländern, die sie sonst nie gesehen hätten. Diese ganzen Darstellungen von Bibelgeschichten, Heiligenlegenden und Begebenheiten des Alltags, sollten die Menschen an die Kirche binden. Die Kirchenbesucher waren von diesen Bildern fasziniert. In den Fenstern wurden die verschiedenen Handwerkerzünfte abgebildet. Die Menschen konnten sich darin wieder erkennen. *Sie* waren doch diese Arbeiter und Handwerker, die dort abgebildet waren. *Sie* hatten doch selbst mit Hand angelegt beim Bau der Kathedrale. Es war ihr Schweiß und ihr Blut, das beim Bau vergossen wurde. Und viele verloren Angehörige beim Bau der Kathedrale. Die Gläubigen mussten der Kirche treu und ergeben bleiben, nur so konntest du die große Menge an ungebildeten Menschen beherrschen. Über den Glauben und die Angst vor dem Jenseits. Die größte Strafe war doch die Verdammnis. Die Menschen waren der festen Überzeugung, dass nach ihrem Tod die Erlösung und ein viel besseres Leben auf sie wartete. Ohne die tägliche Mühsal - *dort* würden sie das Paradies schauen. Deshalb hatten sie auch keine Angst vor dem Tod und gingen damit anders um als wir heute. Sie waren der festen Überzeugung, dass es ihnen nach dem Tod besser gehen würde.«

Sie traten wieder ins Freie. Die warme Mittagssonne blendete sie, als sie die Stufen hinuntergingen.

Julia drehte sich beim Hinausgehen immer wieder um und schaute zu den Figuren in den Gewänden des Nordportals hinauf.

»Hier sollen auch noch irgendwo diese neun armen Ritter abgebildet sein. Auch das kann kein Zufall sein. Das hängt hier alles zusammen. Auch kam die gotische Bauart mit dem Auftreten der Templer auf. Lass uns zum Westportal gehen, dort stehen die Figuren, welche die Sieben Freien Künste darstellen. Dadurch, dass die Gelehrten hier die freien Künste studierten, hatten sie auch das Wissen, diese Kathedrale zu bauen. Sie beherrschten den goldenen Schnitt und die Zahl Phi, die auch in der Silberplatte abgebildet ist. Pythagoras war hier geachtet und nicht zu vergessen, Platon.«

»Das war doch der mit dem Höhlengleichnis.«

»Genau. Sein Höhlengleichnis bedeutet meiner Ansicht nach nichts anderes, als dass man dem ersten Anschein nicht trauen soll. Man soll genau hinterfragen, um Wissen und Gewissheit zu erlangen! Auf diesem Weg muss man darauf achten, wem man trauen kann. Ich denke, genau das trifft auch auf unsere momentane Situation zu.«

»Dann lass uns das Königsportal ansehen.« Sie gingen um die Kathedrale herum und entfernten sich etwas von der Westseite, um einen gesamten Blick darauf zu haben.

»Das Westportal, auch Porta Regia genannt, ist das älteste der drei Portale, da es zum größten Teil noch aus der Vorgängerkirche stammt«, sagte Julia. »In den Gewänden des mittleren Portals siehst du die Darstellung von Moses, König Salomo, David, die Frau ist die Königin von Saba. Es waren einmal 24 Figuren, jetzt sind nur noch 19 Figuren da.

Der Tympanon über dem mittleren Portal, zeigt Christus, sitzend und mit segnender Gestik.«

»Und hier hast du die Stellvertreter für die *vier Evangelisten*, die du auf der Platte gesehen hast - die Wesen der Apokalypse! Aus der Offenbarung des Johannes. Der Mensch, der Adler, der Löwe und der Stier.«

»Darunter die 12 Apostel und in den Archivolten die 24 Ältesten sowie die 12 Engel aus der Offenbarung des Johannes! Wie in der Kuppel des Aachener Doms.«

»Sieben Figuren halten ein Astrolabium in der Hand - zur Bestimmung der Position der Sterne - 7 Sterne - 7 Planeten - 7 Freie Künste. Sonne und Mond zählten damals zu den Planeten. Und wenn wir jetzt an das rechte Portal gehen, dann siehst du in den Archivolten von links unten bis oben in der Mitte: Aristoteles bzw. Platon für die Dialektik, Cicero für die Rhetorik und Euklid für die Geometrie. An der rechten Archivolte, von unten nach oben, Pythagoras für die Musik und die Harmonie, Donatus für die Grammatik, Ptolemäus für die Astronomie und schließlich Boethius für die Arithmetik.«

Sie klappte den Reiseführer von Chartres zusammen, ließ aber den Finger als Einmerker darin.

»Der Kathedralen-Führer, den du gestern gekauft hast, ist wirklich gut. Also, weiter im Text: Das Trivium behandelt die Grammatik, die Rhetorik und die Dialektik, auch als Dreierweg bezeichnet, also alles, was mit Worten zu tun hat. Hier studierten sie die alten Philosophen und diskutierten darüber. Das *Quadrivium, der Viererweg,* behandelt die Fächer, die mit Zahlen zu tun haben. Also Geometrie, Arithmetik, Musik und Astronomie. Die Fächer des Quadriviums wurden hier in Chartres besonders gelehrt. Die Geometrie war beim Kathedralenbau sehr wichtig. Die Baumeister wandten den Satz des Pythagoras an, mit Hilfe eines Knotenseils. Ein Seil bekam im Abstand von je einem Fuß insgesamt 12 Knoten. Somit konnten sie exakte rechte Winkel konstruieren. Ein Beispiel dafür: Der Abstand vom Zentrum des Westrosenfensters zum Boden ist genauso lang wie der Abstand vom Zentrum des Labyrinths zur Westwand. Und die Strecke von Zentrum zu Zentrum entspricht genau der Zahl, die du herausbekommst, wenn du den Satz des Pythagoras anwendest. Sie kannten den goldenen Schnitt. Die Zahl Phi war ihnen geläufig. Wir können gleich mit dem vorigen Beispiel weitermachen. Zählt man zu der Länge Zentrum Westrosenfenster zu Zentrum Labyrinth, noch den halben Labyrinth-Durchmesser dazu und teilt diese Summe durch die Länge der Entfernung von Zentrum Labyrinth zu Westwand, dann kommt exakt die Zahl Phi heraus. 1,61... Und auch die Kreiszahl Pi benutzten sie. Zum Beispiel beim Labyrinth. Die Maßeinheiten im Mittelalter waren Fuß, Hand, Elle, Spanne, Daumen. Der Umfang des Labyrinths sind 399 Hände und der Durchmesser 127 Hände. Jetzt teile mal 399 durch 127!« Julia wartete, bis Sven die Zahlen in den Taschenrechner seines Handys eingetippt hatte.

»Ich glaub's nicht - 3,1417!«

»Das ist schon erstaunlich, oder?«, sah Julia Sven an, »und das von mir, die ich nun wirklich kein Mathegenie bin. Aber ich habe noch etwas anderes herausgefunden, was ich überhaupt am Erstaunlichsten finde. Im Alten Testament, beim 2. Buch Mose 25, kannst du die Bauanleitung der Bundeslade lesen. Sie soll 2,5 Ellen lang, 1,5 Ellen breit und auch 1,5 Ellen hoch sein. Rechne mal 2,5 durch 1,5!«

»1,66 - das kommt annähernd an den goldenen Schnitt.«

»Und die sieben Planetensymbole, die wir in der Silberplatte eingraviert gefunden haben, werden eben diesen sieben freien Künsten zugeordnet. Das steht auch in Günters Notizbuch.«

»Ich kann dir noch was zu den Knotenseilen erklären. Da gab es außerdem ein 13-Knoten- und ein 21-Knotenseil. Mit dem konnten die Baumeister im Mittelalter auch den goldenen Schnitt berechnen. Das ging so: Sie machten in ein Seil 13 Knoten, dazwischen immer der gleiche Abstand. Den dreizehnten Knoten legte man auch als ersten Knoten. Die Handwerker damals wussten, wenn sie das Seil ausgestreckt hinlegten, dann war beim achten Knoten der Punkt, in dem die ganze Strecke im goldenen Schnitt geteilt wurde. Also 13 : 8= 1,625 , 8:13 = 0,61, 21: 13 = 1,61 , 13: 21 = 0,61. Du siehst, es kam immer das gleiche Verhältnis heraus. Bei Teilung der kleinen Zahl durch die Große um die 0,61 und bei Teilung der Großen durch die Kleine 1,62 oder 1,61, also Phi. Sie konnten auch genaue 72°-Winkel legen. Dazu zogen sie das 13-Knotenseil am fünften, achten und dreizehnten Knoten zu einem Dreieck. Der Anfang der Schnur und der dreizehnte Knoten bildeten den ersten Winkel im Dreieck. Wenn die Schnur so straff gelegt war, ergab sich am fünften und achten Knoten, je ein 72° Winkel.«

»Jetzt könnte ich dir noch erklären, wie man mithilfe zweier 21-Knotenseile ein regelmäßiges Fünfeck legt.«

»Lass hören!«

»Wenn du das eine *21-Knotenseil* bei Knoten 8, 13 und 0 bzw. 21 zum Dreieck legst, dann kannst du das zweite Dreieck mit der gleichen Winkelung wie folgt über das Erste legen: Knoten 3 und 18 des ersten Dreiecks überlappen sich mit Knoten 18 und 16 des zweiten Knotenseils, und zwar so, dass Knoten 8 des zweiten Seils auf Knoten 13 des ersten Seils liegt (Punkt IV). Somit kannst du ein gleichseitiges Fünfeck legen. Hier habe ich die Punkte I - V entsprechend verbunden«

Später saßen sie in der Sonne in einem Straßencafé. Sven holte sein Notizbuch heraus und zeichnete Julia die Konstruktion des Fünfecks auf.

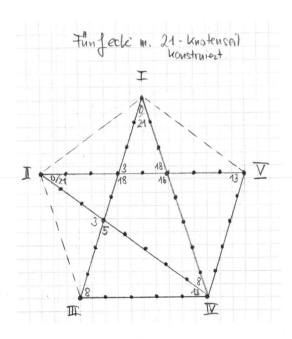

Fünfeck m. 21-Knotenseil konstruiert

»Hast du das Fünfeck, ist das Zehneck leicht zu konstruieren. Das ist jetzt nicht so genau gezeichnet, aber du kannst es so gut nachvollziehen, oder? Weißt du auch, welche Zahlen sich hier verbergen? Das sind alles *Fibonacci-Zahlen*. Du erinnerst dich sicher. Die Kaninchengeschichte.«

»Oh ja, wie viele Kaninchenpaare aus einem Paar Kaninchen in einem Jahr folgen.«

»Die Zahlenfolge ist 1,1,2,3,5,8,13,21 und so weiter. Die *Summe zweier aufeinanderfolgenden Zahlen der Reihe ergibt immer die nächste Zahl.* Eigentlich reicht es, wenn du dir die 1 und die 1 merkst. Dann kannst du dir die gesamt *Fibonacci-Reihe* ausrechnen. - Je höher die Zahlen werden, ums so genauer nähert sich deren Verhältnis der goldenen Zahl Phi. 5:3=1,666 ; 8:5=1,6 ; ab 21:13 bist du bereits bei 1,61, 34:21=1,61 . - Jetzt habe ich dich wirklich genug mit Mathematik vollgequatscht!«, lachte er und nahm ihre Hand.

»Lass uns versuchen, in die Krypta runterkommen!«

Sven stand auf und kramte seinen Geldbeutel aus der hinteren Jeanstasche. Er legte das Geld auf den Tisch und beide gingen Richtung Kathedrale zurück.

»In einer Beschreibung der Krypta habe ich gelesen, dass es dort noch eine Kammer geben soll, eine *Schatzkammer*. Die muss in oder unterhalb der Lubinusgruft liegen. Auch fanden in der Gruft Grabungen statt. Ein schmaler Gang führt von der Lubinusgruft unter das mittlere Kirchenschiff unter dem Chor. - Wo ist der Eingang zur Krypta!«

»Hier steht: Früher gab es zwei Eingänge beim Nordportal und einen auf der Ostseite des Südportals. Jedoch bei Prozessionen betraten die Gläubigen die Krypta durch den Eingang am Nordturm und verließen sie wieder durch den Ausgang am Südturm. Die Krypta ist U-förmig, 230m lang und der Gang fast 6m breit. Heute ist sie nicht mehr den ganzen Tag für die Öffentlichkeit zugänglich. Wir suchen am besten jemanden, der uns die Krypta aufsperrt.«

Da es schon zur Mittagszeit war, trafen sie niemanden in der Sakristei an, der für die Krypta zuständig gewesen wäre. Also verbrachten sie die Wartezeit in der Stadt.

Nach 14 Uhr kamen sie zurück und versuchten ihr Glück erneut. Dieses Mal erreichten sie den Küster, einen gewissen M.Gutier. Er war bereit, sie in die Krypta hinunterzubegleiten.

Sie stiegen mit ihm zusammen die Stufen an der Südfassade hinunter. Im Gang unten angekommen, wendeten sie sich zuerst nach links und traten in die *Martinskapelle* ein. Hier zeigte ihnen M. Gutier drei *Modelle der Kirchen von Chartres, auch Skulpturen*, Originale des Königsportals, die durch Kopien ersetzt wurden. Dann blickten sie in die *Clemenskapelle*, dort war ein Fresko zu sehen, das den *heiligen Clemens zusammen mit Karl dem Großen*, dem *heiligen Jakobus*, dem *heiligen Martin* und den *heiligen Nikolaus* zeigte. Neben Nikolaus war *Petrus* zu erkennen. Nun traten sie in die Apsis der Krypta ein. Zur Rechten sahen sie abwechselnd die vier kleineren, gotischen und die drei größeren, romanischen Kapellen. In einer der gotischen Kapellen waren die Fenster mit den Tatzenkreuzen der Templer versehen.

Als sie zur Letzten der kleinen gotischen Kapellen kamen, sahen sie zu ihrer linken einen Treppenabgang.

»Das hier muss der Abgang zur Lubinus-Gruft sein. Hier möchte ich auf jeden Fall runter«, flüsterte Sven zu Julia.

Julia fragte Monsieur Gutier auf Französisch, ob sie in die Gruft gehen könnten, aber dieser lehnte ab. Er zeigte auf seine Uhr und deutete an, ihnen noch schnell den Rest der Krypta zeigen zu wollen. Dann müsse er wieder nach oben in die Sakristei.

»Wie sollen wir in die Gruft kommen. Er sperrt die Krypta doch wieder ab, wenn wir oben sind?«

»Wart ab, wir finden schon eine Möglichkeit.«

Der Mesner führte sie durch einen gebogenen, schmalen Gang um eine Trennwand herum.

»Hier - schon wieder!«, und sie deutete auf die roten Tatzenkreuze an der Decke.

In der Mitte des Ganges auf der Nordwestseite ging der Mesner nach rechts in einen schmaleren Gang. Nach ca. 20 Metern ging er nach links eine Treppe hinauf und sie fanden sich an der Westseite des Nordportals wieder.

Sie verabschiedeten sich von dem Mann und bedankten sich, dass er sich Zeit für sie genommen hatte.

»Und jetzt?«, fragte Sven ungeduldig.

»Gehen wir um die Kirche herum und sehen an den Informationstafeln nach, ob es nicht Gruppenführungen für die Krypta gibt.«

»Allerdings sind wir dann immer noch nicht alleine da unten. Wir brauchen Zeit, um uns alles genau anzusehen.«

»Vielleicht können wir uns von der Gruppe absondern und bleiben dann bis zur nächsten Führung unten. So könnten wir uns dort in Ruhe umsehen!«

»Da vorne ist die Infotafel - komm!«, Sven nahm Julias Hand und zog sie mit sich.

»Führung ist jeden Tag um 11 Uhr und um 16.15 Uhr. Jeweils Gruppenführungen. Wir gehen morgen mit der 11 Uhr Führung runter. Unten verstecken wir uns in einer der Kapellen. So können wir bis 16.15 Uhr unten bleiben. Für einen ersten Eindruck in Ruhe reicht das.«

»Dann sollten wir uns jetzt genau über die Krypta schlaumachen, damit wir in der knappen Zeit gezielt suchen können!«

Stundenlang arbeiteten sie sich durch sämtliche Literatur und Internetseiten zur Krypta von Chartres. Es gab eine sehr informative Internetseite, die einen virtuellen Gang durch die Krypta anbot. Aber sie sahen natürlich weder in die Schatzkammer, noch in den Gang, der in den Mittelteil zwischen Nord- und Südgalerie der Krypta eindrang und genau unter dem Chor der Oberkirche lag. Genau diese Ecke zeigte keine Kamera. Und genau da wollten die beiden hin. Nach allem, was sie sich an diesem Abend angelesen hatten, konnten sie die Schatzkammer abschreiben. Da würden sie nicht hineinkommen, denn diese war durch eine Betonplatte verschlossen. Später, bereits im Bett, suchten sie immer noch Informationen zur Krypta zusammen:

»Ich habe noch ein paar Punkte gefunden, die hängen nicht unmittelbar mit unserer Suche zusammen. Ich finde sie einfach interessant: Mitte des 17. Jahrhunderts wurde die Krypta einmal für zwei Tage gesperrt, um alle Altäre an den Pfeilern zu entfernen. Das war die Aktion, bei der auch der Brunnen zugeschüttet wurde. Es sollte alles entfernt werden, was an heidnische Bräuche erinnerte.«

»Es hat mehrere Brunnen hier gegeben. Einer befindet sich auch noch am Nordturm. Die Kapelle Notre-Dame-Sous-Terre war ursprünglich auch an einer anderen Stelle. Ich habe unter anderem gelesen, dass sie sich vorher in einer Grotte befunden haben soll. Bei all den Seiten, die ich im Internet besucht habe, habe ich auch eine Abbildung gesehen mit einer Madonna mit Kind und einem Brunnen direkt daneben. Dabei könnte es sich natürlich um diesen ersten Brunnen, *Puits des Saints Forts* handeln.«

»Zur Lubinus-Gruft ist mir noch eingefallen, dass eine Treppe vom Chorbereich der Kathedrale direkt hinunter in die Lubinus-Gruft führt. Ich weiß nicht, ob der Zugang heute im Chorbereich noch besteht. Von da aus ging es dann noch einmal tiefer hinunter in diese Schatzkammer, die uns heute leider verwehrt ist. So soll damals auch die berühmte Reliquie *Santa Camisa* gerettet worden sein. Ein paar Chorherren hatten sich mit der Reliquie dort hinunter gerettet und während der großen Brandkatastrophe zwei Tage ausgeharrt. Als sie wieder an die Oberfläche kamen, war das für die Menschen wie ein Wunder.«

»Die freistehenden Säulen in der Lubinus-Gruft sind übrigens später eingezogen worden, damit der darüber stehende Chorbereich nicht in die Krypta absinkt.«

»Wenn du schon die Statik und die Säulen ansprichst, in Chartres wurden die kantonierten Pfeiler erfunden. Einem runden Pfeiler wurden vier Halb- oder Dreiviertelpfeiler angestellt, das machte man dann auch mit rechteckigen und polygonalen Pfeilern. Das verstärkte die Pfeiler und die Traglast enorm.«

»Es soll übrigens wirklich einen Hohlraum unter dem Labyrinth geben. Messungen haben es bestätigt. Aber zu dem Hohlraum gibt es ebenfalls keinen Zugang.«

»Da kann sich unser gesuchtes Teil dann auch nicht verstecken. Wir müssen uns immer vor Augen halten, dass wir es doch finden sollen.«

»Hast du das mit dem Nagel des Johannes gelesen?«

»Nein.«

»Im Rand des Fensters St. Apollinaire, das sich in der Westwand des Südquerschiffs befindet, ist ein kleines Loch im Glas ausgespart. Früher fiel am 21. Juni der Sonnenstrahl durch dieses Loch genau auf einen Messingbolzen, der in einer schräg zum Bodenmuster verlegten Platte im Boden steckt. Dieser Bolzen wird auch der Nagel des Heiligen Johannes genannt. Diese Sonnenuhr wurde vor dreihundert Jahren eingerichtet, durch die Verschiebung der Erdachse kommt der Lichtstrahl heute aber erst am 24. Juni durch das Loch. Wir könnten also übermorgen den Sonnendurchgang beobachten.«

Sven drehte sich zur Seite, sah Julia an und löschte das Licht.

Samstag

27   Chartres   Die Krypta

Am Samstag reihten sich Julia und Sven in die Besuchergruppe ein, die auf den Guide zum Kryptarundgang warteten. Um kurz nach elf Uhr kam M. Gutier aus dem Westportal zu der Gruppe getreten. Er stellte sich kurz vor und geleitete dann die Gruppe um die Kathedrale herum zum Besuchereingang im Südosten. Alle stiegen die Treppe hinunter, die Julia und Sven schon von ihrem Besuch am gestrigen Nachmittag kannten. Nun mussten sie sich darauf einstellen, schnell in einer Nische der Kapellen zu verschwinden. M. Gutier erklärte ausgiebig jede Kapelle und die ganze Gruppe, über zwanzig Besucher, folgten konzentriert seinen Ausführungen. Jeder achtete darauf möglichst nah heranzukommen, um alles zu verstehen. Beim Hinuntergehen in die Krypta hatte M. Gutier erklärt, dass er einmal durch die ganze Krypta herumgehen würde. Verlassen würden die Besucher die Gänge wieder auf der Nordportalseite. Das gab dann Julia und Sven die Möglichkeit sich nach dem Besuch der Lubinus-Gruft wieder nach rechts zu wenden, während die ganze Besuchergruppe nach links in den Gang verschwand, der an der Notre-Dame-Sous-Terre-Kapelle vorbei führte. Schnell begaben sie sich in die mittlere, romanische Kapelle. Dort war eine Fensternische zugemauert. Diese erklommen sie und warteten, bis die Krypta wieder in Stille und Dunkelheit gefallen war. Auch dann warteten sie noch gute fünf Minuten, bis sie sich aus Ihrem Versteck trauten.

Langsam schlichen sie sich zum Eingang der Lubinus-Gruft und gingen die Stufen hinunter. Sven hatte seine Taschenlampe angeknipst und leuchtete den Weg.

»Jetzt bin ich gespannt, was uns da unten erwartet«, sagte er leise.

»Diese Türöffnung ist übrigens erst seit dem 18. Jahrhundert hier. Früher konnte man nur über die Treppe dort drüben vom Chorraum herunter in diese Krypta gelangen.«

»Da können wir von Glück reden, dass jetzt diesen Zugang gibt. Von oben hätten wir es nie ohne Zuschauer nach hier unten geschafft.«

»Gleich hier rechts ist dieser Durchbruch, der in den Gang unter den Chor führt. Diese Platte hier unter mir verschließt die Schatzkammer. Das war eigentlich mein Favoritenplatz, bis ich las, dass dieser Raum definitiv unzugänglich ist!«

Sven ging in die Knie und sah in den Schacht, der hinter der Bodenplatte begann und unter den Chorbereich hineinführte.

(Abb. Seite 148)

»Gehen wir hinein. Ich gehe voraus und leuchte - hier hast du auch eine Taschenlampe!«, er reichte ihr eine Halogen-Lampe. Sie stiegen über das Holzgeländer, das den Zugang verwehrte.

»Irgendwie unheimlich hier unten. Vor allem, wenn man weiß, dass man eingeschlossen ist und keine Fluchtmöglichkeit hat. Das kann ich eigentlich überhaupt nicht haben.«

Sven leuchtete nach vorne und sah, dass Stufen nach oben gingen. Über die Steine oder das verbliebene Mauerwerk war eine Holztreppe gebaut. So schmal, dass er an mancher Stelle beim Hinaufgehen mit den Schultern die Wand rechts und links streifte.

»Da oben ist die Hälfte eines Türbogens zu sehen. Sei vorsichtig, dass du dir den Kopf nicht anstößt!«

Er ging langsam die Stufen hinauf und Julia stieg dicht hinter ihm hinauf. Sie bückten sich durch den Bogen hindurch und sahen auf der anderen Seite in die alte karolingische Krypta.

»Das ist beeindruckend. Stell dir vor, das sind Mauern aus dem achten oder neunten Jahrhundert«, bewunderte Julia den Raum. Gleich zur Linken gab es einen Absatz, drei Stufen nach oben.

»Aber wo kann hier diese Kartusche sein? Da sind nur Mauern, keine Nischen oder Löcher.«

Sven leuchtete systematisch die Wände ab, dann drehte er sich um und sah zu dem Absatz, wo es noch einmal ein paar Stufen hinaufging. Er leuchtete Steinreihe für Steinreihe ab. Julia tat das Gleiche im hinteren Bereich. Nach gefühlten Stunden, denn die Luft war hier stickig und staubig, stöhnte Julia angestrengt:

»Ich kann nichts finden!«

»Ich auch nicht!«

»Soll es jetzt ganz um sonst gewesen sein, dass wir uns hier einsperren haben lassen. Das darf nicht sein.«

»Nicht gleich aufgeben!« - Sven kam von dem Absatz wieder herunter und sah zu Julia, die nach hinten in den Gang gegangen war.

»Komm bitte her, ich sehe da ein eingeritztes Kreuz, glaube ich zumindest. Ich bin mir nicht ganz sicher, es ist nur ganz leicht zu erkennen.«

Julia kam zu ihm und stieg die drei Stufen hinauf auf den Absatz.

»Wo denn?«, fragte sie die Wand absuchend.

»Da, links vor dir, so ungefähr die dritte Steinreihe von oben. Siehst du es?«

»Ja, das könnte schon ein Kreuz sein. Aber was soll uns das bringen!«

»Ich weiß es noch nicht. Auf jeden Fall ist es hier ohne jeden Sinnzusammenhang angebracht. Oder siehst du sonst irgendeine Verzierung an der Wand?«, wollte Sven von ihr wissen.

»Warte! Ich meine, dass da noch irgendetwas eingeritzt ist!«, sie versuchte, mit den Fingern etwas zu erspüren.

»Also da ist noch etwas! Fühlt sich an wie zwei Kreise. Der eine ist nur eine runde eingekratzte Linie, beim anderen Kreis spürt man, dass die ganze Innenfläche aufgeraut ist.«

Sie trat einen Schritt von der Wand zurück und ließ Sven die Konturen mit den Fingern nachzeichnen. Er nahm seinen Rucksack vom Rücken und holte sein Notizbuch und einen Bleistift heraus. Er riss ein paar Blätter aus dem Buch und steckte es in den Rucksack zurück. Dann pauste er die drei Zeichen auf das Papier durch, indem er mit dem Bleistift darüber schummerte. Anschließend machte er noch ein Paar Fotos von der Stelle.

»Ich hab´s. Lass uns das nachher oben genau ansehen. Jetzt sehen wir uns noch in der Lubinus-Gruft um, nicht dass wir irgendetwas übersehen.«

Sven packte die Blätter wieder in den Rucksack. Er machte noch einige Bilder in der karolingischen Krypta, dann gingen sie durch den Gang wieder zurück. In der Lubinus-Gruft sahen sie sich jede der fünf Nischen genau an. Auch die Treppe, die zum Chor hinauf führte, untersuchten sie gründlich, konnten jedoch nirgends etwas erkennen, was sie weiter gebracht hätte. Auch die Vertiefung, in der die halbrunde Stützsäule steht, untersuchte Sven genau. Zuerst meinte er, dort unten etwas zu sehen. Dann stellte sich heraus, dass es nur eine Struktur im Stein war.

Sven fiel das Notizbuch und die Grundrisse ein:

»Einen Moment, Julia!«, er holte die exklusiven Seiten aus seinem Rucksack heraus und suchte nach den Kopien der Grundrisse.

»Du hast doch damals Markierungen in den Grundrissen erkannt.«

»Ja - dort!«, Julia zeigte auf die Stellen im Plan der Krypta.

»Das könnte mit der Position des Kreuzes mit den zwei Kreisen übereinstimmen«, meinte Sven.

Schließlich gingen sie aus der Gruft wieder hinauf in die Krypta und sahen sich dort um. Sie gingen zu dem Brunnen *'Puits des Saints Forts'* und sahen hinunter. Da die Beleuchtung ausgeschaltet war, konnten sie die enorme Tiefe von 33m nicht wahrnehmen. Sie gingen den Umgang herum zur *Notre-Dame-Sous-Terre-Kapelle* und suchten dort alles genau ab. Die Decke war fast schwarz, wahrscheinlich von Kerzenruß, der sich in den letzten Jahrhunderten hier abgelagert hat.

»Ich kann es nicht erwarten, bis wir hier wieder herauskommen«, sagte Julia. Sie sah nicht gut aus.

»Geht´s dir nicht gut?«, fragte Sven besorgt.

»Ich habe es immer schon schlecht vertragen, längere Zeit in tiefen Räumen oder Stollen zu sein. Vor ein paar Jahren war ich in den Schweizer Bergen und besichtigte dort eine stillgelegte Militärbasis, die tief in den Berg hineinreichte. Sie ist heute ein Museum. Ich schrieb damals für ein Reisemagazin einen Beitrag über diese Region. Aber es war ein Kampf für mich, mich dort den ganzen Tag im Berg aufzuhalten. Ich litt über Stunden an Übelkeit, Schwindel und Beklemmung. Es war so schlimm, dass ich am Ende noch kurz bevor ich fertig war, eine Tablette gegen Reiseübelkeit einwarf, um die letzten Bilder zu machen. Sonst hätte ich abbrechen müssen. Und hier beginnt es jetzt auch mit der Übelkeit.«

»Du Arme, komm her!«, Sven nahm sie in den Arm und streichelte ihr über den Rücken. Er hielt sie eine ganze Zeit im Arm. Als er die Umarmung löste, sah er, dass es schon gleich 16 Uhr war: »Wir müssen uns wieder verstecken, damit wir uns in die nächste Gruppe einreihen können«

Sie zogen sich andere Oberteile an, damit M. Gutier nicht gleich wieder auf sie aufmerksam wurde. Julia stecke ihre Haare hoch und Sven setzte sich seine Brille auf. Er brauchte sie in der Regel nur zum Autofahren. Aber hier veränderte sie doch sein Aussehen. Genau das wollte er damit erreichen.

Diesmal warteten sie im Umgang zur *Notre-Dame-Sous-Terre-Kapelle*, bis die Besuchergruppe in der Lubinus-Gruft verschwunden war. Dann gingen auch sie in die Gruft hinunter. So reihten sie sich unauffällig in die Besuchergruppe ein. Als sie beim Nordportal hinaustraten, hatte keiner den Zuwachs in der Gruppe bemerkt.

Nachdem M. Gutier in der Sakristei verschwunden war, setzten sich die beiden auf die Stufen am Nordportal und sahen sich genau die abgepausten Blätter an. Sie betrachteten die Fotos von der Wandstelle in der karolingischen Krypta.

»Das ist ein Kreuz und zwei Kreise«, sagte Julia. »Was anderes kann ich da nicht erkennen.«

»Ich auch nicht!«, sagte Sven enttäuscht. »Lass uns wieder zurück in die Kirche gehen, ob uns drinnen irgendetwas auffällt, was dazu passt. Ich *will* einfach glauben, dass das ein Hinweis sein soll, auch wegen der Markierungen im Plan.«

»Du meinst so wie in Aachen, wo uns das Kreuz nach Detmold führte.«

»Genau - wahrscheinlich sind die Kartuschen-Teile im Laufe der Jahrhunderte alle umversteckt worden, Baumaßnahmen, Kriege, Naturkatastrophen, Brände, in dieser Zeitspanne kam all dies irgendwann einmal vor.«

Sven holte eine Flasche Mineralwasser aus seinem Rucksack und bot sie Julia an.

»Das tut gut. Meine Kehle ist ganz ausgetrocknet. Es war so staubig da unten«, sie reichte die Flasche an Sven zurück.

»Sehen wir uns die Chorschranke genauer an!«, schlug Sven vor. Julia holte ihren Reiseführer von Chartres aus dem Rucksack und dann gingen sie zum ersten Relief. Hunderte von Skulpturen schmückten den Chorumgang. Filigran und lebensecht standen die Statuen in ihren Nischen zu Gruppen arrangiert und erzählten vom Leben Mariens und Jesu.

»Früher war der Chor offen und nur die Säulen der Kathedrale begrenzten ihn. Anfang des 16. Jahrhunderts wurde dann beschlossen, zwischen den Säulen Abtrennungen einzufügen. Deshalb sind diese Reliefs auch im spätgotischen Stil. Beinahe 200 Jahre dauerte es, bis die Chorschranke fertig war. Hier auf der Südseite geht es mit der Schilderung vom Leben der Maria und von Jesus los. Die Reliefs sind mit Nummern von 1 - 39 nummeriert.«

»Und du hast hier im Buch alle Beschreibungen der einzelnen Darstellungen?«

»Ja, alles ist hier aufgelistet, mit Abbildungen.«

»Dann lass uns doch für heute hier in der Kirche Schluss machen und zurück ins Hotel gehen. Mir brummt der Schädel!«, sagte Sven mit müden Augen.

»Mit reicht es für heute auch. Morgen Nachmittag, wenn die Gottesdienste vorbei sind, machen wir hier weiter. Während der Messen können wir sowieso nicht in der Kirche suchen. Vielleicht ist das heute auch zu viel für dich gewesen. Solange ist deine Begegnung der unbekannten Art noch nicht her.«

»Kann sein. Wir *müssen* morgen diese Kartusche finden!«, er nahm Julias Hand und ging mit ihr beim Südportal hinaus und zurück Richtung Hotel.

Bis spät in die Nacht blätterten sie sich durch die Bücher und Internetseiten von Chartres.

Sie hatten schon 27 Reliefbilder durchgeprüft, ob sich irgendein Zusammenhang mit ihrer Suche ergab.

Vor Müdigkeit nur noch halb bei der Sache, gähnte Sven: »Also, dann lass uns Nummer 28 ansehen. Kreuzabnahme.« (**Abb.S.156**)

»Hast du gerade »Kreuzabnahme« gesagt?«, fragte Julia und setzte sich auf.

»Ja!?«, jetzt fiel es Sven erst auf.

»Genau! - wie Kreuzabnahmerelief«, sagte Julia aufgeregt.

Sven nahm die Zettel aus der alten Krypta mit den durchgepausten Zeichen zur Hand. Er streifte mit dem Daumen über das Kreuz und die beiden Kreise.

»Ein leerer und ein gefüllter Kreis! - Das Kreuz - klar! Ich hab´s!«, Sven sprang auf. »Das ist es. Es passt alles zusammen - Julia, wir haben es!«

»Ich kann dir nicht folgen. Warum bist du dir so sicher?«, fragte sie ihn.

»Nummer 28 - zwei Kreise - Neumond und Vollmond - der Mondzyklus ist 28 Tage lang. Das Kreuzabnahmerelief hier in Chartres hat die Nummer 28!«, sagte Sven erfreut.

»Das stimmt. Das wären fast zu viele Zufälle. Mein Gott, Sven, vielleicht haben wir es wirklich gefunden. Wir gehen morgen früh vor den Gottesdiensten in die Kirche und suchen in dem Relief alles ab!«

Sven öffnet die Seite der Kathedrale auf dem iPad.

»Die Kirche öffnet jeden Tag um 8.30 Uhr«

Sonntag

28   Chartres   Steinerne Pfeiler

Kurz vor 8.30 Uhr standen Sven und Julia vor dem Westportal und warteten, dass sie in die Kirche eintreten konnten. Pünktlich öffnete M. Gutier die rechte Türe des Westportals. Sie gingen eiligen Schrittes zur Chorschranke im linken Seitenschiff und blieben vor Nummer 28 stehen.

»Unser nächstes Problem ist wohl offensichtlich«, sagte Sven frustriert.

»Tja - ohne Leiter oder etwas ähnlich geeignetes werden wir hier nicht weiter kommen.«

»Und schon gar nicht am helllichten Tag. Das bedeutet also, dass wir in der Nacht suchen müssen«, sagte Sven angespannt.

»Oh, nein! Dann müssen wir die ganze Nacht hier in der Kathedrale bleiben!«

»Ich bin auch nicht davon begeistert. Denn damit betreten wir jetzt definitiv illegales Terrain. Und wo sollen wir uns hier verstecken, bis die Kirche abgesperrt wird?«

»Wir gehen am besten einmal komplett durch die Kathedrale und suchen ein geeignetes Versteck, wo wir uns kurz vor Schließung der Pforten verbergen können«, meinte Julia.

Eine ganze Weile streiften sie suchend umher, bis Sven plötzlich sagte: »Das Gerüst dort drüben - neben dem Südportal. Ich möchte nachsehen, ob wir da nicht ein Versteck für heute Abend finden. Vielleicht hinter dem Gerüstvorhang?«

Sie gingen möglichst unauffällig an das Gerüst heran und versuchten zu erkunden, ob der Gerüstvorhang sie verbergen könnte. Zum Glück war er blickdicht. Also hatten sie ihr Versteck für den Abend ausfindig gemacht.

»Dieses Problem hätten wir gelöst. Gehen wir wieder raus und verbringen die restlichen Stunden bis zum Abend außerhalb der Kathedrale. Wir sind heute Nacht noch lange genug hier drin. Komm!«

Um halb sieben abends zahlten sie ihre Hotelrechnung und kauften ein bisschen Wegzehrung für den Heimweg. Sie wollten, wenn sie die Kartusche gefunden hatten, sofort aus Chartres abfahren. Sollten sie nicht fündig werden, würden sie schon ein neues Quartier finden. Sie brachten ihr Gepäck ins Auto und gingen zurück zur Kathedrale.

Es dämmerte. Sven und Julia saßen nun schon seit Stunden auf dem Gerüst. Sie trauten sich kaum zu bewegen, nicht dass doch noch jemand in der Kirche wäre und sie aufspürte. Gegen 22 Uhr trauten sie sich endlich aus ihrem Versteck. Sven drehte sich noch einmal um und tauchte seitlich vom Gerüst hinter die Plane.

»Was machst du denn?«, flüsterte Julia. Sie war fürchterlich aufgeregt.

»Die habe ich vorhin liegen sehen«, erklärte Sven und tauchte wieder aus dem hinteren Teil des Gerüsts auf. Er hatte eine leichte Alu-Leiter dabei. Auf Zehenspitzen gingen sie um die Apsis herum zum Relief Nr. 28. Ständig achteten sie nach allen Seiten und hörten in die Stille, ob irgendein Geräusch das Kommen des Küsters oder einer anderen Person ankündigte. Es war unheimlich in der riesigen, leeren Kathedrale. Obwohl es nicht mehr so dunkel war, als sich ihre Augen erst einmal an die Dunkelheit gewöhnt hatten. Julia jagte ein Schauder nach dem anderen über den Rücken. Vor der Kreuzabnahmedarstellung lehnte Sven die Leiter vorsichtig an die Chorschranke.

»Drückst du bitte unten gegen die Leiter - nicht, dass sie auf den glatten Steinplatten wegrutscht. Das würde in der leeren Kathedrale einen Höllenlärm machen!«, flüsterte Sven.

»In unserer Situation solltest du vielleicht nicht das Wort *Hölle* in den Mund nehmen!«, konterte Julia leise.

»Ist da jemand abergläubisch?«

»Nein - trotzdem soll man das Schicksal nicht herausfordern. Mir ist einfach nicht wohl bei dieser Aktion. Ich habe schlicht und ergreifend Angst, dass man uns hier erwischt. Also - jetzt rauf mit dir auf die Leiter!«

Abwechselnd standen sie auf der Leiter und untersuchten das Relief. Es gab so viele Möglichkeiten, hier die Kartusche zu verstecken. Sie gingen davon aus, dass sie die gleiche Größe haben müsste, wie die Erste. Nach langem Suchen meinte Sven etwas entdeckt zu haben. Er hatte sich ein Stück entfernt vom Relief hingestellt und alles nochmal genau betrachtet.

»Ich glaube, ich habe was entdeckt«, er legte die Leiter vorsichtig am rechten Rand des Reliefs an. An der Strebe, die Relief 28 von Relief 29 trennte, war ein filigraner Turm modelliert. Jedes Turmgeschoss lag auf steinernen Pfeilern, deren Durchmesser ungefähr den Maßen der

Kartusche entsprachen. Sven tastete Pfeiler für Pfeiler des Turms ab und versuchte durch vorsichtiges Rütteln, ob sich etwas bewegte. Und tatsächlich gab der oberste, vordere Pfeiler nach und er hatte ihn urplötzlich in der Hand. Es entstand dadurch eine unschöne Lücke in der Turmfigur.

»Na - das fällt ja dann nicht auf! Komm runter und lass uns schnell verschwinden. Wir müssen hier raus!«, sagte Julia in Panik.

Er stieg von der Leiter und gab Julia das Teil in die Hand. Dann hob er die Leiter von der Chorschranke weg und ging Richtung Apsis. Julia fragte ihn aufgeregt:»Was machst du denn?«

»Ich bringe die Leiter zurück. Sonst fällt morgen früh doch sofort auf, dass hier etwas fehlt. Komm mit!«, und er ging weiter. Er hob den Gerüstvorhang zur Seite und stellte die Leiter dahinter. Da sie ihm beinahe umgefallen wäre, ließ er den Vorhang los und verschwand kurz ganz hinter dem Stoff. Als er wieder herauskam, traute er seinen Augen nicht. Julia sah ihn starr vor Angst an. Ein Mann stand hinter ihr und drückte ihr ein Messer an den Hals. Sie hatte weit aufgerissene Augen und der Schock stand ihr ins Gesicht geschrieben.

»Legen Sie die Kartusche dort auf der Kiste ab!«

Es war der Mann mit dem dreieckigen Muttermal. Sein Blick zeigte auf die Metallkiste, die die Handwerker vor dem Gerüst abgestellt hatten.

»Lassen Sie sie gehen! Bitte! Ich gebe ihnen die Kartusche. Aber lassen sie Julia frei!«, Sven legte die Kartusche an der bezeichneten Stelle ab und trat zwei Schritte zurück. Dann drehte er sich zu dem Mann hin und ging auf ihn zu.

»Bleiben sie weg! Gehen sie da links rüber!« und er deutete Sven, links neben das Gerüst zu gehen und da stehen zu bleiben. Sven tat wie ihm geheißen und ging langsam rückwarts an die Wand. Als es nicht mehr weiter ging, spürte er, dass seine Hand an etwas Metallenes stieß. Vorsichtig tastete er danach. Als der Mann sich langsam mit Julia auf die Kiste zu bewegte, ergattere Sven einen kurzen Blick auf den Gegenstand. Es war ein kurzes Verbindungsstück vom Gerüst, das einsam aus dem sonst leeren Schubkarren herausragte, der neben Sven an der Wand stand. Das Metallstück war vielleicht 30 Zentimeter lang. Er umfasste mit der rechten Hand das Rohr und wartete, bis der Mann seine Aufmerksamkeit von Sven abwendete und auf die Kartusche legte. Der schwarz Gekleidete nahm die Hand mit dem Messer von Julias Hals und hielt sie nur noch am linken Arm fest. Seine Messerhand ging Richtung Kartusche. Als er sie gerade greifen wollte, ließ sich Julia auf einen Satz auf den Boden fallen. Sie rutschte aus seinem Griff. Der Angreifer war so perplex, dass er Julia ganz losließ und zu spät merkte, dass Sven schon hinter ihn gesprungen war. Sven überlegte nicht lange, er holte aus und schlug mit der Stange zu. Der Mann sackte umgehend zu Boden und blieb bewusstlos liegen.

»Alles in Ordnung?«, Sven beugte sich zu ihr hinunter und half ihr auf. Er drückte sie an sich.

»Es fehlt mir nichts. Ich bin nur total erschrocken. Wir müssen raus hier - schnell! Ich halt es hier nicht mehr aus!«

»Warte noch, lass mich kurz etwas nachsehen!«, er hob die Gerüstplane hoch und zog einen Werkzeugkasten hervor. Er öffnete ihn und wühlte durch sein Interieur. Nach ein paar Sekunden hielt er mehrere schwarze Kabelbinder in der Hand. Er fesselte dem Bewusstlosen die Hände um das Gerüst. Dann zog er dessen Körper komplett unter die Plane und fesselte auch noch seine Beine.

»Jetzt muss er das Gerüst hinter sich herschleppen, wenn er weg will!«, lächelte Sven schadenfroh.

»Schnell, lass uns sehen, wie wir hier herauskommen!«, drängte Julia.

Montag

29   Frankreich

Es war bereits 3 Uhr morgens und sie waren schon seit eineinhalb Stunden unterwegs nach Hause.

Langsam hatte sich Julia erholt und auch Sven wurde mit jedem Kilometer, den sie sich von der Kathedrale entfernten, ruhiger.

»Halt bitte beim nächsten Rastplatz an!«, bat sie Sven.

»Mach ich!« Kurz danach fuhr Sven rechts raus. Julia deutete mit dem ausgestreckten Zeigefinger an ihren Lippen an, dass Sven jetzt nichts sagen sollte. Sie stieg aus, beugte sich wieder ins Auto und nahm vom Rücksitz das Netbook von Erik aus dem Rucksack. Sie stellte es auf das Autodach, schaltete es an, steckte ihren USB-Stick in den Slot. Anschließend kopierte sie die Video-Datei auf den Stick. Sie zog den Stick wieder ab, nahm das Netbook, legte es vor das rechte Vorderrad und deutete Sven mit einer Gestik an, mit dem Auto vor und zurück darüber zu fahren. Dann sammelte sie die Teile auf und steckte sie in den Abfalleimer des Parkplatzes.

Als sie wieder im Auto saß, sah sie Sven an.

»In dem Netbook steckte doch eine UMTS-Karte. Ich gehe davon aus, dass Erik oder wer auch immer, das Ding geortet, oder noch schlimmer, uns damit abgehört hat. Seit wir losgefahren sind, zermartere ich mir das Hirn, wieso dieser Typ genau jetzt aufgetaucht ist. Ich hatte schon in Dießen nach dem Raub der Kartusche dieses Gefühl. Und jetzt fiel mir ein: Das Netbook hatten wir immer im Rucksack. Auch diese Nacht in der Kathedrale. Sie konnten uns immer auf der Spur bleiben, ohne sich direkt nähern zu müssen. Deshalb sind sie uns hier in Chartres auch nicht aufgefallen. Sie blieben immer außer Sichtweite. Aber jetzt, wo sie wussten, dass wir die Kartusche in den nächsten Stunden in der Hand halten würden, waren sie sofort zur Stelle.«

»Hoffentlich haben sie nicht noch irgendwo einen Sender installiert.«

»Das glaube ich nicht.«

»Wo sollen wir zuerst hin?«, fragte Sven.

»Fahren wir zu Dir und machen die Kartusche auf!«, Julia drehte die Kartusche in der Hand.

Sie bröckelte mit den Fingern den grauen Zement ab und sah sich die frei gelegte Silberröhre an.

»Sie scheint von der gleichen Machart zu sein, wie die erste Kartusche.«

»Wir öffnen die Silberplatte, machen Fotos davon und öffnen den Verschluss der Röhre. Dieses Mal will ich den Inhalt sehen, bevor wir nicht mehr über die Kartusche verfügen! Auf meinem Lichttisch können wir den Papyrus oder was auch immer drin ist, gut ablichten und uns dann am PC genau ansehen.«

»Zum Glück bist du so gut ausgestattet!«

Er reduzierte die Geschwindigkeit und sah zu ihr hinüber. Dann sagte er: »Ich hatte solche Angst um dich, als dich dieser Typ in der Gewalt hatte«, er nahm ihre Hand und drückte sie leicht. Dann griff er wieder zum Lenkrad und beschleunigte.

Als Sven in seine Straße in München einbog, tippte er Julia leicht an und sie wachte sofort auf:»Wir sind da. Jetzt mach ich dir erst einmal ein gutes Frühstück. Danach gehen wir sofort ans Werk!«, sagte er, als er den Wagen eingeparkt hatte.

Später saßen sie an seinem Schreibtisch und Sven öffnete wie beim ersten Mal die Silberverkleidung der Kartusche. Wieder löste er vorsichtig die silberne Platte von der tönernen Röhre. Dann bog er sie vorsichtig auf und legte sie auf den anderen Tisch, dessen eine Hälfte ein Lichttisch war. Er ließ das Licht unter der Glasplatte aus, machte dafür die vier Lampen an, die er flexibel über den Tisch biegen konnte. Er leuchtete die Silberplatte aus, und begann dann Fotos aus verschiedenen Winkeln zu machen, so dass er den Schattenwurf von allen Seiten hatte. So hoffte er, eventuell nicht auf Anhieb zu erkennende Zeichen auf Foto festhalten zu können.

»Die Bilder müssen von bester Qualität sein, denn wir werden das Original nicht mehr lange haben. Wir müssen damit sofort Peter auslösen«, er wendete die Platte und machten Bilder von der anderen Seite. »Fertig, diese Aufnahmen müssten reichen.«

»Dann lass uns jetzt den Verschlussstopfen aus der Tonröhre holen und sehen, was darin enthalten ist!«, Julia konnte es gar nicht erwarten, bis Sven vorsichtig mit einer langen, dünnen Pinzette den zusammengerollten Papyrus hervorholte. Bevor er ihn vorsichtig aufrollte, zog er Einweghandschuhe an. »Ich möchte nicht schuld sein, dass er kaputt geht, aber auch kein Risiko eingehen, falls etwas giftiges dran ist.«

Es war ein gelbliches kleines Stück, von den Abmessungen her, 5cm auf 8 cm, mit etwas ausgefranstem Rand. Das sollte also ein Siebtel des ganzen Teiles sein.

»Groß ist es nicht. Und lesen können wir das auch nicht. Weißt du, was das für eine Schrift ist?«

»Nein, das kann ich dir nicht sagen. Könnte vielleicht eine phönizische Schriftart sein oder eine Nachfolgeschrift. Die wurde schon mehrere Jahrhunderte vor unserer Zeitrechnung benutzt. Die phönizische Schrift ist eine Vorgängerschrift der hebräischen und arabischen Schrift. Ich denke, dass generell unsere Buchstabenschriften darauf zurückgehen. -

Machen wir zuerst Bilder von dem Papyrus!«

Er nahm eine Glasplatte und legte sie über das Papyrusteil auf dem Lichttisch, damit es plan auflag und sich nicht wieder zusammenrollte. Dann schaltete er die Beleuchtung unter der Glasplatte ein. Er begann zu fotografieren. Anschließend drehte er das Papyrusteil um und machte wieder viele Aufnahmen. Oben und seitlich hatte Sven ein Lineal angelegt, um die Größe zu dokumentieren.

»Die Aufnahmen werden gut. Schau!«, er drehte das Display der Kamera zu Julia hin.

»Gestochen scharf!«

Als sie genügend Aufnahmen gemacht hatten, rollte Sven vorsichtig den Papyrus zusammen und steckte ihn mit der Pinzette zurück in die Tonröhre. Sie rutschte ganz leicht hinein. Er leuchtete noch mit einer kleinen LED-Stablampe in das Gehäuse hinein.

»Das könnte wirklich eine Bleiverkleidung im Inneren der Röhre sein. Deshalb war ein Röntgen nicht möglich.«

Dann steckten sie den Stopfen in die Öffnung und wickelten die Silberplatte wieder locker darum.

»Jetzt haben wir nur ein Problem, wie bekommen wir die Platte wieder verlötet?«, und Sven probierte, die silberne Platte möglichst dicht an die Tonkartusche anzulegen.

»Einen Moment!«, Julia nahm ihr Handy und wählte Lisas Nummer.

»Hey, Lisa - wir sind wieder zurück in München.«

»Warum bist du nicht gleich hergekommen? Foster hat so Heimweh nach dir. Sie trauert richtig.«

»Ich bin im Antiquariat. Wir kommen heute noch nach Dießen. Aber erst habe ich eine Frage an dich. Du bist doch so ein Tüftler. Kannst du die Silberplatte wieder auf die Kartusche löten?«, fragte Julia.

»Klar! Das ist kein Problem für mich. Ich mach doch manchmal auch ein bisschen Schmuck, den ich hier verkaufe. Unter anderem arbeite ich da auch mit Silber. Es ist alles da, was ich dafür brauche. Wann wollt ihr kommen?«

Julia schaute auf ihre Armbanduhr.

»Jetzt ist es 17 Uhr, bis 19 Uhr sind wir da. Bis dann«, freute sich Julia auf das Wiedersehen.

»Bis dann!«

Auf der Fahrt von München nach Dießen überlegten sie, wie sie weiter vorgehen wollten.

»Wenn die Kartusche wieder geschlossen ist, rufen wir diese Nummer an. Dann mache ich ein Treffen für die Übergabe aus. Ich hoffe nur, dass ich es hinbekomme, dass Peter freikommt. Sonst sollten wir doch zur Polizei gehen«, überlegte Sven.

»Aber was ist, wenn die Entführer Peter dann etwas antun? Das können wir nicht riskieren!«, meinte Julia.

Lisa war nur knapp eine Stunde damit beschäftigt, die Kartusche zu schließen.

»Ich glaube, dass es so gut geworden ist, dass man nicht unbedingt merkt, dass das Silberblech geöffnet ist. Schaut es euch an!«, forderte Sie die beiden auf.

»Hast du super gemacht! Vielen Dank!«, Julia umarmte Lisa.

Sven stand auf und nahm das Telefon zur Hand.

»Ich ruf jetzt diese Nummer an!«, er faltete den Zettel aus Peters Haus auseinander.

»Willst du dich noch heute mit denen treffen?«

»So schnell wie möglich, um so schneller kommt Peter frei! Oder siehst du das anders?«, er sah Julia fragend an.

Er tippte die Nummer ein. Es klingelte drei Mal, dann kam eine Ansage: »Das Gespräch wird weitergeleitet!«, Sven hörte elektronische Geräusche, dann nahm jemand das Gespräch an.

»Guten Tag Herr Mommsen! Haben sie die Kartusche?«

»Ja, ich habe die Kartusche. Zuerst möchte ich Peter sprechen, damit ich weiß, ob es ihm gut geht.«

»Sie haben keine Forderungen zu stellen! Kommen Sie morgen um 9.00 Uhr in das Haus Ihres Freundes! Keine Polizei! Wir haben sie immer im Auge!«, und dann wurde aufgelegt.

»Und - was ist?« Julia stand auf und kam auf Sven zu, der sich mit der Hand durch die Haare fuhr und wütend das Telefon zurücklegte.

»Morgen um 9 Uhr in Peters Haus!«

»Und sonst keinerlei Information!«

»Doch: keine Polizei! Und, jetzt pass auf: Sie hätten uns stets im Auge!«

»Das glaub ich jetzt nicht! Meinst du das stimmt?«, fragte Julia entsetzt.

»Ich weiß es nicht!«, Sven war nervös. »Was, wenn sie uns wirklich beobachten. Das wirft unsere Theorie vollkommen über den Haufen. Für wen arbeitet denn jetzt der Typ mit dem Muttermal? Für Erik oder den Entführer von Peter?«

Er ging unruhig im Zimmer hin und her.

»Was willst du jetzt machen?«, fragte Lisa, »du wirst doch da nicht alleine hingehen?«

»Es bleibt mir doch nichts anderes übrig, wenn ich Peter auslösen will. Wenn ich jetzt die Polizei einschalte, gefährde ich ihn doch nur. Das kann ich nicht riskieren. Ich gehe da morgen hin! Das bin ich Peter schuldig, wenn ich ihn schon in diese Situation gebracht habe«, sagte Sven entschlossen.

»Dann müssen wir Vorkehrungen treffen, wie wir dich absichern«, meinte Julia.

»Und was schwebt dir da vor?«,

»Irgendwie müssen wir dich im Auge behalten, am besten auch abhören, was in dem Haus vor sich geht.«

»Und wie soll das funktionieren? Du gehst da auf keinen Fall mit hinein. Das lasse ich nicht zu. Das wäre auch nicht in Peters Sinn«, wehrte er ab.

»Ich habe gar nicht vor in das Haus mit hineinzugehen. Im Haus bin ich dir sicher keine Hilfe. Aber ich werde dich mit einem Handy abhören. Ich fahre mit dir zu Peters Haus und warte im Auto.«

Sven hob abwehrend die Hand: »Auf keinen Fall!«

»Haben die irgendetwas von *alleine kommen* gesagt?«, fragte Julia forsch nach.

»Nein. Aber ich gehe davon aus, dass sie das meinten!«

»Dann steht doch zumindest nichts dagegen, dass ich dich fahre!«, lächelte sie Sven aufmunternd an, »ich habe noch ein zweites iPhone. Da hängen wir deine SIM-Karte rein und richten darauf meine ID ein. Das lässt du eingeschaltet. Das Schwierigste dürfte sein, zu verhindern, dass die Typen das mitbekommen. Selbst wenn du dann mit denen einen Ortswechsel machst, kann ich dich mit der ID immer noch orten. Auch auf Abstand. Das müsste doch klappen, was meinst du?«, schlug Julia vor.

»Ich habe nur Bedenken, dass die mitbekommen, dass du mithörst. Was dann? Nicht, dass ich jetzt Angst um mich habe, ich gefährde unter Umständen durch so eine Aktion Peter und dich«, meinte er.

»Du kannst nicht da hineingehen, ohne dass du von jemandem überwacht wirst. So kann ich wenigstens gleich Hilfe rufen, wenn das Ganze aus dem Ruder läuft!«

»Du wolltest sagen, WIR rufen Hilfe. Ich lass euch das nicht alleine durchziehen. Ich fahre mit Abstand hinter euch drein und behalte Julia im Auge. Dann kann auch ich notfalls Hilfe rufen«, Lisa ließ diesbezüglich keinen Widerspruch zu.

»Ich weiß nicht, ob ich eure Idee gut finden soll! Ihr geht hier ein hohes Risiko ein«, er setzte sich auf die Couch und schenkte sich ein Glas Wein ein. »Aber mir fällt auch nichts Besseres ein. Bist du sicher, dass das mit dem Abhören funktioniert?«

Julia stand auf und griff ihren Rucksack. »Ja! Jetzt müssen wir zu mir nach Hause, mein Ersatz-Handy aufladen, damit es morgen früh einsatzbereit ist. Es liegt schon seit einiger Zeit ungeladen in meiner Schublade. Wir müssen spätestens um sieben losfahren, damit wir nicht mit dem Morgenverkehr in den Stau kommen. Bis dahin muss alles installiert sein.«

»Wartet schnell, ich packe meine Tasche und komme gleich mit meinem Wagen zu Euch!«, meinte Lisa.

»Nein. Bleib besser hier. Ich sende dir eine SMS, wenn wir losfahren. Du brichst dann unabhängig von uns auf. Ich glaube, das ist besser. Sollten uns diese Leute wirklich überwachen, bist du so nicht in deren Fokus.«

»Danke, dass du das für Peter und mich machst«, Sven drehte sich um und ging voraus zum Wagen.

»Gute Nacht, Lisa. Wir holen noch schnell eine Prepaid-Karte. Mein Handy ist morgen mit Svens verbunden. Zum Abhören. Aber wir beide müssen auch sprechen können. Ich sende dir nachher eine SMS mit der neuen Nummer.«

Zuhause richtete Julia die Handys ein. Danach setzten sie sich noch auf ein Gläschen Wein in die Küche. Sie hofften darauf schlafen zu können. Beide waren extrem nervös vor dem morgigen Treffen.

Mittwoch
Dienstag   Die Übergabe

Peter kam kurzzeitig zu Bewusstsein. Er hatte inzwischen jegliches Zeitgefühl verloren. Er war sicher schon mehrere Tage hier in seinem Gefängnis. In den kurzen Momenten, in denen er wach war, hatte er immer noch unerträgliche Schmerzen.

Ab und an bemerkte er, wenn einer seiner Wärter in den Raum trat und ihm etwas zu essen hinstellte. Aber bis jetzt hatte er immer nur ein paar Bissen zu sich genommen, da er das Aufstehen fast nicht ertragen konnte. Meist trank er nur ein paar Schlucke Wasser und glitt wieder in den Dämmerschlaf hinüber.

Ein anderer Gedanke hielt ihn vom Essen ab: Er musste dann irgendwann aufstehen und zu dem abscheulichen Eimer in der anderen Zimmerecke gehen und sich dort erleichtern. Nicht nur der Gestank widerte ihn an, sondern er konnte vor Schmerzen beinahe nicht das Brett anheben und sich auf den Eimer niedersetzen. Das versuchte er, zu vermeiden. Das bisschen, was er trank, schwitzte er sowieso wieder aus. Er merkte, dass er Fieber hatte und inzwischen dehydriert war. Er wollte gerade wieder in den Dämmerschlaf abgleiten, als die Türe aufging und dieser Meier hereinkam.

»Ich habe gute Nachrichten für Sie, Dr. Binder. Ihr Freund ist endlich fündig geworden und bringt uns heute die Kartusche. Sie dürfen einen Ausflug mit uns machen.«

Peter konnte fast nicht sprechen, so trocken war sein Mund, dennoch bekam er seine Frage heraus:

»Lassen sie mich frei?«

Er kämpfte sich gerade selber in die Sitzposition. Er wollte alles vermeiden, dass der Rote ihm wieder *half*. Endlich hatte er es geschafft, auf dem Rand des Bettes zum Sitzen zu kommen.

»Nein - das wird noch dauern! Aber sie dürfen uns zur Übergabe begleiten. Damit ihr Freund motiviert wird, weiter zu suchen!«, er hielt Peter die Flasche Wasser hin und dann kam eine Frau herein. Sie hatte Waschzeug und frische Kleidung dabei ...

Peter hatte keine Ahnung, wie er in das Auto gekommen war. Aber er erkannte seine Garage. Er war tatsächlich in *seiner Garage*. Kurzzeitig gab ihm das Hoffnung. Aber schnell merkte er, dass ihm das nichts helfen würde. Der Rote saß neben ihm. Nun öffnete er die Schiebetüre des Vans und deutete Peter, auszusteigen. Unter Aufbietung seiner letzten Kräfte stieg er langsam aus dem Wagen. - Sie mussten ihm irgendetwas gegeben haben, denn die Schmerzen waren nun erträglicher trotz der Bewegung. Dennoch fühlte er sich stark benommen, wie in einem Rausch. Er nahm alles wie in Zeitlupe wahr. Peter lehnte sich sofort an die Seitenwand des Wagens. Er konnte nicht frei stehen, er merkte, dass er sofort das Gleichgewicht verlieren würde.

»Strecken Sie die Hände nach vorne, damit ich sie fesseln kann!«, forderte der Glatzkopf ihn auf.

Peter ließ ein verzweifeltes Lächeln auf seinem Gesicht erkennen und flüsterte nur: »Das kann ich nicht!«

Woraufhin der Rote zupackte und seine Hände nach vorne zog. Der Schmerz schoss in seinen Arm.

Als Peter wieder zu sich kam, saß er in seiner Küche am Tisch und hatte seine gefesselten Hände auf dem Schoß liegen. Sie hatten ihm ein Klebeband über den Mund gezogen.

Dießen   Forderungen

Sie standen schon um halb sechs auf, machten sich ein kleines Frühstück und überprüften noch einmal alles. Das Handy hatte er sich in die Brusttasche seines Hemdes gesteckt. Somit würde Julia alles hören, was bei dem Treffen gesprochen wurde. Zumindest hatte es beim Test gut funktioniert.

»Hoffentlich klappt das auch nachher«, sagte Sven skeptisch. »Wenn es nur endlich sieben wäre, ich kann die Spannung fast nicht mehr ertragen. Ich habe Angst davor, was ich in Peters Haus vorfinde. Heute Nacht habe ich immer wieder vor Augen gehabt, dass sie Peter was angetan haben. Was machen wir, wenn sie ihn nicht freigeben?« Er stand auf und lief ans Fenster. Draußen auf dem See war ein einsamer Segler. Es war wieder ein klarer Morgen. Normalerweise wäre es ein schöner Morgen gewesen.

»Daran darfst du jetzt gar nicht denken. Ändern kannst du momentan sowieso nichts. Wenn es dich beruhigt, fahren wir früher los.«

»Ja, machen wir uns besser sofort auf den Weg.«

»Ich schicke Lisa eine SMS, dass wir aufbrechen.«

Julia las Lisas Antwort und sagte »Sie kommt in einer halben Stunde nach. Fährt aber von der anderen Richtung an das Haus heran. Sie parkt dann zwei Grundstücke vor Peters Haus auf der anderen Straßenseite. Ich denke nicht, dass sie Lisas Auto kennen. Sie müsste eigentlich total unauffällig in der Straße parken können, ohne dass jemand von den Entführern Verdacht schöpft.«

»Also, los geht´s!«, er stand auf, griff seine Jeansjacke und die beiden verließen das Haus.

Julia chauffierte ruhig und ohne Hektik nach Grünwald. Sie kamen ohne Stau nach München und waren bereits um Viertel nach acht in der Hubertusstraße vor Peters Haus. Knapp zehn Minuten später sahen sie Lisas Voyager in einiger Entfernung auf sie zukommen und in einer freien Parkbucht einparken. Jetzt hieß es warten, bis es neun Uhr war.

»Hier fällt das Warten auch nicht leichter als zu Hause!«, sah Sven auf die Uhr.

Obwohl sie zu früh da waren, öffnete sich plötzlich Peters Haustüre. Unauffällig stellten sie die Handy-Verbindung her.

Sven atmete tief aus und sagte:

»Jetzt wird es ernst. Hoffentlich geht alles gut! Wenn sie Peter nur freigeben! Ich habe Angst vor dem, was ich im Haus zu sehen bekomme!«

Er hatte die Kartusche in der Hand und stieg langsam aus. »Verriegle die Türen!«, flüsterte er, »und setz den Wagen ein Stück zurück!« Dann ging er in Richtung von Peters Haus davon und verschwand in der Tür dahinter.

Julia fuhr ein Stück zurück und parkte 50m entfernt vom Haus, dennoch in guter Sichtweite zu Binders Haustüre. Auf ihrem anderen Handy bekam sie eine SMS von Lisa:

»Ich hab dich im Blick. Wenn ich irgendwas machen soll, melde dich!« Julia schrieb zurück.

»Alles klar. Behalte das Haus von deiner Seite im Auge. Kannst du irgendwas erkennen?«

»Nein. Die Gardinen auf dieser Seite sind zugezogen. Ich kann nicht sehen, was drinnen vor sich geht, obwohl ich das Wohnzimmerfenster komplett im Blick habe.«

Lisa hatte hinter einem alten Willis Jeep geparkt, in dem ein Mann mit einer Mütze und einer Sonnenbrille saß. Er sah permanent auf seine Uhr und schien auf jemanden zu warten. Er blickte ständig auf die

Haustüre des Gebäudes, das gegenüber von Peters Haus lag. Aber das sollte Lisa nicht weiter kümmern, sie hatte jetzt andere Probleme. Der Wagen behinderte nicht ihre Sicht auf Peters Haus. Das war das Wichtigste.

Julia konzentrierte sich ganz auf ihre Seite des Hauses mit dem Eingangsbereich. Sie hatte sich einen In-Ear-Hörer fest ins rechte Ohr gesteckt, trotzdem hörte sie niemanden sprechen. Nur ein bisschen raschelte es ab und zu. Aber das war wahrscheinlich nur das Reiben des Mikros am Stoff der Hemdtasche.

Da - das waren Stimmen. Endlich hörte sie etwas:

»Guten Tag Herr Mommsen. Gut, dass sie gekommen sind! Das wird ihren Freund Dr. Binder freuen.«

Der gut gekleidete Mann setzte sich aufs Sofa und deutete Sven, dasselbe zu tun.

»Darf ich mich vorstellen, mein Name ist - Meier.« Er war vielleicht Anfang fünfzig und wirkte wie ein ganz normaler Geschäftsmann. Würde man ihm auf der Straße begegnen, käme nicht der geringste Verdacht auf. Hinter der Couch stand ein anderer Mann; er trug einen grauen Anzug und hatte seine rechte Hand hinter der linken Jacketthälfte verborgen. Sven vermutete dort eine Waffe.

»Wir wissen beide, dass der Name nicht stimmt. Wo ist Peter?«, fragte Sven ungehalten.

Meier deutete mit der Hand auf die Zimmertüre. Sven sah Peter, der von einem dritten Mann hereingeführt wurde. Man hatte Peter ein Tape über den Mund geklebt und seine Hände waren zusammengebunden. Er war blass und sah apathisch aus. Er schwitzte stark. Sein Hemd war nass vom Schweiß.

»Peter!«, Sven wollte aufspringen und zu Peter gehen, doch der rothaarige Hüne hinter der Couch drückte ihn sofort wieder auf die Sitzfläche runter.

»Bleiben Sie sitzen, Herr Mommsen, Ihrem Freund geht es gut. Er ist nur ein bisschen - sagen wir müde. Wir haben ihn die letzten Tage ein wenig ruhig gestellt, damit er sich nicht so echauffiert. Er war zu Anfang etwas schwierig« Meier deutete zur Tür und der Mann führte Peter wieder hinaus.

»Peter!- Wo bringen sie ihn hin? Ich habe die Kartusche dabei. Sie haben gesagt, sie geben Peter frei!«, rief Sven und sprang nochmals auf. Er ging auf Meiers Tischseite zu.

Forsch sagte dieser: »Beruhigen Sie sich jetzt! Sie haben ihren Freund gesehen, das muss Ihnen erstmal genügen. Es geht ihm gut!«

Der Riese war neben Sven getreten und schob ihn wieder auf die Couch zurück.

Sven hielt Meier die Kartusche entgegen und sagte:

»Hier ist die Kartusche, nehmen Sie sie und geben sie Peter frei. Ich habe mich an die Abmachung gehalten!« Als Meier nicht zugriff, knallte Sven die Kartusche auf den Couchtisch ohne Rücksicht auf Verluste.

»Sie haben jetzt schon zwei Kartuschen. Lassen sie Peter endlich gehen! Ich besorge ihnen trotzdem die Teile! Ich verspreche es ihnen!«

»Großer Irrtum, Herr Mommsen. Ich habe bis jetzt nur *eine* Kartusche. Und erst wenn ich die anderen sechs Kartuschen auch habe, sieht ihr Freund die Freiheit wieder! Nichts anderes war ausgemacht!«

Sven hörte eine Türe aus Richtung der Küche ins Schloss fallen und kurz darauf fuhr ein Wagen aus der Garage. Sie brachten Peter wieder weg.

»Wo bringen sie ihn hin! Lassen sie ihn frei. Was haben sie mit ihm gemacht? Ich sehe doch, dass er krank ist.«

»Dann sollten sie sich beeilen, die anderen Teile abzuliefern. Um so schneller bekommt ihr Freund ärztliche Hilfe! Jetzt, wo sie es sagen: Er sieht wirklich nicht sehr gut aus«, erwiderte Meier mit einem sarkastischen Gesichtsausdruck, der Sven wirklich überlegen ließ, sich auf ihn zu stürzen. Aber seine Ratio siegte und er beherrschte sich.

Julia sah, wie sich das Garagentor öffnete. Es war kein schwarzer Range Rover, der da aus der Garage kam. Es war ein unauffälliger weißer Mercedes Kastenwagen. Und da kam es ihr, dass dies der Wagen sein könnte, der vor Peters Praxis so forsch in Tiefgarage einbog.

Auf ihrem Handy kam eine SMS von Lisa.

»Ich fahr den Typen nach!«, im selben Moment hörte Julia über den Kopfhörer:

»Ihre Freundinnen da draußen sollten sich lieber aus der Sache heraushalten. Es könnte ihnen körperliche Unannehmlichkeiten bereiten, uns nachzufahren. Es sei denn, sie wollen Dr. Binder Gesellschaft leisten. Wie schon gesagt: Wir haben sie immer im Auge!«

Geistesgegenwärtig tippte Julia in Großbuchstaben »NEIN - STOPP!« Daraufhin stellte Lisa den Motor ihres Voyagers wieder ab. Sie schüttelte ungläubig den Kopf und sah fragend zu Julias Wagen hinüber.

Schon kam auf ihrem Handy die Meldung: »SIE HABEN UNS BEMERKT!«

Kurz darauf ließ der Mann in dem Jeep seinen Motor an und fuhr weg. Lisa nahm das nur am Rande wahr, weil ihr Blick Richtung Julias Auto über den Jeep hinwegging.

Sven sah ungläubig sein Gegenüber an: »Sie haben uns *nicht* die erste Kartusche geraubt?«

»Nein! Das müssen sie schon mit ihrem Bruder klären. Ich kann ihnen nur raten, auch ihm gegenüber sehr vorsichtig zu sein. Er spielt ein falsches Spiel. Und wenn er sich nicht ganz schnell besinnt, wird es für ihn ein tödliches Spiel werden!«

»Ihre Leute fahren keinen schwarzen Range Rover?«, stellte Sven die Frage.

»Nein, diese Wagen sind mir viel zu auffällig. Ich liebe das Understatement!«

»Keiner ihrer Leute hat ein dreieckiges Muttermal an der rechten Schläfe?«

»Nein - auch da muss ich sie enttäuschen!«

»Um was geht es hier eigentlich? Was wissen Sie über den Inhalt der Kartuschen?«, wollte Sven endlich Auskunft haben.

»Wenn ich ihnen das genau sagen könnte, bräuchte ich nicht mehr nach den Kartuschen zu suchen. Aber das, was ich bereits weiß, werde ich für mich behalten.«

Der Mann stand auf und sagte zum Abschluss: »Sie können gehen. Ich habe Dr. Binder als Pfand, das genügt mir. Ich sehe, dass Sie nicht wie ihr Bruder sind. Das spricht für Sie. Erik hat mein Geld genommen, viel Geld, und den Vertrag dann nicht erfüllt. *Sie* werden mir jetzt die Teile bringen und dann erfülle ich meinen Teil unserer Abmachung und Sie erhalten Dr. Peter Binder zurück. Das verspreche ich Ihnen. Ich halte mein Wort. Ich habe alle Vorkehrungen getroffen, dass es Dr. Binder an nichts fehlen wird.«

»Davon konnte ich mir gerade ein Bild machen!«

»Vergessen sie nicht die Kartusche ihres Bruders auch zu besorgen. Es wäre für ihren Bruder besser, wenn er ihnen das Teil gibt, als wenn ich es mir holen muss!«, ließ Meier keinen Zweifel.

»Mein Bruder ist abgetaucht. Ich weiß nicht, wie ich ihn erreichen sollte!«

»Das, Herr Mommsen, ist allein ihr Problem! Sie können zwei Leben retten. Es liegt ganz in ihrer Hand.«

Er stand auf und ging zur Türe. Er ging mit dem kleinen, dicklichen Mann zusammen durch die Küche in die Garage, wo sichtlich ein zweiter Wagen geparkt war.

Sven stand auf und lief zur Haustür. Er sah einen blauen 5er-BMW wegfahren, mit abgedunkelten Scheiben im Fond. Julia stand schon neben ihrem Wagen und kam gleich auf Sven zu.

»Sie wussten genau Bescheid. Sogar, dass wir zuhören.«

»Dieser Meier muss ein gutes Netzwerk haben. Der Typ, der hinter mir stand, hatte eine Waffe. Gut, dass wir die Polizei nicht eingeschaltet haben. Der Mann hätte das mitbekommen, und dann wäre Peter jetzt vielleicht tot. Und wir vermutlich auch!«

Lisa kam zu ihnen vor das Haus: »Wie geht es deinem Freund?«

»Sie haben ihn irgendwie sediert. Er war sehr blass, verschwitzt und wirkte abwesend. Er hatte ein Klebeband über dem Mund und die Hände gefesselt. Es war fürchterlich! Die Fesseln waren mehr Show, um mich zu beeindrucken, als dass es nötig gewesen wäre. Ich hatte den Eindruck, dass mich Peter gar nicht wahrgenommen hat, obwohl ich nur ein paar Meter von ihm entfernt stand. Ich meine auch, dass er hohes Fieber hat.«

»Und jetzt?«, wollte Lisa wissen.

»Fahren wir erst einmal nach Dießen zurück. Lass uns die Bilder der Kartusche untersuchen, damit wir möglichst schnell unser nächstes Ziel herausfinden!«, schlug Sven vor. »Wir müssen schneller werden. Wer weiß, was für Medikamente diese Typen Peter verabreichen. Julia, er sieht besorgniserregend aus! Richtig krank!Schwer krank!«

»Und wie sollen wir Kontakt zu Erik aufnehmen?«

»Jetzt wissen wir wenigstens, dass mein Bruder ein falsches Spiel treibt. Da gibt es keinen Zweifel mehr. Die Typen im Range Rover sind Eriks Leute! Er hat uns in Chartres überfallen lassen. In dem Punkt habe ich jetzt wenigstens Gewissheit.«

»Wir sollen also weitersuchen und uns immer wieder auf eine Konfrontation mit Eriks Leuten einlassen. Das ist ein gefährliches Spiel, Sven«, sagte Julia.

»Ich weiß. Eine andere Möglichkeit fällt mir nicht ein! Ich möchte nicht das geringste Risiko eingehen, dass Peter etwas passiert.«

Sie stiegen in die Autos und fuhren im Konvoi nach Dießen zurück.

Peter war wieder in seinem Gefängnis. Die Frau, die ihn vor der Abfahrt gewaschen und ihm frische Kleidung angezogen hatte, war wieder hier. Es war sogar seine eigene Kleidung. Er erkannte seine Bulgari-Jeans und das Hilfiger-Hemd, das er sich erst vor ... - wie lange war das her - er hatte überhaupt kein Zeitgefühl mehr. Er würde hier sterben. Tiefe Verzweiflung machte sich in ihm breit.

»Legen sie sich hin! Ich lege ihnen jetzt einen Zugang und dann bekommen Sie eine Infusion. Sie sind total ausgetrocknet. In der Infusion ist auch etwas gegen die Schmerzen.«

Er sah den Infusionsständer neben sich. Er wollte etwas entgegnen, aber er konnte nicht sprechen. Er konnte auch keinen klaren Gedanken mehr fassen. Peter hörte alles nur noch ganz gedämpft. Die Bilder verschwammen vor seinen Augen. Er konnte nicht mehr scharf stellen. Das Einzige, an was er sich später noch erinnern sollte, war, dass die Frau einen slawischen Akzent hatte. Ihr Gesicht war in seiner Erinnerung nur eine hautfarbene Scheibe ohne jegliche Konturen.

32   Dießen   Reise nach Jerusalem

Zuhause fingen sie sofort mit der Arbeit an. Sie saßen zu dritt vor Julias iMac und luden die Bilder der zweiten Kartusche hoch.

»Was ist darauf zu erkennen: Ein Schiff, das ist wohl eindeutig!«

»Sehe ich auch so - das da ist ein Mast und das könnte ein Ruder sein. Was ist das?«, Julia zeigte auf zwei Tierzeichen.

»Löwen und Blätter«, sagte Lisa.

»Das hier ist jedenfalls ein Halbmond und das ein Davidstern und dort ist ein Wappen. Eine Raute und davor ein Buchstabe, das könnte ein K sein.«

»Ich will wissen, was das für ein Wappen ist«, Julia nahm ihr Notebook und suchte nach dem Wappen, das ein Krückenkreuz und in jedem Viertel noch ein kleines Kreuz zeigte.

»Ich hab´s, es ist das Jerusalemkreuz. Das Wappen des Königreichs Jerusalem. Gottfried von Bouillon hat es dort eingeführt. Das passt doch. Halbmond und Davidstern. Und weil ich schon dabei bin, das Wappen der Stadt Jerusalem ist ein stehender Löwe mit Lorbeerzweigen auf dem Rand des Wappens. Dann ist vielleicht das Zeichen mit der Raute das

Monogramm Karls des Großen, der von Harun-Al-Rashid den Schlüssel zur Grabeskirche bekommen hatte.«

»Die Grabeskirche in Jerusalem!«, stöhnte Sven.

»Jetzt heißt es packen!«

»Ich buche uns zwei Flüge«, sagte Sven und setzte sich an den PC. Julia drehte sich zu Lisa um.

»Tut mir leid, du musst Foster schon wieder nehmen!«

»Macht nichts. Wenn du schon nicht da bist, habe ich wenigsten deinen Hund. Unterhalte ich mich halt mit Foster. Die versteht mich und widerspricht wenigstens nicht. Aber mal im Ernst. Passt bloß auf Euch auf. Ich bin immer noch der Meinung, ihr solltet die Polizei benachrichtigen!« Lisa beugte sich hinunter zu Foster und streichelte sie.

»Wenn wir jetzt die Polizei einschalten, gefährden wir das Leben von Peter. Sollte uns etwas passieren, was ich nicht hoffe, dann nimmst du Kontakt mit der Polizei auf. Alle Bilder und auch das Video von Erik sind auf meinem PC hier. Ich gebe dir trotzdem einen USB-Stick mit allen Daten mit, nur für alle Fälle.«

»Die Kopie des Notizbuchs habe ich ja schon.«

»Warte!«, Julia holte den Brief von Martha und vom Anwalt. »Hier nimm das auch mit. Dann hast du alles, was wir herausgefunden haben. So könntest du bei der Polizei wenigstens deine Geschichte untermauern.«

»Mal nicht den Teufel an die Wand. Ihr kommt gefälligst heil wieder nach Hause! Klar?«

»Wir versuchen es! Und pass auch du auf dich auf! Ich traue Erik nicht über den Weg!«

»Ich habe einen Wachhund bei mir! Schon vergessen? Foster würde mich mit ihrem Leben verteidigen. Außerdem besucht mich meine Mutter am Freitag und bleibt für ein paar Tage. Dann bin ich nicht mehr alleine.«

»Das klingt gut. Das würde mich beruhigen«

»Ich habe einen Flug für Donnerstagabend um 18 Uhr 15 ab München. Ich habe schon gebucht«, kam Sven zu ihnen in die Küche.

»Je schneller wir uns auf den Weg machen, umso besser«, meinte Julia und kraulte Foster zärtlich hinter den Ohren.

»Ach Foster, meine kleine Maus, zurzeit musst du viel auf mich verzichten. Aber es kommt auch wieder besser und dann nehme ich mir ganz viel Zeit für dich. Dann machen wir auch wieder jeden Morgen unseren Runde.«

Sie drückte Foster an sich und streichelte sie.

TEIL V

33 Jerusalem Grabeskirche

Zur Unterkunft hatten sie ein Gästehaus in der Nähe des Jaffators gewählt. Von da hatten sie es zu Fuß nur knapp 400m zur Grabeskirche. Sie gingen durch die Gassen Jerusalems. Schon jetzt am Morgen hatte es über dreißig Grad im Schatten. Aber das schien die Betriebsamkeit hier nicht einzuschränken. Die Händler im Basar boten die verschiedensten Waren an. An einem Stand sahen sie Keramikschalen und -fliesen, am anderen, Tücher, Schuhe, Sandalen und andere Lederwaren. An allen Ständen könnten sie Andenken kaufen. An Lebensmittelständen bot man ihnen Melonen, Orangen, Zitronen, Feigen und viele andere Früchte des Orients an. Die Händler sprachen sie sogar teilweise auf Deutsch an, wenn sie Sven und Julia miteinander reden hörten. Die Gerüche, die Temperatur und der Geräuschpegel. Es war faszinierend. Sie waren wirklich im Orient. Überall hatte der Boden diese helle Farbe, die sich dann auch auf die umgebenden Häuser erstreckte. Manche Häuser waren über die Straßen hinweg verbunden. So ging man unter Bogengängen hindurch. Auf der Seite eines Geschäfts ging dahinter ein Torbogen auf, durch den man direkt in den Vorhof der Grabeskirche trat. Kinder sprangen über den Vorhof und wurden von ihren Vätern ermahnt. Noch waren wenig Touristen und Pilger auf dem Platz und so konnten Sven und Julia in Ruhe die Atmosphäre aufnehmen. Das helle, alte Steinpflaster, glatt und abgetragen von Millionen Gläubigen, die hier seit Jahrhunderten Tag für Tag herkamen und ihren Glauben praktizierten. Sven sah sich auf dem Platz um.

»Lange Zeit haben Forscher und Archäologen gerätselt, ob sich hier überhaupt das echte Grab Jesu und der echte Kalvarienberg befinden - was übersetzt Schädelstätte heißt -, da die Kreuzigungen damals vor der Stadt vorgenommen wurden und die Grabeskirche inzwischen mitten in der Altstadt liegt. Es haben auch viele Untersuchungen und Grabungen, gleich hier drüben auf dem Muristan stattgefunden. Das Ziel war, die alte Stadtmauer zu finden. Diese könnte belegen, dass dieses Grab Jesu in der Grabeskirche damals außerhalb der Stadt lag. Man hat jedoch keine zweite Stadtmauer gefunden. Da man aber weiß, dass die Stadt seit damals enorm gewachsen ist, ist man sich heute sicher, dass dies der echte Golgathafelsen ist. Der Muristan ist übrigens das Gelände, auf dem im Auftrag von Karl dem Großen, mit Genehmigung Harun-al-Rashids, ein Pilger-Hospiz gebaut wurde. Muristan heißt übersetzt Hospital. Dieses wurde 1009 von El-Hakim zerstört. Im elften Jahrhundert ließen es Kaufleute wieder aufbauen.

Die Mutter des römischen Kaisers Konstantin, Helena, war die erste Archäologin, die hier einen hadrianischen Venustempel abtragen ließ. Sie befahl die Freilegung der Grabes- und Kreuzigungsstelle Jesu. Angeblich wurden dabei drei Kreuze und eine Tafel mit der Aufschrift *Jesus von Nazareth - König der Juden* - gefunden - INRI. Auch Nägel vom Kreuz Jesu waren dabei. Sie schickte einen Kreuznagel sowie Splitter des Kreuzes zu ihrem Sohn Konstantin. Er ließ die Reliquien in sein Zaumzeug einarbeiten. Dies sollte ihn beschützen und ihm den Sieg bringen.«

»Ich nehme an, Konstantin war sehr abergläubisch.

Vor seinem Einmarsch in Italien, im Jahre 312, hatte Konstantin das Chi-Rho-Zeichen am Himmel gesehen. Er ließ es auf die Schilde seiner Soldaten malen und siegte so an der milvischen Brücke gegen Maxentius.

Konstantin wollte eine Vereinigung von West- und Ostreich, was er 334 auch erreichte. Er führte dann im gesamten Reich das Christentum als Staatsreligion ein. Obwohl er sich selbst erst auf dem Sterbebett - 337 - taufen ließ.«

»Was für ein geschichtsträchtiger Ort!«

»Und ein Ort der Geschichten!«, lächelte Sven. Er deutete auf die Leiter, die über dem rechten, zugemauerten Eingang zur Grabeskirche unter einem Fenster lehnte.

»Sieh dir zum Beispiel diese Leiter dort oben an. Sie steht an dieser Stelle seit Ende des 19. Jahrhunderts. Unverändert. Denn jegliche Veränderung an der Grabeskirche muss von allen sechs christlichen Gemeinschaften, die hier leben, gemeinsam verabschiedet werden. Es darf also auch nicht einfach ein Mönch da rauf gehen und diese Leiter wegstellen. Die Leiter ist sogar auf einem alten Gemälde aus dem 19. Jahrhundert verewigt.«

»Sind diese Leute hier so stur?«, fragte Julia ungläubig.

»Das ist ein wahres Schauspiel, das die verschiedenen Konfessionen hier aufführen. Menschen wie du und ich, die das alles nicht so ernst nehmen, können da nur schmunzeln.

Aufgrund dieser Sturheit der Fraktionen wurde der *Status quo* erlassen: Der wurde 1852 durch einen sogenannten *Ferman* von der Regierung festgelegt. Ein *Ferman* ist ein Erlass, den der islamische Souverän herausgibt. Darin wurden die Besitzverhältnisse, die eigentlich schon seit Jahrhunderten so verankert waren, festgeschrieben. Der damalige Zustand wurde durch dieses Gesetz für die Zukunft eingefroren. Seitdem ist die Kirche unter sechs christlich-orthodoxen Konfessionen aufgeteilt. Die Grabeskirche ist nämlich der heiligste Ort des orthodoxen Christentums.«

»Und welche sind das?«

»Zunächst muss ich erwähnen: Es gibt auch gemeinsamen Besitz: das Grab Christi in der Rotunde, auch der Salbungsstein, der Hof vor dem Eingangsbereich - wo wir gerade stehen, - und der Bereich des Eingangstores im Inneren, gehören allen. Die sechs Gemeinschaften sind folgende:

Zuerst die *griechisch-orthodoxen* Christen, die mit Abstand den allergrößten Teil der Kirche halten. Ihnen zugehörig ist das Katholikon, also das Mittelschiff. Dort befindet sich der Nabel der Welt. Erklär ich dir später drinnen. - Genauso verfügen sie über die nördliche Hälfte von Golgatha, mit der darunter liegenden Adamskapelle, das Gefängnis Christi und mehrere Räume in der Rotunde.

Den *römisch-katholischen* Brüdern, durch die Franziskaner vertreten, gehört die Südhälfte von Golgatha mit der Kreuzannagelungskapelle.«

»Was für ein schauriger Name!«, sagte Julia dazwischen.

»Des Weiteren der Chorraum zwischen Rotunde und Katholikon, die Erscheinungskapelle und der Maria Magdalena Altar. Nicht zu vergessen, dass die Franziskaner auch die Orgel innehaben. Jetzt wollen die einen ihre Andacht oder einen Gottesdienst abhalten und die Franziskaner üben auf ihrer Orgel. Das muss unweigerlich zu Konflikten führen.

Die dritte Fraktion sind die *Armenier*. Zu ihrem Bereich gehört die Stelle *der drei Marien*, gleich nach dem Eingang links, die *Helenakapelle*, ein Raum in der Rotunde und auch eine Kapelle dort.

Jetzt werden dann die Anteile an der Grabeskirche immer kleiner.

Die *Kopten* haben eine Kapelle hinter dem Grab Jesu, direkt am anderen Ende, und zwei weitere Räume in der Kirche.

Die *syrisch-orthodoxen* Mönche haben eine Kapelle in der Rotunde. Schließlich die Ärmsten in dieser christlichen Gemeinschaft sind die *Äthiopier*. Ihnen steht nur das Grab des Joseph von Arimathia zu.«

»Der Joseph, der zusammen mit Nikodemus den Heiland vom Kreuz genommen hat?«

»Genau dieser, der auf dem Kreuzabnahmerelief in Detmold dargestellt ist«, bestätigte Sven. »Und das sind noch nicht alle Festlegungen des Status Quo, da gibt es jede Menge weitere Bestimmungen. Eine Regelung legt die Länge der Gebetszeiten fest. Es dürfen auch keine neuen Gebetszeiten, geschweige denn Zeremonien eingeführt werden. Alles muss wie im Status Quo festgeschrieben ablaufen.«

»Das kann nur Streit geben!«

»Die schlagen sich sogar - ehrlich - die gehen wirklich richtig aufeinander los. Natürlich nicht ständig, aber bei stark besuchten Gottesdiensten, wie Palmsonntag, kann es schon vorkommen, dass sie sich die Palmwedel um die Ohren hauen!«, grinste Sven. »Dann ist es hier so voll, dass die Menschen sich nicht mehr rühren können, sondern sich im Strom der Menge bewegen müssen. Und das steigert wahrscheinlich noch die Aggressionen!«

»Du findest das lustig, wenn sie sich hier die Köpfe einschlagen?«

»Ja - ehrlich gesagt schon. Da kann ich nur drüber schmunzeln. Wie wenn es in der Kirche nicht wichtigere Probleme zu lösen gäbe. Das finde ich einfach wieder typisch für die Kirche. Nicht einmal hier im kleinen Bereich kann sie sich zu Reformen durchringen! Wie soll sich dann im Großen etwas an der Kirche ändern. - Aber das ist nicht unser Thema. Lass uns weitermachen. Nun zum Türöffnungsritual!«

»Das habe ich schon mal im Fernsehen gesehen. Da gibt es doch zwei muslimische Familien, die seit Jahrhunderten den Schlüssel verwalten.«

»Ja, das ist einmal die Familie Joudeh, die den 1000 Jahre alten Original-Schlüssel verwahrt. Das Tor wird natürlich mit einer Kopie gesperrt. In der Familie waren immer schon muslimische Priester. Diese sind sich natürlich zu vornehm, diesen Schließdienst in persona vorzunehmen. Die Tore sind nämlich genauso schwer wie die in Aachen, jeder Flügel an die zwei Tonnen. Also haben sie Angestellte, die die Tore frühmorgens öffnen. Ich könnte mir vorstellen, dass bei prominenten Besuchen, wie z.B. Staatsoberhäuptern, die Familie Joudeh schon selbst kommt und den Ehrengast begrüßt. Aber normalerweise nimmt die Familie Nusseibeh den Schlüssel von der Familie Joudeh entgegen und sperrt die Türe auf beziehungsweise abends wieder zu. Danach gibt sie den Schlüssel wieder zurück. Auch das Procedere des Auf- und Zusperrens ist eine tolle Vorstellung.

Im Torflügel siehst du eine Klappe, die von innen geöffnet wird. Dadurch geben am Morgen die Mönche eine Leiter nach draußen. Der Türöffner draußen nimmt die Leiter ab, stellt sie an den linken Torflügel und steigt hinauf. Er sperrt das Vorhängeschloss mit dem etwa 25 cm langen Schlüssel auf, entriegelt den Bolzen, steigt wieder herunter und dann öffnen sie die beiden Tore. Am Abend geht das Procedere anders herum. Er sperrt ab und gibt anschließend die Leiter durch die Luke wieder hinein. Innen wird die Luke dann versperrt und die Leiter an die Innenseite der geschlossenen Tore angelehnt. Jeden Tag die gleiche Vorgehensweise. Seit Jahrhunderten.«

»Früher bestand der Zugang aus den beiden Torbögen dort. Der rechte Torbogen wurde zugemauert, als Saladin Jerusalem eingenommen hatte. Er hatte die Grabeskirche ganz abgeschottet, und ich meine, er wollte die Kirche sogar zerstören, hat es sich dann doch noch anders überlegt. Seitdem gibt es nur noch diesen einen Eingang.«

»Und wohin führt diese Treppe, die da neben dem zugemauerten Tor im Hof hinaufgeht?«

»Zur Frankenkapelle. Aber früher war hier der eigentliche Eingang zum Golgathafelsen. In der Kapelle ist noch das Portal zu sehen, das den Eingang zum Kalvarienberg bildete. Darüber ist ein Mosaik aus der Kreuzfahrerzeit zu sehen. Das Zumauern der Türe hatte auch ein Umverlegen im Inneren der Kirche zur Folge. Denn hier durch die Kirche geht der Kreuzweg der Via Dolorosa. Die Stationen 10 bis 14 finden sich hier in der Kirche. So mussten die Leidensstationen nach dem Verschließen dieses Eingangs geändert werden. Drinnen wurde so aus der Kreuzabnahmekapelle die Kreuzannagelungskapelle.«

»Schon wieder eine Kreuzabnahme!«

»Ja, wenn nicht hier in Jerusalem wo dann? Am besten wir gehen jetzt einmal hinein.«

Sie traten durch das linke Tor in die Grabeskirche ein. Sofort nahmen sie die angenehme Kühle im Inneren wahr.

»Eigentlich ist es Kaiser Hadrian zu verdanken, dass das Grab Jesu und der Golgathafelsen noch da sind. Er ließ hier nämlich einen Tempel errichten, bewusst auf den christlichen Heiligtümern, um die Christen zu demütigen. Konstantin und seine Mutter ließen diesen Tempel wieder abtragen und so entdeckte man das Grab und den Golgathafelsen - wie schon erwähnt. Das war um das Jahr 326. Da es ein Felsengrab ist, musste man es aus dem Felsen herausholen. Also trug man um die Grabeshöhle herum den Felsen ab und baute um dieses *Sepulcrum* herum einen dekorativen Bau.

Konstantin gab viele Kirchen in Auftrag: die Laterankirche und die alte Peterskirche in Rom. Hier in Jerusalem die Kirche am Ölberg und in Bethlehem die Geburtskirche. - Aber zurück zur Grabeskirche:

1009 wurde die Grabeskirche durch El-Hakim zerstört, beinahe das gesamte Grab ging dabei verloren. Teile sind noch vom Original erhalten. Die Steinplatte darin soll noch die ursprüngliche sein. Um 1040 wurde die Kirche wieder aufgebaut, vom byzantinischen Kaiser Konstantin IX. Monomachus. So wurde immer weiter an der Kirche an- und umgebaut. Heute steht im Hauptschiff diese Aedicula mit dem Grab, die nach dem großen Erdbeben von 1927 mit Stahlstreben verstärkt werden musste, sonst würde sie wahrscheinlich auseinanderfallen.«

Sie gingen weiter.

»Das hier ist der Salbungsstein. Auf dieser Steinplatte soll Jesus nach der Kreuzabnahme von Josef von Arimathia und Nikodemus mit Öl gesalbt und dann in Leichentücher gewickelt worden sein.«

Julia sah die Menschen dicht gedrängt am Salbungsstein knien und mit Tüchern die Oberfläche abreiben.

»Was machen die Leute da?«

»Der Stein schwitzt Feuchtigkeit aus. Die Pilger knien sich am Salbungsstein nieder. Dann reiben sie mit Tüchern darüber und nehmen diese Feuchtigkeit auf. Das sehen die Pilger als Weihwasser. Vermutlich geht eine Wasserleitung zu diesem Stein und hält ihn permanent feucht. Die Gläubigen legen Kreuze darauf, anschließend küssen sie den Stein und legen ihre Stirn darauf. Der Salbungsstein ist übrigens die 13. Kreuzwegstation. Dieser Stein hier ist seit 1810 installiert, der vorige Stein aus dem 13. Jahrhundert ging ein paar Jahre davor bei einem Erdbeben kaputt.«

Sie gingen zurück Richtung Eingang und Sven führte Julia die Treppe hinauf zur Golgathakapelle.

«Jetzt sind wir hier auf der anderen Seite der Frankenkapelle. Hier siehst du die verschlossene Türe, wo früher der Eingang zu dieser Kapelle war. Darüber siehst du die Darstellung Abrahams, als er seinen Sohn Isaak opfern sollte.

Hier vorne siehst du den Kreuzannagelungsaltar, die 11. Kreuzwegstation, er wurde von einem Medici gestiftet. Direkt daneben ist der *Stabat Mater Altar*, er steht an der Stelle, an der Maria über den Tod ihres Sohnes trauerte.

Wiederum links davon ist der Kreuzigungsaltar. Hier ist die 12. Kreuzwegstation. Unter der Glasscheibe kannst du den Felsen sehen. Der Felsen hat einen großen Riss, der entstanden sein soll, als das Blut Christi darüber gelaufen ist. Unter dem Altar ist ein Loch im Boden, durch das man den Felsen berühren kann. Dort stand das Kreuz Christi.«

Julia sah Frauen anstehen und sich nacheinander unter den Altar bücken und in das Loch fassen.

»Hier runter geht es zur Adamskapelle. Dort können wir ebenfalls den Riss im Golgathafelsen sehen. Hier war der Schädel Adams begraben. Durch das Blut Christi wurde Adam von der Erbsünde befreit. - Jetzt gehen wir am Besten in die Rotunde und sehen uns das Grab an. Ein Teil der Rotunde ist noch aus dem vierten Jahrhundert original erhalten. - Hier siehst du das Grab Jesu. Der erste Schrein stammt aus dem Jahr 1555. Im Jahre 1808 ist er bei einem Brand zerstört worden. Der heutige Bau wurde 1810 errichtet. Das Stahlgerüst darum soll das Einstürzen der Aedicula verhindern, wie ich dir vorhin schon sagte.«

»Und die Sandkästen um die Aedicula. Wofür sind die da?«

»In den Sand stecken die Pilger die geweihten und brennenden Kerzen. Du hast im Basar gesehen, dass überall diese dünnen Kerzenbündel angeboten werden. Die sind hierfür gedacht. Die Aedicula ist die 14. Kreuzwegstation. An der Rückseite der Aedicula haben die Kopten ihre Kapelle. Die Aedicula betritt man von der anderen Seite. Zuerst kommt die Kapelle des Engels. In ihr ist in der Mitte ein Stein, der wahrscheinlich aus dem Fels geschlagen ist, der das Grab damals verschlossen hat. Engelskapelle heißt der Ort, weil hier der Engel auf dem Felsen saß und den Frauen die Auferstehung Jesu verkündete. Von da aus geht es durch einen niederen Durchgang in das eigentliche Grab. Zur Rechten ist dann eine Marmorplatte über der Grablege angebracht. Darüber, an der Wand sind die drei Altäre, links der Altar der Katholiken, in der Mitte der griechisch-orthodoxen und rechts davon der armenischen Mönche. Um hier hereinzukommen, stehen die Pilger oft stundenlang in Reih und Glied an. Unfassbar. Wir haben Glück, dass heute noch nicht viel los ist.«

»Lass uns wieder rausgehen aus dem Grab. Ich bekomme hier Platzangst.«

»Wo sollen wir als Nächstes hingehen?«, fragte Sven Julia.

»In die Helenakapelle!«

»Da kommen wir vorher am Katholikon vorbei. Darin steht der Nabel der Welt. Den wollte ich dir sowieso zeigen!«

Vom Katholikon aus kann man direkt in die Engelskapelle vor dem Grab Jesu blicken. Sie gingen zum *Nabel der Welt* und sahen ihn sich von allen Seiten an. Es war lediglich ein an eine gefüllte Vase erinnernder Stein, ungefähr kniehoch. In der Mitte wölbte sich sie Steinfüllung nach oben, wie ein Hefeteig aus der Schüssel. Ein Franziskaner kam vorbei und hörte Julia und Sven deutsch sprechen.

»Das ist schön! Leute aus meiner Heimat. Wo kommen sie denn her?«, fragte er erfreut

»Wir kommen aus München. Bei ihnen höre ich aber auch den bayerischen Dialekt. Kann das sein?«, fragte Sven den Mönch.

»Ja, ich komme ebenfalls aus München und es freut mich, die Münchner Mundart zu hören. Kann ich ihnen helfen. Etwas erklären oder zeigen?«, bot der Franziskaner hilfsbereit an. »Ich heiße übrigens Bruder Benedikt und lebe schon seit drei Jahren hier in der Grabeskirche.«

»Ich bin Julia Weiler und das ist ... «

»Sven Mommsen - freut mich, sie kennen zu lernen!«

Auch er schüttelte kräftig die Hand des Franziskaners.

»Kommt mit. Ich freue mich so, Landsleute kennenzulernen. Darf ich Euch einladen, heute Mittag mit mir zu essen?«

»Könnten sie uns vielleicht vorher noch ein bisschen über die Kirche erzählen?«, wollte Sven wissen.

»Gerne, wollen wir gleich hier am Nabel der Welt beginnen?«, er deutete auf die steinerne Stele.

»Wie gesagt, das ist der Nabel der Welt. Früher wurden die Landkarten mit dem Mittelpunkt Jerusalem gezeichnet. Meistens waren es geostete Karten. Sogenannte T-O-Karten. Oben war Asien angegeben. Im linken unteren Viertel Europa und rechts unten Afrika. Jerusalem war und ist noch heute der heiligste Ort der Christenheit.

Nabel der Welt

T erklärt sich durch die Form, die durch die Wasserläufe gegeben ist. Und jetzt kommen wir zum mystischen Teil. Unter dem Nabel der Welt sollen sich die Säulen der Hölle befinden. Der Stein war angeblich früher sehr viel größer. Er wird immer kleiner. Und wenn er verschwunden ist, wird die Menschheit untergehen. Das kann man jetzt glauben oder nicht. Manche Pilger legen das Ohr auf den Stein und meinen ein Geräusch zu hören, vielleicht aus der Hölle. Ich weiß es nicht. Ich kann nichts hören!«, lachte er und führte die beiden weiter zur Helenakapelle.

»Die Kapelle ist der Mutter Konstantins gewidmet. Sie hat hier die drei Kreuze gefunden und die berühmte Tafel, die am Kreuz Christi angebracht war. Auch fand sie Originalnägel des Kreuzes. Nach diesem Fund explodierte der Reliquienhandel mit Splittern des Kreuzes Christi. In der Kapelle hier sind übrigens vier Säulenkapitelle aus der Al-Aqsa-Moschee verbaut. Hier rechts geht es nun nach unten in die Kreuzauffindungskapelle.«

Sven deutete auf die Wände. »Julia, sieh dir das an! Da sind überall eingeritzte Kreuze, wie an den Stufen von Karls Thron.«

»Der Thron Karls des Großen soll aus Steinplatten von hier hergestellt sein«, meinte Bruder Benedikt.

»Ja, wir waren erst vor kurzem in Aachen. Und ich finde, dass die Steine hier den im Thron verbauten Steinen wirklich sehr ähnlich sind. Vor allem die Stufen zum Thron tragen eindeutig die gleichen Kreuze.«

Sie gingen eine lange Treppe hinunter zur Kreuzauffindungskapelle.

»Hier war früher die Zisterne, in der Helena die Kreuze gefunden hat.«

»Das ist sehr schön gemacht, wie der Raum unter den Felsen hineingeht.«

»Hinter der Glaswand sieht man Fresken aus dem zwölften Jahrhundert.«

Julia und Sven sahen sich weiter in der Kapelle um. Stets versuchten sie, Hinweise auf die Kartusche zu entdecken. Nach ein paar Minuten ging sie wieder zurück in die Helenakapelle. Dann sagte Bruder Benedikt:

»Jetzt zeige ich Euch noch einen Raum, der erst 1975 hinter der Helenakapelle entdeckt wurde. Dort kann man ein Graffito sehen, das vermutlich die ersten Pilger hier angebracht haben. Es könnte aus dem zweiten Jahrhundert stammen. Ob es von christlichen Pilgern angebracht wurde, ist nicht erwiesen. Man weiß nur, dass es schon vor der konstantinischen Kirche hier war und unter dieser begraben war. Es gibt verschiedene Übersetzungsmöglichkeiten für den Schriftzug: *Wir gehen zum Herrn, wir machen uns auf den Weg zum Herrn* oder *wir haben uns auf den Weg gemacht.*« Benedikt sperrte die Vartankapelle auf und zeigte ihnen das Graffito eines Schiffes.

»Ist es nicht wunderschön?«, da merkte er, dass die beiden wie angewurzelt vor dem Graffito stehen geblieben waren.

»Was haben sie denn?«

»Das ist schwer zu erklären! Wir haben schon einen Freund in Gefahr gebracht, weil wir ihn eingeweiht haben«, meinte Sven und sah Julia an.

»Wir sollten Bruder Benedikt vielleicht trotzdem einweihen. Er könnte uns hier bei der Suche helfen. Das würde Zeit sparen, Sven. Möglicherweise lebensrettende Zeit für Peter. Meinst du nicht auch?«

Sven schüttelte verneinend den Kopf.

»Noch einmal mache ich diesen Fehler nicht!«, sagte er bestimmt und trat näher an das Graffito heran. »Es sieht auch anders aus, als das auf der Kartusche.«

»Das schon, aber es ist ein Schiff und wir sind hier in Jerusalem. In der Grabeskirche! Alles passt zusammen!«

»Aber wo sollen wir nach dieser Kartusche suchen. Ich kann nirgends und überall etwas erkennen, wo sie versteckt sein könnte.«

Sven ließ verzweifelt die Schultern sinken.

Bruder Benedikt hatte die beiden beobachtet und meinte daraufhin:

»Ich glaube, wir drei gehen jetzt zu mir. Dort bereite ich uns einen Tee zu und dann erzählen Sie mir, was ihnen auf der Seele liegt.«

»Ich halte das für keine gute Idee, Bruder Benedikt«, intervenierte Sven.

»Ich schon, ich sehe doch ihre Verzweiflung. Lassen Sie sich doch helfen. Sie haben gerade etwas von *lebensrettend* gesagt. Da kann ich nicht einfach weghören und zur Tagesordnung übergehen«, er sah Sven mit einem auffordernden Lächeln an. »Nun kommen Sie schon. Geben Sie sich einen Ruck. Sie können es mir doch einmal erzählen. Ich kenne mich hier in der Kirche gut aus. Wenn Sie also etwas suchen, dann ist es mit meiner Hilfe sicher leichter, als ohne.«

Bruder Benedikt führte sie zurück, durch die Helenakapelle hindurch und hinauf zur Rotunde. Von dort bog er nach rechts ab zum franziskanischen Konvent. Sie mussten eine Menge Stufen steigen, bis sie in der Kammer von Benedikt ankamen. Mehr als eine Kammer konnte man das wahrlich nicht nennen. Der Franziskaner lebte äußerst bescheiden auf kleinstem Raum. Ein Tisch, ein Schrank, ein Stuhl und ein

Bett. Über dem Bett ein kleines Fenster. Zwei Glühlampen an der Decke. Zu einem Lampenschirm hatten sie es noch nicht gebracht. Auf dem Tisch stand eine Leselampe. Mehrere Bücher lagen aufgeschlagen darauf und an der Seite standen ein Wasserkocher, zwei Gläser sowie zwei Tassen. Der Wasserkocher steckte in einer Mehrfachsteckdose, die sicher nicht europäischen Standards entsprach.

»Herzlich willkommen in meiner bescheidenen Hütte«, sagte Benedikt und deutete den beiden an, doch auf dem Bett Platz zu nehmen. Eine andere Sitzgelegenheit gab es für Gäste nicht. Wahrscheinlich empfing Benedikt nicht allzu oft Besucher.

»Wie kann ich Ihnen also helfen? Was suchen sie denn?«

Sven sah den Mönch fragend an: »Wo sollen wir anfangen zu erzählen? Haben Sie etwas länger Zeit? Dann berichte ich ihnen die Geschichte von Anfang an.«

»Moment, ich sage meinen Brüdern Bescheid, dass ich erst heute am Nachmittag wieder zur Verfügung stehe. Das ist kein Problem.«

Er verließ den Raum und kam nach ein paar Minuten zurück.

»So, nun habe ich Zeit!«

Zuerst berichtete Julia von Ihrer Tante und ihrem Onkel. Dann übernahm Sven. Zwischendrin stellte Benedikt Fragen. Dann hörte er wieder schweigend zu. Als Sven mit seinem Bericht geendet hatte, wollte Benedikt wissen, was ihre nächsten Schritte wären.

»Die Kartusche muss hier sein! Alle Hinweise deuten darauf hin.«

»Würde es Euch helfen, wenn ihr Euch nachts hier umsehen könntet. Da ist es zwar auch nicht ganz ruhig, weil die einzelnen Konfessionen ihre Andachten abhalten und in der Kirche weihräuchern. Aber es wären keine anderen Besucher da, oder nur einzelne. Ich regle das mit den anderen Gemeinschaften. Das geht schon in Ordnung. Wir haben ab und zu nachts Gäste hier. Die meisten gehen wieder gegen 23 Uhr. Aber ihr könnt auch bis zum Morgen bleiben.«

»Vielen Dank, Bruder Benedikt!«

«Das wäre wirklich hilfreich!«, lächelte Julia ihn an und stand auf.

»Dürfen wir sie nun zum Essen einladen?«

»Da sage ich nicht nein. Ich kenne gleich in der Nähe eine Möglichkeit, wo wir gut und preiswert essen können. Vor allem können wir uns dort auch ungestört unterhalten.«

Sie gingen aus der Kirche über den Platz, in die Gassen der Altstadt hinein. Bruder Benedikt führte sie zu einem kleinen Speiselokal, das von einer muslimischen Familie geführt wurde, mit der Benedikt befreundet war. Nach dem Essen blieben sie noch eine Weile sitzen und tranken Espresso.

»Wo wart ihr denn jetzt schon überall in der Grabeskirche?«, wollte der Mönch wissen.

»Ich zähle auf: die Rotunde mit der Aedicula, Salbungsstein, Adamskapelle, Golgatha und Nabel der Welt. Den Rest haben wir gemeinsam mit Ihnen angesehen.«

»Zum Grab des Josef von Arimathia wollen wir noch. Und sonst würde ich sagen, dass wir einfach durch die Kirche gehen und suchen, ob uns etwas auffällt. Die beiden ersten Kartuschen waren so versteckt, dass man sie nur gesehen hat, wenn man wusste, dass sie sich in diesem Bereich befinden müssen. Sonst wären sie nie aufgefallen.«

»Tja, und hier stehen wir auf dem Schlauch, wir haben keine Ahnung, wo im Gebäude wir genau suchen sollen. Diesmal ist es erheblich schwieriger. Die Hinweise der Kartusche haben uns hierher in die Grabeskirche geführt. Weiter sind wir noch nicht gekommen.«

»Jetzt machen wir es so - ihr kommt heute Abend vor der Torschließung. Ich nehme Euch in Empfang. Bringt alle Unterlagen mit. Vielleicht kommt mir eine Idee, wo das Versteck sein könnte!«, schlug Benedikt vor.

»Gut, dann sehen wir uns heute Abend!«

Sie verabschiedeten sich von Benedikt und gingen in Richtung ihrer Unterkunft.

In ihrem Quartier sahen sie die Aufnahmen an, die sie in der Grabeskirche gemacht hatten. Aber sie konnten die Bilder vergrößern, wie sie wollten, sie entdeckten weiterhin keinerlei Hinweis auf das Versteck der Kartusche. Es kam einfach nicht dieser Impuls, der anzeigte, dass man die durchschlagende Idee hatte.

Nach einiger Zeit sagte Sven: »Ich möchte noch gerne zum Tempelberg gehen und mich dort ein bisschen umsehen, wenn ich schon einmal hier bin. Und da wir noch ein paar Stunden Zeit haben, bevor wir wieder zur Grabeskirche gehen, bietet sich das doch an.«

»Dann vergeht die Zeit auch schneller.«

Während sie durch die Gassen gingen, meinte Julia:

»4000 Jahre Geschichte - Ist schon beeindruckend. Alle drei Religionen, Islam, Judentum und Christentum haben hier ihre Wurzeln.

Alle drei Religionen haben Moses und Abraham als Basis ihres Glaubens, alle drei geben vor von Abraham abzustammen: die Christen und Juden von Isaaks Linie und die Muslime von der Ismaels.

Angefangen hat es mit dem Judentum eigentlich mit Moses, als er auf dem Berg Sinai die 10 Gebote von Gott empfangen hat. War er nicht 40 Tage auf dem Berg und kam mit Brandmalen zurück zu seinem Volk? Verbrannt vom brennenden Dornbusch. Dessen Reste stehen am Berg Sinai im Katharinenkloster. Moses hatte den Auftrag von Jahwe, die Bundeslade zu bauen. Darüber sprachen wir schon in Chartres. Er sollte ein Stiftszelt errichten mit dem Schaubrottisch zum Auslegen der Brote, der Menora und der Bundeslade mit den Zehn Geboten.«

»Moses sah das Gelobte Land nicht mehr, er starb vorher auf der Reise.«

»Das Volk Israel kam dann nach Jericho. Das eroberten sie, indem sie dreimal mit der Bundeslade um Jericho herumgingen. 1000 vor Christus trat dann König David auf die Bildfläche. Er wollte den Tempel bauen, aber Gott sah Blut an seinen Händen. Mit blutigen Händen sollte der Tempel nicht erbaut werden. So bekam nach Davids Tod sein zweitgeborener Sohn Salomo die Aufgabe, den Tempel auf dem Berg Moriah zu errichten. Das war um 970 vor Christus. Die Bautätigkeit dauerte sieben Jahre. Salomos Herrschaft währte 40 Jahre. Die Dynastie Davids hielt sich 400 Jahre an der Macht in Judäa. Für viele Angreifer war das Gold des Tempelschatzes ein Anziehungspunkt. Um 500 vor Christus kamen die Juden in Babylonische Gefangenschaft. Bei diesem Überfall verschwand die Bundeslade. Seitdem weiß niemand mehr über ihren Verbleib Bescheid. Menora und Schaubrottisch, alles aus Gold, wurde dann 70 nach Christus von Titus erbeutet und in einem Triumphmarsch nach Rom gebracht. Die Truppen des Titus wüteten wie Berserker in Jerusalem. Das Erbeuten der Menora kann man heute noch auf dem Titusbogen in Rom betrachten. Mit dem gestohlenen Gold des Schaubrottischs hat Titus angeblich die Fertigstellung des Colosseums finanziert.«

»Der Schaubrottisch alleine wog knapp 100 Kilo. Da kann man natürlich verstehen, dass er geraubt wurde.«

»Und woher weiß man das?«

»Wissenschaftler haben aufgrund der Größenangaben das Gewicht berechnet.«

»Die Menora wurde schon an den unterschiedlichsten Orten vermutet. Sogar in Byzanz.«

»Weißt du übrigens, warum die Menora sieben Arme hat?«, fragte Sven.

»Weil die Schöpfung sieben Tage dauerte, oder?« Sie kamen zum Tempelberg. Aber man ließ sie nicht hinaufgehen. Es liefen Bewaffnete herum und wiesen sie an wieder umzukehren.

»Ist das nicht beeindruckend! Der *Haram el-Sharif* ist das dritte Heiligtum der Muslime nach Mekka und Medina. So wird der Tempelberg auf Arabisch genannt. Hebräisch heißt er *Haram ha Bayit* und in der Bibel wird er *Berg Moriah* genannt. Juden und Muslime sagen, dass Abraham hier seinen Sohn opfern wollte. Zuerst stand hier der Tempel Salomos, nach dem auch die Kreuzritter gesucht hatten, als sie in der Al-Aqsa Moschee lebten. Nach Salomos Tempel stand hier der Tempel des Herodes. Dieser wurde beim Angriff des Titus im Jahr 70 zerstört. Ab dann gab es auf dem Tempelberg keine jüdischen Bauten mehr. Justinian baute 530 auf dem Tempelberg die Marienkirche, die später vom Sohn Abd el-Maliks, al Walid, zur Al-Aqsa-Moschee umgestaltet wurde. Sie heißt auch die ferne Moschee, da sie fern von Mekka steht. Der Felsendom selbst wurde von Abd el-Malik 691 errichtet. Er ist keine Moschee, sondern ein Schrein über dem Felsen. Auch hier haben wir wieder ein Achteck. Um den Felsen kann man in drei Umgängen herumgehen. Diese Umgänge sollen dem Rundgang um die Kaaba in Mekka entsprechen. Von dem Felsen aus soll Mohammed seine Nachtreise begonnen haben. Er stieg vom Felsen aus, auf seiner Stute sitzend, in den Himmel zu Allah auf und kehrte dann am nächsten Morgen nach Mekka zurück.«

»Es gibt sogar Bestrebungen von radikalen Juden, den Felsendom abzureisen und dort wieder einen Tempel á la Salomo aufzubauen.«

»Das würde Krieg bedeuten. - Die Bevölkerung in Jerusalem besteht zu zwei Dritteln aus Juden, einem Drittel Muslimen. Nur zwei Prozent aller Einwohner sind Christen. Und doch ist der riesige Tempelberg ganz in muslimischer Hand. Das stinkt den Juden natürlich ganz gewaltig.«

»Im Internet habe ich gestern über das Leben Mohammeds nachgelesen. Er war eine schicksalsbeladene Person. So war mir das gar nicht in Erinnerung. Sein Vater starb schon vor seiner Geburt und seine Mutter, als er gerade mal sechs Jahre alt war. Da er so klein war, adoptierte ihn ein Onkel und nahm ihn mit auf seine Geschäftsreisen.

Mohammed kam so viel herum. Er kannte sich deshalb auch gut mit dem Judentum und dem Christentum aus. Er studierte deren beider Schriften und verehrte somit auch Jerusalem als Heiligtum. In Mekka lernte er seine wesentlich ältere Frau kennen, eine Witwe. Sie hatte einen florierenden Karawanen-Handel. Mohammed half ihr bei ihren Geschäften. Im Jahre 610 hatte Mohammed seine erste Offenbarung durch den Erzengel Gabriel. Danach fühlte er sich als Prophet auserwählt und begann zu predigen. So entstanden im Laufe von 20 Jahren die 114 Suren des Koran. Leitlinien waren Gerechtigkeit, Unterwerfung unter den Glauben und Gleichheit der Menschen. Mohammed erkannte auch Jesus an, nicht als Sohn Gottes, sondern als Prophet. Ebenso waren David und Salomo für ihn Propheten. Er respektierte die Bibel und ebenso glaubte er an die Apokalypse und, dass diese in Jerusalem stattfinden würde. Wegen der Apokalypse kamen die Pilger nach Jerusalem. Das Ziel des Pilgers war, in Jerusalem zu sterben, um dem Himmelreich nah zu sein. Es war eben das himmlische Jerusalem.«

»Da haben wir es wieder: Die Menschen erwarteten nach dem Tod ein besseres Leben.«

»Das irdische Leben war für die meisten Menschen nicht besonders lebenswert. Aber zurück zu Mohammed: In Medina gründete er die Umma, seine Glaubensgemeinschaft. Das war im Jahre 622 und da beginnt auch die islamische Zeitrechnung. Die Gebetsrichtung, *Quibla* genannt, war nach Jerusalem ausgelegt, wie es auch die Juden praktizierten. Als aber die Juden Mohammeds Offenbarung nicht anerkannten, änderte er die Gebetsrichtung nach Mekka. Mohammed musste harte Kämpfe austragen, bis er Medina und Mekka für sich eingenommen hatte. 632 starb er im Alter von 62 Jahren.«

Die Al-Aqsa-Moschee dort drüber bietet Platz für 5000 Gläubige. Sie ist somit die größte Moschee Israels.«

Sie sahen sich noch eine Weile um. Dann meinte Sven:

»Wir müssen jetzt zurückgehen.«

Abends waren in den Gassen noch mehr Menschen unterwegs. Im Hof der Grabeskirche wartete Bruder Benedikt und unterhielt sich mit einem anderen Franziskaner. Sie winkten ihm zu.

»Hallo ihr beiden. Habt ihr einen schönen Nachmittag verbracht?«

»Wir waren am Tempelberg. Sehr beeindruckend. Leider konnten wir nicht näher ran gehen!«

»Das ist Pech, meistens lassen sie keinen Ungläubigen hinauf!«

Bruder Benedikt nahm sie mit zu seiner Kammer. Dort hatte er Wasser und Saft hergerichtet und sogar ein paar Brotscheiben, um seine Gäste zu bewirten.

»Haben Sie die Bilder der Kartusche dabei?«

Sven nahm das iPad von Julia aus dem Rucksack, wählte die Fotodatei und reichte es Benedikt.

»Hier können Sie die Bilder der Reihe nach durchblättern!«

Schweigend betrachtete Benedikt die Bilder.

»Das hättet ihr mir heute Mittag schon zeigen sollen! Ich bin ziemlich sicher, wo ihr suchen müsst. Zwei Orte kommen in Frage. Der eine ist gleich hier im Hof der Grabeskirche. Dieses Schiff ist nicht das Schiff in der Vartankapelle, sondern ein Schiff, das man in der Frankenkapelle gefunden hat. Die zwei Löwen, zusammen mit den Arkanthusblättern, sind draußen an der Frankenkapelle angebracht. Zum Glück gehört die Kapelle zu unserem Zuständigkeitsbereich, sonst hätte es schwierig werden können, dort genauer nachzusehen. Wenn ihr die Kartusche da nicht findet, dann könnt ihr Euch gleich wieder auf die Reise machen.«

»Können wir gleich rausgehen in den Hof?«, wollte Julia wissen.

»Nein, ihr kennt doch das Tor-Ritual. Wir können nachts nicht mehr hinaus. Aber gleich morgen früh, wenn das Tor nach Sonnenaufgang geöffnet wird. Ich begleite Euch dann auf den Platz. Jetzt seid ihr leider dazu verdonnert, hier die Nacht zu verbringen. Wenn ihr schon da seid, dann lasst doch das nächtliche Treiben in der Grabeskirche auf Euch wirken. Nicht viele Menschen können das miterleben.«

Und so verbrachten sie die Stunden bis zum Morgen in der Kirche und beobachteten die verschiedenen Konfessionen beim Ausüben ihrer Rituale. Benedikt führte sie an die verschiedensten Stellen innerhalb der Kirche. Da Benedikt sicher war, wo sie suchen mussten, gaben sie es für diesen Abend auf, weiter auf eigene Faust umherzustreifen. Sie vertrauten Benedikts Angaben. Und so vergingen die Stunden bis zum Morgen relativ schnell.

TEIL VI

Um vier Uhr morgens öffnete sich die Türe nach draußen. Sie waren sehr müde. Die ganze Nacht hatten sie das Geschehen in der Kirche begleitet und auf sich wirken lassen. Wenn die einzelnen Mönche sich zur Meditation in das Grab Jesu zurückzogen und dort in Andacht versunken vor dem Grab knieten oder saßen. Wie gläubig diese Mönche waren. Sie leben dort in einer Spartanität und Spiritualität, die für Außenstehende unfassbar ist.

Morgens mussten Julia und Sven wieder in die Realität zurückkehren. Benedikt hatte eine Leiter organisiert und begleitete sie in den Hof. Sie gingen rechts an der Treppe zur Frankenkapelle vorbei und wendeten sich dann an der südlichen Seite dem Fresko in der rechten oberen Ecke zu. Sven stieg hinauf und inspizierte die beiden Löwen, beziehungsweise was im Lauf der Jahrhunderte davon übrig geblieben war. Er befühlte die Oberfläche Zentimeter für Zentimeter, trotzdem konnte er keine Kartusche finden. Einmal meinte er, ein Bein eines der beiden Löwen würde sich lösen und könnte eine Kartusche enthalten. Aber leider war das ein Irrtum. Er stieg wieder herunter und ging zu Julia.

»Steig du auf die Leiter und versuche dein Glück - ich finde nichts.«

Julia versuchte es einige Minuten und tastete alle Stellen mehrfach ab. Aber auch sie kam wieder von der Leiter herunter und schüttelte den Kopf.

»Nein, ich finde auch nichts. Lass uns an dieser Stelle abbrechen!«, sagte sie enttäuscht.

Sven nahm die Leiter mit und sie gingen zurück in die Kirche. Sie begleiteten Benedikt noch einmal in seine Kammer.

»Setzt Euch doch! Also, ich war vor einem Jahr für vier Wochen im Katharinenkloster am Sinai. Als ich gestern die Bilder der Kartusche sah, erkannte ich die beiden Musterlinien. Es sind eindeutig die Muster an den Deckenbalken der Kirche im Katharinenkloster. Und ich bin mir relativ sicher, dass das Blättermuster, das sich über die ganze Fläche ausbreitet, der Dornbusch sein soll. Ich weiß nicht, ob ihr es auf dem Bild gesehen habt, da ist eine zarte Linie zu erkennen. Die symbolisiert den Stamm des Dornbuschs. Im Katharinenkloster gibt es einen Ableger des Dornbuschs, der bei Moses in Flammen aufging. Es gibt dort auch die Kapelle des brennenden Dornbuschs. Ich vermute, die Kartusche ist da, wo der Stamm des Dornbusches stand. Deshalb ahnte ich schon gestern Nacht, wo eure Alternative liegt. In dieser Dornbusch-Kapelle müsst ihr suchen. Da steht ein kleiner Altar in der Apsis. Ehrlich gesagt, kein Schmuckstück. Ihr werdet es sehen. Und zwar steht er auf einer Marmorplatte, die jene Stelle bedeckt, an der der Dornbusch ursprünglich wurzelte. Dort muss es sich befinden. Das ist ein absolut sicheres Versteck. Dort kommen Ungefugte nicht hinein. Vollkommen ausgeschlossen. Die Kapelle ist für die Öffentlichkeit absolut gesperrt.«

»Dann sollten wir so schnell wie möglich zwei Flüge nach Scharm el-Sheikh buchen!«, schlug Julia vor.

Beide erhoben sich und bedankten sich herzlich bei Benedikt für seine Hilfe.

»Passt auf Euch auf! Ich bete für euer Gelingen und, dass euer Freund wieder freikommt. Ich werde mich umgehend mit Pater Franziskus im Katharinenkloster in Verbindung setzen und euer Kommen ankündigen. Er wird Euch helfen. Ich melde mich bei Euch!«

»Hoffentlich haben wir sie nicht in Gefahr gebracht«, meinte Julia zum Abschied.

»Machen sie sich keine Sorgen um mich. - Gute Reise«, und er schüttelte Sven herzlich die Hand zum Abschied.

Benedikt begleitete die beiden bis zum Tor der Grabeskirche und sah ihnen noch nach, bis sie um die Ecke in den Basar verschwunden waren.

Die beiden hatten Glück und bekamen noch am Nachmittag einen Flug nach Sharm el-Sheikh. Sie nahmen sich keine Unterkunft dort, sondern fuhren sofort zum Katharinenkloster. Bruder Franziskus hatte ihre Abholung am Flughafen organisiert. Es kam ein alter, klappriger Kleinbus, der sicher schon 40 Jahre auf dem Buckel hatte. Aber für die Verhältnisse hier am Sinai war er fraglos noch in Top Zustand. Sie fuhren stundenlang durch die Wüste. Der Fahrer sagte kein Wort. Also sahen Julia und Sven die mondbeschienene Landschaft stumm an sich vorbeifahren. Jeder hing seinen Gedanken nach. Julia kam die Zeichnung des Katharinenklosters in den Sinn. Ob sie hier wohl fündig werden würden?

Benedikt hatte ihnen angedeutet noch weitere Nachforschungen anzustellen und sich dann auf ihrem Handy zu melden. Vielleicht fand er noch einen Hinweis.

Sie kamen mitten in der Nacht an. Zum Glück ließ man sie beim ebenerdigen Eingang hinein und sie mussten sich nicht durch den Lastenkorb hochziehen lassen. Früher gab es nämlich keinen ebenerdigen Zugang zum Kloster. Aus Sicherheitsgründen mussten sich Besucher in einen Korb stellen. Mit Hilfe einer Winde wurden sie dann darin nach oben gezogen. Diese Winde gibt es immer noch, denn auch heute noch werden Nahrungsmittel und sonstige Lieferungen über diesen Eingang nach oben transportiert.

Als sie durch den Eingang traten, empfing sie ein freundlicher Mönch, der Mitte vierzig sein durfte.

»Guten Tag. Ich bin Bruder Franziskus. Mein Freund Benedikt hat mich benachrichtigt und euer Kommen avisiert. Er hat mich gebeten, Euch sobald als möglich in unsere Kirche zu lassen. Ihr hättet ein Unterfangen, bei dem es um Leben und Tod gehe und ich solle Euch keine weiteren Fragen stellen!«, sagte er mit einem wissenden Lächeln.

»Vielen Dank, dass ihr uns helfen wollt«, streckte Julia ihm die Hand zur Begrüßung entgegen.

»Wir würden Euch gerne einweihen, doch es ist zu gefährlich. Wenn wir den gesuchten Gegenstand nicht finden, dann kann es das Leben eines guten Freundes kosten!«, teilte Sven ihm mit.

Darauf führte Bruder Franziskus die beiden direkt zur Kirche, ohne weitere Fragen zu stellen.

»Eigentlich ist es sonst unmöglich, einfach so hier in die Kirche zu gelangen. Aber in diesem Fall können wir uns wohl kaum verweigern. Solange ihr uns kein Kunstwerk raubt!«

»Nein, das kann ich Ihnen versichern. Ihr könnt auch gerne sehen, was wir mitnehmen. Nur erklären kann ich es Ihnen nicht. Deshalb wollen wir auch möglichst schnell wieder von hier verschwinden, damit sie alle nicht in Gefahr geraten.«

»Wir haben schlechte Erfahrungen mit Gästen und auch Forschern gemacht.- Habt ihr schon von Constantin von Tischendorf gehört?« Franziskus sah die beiden fragend an und erklärte: »Er hat im 19. Jahrhundert hier in unserem Kloster den berühmten *Codex Sinaiticus* gefunden.«

»Das ist doch die älteste Bibelhandschrift der Welt«, sagte Sven.

»Genau. Und diesen Codex hatte Tischendorf mitgenommen. Heute lagern die Teile des Codex in London, Leipzig, Petersburg und ein kleiner Teil noch hier bei uns. Bis heute kämpfen wir darum, den Codex

223

zurückzuerhalten. Erfolglos. Seitdem geben wir nichts mehr heraus. Immerhin haben wir die größte Sammlung von alten Handschriften nach dem Vatikan. Über sechstausend Schriften lagern hier. Der Codex ist aus dem 4. Jahrhundert und enthält - wie Sie schon anmerkten - die älteste Ausgabe des Neuen Testaments; es sind auch Evangelien dabei, die nicht in das offizielle Neue Testament aufgenommen wurden. Im Codex sind diese Teile erhalten. Verstehen Sie, da sind Teile verschwunden, die vielleicht über manches Detail aus dem Leben Jesu Auskunft geben könnten. Wahrscheinlich sind sie gerade deswegen verschwunden. Wir hoffen immer noch, weitere Teile davon zu finden. Schließlich wurden auch in den 70er Jahren noch Teile in einem unbekannten Raum hier im Kloster entdeckt. So etwas kann jederzeit wieder geschehen. Wahrscheinlich gibt es hier noch mehrere vergessene Winkel auf dem Klostergelände. Schließlich ist das hier die älteste Klosteranlage der Welt. Das Katharinenkloster steht seit seiner Gründung im 6. Jahrhundert. Es hatte einen Schutzbrief von Mohammed; selbst Napoleon schützte das Kloster. Kalif El-Hakim wollte es einst zerstören. Nachdem eine Moschee samt Minarett dort stand, traute er es sich dann doch nicht. Deshalb konnte sich hier die byzantinische Kunst erhalten. Hier gibt es knapp 2000 Ikonen. - Ihr müsst mir versichern, dass ihr nichts mitnehmt, was mit diesem Kloster und seiner Geschichte zu tun hat. Sonst bringe ich Euch nicht in die Kirche.«

»Das garantieren wir Ihnen. Das Sinai-Kloster ist rein zufällig einer der Orte, an dem dieser Gegenstand versteckt wurde. Mit dem Kloster hat das nichts zu tun. Und auch nicht mit dem Codex Sinaiticus«, versicherte Julia dem Mönch.

»Dann lasst uns ans Werk gehen!«, forderte Franziskus auf und sperrte die alte, große Holztüre zur Kirche auf. Er flüsterte: Alles hier ist original, also bitte so wenig wie möglich berühren!«

»Wir passen auf. Wir wollen nichts beschädigen.«

Sie betraten den Innenraum der alten Kirche. Und tatsächlich, an der Decke sahen sie die Vogelmuster, die auch auf der Platte zu sehen waren. Die Deckenbalken waren in Rot- und Goldtönen damit verziert.

»Wir müssen in die Kapelle des brennenden Dornbuschs!«, sagte Sven zu Bruder Franziskus. Dieser drehte sich erschrocken über das Anliegen um.

»Die ist nicht zugänglich für Außenstehende!«

»Das wissen wir! Deshalb wird auch dort das Versteck sein. Damit der Gegenstand nicht so leicht gefunden werden kann. Bitte, Franziskus! Es ist wichtig!«, bat Julia.

»Ich darf Euch da nicht hineinlassen!«

»Bitte - sonst war der ganze Weg hierher umsonst!«

Franziskus überlegte lange Sekunden. Dann sah er Julia und Sven an: »Gut! - Ihnen ist hoffentlich klar, dass ich schlimmen Ärger mit dem Bischof bekommen werde.«

»Das tut uns auch aufrichtig leid. Aber es hängt wirklich das Leben unseres Freundes davon ab. Wir sagen das nicht zum Spaß!«

Franziskus führte sie an der linken Seite der Apsis vorbei durch eine Türe in eine Seitenkapelle. Von dort ging es rechts in die Kapelle des brennenden Dornbuschs. Sie lag genau hinter der Apsis der Kirche. Der Boden war mit Teppichen ausgelegt. Mit sehr edlen Teppichen. Franziskus deutete ihnen, die Schuhe auszuziehen. Sie taten es bereitwillig. Sie wollten ihn nicht noch mehr stressen, als sie es ohnehin durch ihre Anwesenheit hier taten.

Der Raum war im maurischen Stil mit blau-weißen Fließen gekachelt und an der Vorderseite bildete sich eine kleine Apsis mit goldenem Mosaikhimmel. Darin stand ein einfacher Altar mit vier Holzbeinen auf eben jener Marmorplatte, die den Standort des Dornbuschs verdeckte. Ein Loch im Marmor zeigte die vermutliche Stelle des Stammes. An der Vorderkante war eine geriffelte Kante, die ein Gitter hielt.

Sven kniete sich davor und betastete die Kante und die Vorderseite. Er probierte, ob sich etwas bewegen ließ.

»Bitte macht nichts kaputt«, flehte Franziskus ängstlich.

»Ich versuche ganz vorsichtig zu sein, aber hier muss es zu finden sein. Die anderen Teile waren immer in Fresken eingearbeitet. Das kann hier nicht der Fall sein. - Hier ist ein Hohlraum drunter.«

»Oh nein - ihr könnt hier nichts herausbrechen!«

»Nicht so laut, Bruder Franziskus, bitte!»

Sven tastete weiter. Dann rüttelte er vorsichtig an der Silberplatte, die unter dem Altartisch angebracht war und das Loch umrandete. Plötzlich rutschte diese leicht hin und her. Nur ein paar Millimeter. Sven versuchte die Platte ein kleines Stück anzuheben und hatte sie plötzlich in der Hand.

Franziskus entwich ein Schrei des Entsetzens.

»Bitte verraten Sie uns jetzt nicht. Ich setzte die Platte gleich wieder auf. Da sieht man hinterher gar nicht, dass sie entfernt wurde.«

Sven tastete mit der Hand vorsichtig in das Loch, das sich aufgetan hatte. Er musste sich weiter unter den Altartisch beugen, um rund zu tasten, ob dort etwas lag. Als er die Hand wieder herausnahm, hatte er etwas in der Hand. Es war ein in Ölpapier eingeschlagenes Paket. Er sah Julia mit großen Augen an.

»Das ging schnell! Was haben wir alles abgesucht in Jerusalem und nun haben wir innerhalb einer halben Stunde die Kartusche gefunden.«

»Was für ein Glück, dass wir Benedikt getroffen haben!«, lächelte Julia erleichtert. »Aber jetzt verschließ schnell wieder das Loch und dann sehen wir, dass wir hier wegkommen.«

Sven setzte vorsichtig die Silberplatte wieder auf den Rand des Lochs.

»Sehen sie, Bruder Franziskus! Es ist nichts beschädigt. Kommen Sie, sehen Sie es sich genau an. Dann sind sie beruhigt. Die Platte war nur locker aufgelegt und nicht befestigt. Ich habe nichts beschädigt.«

Bruder Franziskus beugte sich unter den Altar und begutachtete die Stelle.

»Gott sei Dank! Aber jetzt schnell raus aus der Kapelle. Der Fahrer wartet auf Sie.«

Sie verließen schnell die Kirche und begaben sich mit Franziskus zum Gästeflügel. Dort saß der Fahrer auf einer Stufe und rauchte eine Zigarette.

»Er hat sich jetzt etwas gestärkt und wird sie beide gleich wieder zurück nach Sharm el-Sheikh bringen. Gute Reise! Kommt gut zu Hause an. Und ich wünsche Euch von Herzen, dass euer Unterfangen gelingt! Gott mit Euch!« Er reichte Sven und Julia die Hand zum Abschied, dann drehte er sich um und ging schnellen Schrittes zurück zur Kirche. Er machte keinen Hehl daraus, dass er froh war, dass die beiden wieder abfuhren.

Der Fahrer führte sie durch den Ausgang zu dem Kleinbus, mit dem sie hergekommen waren.

Als sie im Wagen saßen, sagte Julia: »Hast du die Kartusche gut eingepackt?«

»Ja, ich habe sie in mein Sweatshirt eingewickelt und ganz unten in meinem Rucksack verborgen. Da ist sie gut aufgehoben.«

»Franziskus konnte uns gar nicht schnell genug loswerden.«

»Das kann ich schon verstehen. Ihm ist die ganze Sache unheimlich gewesen. Ob er Benedikt einen Gefallen geschuldet hat, weil er uns so unkompliziert in diese Kapelle geführt hat?«

»Macht fast den Anschein. Denn es war ihm gar nicht recht, dass wir die verbotene Kapelle betreten haben.«

»Egal - wir haben das Teil und jetzt geht es nur darum, so schnell wie möglich nach Hause zu kommen.«

»Nein - erst müssen wir die Kartusche öffnen und fotografieren!«

»Aber wir müssen doch sehen, dass wir so schnell wie möglich Meier die Kartusche übergeben!«

»Das schon! - Wir müssen überhaupt sehen, wie wir das Ding nach Deutschland bekommen. Wir kommen nie mit dem Artefakt durch die Kontrollen - hast du daran schon gedacht? Genau darauf achten die doch, wenn du aus solchen Ländern zurückkommst. Aus Frankreich mit dem Auto war es kein Problem. EU-Gebiet, da gibt es keine Kontrollen mehr. Aber hier!«

»Du lieber Schreck - nein - das hatte ich wirklich ganz außer Acht gelassen. Und wie willst du jetzt vorgehen?«

»Lass uns zuerst ein Hotelzimmer nehmen. Dann entfernen wir die Platte von der Kartusche und machen unsere Bilder. Auch vom Papyrus. Jetzt brauchen wir auch nach dem Öffnen nicht mehr die Platte daran zu befestigen. Diesen Leuten ist klar, dass wir alle Informationen brauchen, die wir nur kriegen können. Und ob sie jetzt erfahren, dass wir in die Tonröhre hineinsehen, ist mir egal!«

Sie kamen am Morgen in Sharm el-Sheikh an. Sie fragten in einem großen Hotel nach einem Zimmer. Es war teuer. Sehr teuer. Aber sie hatten jetzt keine Zeit, Preisvergleiche anzustellen. Sie waren staubig, verschwitzt und zum Umfallen müde. Schließlich waren sie seit über 24 Stunden auf den Beinen. Sie machten sich zuerst frisch. Anschließend frühstückten sie auf dem Zimmer und machten sich an die Arbeit.

Sven hatte relativ schnell die Silberhülle aufgeschnitten und abgenommen. Er achtete jetzt nicht mehr darauf, ob er genau die Nahtstelle erwischte. Hauptsache er zerstörte nicht die Punzierungen. Er klappte die Platte auf und legte sie auf eine weiße Stoffserviette, die er vom Frühstücksgedeck genommen hatte. Die Platte hatte die gleiche Form wie die ersten beiden Silberverkleidungen. So machten sie jede Menge Aufnahmen. Beide Seiten lichteten sie aus allen möglichen Winkeln ab. Julia leuchtete mit der Tischlampe und einer Nachttischlampe das Motiv aus. Dann öffnete Sven den Verschluss der Kartusche und zog vorsichtig mit einer Pinzette die zusammengerollte Papyrus-Rolle heraus. Er legte sie auf den Glastisch, auf ein weißes Stück Papier und Julia beleuchtete mit der Lampe von unten das Objekt. Zwei Lineale lagen als Maßstab oben und seitlich an. So fotografierte er viele Male, um sicherzugehen, dass der Papyrus nachher von einem Spezialisten auch entziffert werden konnte. Danach steckten sie die Rolle zurück in die Tonröhre und wickelten lose die Silberplatte darum. Sven spannte noch ein Gummiband darum. Alles zusammen schlugen sie wieder in das Ölpapier ein und steckten es in einen Umschlag, den sie im Schreibtisch des Hotelzimmers gefunden hatten.

»Jetzt rufe ich Meiers Nummer an!«

»Und wie willst du das Teil übergeben?«

»Wenn dieser Meier das Teil will, dann soll er sich darum kümmern, wie er es nach Deutschland bringt. Das kann nicht mein Problem sein. Wir verfügen nicht über derartige *Connections*, dass uns jemand eine so brisante Post nach Deutschland befördern würde. Wir haben jetzt die Informationen der Kartusche und können eigentlich gleich hier weiterarbeiten, um unser nächstes Ziel zu erreichen, oder?«, meinte Sven.

»Dann verlieren wir auch keine Zeit, mit Umwegen über Deutschland.«

Sven wählte die Nummer, die Meier ihm gegeben hatte, und ging zum Sprechen hinaus auf die Terrasse vor dem Zimmer. Sie waren ganz oben im Hotel, die Aussicht war wunderbar.

Julia saß auf dem Rand der Couch und beobachtete Sven.

Nach ein paar Minuten beendete Sven das Telefonat und kam auf Julia zu.

»Und, was hat er gesagt? Wie geht es Peter?«

»Ich soll mir um ihn keine Sorgen machen! Wenn ich dran denke, wie schlecht er bei unserer letzten Begegnung ausgesehen hat, möchte ich mir nicht vorstellen, wie er heute beieinander ist. - Und wegen der Kartusche: Wir hinterlegen den Umschlag an der Rezeption. Er hat mir die Adress-Daten gegeben, die wir auf den Umschlag schreiben sollen. In einer Stunde wird das Ding am Empfang abgeholt und damit gilt der Handel: Eine weitere Kartusche ist an ihn abgeliefert. - Bin ich froh, wenn wir die anderen vier auch übergeben haben.«

Er setzte sich erschöpft zu Julia auf die Couch und zog sie an sich.

Aber Julia sagte: «Erst hinterlegen wir die Kartusche an der Rezeption. Dann nehmen wir uns den Tag frei. Wir sind seit gestern Morgen auf den Beinen. Meine Konzentrationsfähigkeit ist dahin. So ermüdet kommen wir sowieso nicht auf die nächste Fundstelle. Er ging zum Schreibtisch, beschriftete den Umschlag.

»Ich gehe schnell runter in die Lobby. Ich bin gleich wieder da!«

Er griff den Umschlag und ging aus dem Zimmer. Während seiner Abwesenheit telefonierte Julia mit Lisa und teilte ihr den Stand der Dinge mit.

Eine halbe Stunde später kam Sven wieder aufs Zimmer mit einer Tüte in der Hand.

»Ich habe mir schon Sorgen gemacht, wo du bleibst«, sagte Julia besorgt.

»Ich habe uns eine Kleinigkeit mitgebracht«, und er öffnete die Tüte, holte einen Bikini, eine Badehose, zwei Strandtücher und eine Sonnencreme heraus.

»Wir gehen nachher an den Pool. Einfach entspannen. Hier gibt es übrigens einen Spa, mit Massagen und allem, was man sich erträumt«, schlug Sven vor.

»Dann komm mit ins Schlafzimmer, da zeige ich dir, was ich mir erträume.«

Als Julia aufwachte, sah sie hinaus in den blauen Himmel. Die Vorhänge blähten sich in dem lauen Wind, der von draußen herein kam. Sie stand auf und ging hinaus auf die Terrasse. Wenn sie nicht in einer so misslichen Lage wären, dann wäre das jetzt eine der schönsten Zeiten ihres Lebens. Sie ermahnte sich, nicht tag zu träumen und ging ins Bad. Als sie wieder herauskam, um sich anzuziehen, verfolgte Sven ihre Bewegungen: »Ich kann mich an dir nicht sattsehen.«

»Das sollst du auch gar nicht«, lächelte sie ihn an.

Sie ging zum Bett und setzte sich zu ihm.

»Wir müssen an die Arbeit«, sie küsste ihn und stand wieder auf, um sich fertigzumachen.

Während Sven im Bad war, sagte sie:

»Ich habe mir überlegt, dass wir uns auch an die Entschlüsselung des Papyrus machen müssen. Wir dürfen uns nicht nur darauf verlegen, die Teile einzusammeln und diesen Verbrechern auszuhändigen. Wir müssen auch das eigentliche Rätsel lösen. Findest du nicht auch?« Sie lehnte mit fragendem Blick am Rahmen der Badezimmertüre.

»Aber wen sollen wir fragen. Kennst du jemanden, der so etwas macht?«, wollte Sven wissen.

»Ja, über meinen verstorbenen Onkel. Der Mann ist sicher schon im Ruhestand, aber das schmälert nicht sein Wissen. Er arbeitete damals als Paläograph in Heidelberg. Mein Onkel war mit ihm gut bekannt, auch privat befreundet. Günter und Martha lebten lange Zeit in Heidelberg. Da entwickelte sich eine richtige Freundschaft zwischen den beiden Paaren. Ich habe Thomas Beringer und seine Frau damals ein oder zweimal in der Wohnung meines Onkels getroffen. Ich war nicht sehr oft bei ihnen in Heidelberg. Aber ich erinnere mich gut an ihn. Er war sehr charmant. Was ja für einen Wissenschaftler wie meinen Onkel eigentlich ein Fremdwort war.«

»Meinst du, dass du ihn von hier aus ausfindig machen kannst?«

»Ich setze Lisa drauf an. Sie soll mir die Nummer heraussuchen«, sie nahm ihr Handy zur Hand und wählte Lisa an.

»Hallo Lisa!«

»Hey Julia! Wie geht´s Euch?«

»Heute schon besser. Wir haben gestern mal einen Tag ausgespannt und Schlaf nachgeholt. Das hat echt gut getan. - Eine andere Frage: Kannst du versuchen einen gewissen Thomas Beringer ausfindig zu machen, in Heidelberg, Paläograph. Er müsste jetzt so um die 65-68 Jahre alt sein. Er hatte Familie mit Kindern. Das lässt hoffen, dass er noch in Heidelberg lebt. Ich versuche auch von hier aus, ihn aufzutreiben. Aber du hast in Deutschland sicher die besseren und kostengünstigeren Möglichkeiten.«

»Mach ich. Ich melde mich, wenn ich etwas herausgefunden habe. Bis dann!«

Auch Julia und Sven versuchten, über die Universität in Heidelberg an die Adresse von Thomas Beringer zu kommen. Ihre Suche blieb jedoch erfolglos.

Dann machten sie sich an die Silberplatte und versuchten zu erkennen, was dargestellt war. Dieses Mal war sie in schlechtem Zustand, sogar in sehr schlechtem. Die Abbildungen waren sehr ungenau, streckenweise überhaupt nicht zu erkennen. Gerade die Buchstabenstellen.

Julias Handy klingelte.

»Hey, ich hab gute Neuigkeiten! Thomas Beringer lebt jetzt mit seiner Frau in Oberstdorf im Allgäu.«

»Wie hast du das so schnell herausbekommen?«

»Das ist ein Geheimnis! Auch ich habe meine Verbindungen! Auf jeden Fall habe ich mit ihm gesprochen. Hast du einen Stift? Ich geb dir die Nummer! Er wartet auf deinen Anruf«, sagte Lisa stolz am Telefon.

»Lisa, du bist unbezahlbar«, bedankte sich Julia.

»Ist sonst alles in Ordnung bei Euch? Keine Verfolger?«

»Alles in Ordnung bei uns. Verfolger haben wir bis jetzt keine bemerkt. Ich ruf jetzt gleich bei Beringer an. Ich melde mich wieder bei dir.«

»Was ich dir noch sagen wollte. Dein Onkel hat allem Anschein nach noch kurz vor seinem Tod Kontakt mit Beringer aufgenommen. Aber das spricht er alles mit dir persönlich durch.«

»Sonst hat er dir nichts dazu gesagt?«

»Nein - Er kennt mich doch gar nicht. Warum sollte er mir weitergehende Details erzählen?«

»Da hast du auch wieder Recht. Also - ich melde mich wieder. Ciao!«

Sie drehte sich zu Sven um: »Lisa hat mir Beringers Nummer gegeben. Er wartet auf meinen Anruf.«

»Dann nicht´s wie los!«

Sie wählte Beringers Nummer. Nach kurzem Warten meldete sich eine sonore, angenehme Stimme: »Beringer!«

»Grüß Gott Herr Beringer. Mein Name ist Julia Weiler. Ich bin die Nichte von Günter Weiler.«

»Ja, ich erinnere mich an Sie. Wir haben uns bei ihrem Onkel in Heidelberg kennengelernt. Damals waren sie noch Studentin«, erinnerte sich Thomas Beringer.

»Das wissen sie noch?«

»Sie haben mich damals sehr beeindruckt. Wie kann ich ihnen helfen?«

»Wir haben hier Bilder von zwei Papyrus-Fragmenten. Wir wissen nicht genau, aus welcher Zeit sie stammen, geschweige denn, um welche Schrift es sich handelt. Wir müssen dennoch dringend herausfinden, was auf diesen Fragmenten steht. Können Sie uns dabei helfen?«

»Wer ist denn WIR?«, erkundigte sich Thomas Beringer mit leichtem Misstrauen in der Stimme.

Sven deutete Julia an, ihm auch seine Identität zu verraten.

»Mein Freund Sven Mommsen und ich!«, erklärte Julia. »Er hat ein Buchantiquariat in München. Wir sind hier auf etwas gestoßen, das uns unter Umständen aus dem Ruder läuft, wenn wir nicht dahinter kommen, was auf dem Papyrus steht.«

»Ist das der Bruder von Erik Mommsen?«

Schweigen - beide sahen sich erstaunt an.

»Sie kennen Svens Bruder?«, stellte Julia erstaunt - mit fast schockiertem Unterton in der Stimme - die Frage an Thomas Beringer.

»Ja, und sicher nicht von seiner besten Seite. Deshalb werde ich jetzt dieses Gespräch beenden. Leben Sie wohl, Julia!«

»Bitte warten Sie, Sven ist nicht so wie sein Bruder. Sven wurde von ihm reingelegt und muss nun zusehen, wie er damit klarkommt.«

»Das geht mich nichts an. Auf Wiederhören!«

»Warten Sie, bitte -«, flehte Julia.

Stille - aber die Leitung stand noch.

»Also gut - versuchen sie mich schnell davon zu überzeugen, dass Sven anders ist als Erik Mommsen!«

»Moment - wo fange ich an: Erik hat sich mit den falschen Leuten eingelassen. Es geht um einen Fund, den Erik und Onkel Günter zusammen gemacht haben. Dabei handelt es sich um den Hinweis auf sieben Kartuschen, die allem Anschein nach über viele Länder verteilt beziehungsweise versteckt wurden. Im ausgehenden 12. Jahrhundert. In den Kartuschen befinden sich Papyrus-Fragmente. Sven und ich sind hier als völlig Unbeteiligte hineingezogen worden. Und weil uns sein Freund geholfen hat, auch dieser. Kurz und bündig, Svens Freund wurde entführt. Wir können ihn nur auslösen, wenn wir die sieben Teile abliefern. Wir müssen nach jedem Fund einer Kartusche eine Telefonnummer anrufen, dann wird das Teil abgeholt. Jeder Tag zählt. Habe ich noch ihre Aufmerksamkeit?«, fragte Julia nach.

»Erzählen sie weiter. Noch bin ich ganz Ohr!«

»Es ist ihnen hoffentlich klar, dass diese Geschichte nicht für die Allgemeinheit bestimmt ist. Es steht das Leben unseres Freundes auf dem Spiel.«

»Das versteht sich von selbst«, bestätigte die tiefe Stimme Beringers.

»Jede Kartusche ist von einer Silberplatte ummantelt, in deren Innenseite Informationen durch Punzierungen eingeprägt sind. Auf Grund dieser Hinweise findet man die Spur zur nächsten Kartusche, wenn auch manchmal auf Umwegen. Die Teile wurden im Laufe der Jahrhunderte immer wieder umversteckt. Drei Kartuschen haben wir schon gefunden, bei Zweien waren wir so frei und haben sie geöffnet und den Papyrus herausgenommen. Wir haben Fotografien davon - mit Maßangaben. Es sind sehr gute Aufnahmen, man kann alles erstklassig erkennen. Bis jetzt jagten wir nur den Kartuschen hinterher. Jetzt haben wir uns vorgenommen herauszufinden, um was es eigentlich geht, sprich, was auf den Papyri steht. Und warum es Leute gibt, die nicht vor Entführung und Mord zurückschrecken, um sie in die Finger zu bekommen.«

»Wer war der Ermordete?«

»Onkel Günter!«

»Es war also gar kein Unfall?«

»Nein - kein Unfall!«

»Wer hat ihn umgebracht?«

»Erik Mommsen! Er hat es uns auf einer Videobotschaft gestanden. Und wir werden dafür sorgen, dass er dafür zur Rechenschaft gezogen wird. Laut seiner Angabe kam es zu einem heftigen Streit, der zum Sturz

Onkel Günters führte. Aber das entschuldigt nicht Eriks Verhalten. Er hat Günters Tod billigend in Kauf genommen. Er hat auch keine Skrupel mehr, andere zu gefährden. Ich könnte also verstehen, wenn sie ablehnen, weil es ihnen zu gefährlich ist.«

»Nein! - Ich helfe ihnen! Günter hatte mich noch kurz vor seinem Tod kontaktiert. Er klang sehr beunruhigt. Er erzählte mir, dass er mit Erik Mommsen einen Fund gemacht hat. Er sagte, dass er sehr bereue, den Fund nicht gemeldet zu haben. Aber dann starb er und ich habe nichts mehr von der Sache mitbekommen. Ich habe Martha noch ein paar Mal angerufen. Ich wollte von ihr Details dazu wissen. Sie blockte jedes Mal ab und ich meinte zu erkennen, dass sie große Angst hatte. Ich versuchte ihr zwar klar zu machen, dass ich ihr helfen würde, die ganze Sache aufzudecken. Trotzdem bat sie mich so inständig, die Angelegenheit ruhen zu lassen, dass ich mich schließlich zurückzog und die Sache ad acta legte.«

»Ich bin so erleichtert, dass sie uns helfen! Ich kann gar nicht ausdrücken, wie sehr!«

»Ich wäre sehr erleichtert, wenn ich die Sache doch noch aufklären oder zumindest zur Aufklärung beitragen könnte.«

»Es könnte auch für sie gefährlich werden! Das will ich Ihnen gar nicht verschweigen.«

»Das ist mir bewusst. Aber Günter und ich hatten damals in Heidelberg eine gute Zeit. Ich denke, ich bin es ihm schuldig. Wenn ich durch sie die Gelegenheit bekomme, den Faden wieder aufzunehmen, den Günter mir vor seinem Tod in die Hand gab, dann werde ich diese Chance auch nutzen.«

»Vielen Dank, Herr Beringer. So können wir erheblich mehr in Erfahrung bringen. An welche E-Mail-Adresse kann ich die Bilder senden?«

»Haben sie etwas zum Schreiben?«

Julia notierte Beringers Daten.

»Also ich warte dann auf die Bilder.«

»Sven bereitet schon das Senden vor. Haben sie meine Nummer notiert?«, fragte sie sicherheitshalber nach.

»Ja. Ich melde mich, wenn ich etwas zu dem Papyrus sagen kann. Ach, noch eine Frage: Sie sagten, Sie hätten drei Kartuschen gefunden, jedoch nur zwei geöffnet. Warum?«

»Die dritte Kartusche hat Erik sich geholt. Diese hatten wir damals noch nicht geöffnet, sondern nur die umhüllende Silberplatte untersucht. Dieser Papyrus fehlt uns also. Deshalb haben wir auch beschlossen, die Tonröhren ab jetzt zu öffnen und den Inhalt zu fotografieren.«

»Dann erklärt sich das auch. Bis bald!«

»Lassen sie uns bitte nicht zu lange warten. Jeder kleinste Hinweis kann uns helfen, unseren Freund schneller frei zu bekommen.«

»Ich arbeite mit Hochdruck daran, darauf können sie sich verlassen!«

»Auf Wiederhören.«

Sven stand auf und sagte: »Jetzt hoffen wir nur, dass er möglichst rasch etwas entziffern kann. Ich kann es fast nicht erwarten, herauszufinden, auf was das alles hinausläuft. Und was wir dann mit diesem Wissen anfangen sollen.«

»Lass uns einfach auf eine Antwort von Beringer warten. Währenddessen finden wir heraus, welches Ziel die Silberplatte beschreibt.«

Die nächsten Stunden verbrachten sie damit, die Hinweise der Platte zu deuten. Immer wieder drehten und wendeten sie die Bilder der Platte und suchten abwechseln im Internet nach Spuren zu den Abbildungen:

Auf der Platte war auf dem runden Sockelboden ein Kreuz in einem Kreis eingeprägt. Zwischen den Kreuzarmen, am Rand des runden Sockels, waren jeweils 3 kleine Kreise eingestanzt. Im Zentrum des Kreuzes gab es wieder einen Kreis. Julia meinte ein Gesicht darin zu erkennen. Sogar Details wie Bart und Schnurrbart waren angedeutet. Der senkrechte Balken des Kreuzes endete in der Mitte der großen Silberplatte, in einer breiten Pfeilform. Die Spitze war beinahe so breit wie die runde Sockelplatte. Der Pfeil tauchte in querverlaufende Wellenlinien ein, die sich durch vier senkrechte Säulen schlängelten. Wahrscheinlich ein Hinweis auf Wasser? Oberhalb der Säulen und Wasserlinien sah man eine Ebene und darüber wieder einen Bogen.

In jeder der vier Ecken der Platte sah man in einem Kreis den Oberkörper eines Engels abgebildet. Die Flügel waren deutlich zu erkennen, denn sie ragten aus den Kreisen heraus. Wie wenn die Engel aus runden Fenstern blicken würden.

Links und rechts von dem senkrechten Kreuzbalken meinten sie eine Axt und einen Korb zu erkennen. Am linken Rand, dort wo Sven die Platte aufgeschnitten hatte, standen die Buchstaben:

I..NTE....UN..A...CO...U......AU...US......M....RMO....IS

Dazwischen waren viele leere Stellen, an denen die Buchstaben abgeschabt waren. Sie waren nicht zu entziffern. Vielleicht war dies auch Absicht. Unter den Wellen war ein Halbmond dargestellt, mit Sicherheit als Hinweis auf den Islam. Also war ihr Ziel wieder ein Ort, an dem Islam und Christentum aufeinanderstießen.

Schräg unter dem Halbmond sah man einen Kopf, von einem Viereck umrahmt. Nur ganz schwach. Das passte irgendwie nicht dazu. Links oberhalb seines rechten Auges sah man ein Loch. Das war ihnen beim Fotografieren gar nicht aufgefallen. Irgendetwas hatte an dieser Stelle wohl eine Beschädigung verursacht. Daneben war noch ein solcher Kopf abgebildet, nur um 90° gedreht. Stunden über Stunden suchten sie im World Wide Web nach den einzelnen Hinweisen.

Bis Julia zufällig auf einen E-Book-Eintrag stieß, der die Konstantin-Säule in Istanbul behandelte. Sie las, dass in dieser Säule, die auch *Cemberlitas*, genannt wurde, mehrere Reliquien verbaut waren. Die Axt, mit der Noah seine Arche gebaut hatte und auch der Brotkorb, den Jesus bei seiner Brotvermehrung benutzt hatte. Somit vermuteten sie bald, dass sich ihr nächstes Ziel in Istanbul befand.

»Die Buchstaben - wenn ich nur darauf käme, was fehlt. Es liegt mir auf der Zunge, aber ich kann es nicht greifen.«

Sven ging ruhelos im Zimmer auf und ab. Dann sah er sich erneut das Bild der Platte an und ging wieder seine Bahnen auf und ab. Plötzlich blieb er stehen.

»Ich hab´s!«, er nahm einen Stift zur Hand und legte ein Blatt Papier an den Bildschirmrand des iPads. Direkt darunter schrieb er die Buchstaben mit den gleichen Abständen dazwischen auf. Dann setzte er ein paar Buchstaben dazwischen und sagte stolz: »Intermundia - zwischen den Welten. Jetzt hab ich es. Istanbul - der Bosporus - er trennt die Welten - Asien und Europa. Istanbul liegt am Goldenen Horn, cornu aurum auf Lateinisch, und schließlich stößt das Marmara Meer dort an: Mare marmoris. Das passt genau in die Leerstellen. Letztlich, dein Hinweis auf die Cemberlitas. Halbmond und Kreuz. Islam und

Christentum. Wir müssen mit Sicherheit nach Istanbul«, er stand auf und umarmte Julia: »Es geht vorwärts, endlich!«

»Wenn es sich um Istanbul handelt, meinst du, es könnte sich dann um eine dieser Zisternen handeln? Du weißt schon, diese beleuchteten Säulenhallen. Man sieht es immer wieder in Reisemagazinen oder Filmen. War sogar einmal Schauplatz in einem James Bond Film.«

»Ich weiß schon, du meinst die Basilika-Zisterne in der Nähe der Hagia Sophia«

»Genau!«, bestätigte ihm Julia und begann `From Russia with Love` zu pfeifen.

»Bist du ein 007-Fan?«

»Ich habe alle Filme gesehen, mehr als einmal. Als Fan würde ich mich trotzdem nicht bezeichnen. Die Musik ist immer sehr gut, schon das ist ein Grund die Filme anzusehen.«

Sven suchte währenddessen Bilder im Netz zur Basilika-Zisterne. »Hier ist der Film sogar erwähnt. Du hattest recht mit dem Song. Ich lese dir die Zusammenfassung vor:

Die Basilika-Zisterne wurde ca. 540 n. Chr. von Justinian I. erbaut, um den Palast in der Nähe mit frischem Wasser aus den Wäldern um die Stadt Konstantinopel zu versorgen. Zwölf Reihen mit je 28 Säulen bildeten die Halle. Die Höhe beträgt acht bis neun Meter. Heute kann man zu Lichtspielen und Musikklängen die Zisterne besuchen, das ist ein besonderes Event jeder gebuchten Istanbul-Tour. Das Besondere sind die beiden Medusenhäupter und die Tränensäule.«

»Der liegende Kopf auf der Platte könnte doch so ein Medusenhaupt in der Basilika-Zisterne sein«, warf Julia ein.

»Nein, das glaub ich nicht! Unser Ziel muss in einer Kirche oder in einem ehemals als Kirche genutztem Gebäude sein. Denk an das Kreuz, die Engel, auch den Halbmond!«

»Dann buchen wir also einen Flug nach Istanbul!«

Julia kümmerte sich ums Packen und veranlasste, dass die Rechnung fertiggemacht wurde und Sven sah zu, dass sie noch am Abend einen Flug an den Bosporus bekamen.

TEIL VII

Mittwoch

37 Istanbul

Sie kamen kurz vor 1 Uhr aus dem Flughafen. Ein Taxi brachte sie zum Hotel. Die Fahrt zu dem 35 Stockwerke hohen Hotelturm dauerte nicht lange, da die Straßen um diese Zeit leer waren, zumindest für Istanbuler Verhältnisse und der Taxifahrer sein Handwerk verstand.

Schon eine halbe Stunde später blickten sie von einer Schiebetüre aus auf das beleuchtete Istanbul. Die Kulisse war atemberaubend. Julia hatte die bodentiefe Glastüre zur Seite geschoben und stand nun im 33. Stock am Rand der Fassade. Nur ein Stahlgeländer trennte sie vom Abgrund.

Sven kam mit zwei Gläsern Weißwein zu ihr. Sie sahen auf die beleuchtete Stadt vor ihnen.

»Ich bin noch gar nicht müde. Eigentlich seltsam, denn es war heute ein sehr langer Tag. Aber wie soll man bei dieser schönen Kulisse schlafen wollen! Sieh dir das an!«

Daraufhin legte Sven seinen Arm um Julia und zog sie zu sich heran.

»Das stimmt. Ich bin auch noch nicht müde. Aber ich wüsste etwas, was uns beide müde macht!«, er küsste sie sanft und leidenschaftlich. Dann nahm er ihr das Glas ab, hob sie hoch und trug sie zum Bett.

37.1 Dießen   Kontaktaufnahme

In Dießen saß Lisa an ihrer Werkbank und begutachtete eine Obstschale. Es war eine Auftragsarbeit, die ein Mann, dem Namen und dem Aussehen nach türkischer Herkunft, als Geschenk für seine Mutter in Auftrag gegeben hatte. Sie hatte die Schale vorgestern Abend fertig gestellt und nun wartete sie, dass Herr Özdemar sie abholte. Er hatte sich für elf Uhr angekündigt. Schon hörte sie die Klingel der Ladentüre und stand auf.

»Grüß Gott, Frau Kuhnert!« Er reichte ihr die Hand und sie spürte seinen festen Händedruck.

»Hallo, Herr Özdemar. Die Schale ist fertig. Ich hoffe, sie entspricht ihren Erwartungen.«

Sie nahm ihn mit in die Werkstatt und zeigte sie ihm ihre Arbeit.

»Perfekt - die Farbe stimmt auch. Was bin ich ihnen schuldig?«

»98 Euro. Ich packe Ihnen die Schale noch gut ein. Übrigens kann ich ihnen jederzeit dazu passende Teile anfertigen, Becher, kleine Dessertschalen oder was auch immer ihrer Mutter gefällt.«

»Da komme ich sicher Weihnachten wieder auf Sie zu«, entgegnete er mit bayerischem Akzent.

Währenddessen ging Özdemar durch den Laden und sah sich interessiert alles an.

»Wie lange haben sie schon ihr Werkstatt?«

»Früher gehörte sie meiner Mutter. Ich habe sie vor ein paar Jahren übernommen, als sie alles verkaufen wollte.«

»Das ist sicher sehr angenehm, hier in Dießen zu leben.«

»Ja, obwohl es in den Wintermonaten manchmal schon zu beschaulich wird. Zum Glück ist es nicht weit nach München. Ich kann also ganz schnell den Duft der großen weiten Welt schnuppern, wenn mir danach ist«, sie kam mit dem Paket zurück in den Laden und ging zur Kassentheke.

Er trat auf sie zu und legte ihr einen Hundert-Euro-Schein auf die Ablage.

Sie gab ihm den Beleg und das Wechselgeld.

»Und sagen sie bitte ihrer Mutter, sie kann die Schale bedenkenlos in die Spülmaschine geben!«, gab Lisa den Tipp.

»Mach ich«, er ging Richtung Ladentüre. Dann drehte er sich noch einmal um und sagte spontan: «Hätten Sie Lust, heute Abend mit mir Essen zu gehen?«, und dabei sah er sie so einladend an, dass sie zusagte.

38   Istanbul

Erst zu Mittag verließen sie das Hotelzimmer und begaben sich mit einem Taxi in die Innenstadt.

Sie gingen zuerst in den großen Basar. Dort setzten sie sich in eines der Restaurants, in denen typisch türkische Küche angeboten wurde. Sie hatten sich Infomaterial zu Istanbul besorgt und blätterten nun durch die Seiten, um sich inspirieren zu lassen, wo sie suchen könnten.

»Die Konstantinsäule oder Cemberlitas, wie sie hier heißt, sollten wir uns ansehen. Die Axt und der Brotvermehrungskorb sind sicher ein Hinweis darauf!«

»Nicht nur die Axt und dieser Korb sind darin verborgen, sondern auch Splitter und ein Nagel vom Kreuz Christi. Die Säule hat durch Erdbeben stark gelitten. Die Kaiserstatue und die obersten drei Steintrommeln stürzten im 12. Jahrhundert herab und wurden somit zerstört. Heute ist die Säule nur noch 35m hoch. Sie ist durch Stahlgurte gesichert - weißt du übrigens, woher der Name Istanbul kommt?«

»Nein.«

»Von der Übersetzung des griechischen Ausdrucks *eis ten polin,* was dann zu *istinpolin* und schließlich zu *Istanbul* wurde, und auf Deutsch *in die Stadt* bedeutet.«

Nach dem Essen liefen sie weiter durch die Straßen. Es war so unerträglich heiß, dass sie immer wieder an Ständen eisgekühlte Wasserflaschen kauften, um ihren Durst zu löschen.

Sie gingen zur Hagia Sophia. Sie hielten sich mehrere Stunden darin auf. Danach besuchten sie die blaue Moschee. So kam es, dass sie erst kurz vor 21 Uhr zurück zum Hotel kamen. Sie waren abgespannt und erschöpft. Sie hatten immer noch keine Ahnung, wo sie die Kartusche finden sollten. Sie suchten online bis spät in die Nacht, wo sich mehrere Hinweise der Platte auf einen Ort konzentrieren ließen.

38.1 Dießen   Kennenlernen

Lisa wurde von Semin Özdemar abgeholt. Er war mit einem Willis-Jeep vorgefahren. Da es so ein warmer Abend war, hatte er sogar die Frontscheibe heruntergeklappt.

»Das ist ja ein heißes Teil. Ich habe neulich irgendwo so einen Jeep gesehen! Wie alt ist der denn?«, wollte Lisa wissen.

»Der ist aus den 50er Jahren. Habe ich zusammen mit meinem Vater hergerichtet. Baba, also mein Vater, hatte früher eine Autowerkstatt. Jetzt ist er natürlich schon lange im Ruhestand. Ich habe meine ganze Jugend in der Werkstatt mitgeschraubt. Gelernt ist gelernt. Sonst kannst du so ein altes Vehikel gar nicht fahren. Ständig ist etwas zu reparieren. - Entschuldigung, jetzt habe ich Sie geduzt!«

»Kein Problem - Lisa.«

»Semin.«

»Du sprichst einwandfreies münchnerisch?«

»Ich bin in München geboren und auch dort zu Schule gegangen. Meine Mutter ist eine Münchnerin. Mein Vater kam damals mit seinen

Eltern nach Deutschland und verliebte sich hier in München in meine Mutter. So kommt es, dass ich bairische Wurzeln habe.«

«Ich hoffe, ich habe dich nicht beleidigt.«

»Nein. Was denkst du, wie oft ich für einen Ausländer gehalten werde? Ich kann meine türkischen Wurzeln nicht verleugnen, oder?«

»Das stimmt!«

»Wo sollen wir denn nun heute Abend hingehen?«

»Lass uns ins Seehaus gehen. Da isst man gut und wir können direkt am See sitzen. Das ist an einem solch warmen Sommerabend genau der richtige Ort.«

»Na, dann los!«

Sie verbrachten einen unterhaltsamen Abend und lernten sich so ein bisschen näher kennen.

Semin war in München aufgewachsen und zur Schule gegangen. Dadurch, dass man ihm seine sprachlichen Wurzeln nicht anhörte, hatte er auch nie Probleme gehabt. Er hatte das beste Abitur seines Jahrgangs geschrieben und anschließend Informatik und Geo-Ökologie studiert, sogar promoviert.

»Ich arbeite seit Jahren bei einer Firma für Telekommunikation in München, installiere weltweit deren Anlagen und nehme die Programmierungen vor Ort vor. Somit komme ich viel herum in der Welt.«

Lisa war beeindruckt von ihm. Das konnte sie nicht leugnen. Noch dazu sah er verdammt gut aus. Seine schwarzen, leicht gelockten Haare, die er nicht zu kurz trug und der dunkle Teint taten das übrige zu seiner Ausstrahlung. Er war bei weitem nicht so ein Hüne wie Sven, sah eher wie ein Leistungssportler aus. Kräftig, aber nicht dick. Er schien sehr muskulös zu sein. Das war aber unter dem weiten Jeanshemd, das er trug, schwer zu beurteilen. Sie konnte nicht abstreiten, dass sie sich zu ihm hingezogen fühlte. Seit Julia mit Sven zusammen war, wurde ihr mehr und mehr bewusst, wie alleine sie war. Vor allem, weil Julia in letzter Zeit so viel unterwegs war, wurde ihr das immer bewusster.

Es war schon fast Mitternacht, als er sie zu Hause absetzte.

»Möchtest du noch auf einen Kaffee hereinkommen. Ich muss jetzt dringend nach Foster sehen. Die war die ganze Zeit alleine.«

»Wer ist Foster?«

»Das ist die Hündin meiner Freundin. Julia ist zurzeit verreist und da habe ich ihren Jack Russell bei mir aufgenommen. Er hat hier sozusagen ein zweites zu Hause. Foster ist ein ganz liebes Tier. Man kann ihr eigentlich nicht widerstehen. Mal sehen, ob sie dein Herz auch im Sturm erobert. Komm mit herein!«

Es dauerte nur ein paar Sekunden nach dem Aufsperren der Haustüre und schon kam Foster um die Ecke geschossen. Der Hund hüpfte an Lisa hoch und quietschte vor Freude. Nach der ersten Begrüßung stürmte Foster nun auf Semin zu; auch er konnte ihr nicht widerstehen.

»Die ist ganz schön lebhaft. Ich dachte immer, Jack Russell haben glattes Fell.«

»Ja, das dachte Julia auch. Aber dann hat sich relativ schnell herausgestellt, dass Foster langhaarig und lockig ist. - Möchtest du nun einen Kaffee?«

»Gerne. Schwarz und ohne Zucker!«

»Kommt sofort.« Lisa öffnete die Balkontüre: »Setz dich schon raus. Ich komme gleich nach«

Semin trank seinen Kaffee und blieb nicht mehr lange. Lisa begleitete ihn zu seinem Wagen.

Er nahm ihre Hand und sah ihr eindringlich in die Augen. Dann sagte er: »Ich fahre dann. Das war ein wirklich schöner Abend«, er beugte sich zu ihr und küsste sie kurz und flüchtig. Seine Lippen berührten die ihren nur den Bruchteil einer Sekunde.

»Ich rufe dich morgen an. Schlaf gut, Lisa«, dann stieg er ein und fuhr ab.

Ob er sich wirklich melden würde?

Sie saßen beim Frühstück auf der Hotelterrasse. Was hatten sie übersehen? Wo lag ihr Denkfehler? Beide waren ständig in Gedanken versunken, wo sie einen Hinweis übersehen haben könnten.

»Es könnte eine Kirche oder eine Moschee mit einer Zisterne darunter sein!«, Sven zeigte Julia auf dem iPad, was er meinte.

»Diese waagerechte Linie über den Wellen und Säulen, die Bogenlinie darüber, das könnte doch die Kuppel einer Kirche oder Moschee sein.«

»Da ist was dran. Was mich nicht loslässt, ist das Gesicht auf der Sockelplatte. So kunstvoll gemacht, das muss doch ein Hinweis sein!«, Julia nahm einen Schluck Kaffee, setzte die Tasse ab und biss von einem Croissant ab. Sie blätterte nebenbei durch einen Prospekt, der die Sehenswürdigkeiten Istanbuls anpries. Sie hatte ihn auf einem Tischchen am Eingang zum Speisesaal liegen sehen und mitgenommen. Als sie beim Umblättern eine Abbildung von Christus als Pantokrator sah, hielt sie inne. Sie drehte die Seite zu Sven:

»Sieh dir dieses Mosaik von Christus an, mit dem Kreuznimbus. Das ist eine Darstellung in der Chora-Kirche. Ein Kreuz und ein Gesicht. Wie auf unserer Platte!«

»Sollen wir dort einmal hingehen und uns umsehen?«, fragte Sven.

»Warte, da steht noch, dass in der Pammakaristos-Kirche und in der Chora-Kirche die schönsten Mosaiken aus der byzantinischen Spätphase zu sehen sind. Aber jetzt kommt es: In der Pammakaristos-Kirche gibt es eine Pantokrator-Darstellung, die beinahe zum Verwechseln ähnlich der berühmten Christus-Ikone vom Katharinenkloster am Sinai ist. Sieh mal hier! Und schließlich war das letzte Versteck im Katharinenkloster«, sie las weiter: »Und, um dem Ganzen die Krone aufzusetzen, unter der heutigen Pammakaristos-Kirche liegt eine Krypta, die lange Zeit als Zisterne genutzt wurde.«

»Lass uns das anschauen!«

»Wir müssen zuerst zur Hagia Sofia.«

»Warum? Da waren wir doch gestern schon.«

»Weil wir dort den Besuch der Pammakaristos-Kirche anmelden müssen. Das steht hier. Ein Hausmeister öffnet dann die Pammakaristos-Kirche. Sie wird nur auf Anmeldung aufgesperrt.«

Sie fuhren mit dem Taxi zur Hagia Sofia. Julia hatte den Prospekt mitgenommen und zeigte Sven im Taxi Details an beiden Ikonen.

»Das Gewand, auch das Buch, alles ist so ähnlich. Die Augen, der Bart, das ist fast eins zu eins gemacht. Das muss der richtige Ort sein!«

Es dauerte über eine Stunde, bis sie in Erfahrung gebracht hatten, wann sie die Pammakaristos besichtigen konnten. Leider mussten sie bis zum Nachmittag warten. Der Hausmeister konnte erst gegen 17 Uhr an der Kirche sein.

Am Schluss warteten sie sogar bis beinahe 18 Uhr. Dann kam ein netter, älterer Mann auf sie zu und sperrte ihnen die Kirche auf. Er hatte eine geschwollene Wange und man sah, dass es ihm nicht besonders gut ging. Er hatte eindeutig Schmerzen. Julia meinte seinen Deutungen zu entnehmen, dass er beim Zahnarzt gewesen war. Deshalb bat er Julia und Sven, sich alleine umzusehen. Wenn sie fertig wären, bräuchten sie nur die Türe zuzuziehen. Er müsse jetzt schlafen. Es ginge ihm so schlecht. Besser konnten es die beiden gar nicht treffen. Nun konnten sie ungestört die Kirche untersuchen und sehen, wo sie Hinweise auf die Kartusche fänden. Sie betraten die Kirche und waren erstaunt von der Helligkeit im Inneren. Das Mauerwerk lag blank und der ganze Raum wirkte sehr rein. Die Mosaike waren wunderschön. Der Innenraum war leer, es stand nichts darin. Kein Wunder - wurde die Kirche im 16. Jahrhundert doch zur Moschee umgenutzt. Langsam schritten sie durch die ehemalige Kirche und sahen sich genau um. Sie blickten nach oben in die Kuppel.

»Hier, da haben wir die vier Engel. Der eine ist nicht mehr so gut zusehen, aber man erkennt doch, dass es sich um einen Engel handelt. Wir sind hier richtig, Sven. Ich bin mir sicher! Die Darstellung ähnelt stark derjenigen auf der Platte. Und sieh dir den Christus an. Da hast du die zwölf Punkte. Das sind die 12 Propheten, die hier abgebildet sind.«

Sven lief hin und her durch die Moschee und suchte einen Zugang nach unten. Irgendwo musste es doch einen Abgang geben, wenn dort unten tatsächlich eine Krypta war.

»Ich sehe mich dort hinten um«, er zeigte in den hinteren, dunklen Bereich.

Julia horchte plötzlich auf.

»Sven, wo bist du?«

»Hier. Komm her! Ich glaube, ich habe den Abgang zur Krypta gefunden.«

Julia ging seiner Stimme nach und sah ihn in einer Ecke am Boden knien. Er streifte mit beiden Händen den Staub zur Seite.

»Was machst du denn da?«

»Ich habe durch reinen Zufall am Boden dieses eingeritzte Gesicht entdeckt. Da - genau hier!«

»Wie ein Medusenkopf!«, sie sah Sven mit aufgeregtem Blick an und ging auch in die Hocke.

»Es ist kein Medusenkopf! Es fehlen die schlangenartigen Haare!«

Dann tasteten sie beide mit den Händen den Boden ab, bis sie einen Ring erspürten, über dem rechten Auge des Gesichts. Er war ganz im festgetretenen Staub eingebacken. Sven kratzte mit dem Taschenmesser den Ring frei. Als er ihn packen konnte, zog er ihn kräftig nach oben. Erst tat sich gar nichts; dann spürte er, dass sich der Boden bewegte. Sie hatten tatsächlich eine Falltür entdeckt. Plötzlich hielt Sven inne. Er ließ den Griff los.

»Ich schließe besser die Türe zur Moschee. Nicht dass jemand sieht, was wir hier treiben.«

Dann kam er zurück und zog die Fallklappe nach oben. Es knarrte und quietschte so laut, dass Julia befürchtete, jeden Moment würde der alte Mann zurückkommen. Als die Klappe offen lag, leuchtete Sven mit einer Taschenlampe in das Loch.

»Da geht eine Treppe runter!«

»Sollen wir da wirklich hinuntergehen?«, Julia erschauerte bei dem Gedanken. »Vielleicht ist sie schon morsch.«

»Es bleibt nichts anderes übrig, wenn ich Peter retten will. Ich gehe voraus und teste, ob die Stufen stabil sind. Wenn ich unten bin, kommst du ein paar Stufen mit hinunter und leuchtest den Raum aus. Hier nimm auch eine Taschenlampe!«, er knipste seine Taschenlampe an und stieg die Stufen hinunter.

Bald kam seine Stimme von unten:

»Ich habe es mir schlimmer vorgestellt. Der Raum ist trocken und staubig und gute fünf Meter hoch. Komm ein paar Stufen runter und leuchte hier nach hinten aus!«

Der Raum war kleiner als der Kirchenraum darüber. Sven ging mit vorsichtigen Schritten durch die ehemalige Zisterne. Er schritt die Säulen ab und beobachtete genau, ob irgendwo etwas Auffälliges zu sehen war. Es war gespenstisch zwischen den Säulenreihen durchzugehen und die Luft roch da unten wie auf einer Baustelle. Überall hingen Spinnennetze.

Hie und da lagen Holzstapel und jede Menge Gerüstteile. Wahrscheinlich hatte man diese nach der letzten Restaurierung einfach hier unten abgelegt. Einmal schlängelte sich eine Schlange davon, auf die Sven beinahe getreten wäre. Er hatte ein Brett an einer Säule angehoben und zur Seite gestellt, da kam sie darunter zu Vorschein.

»Und - was meinst du?«

»Noch kann ich nichts finden, was uns weiter bringt. Aber immerhin sind es vier Reihen von Säulen. Das würde dann wieder passen.«

»Wir müssen hier richtig sein. So viele Zufälle kann es doch gar nicht geben!«

»Der Meinung bin ich auch. Lass mir noch ein bisschen Zeit.«

»Ich komme jetzt runter und helfe dir.«

»Das finde ich keine so gute Idee. Du solltest aufpassen und mich warnen, wenn jemand kommt. Abgesehen davon gibt es hier Schlangen. Hast du da keine Angst?«

»Doch! Aber es geht schneller, wenn wir zu zweit sind.«

Sie ließ sich nicht abhalten und kam auch nach unten. Es war wirklich unheimlich dort unten. Die Taschenlampen warfen viele Schatten und die Fantasie tat das Übrige. Sie fröstelte. Ihr war klar, dass das nur die Aufregung war und nicht die Kühle dieses Kellers. Sie stapelten die Holzplatten um, die direkt an den Säulen aufgeschichtet waren. Vergewisserten sich aber immer vorher, dass nicht eine Schlange darunter lag. Sven meinte, er müsse immer an den Sockeln der Säulen suchen. Das nahm viel Zeit in Anspruch.

»Da ist etwas!«

Sven leuchtete die Darstellung eines Kopfes am Fuß der Säule an.

»Jetzt muss ich nur noch finden, wo genau die Kartusche hier versteckt ist«, Sven suchte rundherum den Sockel ab; es war nichts zu finden. Schließlich entdeckte er auf dem Säulenschaft, in knapp zwei Meter Höhe, einen kleinen Pfeil. Banal in den Stein geritzt. Er zeigte zur hinteren Wand der ehemaligen Krypta. Sven folgte dem Wegweiser und leuchtete die Wand systematisch von unten bis oben ab. Knapp unter der Decke war wieder ein Kopf wie auf der Falltüre abgebildet.

»Hier oben, das könnte es sein!«, er zeigte mit dem Lichtstrahl auf das Relief des Gesichts. Es war um 90° gedreht - wie der zweite Kopf auf der Silberplatte.

Sie mussten alle Gerüstteile umstapeln, bis sie endlich an ein Teil kamen, das sie als Leiter benutzen konnten. Sven stieg hinauf und Julia stützte die Leiter ab.

»Es ist eine Tür, aber sie klemmt!«, er bemühte sich, die Türe zu öffnen. Nach langen Minuten bewegte sich die Platte endlich. Er schob die Türe zur Seite und stöhnte:

»Dahinter ist ein Gang.«

Die Öffnung war vielleicht 80 auf 80 Zentimeter groß. Sven verschwand langsam in der Tunnelröhre.

»Siehst du was?«, fragte Julia nach.

»Noch nicht!«, kam dumpf die Stimme von Sven.

»Sei bloß vorsichtig!«

»Da vorne scheint der Gang zu Ende zu sein!«, kam Svens Stimme dumpf zurück. Er musste ein ganzes Stück reingekrabbelt sein, denn Julia konnte seine Stimme nur schlecht verstehen.

»Ich sehe sie! Die Kartusche liegt ganz hinten - Oh - nein!!«, hörte Julia Sven schreien und er kam schnell rückwärts aus dem Gang gekrabbelt.

»Was ist?«

»Da hinten ist eine Schlange! Ich hätte sie beinahe zu spät bemerkt.«

»Um Gottes willen. Komm da raus!«

»Nein, ich hol das Ding heraus - such einen langen Stecken oder etwas, was ich benutzen kann, um mir das Vieh vom Leib zu halten.«

Julia stieg nach unten und suchte zwischen den Säulen. Schließlich fand sie einen Borsten-Besen und schob ihn rechts an Sven vorbei in den Gang.

Sie hörte Sven stark atmen und stöhnen vor Anstrengung, dann kam er endlich wieder heraus.

»Ich habe sie! - Das wäre beinahe schief gegangen.«

»Wo ist die Schlange?«

»Ich habe sie einfach mit dem Besen nach hinten geschoben und dort fest gegen die Wand gedrückt; hab schnell die Kartusche gepackt und bin wieder raus.«

Als er wieder auf dem Boden der Zisterne stand, war er von oben bis unten verstaubt, aber er hielt die Kartusche in der Hand.

Plötzlich hörten sie von oben eine Stimme rufen, sie kam immer näher und vom Klang her war klar, dass der Inhaber dieser Stimme ziemlich sauer war.

»Jetzt schnell raus hier!«, forderte Sven auf. Sven steckte die Kartusche in den Rucksack und eilte zur Treppe. Er wollte auf jeden Fall verhindern, dass der Mann nach unten kam und sah, dass er das Gerüstteil an die hintere Wand gestellt hatte. Sie gingen nach oben und hörten sich die Tirade des alten Mannes an. Das meiste verstanden sie sowieso nicht, da er ein türkisch-englisches Kauderwelsch von sich gab. Er stand mit seiner geschwollenen Wange da und gestikulierte wild mit den Händen. Julia tat er richtig leid. Zu den Zahnschmerzen musste er sich jetzt auch noch so aufregen. Währenddessen verschloss Sven die Falltüre. Sie entschuldigten sich bei ihm und gingen flott zum Ausgang. Draußen schnappten sie sich das erste Taxi, das sich herbeiwinken ließ. Es war schon längst dunkel, als sie im Hotel ankamen. Die ganze Aktion hatte wesentlich länger gedauert, als sie gemeint hatten. Dort unten hatten sie vollkommen die Zeit vergessen. Als sie ins Zimmer eintraten, sagte Sven:

»Das hätte ich heute Morgen noch nicht zu hoffen gewagt, dass wir das Ding heute Abend schon in Händen halten! Ich hatte mich auf eine viel längere Suche eingestellt. Was für ein Glück, dass du diesen Prospekt heute Morgen zum Frühstückstisch mitgenommen hast.«

Julia zog das weise Kopfkissen ab und breitete den Bezug auf dem Glastisch aus. Sven befreite währenddessen die Kartusche von dem verkrusteten Dreck. Sie war genauso groß wie die Vorigen. Julia hatte Svens Kamera, seine Miniwerkzeuge und die Stehlampen an den Glastisch geholt: »Fertig, wir können loslegen!«

Sven begann schon, die Platte von der Tonröhre herunterzuschneiden. Inzwischen hatte er Übung darin. Auch dieser Arbeitsschritt ging heute zügig von der Hand.

»Die Platte ist auch wieder stark abgenutzt!«, sagte Julia und nahm die Platte in die Hand. Sie drehte sie von einer Seite auf die andere und begutachtete sie. Noch kann ich so gut wie gar nichts erkennen.«

»Vielleicht liegt es daran, dass wir heute nur Kunstlicht haben. Am Sinai hatten wir natürlich optimale Lichtverhältnisse zum Fotografieren. Aber ich möchte nicht warten. Wer weiß, was uns wieder alles dazwischen kommt. Ich möchte die Bilder machen und dann sofort diesen Meier anrufen«, Sven zog gerade den Verschlussstopfen aus der Tonröhre.

»Sieh an, dieses Mal hat der Papyrus eine dreieckige Form.«

Er legte das Dreieck auf das weiße Tuch und drückte es platt. Julia leuchtete von unten das Papyrusteil aus und Sven fotografierte aus allen möglichen Blickwinkeln. Das Gleiche tat er auch mit der Rückseite des Artefaktes.

Dann lichtete er die Silberplatte ab. Julia versuchte, sie so gut wie möglich auszuleuchten. Aber die Platte war stark abgegriffen und bot nicht viel Angriffspunkte für Schatten. Als sie der Meinung waren, das Beste herausgeholt zu haben, spielte Julia die Bilder in ihr iPad ein und sendete sie sofort an Beringer. Umgehend kam die Bestätigungs-SMS von Beringer.

»Bei Beringer sind die Bilder schon angekommen. Das erleichtert mich schon mal. Morgen früh rufen wir ihn an und fragen nach, ob er schon etwas herausgefunden hat.« Julia stand auf und ging ins Badezimmer.

»Ich rufe jetzt diese Nummer an!«, rief Sven Julia nach.

»Gut, ich bin gleich fertig!«, sie wusch sich gerade die Hände, als sie meinte, etwas im Zimmer klirren zu hören. Sie nahm das Handtuch und ging zur Badezimmertür, während sie sich die Hände abtrocknete. Da sah sie, dass Sven mit einem Mann kämpfte, der ein Messer in der Hand hatte. Der Angreifer hatte Julia noch gar nicht bemerkt. Sie trat sofort wieder zurück ins Bad und überlegte kurz, was sie tun konnte. Dann fiel ihr die Skulptur ein, die auf dem Tischchen neben der Badezimmertür stand. Sie trat leise aus der Tür und griff sich die Figur. Das Adrenalin in ihrem Körper ließ sie ohne Zögern von hinten an den Angreifer treten und zuschlagen. Die Skulptur prallte mit solcher Wucht auf den Hinterkopf des Mannes, dass Julia für einen Moment meinte, sie hätte sich das Handgelenk gebrochen. So eine Erschütterung fuhr ihr durch den Arm bis hinauf in die Schulter. Der Eindringling fiel sogleich zu Boden und blieb bewegungslos liegen.

»Geht es dir gut?«, fragte sie Sven besorgt.

»Ja, alles in Ordnung. Das war Rettung in letzter Sekunde. Ich glaube nicht, dass ich den Typen noch lange hätte in Schach halten können! Der hatte Bärenkräfte!«

»Wir müssen ihn fesseln!«, sagte Julia.

Sie ging ins Bad, zog aus beiden Bademänteln die Gürtel heraus und gab sie Sven. Er verschnürte den Mann so, dass er sich nicht mehr befreien konnte. Dann steckte er ihm noch einen Waschlappen in den Mund, damit er nicht um Hilfe rufen konnte. Julia band einen Schal über den Knebel, damit er auch drin blieb. Sie hatte kein Mitleid mit diesem Menschen.

»Das wäre geschafft. - Danke Julia, das war wirklich taff von dir«, er ging auf sie zu und nahm sie in die Arme.

»Ich muss mich setzen!«, sie sank aufs Bett und betrachtete ihre Hände. Sie bebten, das konnte man schon nicht mehr zittern nennen. Dann schlang sie die Arme um sich und Sven sah, dass sie am ganzen Körper schlotterte.

»Mein Gott, du hast einen Schock! Schnell rein ins Bett! Deck dich zu, damit du warm wirst. Ich muss alldieweil den Kerl hier verschwinden lassen.«

Sven ging zu dem Eindringling, zog ihn auf die Beine und nahm ihn über die Schulter. Dann trug er ihn in den Vorraum und sperrte ihn in den Schrank. Mit einem durch die Griffe geschobenen Kleiderbügel verklemmte er die Schranktüren. So dürfte der Eindringling nicht mehr entkommen.

»Wird es schon besser?«

»N-Nein! Aber ruf jetzt erst diese Nummer an. Damit wir das Ding loswerden!«

»Mach ich! Trink du jetzt das Glas aus. Das hilft vielleicht ein bisschen«, er reichte ihr ein Cognac-Glas, das zu einem Drittel mit Sherry aus der Minibar gefüllt war.

»Danach müsste dir eigentlich wieder warm werden«, dann wählte er Meiers Nummer und wartete bis am anderen Ende der Leitung abgenommen wurde.

»Wir haben die 4. Kartusche. - Lassen Sie sie abholen. Ich hinterlege sie wieder an der Rezeption des Hotels. Wo wir wohnen, wissen Sie allem Anschein nach schon!«

Sven hörte eine Zeitlang zu, dann sagte er: »Wenn das keiner von ihren Leuten war, dann war es wohl einer von Eriks Männern. Na, da kommt Freude auf. Also notieren sie sich die Hoteldaten und geben Sie mir den Empfängernamen für den Umschlag.«

Er ging zum Schreibtisch und beschriftete einen Umschlag.

»Kann ich dich kurz alleine lassen?«, fragte er Julia.

»Nein! Auf keinen Fall! Mit diesem Typen im Schrank bleibe ich keine Minute hier alleine im Zimmer. Ich komme mit!«

»Willst du wissen was, wir packen zusammen und reisen umgehend ab. Lass uns einfach zum Flughafen fahren und da warten, bis wir den nächsten Flieger nach Deutschland bekommen. Wir nehmen die erste Maschine, die uns Richtung Heimat bringt.«

»Das ist die beste Idee des Tages!«, Julia stand auf und ging mit zittrigen Beinen ins Bad. Sie suchte ihre Waschsachen zusammen und steckte sie in ihren Rucksack. Ihr kam jeder Handgriff wie in Zeitlupe vor. Sie konnte sich gar nicht richtig bewegen.

»Setz dich einfach nur hin. Ich packe alles zusammen, du musst dich um gar nichts kümmern. Ich bin froh, wenn du dich auf den Beinen halten kannst. Streng dich nicht jetzt schon zu sehr an. Du musst noch durchhalten, bis wir am Flughafen sind.«

Sie war so blass, dass Sven richtig Angst um sie bekam.

»Am Flughafen kannst du dann schlafen. Ich passe auf dich auf«, er sah sie besorgt an. Dann nahm er sie in den Arm und drückte sie einfach nur an sich. Er küsste sie auf die Stirn. Dann schob er sie behutsam zum Sessel und packte fertig. Nach ein paar Minuten verließen sie das Zimmer und fuhren mit dem Aufzug hinunter zur Rezeption. Sven gab den Umschlag ab und einen Zettel, der angab, welcher Kurierdienst die Abholung übernahm. Er zahlte die Rechnung und kurz darauf saßen sie schon in einem Taxi zum Flughafen.

Sie hatten Glück und buchten den Flieger, der um sechs Uhr morgens nach München abhob. Die Stunden, bis zum Abflug schlief Julia an Svens Seite gelehnt. Er hatte seinen Arm um sie gelegt und gab ihr so das behütete Gefühl, entspannt schlafen zu können. Sein Blick schweifte ständig durch die Abflughalle, ob ein auffälliger Mitreisender sie vielleicht beobachtete. Aber es blieb alles unauffällig.

Gegen 13 Uhr traten sie aus dem Flughafen München in das helle Licht der Sommersonne. Sie wollten nur noch nach Hause. Zuerst fuhren sie zu Svens Wohnung. Aber auch dort hielten sie sich nicht lange auf. Er sah kurz nach seinem Laden, prüfte dort die eingegangene Post und brachte Julia dann umgehend nach Dießen. Sie brauchte jetzt ihre gewohnte Umgebung, um erst einmal wieder zur Ruhe zu kommen. Er rief schon von unterwegs aus bei Lisa an und brachte sie auf den Stand der Dinge. Als sie an Julias Haus vorfuhren, stand Lisas Wagen schon in der Einfahrt.

Julia öffnete die Wagentüre und schon kam Foster auf sie zugestürmt. Sie wedelte mit dem Schwanz, eigentlich wedelte der ganze Hund. Sie japste und fiepte vor Freude. Julia kniete sich hin und knuddelte ihren Hund. Was war sie froh, wieder hier zu sein. Der gestrige Tag hatte sie total aus dem Gleichgewicht gebracht. So kannte sie sich gar nicht. Wahrscheinlich war es der Schock gewesen, einem Menschen körperliche Gewalt anzutun. Damit kam sie einfach nicht klar. Lisa kam ihr entgegen gelaufen und nahm sie in den Arm.

»Ich bin heilfroh, dass ihr wieder hier seid!«

»Das hätte auch anders ausgehen können. Gestern Abend war es knapp!«, sagte Julia.

»Ich darf mir gar nicht vorstellen, was passiert wäre, wenn der Mann Sven überwältigt hätte und du mit ihm dann alleine gewesen wärst!«, Lisa drückte Julia noch einmal an sich. »Ihr dürft euch nicht noch einmal in eine solche Gefahr begeben!«

»Es wird uns nichts anderes übrigbleiben. Wir müssen weitermachen, wir haben keine andere Wahl!«, antwortete Sven.

»Dann soll Julia doch nächstes Mal zu Hause bleiben!«, schlug Lisa vor.

»Auf keinen Fall! Ich lasse das Sven nicht alleine durchstehen. Kommt nicht in Frage! Gestern wäre Sven vielleicht zu Tode gekommen, wenn wir nicht zu zweit gewesen wären. Verstehst du, Lisa? Das war kein Spaß!«

»Das ist mir schon bewusst! Es ist trotzdem zu gefährlich! Dann geht jetzt endlich zur Polizei! Die ganze Sache läuft euch doch aus dem Ruder!Merkt ihr das nicht?«

»Nein, dafür ist es zu spät! Wir stecken schon viel zu tief in dieser Sache drin. - Jetzt beruhigt euch erst einmal wieder! Ich koche euch was Leckeres. Setzt euch hinaus auf die Veranda und ich gehe in die Küche. Los, jetzt vertreibt endlich die trübe Stimmung!«, und er drängte sie hinaus auf die Terrasse. Nach kurzer Zeit kam er zu ihnen und brachte den beiden ein kühles Weinschorle mit Eiswürfel und Zitrone. Dazu servierte er ihnen Bruscetta.

»Lasst es euch schmecken. Das ist erst der Vorgeschmack!«, er lächelte sie an und ging zurück in die Küche.

Während die beiden sich unterhielten, bereite Sven Spagetti al-Arabiata zu.

Auch ihm hatte der gestrige Abend schwer zugesetzt. Nicht nur psychisch. Er hatte sich bei dem Kampf eine Prellung der Rippen zugezogen. Jede Bewegung schmerzte ihn. Er hatte es Julia gegenüber nicht erwähnt. Ihm war viel wichtiger gewesen, sie gesund und sicher nach Hause zu bringen und wollte sie nicht noch zusätzlich beunruhigen. Sie hatte den Schock erst richtig überwunden, als sie mehrere Stunden geschlafen hatte. Heute wollten sie sich auch nicht mehr mit ihrem Problem beschäftigen. Sie mussten erst wieder den Kopf klarkriegen. Und das ging am besten, wenn sie sich das gestrige Abenteuer von der Seele redeten. Lisa war eine gute Zuhörerin, sie wollte alles bis ins kleinste Detail wissen.

TEIL VIII

Lisa erzählte Julia erst beim Frühstück von Semin. Julia war sofort neugierig und wollte alles genau wissen. Sie gab erst Ruhe, nachdem Lisa ihr alles von Semin berichtet hatte.

»Er geht dir im Kopf herum, oder?«

»Ja. Ich muss ständig an ihn denken. Morgen werde ich ihn wieder treffen. Wir wollen zusammen segeln gehen.«

»Nimm meine O-Jolle. Dann musst du ihn mit hierher bringen. So lerne ich ihn auch gleich kennen. - Aber erzähle ihm bitte noch nichts von unserer Angelegenheit.«

»Nein, das geht ihn doch nichts an. So gut kenne ich ihn noch nicht. Ich habe erst einen Abend mit ihm verbracht. Gestern wollte er mich eigentlich besuchen, dann kam ihm doch wieder etwas beruflich dazwischen.«

»Na dann bin ich ja gespannt, ob ich ihn morgen kennenlerne.«

Nachdem Lisa in ihre Werkstatt gefahren war, rief Julia Thomas Beringer an.

»Hallo, Herr Beringer«, Julia setzte sich auf die Lehne der Couch. »Wir sind wieder in Deutschland. Sind die Bilder gut genug zum Entschlüsseln? Können sie damit arbeiten?«

»Ja. An der Qualität der Aufnahmen liegt es nicht. Ich bin noch nicht weit gekommen. Es scheint eine Variante der phönizischen Schrift zu sein, mit Elementen, die normalerweise nur in der hebräischen Schrift vorkommen. Auch haben die Schriftzeichen unterschiedliche Größen. Wie wenn sie nicht zusammenpassen würden. So etwas habe ich noch nie gesehen. Und das, was ich meine, herausgefunden zu haben, ergibt keinerlei Sinn. Man muss natürlich berücksichtigen, dass die Teile, die ich bis jetzt zur Verfügung habe, auch Einzelstücke sind, die nicht aneinander passen. Es handelt sich immer noch um drei Einzelteile. Dazwischen gibt es überwiegend Leerräume. Ich kann mir gar nicht vorstellen, dass das nur sieben Papyrus-Stücke sein sollen. Wenn die Teile alle diese Größe haben, dann müssten es meiner Meinung nach mehr sein, sonst bleiben überall größere Lücken.«

»Was haben sie denn schon übersetzt?«, fragte Julia neugierig. Sven kam zu ihr an die Couch und setzte einen fragenden Blick auf. Sie schrieb neben dem Telefonat mit der freien Hand auf einen Block die Worte: Stein, Hitze, Kraft.

»Und das ist aus Wortfragmenten erschlossen, nicht einmal ein ganzes Wort kann ich bis jetzt übersetzen: Stein, Hitze, Kraft, mehr habe ich noch nicht. Das ist schon mehr geraten als gesichert. Also ich kann noch keinerlei Sinn darin entdecken. Ich kann noch nicht einmal alles einer Schrift zuordnen. Vielleicht liege ich auch total daneben damit.«

»Stein und Hitze? Das kann alles und nichts bedeuten.«

»Ich kann ihnen dazu noch keine Aussage machen. Geben sie mir noch Zeit. So schnell geht das nicht mit so alten Papyri. Da brauchen sie Geduld!«, meinte Beringer etwas gehetzt.

»Ist in Ordnung. Wir möchten sie nicht drängen. Wir sind froh, dass sie uns helfen. Wir machen mit den Kartuschen weiter. Wenn wir wieder eine haben, melden wir uns.«

»Gut. Und ich rufe sie an, wenn ich etwas Neues herausgefunden habe. Vielleicht können sie dann schneller einen Sinn darin erkennen als ich.«

»Danke. Bis bald!«

»Auch ihnen alles Gute bei ihrer Suche. Wissen sie schon, wo es als Nächstes hingeht?«

»Nein. Dieses Mal ist die Silberplatte so stark abgenutzt, dass wir noch nichts erkennen können, was einen konkreten Hinweis ergeben würde.«

Als Beringer eingehängt hatte gingen sie zurück in die Küche.

»Was machen wir jetzt? Hitze - Stein - Kraft. Was sollen wir mit diesen Wörtern anfangen?«, sie stellte die Butter und den Käse vom Frühstück in den Kühlschrank zurück und räumte nebenbei die Spülmaschine ein.

»Keine Ahnung. Wir werden weiter suchen müssen. Wenn ich nur wenigsten noch das Stück dazu hätte, das uns Erik geklaut hat. Dann könnten wir vielleicht etwas mehr in Erfahrung bringen.«

»Hast du gar keine Ahnung, wo er sich verstecken könnte?«

»Nein - er hat kein Hobby, das ihn zum Beispiel am Wochenende in die Berge oder an einen See ziehen würde. Weißt du in dem Sinn, dass er vielleicht ein Haus oder eine Ferienwohnung hätte, oder in einem Verein wäre, dann könnte man da nachsehen.«

Julia wischte noch den Tisch ab und spülte dann den Lappen aus. Dabei fiel ihr Blick aus dem Fenster auf das Panorama der Berge im

Süden des Sees. Bei schönem Wetter konnte man wunderbar das Gebirge sehen.

»Erik weiß doch, wo Peter seine Hütte hat, oder?«

»Ja, er war schon dort.«

»Kann es sein, dass er sich dorthin zurückgezogen hat?«

»Das wäre mehr als dreist!«

»Ich bin überzeugt, dass er genau weiß, dass die Hütte unbewohnt ist, weil er mit Sicherheit Kenntnis davon hat, dass Peter entführt wurde. Vermietet Peter seine Hütte?«

»Nein, er nutzt die Hütte ausschließlich selbst. - Also könnte Erik sich dort ganz ungestört aufhalten. - Was hältst du davon, wenn wir noch heute hinfahren und nachsehen?«

»Wegen mir, sofort. Wir dürfen keine Chance auslassen, an die Kartusche zu kommen.«

»Die Fahrt dauert von hier aus nur drei Stunden. Wir sind hier gleich auf der A96. Ab da können wir durchfahren bis Bregenz, durch den Pfändertunnel und dann geht die Autobahn durch bis Chur. Und von Chur hinauf nach Lenzerheide sind es noch weitere zwanzig Minuten.«

»Hast du einen Schlüssel für die Hütte?«

»Nein, aber ich weiß, wo ich einen bekomme. Peter hat in Lenzerheide einen Bergsteigerkollegen. Der sieht ihm auch immer wieder nach dem Rechten, wenn er längere Zeit nicht vor Ort kommt. Sein Name ist Urs Thöny, ein netter Kerl. Wir kennen uns. Urs gibt mir ohne Bedenken den Schlüssel. Ich werde ihn gleich anrufen und unser Kommen ankündigen.«

»Kennt Erik ihn auch?«

»Nicht, dass ich wüsste. Er war damals nicht auf der Hütte, als Erik mit uns beim Skifahren war.«

»Hat er auch kein Problem damit, wenn du ohne Peter ankommst.«

»Nein, wir hatten auch schon öfter den Fall, dass ich vor Peter angekommen bin. Ich habe dann alle Einkäufe fürs Wochenende erledigt und schon in der Hütte eingeheizt, bis Peter nachkam. Also deshalb wird Urs nicht skeptisch.«

Sie packten nur wenige Sachen und ab ging es Richtung Lenzerheide. Foster machte es sich auf der Rücksitzbank von Julias Mini bequem.

»Ich kann sie nicht ständig abgeben. Und Lisa kann ich Foster nicht die ganze Zeit aufs Auge drücken. Du wirst sehen, mein Hund ist auch auf längeren Fahrten total handsam. - Wie kommt man überhaupt zur Hütte rauf?«, wollte Julia wissen.

»Mit einem Jeep kann man bis vor die Hütte fahren. Wenn das Gelände trocken ist und noch keine tiefen Fahrrillen die schmale, unbefestigte Straße, unpassierbar gemacht haben. Meist geht das nur in den Sommermonaten Juni bis August, vielleicht noch September. Aber auch da hast du manchmal schon Schnee.«

»Und wie kommen wir jetzt hinauf zu der Hütte?«

»Laufen - so drei Stunden - dann sind wir oben!«, grinste er zu ihr herüber.

»Du machst Witze!«

»Na klar. Urs wird uns schnell hinaufbringen. Wenn wir ihn nett fragen, dann leiht er uns vielleicht sogar seinen Jeep bis morgen. Wenn nicht, dann setzt er uns oben ab und holt uns morgen wieder. Dann müssen wir halt eine Nacht dort oben verbringen.»

»Ich habe alles mitgenommen, dass wir auch in der Hütte weiterarbeiten können, falls dein Bruder nicht dort ist. Was machst du aber, wenn er wirklich dort ist? Hast du dir das schon überlegt? Wie willst du ihm begegnen?«

»Ich schiebe den Gedanken an eine Konfrontation mit ihm vor mir her. Ich glaube, so ist es besser, sonst steigere ich mich bis nachher so hinein, dass ich mich auf ihn stürze, wenn ich ihn sehe. Schon, wenn ich darüber rede, steigt eine solche Wut in mir hoch. Die kann ich dir gar nicht beschreiben.«

»Ich kann dich verstehen. Lass uns das Ganze trotzdem in Ruhe und professionell angehen. Wir müssen ihm klarmachen, dass er sich verrannt hat und, dass er uns die geraubte Kartusche zurückgeben muss. Er muss verstehen, dass er jetzt besser mit uns zusammenarbeitet, bis wir Peter befreit haben.«

Sie legten die nächsten Stunden wortkarg zurück, sie hatten gemerkt, dass ihnen beiden das Thema Erik nicht gut tat. Es war besser zu warten, bis sie ihm tatsächlich gegenüberstanden.

Es war schon beinahe Abend, als sie in Lenzerheide bei Urs vorfuhren. Urs lebte dort in einem alten Bauernhaus, das er sich in mühsamer Kleinarbeit wieder hergerichtet hatte. Julia stand die Bewunderung im Gesicht, als sie das Haus sah.

»Das ist der absolute Traum. Ein wunderschönes Haus!«

»Urs hat auch beinahe drei Jahre daran gebaut. Alles in mühsamer Heimarbeit selbst gemacht. Er hat jeden Urlaub und jedes Wochenende da rein gesteckt. Seitdem ist er absolut fit in sämtlichen Handwerksfertigkeiten, die du brauchst, um ein Haus zu sanieren.«

Sie stiegen aus und gingen zur Haustüre. Bevor sie klingeln konnten, öffnete Urs schon.

»Hallo, Sven. Freut mich dich zu sehen!«

»Grüß Gott, Urs. Das ist Julia. Julia, das ist Urs«, Julia sah erstaunt zu Urs, der beinahe den gesamten Türrahmen ausfüllte. Er war wirklich ein Berg von einem Mann. Sie nahm an, dass er an die zwei Meter groß war.

»Du kannst den Mund jetzt wieder zu machen!«, lästerte Sven. »Diesen Eindruck macht Urs auf alle, die ihn zum ersten Mal sehen. Aber, warum wir eigentlich da sind, Urs, wir wollen etwas aus Peters Hütte abholen. Wir werden auch morgen schon wieder abreisen. Kannst du uns deinen Jeep leihen?«

»Peter muss oben sein! Da brannte die letzten beiden Abende das Licht. War mir aufgefallen, als ich Holz aus dem Wald holte.«

»Ich dachte, er wäre noch am Gardasee!«, log Sven, um Urs nicht zu beunruhigen. »Kannst du uns deinen Wagen geben?«

»Klar doch. Ich brauche ihn erst morgen Nachmittag wieder.«

»Du, das ist kein Problem. Wir sind bis spätestens Mittag wieder herunten. Versprochen!«

Urs gab ihnen die Fahrzeugschlüssel und verabschiedete sie.

Da ihnen nun doch unweigerlich eine Konfrontation mit Erik bevorstand, waren beide extrem nervös, wie das Treffen enden würde. So bemerkten sie gar nicht, wie schnell sie an der Hütte ankamen.

»Bleib zuerst noch im Wagen, ich gehe alleine zu ihm rein.«

»Bist du sicher?«

»Ja! - Ich drehe noch den Wagen um, damit du schnell weg kannst, falls Erik ausrastet. Und ich verlange von dir, dass du dann wieder runter fährst und Hilfe bei Urs holst. Du findest doch den Weg, oder? Keine Mutproben dieses Mal!«

»Ist gut, mach ich!« Sie umarmte Sven und sagte »Sei bitte vorsichtig. Du weißt nicht, wie er reagiert. Er steht unter extremem Druck.«

»Ich pass auf!«

Dann stieg er aus und Julia kletterte auf den Fahrersitz. Foster turnte auf ihren Schoß. Julia legte nervös die Hände aufs Steuer und beobachtete im Rückspiegel, wie Sven zur Hüttentür ging.

Sven öffnete langsam die alte Holztür. Sie war eindeutig gewaltsam geöffnet worden. Am Boden lagen Holzsplitter und das Holz neben der Türklinke war abgesplittert. Die Tür war nur angelehnt. Sven schob sie langsam auf und ging in den Raum hinein. Alles im Inneren war dunkel. Weder Licht noch Feuer waren an. Aber er roch, dass das Feuer vor nicht allzu langer Zeit im Herd gebrannt hatte. Aber er sah keine Spur von Erik im Raum. Sicherheitshalber suchte er die gesamte Hütte ab. Als er sicher war, dass Erik nicht mehr hier war, ging er nach draußen und holte Julia.

»Er war da, da bin ich sicher. Die Türe ist aufgebrochen. Es hat jemand Feuer gemacht. Das riecht man noch und wer außer Erik sollte das gewesen sein?«

Zusammen gingen sie zurück in die Hütte und Julia machte sich erst einmal ein Bild vom Inneren. Es war eine alte Hütte, die aber in gutem Zustand war. Sven selbst hatte ab und zu mitgeholfen, die Hütte zu restaurieren. Auch Urs hatte bei den schwierigeren Arbeiten, gerade wenn alte Holzteile ausgetauscht werden mussten, mitgemacht. Und so stand die Hütte da, wie eh und je.

»Ich hole uns jetzt eine kleine Brotzeit«, und er verschwand in der Speisekammer der Hütte und holte ein Stück Geräuchertes. Im Schrank in der Küche fand er eine Tüte mit Schüttelbrot.

»Da hat Peter wirklich ein kleines Paradies in den Bergen. Hier lässt es sich aushalten«, Julia sah sich weiter um und konnte sich gut vorstellen, wie schön es sein musste, hier in der Abgeschiedenheit, Urlaub zu machen. Das musste einfach herrlich sein. Zur Sommer- wie auch zur Winterzeit. Absolute Ruhe.

»Tja, und wenn wir jetzt nicht dieses Problem am Hals hätten, könnten wir das auch genießen. Denn Peter würde uns beiden die Hütte sicher ein paar Tage überlassen.«

»Was ist denn das?«

»Was denn?«

»Das da, am Kamin. Da steht doch ein Umschlag.« Sie stand auf und ging zum Kamin. Sie nahm den Umschlag und drehte sich zu Sven um.

»Da steht dein Name drauf«, sie gab den Umschlag Sven und setzte sich wieder an den Tisch.

»Das ist Eriks Handschrift. Eindeutig.« Sven riss den Umschlag auf und entnahm einen Brief, der einen Text aus Buchstabensalat enthielt.«

»Oh, nein! Nicht schon wieder eine chiffrierte Nachricht. Dafür haben wir doch jetzt wirklich keine Zeit!«, schimpfte Julia. Jetzt wurde sie beinahe wütend.

»Dein Bruder ist doch total irre. Meint er, dass wir nun nichts anderes zu tun haben, als auch noch seine Verschlüsselungsspielchen mitzumachen?«

»Da wird er momentan wenig Rücksicht auf uns nehmen. Er sieht nur noch seine Probleme. Das ist uns doch schon bekannt. Alle anderen sind ihm nun egal. Aber das Entschlüsseln wird nicht so lange dauern. Das ist eine polyalphabetische Verschlüsselung. Die haben wir früher öfter benutzt. Das kann ich recht schnell knacken, weil er sicher das Codewort genommen hat, das wir auch in unserer Jugend benutzt haben.«

»Und das wäre?«, fragte sie ungeduldig.

»SCHOKOLADE.«

»Okay!?«

»Es ist eine Cäsarverschiebung mithilfe einer Chiffrierscheibe und einem Codewort. Nur mit einer Chiffrierscheibe wäre es eine monoalphabetische Verschlüsselung. Du würdest einmal das A auf dem äußeren Alphabet-Ring der Chiffrierscheibe auf einen Buchstaben des inneren Alphabet-Ringes einstellen und so die Einstellung lassen. Dann kannst du einfach jeden Buchstaben des Geheimtextes dechiffrieren. Wenn du das A auf das E einstellst, dann kommt folglich für ein B im Geheimtext ein F im Klartext, und so weiter. Die Zuordnung der Buchstaben bleibt dann immer gleich.«

»So weit so klar.«

»Jetzt kommt das Codewort dazu. Hier: Schokolade. Da stellst du zum Entschlüsseln des ersten Buchstabens des Geheimtextes das A des äußeren Rings auf das S des inneren Rings ein. Nun kannst du den ersten Buchstaben des Geheimtextes entschlüsseln. Für den zweiten Buchstaben des Geheimtextes stellst du das A des äußeren Rings auf das C des inneren Rings. Dann liest du beim entsprechenden Buchstaben, der dem zweiten Buchstaben des Geheimtextes entspricht den ihm entsprechenden Buchstaben des inneren Buchstabenrings ab. Und so weiter. Die Einstellungen für das äußere A wechseln bei jedem weiteren

Buchstaben die Position gemäß der Buchstabenfolge des Codewortes. Dieses wird immer wiederholt: also Schokoladeschokoladeschokolade.«

»Woher bekommst du die Chiffrierscheibe?«

Sven holte sich Papier, Schere, zwei Gläser mit verschiedenen Durchmessern, zum Konstruieren der runden Buchstabenscheiben und eine einsame Büroklammer, die in der Schublade lag. So bastelte er die Chiffrierscheibe. Dann legte er los, mit dem Entschlüsseln von Eriks Nachricht.«

Es dauerte nicht lange und er hatte folgenden Text vor sich liegen:

Hallo Sven,

da es für Entschuldigungen zu spät ist, bringe ich sie erst gar nicht an.

Ich brauche die Kartuschen von dir. Ich habe keinen Ausweg mehr. Wenn du sie mir nicht besorgst, dann - glaube mir, werde ich Mittel und Wege finden, die dich dazu bringen, sie mir zu geben. Leg es besser nicht darauf an. Ich weiß, dass es Menschen gibt, an denen du stark hängst. Ich sage nur Julia und Lisa.

Hier hast du eine Telefonnummer, unter der kannst du mich täglich um 21 Uhr erreichen. Die Nummer funktioniert täglich nur für fünf Minuten. Der Anruf wird an ein Handy weitergeleitet. Danach ist das Handy wieder abgeschaltet.

Und lass dir nicht einfallen zur Polizei gehen. Ich habe nichts mehr zu verlieren. Ich schrecke vor nichts mehr zurück.

Ich warte auf deinen Anruf.

Erik

Sven ließ das Papier auf den Tisch sinken. Er sah auf seine Armbanduhr. 21.37 Uhr.

»Zu spät. Heute kann ich ihn nicht mehr anrufen! Verdammt!«

»Was machen wir jetzt?«, fragte Julia nach.

»Ich weiß es nicht. Langsam komme ich an meine Grenzen. Jetzt habe ich die Wahl zwischen Pest und Cholera. Entweder ich opfere Peter oder dich oder Lisa. Ich denke, die Drohung war eindeutig! Ich werde ihn morgen anrufen und versuchen, ihm eine Aufnahme des ersten Papyrus abzubetteln. Ich biete ihm dafür die Aufnahmen der anderen Kartuschen an.«

»Bist du dir sicher, dass du ihm diese Informationen geben willst?«

»Was anderes fällt mir nicht ein. Ich weiß nicht, welchem Wahnsinn er hinterher jagt. Ich bin mir inzwischen sicher, dass er verrückt ist.«

Sie gingen nach draußen an die frische Luft und setzten sich auf die Bank unter dem Dachvorstand. Es war eine klare, kühle Nacht. Die ersten Sterne funkelten am Himmel und die Berge standen stolz vor ihnen.

»Was treibt Erik nur an, dass er sich dir gegenüber so verhält? Ihr hattet doch immer das beste Verhältnis. Ihr seid schließlich Brüder.«

»Ich sage dir doch, er ist wahnsinnig geworden. Das sage ich nicht zum Spaß. Das ist meine feste Überzeugung und deshalb bin ich auch sicher, dass er die Drohung ernst meint. Nicht nur seine Leute, sondern auch er selbst ist jetzt gefährlich. Richtig Sorgen mache ich mir jetzt um Lisa. Sie ist immer in Dießen zu erreichen. Das wird auch Erik inzwischen wissen. Ich will kein Risiko eingehen. Nicht, dass ihr etwas zustößt.«

»Du meinst, er will es wie Meier machen und uns dann mit Lisa erpressen? - Meinst du, er weiß gar nicht, dass wir Meier die Kartuschen zuspielen und dass Peter eine Geisel ist?«

»Zumindest klingt es so. Oder wie fasst du seine Drohung auf?«

»Genauso. Und deshalb sollten wir so schnell wie möglich wieder nach Hause fahren.«

»Lass uns die Hütte dichtmachen und nach unten fahren. Wir dürfen keine Zeit verlieren!«

Eine Stunde später verabschiedeten sie sich unten im Ort von Urs und dankten ihm nochmals für seine Hilfe.

»Urs könntest du vielleicht dieser Tage nach oben Fahren. Das Schloss an der Tür ist kaputt. Ich habe sie jetzt einfach zuklemmt, damit der Wind sie nicht aufdrückt!«

»Mach ich. Ich kümmere mich darum!«

Dann fuhren sie zurück nach Dießen. Spät in der Nacht kamen sie zuhause an.

267

42   Dießen   Auf den Spuren des Fischers

Gleich am Morgen saßen sie nebeneinander an Julias Schreibtisch und versuchten auf dem Foto der Silberplatte Details zu erkennen. Diese Platte war von der Zeit schwer angeschlagen. Es war kaum etwas zu erkennen. Wer wusste schon, wie viele Umzüge diese Kartusche hinter sich hatte. Bevor sie in die Zisterne umzog, wurden die alten Prägungen entfernt, wer weiß durch welche Methode.

»Silber ist weich, das kann man leicht pressen. So dick sind die Platten nun auch nicht«, Julia hantierte mit der Lupe und sagte dann: »Kann das ein Fisch sein. Ich bin mir nicht sicher. Irgendwie erinnern mich diese Linien an diese Fischsymbole, die viele Leute hinten auf ihren Autos haben.«

»Du meinst, das für die Urchristen?«

»Könnte doch sein.«

»Und damit der Hinweis auf Rom?«

»Vielleicht. Immerhin lag Rom auf der Route der Wächter. - Und das hier, was soll das darstellen?«

»Sollen das Gewölbe sein? Ärgerlich - es ist so schwach zu sehen. Zu dumm, dass wir nur mit Fotos arbeiten können. Auf dem Original könnte man vielleicht noch etwas erkennen.«

»Wir müssen jetzt mit dem auskommen, was uns zur Verfügung steht.«

»Hier unten, das könnten doch griechische Buchstaben sein.«

Julia nahm den USB-Stick und lud die Bilder der Platte auf ihren Computer. Sie öffnete ihr Bildbearbeitungsprogramm und änderte alle möglichen Einstellungen, um das Beste aus den Aufnahmen der Kartusche herauszuholen.

»Jetzt meine ich etwas zu erkennen. Das sind keine Gewölbe. Sieh dir diese Konturen an!«

»Soll das ein Wolf sein?«

»Ja. Das ist die Kapitolinische Wölfin. Keine Gewölbe, wie ich zuerst dachte. Die Partie über Schulter und Hüfte hatte ich für eine Gewölbedarstellung gehalten. Aber jetzt nach der Bildbearbeitung ist das eindeutig diese Wölfin. Dies und das Fischsymbol. Das heißt, wir müssen nach Rom!«

»Dann machen wir uns so schnell wie möglich auf den Weg. Ich buche gleich zwei Flüge für morgen.»

»Nach Rom geht täglich um halb zehn ein Flug. Das weiß ich, ich hab diesen Flug schon öfter genommen.«

»Dann lass uns schon heute Abend zu mir nach München fahren.«

Am Nachmittag kamen Lisa und Semin auf einen Besuch vorbei. Sie hatten den ganzen Tag auf dem See zugebracht. Am Morgen hatten sie sich Julias O-Jolle genommen und mit Badetasche bewaffnet, den Ammersee erobert. Lisa war, genauso wie Julia, eine leidenschaftliche Seglerin. Schon von Jugendtagen an. Semin war noch nicht oft auf einem Segelboot, fand aber schnell Spaß daran.

Julia fand Semin auf Anhieb sympathisch und unterhielt sich gut mit ihm. Schnell waren Sie beim DU. Als er mitbekam, dass Julia und Sven am nächsten Tag nach Rom fliegen wollten, war er sehr daran interessiert. Fast zu sehr. Immer wieder fragte er nach. Das konnte sie nicht ganz einordnen.

»Ich dachte, ihr seid gerade erst aus der Türkei aus dem Urlaub gekommen!«, meinte Semin. Julia hatte schnell eine Erklärung bei der Hand.

»Ja, das schon. Als Journalistin muss ich gleich weiter zu einer Recherche nach Rom. So geht das manchmal in meinem Beruf!«

Sie musste Semin erst näher kennenlernen, bevor sie ihn in ihre Geheimnisse einweihte. Er machte zwar einen vertrauenswürdigen Eindruck und sie wünschte Lisa von ganzem Herzen, dass es ihr auch so erginge, wie Julia mit Sven. Aber erst einmal wollte sie ihn genauer kennenlernen. Dass Lisa ihm nichts von der ganzen Angelegenheit um Erik und Peter erzählen würde, war Julia klar.

Wieder nahm Lisa Foster mit zu sich.

»Ich hoffe, wir sind in zwei, drei Tagen wieder zurück. Machs gut, Lisa. Bis bald, Semin. Ich melde mich aus Rom!«

Kurz vor 21 Uhr.

»Ich rufe jetzt bei Erik an!« Sven wählte die Nummer, die ihm Erik auf seiner Nachricht in der Hütte hinterlassen hatte.

»Hallo Sven!«, meldete sich Erik nach dem ersten Klingeln.

»Hallo Erik! Wo bist du?«

»Komm lass das, Sven! Dir ist doch klar, dass ich dir das nicht verrate. Sei froh, dass du wenigsten eine Nummer hast, unter der du mich kontaktieren kannst.«

»Erik, ich verstehe dich nicht. Wie bist du da nur reingeraten? Wie kannst du mich bedrohen? Ich erkenne dich nicht wieder!«

»Sven, das brauche ich dir alles nicht zu erklären. Nimm es einfach so hin. Besorge mir die Kartuschen! Du kannst dich frei bewegen!«

»Peter ist wegen dir entführt worden. Er war auch einmal dein Freund. Wie kannst du da so eiskalt bleiben?«

»Sven - ich bin weit über den Punkt hinaus, irgendwelche Skrupel zu zeigen. Wenn du wüsstest, was ich weiß, dann würdest du mich verstehen.«

»Dann erkläre es mir doch! Erik, ich bin dein Bruder!«

»Nochmals: Besorge mir die Kartuschen, oder es wird dir leidtun!«

Sven nahm das Telefon vom Ohr und sah es an, als wenn es ein noch nie gesehenes Objekt wäre.

»Er hat einfach eingehängt!«

»Was hat er denn gesagt?«

»Wenn ich wüsste, was er weiß, würde ich ihn verstehen. Aber erklären will er es mir nicht! Wenn ich nicht tue, was er will, dann wird es mir leidtun.«

Sven drückte die Wahlwiederholung. Aber sofort kam die Ansage, dass der Teilnehmer nicht zu erreichen sei.

»Das glaub ich nicht! Er hat sofort wieder abgeschaltet.«

»Also meint er es ernst.«

»Wir müssen wirklich damit rechnen, dass er Lisa was antut, wenn wir ihm nicht die Kartuschen geben. Wie sollen wir jetzt weiterverfahren? Ich kann die Dinger schlecht duplizieren.«

»Jetzt lass uns erst einmal die nächste Kartusche finden, dann überlegen wir, wie wir weitermachen!«

TEIL IX

Sie traten mittags aus dem Flughafen Rom-Fiumicino. Sogleich kam einer der Kleinbusfahrer auf sie zu gestürmt und bot ihnen eine Fahrt nach Rom an.

Sie stiegen in einen der Fiat-Busse ein und waren eine Stunde später in ihrem Hotel. Es lag in einer Nebenstraße zur Piazza Navona. Hier waren sie im Zentrum Roms und konnten alles zu Fuß erreichen. Noch war ihnen überhaupt nicht klar, wo sie ihre Suche beginnen sollten.

Trotz ihrer Probleme konnte sie sich nicht dem Charme der Stadt entziehen. Das Treiben auf den Straßen, die Motorroller, die schreienden Sirenen der italienischen Polizeiautos und Krankenwagen, die man ständig irgendwo hörte, all das machte diese Stadt aus. Ohne diese Lärm-Kulisse wäre Rom nicht Rom.

»Ich liebe diese Stadt. Ich versuche, jedes Jahr mindestens einmal herzukommen, allerdings wäre es mir unter anderen Umständen lieber.«

»Lass uns rüber auf die Piazza Navona gehen. Dort essen wir zu Mittag und überlegen uns unser erstes Ziel.«

Sie drängten sich durch die Menschenmenge auf der Piazza. Viele Straßenmaler standen mit ihren Werken unter den Sonnenschirmen zwischen den Brunnen der Piazza Navona. Die Touristengruppen folgten ihren Reiseleitern, die bunte Regenschirme hochhielten, damit ihre Gruppe sie im Getümmel nicht verlor. Die Kellner der vielen Restaurants auf dem berühmten Platz boten ihre Speisekarten an und versuchten so Kundschaft zu bekommen. Hier spürte man Italien. Der Platz lebte.

»Wie die Maler es nur aushalten, den ganzen Tag in dieser Hitze zu stehen. Das ist echt hart verdientes Geld.«

»Genau das macht Rom aus. Es ist immer etwas los auf den Straßen, das findet man nur hier. Und die Porträtzeichner sind nicht schlecht. Ich habe mich schon manchmal hingestellt und nur beobachtet, wie sie jemanden porträtieren. Manche dieser Zeichner sind meiner Meinung nach Kunststudenten.«

Bei Wein und einer Pizza Napoli beobachteten sie das Treiben auf der Piazza:

»Hier wurden unter Kaiser Domitian im ersten Jahrhundert Pferderennen ausgetragen. Der Platz konnte sogar geflutet werden, um Seeschlachten nachzustellen. Ich denke die ovale Form des Platzes

273

erinnert noch an das damalige Stadion. Allerdings wurden hier auch Hinrichtungen vorgenommen. Das sollte man auch nicht vergessen.«

»Da gefällt mir das heutige Treiben schon besser.«

Sven holte sein iPad heraus.

»Zurück zu unseren Hinweisen. Was haben wir alles: einen Fisch, ein ChiRho-Zeichen, ein Kreis mit einem Strahlenkranz als Symbol für Christus als Sonnengott, einen Anker, die römische Wölfin, die allerdings kaum zu sehen ist. Griechische Buchstaben, die wir auch nur erahnen können. Und dann noch diesen Käfer oder was das auch immer sein soll - da am Rand der Kartusche.«

»Der ist mir noch gar nicht aufgefallen.«

»Ich habe ihn auch erst vorhin im Flugzeug entdeckt. Aber dann kam die Durchsage, zum Anlegen des Gurtes und ich habe es nachher ganz vergessen zu erwähnen.«

»Dann fangen wir doch am Besten zuerst mit der römischen Wölfin an. Wo steht diese jetzt?«

»In den kapitolinischen Museen. Wir gehen am besten zu Fuß dort hin. Das dauert von hier aus knapp eine halbe Stunde.«

Sie gingen am Pantheon vorbei und dann Richtung Forum Romanum.

Im Museum gingen sie direkt zur Kapitolinischen Wölfin.

»Die Figur hätte ich mir viel größer vorgestellt.«

»Das ist eine dem Original entsprechende Darstellung. In meiner Rom-App steht, die Figur ist zwischen dem 9. und 13. Jahrhundert entstanden und nicht wie lange Zeit vermutet im 6. Jahrhundert. Das hat eine C14-Datierung ergeben. Die Wölfin ist nämlich in einem Stück gegossen. Und diese Herstellungstechnik beherrschte man vor dem Mittelalter noch gar nicht. Die Figuren von Remulus und Remus kamen erst im 15. Jahrhundert dazu.«

»Aber wie uns diese Wölfin bei unserer Suche weiterbringen soll, kann ich nicht erkennen.«

»Ich auch noch nicht. Es wird schon einen Grund haben, dass die Konturen auf der Platte so verblasst sind. Vielleicht war die Kartusche einst dort und wurde wegen der Restaurierung der Wölfin 1997 entfernt.«

»Also müssen wir wieder von vorne anfangen!«

Sie verließen das Museum und gingen erst einmal zurück zu ihrem Hotel.

»Hallo Lisa, geht es dir gut?«

»Hey Semin!«, Lisa freute sich über seinen Anruf. Sie hatte sich am Morgen schon gefragt, wann er sich wohl das nächste Mal melden würde.

»Mir geht es prächtig. Das war gestern ein schöner Tag auf dem See, oder?«

»Und ob. Hast du heute Abend Zeit?«

»Ja. Kommst du zu mir? Dann koche ich was Feines für uns«, lud Lisa ein.

»Gerne. Um acht Uhr?«

»Ich freue mich. Ciao!«

Lisa stand bereits in der Küche und nahm die Auflaufform aus dem Ofen, als Semin klingelte. Schon vor dem Klingeln hatte Foster sein Kommen angekündigt.

Er kam gleich mit in die Küche.

»Wo hast du denn einen Flaschenöffner. Ich habe uns einen feinen Tropfen mitgebracht. - Mmh - das riecht lecker. Was gibt es denn?«

»Gefüllte Cannelloni. Ich hoffe, ... ?«

»Lisa, ich habe kein Problem mit Schweinefleisch. Ich bin kein Muslim.«

»Dann können wir uns ja entspannt dem Essen widmen. Bringst du bitte noch den Salat mit heraus auf die Terrasse?«

Diesen Abend lernten sie sich näher kennen. Semin berichtete von seinem Leben zwischen den Kulturen. Dass seine Eltern immer sehr weltoffen gewesen seien und somit auch für ihn keine Religion gewählt hatten. Da seine Mutter Christin und sein Vater Muslim ist, hatten sich die Eltern nach seiner Geburt darauf geeinigt, ihn später einmal selbst wählen zu lassen, welcher Glaubensrichtung er angehören möchte. Semin hatte dann in der Jugend Religionsunterricht besucht. Im Gymnasium zwei Jahre den katholischen Unterricht, dann zwei Jahre den evangelischen Unterricht. Danach entschied er sich, keiner dieser Richtungen beizutreten. Den Islam bekam er über seinen Vater mit und erkannte, dass auch dieser Glaube nichts für ihn war. Er war ein Agnostiker. Dazu stand er auch.

»Wie bist du zu diesem Studium der Geo-Ökologie gekommen. Und das in Kombination mit Informatik?«

»Na ja, Mathematik und Informatik haben mich immer begeistert. Diese Fächer sind mir auch immer leicht gefallen. Ich musste mich da nicht besonders anstrengen. Umwelt-Informatik beschäftigt sich zum Beispiel mit der Analyse von Wechselwirkungen im Ökosystem. Dazu gehört auch das Erstellen von Simulationsprogrammen und all solche Sachen.

Geo-Ökologie hat mich begeistert, weil mir schon sehr früh klar wurde, dass der Mensch zu stark in das Ökosystem unseres Planeten eingreift. Es gibt unendlich viele Vernetzungen zwischen unserem Verhalten und wie sich dieses auf alle Systeme in der Natur auswirkt. Die ganze Rohstoffgewinnung heute. Wir greifen viel zu stark in bestehende Systeme ein. Und wenn nicht bald etwas geschieht, dann wird das in die Katastrophe führen. Und auf diesem Gebiet zu arbeiten, das begeistert mich.«

»Aber du bist doch für ein Telekommunikations-Unternehmen tätig. So habe ich dich jedenfalls verstanden. Was hat das mit Ökologie zu tun?«

»Ich installiere Anlagen auf Forschungsstationen. Das hat nichts mit Telefonie zu tun. Da geht es um den Datenaustausch und -zugriff von Forschungsstationen, die mit Laboren auf der ganzen Welt vernetzt sind. Ich installiere die Geräte vor Ort. Unser Betrieb produziert und vertreibt Überwachungs- und Messsysteme, die in der freien Natur, unter extremsten Wetterbedingungen funktionieren müssen. Bei 50 Grad minus und bei 50 Grad plus. Auch Simulationssysteme vertreiben wir. Das sind sehr komplexe Gerätschaften. Wir sind weltweit tätig, von der Arktis bis zur Antarktis, vom Himalaya über die Wüste Gobi bis zu den Anden. Sogar auf dem Meeresgrund. Auch und vor allem auf Forschungsschiffen. Forschungslabore auf der ganzen Welt haben Zugriff auf diese Stationen. Da gibt es weltweite Netzwerke, auf die Wissenschaftler aus allen Bereichen zugreifen. Deshalb darf es keine Unterbrechung, oder noch schlimmer einen Datenverlust geben. Um das zu gewährleisten, gibt es solche Leute wie mich. Eine weitere Voraussetzung ist die körperliche Fitness. Ich muss ständig trainiert sein. Oft habe ich einen tagelangen Fußmarsch mit schwerem Gepäck hinter mich zu bringen, bis ich überhaupt vor Ort bin. Nicht jeder Ort ist direkt mit einem Fahrzeug zu erreichen. Oder ich muss solche Installationen unter außerordentlichen Bedingungen kontrollieren und neu aufsetzen. Ich muss ständig abrufbereit sein, denn es gibt nicht viele von meiner Sorte. Und - was nicht zu vernachlässigen ist - ich habe hier viel persönlichen Kontakt mit diesen Wissenschaftlern und erfahre die neuesten Ergebnisse ihrer Forschungen. Das macht meinen Job so interessant. Hier kann ich meine Fähigkeiten voll einbringen. Das ist aber auch der Grund, warum ich Single bin. Dieser Job strapaziert jede Beziehung. Du tust dir einfach schwer eine Beziehung aufzubauen, wenn du ständig weg musst. Oft von einer Sekunde auf die andere.«

»Das kann ich mir gut vorstellen. Dein Beruf klingt echt interessant. Ich könnte dir stundenlang zuhören. Darfst du überhaupt Details erzählen?«

»Nein. Ich habe natürlich eine Verschwiegenheits-Erklärung abgeben müssen. Das strapaziert eine Beziehung noch zusätzlich. Wenn du oft nicht einmal sagen darfst, wohin du gehst, dann kann das deine Partnerin meistens nicht akzeptieren.«

»So ein Berufsbild legt natürlich auch den Verdacht nahe, dass du einen Freifahrtschein hast, um immer alles zu entschuldigen.«

»Ja, so etwa hat es meine Freundin auch manchmal gesehen. Und irgendwann kam ich nach Hause und sie war nicht mehr da.«

Seine Augen wurden traurig und Lisa meinte sogar, dass sie feucht wurden.

»Du hast die Trennung noch nicht überwunden«, meinte sie einfühlsam.

»Nein - noch lange nicht!«

Dienstag
46   Rom

»Ich habe den Verdacht, dass uns dieses Chi-Rho-Zeichen in die Katakomben führt. Auch das Fischsymbol. Jesus war ein Menschenfischer und so war auch der Fisch das Zeichen der frühen Christen. Das griechische Wort für Fisch ist *Ichthys*, und das ist ein Akronym für Jesus Christus, Gottes Sohn, der Retter. Auch heute noch steht der Fisch für die christliche Religion. Er ist auch in den Katakomben zu finden. Und dann haben wir da auch noch den Anker auf der Platte. Der Anker steht für das Kreuz, der Anker gibt Halt.«

»Aber mit welcher Katakombe sollen wir anfangen?«

Gleich nach dem Frühstück durchforsteten sie weiter das Netz, was sie zu den Katakomben finden konnten. Sie fanden heraus, dass es in Rom und Umgebung tatsächlich 60 Katakomben gibt. Die weit verbreitete Annahme, dass es sich bei den Katakomben um Rückzugsgebiete verfolgter Christen handelte, ist falsch. Es waren immer nur Begräbnisstätten. Sie waren hauptsächlich im 2. und 3. Jahrhundert entstanden. Man durfte damals seine Toten nur auf eigenem Grund bestatten. So kam es, dass reiche Bürger diese Friedhöfe gründeten. Reiche Christen ließen auch arme Christen in ihren Grabanlagen bestatten. Es gab auch jüdische Katakomben. Vier davon wurden bis jetzt gefunden. Diese sind um einiges älter als die christlichen Katakomben. Darin wurde auch die Menora abgebildet. Ab dem 7. Jahrhundert gerieten die Katakomben in Vergessenheit. Tausend Jahre später entdeckte der Archäologe Antonio Bosio die Katakomben und forschte sein restliches Leben danach. Leider gibt es von ihm nicht viele Aufzeichnungen. Im 19. Jahrhundert suchte Giovanni Battista de Rossi nach den Katakomben. Er erkundete knapp 30 davon und beschäftigte sich hauptsächlich mit den Inschriften, die dort gefunden wurden. Es gibt auch Katakomben, die als Massengräber benutzt wurden. Steinbrüche wurden später zu ebenfalls zu Katakomben umgebaut.

»Wo sollen wir da nur anfangen? Da gibt es unendlich viele Möglichkeiten. Selbst wenn wir wüssten, welche Katakombe es ist, wäre es noch unlösbar. Es gibt Katakomben, die haben ein unterirdisches Wegenetz von 15 Kilometern Länge.«

»Wir müssen so lange suchen, bis wir ein Detail finden, das zur Kartusche passt. Lass uns weitermachen!«, er blätterte weiter durch die Internetseiten.

Es war schon Abend, als sie beschlossen eine Pause einzulegen. Sie hatten seit dem Morgen durchgearbeitet, ohne sich ein Essen zu holen und waren nun am Ende ihrer Weisheit. Frustriert!

»Ich brauche etwas zu essen und muss einmal abschalten. Ich sehe nur noch lange dunkle Gänge und alte Wandmalereien vor meinen Augen.«

»Mir geht es auch nicht anders.«

Sie holten sich eine Pizza zum Mitnehmen und arbeiteten bis zu den Morgenstunden weiter an den Informationen zu den römischen Katakomben.

Mittwoch

47   Rom

Julia saß wie verkatert am Frühstückstisch.

»Du siehst heute wirklich geschafft aus!«

»Bin ich auch. Ich habe viel zu wenig geschlafen. Und ehrlich gesagt macht mich dieses Thema Katakomben ganz niedergeschlagen. Ständig mit dem Tod beschäftigt zu sein, wirkt bei mir nicht als Stimmungsaufheller.«

»Da müssen wir durch. - Wir sollten mit der Nekropole unter dem Vatikan anfangen. Ich habe gestern einen Hinweis gefunden auf ein abgebrochenes Putzstück vom Grabe Petri, das könnte mit den Schriftzeichen auf der Platte übereinstimmen. Hier, sieh dir das an!«, Sven drehte ihr das iPad hin und zeigte ihr die Bilder des roten Putzstücks.

»Du hast Recht. Das könnte wirklich der gleiche Schriftzug sein. Wie kommen wir da rein?«

»Ich habe mir überlegt, Benedikt um Hilfe zu bitten. Er hat uns doch seine Unterstützung angeboten. Vielleicht kennt er hier in Rom jemanden, der uns Zutritt zu der Nekropole und dem Petersdom verschaffen kann, ohne, dass hundert Touristen mit dabei sind.«

»Das ist eine gute Idee!«

Während sie warteten, bis sie Benedikt erreichten, suchten sie weiter nach Informationen über die Nekropole des Vatikans.

Julia und Sven waren beeindruckt von dem, was sie lasen. Ursprünglich war es eine heidnische Gräberstraße gewesen, deren Grabbauten natürlich oberirdisch angelegt waren. Die Überreste dieser Nekropole kann man heute in den vatikanischen Grotten unter dem Papstaltar sehen. Kaiser Konstantin hatte, nachdem er 312 Rom erobert hatte, 313 mit dem Toleranzedikt von Mailand das Christentum zunächst gleichwertig zu den anderen Religionsgemeinschaften gestellt. Da es noch keinerlei Kultstätten für die Christen gab, begann er Kirchen zu bauen. Zuerst die Basilika San Giovanni in Laterano und dann die Basilika Alt-St.Peter. Um diese zu verwirklichen, musste er den vatikanischen Hügel planieren. Dazu trug er das Gelände oberhalb des Grabes Petri ab und schüttete den Bereich darunter mit dem Abraum auf. Bis zu sieben Meter betrug die Aufschüttung. Auf diese Weise wurde die Gräberstraße bestens konserviert. Bis in unsere Tage. Papst Pius XII. ließ von 1940 bis 1957 Grabungen durchführen. Dabei stellte sich heraus, dass unter dem Petersdom noch zwei weitere Schichten liegen. Direkt darunter die Schicht der vatikanischen Grotten mit den Papstgräbern, die eigentlich die Überreste der konstantinischen Basilika darstellen. Darunter wiederum Grabbauten der vatikanischen Nekropole. Dabei entdeckte man auch die sogenannte *Rote Mauer*. Ein Putzstück daraus trägt den griechischen Schriftzug für *Petrus ist hier*. Unter diesem Mauerstück waren Knochen gefunden worden, von denen man annimmt, dass sie dem Apostel Petrus gehörten. Ein Ziegelstempel an der roten Mauer beweist den Zeitraum.

Der Obelisk auf dem Petersplatz stand früher auf der Spina des Circus von Nero. Dieser Standort konnte genau festgestellt werden. Wie lang und breit der Circus allerdings war, und wie seine genaue Lage am Rand des vatikanischen Hügels war, konnte bis heute nicht eruiert werden.

»Meinst du wirklich, dass die Kartusche in dieser Nekropole versteckt sein könnte?«

»Warum nicht. Ich finde den Schriftzug dem auf der Abbildung des roten Putzstückes schon sehr ähnlich.«

»Ja, das schon!«

Sven deutete an, Julia solle kurz warten. Er klingelte gerade bei Benedikt an.

»Benedikt? Hallo, hier ist Sven!«, rief er ins Handy. Die Verbindung war schlecht. Automatisch steckte sich Sven den Finger ins freie Ohr, um den Umgebungslärm ganz auszublenden.

»Grüß Gott, Sven!«, kam die freudige Begrüßung von Benedikt. »Wie geht es Euch? Seid ihr weitergekommen?«

»Wir stecken schon wieder im nächsten Problem, bei dem wir Ihre Hilfe brauchen könnten.«

»Dann schießen Sie mal los!«, forderte Benedikt auf. Sven erläuterte ihm die Ergebnisse ihrer bisherigen Suche seit dem Katharinenkloster. Als er Benedikt auf den Stand gebracht hatte, fragte er ihn:

»Kennen Sie jemanden im Vatikan, der uns in die Nekropole unter dem Vatikan bringen kann. Ohne dass wir eine offizielle Führung mit anderen Touristen machen müssen?«

»Ich kenne schon ein paar Fratres im Vatikan. Lasst mich einen Moment überlegen, wem ich Euch anempfehlen kann. Es muss auch jemand sein, der bereit ist, eigenverantwortlich eine Entscheidung zu treffen. - Da fallen mir nur zwei Leute ein. Einmal Bruder Michael, der arbeitet im Geheimarchiv und der andere ist Bruder Balthasar. Er ist bei der Glaubenskongregation tätig.«

»Und ihr meint, da wäre er der Richtige für unser Anliegen?«, zweifelte Sven.

»Lasst Euch nicht gleich einschüchtern. Die beiden sind in Ordnung und noch dazu gebürtige Münchner. Ich rufe jetzt einmal bei Michael an und frage, ob er Euch helfen würde. Darf ich ein bisschen preisgeben von euren Schwierigkeiten. Das würde es mir erleichtern, ihn zu überzeugen.«

»Ja, entscheidet selber, wie viel ihr erzählen müsst. Ich warte auf euren Rückruf. Danke im Voraus. Bis später!«

»Ich melde mich sobald ich ihn oder Balthasar erreicht habe.«

»Hoffentlich ist das kein Fehler, die Fratres einzuweihen.«

»Julia, was bleibt uns denn sonst übrig? Alleine kommen wir nicht runter in die Nekropole. Hier steht, dass es nur mit Führung geht, mit langfristiger Voranmeldung. So viel Zeit haben wir nicht!«

»Ich weiß. Außerdem hätten wir dann keine Möglichkeit uns ungestört umzusehen.«

»Ich muss dir noch was erzählen, was ich vorhin gelesen habe. In der alten St.Peter-Basilika gab es einen Schlitz, durch den man Stoffteile an Bändern zum Grabe Petri hinabgelassen hatte. Wenn der Stoff die Gebeine des Apostels berührte, dann wurde eine Bitte erhört.«

»Schaurige Riten waren das.«

Das Handy von Sven klingelte.

»Hallo?«

»Hier Benedikt. Also ich habe Michael erreicht. Er wird Euch in die Nekropole führen. Heute Abend, wenn der Dom für die Öffentlichkeit geschlossen ist. Kommt um 22 Uhr an den Petersplatz. Beim Obelisken wartet er auf Euch. Er hat eine rote Einkaufstasche dabei. So könnt ihr ihn erkennen.«

»Vielen Dank, Benedikt. Das kann ich nie wieder gut machen!«

»Lasst nur. Meldet Euch, wenn ihr was gefunden habt. Viel Glück. Ich muss jetzt wieder los.«

»Auf Wiederhören!«

Sven legte das Handy auf den Tisch.

«Und?«, sah ihn Julia fragend an.

»Um 22 Uhr am Obelisken auf dem Petersplatz!«

48   Dießen

Lisa hatte seit vorgestern Abend nichts mehr von Semin gehört. Nachdem er sich so niedergeschlagen verabschiedet hatte, befürchtete sie schon, dass er sich so schnell nicht mehr bei ihr sehen lassen würde. Es konnte natürlich auch sein, dass er zu einem Auftrag unterwegs war. Schließlich waren sie noch nicht lange befreundet; er musste sich nicht bei ihr abmelden, wenn er verreiste. Trotzdem drehten sich ihre Gedanken ständig um ihn. Sie wusste, dass er immer noch an der Trennung zu knabbern hatte. Die Beziehung musste sehr eng gewesen sein. Und er wirkte stark verletzt. So war zumindest ihr Eindruck. Oder war da noch etwas anderes? Das Telefon riss sie aus den Gedanken.

»Kuhnert!«

»Hallo Lisa.«

»Semin! - Schön, dass du anrufst!«

»Tut mir leid, dass ich vorgestern so plötzlich gegangen bin. Aber es ist immer noch wahnsinnig schwer für mich, über Serena zu sprechen.«

So hieß sie also!

»Das ist schon in Ordnung. Ich wusste nur nicht, wie ich mit der Situation umgehen sollte. Das war alles.«

«Sollen wir uns heute treffen?«

»Gerne - wo? Ich schließe die Werkstatt um 18 Uhr!«

»Gut - dann hole ich dich ab! Ich habe mir gedacht, wir fahren in den Englischen Garten. Was hältst du davon?«

Lisa freute sich sehr. Die paar Stunden bis zum Abend vergingen im Flug und nun waren sie schon auf dem Weg nach München.

»Ich habe heute einen ziemlich komplizierten Fall auf den Tisch bekommen. Ich muss morgen schon wieder abfliegen. Deshalb wollte ich dich heute unbedingt noch treffen. Ich wollte unseren letzten Abend auch nicht so unkommentiert im Raum stehen lassen, nicht dass du auf mich böse bist!«, meinte Semin.

»Ich bin dir nicht böse!«

»Aber es hätte sein können. Wenn ich mich so eigenartig verhalte.«

»Jetzt weiß ich, dass du einfach noch nicht über eure Trennung weg bist.«

»Es war nicht nur eine Trennung, Lisa!«, er sah kurz von der Fahrbahn weg zu ihr. Wieder waren seine Augen so traurig. Lisa ahnte, dass jetzt eine schlimme Nachricht kommen würde.

»Sie ist tot! Und - ich komme nicht darüber hinweg. Ich weiß nicht, wie ich ohne sie leben soll. Die Umstände ihres Todes, dass ich sie nicht noch einmal gesprochen habe, kann ich nicht vergessen. Ich kann dir leider momentan nicht mehr dazu erklären. - Bitte versuche mich zu verstehen und habe etwas Geduld, bis ich so weit bin. Lass mir bitte noch Zeit! Ich weiß, das ist viel verlangt.«

»Ich gebe zu, ich tu mir schwer, das zu akzeptieren. Natürlich möchte ich wissen, was damals vorgefallen ist«, sie lächelte ihn verständnisvoll an.

»Danke. - Lassen wir es vorerst dabei und machen uns jetzt einen schönen Abend in München. Weißt du, ich bin sehr gerne mit dir zusammen.« Jetzt hatte er wieder dieses strahlende Lächeln.

»Ich auch mit dir. Vielleicht ist es ganz gut, wenn wir nichts überstürzen.«

»Das denke ich auch.«

49   Rom   Nekropole unter dem Vatikan

Sie waren etwas zu früh am Petersplatz, doch sie konnten es nicht mehr erwarten. Kurz nachdem sie am Obelisken angekommen waren, trat ein Priester mit einer roten Einkaufstasche auf sie zu.

»Frater Michael?«, fragte Julia zurückhaltend.

»Ja - dann sind sie Sven und Julia?«

»Genau. Danke, dass sie gekommen sind.«

»Benedikt meinte, es geht um Leben und Tod. Da kann ich schlecht NEIN sagen! - Benedikt macht solche Aussagen nicht leichtfertig.«

»Ich weiß nicht, wie viel er ihnen erzählt hat. Ich übertreibe nicht, wenn ich sage, es geht um das Leben unseres Freundes.«

»Dann möchte ich gar nicht mehr wissen. Sie haben Benedikt als Fürsprecher, das reicht mir. Wenn er ihnen vertraut, dann kann ich es auch!«

»Ich hoffe nur, sie bekommen keine Schwierigkeiten wegen uns.«

»Und wenn, dann soll das nicht ihr Problem sein. Manchmal muss man im Leben Risiken eingehen.«

Er führte sie rechts durch die Säulengänge zu einem kleinen Seiteneingang. Sie kamen tatsächlich ohne jegliche Kontrolle in den Vatikan. Das hätten sie nicht für möglich gehalten. Sie passierten viele

Gänge, die jetzt um diese Zeit nur spärlich beleuchtet waren. Ihre Schatten begleiteten sie an den Säulen und Wänden. Julia musste tatsächlich an manch unheimliche Szene in Thrillern denken, als sie so schweigend hinter Michael herliefen.

»Hier entlang, Vorsicht, da sind Stufen mit einer sehr unangenehmen Tritthöhe. Da stolpert man gerne. So - da drüben geht es schon in die Basilika.« Sie betraten den Dom durch eine der Pforten und waren sofort überwältigt von der immensen Größe des Innenraums.

Svens Blick fiel auf das Weihwasserbecken am Anfang des Mittelschiffs der Basilika.

Julia sah seinen Blick und sagte: »Die Engel an den Becken sind übrigens zwei Meter groß, nur, dass du eine Vorstellung von den Größenverhältnissen hier bekommst. Das fällt einem so nämlich gar nicht auf.«

Sie gingen weiter.

»Auf dieser roten Porphyrplatte dort wurde Karl der Große im Jahre 800 zum Kaiser gekrönt. Da befand sich die Platte natürlich noch in der alten Peters-Basilika«, flüsterte Julia.

Sie gingen weiter zum Papstaltar. Dieser Bereich über dem Grab des hl. Petrus wird *Confessio* genannt. Bernini hat diesen 29 Meter hohen Bronzebaldachin auf den vier gewundenen Säulen gestaltet. Die benötigte Bronze dafür wurde aus dem Pantheon entnommen und eingeschmolzen. Die gewundenen Säulen sind mit Weinranken und Bienen verziert. Papst Urban VIII. beauftragte Bernini mit dem Baldachin.

»Frater Michael, wir wollten in die Nekropole gehen, nicht hinunter zu den vatikanischen Grotten.«

»Das ist mir schon bewusst. Es gibt hier einen inoffiziellen Zugang, der in keinem Reiseführer genannt ist. Vertrauen sie mir!«, und sie folgten Michael die Rechte der beiden Marmortreppen hinab in die vatikanischen Grotten. Michael führte sie in den Umgang hinein und blieb vor einem Fresko stehen. Dann schob er ein Element zur Seite und zum Vorschein kam ein Schlüsselloch. Er führte einen alten, mindestens zehn Zentimeter langen Schlüssel in das Schloss und drehte ihn zweimal um. Dann öffnete er die Türe. Direkt dahinter kam im Dunkeln eine Wendeltreppe zum Vorschein. Michael drückte einen Lichtschalter und alles wurde taghell.

»Die Beleuchtung wurde vor einigen Jahren angebracht, nachdem ein Priester hier die Treppe hinunter gestürzt ist und sich schwer verletzte. - Folgt mir! Die Treppe ist sehr eng. Nach zwei Wendelungen sind wir unten in der Nekropole.«

Sie gingen vorsichtig die Stufen hinunter. Julia merkte sofort, wie die Beklemmung von ihr Besitz ergriff. Sie musste sich sehr überwinden, weiter zu gehen. Sie versuchte gleichmäßig zu atmen, um nicht vor Angst zu hyperventilieren. Unten angekommen drehte sich Sven zu ihr um und fragte sie besorgt:

»Geht es? Du bist blass! Deine Lippen haben gar keine Farbe mehr.«

»Es geht schon!«

»Das glaube ich nicht. Geh wieder rauf! Ich mach das hier unten!«
»Nein - ganz sicher nicht! Ich komme mit! Ich packe das schon. Ich habe schon vorhin eine Tablette genommen. Das dauert nur ein bisschen, bis die Wirkung einsetzt. Lass uns weiter gehen.«

»So. Hier ist die rote Mauer. Sehen Sie! Hier fehlt das Putzstück und dort ist die Graffiti-Wand, auf der das Chi-Rho-Zeichen, der Fisch und der Anker abgebildet sind. Bitte - Sie können sich umsehen. Ich warte dort drüben. Lassen sie sich Zeit. Es besteht kein Grund zur Eile.«

Sven und Julia untersuchten die Wände genau. Sven begann die Wände abzutasten. Nach ein paar Minuten ging es Julia etwas besser und sie beteiligte sich wieder an der Suche; sie tastete ebenfalls die Wände um die rote Mauer ab. Aber sie konnten nichts finden. Es stand auch nirgends etwas hervor.

»Hier ist es nicht! Wo könnten wir hier unten noch suchen?«

»Haben Sie noch irgendeinen Hinweis?«, fragte Michael.

»Nein, nur den Fisch, das Chi-Rho-Zeichen, den Anker und diesen Schriftzug.« Er hielt Michael sein iPad hin, damit er die Zeichen auf der Platte sehen konnte.

»Man kann es nur schlecht erkennen, aber es sind eindeutig diese Zeichen.«

Michael überlegte längere Zeit, während er die Bilder betrachtete, dann schüttelte er den Kopf und sagte: »Da kann ich Euch nicht weiterhelfen. Mehr kann ich auch nicht erkennen!«, er gab Sven das iPad zurück. Dieser verstaute es wieder im Rucksack. Gemeinsam gingen sie zurück zur Wendeltreppe und wieder hinauf in die Basilika.

Sie waren enttäuscht und gingen ohne einen Blick links oder rechts zu werfen zum Ausgang. Selbst die Pieta von Michelangelo konnte ihr Interesse nach dieser Enttäuschung nicht mehr wecken.

Sie lagen im Bett und hatten das Licht schon lange gelöscht. Immer noch rätselten sie, wo sie den ausschlaggebenden Hinweis übersehen hatten. Irgendwann siegte aber die Erschöpfung und sie schliefen ein.

50   Dießen

Auch Lisa lag im Bett und dachte über den gestrigen Abend mit Semin nach. Sie hatten schöne Stunden zusammen verbracht und er hatte endlich ein bisschen mehr von sich erzählt. Über seine Arbeit, die er in den Forschungsstationen ausübte. Oft handelte es sich auch um Forschungsschiffe in der Nähe von Förderstationen. Ihr Augenmerk lag auf Gasbohrungen, Erdöl- und Erdgasexplorationen, aber auch einige Tiefseeforschungsstationen schienen unter seinen Kunden zu sein. Wenn Lisa das richtig verstanden hatte, war der Zweck einiger Forschungsstationen, Umweltverschmutzungen aufzudecken, vor allem in der Nähe von Förderstationen.

Semin hatte nur vorsichtig Informationen preisgegeben. Aber Lisa hatte sich vorgenommen, tiefer in diese Thematik einzusteigen. Sie

wollte verstehen, was da so alles ablief in der Energiebranche. Semin hatte sie neugierig auf dieses Thema gemacht. Nein, das war schon mehr, er hatte sie richtig heiß darauf gemacht. Sie musste, bis Semin zurückkam, unbedingt besser über diese ganzen Dinge Bescheid wissen. Schon früher hatte sie sich in kürzester Zeit viel Wissen angelesen, wenn sie ein Thema begeisterte. Nicht nur während des Studiums. Sie wollte gleich morgen damit anfangen. Und wenn sie die Werkstatt deshalb schließen musste. Sie wollte Semin und seine Arbeit verstehen. Außerdem wurde sie das Gefühl nicht los, dass ihn ein Geheimnis umgab.

»Wir müssen etwas übersehen haben, oder wir haben den falschen Ansatz.«

»Ich bin dafür, noch einmal in den Petersdom zu gehen und nur zu schauen. Vielleicht kommt uns dann eine Idee!«

»Nein, erst müssen wir uns noch einmal mit der Kartusche und den einzelnen Zeichen darauf beschäftigen.«

»Das können wir machen, während wir warten, dass uns Michael einen schnelleren Zugang zum Dom gewährt. Er hat mir gestern seine Nummer gegeben und angeboten uns jederzeit in den Dom zu lassen, falls wir noch etwas überprüfen wollen.«

»Na, dann ruf ihn an!«

Und es klappte. Schon um 11 Uhr ließ sie Michael wieder bei der seitlichen kleinen Türe in den Dom.

»Jetzt könnt ihr bis 17 Uhr hier bleiben. Keiner wird Euch nahe legen, vorher zu gehen. Hier habe ich ein Schreiben, dass Euch berechtigt, hier zu bleiben.«

»Vielen Dank. Damit ist uns wirklich geholfen.«

Michael verabschiedete sich und Julia und Sven verbrachten die nächsten Stunden damit, sich in der Basilika umzusehen.

Es war schon beinahe 16 Uhr, als sie vor der Cathedra Petri in der Apsis standen. Sven las in einer Beschreibung zum Petersdom.

»Jetzt habe ich etwas gefunden. Das glaube ich ja fast nicht!«

»Was denn?«

»Karl der Kahle!«

»Der Karl, der nach Chartres die Reliquie überbrachte?«

»Genau der!«

»Und?«, fragte Julia nach.

»Karl der Kahle hatte den hölzernen Thron, auf dem er 875 bei seiner Krönung in Rom saß, als Dank an Papst Johannes VIII., geschenkt. Hier, in der Cathedra, ist dieser Thron oder zumindest Teile davon unter diesem Bronzeschmuck verborgen. Damals dachte man, dass es sich um die Reste des Bischofsstuhl Petri handeln würde. Dazu muss man Folgendes wissen:

Im 4. Jahrhundert feierte man das Fest des jährlichen Totengedächtnismahls. Das Fest wurde jedoch bald verboten, weil es dabei zu starken Ausschreitungen kam. Das Volk übertrieb es bei seinen Feierlichkeiten einfach zu arg. Die Menschen wollten aber weiter diese Feierlichkeiten, also erdachte man ein neues Fest. Am 22.Februar wurde das Fest der Cathedra Petri gefeiert, um an die Bischofsthronbesteigung Petri hier in Rom zu gedenken. Damals gab es natürlich diese Cathedra Petri hier noch nicht. Angeblich feierte Petrus seine Gottesdienste in der Kirche Santa Pudenziana an der Via Urbana, die nach Papst Urban VIII. Barberini benannt ist. Und jetzt kommt es. Das Zeichen der Barberini ist die Biene. Deshalb auch die Bienen an den vier gewundenen Säulen des Papstaltars über der Confessio hier im Petersdom. Dieser Papst hatte den Baldachin bei Bernini in Auftrag gegeben und jetzt komm hier herüber nach rechts. Das ist das Grab Urbans. Und was siehst du hier? - Bienen!«

»Das soll der Käfer auf der Platte sein! Eine Biene?«

»Genau - nur da musst du erst einmal drauf kommen!«

»Und jetzt - wo suchen wir jetzt?«

»Ich denke in der Kirche Santa Pudenziana!«

»Na, dann los!«

Auf dem kürzesten Weg verließen sie den Dom und gingen über den Petersplatz zurück zu ihrem Hotel. Sofort suchten sie alles über die Kirche Santa Pudenziana heraus, was sie online finden konnten.

»Das ist eine der ältesten Kirchen Roms, wenn nicht sogar die Älteste. Angeblich steht sie auf einem alten Wohnhaus, das einem Senator namens Pudens gehört haben soll. Dieser überließ im dritten Jahrhundert den Christen sein Wohnhaus als Versammlungsstätte. Reste dieses Wohnhauses kann man noch unter dieser Kirche besichtigen. - Was meinst du?«

»Ich denke, das sehen wir uns jetzt aus der Nähe an!«

Die Kirchenpforte war unverschlossen und so traten sie ein. Ein paar alte Frauen saßen in den Kirchenbänken und lauschten andächtig der Abendmesse. Sie versuchten, so leise wie möglich einen Rundgang durch die Basilika zu machen.

»Ich habe dort drüben den Abgang zu dem Wohnhaus des Pudens gefunden. Aber der Zugang ist natürlich abgesperrt.«

»Meinst du, auch hier könnte uns Michael helfen?«

»Wir probieren es einfach!«, Sven holte sein Handy heraus und ging Richtung Ausgang.

Michael war tatsächlich bereit, dafür zu sorgen, dass sie noch diesen Abend das alte Wohnhaus unter der Kirche besichtigen konnten. Sie gingen, wie ihnen Michael gesagt hatte, in die Sakristei. Dort trafen sie Signora Martini, die für das Öffnen und Schließen der Kirche zuständig war. Sie begrüßte sie aufs Freundlichste. Aus der Schublade einer alten

Kommode holte sie den Schlüsselbund und führte sie direkt zu dem Abgang, der zu den alten Fundamenten des Wohnhauses führte.

»Ich möchte nur wissen, was Benedikt alles über uns erzählt hat, dass Michael uns sofort alle Türen öffnet«, flüsterte Julia Sven zu.

Signora Martini zeigte ihnen die Treppe. Die Stufen waren sehr schmal und steil. Unten angekommen empfing sie der modrige Geruch, den sie schon in der Nekropole wahrgenommen hatten. Julia wurde schon wieder etwas flau. Das war einfach nicht ihr Ding, diese tiefen Gänge. Sie wäre so froh, wenn sie endlich diese Suche hier hinter sich hätten. Dieses Mal wurde ihr der Rombesuch wirklich verleidet. Sie wollte nur noch zurück nach Dießen und diese fürchterliche Schnitzeljagd zu Ende bringen.

Sie sahen sich in den alten Fundamenten um. Diese Mauern aus den flachen Ziegeln boten viel Gelegenheit, etwas zu verstecken. Sie gingen die Wände ab und betrachteten schon bald jeden Quadratzentimeter. Als sie an eine Wand kamen, an der mehrere gestempelte Ziegelstücke eingeputzt waren, blieb Sven stehen und untersuchte diesen Wandabschnitt genauer. Er tastete alles vorsichtig ab und Julia leuchtete mit der Taschenlampe. Plötzlich hielt Sven mit der Hand inne und sah Julia an.

»Hier ist etwas! Das bewegt sich leicht«, er rüttelte an dem Stück Stein, holte sein Taschenmesser heraus und kratzte in den Fugen rund um das Stück. Die Signora sah mit schreckgeweiteten Augen zu, sagte allerdings nichts. Michael musste wirklich Einfluss haben, wenn die Signora keinen Einspruch gegen die Beschädigung der Wand einlegte. Julia überlegte schon, ob die alte Dame vielleicht Angst vor ihnen hatte. - »Ich hab's. Hier! Das ist definitiv eine Kartusche. Gott sei Dank. Lass uns nach oben gehen!« Sven hielt die Kartusche fest in der Hand.

Er nickte Signora Martini zu und sie ging voraus, Richtung Treppe. Oben verabschiedeten sie sich von ihr und dankten ihr nochmals. Aber sie sahen ihr an, dass sie einfach nur darauf wartete, dass die beiden aus ihrer Kirche verschwanden.

Sven rief noch einmal Michael an und dankte ihm für seine Hilfe.

Sie hielten ein vorbeifahrendes Taxi an und fuhren zurück ins Hotel. Dort begannen sie wieder die gleiche Prozedur, wie nach jedem Fund. Dieses Mal war es ein sehr großes Papyrusstück. Sicher dreimal so groß wie die Vorherigen. Aber es hatte eine merkwürdige Form. Wahrscheinlich war es ein Verbindungsstück, das sich in die Lücken zwischen die anderen Teile fügte und somit ein geschlossenes Bild erstellte. Es hatte annähernd eine Z-Form. Julia schrieb sofort eine Mail an Beringer und übertrug alle Aufnahmen an ihn.

Nach einem Anruf bei Meier verpackte Sven die Kartusche in einem Umschlag und hinterlegte sie wieder wie üblich an der Rezeption. Natürlich hatte er wieder keine Auskünfte zu Peters Zustand erhalten. Immer die gleiche Floskel *es gehe ihm gut.*

»Und dein Bruder? Was machst du jetzt mit ihm? Er wollte die Kartusche doch auch haben«, fragte Julia.

»Pass auf! Ich habe mir Folgendes überlegt: Erik hat doch von Meier das Geld bekommen, um dann die sieben Kartuschen zu liefern. Daran hat er sich nicht gehalten. Er wird also von Meier bedroht, damit er den Vertrag erfüllt. - Jetzt hat Meier inzwischen uns. Er braucht also meinen Bruder nicht mehr. Nur die erste Kartusche, die Erik uns weggenommen hat, die fehlt Meier. Ich werde morgen um 21 Uhr Erik anrufen. Gegen Herausgabe der ersten Kartusche kann er sämtliches Bildmaterial der anderen vier Kartuschen haben. Ich werde ihm klar machen, dass er mich gar nicht erst zu erpressen braucht. Denn ich kann nicht zwei Erpressern gleichzeitig dienen. Wenn sein Verstand noch einigermaßen normal arbeitet, kapiert er das. Er hat nun die einmalige Gelegenheit im

Austausch die Daten der anderen Kartuschen zu erhalten. Aber er bekommt diese Informationen nur, wenn er mir die erste Kartusche gibt.«

Noch in der Nacht hatte sich Lisa dazu entschieden, die Werkstatt heute nicht zu öffnen. Am Morgen hatte sie sich im Garten den Liegestuhl hergerichtet. Dort lag sie nun mit Foster, die sich zu einem kleinen Kreis neben ihr zusammengerollt hatte; beide im Schatten eines großen roten Sonnenschirms, den Blick auf den See vor sich. Ihr Notebook stand auf ihrem Bauch und sie hatte sich bereits jede Menge Lesestoff zum Thema Ressourcenförderung heruntergeladen. Langsam drang sie in die Materie ein und war von Stunde zu Stunde mehr davon fasziniert. Sie konnte sich nach den ersten Artikeln gut vorstellen, dass es zu starken Umweltschäden kommen konnte. Sie hatte heute als Erstes ein Skript zum Thema Seltene Erden gelesen. Die seltenen Erdmetalle werden in Mineralien gefunden, und als Oxide daraus isoliert. Bis zu dreißig physikalische und chemische Arbeitsschritte sind notwendig, bis das Endprodukt für den Handel vorliegt. China hat das Monopol auf die Seltenen Erden. In der Inneren Mongolei gibt es in der Nähe der Millionenstadt Batou das weltgrößte Vorkommen. Dort ist die Stahlindustrie ansässig. Bei der Erzgewinnung fallen als Nebenprodukt die Seltenen Erden an. 97% der weltweit geförderten Seltenen Erden werden dort produziert. China bestimmt den Welthandel. Auch in Amerika gab es schon Minen für die Förderung von Seltenen Erden. Aber die Umweltbelastung war so hoch, und dadurch die Förderung so kostenintensiv, dass diese Mine wieder geschlossen wurde. Nun überlegt man tatsächlich, diese Mine wieder zu aktivieren. So könnte man den Bedarf an den begehrten Stoffen aus eigener Produktion stillen und wäre unabhängig von Chinas Preispolitik. Kein Hightech-Produkt ist heute noch ohne diese Metalle zu produzieren. Das reicht von Magneten in Mobiltelefon und Hybrid-Autos bis zu den Turbinen von Windkraftanlagen. Auch für den Bau der Solarfelder sind diese Stoffe unabdingbar. Die Seltenerdmetalle werden viel in Legierungen verwendet. Diese kommen auch in der Medizin zum Einsatz, zum Beispiel bei Implantaten. Es gibt sogar Stoffe, für die es noch keinerlei Ersatz gibt. Wenn diese Stoffe nicht zur Verfügung stehen, kann die Produktion nicht weitergehen. Das nutzt China schamlos aus. Keine Spiele-Konsole würde ohne diese Materialien funktionieren. Manche dieser Stoffe haben einen extrem hohen Schmelzpunkt. Auch in Waffen-

und Verteidigungssystemen sind die Substanzen verbaut. Man muss die geforderten Preise zahlen, um in die Produktion zu gehen. Wie viel von diesen begehrten Stoffen gibt es? Zunächst sind es 17 verschiedene Seltene Erden. 14 davon gehören zur Gruppe der Lanthanoide. Lithium wird in Batterien und Akkus verwendet. Es gibt auch Elemente, die strahlen und in tragbaren Röntgengeräten zur Anwendung kommen. Daran sieht man auch eine Gefahr: Schon bei der Aufbereitung der Stoffe kommt die gefährliche Strahlung frei.

Zum Beispiel gibt es ein Projekt in Australien zur Förderung Seltener Erden. Die anschließende Aufbereitung soll in Malaysia stattfinden. Doch Malaysia verweigert sich. Ohne Nachweis, dass es sich nicht um verstrahltes Material handelt, will Malaysia die Aufbereitung nicht vornehmen, zumindest noch nicht. Wahrscheinlich kommt es auch hier nur auf den Preis an.

Lisa war erschrocken, was sie in Youtube-Filmen zu der Gewinnung in China sah. Die Flüsse sind so stark verseucht, dass dort niemand mehr einen Fisch essen kann, geschweige denn, das Wasser verwenden darf. Ganz am Rande fand Lisa heraus, dass in der Regierung Chinas fast nur Männer sitzen, und diese ausschließlich eine naturwissenschaftliche Ausbildung haben. *Da ist es schon klar, dass China so innovativ ist und so schnell aufholt,* dachte sie sich. Wenn die Chinesen ihren Energiebedarf nur zu einem Fünftel aus erneuerbaren Energien decken würden, könnte der Rest der Welt diese neuen Energien nicht mehr anwenden. Es wären keine Ressourcen an Seltenerdmetallen mehr vorhanden, um entsprechende Anlagen zu bauen.

Für all diese neuen Energieformen braucht man diese Seltenerdmetalle. Man hat China bei der Olympiade damals vorgeworfen, dass die halbe Bevölkerung nicht mehr mit dem Auto fahren durfte, damit der Smog in Peking vorübergehend aufhörte. Sogar viele Fabriken mussten während der Spiele ihre Fertigung lahmlegen, um die Luftverschmutzung zu verringern. Das sei alles nur eine Vorspiegelung falscher Tatsachen gewesen. Machte China weiter wie bisher, würde die Umwelt kaputt gehen.

Sprang China auf den Zug der sauberen Energiegewinnung auf, blieb für den Rest der Welt nicht genügend Rohstoff übrig. Langsam dämmerte Lisa, dass man bei der Förderung der Ressourcen in ein Wespennest stieß. Nicht umsonst wurde Krieg wegen Öl geführt. Wenn das Öl zur Neige ging, wie sollte es dann weitergehen. Allein in den

Jahren zwischen 2003 und 2008 hat sich der Ölpreis versechsfacht. Kein Wunder, dass es auf dem Weltmarkt zu Spannungen kam. Schon Deng Xiaoping hatte 1992 gesagt: «*Der Nahe Osten hat das Öl und China hat die Seltenen Erden.*» So sah China nun natürlich seine große Chance.

Viele wertvolle Stoffe kann man auch durch Recycling gewinnen, mit dem großen Vorteil, dass dabei keine radioaktiven Materialien bearbeitet werden müssen.

China recycelt schon Edelmetalle aus Elektroschrott. Das ist aber nichts anderes als moderne Sklavenarbeit. Wanderarbeiter arbeiten bis zu 16 Stunden täglich für einen Stundenlohn von 1,50 Dollar. Dabei erhitzen sie die Schaltplatinen auf Heizplatten und tauchen diese in Säurebäder, um die edlen Metalle abzulösen. Auch in Afrika gibt es solche Recycling-Gelände. Dort laufen Kinder barfuß durch diese Halden und verrichten die harte Arbeit. Viele Menschen in diesen Gegenden haben eine Bleivergiftung. Es gibt keine Schutzkleidung, geschweige denn einen Atemschutz. Die Böden und Flüsse in diesen Regionen sind mit Schwermetallen stark belastet. Quecksilber, Blei, Cadmium und viele weitere giftige Stoffe sind dort zu finden. Wasser und Böden und auch die Luft sind dort verseucht. Lisa war schockiert, was sie alles las.

Sie stellte das Notebook zur Seite und ging ins Haus, um sich etwas zu trinken zu holen. Noch ganz in Gedanken an diese schrecklichen Begebenheiten in Asien und Afrika hörte sie das Telefon klingeln. Es war Julia, die ihr mitteilte, dass sie soeben aus dem Flughafen München kamen und nun noch zuerst in Svens Wohnung führen. Bis abends wären sie in Dießen und Lisa solle dann zu ihnen kommen.

»Ich freue mich, dass ihr wieder hier seid. Also, dann bis acht Uhr. Ciao!«, Lisa legte den Hörer wieder in die Ladeschale.

Sie tobte zehn Minuten mit Foster und ließ sie die Frisbee-Scheibe fangen. Anschließend widmete sie sich wieder dem Rohstoffthema. Sie durfte keine Zeit verlieren. Sie war von dem Thema fasziniert und wollte so viel wie möglich über die verschiedenen Energiearten und Rohstoffe herausfinden. Aber auch die geographischen Gegebenheiten waren hochinteressant. Wo wurde überall exploriert und welche Folgen hatte das für die Natur, auch für die Menschen. Sie wollte Semin nächstes Mal viele Fragen stellen und hoffte, dass er ihr die Antworten nicht schuldig bleiben würde.

Als Nächstes wollte sie sich mit den Ozeanen beschäftigen, vor allem mit der Polarregion. Semin hatte kurz erwähnt, dass er auch dort schon beruflich unterwegs gewesen war. Sie las, dass seit Jahren das sogenannte ewige Eis auftaute und viele Nationen nun ihre Chance witterten, dort an die verborgenen Rohstoffe in der Tiefe zu kommen. Russland hatte sogar vor einiger Zeit schon eine Flagge am Nordpol gesetzt, um seine Gebietsansprüche zu festigen.

Am späten Nachmittag packte Lisa ihre Unterlagen und den Laptop zusammen. Sie räumte alles im Garten auf. Im Radio hatten sie Regen angekündigt und sie konnte am anderen Ufer des Sees die rote Blinkleuchte der Sturmwarnung sehen. Hier am See war das Wetter anders. Wenn die Sturmwarnung lief, konnte man sicher sein, dass ein Gewitter anstand. Nur selten löste es sich wieder auf, ohne über dem See niederzugehen.

Um halb sieben abends trafen Julia und Sven zuhause ein. Sven hatte sich am Nachmittag um den riesigen Poststapel in seinem Geschäft gekümmert; den Zahlungsverkehr erledigt und Bestellungen abgeholt. Da war viel liegen geblieben. Nun setzten sie sich erst einmal mit Lisa zusammen und berichteten von ihrer Romreise.

»Habt ihr schon eine Spur, wohin es jetzt geht?«

»Nein - nicht den Hauch einer Spur. Diesmal ist das Papyrus-Stück wesentlich größer. Die Prägungen dieser Platte sind allerdings wieder sehr unkenntlich.«

»Es ist halt schlecht, dass wir immer gezwungen sind, nur mit Fotos zu arbeiten. Wenn irgendetwas nicht gut abgebildet ist, geht uns diese Information verloren«, meinte Julia.

Sie stand auf und schenkte sich noch etwas Wein nach. Sven hielt ihr auch sein Glas entgegen.

»Ich werde heute Abend meinen Bruder anrufen. Hoffentlich lässt er mit sich reden und gibt uns die erste Kartusche zurück.«

»Oder zumindest Bilder des ersten Papyrusstücks. Das würde uns auch schon weiterbringen.«

»Das schon. Aber Meier reichen Bilder nicht! Der will schon das Original! Vielleicht sollte ich Erik anbieten, dass wir mit ihm zusammenarbeiten. Vielleicht geht er dann darauf ein.«

Julia fragte: »Das meinst du nicht im Ernst!«

»Nein, ich will nicht wirklich mit ihm zusammenarbeiten. Ihm eine Zusammenarbeit vorzugaukeln, wäre aber vielleicht einen Versuch wert, um an die erste Kartusche zu kommen. Glaub mir, ich traue ihm nicht einen Millimeter über den Weg. Das wäre auch nur der allerletzte Ausweg, wenn ich bei ihm nicht mehr weiter komme.«

»Na gut - Hauptsache, wir legen bei ihm unsere Karten nicht auf den Tisch. Er ist ein Verräter, Betrüger und ein Mörder, also ist es nur legitim, wenn wir mit seinen Mitteln arbeiten, um Peter frei zu bekommen. Auch wenn ich solche Methoden nicht mag, bei Erik wird uns nichts anderes übrig bleiben.«

»Von Beringer darf Erik nichts erfahren. Beringer muss ganz herausgehalten werden. Nicht, dass er auch noch in Gefahr gerät.«

Während des Essens sprach Lisa viel von Semin und mit was sie sich gerade beschäftigte.

»Irgendetwas verheimlicht er mir. Er darf oder kann nicht darüber sprechen. Ich weiß nicht, wie ich euch das erklären soll. Es ist einfach so ein Gefühl!«

»Vielleicht braucht er nur Zeit, um den Tod seiner Freundin zu überwinden«, Julia sah Lisa fragend an.

»Nein, das ist meiner Meinung nach nicht der Kern des Problems. Der Auslöser, aber nicht das, was Semin umtreibt. Da ist noch was anderes.«

»Dann warte einfach, bis er dir sagt, was ihn so beschäftigt«

»Du kennst meine Geduld. Warten war immer schon meine Stärke!«, schmunzelte Lisa.

»Okay, da hast du allerdings recht.«

»Aber nun lasst mich erst die Bilder von der Kartusche ansehen. Vielleicht entdecke ich wieder etwas, was euch noch nicht aufgefallen ist. War schon mal der Fall, oder?«, sagte Lisa stolz.

Sven stand auf und holte sein iPad. Lisa blätterte die Aufnahmen darauf durch.

»Diesmal ist es wirklich schwer, Konturen zu erkennen. Da glaube ich schon, dass ihr noch nichts herausgefunden habt«

»Wir haben uns natürlich auch noch nicht richtig damit befasst. Dazu hatten wir noch gar keine Zeit.«

»Es ist gleich 9 Uhr. Ich werde jetzt Erik anrufen«, Sven holte sein Handy aus der Hosentasche.

Er stellte sich mit dem Rücken an die Küchentheke. Die beiden Frauen sahen ihn abwartend an.

»Hallo Erik?«, fragte Sven ins Telefon.

Aber dann schüttelte er den Kopf und deutete an, dass eine Rufweiterleitung angenommen hatte. Dann hob er die Hand, als sich Eriks Stimme meldete.

»Hallo Sven. Dass du dich doch endlich meldest!«, kam die Stimme seines Bruders zynisch. Hätte Sven nicht die Stimme seines Bruders erkannt, hätte er gesagt, er spricht mit einem Fremden. Diesen Tonfall hatte er bei seinem Bruder noch nie gehört.

»Du hättest mich jederzeit erreichen können. Du hast meine Nummer und ich hätte deinen Anruf auch entgegengenommen!«, erwiderte Sven aggressiv, »Im Gegensatz zu dir.«

»Nun reg dich nicht auf!«

»Du hast Nerven. Peter ist seit Wochen entführt. Und als ich ihn das letzte Mal gesehen habe, ging es ihm sehr schlecht. Seitdem sind wieder fast drei Wochen ins Land gegangen. Du spielst mit seinem Leben und hast auch noch die Frechheit, dich in seine Hütte zu schleichen!«

Das alles schien Erik überhaupt nicht zu interessieren, denn er fragte nur:

»Hast du die Kartusche gefunden?«

Sven stellte die Gegenfrage:

»Was ist mit der ersten Kartusche?«

»Die ist bei mir gut aufgehoben.«

»Ich brauche sie! Nur mit ihr kann ich Peter auslösen.«

»Das ist nicht mein Problem. Ich habe dir klipp und klar gesagt, dass du mir die Kartuschen besorgen sollst. Du wirst es bereuen, wenn du meiner Aufforderung nicht folgst!«, drohte Erik.

»Wie stellst du dir das vor. Ich kann sie nicht duplizieren und jedem von euch beiden geben. Meier hat Peter und fordert die Kartusche und er wird sie auch bekommen. Wenn du mir die erste Kartusche gibst, dann lass ich dir die Aufnahmen von den anderen vier Kartuschen zukommen, die wir bis jetzt gefunden haben. Du kannst doch mit den Aufnahmen genauso weitersuchen, wie mit dem Original. Das macht doch keinen Unterschied. Beim Dokument warst du doch auch mit einer Kopie zufrieden und hast das Original verkauft. Wo ist da jetzt der Unterschied? Wir arbeiten die ganze Zeit nur mit Fotografien. Und du kennst mich, meine Aufnahmen sind immer gut!«

»Hast du die Tonröhren geöffnet?«, wollte Erik wissen.

»Warum fragst du? Hast du deine aufgemacht? Was war drin?«, bluffte Sven, wie wenn er keinerlei Ahnung vom Inhalt hätte.

»Du willst mir jetzt nicht wirklich weismachen, dass ihr die Tonröhren nicht geöffnet habt. Komm, Sven, dazu kenne ich dich zu gut!«

»Nein - ich weiß nicht, was drin ist. Ich musste doch die Kartuschen unbeschadet bei Meier abliefern. Glaubst du, ich setze das Leben von Peter aufs Spiel. Er ist nur in diese Lage gekommen, weil du ein fieses Spiel treibst. Er war auch dein Freund, wenn ich dich daran erinnern darf! Und weil er dir und mir helfen wollte, sitzt er jetzt in diesem Schlamassel. Damals dachte ich nämlich noch, du wärst entführt worden. Und das sagte ich auch Peter, als er mir half. Er war sofort bereit alles zu tun, um dir zu helfen!«

»Sein Pech, wenn er so leichtsinnig war! Ich habe mit meiner Vergangenheit abgeschlossen. Ich kann nicht mehr zurück und das ist dir auch klar, Sven. Also versuch nicht, mich zu verarschen! Gib mir auch die Bilder, die du vom Inhalt der Tonröhren gemacht hast, dann können wir über einen Austausch sprechen!«

Es klickte und Erik hatte aufgehängt.

Sven legte das Telefon zur Seite und drehte sich zu Julia und Lisa um.

»Ich fasse es nicht! Er hat wieder einfach eingehängt. Aber mit etwas Glück geht er auf den Tausch ein. Er hat es mir nicht abgekauft, dass wir die Tonröhren ungeöffnet an Meier gegeben haben.«

»Das hast du auch nicht wirklich erwartet, oder?«

53   Dießen   5. Kartusche

Sie saßen schon seit halb zehn zusammen und untersuchten die Fotos der Silberkartusche. Lisa war wieder in ihrem Element. Sie hantierte mit verschiedenen Lupen und meinte, eine männliche Darstellung zu erkennen.

»Wo siehst du das nur? Ich kann es einfach nicht erkennen!«, meinte Julia und wurde langsam ungehalten, dass sie es nicht sehen konnte. Lisa nahm ein Transparentpapier aus der Schublade von Julias Schreibtisch und legte es am Bildschirm über die Aufnahme. Dann pauste sie die Umrisse durch. Als sie fertig war, zeigte sie die Zeichnung Sven und Julia.

»Voilà. Hier steht ein Mensch. Ein Mann, hier könnte sogar eine Krone zu sehen sein, ganz schwach, nur ein einfacher Ring, wie ein Band um das Haupt gelegt!«

Als Lisa diese Aussage mit der einfachen Krone machte, die nur als Ring zu sehen war, sagten Julia und Sven gleichzeitig: »Karl der Große!«

»Wie kommt ihr jetzt darauf? Ihr könnt es doch noch nicht einmal erkennen?«, fragte Lisa konsterniert.

»Karls Langobarden-Krone. Sie sah aus wie ein Band. Keine Zacken oder so. Eine eiserne Krone«, erklärte Julia.

»Angeblich war sie ein goldener Ring, mit Edelsteinen besetzt. Die Innenseite enthielt einen eisernen Ring, der wieder einmal aus einem Nagel des Kreuzes Christi hergestellt worden ist. Auch einer der Nägel, die Konstantin von seiner Mutter Helena bekommen hat.«

»Kannst du mit deinen Adleraugen noch etwas erkennen?«, fragte Julia nach.

»Auf der Schulter hat die Figur eine Blüte und auf der Vorderseite meine ich einen Umhang zu erkennen, der spitz auf das rechte Knie zuläuft. Aber das war's dann auch. Mehr kann auch ich nicht mehr erkennen!«, sie lehnte sich zurück und nippte an ihrer Kaffeetasse.

»Jetzt kommt mir etwas. Ich habe da ein Déjà-vu.« Julia sprang vom Stuhl auf und ging ins Wohnzimmer. Sie kam mit der Kopie des Notizbuchs zurück und blätterte darin herum. Es dauerte einige Zeit, bis sie sagte: »Hier - seht euch das an!« Sie drehte das aufgeschlagene Buch zu ihnen hin und zeigte auf die Darstellung einer Statue.

»Das ist es! Das ist eindeutig die gleiche Darstellung!«, sagte Lisa. Genau so sehen die Umrisse auf der Platte aus. Sven nahm ihr das Buch aus der Hand und sah sich die Einträge auf den Seiten davor und danach genau an. Dann ging er an den PC und suchte eine Zeitlang Darstellungen von Karl dem Großen durch.

»Das ist in der Schweiz, in Kloster Müstair. Hier - seht!«, Lisa und Julia betrachteten die Darstellung am Bildschirm an.

»Eindeutig - du hast recht!«

»Da war er auch mit Tante Martha. Ich weiß noch, wie sie davon erzählte. Sie fand es sehr schön in dieser Gegend. Onkel Günter war beschäftigt mit seinen Forschungen und sie konnte sich eine schöne Zeit machen. Sie kam damals ganz erholt nach Hause. Sie hatte viele Wanderungen unternommen und ich weiß noch, dass mir ihre gesunde Bräune aufgefallen war. Sonst war sie immer so blass.«

Sven googelte weiter:

»Val Müstair hat sogar Karl den Großen mit der Reifkrone im Wappen. Hier die Geschichte dazu: Karl war bei seiner Passüberquerung in Bergnot geraten und als Dank für seine Rettung, hat er Kloster Müstair gegründet. Erst war es ein Benediktinerkloster und gehörte zum Bistum Chur. Später wurde es ein Frauenkonvent. Die Gründung des Klosters war auch als Stützpunkt gedacht und zur Kontrolle des Passverkehrs im Sinne seiner Osterweiterung und zur Kontrolle gen Süden. - Das war jetzt natürlich nur die Kurzfassung - hier ist auch noch einmal die Abbildung der Statue von Karl dem Großen in der Klosterkirche.«

Sie beugten sich über den Rechner und dann war klar, dass sie auf der richtigen Spur waren. Sie sahen ein Bild der Statue, die Günter gezeichnet hatte. Die Hand mit dem Reichsapfel und die andere mit dem Zepter.

»Das heißt also, dass wir uns so schnell wie möglich nach Müstair auf den Weg machen.«

»Aber zuerst rufe ich Meier an. Er soll uns einen Blick auf die Silberplatte machen lassen. Mir ist das immer noch zu wenig. So finden wir dort niemals die Kartusche. Es muss noch Details auf der Platte geben!«

»Wenn du meinst«, sagte Lisa geknickt.

»Nein, Lisa, versteh mich bitte nicht falsch. Du hast uns super weitergeholfen. Aber wo sollen wir weitersuchen, wenn wir in Müstair sind. Vielleicht sieht man auf dem Original mehr. Kannst du mitkommen? Du scheinst einen guten Blick dafür zu haben.«

Julia trat dazu und sagte: »Das finde ich keine so gute Idee. Ich will nicht, dass Lisa da mit hineingezogen wird. Das ist mir zu gefährlich. Vergiss nicht, so haben wir auch Peter in Gefahr gebracht!«

»Gut, dann mach ich es anders. Ich rufe Meier an und sage ihm, er muss uns die Platte für die Suche überlassen, weil wir sonst nicht weiter kommen.«

»Dann probier das! Das finde ich besser. Es ist schließlich nur in Meiers Interesse, wenn wir weiterkommen, oder?«, Julia sah auf die Uhr. »Willst du ihn gleich anrufen?«

»Ja!«

»Und abends werde ich Erik wieder kontaktieren. Er soll mir einen Ort zum Tausch vorschlagen.«

»Mir ist nicht wohl dabei, wenn du dich mit ihm triffst.«

»Vor Erik habe ich weniger Angst als vor Meier und seinen Leuten. Aber wir brauchen das Original. Es muss noch etwas darauf vermerkt sein. Das kann unmöglich der einzige Hinweis auf das Versteck in Müstair sein.«

Sven holte sein Handy und rief Meier an. Er debattierte längere Zeit mit ihm herum. Schließlich hörten Julia und Lisa ihn sagen:

»Dann komme ich morgen früh in Peters Haus. Ich bin um 9 Uhr da!«

»Hat er gesagt, wie es Peter geht?«

»Gut - mehr war nicht zu erfahren. Aber das hat er bis jetzt jedes Mal gesagt, wenn ich nachfragte. Julia, wir müssen noch schneller arbeiten. Ich habe kein gutes Gefühl. Peter ist schon viel zu lange in deren Händen.«

Um neun Uhr abends rief Sven bei Erik an und beharkte ihn erneut um einen Tausch. Aber auch dieses Mal hängte Erik einfach ein.

»Ich könnte ihn umbringen!«

Julia sah ihn erschrocken an!

»Tut mir leid - so habe ich es nicht gemeint. Aber ich habe eine solche Wut auf ihn. Wenn ich ihn in die Finger bekomme, kann ich nicht garantieren, dass ich nicht zuschlage. Er ist so eiskalt geworden. Peters Schicksal ist ihm vollkommen gleichgültig.«

Lisa verabschiedete sich am späteren Abend und fuhr nach Hause. Sie hoffte, noch etwas von Semin zu hören. Vielleicht hatte er gerade eine andere Zeitzone, je nachdem wo es ihn hinverschlagen hatte. Sie musste ständig an ihn denken. Was war mit ihm los? Warum tat er so geheimnisvoll? Immer wich er aus, wenn sie genauer nachfragte. Morgen würde sie erst noch Julia und Sven beim Entschlüsseln der Kartusche helfen und sich dann wieder daransetzen, weitere Informationen zu sammeln.

54   Vancouver, Kanada

Semin traf sich mittags mit Elsbeth Kierkegaard im Hafen. Gemeinsam gingen sie auf ein großes Whale-Watching-Boat und setzten sich auf eine Bank am Heck. Als das Boot abgelegt hatte, vergewisserten sie sich, dass sie alleine an Deck waren. Da es heute kühl und zugezogen war, hatten sich die anderen Besucher unter Deck zurückgezogen und sich die wind- und wettergeschützten Plätze genommen. So konnten sich Semin und Elsbeth ungestört unterhalten.

»Danke, dass du so schnell gekommen bist, Semin. Die Sache hat mir keine Ruhe gelassen und deshalb habe ich dich gebeten zu kommen.«

»Um was geht es denn genau?«

»Ich habe auf der Neptunia letzte Woche den Schreibtisch von Serena übernommen. Und vor drei Tagen habe ich einen Notizzettel entdeckt. Er trägt zweifelsfrei die Handschrift von Serena.«

»Wo genau hast du ihn gefunden?«

»Sie hatte ihn mit Tesa auf die Unterseite einer der Schubladen geklebt. Da sieht sonst nie ein Mensch nach. Aber die Schublade ließ sich so schlecht zuschieben und ich suchte, woran das lag. Es hatte sich nur eine große Büroklammer in der Schiene verfangen. Also hängte ich die Schublade aus und entdeckte auf diese Tour den Zettel.«

»Und was steht drauf?«

»*Probe 27, Nr. 12309888 vom 14. Mai 2013* und dann noch Koordinaten des Fundortes. Mehr nicht.«

»Sonst keinerlei Hinweis?«

»Nein. Aber verstehst du? Serena muss etwas Besonderes entdeckt haben, wenn sie diese Daten so versteckt hat. Sie war eine außergewöhnliche Wissenschaftlerin. Sie nahm ihre Arbeit extrem ernst und war sehr gründlich. So etwas hat sie nicht ohne triftigen Grund getan.«

»Warum hätte sie das auch sonst machen sollen?«

»Aber nun kommt das Wichtigste. Ich habe natürlich sofort im Probenlager nachgesehen und dort gesucht - nichts! Die Probe existiert nicht. Sie ist auch nirgends eingetragen oder auf irgendeiner Liste vermerkt. Auch nicht auf der Liste, die direkt nach dem Zurückkommen des Roboters geschrieben wird. Eigentlich kommt keine Probe ohne sofortige Kennzeichnung ins Lager.«

»Und das hat dich natürlich stutzig gemacht!«

»Ja, da stimmt etwas nicht, Semin. Seit ein paar Tagen sind neue Leute im Team. Die kommen mir irgendwie eigenartig vor. Sie wirken nicht wie wir anderen Forscher an Bord. Sie verhalten sich nicht, wie soll ich sagen, neugierig, wissbegierig; einfach anders als wir. Sie sind eher ... Beobachter; Außenstehende.«

»Wie meinst du das?«

»Naja - ich habe das Gefühl, dass sie nicht zu Forschungszwecken hier sind, wie wir anderen, sondern nur eine Beobachterfunktion haben. Sie scheinen ständig und überall aufzutauchen. Aber du siehst sie nie wissenschaftlich arbeiten!«

»Hast du mit Kollegen darüber gesprochen?«

»Nein - ich bin lieber vorsichtig. So gut kenne ich die Kollegen nicht. Die Einzige, der ich mich anvertraut hätte, wäre Serena gewesen. Aber die hat uns leider verlassen.«

Elsbeth bekam einen traurigen Gesichtsausdruck.

Semin wusste, dass die beiden gut bekannt, beinahe schon befreundet waren. Auch Serena hatte sonst nicht viel persönlichen Kontakt mit den anderen Wissenschaftlern gehabt. Sie war immer in ihre Forschung vertieft. Die wenige Freizeit verbrachte sie mit Elsbeth oder, wenn Semin wieder mal an Bord war, um die Computer und Anlagen zu warten, mit ihm. So hatten sie sich auch kennengelernt.

Serena war in Gedanken versunken an Deck gesessen, mit einem Notizbuch auf dem Schoß und hing ihren Überlegungen nach. Da hatte Semin sie angesprochen. Und so bahnte sich im Laufe der Zeit eine Freundschaft an und bei einem ihrer Landgänge passierte es dann. Beide merkten, dass sie sich ineinander verliebt hatten. Sie hatten eine schöne Zeit miteinander. Und dadurch, dass sie oft und manchmal auch für längere Zeit getrennt waren, blieb ihre Liebe immer prickelnd, wie zu Beginn ihrer Beziehung.

»Ich kann es immer noch nicht verstehen, dass sie sich umgebracht hat!«

»Ich auch nicht, ich zweifle jeden Tag daran!«, er sah Elsbeth mit einem gewissen Blick an und wusste, dass sie ihn verstanden hatte. Er erkannte, dass auch Elsbeth an Serenas Selbstmord zweifelte. Aber es blieb unausgesprochen.

»Und wie willst du nun weiter vorgehen?«, fragte Semin nach.

»Ich werde versuchen unauffällig Nachforschungen anzustellen. Hier habe ich dir die Namen der neuen Leute an Bord. Vielleicht kannst du etwas über sie herausfinden.«

Sie reichte ihm einen Ausdruck mit fünf Namen und Bildern dazu. Elsbeth hatte sie von der Homepage der Neptunia geladen. An Bord wurde jeden Tag eine Infoseite erstellt. Darauf fanden sich die neuesten Nachrichten aus aller Welt; genauso Internes, wie die Ankunft neuer Forscher oder auch das Aussteigen von Mitarbeitern.

«Du könntest in gefährliches Fahrwasser geraten, Elsbeth. Mir ist nicht wohl bei der Sache. Ich denke, du gehst da ein zu großes Risiko ein. Sei vorsichtig!«

»Keine Angst. Ich passe schon auf mich auf. Wann kommst du zur nächsten Wartung an Board?«

»In zwei Wochen. Solltest du vorher meine Hilfe brauchen, dann ruf in der Firma an und melde ein Problem. Dann kann ich früher kommen.«

»Gut.«

»Okay. Ich warte auf deine Nachricht, ansonsten bis in zwei Wochen. Pass auf dich auf, Elsbeth! Ich meine das ernst!«

»Mach ich!«

Sie brachten die Bootstour wie ganz normale Touristen hinter sich und trennten sich am Pier.

Semin nahm den Flieger, der drei Stunden später wieder zurück Richtung München ging. Er musste Nachforschungen über diese fünf neuen Leute an Bord der Neptunia anstellen. Er würde gleich nach seiner Rückkehr in sein Büro fahren und ans Werk gehen. Auf was war Serena da nur gestoßen, dass sie umgebracht wurde? Er war sich sicher, dass sie keinen Selbstmord begangen hatte. Es gab überhaupt keinen Grund für einen Suizid. Es sollte nur so aussehen. Aber er würde herausfinden, wer ihr das angetan hatte und warum. Goldener Schuss! - Serena und Drogen - das war ein Ding der Unmöglichkeit. Nie im Leben hätte sie Drogen genommen! Nicht seine Serena!

Sven öffnete langsam die Türe von Peters Haus. Diesmal stand kein Wagen in der Einfahrt vor der Garage. Die Haustüre jedoch war angelehnt.

»Ist da jemand? Hallo? Ich bin es, Sven Mommsen!«

Aber es kam keine Antwort. Er ging weiter hinein, ins Wohnzimmer und sah auf dem Couchtisch ein aufgestelltes iPad. Sven beugte sich hinunter und drückte den Home-Button. Sofort erwachte das Gerät zum Leben. Er schob den Schieber nach rechts und sah ein eingefrorenes Videobild. Sven steuerte das Play-Symbol an und startete so den Film:

Er sah Meier an einem Schreibtisch sitzen und neben ihm - Peter. Wieder wirkte sein Freund benommen. Er sprach in die Kamera. Seine Worte kamen ganz langsam, fast wie in Zeitlupe, wie mit einer synthetischen Stimme:

»Hallo Sven, ich weiß nicht mehr, wie lange ich schon hier bin. Ich habe jegliches Zeitgefühl verloren. Hol mich hier bitte raus. Ich kann nicht mehr. Die bringen mich hier um. Bitte! Hilf mir!«

Sven spürte, wie ihm Tränen in die Augen stiegen. Peter war fast zum Skelett abgemagert. Sven meinte, sein Freund müsste jeden Moment umfallen. Dann begann Meier zu sprechen.

»Sie sehen, Herr Mommsen, sie sollten sich nicht allzu lange Zeit lassen. Ihrem Freund geht es nicht mehr so gut - Gehen Sie zu dem Schrank hinter ihnen nach. Im untersten Fach. Da liegt in eine Serviette eingeschlagen, die silberne Platte. Geben Sie sie mir mit der nächsten Kartusche zusammen zurück. Und vergessen sie nicht, auch die Kartusche ihres Bruders zu liefern. Sonst könnte es für Ihren Freund hier eng werden.«

Der Bildschirm wurde schwarz. Sven ging zu dem Schrank und nahm die Kartusche heraus. Er ging zurück zu dem Couchtisch und wollte den Film noch einmal abspielen. Aber das war nicht mehr möglich. Das Gerät reagierte nicht mehr. Trotzdem nahm er es mit. Vielleicht konnten Experten, wenn nötig, den Film reaktivieren. Wahrscheinlich brauchten sie das noch, um Meier und Erik dingfest zu machen.

Schnell verlies Sven das Haus, verriegelte die Tür und fuhr zurück nach Dießen zu Julia. Dieses Mal hatte er sich durchgesetzt und Julia nicht mitgenommen. Es war ihm einfach zu gefährlich erschienen.

56   Dießen

Als Sven ins Haus kam, erkannte Julia sofort, dass er vollkommen verstört war. Er berichtete von den erschütterten Bildern. Dann ging er erst einmal nach draußen, hinunter zum See. Er musste einen Moment alleine sein. Peters Anblick hatte ihm den Boden unter den Füßen weggezogen. Sven machte seine Machtlosigkeit wütend, sehr wütend und er wollte Julia das nicht zeigen. Denn seine jetzige Stimmung machte ihm selber Angst. Er hatte so einen Zorn in sich, dass er nicht wusste, wie er sich wieder in den Griff bekommen sollte. Er ging ins Bootshaus, zog sich aus und ging schwimmen. Vielleicht kühlte das sein Gemüt wieder ab.

Später, in der Küche, sagte er:
»Ich habe das iPad mitgebracht. Allerdings macht es keinen Mucks mehr. Wir heben es trotzdem auf, wer weiß? Spezialisten können vielleicht etwas damit anfangen.«
Lisa hatte in der Zwischenzeit die Platte untersucht und tatsächlich wieder etwas entdeckt.
»Hier sieht es aus wie ein Kasten und auf der rechten Seite sehe ich einen Turm, einen runden Turm.«
Sven und Julia sahen sich nun die Platte auch noch einmal genauer an. Sie konnten nur bestätigen, was Lisa gesehen hatte. Es waren lediglich zarte Umrisse zu erkennen. Lisa pauste auch diese Umrisse durch ein Transparentpapier. Die beiden nahmen die Zeichnungen von Lisa mit und ließen ihr die Kartusche zur Aufbewahrung hier.
Julia verabschiedete sich von Lisa und versprach ihr, sie sofort zu benachrichtigen, wenn sie etwas in Müstair gefunden hätten.

Semin sperrte die Wohnungstür auf. Er wohnte in einem kleinen Mehrfamilienhaus in der Nähe von Nymphenburg. Er konnte das Schloss sogar von seinem Wohnzimmerfenster aus sehen.

Er hielt sich nicht lange mit der Post auf, die er aus dem Briefkasten genommen hatte, sondern warf sie nur achtlos auf das Schuhregal im Flur. Er wohnte schon seit Jahren hier in der Dachwohnung. Nun setzte er sich an seinen Schreibtisch und schaltete seine PCs an. Mehrere Bildschirme reihten sich nebeneinander auf seinem Schreibtisch, auch Verschlüsselungsgeräte. Semin war ein versierter Computerspezialist, immer auf dem neuesten Stand der Technik. Nun loggte er sich mit seinem Account in die Datenbank ein. Seit zwei Jahren arbeitete er für die *FIRMA*, um der Unternehmensgruppe um Marc Pittli auf die Spur zu kommen und das Handwerk zu legen. Pittli interessierte sich seit einiger Zeit für die Neptunia. Immer wieder war Semin auf dessen Namen gestoßen. Nacheinander gab er nun die Daten der fünf Männer ein, die auf Elsbeths Liste standen. Die Bilder scannte er ein und ließ die Datenbank nach deren Konterfei suchen. Die Lampen an seinem Verschlüsselungsgerät blinkten grün, während die Daten ins Netz gingen. Er stand auf und ging in die Küche, um sich einen starken Kaffee zu machen. Er war müde, sehr müde sogar, denn er hatte im Flieger nicht schlafen können. Innerhalb von drei Tagen von München nach Vancouver und wieder zurück zu fliegen, hielt selbst der beste Biorythmus nicht aus.

Er war gespannt, um wen es sich bei den fünf Männern handelte. Ob sie schon eine Vorgeschichte in der Datenbank hatten. Er kam mit der Tasse in der Hand zurück zu seinem Schreibtisch. Noch war kein Treffer zu sehen.

Wenn er mit der Personensuche fertig war, würde er sich erst einmal aufs Ohr legen und Schlaf nachholen.

Schließlich kam die Meldung, dass die fünf neuen Mitarbeiter an Bord der Neptunia noch nicht geheimdienstlich erfasst waren. Also bis dato unauffällig. Alle hatten wissenschaftliche Studien vorzuweisen und, jetzt beugte sich Semin vor: Alle hatten in Shanghai studiert, medizinische Informatik. Was hatte das zu bedeuten? Was machten medizinische Informatiker auf einem Forschungsschiff, das die Tiefsee nach neuen Energiequellen, beziehungsweise Rohstofflagern untersuchte. Er loggte sich aus und ging ins Badezimmer. So erledigt, wie er war, würde er diese Frage heute nicht mehr klären. Er konnte keinen klaren Gedanken mehr fassen, so erschöpft war er.

58   Müstair

Da sie in einen Stau geraten waren, kamen sie erst am späten Abend in Val Müstair in der Schweiz an. Trotz aller Umstände war es eine schöne Fahrt. Sie konnten die ganze Strecke mit offenem Verdeck fahren. Auf der Passhöhe legten sie eine kurze Pause ein. Es war eine warme Sommernacht und der Sternenhimmel hier im Gebirge war traumhaft schön. Da es keine Straßenbeleuchtung oder sonstige störende Lichter hier oben gab, funkelten die Sterne in der Schwärze der Nacht wie Lichterketten. Heute war kein Mond zu sehen und so konnte man dieses Naturspektakel bestens beobachten. Sven nahm Julia in den Arm und küsste sie. Aber dann ließ er sie los und wurde in sich gekehrt.

»Dir geht Peters Anblick nicht aus dem Kopf. Seit du in Peters Haus warst, bist du niedergeschlagen«, sie nahm seine Hand.

»Ich krieg das Bild nicht mehr aus meinem Kopf, wie er da so neben Meier saß. Ich sehe ihn ständig vor mir. Warum musste es ihn erwischen. Er hat nun wirklich überhaupt nichts mit der ganzen Sache zu tun und muss nun so leiden. Das macht mich einfach fertig. Gleichzeitig kommt eine solche Wut in mir hoch, weil ich so machtlos bin!«

Julia fiel nichts ein, was sie darauf hätte erwidern können. Also gingen beide schweigend zurück zum Mini und fuhren nach Müstair weiter.

Montag - Müstair

Ihr Hotel lag schräg gegenüber der Klosteranlage von St. Johann in Müstair.

Schon in der Nacht waren sie vom Anblick der Anlage fasziniert gewesen. Scheinwerfer tauchten die Klosteranlage in warmes Licht. Die Kirche mit ihren drei Apsiden, der Friedhof und die Mauer darum standen wie ein Kalenderbild vor ihnen, als sie vom Hotelzimmer aus hinübersahen.

Nach dem Frühstück überquerten sie die breite Straße, die Graubünden mit Italien verband, und betraten das Klostergelände durch den Eingang zum Museum. Sie hatten sich noch in der Nacht Informationen aus dem Netz angelesen:

Kloster Müstair ist seit 1983 Weltkulturerbe der UNESCO. Es hat einzigartige Wandmalereien aus karolingischer und romanischer Zeit.

Sie liefen erst einmal über den Friedhof und sahen sich die Kirche mit ihren drei Apsiden an. Alles war wundervoll restauriert. Dann gingen sie zurück zum Eingang und sahen sich die Heiligkreuzkapelle an. Sie stammt aus der gleichen Zeit wie die Mönchskirche. Die Holzdecke ist die älteste in Europa. Wahrscheinlich fanden im Untergeschoss früher Bestattungen statt, später wurde der Raum als Gebetshaus genutzt. Die Bauzeit datiert um 785 bis 788. Im Obergeschoss vermutet man die ehemaligen Räume des Klosterabtes; die Wände waren früher mit Malereien verziert. Sven ging hinüber zum Klosterladen und kaufte zwei Eintrittskarten. Anschließend betraten sie die Klosterkirche. Sven blätterte in den Broschüren, die er mit den Karten bekommen hatte.

»Die Datierung der Bauhölzer hat ergeben, dass die Kirche wirklich aus Karls Zeit stammt. Müstair war die zweite Residenz des Bischofs von Chur. Hier beherbergten bis zu 45 benediktinische Mönche die Reisenden, die über den Pass kamen. Aber die Gemeinschaft im Benediktinerkloster wurde im Lauf der Zeit immer kleiner und verschwand im 12. Jahrhundert ganz. Danach wurde hier das Kloster der Benediktinerinnen gegründet. Dafür zeichneten die Herren von Tarasp verantwortlich. - An dem Abzweig nach Tarasp sind wir gestern vorbeigefahren. - Im Schwabenkrieg wurde das Kloster Opfer der Flammen. Aber die Äbtissinnen bauten die Anlage im 16. Jahrhundert wieder auf. Auch die Reformation konnte dem Kloster hier nichts anhaben. Die Nonnen sorgten dafür, dass es benediktinisch blieb.

Und jetzt hör zu: Von 1947 bis 1951 haben die Klosterfrauen hier, unter Anleitung eines Restaurators sämtliche karolingischen Wandmalereien in der Klosterkirche wieder freigelegt.«

Sven hielt Julia das Heftchen hin und zeigte ihr das Schema des Freskenzyklus.

Die Apsidenwand stellt die Auferstehung und die Himmelfahrt Christi dar. Die anderen drei Wände sind in fünf übereinander gereihten Zeilen bemalt. Die oberste Reihe von der Südwand über die West- zur Nordwand stellte Szenen aus dem Alten Testament dar. Auf der Südwand, der Nordwand und am Altar ist das Neue Testament dargestellt. Und schließlich an der Westwand bilden die unteren drei Reihen die Wiederkunft Christi ab, mit dem Jüngsten Gericht. Darunter gibt es eine Verbindungstüre, durch die man in den Museumsbereich gelangt.«

»Und da gehen wir jetzt hin und sehen uns einmal um.«

Sie betraten einen Kreuzgang, der einen Blick auf einen Klosterhof zuließ. In den nächsten Stunden nahmen sie alle öffentlich zugänglichen Räume in Augenschein. Sie machten Bilder von allem, was ihnen vor die Linse kam, damit sie sie später in Ruhe studieren konnten. An der Kasse besorgte sich Sven einen detaillierten Bildband zu den Fresken. Darin war jedes Wandgemälde genau abgebildet und erklärt.

Zurück im Hotelzimmer studierten sie all die Aufnahmen. Bis in die Abendstunden suchten sie sich durch Bilder und Texte dazu.

Beim Essen sagte Julia: »Ich denke, die Lösung liegt in den Freskendarstellungen: Wir haben die Darstellung Karls des Großen, die wir ja auch in der Kirche gefunden haben. Da sind wir uns einig, das ist definitiv die Figur auf der Platte. Dann haben wir die Darstellung einer Kiste und eines Turmes. Wir werden wirklich alle Fresken genau prüfen müssen, ob diese Darstellung darauf zu erkennen ist.«

»Dann wissen wir, was wir morgen zu tun haben.«

59   München

Semin war wieder fit. Jetzt konnte er sich wieder konzentrieren. Er nahm sich noch einmal die fünf Namen vor. Wieso wurde auf einem Forschungsschiff, das den Meeresgrund nach Rohstofflagerstätten absuchte, ein Team von medizinischen Informatikern eingesetzt. Er konnte sich das nicht erklären. Die Aufgabe der Neptunia war die Erkundung der Tiefsee in der Beaufortsee. Dort wurden Erdgas- und Erdölvorräte vermutet. Auch bestand eine gar nicht so kleine Hoffnung, dort auf Minerallagerstätten zu stoßen, die die begehrten Seltenen Erden enthielten. Das war für den Westen von nicht unerheblichem Interesse. Denn die ganze Welt war momentan von China abhängig. China hatte einen Exportstopp verhängt. Die Mission der Neptunia war einer der Hoffnungsträger der westlichen Energiebranche, sich unabhängig zu machen. Auch hoffte man, dort möglichst schnell zu Explorationsrechten zu kommen. Dies setzte voraus, dass endlich und vor allem endgültig geklärt wurde, wer in welchen Meilenabständen von der Küste welche Rechte hatte. Alle Nationen - die USA, Russland, Kanada, auch Grönland, das durch Dänemark vertreten wird, und sogar Deutschland und Frankreich - versuchten, Rechte an der arktischen Tiefsee zu ergattern. Auch das immer schnellere Abtauen der arktischen Eisflächen führte zur Eile. Genauso öffneten sich in der Nordost- und der Nordwestpassage immer größere Zeitfenster der Passierbarkeit. Einmal war die Nordostpassage schon mehrere Monate am Stück eisfrei gewesen. Dies führte zu einer drastischen Verkürzung von Transportwegen. So konnten die Güter erheblich schneller zum Zielhafen gelangen. Wer in diesen Bereichen Rechte besaß, konnte sich die Durchfahrt von Schiffen anderer Nationen teuer bezahlen lassen. Hier war ein Krieg um Rechte ausgebrochen, um die Größe der Wirtschaftszonen. Und Semin war der Meinung, dass die Bandagen nun härter angezogen wurden. Aber wie passte hier eine *medizinische* Komponente dazu. Er stand vor einem Rätsel. Was ging hier vor sich? Was hatte das mit Rohstoffförderung zu tun?

Noch einmal sah er die Bilder der fünf Männer an und las die einzelnen Lebensläufe. Welche Gemeinsamkeiten hatten diese fünf Männer? Es musste etwas geben! Wo hatten diese Leute überall gearbeitet? Mann für Mann ging er die jeweilige Vita genau durch. Jeden Arbeitgeber der letzten Jahre. Schon nach dem dritten Mann kam ihm ein Verdacht. Er suchte nach Pharmaunternehmen und deren Historie. Kaum eine halbe Stunde später hatte er den Zusammenhang gefunden. *Lucrumpharm*, Basel. Lucrumpharm war ein Pharmakonzern, der seinen Schwerpunkt auf die Herstellung von Antibiotika legte. Der Konzern hatte im Lauf der Zeit immer wieder umfirmiert. Alle Vorgängerfirmen waren in den einzelnen Lebensläufen dieser fünf Männer zu finden. Bei dem einen nur eine der Firmen, bei anderen auch mehrere. Also steckte vielleicht diese Pharmafirma hinter der Ermordung von Serena.

Er musste Elsbeth kontaktieren und sie warnen. Diese Fakten konnte er Elsbeth nicht vorenthalten. Das ging aber nur persönlich.

60   Vancouver, Kanada

Elsbeth saß in ihrem Hotelzimmer und öffnete gerade ihr E-Mail-Programm.

»Semin hat geschrieben!«, schoss es ihr durch den Kopf. Sofort öffnete sie die Nachricht:

> Hallo Elsbeth. Muss dich *dringend* sprechen -
> fliege morgen - komme Mittwochabend
> in Vancouver an - Melde mich dann!«

Mehr hatte er nicht geschrieben. Er hatte also brisante Informationen. Das hatte sie schon vermutet. Gott sei Dank hatte sie bis Freitag noch Urlaub. Erst dann ging ihr Flug zurück nach Yellowknife und von dort ihr Helikopter zur Neptunia. Auf dem Schiff konnten sie sich nicht ungestört treffen. Sie würden wahrscheinlich sogar Verdacht erregen. Ihr Gefühl hatte sie nicht getrogen, sie wurde beobachtet. Sie erkannte, dass sie die Probe von Serena finden musste, wenn möglich auch die Aufzeichnungen dazu. Es konnte nicht alles verloren gegangen sein. Serena hatte mit Sicherheit Vorkehrungen getroffen, damit ihre Entdeckung erhalten blieb. Aber wo. Wo sollte sie suchen. Sie war doch immer an Bord gewesen. Außer - kurz vor ihrem Tod. Hatte sie die Materialien mitgenommen nach Yellowknife? Das konnte sich Elsbeth fast nicht vorstellen.

Sie gingen noch einmal in die St. Johann-Kirche und sahen sich jedes Fresko vor Ort genau an. Sie zoomten mit der Kamera auf die hoch gelegenen Fresken, konnten also wirklich auch Details erkennen. Aber es kam keine zündende Idee, um welches Bild es sich handelte. Vor allem, wie sollten sie dort oben etwas finden. Das allein schloss sich schon aus. Sie gingen ratlos zurück zum Hotel. Julia nahm den Bildband zur Hand und blätterte durch die Seiten. Da kam Sven mit der Tüte des Klosterladens und zog ein paar Bögen heraus.

»Das haben wir wohl vergessen, es muss aus dem Buch gerutscht sein. Das sind extragroße Faltbilder zu den Fresken.«

Sie klappten die Bögen auf und sahen die Darstellungen mit der Lupe an. Auf dem Blatt mit den Fresken der Westwand las Julia *die Bundeslade in Jerusalem* und daneben *der Palast Davids in Jerusalem*. Sie zeigte es Sven. Das könnte es sein. Das entsprach in etwa der Abbildung auf der Platte.

Sven meinte: »Das kann man vom Kirchenraum aus gar nicht sehen. Diese Fresken befinden sich oberhalb der Decke des Kirchenraums. Lass uns jetzt gleich rübergehen! Ins Museum. Dort geht es doch vom Kreuzgang rechts ab ins Obergeschoss. Erinnerst du dich, da ging noch eine Holztreppe weiter nach oben. Sehr schmal und nicht für den normalen Besucherverkehr gedacht. Ich meine, es war sogar eine Absperrung davor gehängt. Aber wenn ich die Lage richtig einordne, könnte es dort zu diesem Bereich über dem Kirchenschiff an der Westwand gehen. - Wie siehst du das?«

»Ich habe den Raum nicht mehr so vor meinem Auge, dass ich sagen könnte, ob diese Treppe dorthin führt. Du hast einfach ein besseres optisches Gedächtnis. Das muss ich neidlos zugestehen.«

»Wir gehen rüber und sehen uns das vor Ort an!«

Wieder kauften sie eine Eintrittskarte für das Museum und gingen in der Kirche gleich links zu der Tür, die zum Museum führt. Drinnen ging Sven voran.

»Siehst du, gleich hier vorne rechts müssen wir hinein. Dort geht es rauf zu dieser abgesperrten Treppe.«

Bald standen sie vor den Stufen und überlegten, wie sie weiter verfahren sollten.

»Du kannst da doch nicht einfach raufgehen! Die Absperrung hängt nicht grundlos dort«, flüsterte Julia skeptisch.

»Erst kontrollieren wir, ob es hier Videokameras gibt!«, Sven ging durch den Raum und sah sich um. Er hielt immer wieder mit seinem Fotoapparat auf die Decke und die Ecken im Raum, so als wolle er alles genau dokumentieren. Aber er fand keine Kamera.

»Ich probiere es. Komm mit!«, sagte er und hielt ihr seine Hand entgegen.

»Du bist wahnsinnig! Es ist helllichter Tag. Bis sie uns erwischen!«

»Julia, ich habe keine andere Wahl! Die Zeit drängt!« Er stieg über das schwarze Absperrseil. Julia tat es ihm gleich und schon waren sie oben und verschwanden nach links auf den Boden. Hier konnten sie von unten nicht mehr gesehen werden. Der Boden, auf dem sie standen, trennte sie vom darunter liegenden Kirchenraum.

Sie standen direkt am Rand der Nordwand. Vier lange Gewölbestränge zogen sich vor ihnen von links, also von der Apsiswand im Osten zur Westwand rechts von ihnen. An der Westwand waren die beiden Fresken zu sehen. Genau oberhalb der Durchgangstüre vom Kirchenraum zum Museum, durch die sie vor wenigen Minuten gegangen waren. Die Fresken entsprachen der Darstellung auf der Falteinlage des Bildbands. Wenn man wusste, was dargestellt sein sollte, konnte man es mit etwas Phantasie auch auf dem Fresko entdecken. Über den beiden Fresken hörte die Wand einfach auf. Über der Mauer der Westwand gab es einen ungefähr 80 cm hohen Freiraum. Was hinter der Wand mit den Fresken war, konnte Sven von seinem Standpunkt aus nicht sehen. Er vermutete die Decke zum Kreuzgang darunter. Aber das war wirklich nur eine Vermutung. Er stand immer noch auf der Nordmauer. Noch hatte er sich nicht getraut, auf die Gewölbe zu treten.

»Wie willst du da hinüberkommen? Hast du keine Angst, dass das alles einbricht, wenn du drauf trittst?«, wisperte Julia.

Sven sah sich um und entdeckte hinter sich einen Stapel langer Holzbohlen, die an der Wand aufgestapelt lagen. Er schob vorsichtig zwei Balken quer zu den Gewölben hinüber zu den Fresken. Sie lagen so nebeneinander, dass es breit genug zum Darüberkrabbeln war. So müsste sich sein Gewicht gut verteilen. Es dauerte, bis er hinter dem zweiten Gewölbe bei der Darstellung der Bundeslade ankam. Er zog sein Taschenmesser heraus und klappte es auf; legte es auf dem oberen Mauerrand ab und sah sich erst einmal die Wandbilder genau an. Julia merkte, wie sie vor Anspannung feuchte Hände bekam. Ihr Herz schlug wild in ihrer Brust. Hoffentlich kam niemand hier herauf. Wieder hatte sie die Befürchtung, Behörden erklären zu müssen, was sie hier taten. Kein Mensch würde ihnen das abnehmen. Sie sah wieder zu Sven und hörte, wie seine Hände die Flächen abtasteten.

»Beeil dich, Sven!«

»Julia, es geht sicher nicht schneller, wenn du mich drängst!«, sagte er leise und heiser. Auch er war nervös.

Julia ertappte sich, dass sie herumzappelte, wie wenn sie im Winter an der Haltestelle stand und fror.

»Julia, hör bitte auf damit. Man wird dich noch hören!«, flehte Sven.

»Entschuldige!«, und sie blieb wieder ruhig stehen.

Sven kletterte gerade auf den oberen Wandabschluss und sah dahinter. Ein Loch auf der Rückseite der Westwand löste in ihm Bedenken aus, ob die Kartusche hier nicht bereits entfernt worden war.

»Ich kann sie nicht finden! Hoffentlich hat sie nicht schon jemand geholt. - Moment - hier unten, das könnte was sein!«, er beugte sich ganz über die Oberkante der Westmauer und leuchtete mit der Taschenlampe in den dunklen Spalt dahinter. Das schien wirklich die Decke über dem Kreuzgang im Obergeschoss zu sein. Die Deckenbalken über dem Kirchenschiff verlängerten sich durch die Westmauer hindurch quer über diesen Kreuzgang. Dann schnappte er sein Taschenmesser. Er hatte eine längliche Wulst an der Rückseite der Westwand entdeckt. Er bohrte die Spitze der Klinge am Rand der vermutlichen Kartusche in den Mörtel. Dieser war sehr hartnäckig, er ging nur langsam von dem harten Stück weg, das Sven als Kartusche deutete. Es war wahnsinnig anstrengend in dieser Haltung über der Mauer zu hängen. Mit einer Hand hielt er die Taschenlampe und mit der Messerhand kratzte er rund um die Form. Seine Beine hingen in den Dachboden hinein und mit dem Oberkörper hing er über die Mauer. Nur durch Körperspannung konnte er sich halten und das war sehr kräftezehrend.

»Nun mach doch! Ich halt das nicht mehr aus!«, doch sie sah nur Svens Hand mit dem Messer kurz nach oben kommen und eine abwinkende Geste machen. Plötzlich hörte Julia Schritte hinter sich.

»Es kommt jemand, Sven!«, und wie sie es gesagt hatte, ließ er sich auf einen Schwung hinter die Mauer rutschen. Sie hörte ihn nur noch sagen: »Ich warte auf eine SMS von dir. Lass dir eine Ausrede einfallen!«

»Na prima!«, konnte Julia noch sagen, dann kam eine magere Gestalt in einer schwarzen Kutte um die Ecke und sah Julia vorwurfsvoll an.

»Was machen sie denn hier? Sie dürfen sich hier nicht aufhalten! Haben sie nicht die Absperrung gesehen?«, fragte die Benediktinerin schon beinahe angriffslustig.

Julia konnte ihre Reaktion verstehen und so sagte sie möglichst freundlich:

«Ich habe in dem Bildband zum Kloster die Fresken studiert und wollte sie mir ansehen.«

»Aber deshalb können sie doch nicht einfach hier heraufgehen! Ohne Genehmigung! Kommen Sie mit! Wir müssen überlegen, ob wir die Gendarmerie einschalten«, die Nonne deutete in Richtung der Treppe.

»Ich habe doch gar nichts gemacht, außer hier rauf zu gehen. Ich bin nur hier stehen geblieben und habe gesucht, wo diese Fresken sind, die auf den Schautafeln abgebildet sind. Bitte lassen sie mich doch gehen!«, flehte Julia schon beinahe.

Aber es half nichts, sie musste mit der Nonne in das Büro der Äbtissin und sich dort verantworten. Sie kam sich vor wie in einem Verhör. Aber irgendwann glaubte die Äbtissin ihre Geschichte, dass sie nur die Fresken sehen wollte, und ließ sie gehen, nicht ohne ihre persönlichen Daten aufgenommen zu haben.

Als Julia das Klostergelände verließ, war es schon später Nachmittag. Zurück im Hotelzimmer schrieb sie sofort eine SMS an Sven:

»Bin wieder FREI - im Hotel. Habe Hausverbot. Wann willst du versuchen herauszukommen?«

Sie wartete mindestens eine halbe Stunde, bis endlich eine Antwort von Sven kam:

»Jemand kontrolliert hier oben - konnte Handy nicht nehmen - wollte Displaylicht vermeiden!«

»Willst du warten, bis es dunkel ist?«

»Nein - jetzt ist es ruhig - ich komme bald - sicherheitshalber noch abwarten -.«

Sven hatte sich ganz schmal entlang der Mauerrückseite gelegt. So war er bei einem flüchtigen Blick über die Mauer hoffentlich nicht zu sehen. Aber er traute dem Frieden noch nicht. Er blieb eine ganze Weile so liegen, obwohl er schon lange kein Geräusch mehr wahrgenommen hatte.

Als er sich wieder heraustraute, sah er mit Erschrecken, dass die Bohlen weggeräumt waren. Sie lagen wieder wie vorher an der Wand. Was sollte er jetzt machen? Würde das Gewölbe sein Gewicht tragen? 83 Kilogramm auf jahrhundertealten Deckengewölben? Aber das würde erst seine zweite Sorge sein, noch hatte er die Kartusche nicht freigelegt. Wieder beugte er sich, auf der Mauer liegend, zu der vermeintlichen Kartusche hinunter. Er kratzte und kratzte mit der Klinge des Messers an der Kante entlang. Nach gefühlten Stunden brach die Kartusche endlich heraus. Er nahm sie und steckte sie sich hinten ins Hemd, damit die Kartusche nicht herausfallen konnte, wenn er auf allen Vieren über die Gewölbe krabbelte. Wenigstens hatte er nichts an den Fresken zerstören müssen. Das wäre ihm arg gewesen. Aber nun kam der Teil, der gefährlich werden konnte. Er musste es riskieren. Langsam glitt er von der Mauer herunter auf die Gewölbedecke. Als er ganz unten war, streckte er seine Beine und Arme so weit wie möglich zur Seite, sozusagen ein menschliches X. Aber nur so weit, dass er sich auch noch langsam nach vorne bewegen konnte. Das kostete enorm Kraft. Nach einem zurückgelegten Meter hörte er Schritte die Treppe heraufkommen. Sven blieb fast das Herz stehen. Jetzt war er ausgeliefert, jetzt konnte er sich nicht mehr verstecken. Das gab Ärger mit der Polizei! Er dachte *»Wenn es dich da oben gibt, Gott - dann lass mich hier wieder heil heraus kommen, ohne Erklärungen abgeben zu müssen! Peter zu liebe! Es ist seine einzige Chance!«*

Sven drückte sich flach auf den Boden, obwohl das auch nichts ändern würde. Er blieb genauso sichtbar, wie ein großer schwarzer Käfer auf einem weißen Tischtuch. Da hörte er eine Stimme von unten:

»Entschuldigen Sie, ich habe hier diesen Text an der Vitrine gelesen. Aber ich verstehe da etwas nicht. Könnten Sie mir bitte helfen?«, und die Schritte stoppten. Dann hörte Sven, wie sich die Schritte wieder entfernten. Er hatte den Atem vor Angst angehalten und zog nun erleichtert Luft ein, und musste beinahe husten, als er den ganzen Staub in den Hals bekam. Er musste sich zwingen, dem Hustenreiz nicht nachzugeben. Es war grauenvoll. Wenn er jetzt nicht die Kontrolle behielt, war es geschehen, dann flog er auf. Er konzentrierte sich auf langsame Atemzüge und, als er sicher war, nicht mehr husten zu müssen, bewegte er sich langsam weiter Richtung Nordwand, wo es zur Treppe ging. Als er von den Gewölben runter war, stand er auf. Er streifte sich leise den Staub von der Kleidung. Auf Zehenspitzen schlich er um die Ecke zur Treppe. Er beugte sich vorsichtig nach vorne, sah unten eine Nonne und einen hageren Mann in einem grauen Anzug stehen. Sie unterhielten sich an der Vitrine, in der alte Schriften ausgelegt waren. Sven ging noch einmal ein Stück zurück und kontrollierte noch einmal seine Hose und das Hemd, streifte hier und da noch Staub ab und steckte dann die Kartusche in seinen Rucksack. Als er meinte, wieder einigermaßen unauffällig auszusehen, wagte er sich langsam zur Treppe. Er trat mit dem rechten Fuß auf die erste Stufe und sah gebannt auf die beiden Menschen dort unten. Wenn jetzt die Treppe knarzte, war er erledigt. Der Mann im grauen Anzug veränderte seine Position so, dass er nun neben der Nonne stand und beide Sven somit den Rücken zu drehten. Und dann glaubte Sven, seinen Augen nicht zu trauen. Der Mann streckte seine Hand nach hinten und deutete eine Stopp-Geste an. Meinte er wirklich Sven? Es war sonst niemand zu sehen. Er musste Sven meinen! Sven blieb also stehen. Er konnte sowieso nichts anderes machen. Die Gefahr, Geräusche auszulösen, war viel zu groß. Der Mann deutete nochmal an, dass Sven stehen bleiben solle. Dann gingen die beiden dort unten plötzlich zu der Türe, die Sven gegenüber lag und verließen den Raum. Aber dann kam der Mann noch einmal einen Schritt zurück und winkte Sven, herunter zu kommen. Sven überlegte nicht lange, sondern ging relativ flott die Stufen hinunter, stieg über das Absperrseil und bog sofort nach links zum Kreuzgang ab, der Richtung Ausgang führte.

Sven hielt sich nicht lange auf, um zurück zu blicken. Er ging schnurstracks aus dem Klostergelände und über die Straße zum Hotel. Er nahm den kurzen Weg über den Parkplatz. Als er auf Julias Auto zuging, das direkt neben dem Eingang zur Hotelterrasse stand, sah er im Vorbeigehen einen schwarzen Golf neben dem Mini parken. Ein Blick auf die beiden Auspuffrohre genügte, um zu erkennen, dass das kein normaler Golf war. Er eilte weiter über die Terrasse und die Stufen hinauf ins Hotel. Julia riss die Zimmertüre auf, bevor Sven die Klinke berührt hatte. Sie fiel ihm um den Hals und klammerte sich an ihn.

»Dass du nur wieder da bist! Ich hatte solche Angst, dass sie dich erwischen. Wie bist du denn da raus gekommen?«, sie konnte ihn gar nicht loslassen, so erleichtert war sie.

Er erzählte ihr die ganze Aktion und sie hörte ihm gebannt zu. Als er zu dem Punkt mit dem Mann im grauen Anzug kam, sagte Julia: «Wie meinst du das? Er hat die Nonne wirklich abgelenkt?« »Ja, wenn ich es dir doch sage. Ich kann mich nicht täuschen. Das war eindeutig. Ohne ihn hätte mich diese Nonne dort oben erwischt. Ich lag auf allen Vieren auf der Gewölbedecke, als sie die Stufen hochkam. Es gab keine Chance für mich unentdeckt zu entkommen. Es ist mir ein Rätsel!«, er nahm Julia in den Arm und beide waren einfach nur heilfroh, dass es gut gegangen war.

Nachdem sie sich wieder einigermaßen beruhigt hatten, spielte sich das gleiche Procedere ab wie immer: öffnen - vermessen - fotografieren.

Diesmal war das Papyrusteil sternförmig und auch wieder größer. Als sie sicher waren, genügend Bilder gemacht zu haben, schrieb Julia eine Mail an Beringer und übermittelte ihm die Bilder. Schon bald kam die gewohnte Bestätigungs-SMS von ihm, dass er die Bilder erhalten hatte. Sie packten ihre Taschen, zahlten die Rechnung und gingen zum Auto. Sven lud die Rucksäcke in den Kofferraum und bemerkte nur nebenbei, dass der Golf nicht mehr da stand.

Wieder benachrichtigte er Meier, dass er die Kartusche gefunden hatte. Er wolle sie dieses Mal selber nach Hause bringen und noch einmal genauer untersuchen. Er würde sich wieder bei Meier melden, wenn er sicher war, alle Hinweise auf der Platte entdeckt zu haben. In puncto Peter ließ Meier wieder nicht mit sich verhandeln.

Kurz vor 21 Uhr fuhr Sven an einer Raststätte raus.

»Ich werde jetzt Erik anrufen.«

Wieder startete die Rufweiterleitung, bis Erik endlich abnahm.

»Na - hast du die nächste Kartusche gefunden?«, fragte sein Bruder ohne Umschweife.

»Ja, und du kannst auch davon Bilder bekommen. Wo treffen wir uns? Ich bin voraussichtlich in drei Stunden in München.«

»Dann komm ich zu dir in die Wohnung!«, und wieder hatte er einfach eingehängt.

»Du möchtest dich jetzt wirklich mit Erik in deiner Wohnung treffen?«, fragte Julia mit ängstlicher Stimme.

»Ja - ich muss diese erste Kartusche von ihm bekommen. Wenn wir die noch haben, dann kann Beringer vielleicht endlich etwas auf dem zusammengesetzten Papyrus erkennen!«

»Und wenn dir Erik jetzt die sechste Kartusche auch noch abnimmt?«

»Hallo - das weiß ich schon zu verhindern. Die behältst du in der Obhut. Ich gehe in meine Wohnung und du wartest in meinem Laden!«

»Das findest du jetzt eine gute Idee!«

»Ja! Hast du eine andere?«

»Nein. Aber melde dich sofort, wenn Erik wieder weg ist. Es wird mir wie eine Ewigkeit vorkommen, bis ich dich heil wiedersehe.«

»Das geht schon gut. Ich war ihm immer schon körperlich überlegen. Er war noch nie sehr sportlich. Er war von je her mehr der Geistesmensch.«

»Das beruhigt mich jetzt enorm. Das schließt natürlich auch den Einsatz von Waffen aus. Schon daran gedacht, dass er dich mit einer Waffe bedrohen könnte?«

»Julia, es wird schon gut gehen! Du hast Peter nicht auf diesem Video gesehen. Dann würdest du mich verstehen. Ich muss diese erste Kartusche bekommen. Und das geht nur, wenn ich mich mit Erik treffe und ihm das hier gebe«, er zeigte seinen USB-Stick in der Hand. »Hier sind alle Bilder von allen Kartuschen drauf. Was will Erik mehr? Dann hat er alle Informationen, die wir auch haben.«

Kurz nach Mitternacht hielt der Mini vor dem Antiquariat. Sven sah sie mit diesem Blick an, dem sie nicht widerstehen konnte.

»Ich liebe Dich!«, er beugte sich zu ihr und küsste sie leidenschaftlich. Er streichelte ihr noch die Wange, dann öffnete er die Türe und stieg aus. Er verschwand in Richtung seiner Wohnung. Sie stieg ebenfalls aus und verriegelte den Wagen.

Sie sperrte die Ladentüre auf und wollte schon hineingehen, als sie es sich anders überlegte und wieder zum Wagen zurückging. Sie sperrte den Kofferraum auf und legte ihre Tasche wieder hinein. Darin war die Kartusche. Dieses Risiko musste sie jetzt einfach eingehen. Dann lief sie zu Fuß zu Svens Wohnung. Er hatte auch an seinem Ladenschlüsselbund, den er ihr gegeben hatte, einen Wohnungsschlüssel. So konnte sie ohne Klingeln ins Treppenhaus gelangen. Die Holzdielen der Stufen knarzten und sie hatte Angst, dass Erik dies hörte. Aber schon im zweiten Stock hörte sie die beiden streiten. Erik war also tatsächlich gekommen. Julia hatte gedacht, dass er es sich doch noch anders überlegt hätte und einfach nicht erscheinen würde, sooft wie er seinem Bruder die Telefonverbindung gekappt hatte.

Sie ging langsam, Stufe für Stufe, hinauf und horchte dem Streit aus der Entfernung zu.

»Wie konntest du nur? Wie konntest du so etwas machen und dich so ins Unrecht setzen? Ich erkenne dich nicht wieder, Erik!«, schrie Sven seinen Bruder an.

»Spiel dich doch nicht als der Moralapostel auf. Immer schon warst du der Sonnyboy der Familie.«

»Das redest du dir jetzt ein. Du warst der Stolz der Eltern, denn Du warst der hellere Kopf von uns beiden. Wer hatte denn nur Einser? Wer hat sein Studium als bester des Jahrgangs abgeschlossen? Wer hatte ein Stipendium? Dir flog doch schon in der Schule alles einfach zu. Ich musste büffeln, du konntest es schon nur vom Zuhören. Das hatten unsere Eltern immer an dir bewundert. Du warst der Stolz von Vater. Wie begeistert er war, als du in die Forschung gingst. Materielle Dinge hatten dich doch nie interessiert. Wie konntest du dich also kaufen lassen? Wie war das möglich, Erik? Erklär es mir. Ich verstehe es einfach nicht!«

»Siehst du, hier kommt eben mein Wissensdurst dazu. Ich hatte endlich die Chance, genug Geld für die Erforschung dieser Kartuschen zu haben. Endlich einmal einer Sache auf der Spur bleiben, ohne zuerst jeden Cent beantragen zu müssen. Ablehnungen zu kassieren, weil gespart werden musste. Immer wird man unterbrochen wegen dieses Formalkrams. Und nun hatte ich die Freiheit, selbst zu entscheiden.«

»Die Freiheit hast du jetzt kennengelernt. Du musst dich verstecken, betrügen, lügen und morden! Ist das Freiheit? Und Peter! Ich habe Bilder von ihm gesehen. Er ist todkrank, zum Skelett abgemagert und immer noch in den Händen dieser Typen. Seit fünf Wochen! Ist dir das vollkommen egal?«

»Es reicht mir jetzt! Gib die Unterlagen her und dann kannst du dir die erste Kartusche holen.«

»Du hast sie nicht dabei? So war das nicht abgemacht!«, Julia hörte Schritte und befürchtete, dass Sven auf Erik losging.

»Du bekommst sie. Glaube mir. Ich habe sie in deinem Laden im Regal mit der kaputten Beleuchtung versteckt. Oben drauf, hinter dem Zierboard.«

»Und das soll ich dir jetzt glauben und dir natürlich alle Unterlagen vorher schon geben!«

»Vertrau mir!«, hörte sie Erik sagen.

Julia konnte sich den Blick vorstellen, den Sven jetzt zu Erik schickte.

Was sollte sie jetzt machen? Sie beschloss spontan, zurück in den Laden zu gehen und die Kartusche zu suchen. Sie rannte die Stufen hinunter. Nun war es egal, ob sie gehört wurde.

Kaum aus der Haustüre draußen rannte sie zurück zum Antiquariat. Sie war so außer Puste, dass sie im ersten Moment den Schlüssel vor lauter Zittern nicht ins Schloss bekam. Aber schließlich gelang es ihr. Drinnen sperrte sie sofort wieder ab. Sie schaltete alle Lichtschalter an. Sofort sah sie das Regal, an dem die Lampe defekt war. Sie holte sich aus Svens Büro eine Leiter und stieg hinauf. Sie musste sich gewaltig strecken, um über das Zierbord zu langen. Sie tappte mit der Hand hin und her. Und plötzlich fühlte sie ein Paket. Sie packte es und zog es zu sich heran. Dann stieg sie vom Hocker, legte das Bündel auf die Theke und rollte es auf. Ja - es war die erste Kartusche. Diesmal hatte sein Bruder die Wahrheit gesagt.

Sie griff ihr Handy aus der hinteren Hosentasche und wählte Svens Nummer. Er ging nicht ran. Also sandte sie eine SMS »1. Kartusche gefunden!«

Dann blickte sie sich im Geschäft um und suchte ein neues Versteck für die Kartusche. Sie ging damit in die Küche und ihr Blick fiel auf den Wasserkocher. Sie riss die Verpackung ab und ließ die Kartusche in den Wasserkocher fallen. Sie klappte den Deckel zu, warf das Verpackungsmaterial in den Mülleimer und eilte durch den Verkaufsraum zur Ladentüre hinaus. Sie sperrte ab und lief wieder zu Svens Wohnung zurück. Sie nahm immer zwei Stufen auf einmal. Auf dem ersten Treppenabsatz stieß sie frontal mit einem Mann zusammen, der es genauso eilig hatte herunterzukommen, wie sie hinaufzukommen. Es war Erik! Er war so gehetzt, dass er sich nur lapidar entschuldigte und weiter nach unten rannte. Julia blickte ihm kurz nach und hetzte dann die Stufen nach oben. Die Wohnungstür stand offen. Sie ging hinein und schloss die Tür hinter sich.

»Sven - wo bist du?«, rief sie aufgeregt. »Sven?«

Sie ging von Zimmer zu Zimmer und fand ihn schließlich in der Küche. Er stand vorn übergebeugt am Spülbecken. Blut lief aus seiner Nase und tropfte von seiner aufgeplatzten Lippe ins Spülbecken.

»Was hast du? Was ist los?«, sie trat zu ihm und sah ihn an.

»Mein Gott, wie siehst du aus? Was hat er dir getan?«

»Er ist wohl doch sportlicher, als ich angenommen habe!«

»Ihr habt euch geprügelt?«

»Eigentlich habe ich angefangen. Ich war so wütend, dass ich ihm eine gelangt habe. Aber da habe ich mich in ihm getäuscht. In den letzten Jahren scheint er doch durchtrainierter geworden zu sein, als ich angenommen hatte. Er hat mir so einen Schlag in die Magengrube versetzt, dass ich nur noch Sternchen gesehen hab. Als ich dann versucht habe, ihn festzuhalten, hat er mir ins Gesicht geschlagen. Und das nicht nur einmal, wie du sehen kannst.«

»Zuerst müssen wir das Nasenbluten stoppen!« Sie nahm einen Kühlbeutel aus dem Kühlschrank.

»Komm mit!« Sie führte Sven ins Wohnzimmer. Er setzte sich in den Couchsessel. Julia platzierte sein Genick über den Kühlpack. Mit einem feuchten Tuch tupfte sie das Blut aus seinem Gesicht. Anschließend reinigte sie die Wunden in seinem Gesicht mit Desinfektionsmittel und klebte die beiden Platzwunden mit Strips zusammen.

»Du siehst direkt verwegen aus!«, lächelte sie ihn an.

»Dann sehe ich lieber uncool aus«, er versuchte zu lächeln. »Au, das tut weh!«

»Glaub ich! Hast du meine SMS nicht gekriegt?«, fragte sie ihn.

»Doch, leider erst, als wir uns schon geprügelt hatten.«

»Ich habe ihn auf dem Treppenabsatz getroffen. Und das im wahrsten Sinne des Wortes. Wir sind direkt zusammengeprallt. Er hatte es sehr eilig. Ich bin mir nicht mal sicher, ob er gemerkt hat, dass er in mich gerannt ist.«

»Das kann ich mir denken! Schließlich ist er ein großes Risiko eingegangen, hierher zu kommen. Ich nehme doch an, dass die Meier-Leute ihn auch gerne schnappen würden.«

»Gehen wir ins Antiquariat und holen die Kartusche!«

Sie blieben diese Nacht in München. Sven war ziemlich angeschlagen von der ganzen Aktion und brauchte erst einmal Ruhe. Er nahm ein Schmerzmittel und legte sich dann auf die Couch. Sein Kopf ruhte auf Julias Schoß. Sie hatte die silberne Platte der 6. Kartusche in der Hand und gemeinsam versuchten sie zu erkennen, wohin die Reise sie führen würde. Sven rief Meier an und teilte ihm mit, dass er nun auch die erste Kartusche habe. Aber auch das nützte nichts. Meier blieb unerbittlich in puncto Peter.

Am nächsten Morgen würden sie die Tonröhre der ersten Kartusche öffnen. Hoffentlich kam Beringer dann weiter mit dem Papyrus. Aber heute war Sven dazu nicht mehr in der Lage. Schon bald war er eingeschlafen.

Steif und total verspannt wachte Julia am nächsten Morgen auf. Ihre Position auf der Couch hatte sich seit dem Abend nicht verändert. Dementsprechend fühlte sie sich auch.

Mittwoch

62   Vancouver, Kanada

Semin landete um 19.43 in Vancouver und fuhr anschließend sofort in die City zum Hotel von Elsbeth. Schon eine Stunde später saßen sie in einem mexikanischen Speiselokal und aßen zusammen zu Abend.

»Ein Glück, dass ich dich noch in Vancouver erwischt habe!«, sagte er zu ihr.

»Bis Freitag habe ich noch Urlaub. Was du herausgefunden hast!«

»Diese fünf Männer, die jetzt bei euch auf der Neptunia sind, haben eine gemeinsame berufliche Vergangenheit. Sie alle haben in den letzten Jahren bei einem Pharmakonzern namens Lucrumpharm gearbeitet. Schon mal gehört?«

»Nein. Noch nie. - Aber ein durchdachter Name, *lucrum* ist lateinisch und bedeutet *Gewinn*. Nomen est omen!«

»Diese Firma hat in den letzten Jahren immer wieder umfirmiert. Wie das heute eben so gemacht wird. Irgendwann hat jeder der Fünf mindestens bei einer dieser Firmen gearbeitet, manche sogar bei mehreren Firmen.«

»Und mit was beschäftigt sich dieses Unternehmen?«, wollte Elsbeth wissen.

»Der Schwerpunkt liegt auf der Forschung bezüglich der Herstellung von neuen Antibiotika gegen resistente Keime«, berichtete Semin.

»Aber was hat das mit der Neptunia zu tun?«

»Wir sollten uns eher fragen, was hat das mit Serena und ihrem Tod zu tun. Was hat sie entdeckt, was es so interessant für eine Pharmafirma macht?«

»Wir müssen also die Probe finden, die sie auf der Notiz vermerkt hat! Ich werde an Bord der Neptunia suchen!«, sagte Elsbeth.

»Ich werde mir Serenas Wohnung in Yellowknife vornehmen. Ich habe einen Schlüssel dafür und ich weiß, dass der Mietvertrag noch bis Ende August läuft. Vielleicht finde ich dort einen Hinweis. Seit ihrem Tod habe ich die Wohnung nicht mehr betreten.«

»Gut. Und wie benachrichtigen wir uns, wenn ich wieder an Bord bin? Es gibt dort keinen Handy-Empfang, das weißt du. Die Betreiber der Neptunia wollen das nicht. Die Bordbesatzung soll keinen Kontakt nach außen haben. Alles läuft über den Bordfunk oder über E-Mail. Die sind nur beim Zahlmeister abzusetzen und zu empfangen.«

»Kannst du demnächst noch einmal von Bord?«, fragte Semin.

»Nein, die nächsten zwei Wochen habe ich Dienst.«

»Wie machen wir das nur? In elf Tagen komme ich wieder zur regelmäßigen Wartung. Aber was ist bis dahin? Wenn du in Gefahr gerätst?«

»Wenn ich Hilfe brauche, sende ich dir eine Mail mit der Bitte, mir ein Buch mitzubringen.«

»Gut, wenn ich von dir eine Nachricht bekomme, dann setze ich mich umgehend in den Flieger und komme zur Neptunia. Aber dir ist schon klar, dass da mindestens zwei Tage vergehen, bis ich vor Ort bin! Bis dahin kannst du tot sein! Ist dir dieses Risiko bewusst? Willst du das wirklich eingehen? Mir wäre lieber, du gehst erst gar nicht zurück an Bord!«

»Ich bin mir dessen bewusst, Semin. Ich muss wissen, was Serena entdeckt hat, dass es sie ihr Leben gekostet hat. Du glaubst doch genauso wenig an einen Selbstmord wie ich. Sprich es doch endlich aus!« Sie sah ihm fragend in die Augen.

Er entgegnete nichts, sondern nickte nur und sagte zum Abschied:

»Pass auf dich auf! Ich möchte nicht, dass du das Schicksal von Serena teilst.«

»Glaube mir, das möchte ich auch nicht. Machs gut, Semin!«

63   Dießen

Die Klingel an der Ladentüre schepperte und Lisa sah zur Türe. Sie stand auf und lief Sven und Julia entgegen.

»Hallo ihr beiden! Ihr habt gar nicht angerufen, dass ihr schon wieder da seid.«

»Da kamen wir gar nicht dazu«, Julia ging auf Lisa zu und umarmte sie. Dann ging sie in die Hocke und begrüßte Foster.

«Meine Süße, du hast mir so gefehlt!«

Der Hund konnte sich gar nicht beruhigen, so sehr freute er sich.

»Grüß dich, Sven. - Oh, du hast aber auch schon besser ausgesehen!«, sagte Lisa betroffen und sah Sven von der Seite an.

»Ich habe mich auch schon besser gefühlt; du wirst es nicht glauben!«, er nahm Lisa in den Arm und stöhnte dabei leicht. Ihn schmerzte jede Bewegung.

»Was ist dir denn zugestoßen?«

»Ich hatte eine kleine Auseinandersetzung mit meinem Bruder. Leider hat er die Oberhand behalten!«

Sie setzten sich in die Küche und berichteten Lisa erst einmal alle Neuigkeiten der letzten drei Tage. Als Lisa auf dem Stand der Dinge war, fragte sie:

»Und, wie geht es jetzt weiter? Wann gebt ihr Meier die Kartuschen? Wo findet die Übergabe statt?«

Sven holte die Platte aus dem Rucksack und legte sie Lisa hin.

»Erst einmal sehen wir uns die Platte genauer an. Dieses Mal können wir mit dem Original arbeiten. Du bist doch unser Adlerauge, oder? Also, leg los. Wo müssen wir als nächstes hin?«, forderte Sven sie auf.

Lisa drehte die Platte in alle Richtungen. Sie untersuchte die Rückseite und die Vorderseite immer wieder. Was soll das darstellen. Lauter Linien, kreuz und quer, sieht schon beinahe aus wie der Metro-Plan von Paris.«

»Wie soll bitte der Pariser Metro-Plan auf die Kartusche kommen?«

»War nicht ernst gemeint - trotzdem sieht es so ähnlich aus!«, Lisa konnte es nicht lassen.

»Wie kommst du nur darauf?«, hakte Julia nach.

»Weil der Plan der Pariser Metro genau solch parallele Linien von links oben nach rechts unten hat. Das ist mir damals einfach sofort aufgefallen, als ich längere Zeit in Paris war. Da prägt man sich den Plan unweigerlich ein. In London sieht der Plan ganz anders aus. Da sind es mehr waagrechte und senkrechte Linien. Es war nur eine spontane Eingebung. Mir ist schon klar, dass das Quatsch ist.«

Donnerstag

64   Yellowknife, Kanada

Am Vormittag waren Semin und Elsbeth am Yellowknife-Airport angekommen. Elsbeth ging gleich weiter zum Hubschrauber-Terminal und Semin verließ den Flughafen. Er nahm sich ein Taxi zu Serenas Wohnung und schon bald stand er in ihrem Wohnzimmer.

Es war ein sonderbares Gefühl hier zu sein. Diese Leere. Er merkte, wie sich seine Augen mit Tränen füllten - die Trauer wieder Besitz von ihm ergriff und er gab der Traurigkeit nach. Er ertappte sich, wie er ihre Kleidung im Schlafzimmer berührte; daran roch und sein Gesicht darin vergrub. Ihr Duft war noch da. Sie hatten hier seltene, dafür aber umso intensivere Stunden zusammen verbracht. Er vermisste Serena so sehr. Er verweilte eine ganze Weile in dieser Stimmung. Dann dachte er sich: *Sei jetzt nicht so melancholisch!* Und ging an die Arbeit. Er wischte sich mit dem Ärmel über die Augen und begann alle Schränke zu durchsuchen. Auch die Taschen aller Kleidungsstücke. Mehrere Stunden hielt er sich in der Wohnung auf und ließ kein Möbelstück und kein Buch unberührt. Er fand nichts. Nicht den geringsten Hinweis. In der Küche lag ihr Organizer auf der Theke. Er nahm ihn an sich. Schließlich kam er zu der Erkenntnis, dass hier sonst nichts zu finden war. Wenn sie etwas versteckt hatte, dann nicht hier. Vermutlich hatte sie die Probe oder Unterlagen dazu doch noch an Bord der Neptunia versteckt. Beim Verlassen der Wohnung warf er einen letzten Blick zurück und schloss dann die Tür hinter sich ab. Er machte sich auf den Weg zum Flughafen.

65   Dießen

»Ich habe jetzt schon eine Woche nichts mehr von Semin gehört«, sagte Lisa traurig am Telefon.

»Du hast doch gesagt, dass er beruflich immer wieder für längere Zeit unterwegs ist. Also sind doch sieben Tage noch kein Hinweis darauf, dass er dich nicht mehr treffen will! Lisa, jetzt lass ihm Zeit! Vielleicht ist er auch irgendwo unterwegs, wo er kein Netz hat.«

»Das ist natürlich auch möglich. Er hat sogar erwähnt, dass er manchmal auf Schiffen oder Forschungsstationen ist, wo es einfach keinen Empfang gibt.«

»Siehst du, und das wird auch dieses Mal der Fall sein.«

»Du hast wahrscheinlich recht. - Was macht ihr beide denn gerade?«

»Wir rätseln immer noch an der Platte herum. Seit du das mit dem Metro-Plan gesagt hast, denke ich nach, ob da was dran sein könnte.«

»Darf ich dich daran erinnern, dass du dich gestern noch über meine These lustig gemacht hast?«, sagte Lisa schon fast beleidigt.

»Ja, das stimmt. Nur - es ist eine so eigenartige Struktur. Die Punkte darauf, wie wenn es Haltestellen wären. Du hast mir damit einen richtigen Floh ins Ohr gesetzt.«

»Weißt du, was ich gestern dabei noch vergessen hatte zu erwähnen: Das kam mir allerdings auch erst heute Nacht im Bett. Da zieht sich eine breite Linie durch das Muster. Diese Linie, die sich genau in der Mitte teilt und zwei Insel beinhaltet. Nimm die Kartusche zur Hand!«, forderte Lisa Julia am Telefon auf.

Julia nahm die Silberplatte zur Hand. Sven hatte sie noch einmal abgebaut und ausgerollt. So konnte man sie genauer betrachten. Sie nahm den Hörer wieder auf.

»So - jetzt habe ich die Platte vor mir. Leg los!«

»Gehen wir jetzt einmal davon aus, dass es der Metro-Plan ist: Siehst du in der Mitte zwei kleine Felder, wie Inseln, die von einem Fluss eingeschlossen sind?«

»Ja - man könnte es so interpretieren.«

»Ich habe die Platte ja jetzt nicht vor mir. Trotzdem - auf dem Plan der Metro geht die Seine genau so um die beiden Inseln Ile-de-la-Cité und die Ile St. Louis herum. Dann verläuft sie bis zum Beginn des linken Drittels des Ausschnitts waagerecht und fällt hernach schräg nach links unten ab, um anschließend in einem Bogen wieder am linken Rand entlang nach oben zu gehen. Ab dem oberen Drittel am linken Rand läuft sie diagonal nach rechts oben, ziemlich genau zum 1. Viertelpunkt der oberen Kartenrandlänge. Also von links betrachtet. Und?«

»Hast du jetzt ein eidetisches Gedächtnis, dass du mir die Platte auswendig beschreiben kannst?«, fragte Julia erstaunt. Die Beschreibung Lisas entsprach bis ins Detail der breiten Linie, die sie vor sich auf der Silberplatte sah.

»Nein - schön wär's! Aber ich habe hier einen Metroplan von Paris vor mir liegen. Und? - was sagst du jetzt?«

»Das gibt es doch nicht!«, staunte Julia. »Das passt genau! Ich muss das sofort Sven zeigen. Ich danke dir Lisa. Kommst du heute Abend rüber zu uns?«, sie war schon halb im Sprung.

»Gerne. Um halb sieben?«

»Ja, bis dann«, Julia legte auf und ging zu Sven an den Steg. Er war gerade Schwimmen. Foster saß am Steg und beobachtete ihn. Mit ihm ging die Hündin noch nicht ins Wasser. Das würde noch eine Zeit lang dauern, bis sie so viel Vertrauen zu ihm aufgebaut hatte.

Er stieg aus dem Wasser und nahm Julia das Handtuch ab, das sie ihm entgegenhielt. Julia sah den großen blauen Fleck, der sich auf seinem Bauch abzeichnete. Zum Glück hatte er die Prügel seines Bruders ansonsten gut weggesteckt.

»Lisa hat gerade angerufen. Halt dich fest! Es *ist* der Metro-Plan von Paris. Kein Scherz! So viel Zufall kann es gar nicht geben!«, und sie erzählte ihm vom Telefonat mit Lisa.

»Wie sollen wir da fündig werden«, sagte er frustriert und rubbelte seine Haare trocken, die daraufhin wild vom Kopf abstanden.

»Wir werden uns mit der Geschichte des unterirdischen Paris abgeben müssen. Die Punkte auf der Kartusche sind vielleicht Orte, an denen wir suchen müssen. Lisa sagt, dass nicht alle Haltestellen als Punkt markiert sind. Dafür seien zu wenig Punkte eingestanzt. Noch dazu liegen die meisten Punkte auf einem Streifen, der nichts mit den Metrolinien zu tun hat. Es ist die Frage, sollen wir das gleich vor Ort, in Paris, machen oder erst hier vorarbeiten.«

»Lass uns erst einmal hier an die Sache rangehen. Wenn wir ein paar Anhaltspunkte haben, fahren wir nach Paris.«

66   Neptunia, Beaufort-See

Elsbeth war wieder in ihrer Kabine angekommen und packte ihre Tasche aus. Sie setzte sich an ihren Schreibtisch und überlegte, wo sie mit der Suche starten sollte. Sie öffnete das untere Türchen und entriegelte den Tresor darin. Sie legte ihren Geldbeutel und Ausweis hinein. Dann verriegelte sie den Safe wieder. Sie stand auf und ging hinaus auf den Gang, die Treppe hoch zum Arbeitsbereich. An ihrem Arbeitsplatz nahm sie das Probenbuch von Serena zur Hand. Dort hatte sie alle ihre Proben, die sie untersucht hatte, eingetragen. Die letzte Probe war Nr.26. Serena war also genau mit dem Verschwinden der Probe 27 abgereist.

67   **Dießen**

Lisa drückte auf die grüne Telefontaste. Sie hatte laut gestellt, da sie gerade die Finger voller Ton hatte. Sie musste eine ganze Reihe von Schalen fertigmachen. Eine Auftragsarbeit für einen ihrer Stammkunden. Der nasse graue Abdruck verlief über die Taste. Das konnte sie jetzt auch nicht ändern.

»Töpferei Kuhnert! Guten Tag!«, sagte sie automatisch.

»Hallo Lisa! Ich bins. Semin.«

»Semin!«, entsprang es ihr erfreut.

»Ein Glück, du scheinst dich zu freuen. Ich hatte schon Angst, dass du mir böse bist, weil ich so lange weg war!«

»Natürlich freue ich mich! Wie geht es dir?«

»Ganz gut. Hast du heute Abend Zeit?«

»Mal sehen«, sie legte bewusst eine Pause ein, »Natürlich habe ich Zeit. Kommst du in die Werkstatt?«

»Ja, ich bin gegen sechs Uhr da. Ich freue mich auf dich. Bis dann.«

Lisa war glücklich, dass er sich endlich gemeldet hatte. Sie schaltete das Radio ein und fing an mitzusingen, während sie weiter an der Schale arbeitete. Der Tag war für sie schon gerettet. ... Endlich!

Am Nachmittag sagte sie bei Julia für den Abend ab, die natürlich vollstes Verständnis für Lisa hatte und ihr einen schönen Abend wünschte.

68   **München**

Semin saß in seinem Schreibtisch-Stuhl und blätterte den Organizer von Serena durch. Immer wieder. Hinten waren die Adressen in einem alphabetischen Register vermerkt. Sie hatte nie erwähnt, dass sie einen so großen Bekanntenkreis hatte. Wieso war ihm das nie aufgefallen. Sie hatte nie Freunde in Schweden erwähnt. Nur von ihrem Großvater, Frederik Öresond, hatte sie immer wieder erzählt. Er musste sich mit Serenas Großvater treffen und mit ihm über diese Adressen sprechen. Vielleicht sagten ihm diese Namen etwas. Semin hatte Serenas Großvater nur einmal getroffen, bei ihrer Beerdigung. Der alte Mann war schon knapp neunzig, alldieweil unwahrscheinlich fit für sein Alter. Er lebte noch alleine in seinem Haus und hatte Semin gegenüber beim

Kaffeetrinken nach der Beerdigung erwähnt, er würde nie in ein Altersheim gehen. Frederik hatte sich Semin sehr herzlich gezeigt und ihn damals eingeladen, wieder zu kommen. Die Nummer von Serenas Großvater steckte immer noch in Semins schwarzem Anzug. Als er den Zettel aus der Innentasche des Sakkos zog, fiel das Sterbebildchen von Serena heraus. Er hob es auf und betrachtete es eine ganze Weile. Er streichelte leicht über das Bild, bevor er es in die Schublade legte. Er musste diese Trauer ablegen. Es blockierte seinen Verstand, wenn er zu viel Gefühl zuließ. Er musste nüchtern denken. Aber trotzdem hörte er sich sagen:

»Ich werde die Schweine finden, die dich umgebracht haben. Das verspreche ich dir, Serena!«

Er buchte einen Flug nach Stockholm. Morgen Abend um 18.13 Uhr musste er am Gate in München einchecken.

Am Nachmittag hatte er Frederik Öresond erreicht und sein Kommen für Sonntag angekündigt. Frederick hatte sofort angeboten, ihn vom Flughafen abholen zu lassen. Selbstverständlich würde Semin bei ihm wohnen. Ein Hotel kam gar nicht in Frage. Der herzliche Eindruck hatte ihn also nicht getäuscht. Hoffentlich konnte Frederick ihm helfen.

69   Dießen

Lisa stand schon hinter der Tür als Semin klingelte. Sie öffnete und bat ihn herein. Am liebsten wäre sie ihm um den Hals gefallen. Sie hatte sich so auf ihn gefreut. Um so glücklicher war sie, als er auf sie zukam und sie umarmte. Mehr nicht! Nur eine Umarmung. Aber es war eine lange und für Semin Trost spendende Umarmung. Das tat so gut. Beiden. Das hatte er gebraucht. Er war momentan so einsam in seinem Leben, seiner geheimen Arbeit für die FIRMA. Der Trauer um Serena. Manchmal packte er es fast nicht mehr, sich niemandem anvertrauen zu können. Immer diese Tarnung aufrechtzuerhalten, kostete enorme Kraft. Und immer auf der Hut zu sein und Misstrauen allem und jedem gegenüber an den Tag zu legen. Er merkte, dass ihm die Kraft ausging. Deshalb hatte er diese Umarmung von Lisa gebraucht. Es tat so gut, wieder einmal die Wärme eines Menschen zu spüren. Nähe. Aber er wusste auch, dass es Lisa gegenüber nicht fair war. Sie wollte mehr von ihm. Das hatte er schon bemerkt und er wollte nicht mit ihren Gefühlen spielen. Aber er war einfach noch nicht bereit für eine neue Beziehung. Nicht bevor das hier abgeschlossen war.

Den Nachmittag über hatte er die Daten von Lisa, Sven und Julia durch seine Datenbanken laufen lassen. Die drei waren in Ordnung, unbeschriebene Blätter. Konnte er ihnen vertrauen? Er war es schon seit zwei Jahren so gewohnt, niemandem seine wahre Identität zu offenbaren, dass er schon beinahe verlernt hatte, Vertrauen aufzubauen; vor allem unvoreingenommen zu sein. Auch bei Serena hatte es lange gedauert, bis er sich ihr anvertraut hatte. Sie hatte er schließlich eingeweiht.

Bei Lisa spürte er genau, dass sie ihn nicht hintergehen würde. Sein Gefühl sagte ihm, er könne sich ihr offenbaren. Aber war es richtig? Konnte er sie in all das hineinziehen? Brachte er sie damit nicht in Gefahr?

Lisa führte ihn in die Küche. Dort duftete es nach gutem italienischen Essen. Eine Flasche Rotwein stand schon geöffnet auf dem Tisch und sie hatte die großen *Thomas*-Gläser aufgestellt. Überhaupt hatte sie den Tisch liebevoll dekoriert. Daran konnte er sehen, wie sehr sie sich auf sein Kommen gefreut hatte.

»Setz dich, Semin! Hast du Lust auf einen Spritz?«

»Gerne!«

»Sie schenkte den Prosecco ein, gab einen Spritzer Aperol dazu und ließ noch einen Eiswürfel samt Pfefferminzblatt ins Glas rutschen.

Sie setzte sich ihm gegenüber und sah ihn eine ganze Zeitlang nur an. Dann reichte sie ihm ein Glas und prostete ihm zu. Er stieß mit ihr an, nahm einen Schluck und stellte das Glas ab.

Sollte er sich nun zu erkennen geben oder nicht? Sollte er Lisa alles sagen, auch dass er damals nur in ihre Werkstatt gekommen war, um über Lisa Kontakt zu Sven und Julia zu bekommen? Würde sie sich nicht von ihm betrogen fühlen?

»Was hast du? Du schaust so in dich gekehrt!«, Lisa spürte, dass ihm etwas auf der Seele lag: »Möchtest du mir etwas sagen und weißt nicht wie?«

»Kannst du Gedanken lesen?«

»Oh! Mir wurde heute schon ein eidetisches Gedächtnis nachgesagt. Wenn du mir jetzt noch Gedanken lesen attestierst, dann schließe ich die Werkstatt und beginne ein Leben als Wahrsagerin.«

»Nein, bleib lieber hier in deiner Werkstatt. Aber du hast Recht, ich möchte dir etwas sagen und in meiner Brust kämpfen zwei Seelen miteinander. Mein Leben ist zurzeit sehr kompliziert. Und Serenas Tod hat alles noch viel schwieriger gemacht. Ich weiß, es ist verletzend dir gegenüber, immer wieder von ihr zu sprechen. Aber ich war mit ihr glücklich und ihr Tod ist einfach noch nicht lange her. Alles, was mir Kopfzerbrechen macht, hängt auch mit ihrem Tod zusammen. Und dann gibt es da noch ein Geheimnis um meine Person und ich weiß nicht, ob ich es dir offenbaren soll. Und wenn ich es tue, ob ich dich dann in Gefahr bringe. Das möchte ich nämlich ganz sicher nicht.«

»Wenn du Zweifel hast, mir zu vertrauen, dann lass es lieber. Ich kann dir nur sagen, du kannst mir vertrauen. Mit mir kannst du Pferdestehlen. Ich habe noch nie jemanden betrogen und werde auch nicht bei dir damit anfangen. Eines muss ich dir dennoch sagen, Julia ist meine absolute Vertraute. Ich kann dir nicht versprechen, dass ich es ihr nicht erzähle. Aber es ist deine Entscheidung. - Ich merke, dass es dich quält.« Sie legte ihre Hand auf seine. Dann zog sie sie schnell wieder zurück, sie wollte nicht aufdringlich sein.

Aber er griff nach und hielt sie fest. Seine warme Hand legte sich um ihre Finger.

»Es ist Folgendes: Ich habe Angst es dir zu sagen. Mein Job ist gefährlich. Sehr gefährlich! Das ist nicht nur wissenschaftliches Arbeiten an Computern oder das Installieren von Anlagen und Programmieren von Software. Das mache ich schon alles, da habe ich dich nicht belogen. Das ist mein tägliches Brot. Aber, das ist nur die halbe Wahrheit. Mein echter Arbeitgeber ist nicht so harmlos, wie mein nach außen Dargestellter. Es ist eine Tarnfirma. Wie soll ich dir das nur sagen. - Eigentlich darf ich es dir gar nicht sagen.«

»Dann lass es doch! Ich bin dir deshalb nicht böse! Wirklich. Dafür hab ich dich viel zu gerne«, rutsche es ihr heraus. Darauf sah er sie nur an, dann sprach er weiter.

»Ich arbeite für«, er kam wieder ins Stocken.

Sie merkte, dass es ihm fast nicht über die Lippen kommen wollte.

»... den Geheimdienst!«

»Geheimdienst?«, Lisa schlug bei dem Wort die Stimme über.

»Ich weiß, das kannst du nicht glauben. Es klingt auch unglaublich. Wie im Film, oder? Aber es ist wahr, und du darfst es niemanden sagen.«

»Gut - dann sage ich es auch niemandem. Außer ...«

»Julia - ist mir schon klar. Ich habe auch nichts dagegen, aber du musst ihr den Ernst der Situation klarmachen. Sie und ihr Sven müssen dicht halten. Sonst kommen wir alle in Teufels Küche. Hast du das verstanden. Ist dir der Ernst der Lage bewusst?«, er drückte ihre Hand so fest, dass sie zusammenzuckte.

»Entschuldige! Ich wollte dir nicht wehtun«, er streichelte über ihren Handrücken, auf dem noch seine Fingerabdrücke zu sehen waren.

»Nichts passiert!«

»Aber ich kann so nicht weitermachen und dir ständig etwas vorspielen. Mir liegt sehr viel an dir, auch wenn ich immer noch an Serena denke. Kannst du mir noch Zeit geben?«

»Es fällt mir schwer. Das gebe ich zu. Du hast doch sicher bemerkt, dass ich mehr für dich empfinde. Als du dich tagelang nicht gemeldet hast, wurde ich fast verrückt, weil ich annahm, ich wäre dir egal.«

»Natürlich spüre ich das. Und es tut mir weh, dich so zu behandeln. Aber noch habe ich, wie soll ich es ausdrücken, ein schlechtes Gewissen, wenn ich dir zu viele Gefühle zeige. Ich kann nicht frei auf dich zu gehen. Ich bin hin und her gerissen. Manchmal zieht es mich so zu dir, dass ich dich einfach umarmen und küssen möchte. - Dann sehe ich wieder Serena vor mir. - Ich muss erst ihren Tod aufklären! Vorher bin ich nicht frei!«

Sie war ihm also nicht gleichgültig.

»Wie ist sie gestorben?«, wollte sie wissen.

Und Semin erzählte, wie alles zusammenhing: Serenas angeblicher *goldener Schuss*. Die Notiz von Serena bezüglich der verschwundenen Probe-Nr. 27 samt der Aufzeichnungen dazu. Seine zwei Vancouvertrips zu Elsbeth erwähnte er auch. Er berichtete ihr von den fünf Informatikern, die alle für den Pharmakonzern Lucrumpharm arbeiteten, der sicher nichts mit Rohstoffförderung zu tun hatte.

Sie saßen bis tief in die Nacht zusammen. Lisa hing an seinen Lippen. Sie musste immer wieder nachfragen, wenn sie etwas nicht verstand. Manche Zusammenhänge waren wirklich komplex. Zum Beispiel, für wen Semin eigentlich arbeitete: So war Semin für eine Kooperation der Geheimdienste von Frankreich und Deutschland unterwegs. Beide Nationen wollten an den Rohstoffen der Beaufortsee teilhaben. Noch besser, wenn sich wirklich dort ein Lager der Seltenerd-Metalle auftun würde. Sie konnte nicht fassen, was sie da alles hörte. Die Daten der Neptunia wurden durch die Installationen von

Semin direkt an die Zentrale in Paris geleitet. Die hatten alles zeitgleich auf ihren Bildschirmen. Deshalb kam Semin regelmäßig zur Neptunia, um den Datentransfer zu gewährleisten. Einzig die Daten der ROVs konnte er so nicht weiterleiten. Die ROVs hatten ein in sich geschlossenes System, das Semin nicht anzapfen konnte.

In Paris saß die Geheimdienstzentrale für dieses Projekt. Lisa meinte sich in einem Thriller wiederzufinden. Das war alles einfach unglaublich. Aber es kam noch besser. Semin hatte auch die Firma Koncinno med AG im Auge. Er hatte noch nicht herausgefunden, wie diese Firma mit der Lucrumpharm zusammenhing. Doch das würde er schon noch ausfindig machen. Geschäftsführer und Hauptaktionär der Koncinno med AG war ein gewisser Marc Pittli. Und nun offenbarte Semin, *dass Marc Pittli kein anderer als Meier war.* Das wiederum kam erst durch Semins Bericht auf, als er Lisa sagte, dass er Pittli zu Binders Haus gefolgt war.

In dem Moment erkannte Lisa, dass es Semins Jeep war, den sie damals beobachtet hatte. Er stand vor ihr, als sie vor Peters Haus parkte. Semin war der Mann mit Sonnenbrille und Mütze gewesen. Vor Binders Haus hatte Semin zum ersten Mal Julia und Sven gesehen. Nur wusste er bis heute nicht, hinter was Julia und Sven her waren und warum sie damals dort waren. Da Lisa nicht entscheiden konnte, ob sie die Geschichte offenbaren durfte, erwähnte sie in dieser Nacht noch nichts davon. Sie musste das zuerst mit Julia und Sven besprechen. Somit wusste Semin immer noch nichts von Binders Entführung.

Semin war spät in der Nacht aufgebrochen. Er hatte sie zum Abschied noch einmal lange in den Arm genommen. Zu mehr war er noch nicht in der Lage. Lisa war es durch und durch gegangen. Sie hätte so gerne mehr von ihm gehabt.

An der Haustüre sah Semin sie an und sagte: »Besprich es mit Julia und Sven. Ich habe damit kein Problem. Aber mach ihnen wirklich deutlich, dass sie es für sich behalten müssen. Bitte! - Wir telefonieren morgen, beziehungsweise heute. Es ist ja schon fast drei Uhr. Ich fliege heute Abend nach Stockholm. Dort treffe ich mich mit Serenas Großvater, um ihr Adressbuch durchzugehen. Ich habe darin so viele Namen und Anschriften gefunden, die ich nie bei ihr gehört habe, dass ich von ihm erfahren möchte, wen davon er kennt. Ob er überhaupt jemanden davon kennt. Vielleicht finde ich dort den Schlüssel zum

Auffinden der Probe Nr.27. Sperr hinter mir ab und pass auf dich auf. Gute Nacht!« Er drehte sich um und verschwand in der Dunkelheit.

Nachdenklich ging sie nach oben in ihr Schlafzimmer.

Dass Geheimdienste existierten, war seit Monaten durch Rundfunk und Presse gegangen. Die ganze Abhöraktion von Amerika in Deutschland - Snowden und so weiter. Deren Existenz konnte nicht geleugnet werden. Sie zweifelte keinen Moment daran. Nur, dass sie persönlich es mit jemandem zu tun bekommen würde, der für einen Geheimdienst arbeitet, hätte sie nie für möglich gehalten. *Sie war mit einem Geheimagenten befreundet. Es war einfach unfassbar!*

Samstag

70 Dießen

»Guten Morgen«, hörte Lisa seine Stimme im Hörer. Gerade hatte die Kirchturmuhr nebenan das 10 Uhr Läuten absolviert.

»Hallo Semin. Guten Morgen! Ausgeschlafen?«

»Eher weniger! Ich habe noch ein bisschen gearbeitet, als ich heimgekommen bin.«

»Wann musst du denn an den Flughafen?«

»Ich fahre um 16.30 Uhr von zu Hause weg.«

»Ich kann kommen und dich zum Flughafen bringen!«, schlug sie vor.

»Prima. - Dann musst du mich allerdings auch wieder abholen, wenn ich zurückkomme! Geht das?«

»Sag mir einfach Bescheid, wann du ankommst, dann kann ich das einrichten. Ich bin hier im Laden unabhängig und kann jederzeit zusperren. Es ist selten, dass sich Leute ankündigen, und ich nicht weg kann.«

Er nannte ihr seine Adresse in München, dann meinte er aber:

»Willst du wissen was? Ich komme jetzt zu dir raus und lasse meinen Jeep bei dir stehen. Und wenn ich zurück bin, kann ich von dir aus wieder losfahren. Ist das in Ordnung, Lisa?«

»Und ob. Dann haben wir noch mehr Zeit miteinander. Bis gleich. Ciao!«

Sie ging in die Werkstatt und setzte sich an die Töpferscheibe. Dabei dachte sie ständig an Semin und die unglaubliche Geschichte, die er ihr heute Nacht erzählt hatte. Sie musste heute unbedingt mit Julia und Sven sprechen. Sie sollten über Semin Bescheid wissen, und Semin auch von Peters Entführung. Das hing alles irgendwie zusammen. Vielleicht konnten die Vier gemeinsam dieses Rätsel lösen. Wenn Semin heute nachmittag da wäre, hätten die Vier Zeit sich zu besprechen. Sie putzte ihre Hände an ihrer Schürze ab und griff zum Telefon.

»Hey, Sven! Wie gehts?«

»Gut. Möchtest du Julia sprechen?«

»Euch beide. Ihr müsst nachher zu mir kommen! Ich kann Euch das nicht am Telefon erklären. Es ist zu unglaublich. Habt ihr in etwa einer Stunde Zeit?«, wollte Lisa wissen.

»Ja, klar! Wir kommen. Jetzt machst du mich aber neugierig. Um was geht es denn?«

»Wart´s ab! Ach - und bring das iPad mit, das du aus Peters Haus mitgenommen hast!«

Julia kam auf ihn zu und sagte: »Was ist los?«

»Wir sollen gleich zu Lisa kommen. Sie muss uns dringend etwas erzählen. Geht allem Anschein nach nicht am Telefon. Und ich soll das iPad von Meier mitbringen!«

»Sie hat keine Andeutung gemacht?«

»Nein, nichts!«

Sven und Julia konnten kaum glauben, was sie da hörten. Das war eine wirklich unfassbare Geschichte. Als Lisa Semin bat, mit den beiden zu sprechen, erklärte er sich sofort dazu bereit. Er war geschockt, als er hörte, warum die Drei damals vor Peter Binders Haus waren und, dass sie schon über fünf Wochen mit diesem Druck lebten.

»Weißt du, wo Peter versteckt sein könnte?«, hoffte Sven zu erfahren.

»Ich weiß, wo sich Marc Pittli aufhält! Peter Binder wird wahrscheinlich dort festgehalten. Das ist ein riesengroßes Areal, altes Industriegelände mit mehreren Gebäuden darauf, da kannst du perfekt jemanden verschwinden lassen. Und das weiße Lieferfahrzeug ist dort eingefahren. Ich kümmere mich jetzt darum, dass er befreit wird. Hätte ich das mit eurem Freund nur früher gewusst, dann hätte er nicht so lange dort sein müssen. Ich hoffe, er hat durchgehalten. Das ist extrem lang für eine Geiselnahme.«

»Wir hatten doch keine Ahnung von - deinen Beziehungen!«, sagte Julia.

»Leider!« Sie gab Semin das iPad und Sven sagte:

»Du bist doch sozusagen ein IT-Spezialist. Lisa meint, du könntest das hier wieder zum Leben erwecken. Da ist das Video drauf, das Meier und Peter zeigt. - Deine Leute passen doch auf, dass Peter nichts geschieht bei der Befreiungsaktion?«

»Natürlich! Das Leben der Geisel hat immer Vorrang. Aber ich sage euch ganz ehrlich, keiner kann garantieren, dass er heil da herauskommt. Ein Restrisiko bleibt immer. Zuerst muss der genaue Aufenthaltsort von ihm feststehen. Vorher gibt es keinen Zugriff. Denn wenn die Aktion startet, muss alles ganz schnell gehen. Das Wichtigste

346

ist der Überraschungsmoment. Dafür müssen alle Informationen stimmen. Man kann dann nicht erst anfangen, eine Geisel zu suchen. Also kann es durchaus noch ein paar Tage dauern, bis sie ihn befreien. Ich gehe kurz nach neben an. Telefonieren! Ach, Sven, hast du diese Telefonnummer dabei?«

»Hier, auf dem Zettel steht sie. Warte kurz, ich gebe dir auch die Nummer von Erik mit. Da geht immer eine Rufweiterleitung an. Vielleicht können deine Leute herausfinden, wo er sich aufhält.«

»Okay. Erik ist eine andere Baustelle. Unter Umständen können sie auch da gleich aktiv werden«, Semin nahm sein Handy und ging ins Wohnzimmer, um ungestört mit seinen Kollegen zu sprechen. Lange Minuten warteten sie, bis er wieder zu ihnen in die Küche kam.

»Und?«, Sven ging auf Semin zu. »Sag schon!«

»Die Vorbereitungen laufen sofort an. Es wird nicht einfach werden. Die FIRMA kümmert sich darum!«, er lächelte Sven an und setzte sich wieder an den Tisch. »Sie versuchen auch, Erik ausfindig zu machen. Aber Peters Befreiung hat absoluten Vorrang!«

»Wann erfährst du, ob es geklappt hat?«

»Sie werden mir eine Nachricht senden. Aber etwas Geduld müsst ihr schon haben. Das muss geplant werden. Sonst kann einiges schief gehen. Und ihr dürft nicht vergessen, es ist der Geheimdienst. Der heißt nicht grundlos so!«

Lisa meinte: »Dann hoffen wir, dass alles gut geht!«

»Wir suchen weiter nach der 7. Kartusche in Paris. Wenn etwas schief geht, dann können wir die Kartusche zum Austausch anbieten!«, schlug Sven vor.

»Das ist eine gute Idee. Besser, man hat einen Alternativplan in der Tasche. Ich fliege heute nach Stockholm, das hat Euch Lisa sicher gesagt. Wenn ich zurück bin, melde ich mich bei Euch. Ich werde Euch dann helfen, die Kartusche zu finden.«

»Was für ein Glück, dass wir dich kennengelernt haben!«

»Warten wir erst einmal ab, ob auch alles gut geht!«

Am Nachmittag suchten Sven und Julia nach Hinweisen zum Fundort in Paris. Sven pauste die Kartuschenplatte durch und scannte sie ein. Dann legte er am PC den Scan über den Metro-Plan von Paris. »Hier siehst du, welche Stellen markiert sind. Jetzt suchen wir zuerst, wo an diesen Stellen Katakomben sind. - Es gibt keinen Zweifel mehr, wir müssen in die Unterwelt abtauchen!«

Über Stunden suchten sie alles zusammen, was über die Pariser Unterwelt zu finden war. Sie lasen über die Entstehung der Katakomben: Das Höhlensystem entstand schon zu Zeiten der Römer. Südlich der Seine bauten die Römer in den Steinbrüchen den Kalkstein für ihre Tempel und Gebäude ab. Noch im Mittelalter wurde Kalkstein aus Paris zum Kathedralenbau verwendet. Selbst in Chartres wurde Stein aus Paris verbaut. Größe Holzräder, die von Menschenkraft angetrieben wurden, zogen an Seilen die Kalksteinquader nach oben. Um das 11. Jahrhundert bildeten diese Holzräder die Kulisse von Paris. Nördlich der Seine wurde später Gips abgebaut. Auch dort gibt es heute noch Höhlen.

Paris war bekannt für seinen Gestank. Die Pariser Bevölkerung hatte allen Müll und Exkremente einfach in offenen Gräben entsorgt. Tote wurden einfach in Gruben gelegt, Kalk darübergestreut und dann kam die nächste Schicht Leichen darüber. Aller Dreck lief in die Seine. Der Fluss wurde so zu einer stinkenden Kloake. 1780 war der Gestank so unerträglich, dass Begräbnisse innerhalb der Stadt verboten wurden. Vier Jahre wurden nachts die Toten aus den Friedhöfen auf Karren durch die Straßen gefahren und in die unterirdischen Schächte verbracht. Ein äußerst makabres Schauspiel. So wurden die Skelette von sechs Millionen Toten umgebettet. Wenn noch Fett an den Leichen hing, wurde es gesammelt und zu Kerzen und Seife weiter verarbeitet. Später begaben sich die Adeligen zum Teil in diese Katakomben und besahen sich die Knochen. Manche speisten sogar unten in den Höhlen und feierten Feste. Das war dann der besondere Kick der sogenannten High Society damals. An vielen Stellen wurden die Knochen zu Mauern aufgebaut und durch die Lagerung der verschiedenen Knochen entstanden dort Muster. Die Höhlen dienten im Laufe der Jahrhunderte auch als Versteck für Mörder, Spione und Verfolgte.

Was nicht mit den Katakomben verwechselt werden darf, ist das Kanalsystem, das auf Drängen Napoleons im 19. Jahrhundert entstanden ist. Es wurde ein 650 km langes Kanalsystem gebaut. In den Abwasserkanälen waren die Frischwasserleitungen in der oberen Hälfte aufgehängt und das Trinkwasser so in die Stadtviertel geführt. Da man aus der verschmutzten Seine kein Trinkwasser mehr entnehmen konnte, zweigte man nun das Trinkwasser schon vor Paris aus dem Quellgebiet der Seine und der Vanne ab. In großen Leitungen wurde es in

Wasserreservoire im Süden der Stadt geführt. Das heutige Reservoir in Montsouri besteht seit damals. Dort kommt das Wasser aus dem 173 km entfernten Quellgebiet der Vanne. Und es gibt noch vier weitere solche Anlagen. Das Leitungssystem wird noch heute benutzt. Heute feiern Jugendliche verbotenerweise dort unten Partys. Sie haben geheime Einstiege und immer wieder kommt es vor, dass jemand da unten verloren geht. Die Kanaldeckel von Paris sind verschweißt, damit die Kataphilien nicht hinabsteigen.

Die unterirdischen Höhlen sind bis zu 8 Meter hoch. Und in den Gängen kann sich jederzeit irgendwo ein Loch auftun, wo es steil zehn, zwanzig Meter und auch mehr nach unten geht. Es ist also wirklich gefährlich, sich dort unten aufzuhalten. Außerdem ist es kalt, maximal 13 °C.

»Sven, wo sollen wir da nur suchen. Das ist unlösbar! Ich kann keine Spur erkennen. Das ist ein unüberschaubar großes Netz von Kanälen«, Julia war frustriert.

»Hier auf der Karte sind mehrere Punkte bei Val de Grace eingestanzt. Lass uns mal darüber nachlesen«, Sven tippte in Google und suchte die Seiten durch.

»Na also, Val de Grace hat drei unterirdische Stockwerke. Alte Steinbruchgalerien. Heute ist der Zugang zugemauert - Das kann es dann also doch nicht sein.«

»Nicht einmal heute ist das genaue Ausmaß der unterirdischen Gänge bekannt. Immer wieder findet man bei Baustellen Zugänge. Über die Jahrhunderte kam es auch immer wieder zu Einstürzen von ganzen Bereichen in Straßen. Manchmal stürzten auch Keller ein und jede Menge Knochen rutschten den Bewohnern ins Haus hinein.«

»Warum sind dann aber die ganzen Punkte bei Val de Grace eingestanzt? Links davon ist das Observatorium von Paris. Die Punkte ziehen sich in einer Linie bis dort hin.«

Das Observatorium war einmal die größte Forschungseinrichtung der Welt. So weit war die Entfernung nicht zu Val de Grace. In der Nähe gab es zur Bauzeit des Observatoriums auch ein Nonnenkloster. In ihrem Konvent kam es auch immer wieder zu Einstürzen durch die Unterhöhlungen der alten Kalksteinbrüche. Als nun von Ludwig dem XIV. 1667 der Bau des Observatoriums in Auftrag gegeben wurde, kam die Bodenbefestigung auch dem Kloster zugute. Aus Dankbarkeit unternahmen die Nonnen eine Prozession zur Baustelle des

Observatoriums und stellten in den Gewölben eine Marienstatue auf: *Notre-Dame-de-Dessoubs-Terre*, unsere liebe Frau unter der Erde.

»Ganz ähnlich wie in Chartres, oder?«, merkte Julia an. Dann lasen sie weiter.

Weiterhin führten viele Gänge unter dem Observatorium hindurch und angeblich gab es auch geheime Zugänge dazu. Früher gab es sogar bezahlte Führungen durch das Labyrinth.

»Hier steht: Es könnten sogar Gänge vom Observatorium zu Val der Grace existieren. Jetzt wird es interessant! Eine Wendeltreppe geht in die Tiefe des Observatoriums. So hoch, wie das Gebäude ist, so tief geht diese Treppe auch nach unten. Dort wurden in der Tiefe Fallexperimente gemacht. Das Observatorium war keineswegs nur für astronomische Zwecke gedacht. Es wurden Messungen aller Art vorgenommen. In der Tiefe gab es Laboratorien zur Justierung von Präzisionsinstrumenten. Auch Thermometer wurden dort geeicht. Und hier sehe ich etwas Interessantes. Bevor Greenwich der Null-Meridian wurde, ging der Pariser Meridian mitten durch das Observatorium. Von hier aus ging damals die sechsjährige Forschungsreise los, um den im Dezimalsystem basierten Meter zu finden. Das war 1793 bis 1799. Und jetzt sieh dir die Schraffur an, die ich von der Silberplatte gemacht habe.«

»Wo ist da was zu sehen?«

»Hier diese waagerechte Linie, unten am Rand. Da sind sogar ganz kleine Punkte auf der Linie. Könnte das den Urmeter symbolisieren? Als Hinweis?«

»Vielleicht.«

»Der Auftrag zur Vermessung ging vom Observatorium aus. Dort saß die Akademie der Wissenschaften. Der Urmeter ist allerdings im Pariser Archive Nationale gelagert, und nicht im Observatorium.«

»Am besten fahren wir jetzt nach Paris und machen vor Ort weiter. Gehen wir doch in das Observatorium und sehen uns dort um. Vielleicht kommen wir sogar in den Keller hinein«, schlug Julia vor.

»Wir sollten auch Val de Grace aufsuchen, heute ist es zwar ein Hospital. Aber dennoch möchte ich mir vor Ort ein Bild davon machen. Es gibt vielleicht wirklich dieses Tunnelsystem dazwischen. Vielleicht ist die Kartusche dort versteckt?«

Schon als Semin aus dem Gate kam, sah er Frederick Öresond mit einer jungen Frau am Geländer beim Ausgang lehnen. Wenn man den alten Mann so sah, hätte man nicht gedacht, dass er schon neunzig war. Er war in seinem hellen Sommeranzug eine gepflegte Erscheinung. Er hatte gut Farbe angenommen und sah aus, wie wenn er aus dem Urlaub käme. Seine weißen Haare bildeten den perfekten Kontrast zu seinem Teint. Der Mann war noch extrem fit. Semin freute sich, dass er mitgekommen war zum Abholen.

»Hey Frederick! Vielen Dank, dass du mich abholen kommst!«, er schüttelte die Hand des alten Mannes.

»Das ist Freia, meine Nachbarin«, stellte Frederick vor.

»Sie ist so nett uns zu fahren.«

»Vielen Dank Freia, das ist sehr lieb von dir.«

Eine Stunde später standen Semin und Frederik in dessen Wohnküche. Zum Essen setzten sie sich an den Küchentisch.

»Wie geht es dir denn jetzt? Wie kommst du zurecht seit Serenas Tod?«, fragte Frederick vorsichtig.

»Ich trauere um sie. Ich kann es immer noch nicht glauben, dass sie nicht mehr kommt. Und ich bin wütend. Weißt du, ich habe hier«, und er zeigte auf seine Brust, »so einen Kloß drin. Wie wenn mir etwas auf die Brust drückt - Kann ich offen mit dir sprechen, Frederick?«

»Klar, deshalb bist du doch da, oder?«

»Ich glaube nicht an Selbstmord! Serena hätte sich niemals ihren hellen, aufgeweckten Geist mit Drogen vernebelt und schon gar nicht Suizid begangen. Und ich werde beweisen, dass sie ermordet wurde. Ich werde die Kerle erwischen, die ihr das angetan haben!«

»Wie kommst du darauf?«

»Sie hat etwas entdeckt, kurz bevor sie nach Yellowknife flog. Sie hatte einer Kollegin noch gesagt, dass sie bei der letzten ROV-Fahrt eine Entdeckung gemacht hat. Sie wollte sogar ihre freien Tage mit anderen Forschern tauschen, um weiter an dieser Probe zu arbeiten. Sie konnte gar nicht davon ablassen. Sie sei ganz aufgeregt gewesen. Diese Probe existiert nicht mehr! Sie ist spurlos verschwunden! Auch alle Aufzeichnungen dazu sind weg. Nicht einmal mehr im Probenbuch ist die Nummer verzeichnet. Allerdings kenne ich inzwischen die

ID-Nummer der Probe. Alle Kenndaten dieser Probe hat Serena auf einem Zettel notiert. Und ich bin im Besitz dieses Zettels.«

»Und wie kann ich dir dabei helfen?«

»Ich habe in ihrer Wohnung einen Organizer gefunden, mit vielen Adresseinträgen. Ich kenne keinen einzigen dieser Namen. Ich wollte dich bitten, zu kontrollieren, ob das wirklich Freunde von ihr sind«, bat Semin und schob den Organizer zu Frederick über den Tisch.

»Kannst du mir meine Brille von der Theke bringen?«

Semin reichte sie Frederick.

Dieser blätterte die Seiten durch und nach ein paar Minuten sagte er: «Das sind wirklich alles ihre Bekannten und auch Freunde aus Jugendtagen. Ein paar Namen sind aus ihren Studientagen. Aber alle Namen sind mir bekannt. Serena hat mich immer an ihrem Leben teilnehmen lassen, solange sie noch regelmäßig nach Stockholm kam. Erst als sie auf die Neptunia ging, sahen wir uns nur noch selten. Mit ein paar Leuten hatte sie auch immer Kontakt gehalten.« Er schob das Buch zurück zu Frederick.

»Gut. Dann war diese Spur falsch. Ich hatte die Hoffnung, dass ich durch eine falsche Adresse vielleicht auf den Fundort der Probe komme. Dass sie vielleicht mit einer gefakten Adresse irgendetwas mitteilen wollte. Schade. Es wäre auch zu schön gewesen, hier etwas zu finden, was mich weitergebracht hätte.«

»Die Adressen helfen dir dabei nicht, aber vielleicht das hier. Er stand auf und ging ins andere Zimmer. Als er zurückkam, hatte er einen USB-Stick in der Hand.

»Dieser USB-Stick kam vor etwa fünf Wochen mit der Post. Es war diese Nachricht dabei«, er gab Semin den Brief und dieser erkannte sofort Serenas Handschrift:

Lieber Frederick,
bitte pass darauf auf. Verstecke den Stick gut. Er ist extrem wichtig!
Ich hole ihn bald bei dir ab.
Tack, Vi ses!

Serena

Semin schluckte den dicken Kloß hinunter, den er im Hals stecken hatte. Er konnte jetzt nicht sprechen.

»Lass dir Zeit, Semin. Ich merke, wie dir das ganze zusetzt«

Semin nickte, stand auf und ging durch die Schiebetüre hinaus in den Garten. Er atmete tief durch. Nach ein paar Minuten kam er wieder herein.

»Hast du einen PC, Frederick?«

»Nein, da muss ich dich enttäuschen! Damit fange ich in meinem Alter auch nicht mehr an. Tut mir leid!«

»Dann nehme ich den Stick morgen mit nach Deutschland. Ist dir das Recht?«

»Ja, sicher. Ich kann doch sowieso nichts damit anfangen. Aber sag mir, wenn du herausgefunden hast, was damals passiert ist. Ja?«, bat Frederick.

»Das mach ich. Ich komme zu dir nach Stockholm und berichte dir alles. Spätestens da sehen wir uns wieder. Versprochen, Frederick!«

Sie unterhielten sich noch lange und sprachen viel über Serena.

Die Nacht verbrachte Semin in Serenas Zimmer. In ihrem Bett. Er konnte kein Auge zu tun. Er dachte die ganze Nacht an sie und durchlebte viele gemeinsame Situationen erneut. In dieser Nacht nahm er Abschied von Serena. Es war gut, dass er hierher gekommen war.

Er war erst am frühen Morgen eingeschlafen und wachte erst gegen zehn Uhr wieder auf. Aber dann fühlte er sich erleichtert. Das war es, was er gebraucht hatte. Hier, in Serenas zuhause hatte er endlich ihren Tod akzeptiert, wenn auch nicht die Umstände, die dazu geführt haben.

»Direkt beim Schloss. Das ist ein Ausblick«, staunte Lisa. Semin und sie waren gerade vom Flughafen gekommen.

»Das ist mein Reich! Dir ist klar, dass du das für dich behalten musst! Bald wird es dir gehen wie mir. Bei jeder persönlichen Äußerung zu meiner Person musst du zuerst überlegen, ob du etwas preisgibst. Möchtest du dir das wirklich antun?«

»Keine Angst, ich krieg das hin und erzähle es niemandem.«

»Ich weiß, außer Julia!«, er lächelte sie an.

Er führte sie ins Wohnzimmer und bot ihr einen Espresso an. Dann ging er in sein Büro zurück. Sie ging ihm nach. Neugierig war sie dann doch.

»Wow, das ist ja wie im Film. So viele Bildschirme und Geräte! Überall blinkt es.«

»Ja, so sieht das beim Agenten aus. Nun komm, setz dich her. Ich muss jetzt wissen, was Serena auf diesen Stick geladen hat«, er steckte den USB-Stick in den Slot eines Notebooks, ganz rechts auf seinem Schreibtisch.

»Zunächst überprüfe ich, ob ein Virus drauf ist, bevor ich den Stick an einen der Rechner stecke, die zum Netzwerk der FIRMA gehören. Durch *meine guten Beziehungen* habe ich immer die neuesten Antivirenprogramme. Auch ein Vorteil!«

Er beobachtete den Bildschirm. Als klar war, dass keine Gefahr von dem Speichermedium ausging, warf er ihn aus und steckte ihn an einem anderen PC an.

Er öffnete die Dateiordner der Reihe nach.

Es waren Laborberichte und chemische Analysen. Dann gab es einige Dateien, die sichtlich verschlüsselt waren. Das war jetzt nicht Semins Fachgebiet. Er musste die Daten an die Kryptoabteilung weiterleiten, an eine Kollegin, deren Fachgebiete sowohl Biochemie als auch Kryptoanalyse beinhalteten. Er war sicher, dass es sich um die Daten der Probe 27 handelte. Er nahm den Telefonhörer vom Tisch und wählte eine Nummer, die er auswendig im Kopf hatte. Wieder dauerte es einige Zeit.

»Hallo, Franziska, ich bins, Semin!«

»Grüß Dich, lange nichts mehr von dir gehört. - Du ... Ich habe das von Serena mitbekommen. Das tut mir so leid! Ich weiß gar nicht, was ich dazu sagen soll!«

»Danke. Deswegen rufe ich dich auch an. Sie hat ihrem Großvater einen Speicherstick hinterlassen. Da die letzte Probe auf ihrem Forschungsschiff verschwunden ist, hoffe ich auf dem Stick Angaben dazu zu finden. Ihr Tod hängt mit dieser Probe Nr. 27 zusammen. Ich denke, sie hat hier ihre Aufzeichnungen abgespeichert. Du bist die Biochemikerin und verstehst diese Daten besser. Ich sende dir noch einen Scan einer Notiz von Serena. Meine Hoffnung ist, dass Serena selbst die Probe versteckt hat, damit sie nicht in falsche Hände gerät und vielleicht einen Hinweis auf dem Stick gegeben hat. Und übrigens, es sind auch verschlüsselte Datei-Ordner auf dem Stick. Ich habe aber jetzt überhaupt keine Zeit, mich damit aufzuhalten.«

»Semin, ich sehe zu, dass ich so schnell wie möglich zu Ergebnissen komme. Ich melde mich bei dir. Wie üblich?«

»Ja! Danke. Bis bald!«, er legte auf.

Franziska war kein Mensch der vielen Worte. Semin und seine Kollegen hatten sich schon lange an ihre *Kurz- und Bündig-Gespräche* gewöhnt.

»Arbeitet deine Kollegin auch am Sonntag?«

»Nein, im Allgemeinen nicht. Trotzdem können wir uns Tag und Nacht erreichen und Daten austauschen. Das ist in der FIRMA so. Es gibt keine Privatsphäre in dem Sinn. Dringendes geht immer vor. Jeder von uns ist sozusagen immer online. Und hier haben wir wirklich Zeitdruck. Wir müssen so schnell wie möglich herausfinden, wie Peters Entführung mit dieser Probe, mit Pittli und mit Erik zusammenhängt. Wir dürfen keine Zeit verlieren. Ich muss jetzt noch ein paar Gespräche führen, wegen des iPads, das Sven mir gegeben hat. Ich hoffe, meine Kollegen haben es wieder zum Laufen gebracht. Mach es dir einstweilen gemütlich. Das dauert jetzt noch ein bisschen, danach können wir gleich nach Dießen fahren und Sven noch die neuesten Ergebnisse berichten.«

73   Dießen

»Und was hast du in Stockholm erfahren?«, fragte Julia nach. Darauf erzählte ihr Semin von dem USB-Stick und, dass schon daran gearbeitet wurde, die Daten auszulesen. Das iPad hatten die Techniker zum Laufen gebracht und das schockierende Video mit Peter angesehen. Ein Arzt hatte das Video begutachtet und äußerste Bedenken über Peters Zustand geäußert. Das einzig positive an dem Video war, dass sich Pittli darauf zu erkennen gab. Das würde hilfreich sein, ihn dingfest zu machen.

»Ihr fahrt heute nach Paris?«, erkundigte sich Semin.

»Ja, wir haben uns einige Orte ausgesucht, wo vielleicht die Kartusche sein könnte. Hier kommen wir damit nicht mehr weiter.«

»Wenn ihr in Paris Hilfe braucht, dann meldet Euch und er gab ihnen seine Karte! Ich bin Tag und Nacht zu erreichen.«

»Danke Semin. Gut zu wissen, dass du die besten Connections hast.«

TEIL X

»Wo gehen wir als Erstes hin?«, Sven sah seine Notizen durch. Sie waren schon um halb acht morgens in dem Appartement-Hotel angekommen. Sie wohnten auf der Ile-de-France. Klein, gemütlich und sehr zentral gelegen.

»Zuerst Val-de-Grace. Das ist heute das Krankenhaus, in dem sich Politiker und Prominente behandeln lassen. Machen wir uns einfach einen ersten Eindruck davon.«

»Ich kann mir nicht vorstellen, dass wir da weiterkommen«, bezweifelte Julia.

»Aber diese vielen Punkte bei Val der Grace. Was sollen sie sonst bedeuten?«

»Gut, dann gehen wir jetzt erst dorthin, und anschließend zum Observatorium. Nur umsehen und uns die Lage vor Orte vor Augen führen. Vielleicht kommt uns dann der Geistesblitz!«

So machten sie es. Als sie drei Stunden später in ihr Appartement zurückkamen, waren sie nicht schlauer als zuvor. Es hatte ihnen gar nichts gebracht.

»So kommen wir nicht weiter. Wir können schließlich nicht einfach in eines der beiden Gebäude marschieren und sagen 'Könnten wir bitte in den Keller'.«

»Was hältst du davon, eine Führung durch die Katakomben zu machen. An einem Kiosk am Quai d'Orsay kann man Eintrittskarten dafür kaufen.«

»Dann nichts wie hin. Lass uns keine Zeit verlieren!«

An dem Kiosk standen mehrere Franzosen und tranken gerade Kaffee. Sie unterhielten sich angeregt. Als sie hörten, dass Sven nach einer Katakombenführung fragte, sprach der ein Franzose die beiden Deutschen an.

»Bonjour, mes amis!«

»Bonjour!«, gab Julia zurück.

»Ich habe gehört ihr wollt eine Führung durch die Katakomben machen?«, fragte der Franzose nach.

»Ja, wir recherchieren für eine Geschichte über die Pariser Unterwelt. Nun wollen wir hier eine Führung durch die Katakomben buchen«, log Julia. Sie konnte schlecht einem wildfremden Mann ihre wahren Beweggründe nennen.

»Ich kann Euch eine wesentlich interessantere Tour anbieten! Interessiert?«, bot der Franzose an.

»Ja, natürlich. Und die machst dann du?«, Sven ging gleich zum vertrauten *du* über, der Franzose scherte sich auch nicht um Förmlichkeiten.

»Nein, ein Freund von mir. Wollt ihr ihn kennen lernen?«

»Klar!«

»Dann kommt heute Abend an die *Kreuzung Rue Sarette - Avenue du Général Leclerc, 23 Uhr*. Seid pünktlich, François wartet nicht gerne!«

»Wer ist François? Wie erkennen wir ihn!«

»Ihr erkennt ihn. Keine Angst. Sagt ihm: Michel schickt euch«, und der Franzose stand auf, verabschiedete sich vom Kioskbetreiber und ging weg.

»Sollen wir das wirklich machen? Das sind wildfremde Menschen«, zweifelte Julia. »Vertraust du ihnen?«

»Es ist die Gelegenheit dort hinunterzukommen. Komm! Gehen wir was essen. Vielleicht finden wir noch etwas über diese Typen und deren Katakombenbesuche heraus.«

Um 23 Uhr waren sie vor Ort an der Ecke zur Rue Sarette. Noch sahen sie niemanden. Sie hatten sich Turnschuhe angezogen und

Taschenlampen mitgenommen. Das iPad mit der Aufnahme der Platte hatte Sven im Rucksack, wenn alle Stricke rissen, würde er sie notfalls herzeigen. Vielleicht konnte dieser François ihnen helfen. Die Zeit drängte. Sie hatten noch nichts Neues von Semin vernommen. Also mussten sie mit Hochdruck weitersuchen.

Plötzlich hörten sie einen Pfiff und auf der anderen Seite winkte ihnen ein Mann. Sie sahen sich zuerst um, weil sie meinten, er würde nach anderen Leuten pfeifen. Als er noch einmal pfiff und ihnen wild gestikulierte auf seine Straßenseite zu kommen, gingen sie zu ihm.

»Hallo, ich bin François«, er hatte eine Stirnlampe auf. Spätestens daran hätten sie ihn erkannt, da hatte der Franzose vom Mittag recht gehabt.

»Bonsoir, François! Ich bin Julia«

»Hey! Ich bin Sven!«

»Michel hat mir gesagt, ihr wollt runter in die Katakomben. Ihr schreibt eine Geschichte darüber.«

»Das stimmt nicht so ganz. Wir suchen etwas in den Katakomben, aber damit gehen wir nicht auf der Straße hausieren. Drum die Notlüge mit der Story«, erklärte Sven.

»Das verstehe ich. Seid ihr kletterfest, höhlentauglich?«, fragte er nach.

Julia hatte es befürchtet. Sie hatte vorhin schon eine Tablette genommen und meinte, dass diese auch schon wirken müsste. Und so antwortete sie: »Klar, kein Problem!«

Sven bejahte ebenfalls die Frage von François und warf Julia einen fragenden Blick zu, den François nicht sehen konnte. Sie nickte bejahend und so ging er davon aus, dass sie es schaffen würde.

»Dann lasst uns loslegen! Der Eingang ist nicht der Offizielle. Aber das habt ihr Euch wahrscheinlich schon gedacht. Dies ist einer der Kanaldeckel, die nicht von der Stadt verschweißt wurden. Das ist ein unausgesprochenes Agreement mit der Stadtverwaltung. Von den knapp 300 Deckeln sind nur noch ein Viertel zu öffnen. Man muss schon wissen, wo die Zugänge liegen. Wir sind Kataphilen. Für uns gibt es keine schönere Freizeitbeschäftigung, als da runter zu steigen.«

François ging in die Hocke, setzte einen Haken mit Griff an der Öse des Deckels an und zog kräftig daran. Schon knirschte der Deckel und er zog ihn zur Seite. Dann zeigte er auf das schwarze Loch, das sich aufgetan hatte. Aus seinem Rucksack holte er drei Gurtzeuge und gab jedem eines.

»Zieht das an! Es muss fest sitzen. Da hinunterzusteigen ist nicht ungefährlich!«

Er überprüfte bei beiden den Sitz der Gurtzeuge. Dann hängte er jedem den Karabiner eines Sicherungsseiles ein. Zwei Seile gingen davon weg, die jeweils am Ende einen Karabiner-Schnellverschluss hatten.

»Jetzt seht genau her! Er setzte sich auf den Rand des Lochs und hängte den Karabiner des einen Seiles an der ersten Trittstufe ein. Diese war direkt unter dem Straßenrand. Rechte und linke Sprosse waren so versetzt, dass man beim Trittwechsel, den Fuß nicht zu weit von der Schachtwand entfernen musste.

So macht ihr das jetzt dann auch. Es ist grundsätzlich ein Karabiner eingehängt! Niemals beide gleichzeitig lösen. Habt ihr das verstanden? Immer den Zweiten zuerst einhängen und dann erst den Ersten lösen! Die Seile sind so lang, dass ihr sie auch jeden zweiten Tritt einklinken könnt. Das muss jeder für sich herausfinden, wie es ihm bequemer ist. Alles verstanden?«

Beide bejahten dies wie auf Kommando.

»Ihr müsst vorausgehen, denn ich muss den Deckel wieder zu ziehen. Nicht dass noch ein Passant reinfällt. Es geht jetzt erst einmal 20 Meter nach unten.«

Das war der Moment, wo Julia eigentlich nur noch wegrennen wollte. Sie war nahe davor, in Panik auszubrechen. Aber sie fasste sich schnell wieder.

»Sven nahm ihre Hand und drückte sie. Er flüsterte »Schaffst du das? Noch kannst du hier abbrechen. Dann mache ich es mit François alleine und du fährst mit einem Taxi zurück ins Appartement!«

»Nein, ich ziehe das durch. Ich schaffe das. Ich halte euch nicht auf!«

»Seid ihr bereit? Dann würde ich sagen du gehst zuerst, Sven. Zieh die Handschuhe an. Hier hast du auch welche, Julia. Es sind 53 Tritte nach unten. Das tut weh an den Händen und es ist echt anstrengend. Aber ihr seht beide recht fit aus. - Kannst du starten?«, er sah Sven fragend an.

»Ja. Ich bin bereit.«

»Warte noch! Hier hast du eine Stirnlampe und diesen Spott hänge ich jetzt oben hin. Der leuchtet dann den ganzen Schacht aus, bis ihr unten seid. So siehst du, wann du unten ankommst. Du kannst dann Julia unten in Empfang nehmen. Noch irgendwelche Fragen?« Er half Julia beim Anziehen ihrer Stirnlampe.

»Non!« und Sven hängte den ersten Karabiner ein und kletterte Tritt für Tritt nach unten. Er wechselte nach jedem zweiten Tritt den Karabiner. Den neuen Einhängen, den alten abnehmen und so weiter. Julia stieg sofort nach, um möglichst nahe an Sven dranzubeleiben. Sven sah immer wieder nach oben und behielt sie gut im Auge

»Geht es, Julia?«

»Ja, es ist gar nicht so schlimm, wie ich angenommen hatte.«

»Lasst euch Zeit, kam die Stimme von François von oben. Es besteht kein Grund zur Hektik. Ihr habt so viel Zeit, wie ihr wollt.«

So dauerte es doch eine ganze Weile, bis sie unten waren.

Sven stellte den ersten Fuß auf den Katakombenboden. Es war sandig und feucht. Der Geruch hier unten war wie in einer Tropfsteinhöhle. Eigentlich hatte Sven erwartet, dass es hier nach Kanal riechen würde. Wider Erwarten tat es das nicht.

Nach ein paar weiteren Minuten war Julia und kurz darauf auch François unten.

»Geht es euch gut?«, erkundigte er sich nach ihrem Befinden.

»Du siehst etwas blass um die Nase aus, Julia! Willst du wieder rauf?«

»Nein - es geht. Danke. Ich gewöhne mich schon daran. Ich will das alles hier sehen.«

»Was sucht ihr eigentlich. Wollt ihr die ganze Führung machen, oder wollt ihr mir euer Anliegen erzählen und ich sehe, ob ich euch gezielt helfen kann!«, bot François an.

Er holte aus seinem Rucksack eine Wasserflasche und bot sie den beiden an.

»Trinkt etwas! Hier unten bekommt man schnell Durst. Es ist wichtig, ausreichend zu trinken. Wer austrocknet, kann wirr werden und verläuft sich dann. Das ist schon oft passiert.«

»Wir müssten dir eine Aufnahme auf dem iPad zeigen. Kann man sich hier irgendwo hinsetzen? Damit du dir das in Ruhe ansehen kannst«, erkundigte sich Sven.

»Kommt mit. Es ist gar nicht weit zu unserem *Cabaret Noir*. Wir Kataphilen haben uns in den Katakomben ganz gut eingerichtet. Wir bleiben hier auch öfter zwei, drei Tage unten. Und dort ist unser Aufenthaltsraum«, er winkte ihnen, ihm zu folgen. Sie mussten streckenweise durch relativ kleine, runde Öffnungen turnen, dann machten sich wieder hohe Gänge auf und plötzlich hielt François an und zeigte ihnen einen Abzweig in eine Höhle. Sie mussten rückwärts durch eine Nische steigen und dann direkt, im Blindflug sozusagen, mit den Füßen einen Leitertritt ertasten und hinunter steigen. François beruhigte sie, dass es nur ein paar Meter seien.

»Es kann euch nichts passieren. Gleich sind wir unten.«

Dort angekommen, klickte es einmal und dann wurde der Raum taghell erleuchtet.

»Ihr habt sogar Strom hier unten?«, fragte Sven ungläubig.

»Das ist nicht ganz legal. Aber einer von uns ist Elektriker und hat ein städtisches Kabel angezapft. Wir hatten einen solchen Batterieverschleiß, dass wir zu diesem Mittel greifen mussten. Schon rein aus Umweltschutzgründen. Außerdem liegt dieser Raum so weit unten, dass wir hier ungern Kerzen anzünden. Wegen Sauerstoffmangel ist es uns früher hier drin oft schlecht geworden. Jetzt hat einer von uns sogar eine kleine Entlüftung zum Hauptgang gebaut. Seht ihr den dicken Schlauch, der dort drüben in der Wand verschwindet? Wenn wir viele sind, dann machen wir den Lüfter an. Seitdem wird es hier keinem mehr aus Luftmangel schlecht. So, aber nun zu eurem Problem. Was wolltet ihr mir zeigen?«

Sie gaben keine Details preis. Aber sie zeigten ihm die Aufnahmen von der 6. Kartusche. Im Ganzen und auch die Vergrößerungen des Gebiets um Val der Grace und das Observatorium.

»Hier die Punkte. Kannst du sie erkennen. Vom Observatorium bis Val de Grace ziehen sich die Punkte. Wie auf einer Linie. Ganz eng beieinander. Deshalb dachten wir, es könnte sich um einen Verbindungsgang der Katakomben handeln, der diese beiden Orte verbindet.«

»Das sehe ich ganz anders!«

»Wieso?«

»Das ist Blindenschrift! Hier steht:
Suche das Grab des Philibert Aspairt auf!«

Julia und Sven sahen sich an. So einfach sollte die Lösung sein? Blindenschrift! Darauf wären sie nie im Leben gekommen. Vor allem konnten sie auch jetzt auch keine Abstände zwischen den Punkten ausmachen, die auf einzelne Buchstaben der Braille-Schrift hindeuteten.

»Und dieses Grab sagt dir was! Hier liegen doch angeblich die Gebeine von Millionen von Menschen, wie kannst du da ein einzelnes Grab kennen«, staunte Julia.

»Das stimmt schon. Obwohl *Abermillionen* heute nicht mehr zutrifft. Was denkt ihr, was hier für ein *Knochenschwund* herrscht. Die Besucher nehmen die Knochen haufenweise als Andenken mit.«

»Das ist ekelhaft!«, schauderte Julia.

»Das kann man so und so sehen.«

»Und wer war dieser Philibert Aspairt?«, wollte Sven wissen.

»Er war der Pförtner der Abtei Val de Grace zu Zeiten der Französischen Revolution. Er verirrte sich hier unten und sein Leichnam wurde erst elf Jahre später gefunden.«

»Woher wusste man nach dieser langen Zeit, dass er es war?«

»Er hatte den Schlüsselbund der Abtei dabei. Daran erkannte man seine Überreste. So kam es, dass er ein richtiges Grab hier unten erhielt.«

»Und du weißt, wo dieses Grab ist?«

»Klar doch. Ich kenne mich hier aus wie in meiner Hosentasche. So sagt ihr doch in Deutschland?«

»Westentasche«, verbesserte Julia lächelnd.

»Es ist eine große Grabplatte, sieht von vorne beinahe wie ein Haus aus.«

»Kannst du uns hinbringen?«

»Ja. Aber das dauert. Oben wäre diese Strecke in einer viertel Stunde zurückgelegt. Hier unten müssen wir mit ungefähr einer Stunde rechnen. Es geht immer wieder rauf und runter. Wir müssen viele Leitern steigen. Es wird sehr anstrengend. Trinkt noch einen kräftigen Schluck, dann gehen wir los! Wenn ihr eine Pause braucht, sagt es mir! Ich habe auch Schokolade dabei, das hilft immer ganz gut, wenn einem hier unten die Kraft ausgeht.« Er reichte jedem ein Stück Schokolode.

»Woher kannst du Blindenschrift?«, fragte Sven.

»Mein Vater ist blind. Er hatte einen Unfall und ist seit seinem fünften Lebensjahr erblindet. Für mich ist die Brailleschrift ganz normal. Ich bin damit aufgewachsen. Schon als Kind hatten fast alle Bilderbücher und später auch die Kinderbücher bei uns zu Hause, Blindenschrift eingeprägt. Sonst hätte mein Vater mir nie eine Geschichte vorlesen können. Und da lernst du das schon als kleines Kind ganz automatisch.«

»Manchmal gibt es doch Schicksal. Was für ein Glück, dass wir hier auf dich gestoßen sind!«

»Ich weiß nicht, ob das von Belang ist. Die Brailleschrift wurde erst zwischen 1825 und 1830 erfunden. Älter kann der Hinweis auf eurer Platte also nicht sein.«

»Das ist ein guter Einwand. Wir wissen, dass das Versteck durchaus neueren Datums sein kann!«

Sie brauchten weit mehr als eine Stunde.

»Kannst du noch, Julia?«, erkundigte sich Sven und drehte sich um. Und da passierte es, er sah das Loch nicht, das rechts vor ihm knapp unter der Oberfläche einer Grundwasserpfütze zu erkennen war. Aber nur, wenn man konzentriert genug blieb. Er rutschte bis zur Hüfte in das Loch ab und Julia griff seine Hand und stemmte sich in den Boden, um ihn zu halten. François kam sofort zur Hilfe und zog Sven wieder heraus.

»Mon dieu, Ihr müsst die Augen aufhalten! Hier ist jeder Schritt gefährlich. - Alles in Ordnung mit dir? Das Loch muss neu sein! Das kannte ich auch noch nicht. Hier verändert sich ständig der Untergrund.«

»Geht schon wieder. Danke euch beiden!«, er rieb sich das Knie. Er war recht unsanft über die Kante gerutscht. Sie hielten sich nicht lange auf und stiegen bald durch weitere kniehohe Grundwasser-Pfützen. Einmal wäre Julia dann beinahe hingefallen. Sven hatte sie gerade noch gepackt, bevor sie das Übergewicht bekam.

Schließlich standen sie dann endlich vor dem Grab des Philibert Aspairt. Der Grabstein war groß und hatte gerade Kanten und glatte Flächen.

»Jetzt geht die Suche wieder los. Wo kann sich hier die Kartusche befinden? Also in dem Grabstein sicher nicht«, meinte Sven. »Dafür ist die Oberfläche viel zu glatt.«

»Wahrscheinlich irgendwo in der unmittelbaren Umgebung des Grabes«, sagte Julia.

Sven suchte alles um den Stein herum ab. Dank der Stirnlampe war seine Sicht sehr gut. Neben dem Stein war freier Platz. Die Rückwand war schwarz, wie verkohlt. François ging auf die andere Seite und suchte dort. Julia wusste nicht, wie lange es gedauert hatte, bis sie François sagen hörte:

«Violà, la cartouche!«

Und tatsächlich. François hielt die Kartusche in Händen. Es war unglaublich. Er hatte sie wirklich gefunden.

Sie konnten an einem anderen Ausgang wieder zur Straße aufsteigen. Als François den Zugang wieder verschlossen hatte, sagte Julia zu ihm:

»Was hätten wir nur ohne dich gemacht? Vielen Dank für deine Hilfe!«, sie umarmte ihn kurz.

»Keine Ursache. Ich habe euch gerne geholfen. Aber teilt mir mit, ob eure Geschichte gut ausgegangen ist. Machs gut Sven!«, François schüttelte Svens Hand zum Abschied. Es wurde gerade hell.

Dienstag

75   Paris   Dunkelheit

Auf dem Rückweg zu ihrer Wohnung machten sie an einem Bistro halt, das noch oder vielleicht auch schon wieder geöffnet hatte. Die Kühle der Nacht hatte sich schon verzogen und sie konnten an einem Tisch auf dem Trottoir ihren Café trinken. So schmutzig, wie sie waren, hätten sie auch in keinem Lokal Platz nehmen können. Die Katakomben hatten deutlich Spuren an ihrer Kleidung hinterlassen.

Als sie zurück in der Wohnung waren, fing Sven sofort an, die Kartusche zu vermessen und zu fotografieren, wie die letzten Male auch. Semin hatte sie gebeten, genauso fortzufahren, wie wenn sie nicht wüssten, dass eine Befreiungsaktion für Peter lief. Es konnte noch einige Tage dauern und so war wichtig, dass Pittli alias Meier, sich in Sicherheit wiegte. Sven hatte Pittli noch vor der Abfahrt nach Paris die Kartuschen zu kommen lassen. Einschließlich der Ersten. Ein Kurierdienst hatte die Lieferung ausgeführt. Semin meinte, man müsse Marc Pittli bei Laune halten, damit er keinen Verdacht schöpfe.

»Soll ich sie überhaupt aufschneiden? Meiner Meinung nach ist das nicht nötig, da wir nun alle sieben Teile haben. Was für ein Hinweis soll da noch auf der Ummantelung verborgen sein?«, fragte Sven Julia.

»Schneiden wir sie trotzdem auf. So können wir sie besser fotografieren, vermessen und Beringer hat dann eine gute Vorstellung von der Platte. Sie sieht dieses Mal auch ganz anders. Länger und viel dicker. Sie hat keinerlei Muster auf der Oberfläche. Nur diese Häkchen und Rillen«, meinte Julia.

»Und diese komische Vorrichtung zum Aufklappen!«, Sven streifte mit dem Finger über einen breiten, parallel zur Rundung der Kartusche aufgesetzten Silberstreifen, der sich vom Boden bis zum Verschlussrand der Kartusche zog. In der Mitte des Streifens war ein breites Sichtfenster ausgespart.

»Und sieh dir das hier an, da ist sogar ein kleines Scharnier angebracht. Oben, am Verschluss ist der Streifen in einen Schlitz eingeschoben«, Sven probierte die Vorrichtung aus. Er zog den Silberstreifen in der Mitte der Kartusche leicht nach oben, sogleich rutschte die spitze Lasche aus dem Schlitz unterhalb des stark mit Wachs verkrusteten Verschlussstopfens. Nun konnte er den Streifen einfach aufklappen.

»Das ist ein richtiges Kunstwerk. Aber warum ist sie dieses Mal so anders?«, bevor Sven das Artefakt aufschnitt, machte er Bilder von allen Seiten und vermass den Durchmesser. Er wollte den Klapp-Mechanismus nicht zerstören und setzte den Schnitt ganz vorsichtig an. Dann drückte er die Platte so flach wie  möglich, ohne den Klappmechanismus zu beschädigen und lichtete sie für Beringer ab. Schließlich zog er den Papyrus noch aus der Tonröhre.

»Wir müssen den Papyrus noch fotografieren. Ich möchte so schnell wie möglich die Bilder an Beringer senden. Vielleicht kann er mit dieser Kartusche etwas anfangen und uns sagen, was der Sinn hinter dieser Vorrichtung ist! Jetzt hat er auch alle Teile des Papyrus.«

Auch der Papyrus war wesentlich länger und breiter als die ersten sechs Teile. Sie sahen die Aufnahmen der letzten Papyrusteile auf dem iPad durch. Beringer hatte Julia nach der letzten Kartusche ein Bild der möglichen Zusammensetzung der einzelnen Teile geschickt. Demnach könnte es jetzt, mit dem heutigen Teil, ein relativ rechteckiges Schriftstück bilden. Schmäler, aber dafür länger, als sie sich ursprünglich vorgestellt hatten. Trotzdem blieben dann immer noch Fehlstellen übrig.

Jetzt musste Beringer doch etwas finden können. Julia sandte sofort die Bilder an den Paläographen. Er quittierte den Erhalt der Bilder umgehend durch eine SMS.

Julia rief bei Semin an und brachte ihn auf den neuesten Stand.

»Habt ihr alles dokumentiert?«, erkundigte sich Semin.

»Ja, wie jedes Mal!«

»Gut. Dann ruft jetzt Pittli an und macht es wie die letzten Male. Er darf nicht misstrauisch werden.«

»Sven kümmert sich gleich darum. Danke Semin. Hast du schon Neuigkeiten für uns?«

»Nein. Leider nicht. - Sven soll übrigens genauso wieder darauf beharren, dass Pittli Peter freilassen soll. Er darf sich jetzt nicht anders verhalten.«

»Ja, ich sage es ihm. Melde dich bitte, wenn es Neues gibt!«

Dann rief Sven die übliche Nummer an und leitete die Abholung der Kartusche ein. Wieder hakte er nach bezüglich Peter. Er bettelte schon beinahe um Peters Freilassung. Aber Meier erwiderte nur eiskalt, dass er erst einmal die Echtheit der Kartuschen beurteilen müsse und noch habe er die Letzte nicht erhalten. Die anderen drei hätte er erst seit gestern. Er würde sich dann melden, wo Sven Peter finden würde. Dieses Wort *finden* hatte für Sven etwas Lebloses. Er befürchtete jetzt das Schlimmste. In dreißig Minuten würde die Kartusche am Empfang des Appartementhauses abgeholt werden. Sven ging nach unten, um den Umschlag zu hinterlegen. Julia nahm erst einmal eine Dusche. Sie musste sich unbedingt den Schmutz und Staub der Katakomben abwaschen. Sie hatte immer noch den feuchten, sandigen Geruch von dort unten in der Nase. Das war nicht ihre Welt. Sie konnte nicht nachfühlen, was diese Kataphilen in die Unterwelt trieb. Freiwillig würde sie da nie mehr hinuntergehen.

Sie mussten um 16.34 Uhr am Gare de L'Est sein. So hatten sie noch Zeit etwas Schlaf nachzuholen. Sie waren seit gestern Morgen auf den Beinen und dementsprechend erledigt.

Julia stand gerade vor dem Spiegel und kämmte ihre nassen Haare, als sie die zuschnappende Wohnungstüre hörte.

»Hallo Sven. Ich bin noch im Bad. Kannst du mir einen Café machen? Ich komme gleich. Jetzt fühle ich mich wieder frisch. Ich habe endlich den Geruch der Katakomben aus der Nase.«

Da ging die Badtür langsam auf und sie blickte in ... Eriks Gesicht. Er stand im Türrahmen und starrte sie an. Sie presste das Handtuch an sich und Panik stieg in ihr auf. Sie konnte sich nicht bewegen. Erik drehte sich um. Er hob den Stapel Kleidungsstücke vom Boden auf, den sie vor dem Duschen dort hatte fallen lassen, und warf ihn Julia zu.

»Dann kannst du dich gleich wieder an den Geruch der Katakomben gewöhnen. Zieh dich an! Schnell!«, seine Stimme machte ihr klar, dass er keine Diskussion tolerierte.

Sie kam aus dem Bad, wieder in den schmutzigen Klamotten der letzten Nacht. Erik packte sie grob am Arm und schob sie bei der Wohnungstür hinaus.

»Wenn du nicht willst, dass Sven etwas passiert, dann beeilst du dich jetzt und machst kein Theater. Sonst wirst du es bereuen!«

»Warum machst du das? Was willst du denn noch?«

»Die siebte Kartusche, was sonst? Glaubst du vielleicht, Sven gibt sie mir freiwillig?«

»Aber er hat sie schon weggeschickt. Wir haben sie nicht mehr. Wir können dir doch die Bilder geben. Wir haben alles fotografiert. Bitte, Erik, sei doch vernünftig! Du machst doch nur alles noch schlimmer!«

»Halt den Mund! Wir gehen jetzt da runter und raus aus dem Haus. Draußen habe ich einen Wagen stehen. Du wirst dich unauffällig auf den Beifahrersitz setzen und dort bleiben. Ich habe nichts mehr zu verlieren, und ich nehme auch keine Rücksicht mehr. Hast du das verstanden?«

»Ja«, sagte sie ängstlich und leise.

Julia wusste nicht, wie sie sich verhalten sollte. Sie hatte solch große Angst. Sollte sie schreien, oder gar versuchen weg zu rennen?

Wie wenn er Gedanken lesen könnte, blieb Erik kurz stehen und sagte: »Sieh auf meine Hand. Die Waffe ist geladen!« Julia sah den kleinen Revolver. Eigentlich eine Damenwaffe, wie sie aus Kriminalfilmen wusste. Aber deshalb sicher nicht weniger tödlich. Vor allem nicht bei dieser kurzen Distanz. Damit hatte sich ihr Widerstand aufgelöst. Sie konnte so schnell nicht entscheiden, was sie jetzt tun sollte.

Auf der Straße schob er sie vor sich her zu einem Peugeot. Immer drückte ihr der Pistolenlauf in den Rücken.

»Mach die Tür auf, setz dich rein und schnall dich an!«

Sie tat es. Er stieg eigenartigerweise hinter ihr ein. Sie konnte sich das nicht erklären. Es raschelte hinter ihr. Als sie sich umdrehen wollte, schrie er sie an.

»Schau nach vorne! Du sollst dich nicht umdrehen!«

Er zog ihren Gurt schlagartig straff, so dass er sie strangulierte, und dann ging alles so schnell, dass sie gar nicht reagieren konnte. Seine Hand kam links von ihrem Kopf nach vorne und presste ihr ein feuchtes Tuch auf Mund und Nase. Grob und gewalttätig. Sie wehrte sich, schlug um sich, wollte schreien. Aber es ging nicht. Sie bekam akute Atemnot. Sie meinte zu ersticken. Es war die absolute Hölle. Bilder rasten vor ihren Augen vorbei. Ihre Eltern - sie als Kind - Lisa - Sven - Foster im Garten. Dann erkannte sie ein gleißendes Licht. Und - Schwärze - Nichts!

Die Türe war angelehnt, Sven wunderte sich und ging hinein.
»Julia? Ich bin wieder zurück. Bist du immer noch im Bad? - Julia!«
Er ging zur Badezimmertüre und stieß sie auf. Das Handtuch lag am
Boden und das Licht war an. Er ging ins Schlafzimmer, auch leer. Dann
in die Küche, auch leer.

»Julia!«, er drehte sich um und da sah er den Zettel auf dem Tisch
liegen. Er erkannte die Schrift sofort.

Hallo Sven,

*ich habe deine Julia. Ich melde mich, wann und wo du mir die 7.
Kartusche übergeben kannst. Lass die Polizei aus dem Spiel! Es ist mir
ernst. Bring die Kartusche mit! Stell dein Handy auf Laut. Ich rufe nur
einmal an!*

Sven legte den Zettel auf den Tisch. Er überlegte nicht lange und rief
erst einmal Lisa an.

»Hey Lisa, ich bin's, Sven. Julia ist entführt! Erik hat sie! Er ist uns
tatsächlich nach Paris gefolgt!«

»WAS?«

»Ich wollte dir nur Bescheid geben. Ich rufe jetzt gleich Semin an.
Ich will keine Zeit verlieren. Ich melde mich, wenn ich etwas Neues
weiß!«

»Was will er denn jetzt noch?« Er hörte, dass sie kaum noch
sprechen konnte. Es schnürte ihr sichtlich die Kehle zu.

»Erik will die siebte Kartusche! Aber die ist schon weg. Auf dem
Weg zu Pittli. Ich kann sie ihm also nicht mehr geben. Erik meldet sich
wegen der Übergabe auf meinem Handy. - Lisa, ich muss aufhängen,
damit die Leitung frei ist.«

In dem Moment sah Sven Julias Handy neben dem Kühlschrank auf
der Theke liegen. Dort hatten sie beide nach ihrer Rückkehr erst einmal
ein Glas Wasser getrunken.

»Wenn du mich erreichen möchtest, dann ruf mich auf Julias Handy
an. Ich habe es hier gerade gefunden.«

»In Ordnung. Bis später!«, sie hängte ein.

Sven setzte sich an den Tisch, atmete einmal tief durch und rief mit Julias Handy Semin an.

Nach dem dritten Klingeln nahm Semin das Gespräch an.

»Hallo?«, fragte Sven, er hatte in der Aufregung Semins Stimme nicht erkannt.

»Hey Sven!«

»Semin - bin ich froh, dass ich dich erreiche! Erik hat Julia entführt!«

»Lass hören! Jedes Detail - lass nichts aus!«

Während Sven berichtete, buchte Semin online einen Flug. Er hatte VIP-Zugang und kam auf jede Maschine - sofort -, wenn es ein Notfall war.

»Hör zu, Sven. Ich habe gerade einen Flug nach Paris gebucht. Wir haben jetzt 10 Uhr. Ich fliege um 11.15 und bin um 12.30 in Paris, auschecken und Fahrt in die Stadt, lass es 14 bis 15 Uhr sein, bis ich bei dir am Quartier bin. Gib mir die genaue Anschrift!«

Semin notierte alles. Er war schon auf dem Sprung. Er würde in Paris zuerst eine Adresse aufsuchen, an der er eine Waffe erhielt. Dies war im Pariser Büro der FIRMA. Auch dort war sie als Technologiebetrieb getarnt. Er würde seine Kollegen vor Ort informieren und alles in die Wege leiten, um Julia zu befreien.

»Versuche ruhig zu bleiben! Sollte sich Erik vorher bei dir melden, dann ruf mich sofort an! Alles klar?«

»Aber wenn du im Flieger bist, hast du kein Netz! Wie soll ich dich da erreichen?« Semin merkte, wie aufgeregt Sven war.

»Ich habe immer Netz, Sven! Vertrau mir! Du kannst mich die ganze Zeit erreichen. Ich komme und helfe dir. Wir beide holen Lisa da wieder raus. Bis nachher!«

Nach dem Gespräch mit Sven rief Semin noch bei Lisa an.

»Hey Lisa! Sven hat gerade ...«

»Ich weiß Bescheid! Sven hat mich vor dir angerufen. Was machst du nun. Könnt ihr Julia helfen? - Bitte holt sie da raus!«, flehte Lisa ihn an. »Semin - sie ist wie eine Schwester für mich!«

»Ich fliege gleich nach Paris zu Sven. Ich helfe ihm und wir werden Julia befreien. Ich bring sie dir wieder zurück!«

»Sicher?«, er hörte sie weinen und es schnürte ihm das Herz zu.

»Es wird alles gut! Ich melde mich. Ich -«, er zögerte und es entstand eine längere Pause dadurch.

Lisa sagte nur »Ich weiß, Semin!«

Sie hatte ihn auch ohne Worte verstanden.

Paris   Totenschädel

Julia kam wieder zu sich. Totale Finsternis umgab sie und ihr war kalt, eiskalt. Sie zitterte. Was war das für eine muffige Feuchtigkeit? Wie in den Katakomben der letzten Nacht. Sie hatte keine Ahnung, wo sie jetzt war. Und es war ihr so übel. Sie kämpfte gegen den Brechreiz an. - Sie konnte überhaupt nichts sehen. Sie spürte den feuchten Untergrund, auf dem sie saß. Sie lehnte an einer harten, kantigen Wand. Die Kälte musste schon seit Stunden durch ihren Körper gekrochen sein, so ausgekühlt, wie sie sich fühlte. Die gefesselten Hände berührten hinter ihrem Rücken den felsigen Untergrund. Da! - Da war wieder dieses donnernde Geräusch. Das hatte sie doch schon einmal gehört. Es kam, wurde lauter und verschwand dann wieder. Aber sie konnte es nicht einordnen. Wenn nur nicht diese Übelkeit wäre. Sie musste richtig gegen den Brechreiz ankämpfen. Immer wieder atmete sie tief durch. - Wieder dieses Geräusch! Was war das nur? Sie meinte, davon wieder wach geworden zu sein. Wie war sie hierher gekommen? Sie versuchte, sich zu erinnern. Es dauerte eine ganze Weile. Der Wagen, dieser Geruch. Dieser fürchterliche Geschmack im Mund. Wieder stieg es ihr vom Magen auf und sie schluckte und versuchte sich möglich aufrecht zu halten, damit sie sich nicht übergeben musste. -

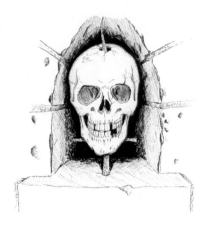

Sie hörte Schritte. Rechts von ihr kam ein leichter Lichtschimmer. Nun konnte sie leichte Strukturen erkennen. Mit Schreck stellte sie fest: *Sie war wirklich wieder in den Katakomben!* Und dann wurde es auf einen Schlag hell. Sie drehte den Kopf zur Seite. Das Licht bohrte sich schmerzhaft in ihre Augen. Als sie die Lider langsam wieder öffnete, erkannte sie einen Schemen direkt vor sich. Noch unscharf, aber langsam stellten sich ihre Augen darauf ein. Sie erschrak zu Tode und stieß einen Schrei aus. Ihr Blick lag auf einer Nische im Fels, in der ein aufgespießter Schädel stand. In Panik versuchte sie, davon wegzurutschen. Das gelang ihr aber nicht. Und dann sah sie - Erik!

Er starrte sie einfach nur an. Jetzt kam immer mehr die Erinnerung zurück. Wie Erik plötzlich in der geöffneten Badtür gestanden hatte. Ihr wurde schlagartig heiß. Schweiß trat ihr auf die Stirn. Der Schreck hatte die Lebensgeister zurückgeholt und sie versuchte, die Hände aus den Fesseln zu bekommen. Sie zog und zerrte verzweifelt, aber sie waren zu fest angezogen. Und es schmerzte so sehr, die Finger zu bewegen. Sie hatte das Gefühl, wie wenn die Finger ganz prall wären. Sie konnte sie nicht abbiegen. Jetzt erkannte sie auch, dass ihre Knöchel zusammengebunden waren.

»Das sind Kabelbinder, Julia. Da hast du keine Chance rauszukommen«, hörte sie die Stimme von Erik. Sie klang ganz anders als auf dem Video in Aachen. Da hatte er noch eine angenehme Stimme gehabt. Jetzt klang sie, wie wenn er nicht ganz bei Verstand wäre. *Die Stimme eines Irren.* Tränen liefen über Julias Gesicht.

»Warum tust du das? Lass mich bitte frei! Erik! Bitte!«, sie war so heißer, dass sie einen Hustenanfall bekam. Als der Hustenreiz endlich aufhörte, sah sie wieder zu Erik. Er wirkte abwesend, beinahe verträumt. *Hat er wirklich den Verstand verloren?* Sie musste auf ihre Wortwahl achten, wenn er wirklich irre war, wollte sie ihn nicht noch reizen. *Am Besten erst einmal gar nichts mehr sagen.* So stand Erik lange Zeit stumm vor ihr. An den Fels gelehnt. Sie fand das fast noch unheimlicher, als alleine in der Dunkelheit zu sitzen. Dieser Blick! Warum starrte er sie so an? Fast als würde er durch sie hindurchsehen. Sie versuchte Blickkontakt zu vermeiden, um ihn nicht zu reizen.

Sie dachte an Sven und hoffte nur, dass er sie bald finden würde. Aber wie sollte das gehen? Und dann schweiften ihre Gedanken zu Peter. Mein Gott, er machte das schon seit Wochen durch. Wie fürchterlich! Würde sie auch so lange in Eriks Gewalt sein? Würde sie überhaupt jemals gefunden werden? Die Katakomben waren so riesig. Todesangst stieg in ihr auf. Und da war wieder dieses Rauschen in ihren Ohren, das immer lauter wurde. Aber diesmal war es anders. Sie nahm gar nicht wahr, dass das Rauschen die nahende Ohnmacht war.

Semin war kurz vor fünfzehn Uhr bei Sven angekommen. Sie saßen nun schon seit Stunden in der Küche des Appartements und Sven wiederholte zum x-ten Male, wie alles passiert war. Semin hatte ihn von den Fortschritten in München unterrichtet. Die FIRMA war kurz vor dem Zugriff. Das Firmengelände wurde observiert und sie meinten, das Versteck von Peter lokalisiert zu haben. Mittels Drohnen hatten sie drei Tage lang das Gelände unter die Lupe genommen. Das Areal war groß und es standen sieben Gebäude darauf, dazwischen alte Schuppen und Lagergebäude. Sie vermuteten Peters Gefängnis in der kleinsten dieser alten Lagerhallen. Sie hatten dort immer wieder einzelne Personen ein- und ausgehen sehen. Es handelte sich immer um die drei selben Leute, zwei Männer und eine Frau. Darunter auch ein großer, muskulöser Mann mit Halbglatze und roten Haaren. Semin hatte Aufnahmen der Drohnen auf seinem Smartphone und zeigte sie Sven.

»Das sind die Typen aus Peters Haus. Kein Zweifel! Der Rothaarige ist einfach zu auffallend«, bestätigte Sven.

»Die Frau sagt dir nichts?«

»Nein, die habe ich noch nie gesehen. Habt ihr Pittli auch dort gesehen?«

»Nein. Er hat sich bis jetzt dort nicht sehen lassen.«

Der Zugriff würde bald erfolgen. Dazwischen telefonierte Semin immer wieder mit einem Kollegen. Einmal ging er kurz nach unten auf die Straße und kam nach ein paar Minuten wieder zurück, mit einem kleinen Rücksack über der Schulter. Er erwähnte nichts weiter und nahm wieder am Tisch Platz. Den Rucksack stellte er neben sich auf den Boden.

»Habt ihr mit der Nummer von Erik gar nichts anfangen können?«, wollte Sven wissen.

»Nein. Das lief ins Leere!«

Erik war schlau. Er hatte eine Weiterleitung gebaut und schien jedes Mal eine andere Handynummer zu verwenden. Auch für die Befreiung von Julia musste jeder Schritt koordiniert werden, damit nach Eriks Anruf alles schnell ging. Wer konnte schon erahnen, wo Erik seinen Treffpunkt hinverlegen würde. Paris war eine riesige Stadt und Semins Leute mussten innerhalb kürzester Zeit vor Ort sein. Helikopter waren einsatzbereit und eine halbe Hundertschaft stand in den Startlöchern. Es fehlte nur noch der Ort und die Zeit für die Übergabe.

Sven gingen langsam die Nerven durch.

»Warum ruft er nicht an?«, sagte Sven zornig. Er hatte so eine Wut in sich aufgestaut.

»Das gehört zu seinem Spiel. Er möchte dich mürbemachen«, sagte Semin und sah Sven mitfühlend an.

»Das hat er schon geschafft!« und als hätte Erik ihn gehört, klingelte Svens Handy.

»Erik?«

»Na, das ging schnell! Wartest du schon auf meinen Anruf?«, kam Eriks Stimme zynisch aus dem Hörer.

»Wie geht es Julia? Wenn du ihr was antust, bring ich dich um!«, drohte Sven.

»Ich kann auch wieder einhängen, Bruderherz!«

Semin deutete Sven an, er solle sich beruhigen und Erik nicht so provozieren.

»Gut, gut - ich bin ruhig«, sagte er daraufhin ins Telefon.

»Schon besser. Hast du die Kartusche?«

Semin nickte Sven zu, er solle die Frage bejahen. Sven warf Semin einen skeptischen Blick zu. Aber dieser gab ihm nochmals zu verstehen, die Frage zu bejahen und nicht so lange zu zögern.

»Ja!«, log Sven.

»Dann bring sie um 23 Uhr an die Pyramide!«

Schon hatte er wieder eingehängt.

»Was soll das? Erik! - Er hat eingehängt. Ich weiß nicht, bringt er Julia mit zum Louvre oder nicht. Wir haben die Kartusche nicht!«

Er schrie Semin beinahe an.

»Das geht schief, Semin! Du spielst mit Julias Leben!«

»Nein, das geht nicht schief! Wolltest du ihm sagen, dass du die Kartusche nicht hast? Meinst du, dass das besser bei ihm angekommen wäre?«

Sven zögerte.

»Nein! Wahrscheinlich nicht.«

»Wir haben drei Hubschrauber und eine halbe Hundertschaft in Bereitschaft. So und jetzt muss ich mich um den Einsatz kümmern! Du bleibst hier im Appartement und wartest, bis ich dir sage, was du machen sollst. Keine Alleingänge. Klar?«

»Ich habe es verstanden!«

Semin stand auf, verließ die Wohnung und ging hinunter auf die Straße. Dort stand eine mobile Einsatzzentrale der FIRMA mit modernster Computertechnologie ausgestattet.

Julia kam erneut zu sich. Es war wieder stockdunkel.

»Erik - bist du noch da?«, sie wartete, ob eine Antwort kam. Nichts - Er war gegangen und hatte sie wirklich hier im Dunkeln zurückgelassen.

»HALLO! - Hallo! - Hilfe!«, sie schrie und schrie, aber es kam keine Antwort. Wie sollte sie hier gefunden werden?

Semin kam um 22 Uhr zurück in die Wohnung.

»Na endlich! - Hast du was Neues?«

In dem Moment klingelte Julias Handy.

»Das ist Beringer!«, staunte Sven, als er den Namen auf dem Display las. Er nahm das Gespräch an und stellte gleich auf Lautsprecher, damit Semin mithören konnte.

»Hallo Julia?«, fragte Thomas Beringer.

»Nein, ich bins, Sven. Julia ist in Eriks Gewalt. Er hat sie heute Morgen entführt!«, erklärte Sven knapp.

»Das darf nicht wahr sein! Haben Sie die Behörden eingeschaltet?«, Semin nickte wieder.

»Ja! - Haben sie etwas heraus gefunden?«

»Allerdings! Julia hat mir doch jedes Mal die Maße der Kartuschen mitgeschickt. Diese Letzte war größer. Um einiges. Das machte mich stutzig. Der Papyrus lag fertig zusammengesetzt vor mir und ergab trotzdem keinen Sinn. Es standen zwar hebräisch geschriebene Worte darauf, bloß ergaben sie keinen Sinn. Sie waren völlig zusammenhanglos aneinandergereiht. Daraufhin habe ich die Bilder der letzten Kartusche vergrößert, bis zum Originalmaß; habe ein Holzstück auf die Maße der Kartusche zugeschnitzt, die vergrößerte Plattenfotografie darauf aufgezogen. Julia hat mir die Häkchen auf der Silberplatte rot markiert. Das war sehr hilfreich. Also habe ich kurze, dünne Schrauben in diese Häkchenpositionen eingedreht. Als Nächstes habe ich eine Kopie des Papyrus, ebenfalls in Originalgröße, darum gewickelt, angesetzt an den Häkchen entlang der Löt-Linie. Sie müssen wissen, der Papyrus hat überall Fehlstellen: Kleine Löcher, bei denen man zuerst annimmt, sie wären nur altersbedingt. Es gibt aber auch sehr große Lücken. Die kleinen Löcher jedoch passen genau auf die Häkchen. Bei jeder Umwickelung wieder. So konnte ich den Papyrus viermal um die Kartusche wickeln.

Dann habe ich den Streifen, bei dem ich das Sichtfenster ausgeschnitten habe, darüber gelegt, entsprechend dem Klappmechanismus des Originals. Und da ergab sich der Sinn des Ganzen. Durch die großen Lücken des Papyrus kann man nun in dem Fenster-Streifen auf verschiedene Ebenen des übereinandergerollten Papyrus eine Schriftzeile erkennen.«

»Die Kartusche ist eine *SKYTALE*!«, unterbrach ihn Sven.

»Genau. Und alles ist ganz anders, als ich zuerst vermutet hatte!«

»Was steht dort?«

»*Die Tiefe birgt die Erinnerung!* Das ist jetzt natürlich schon die Übersetzung aus dem Hebräischen«, sagte Beringer geheimnisvoll.

»Und was soll das bedeuten? Das hilft mir doch nicht weiter!«

»Man muss diese Zeile deuten: Der Sinn ergibt sich erst, wenn man die Zahlenwerte der einzelnen Buchstaben notiert. Ich habe da eine alte Methode der Verschlüsselung gefunden. Ich musste viel experimentieren. Schließlich ergab sich der Sinn hinter der Nachricht.

75420488N
153375727W
-4123

Erst als ich dahinter das N und das W bewusst wahrnahm, kam mir der Gedanke, dass es sich um Koordinaten handelt. Ich habe es nachgeprüft. Es ist ein Punkt im Meer. Nördlich von Kanada. Mehr kann ich nicht dazu sagen!«

»Herr Beringer, ich danke ihnen ganz herzlich. Sie haben uns wahnsinnig geholfen. Vielen, vielen Dank. Ich melde mich, sobald wir Julia haben. Bis bald«

»Viel Glück!«

»Ich denke, das ergibt jetzt allerdings Sinn«, sagte Semin.

»Du denkst an das Forschungsschiff, auf dem Serena war! Die Neptunia?«

»Genau. Die befindet sich in der Beaufortsee! Ich bin überzeugt, dass die Positionsangaben genau auf der Route der Neptunia liegen«

»Wie kommt diese Positionsangabe auf einen Papyrus aus dem Mittelalter? Da hatten sie nun wirklich noch kein GPS! Wie konnten sie von unserem heutigen System wissen?«

»Wie sagtet ihr, war die Nachricht in dem Dokument:

Ein Wissen, das für die Menschheit im 21. Jahrhundert bestimmt ist.

Das kommt dann doch hin, oder?«, sagte Semin.

»Aber wie kommt diese Positionsangabe in dieses Dokument? Das kann doch gar nicht sein?«, sagte Sven skeptisch.

»Sven, ich weiß doch auch nicht mehr als du. Aber die Daten sind da. Das ist ein Fakt! Und wir wissen, dass dort ein Forschungsschiff arbeitet. Auch das ist ein Fakt! Heute und jetzt. Das ist die Realität. Und mir sagt es, dass das der Grund ist, warum Serena sterben musste. Sie hat den Schlüssel zu all dem gefunden. Da bin ich mir sicher. Es muss von außergewöhnlicher Bedeutung sein. - Aber wir haben momentan ein wichtigeres Problem! - Noch eine drei viertel Stunde bis zur Übergabe am Louvre. Meine Leute haben sich schon längst positioniert.«

»Lass uns losgehen! Das Warten treibt mich in den Wahnsinn!«, Sven steckte beide Handys ein. Semin nahm den Rucksack vom Boden auf und reichte ihn Sven.

»Hier hast du deine Kartusche! Nimm den Rucksack mit!«

»Da ist doch nicht die Kartusche drin! - Semin?«

»Nein, natürlich nicht. Aber das Ding sieht zum Verwechseln ähnlich aus. Wir sind gezwungen zu bluffen! Es gibt keine andere Möglichkeit! Es ist Julias einzige Chance!«

»Da fällt Erik nie drauf rein!«,

»Doch - wird er!«, und Semin schob Sven aus der Wohnungstüre ins Treppenhaus hinaus.

Auf dem Weg zum Louvre beschrieb er Sven die falsche Kartusche. Semins Kollegen hatten in eine Tonröhre Anglerblei gegossen, das Gefäß verschlossen, das Ganze mit jeder Menge Alufolie umwickelt, und die Schichten miteinander verklebt. Entsprechend einer Aufnahme des Originals auch etliche Einkerbungen vorgenommen. Gewichtmäßig entsprach das Gebilde der Kartusche. Dann hatten sie das Stück in eine durchsichtige Plisterfolie gepackt. Durchsichtig, damit das Silber durchschimmern konnte. Alles mit transparentem Packband verschlossen und das ganze in einen Umschlag gesteckt. Der Sinn dahinter war, dass sich Erik damit aufhalten musste, die Echtheit zu überprüfen, und somit abgelenkt wäre. Diesen Moment wollten Semins Leute nutzen, um zuzugreifen und Julia zu befreien.

Sollte Erik Julia jedoch nicht mit vor Ort bringen und den Bluff bemerken, würden genügend Leute da sein, die ihm auf der Spur blieben. Überall waren Agenten positioniert. Alle in Zivil, verliebte Pärchen, ganz normal gekleidet, aber bis an die Zähne bewaffnet. Einzelne Leute, die einfach wie viele andere auch, abends noch am Louvre herumspazierten und die Pyramide auf sich wirken ließen. Das war nichts Besonderes. Jeden Abend trieben sich viele Passanten an der Pyramide herum. Mehrere Motorradfahrer waren um den Louvre stationiert, um die Verfolgung aufzunehmen. Motorradfahrer kamen überall durch und wurden nicht so schnell abgehängt. Vorgesehen war in einem solchen Fall, ein stetiger Wechsel der Verfolgerfahrzeuge, damit der Delinquent nicht darauf aufmerksam wurde. Und Motorräder fuhren in Paris in Massen herum, weil man so am schnellsten durch den dichten Verkehr kam. Sie würden Erik so bis zu seinem Versteck verfolgen können.

Semin hatte Sven im Einsatzwagen verkabeln lassen, damit er mit ihm Funkkontakt halten konnte.

Sie waren am Louvre angekommen und Semin bog nun nach links in die Tuilerien ab, wie wenn er nicht zu Sven gehören würde.

»Wo sind jetzt deine Leute?«, wollte Sven wissen und sprach, ohne große Lippenbewegungen zu machen, damit Erik, falls er ihn schon beobachtete, nicht bemerkte, dass Sven abgehört wurde.

Schon kam die Antwort in Svens Ohr. Der kleine Empfänger gab unverfälscht Semins Stimme wieder:

»Der Sinn eines solchen Manövers liegt darin, dass man sie nicht sieht. Daran erkennst du, dass sie ihr Handwerk verstehen. Sie sind da. Keine Angst. Bleib du ruhig. Und sprich jetzt nicht mehr, damit Erik nichts auffällt. Und Sven - lass dich bitte von Erik nicht provozieren. Ich habe heute schon gemerkt, dass du kurz vor der Explosion stehst. Aber das bringt jetzt nichts. Wenn du Julia retten willst, dann reiß dich zusammen, Sven!«

Semin hatte schon den ganzen Abend große Bedenken, ob Sven sich bei der Übergabe im Zaum halten würde.

»Geh jetzt zur Pyramide weiter! Ich habe dich ständig im Blick. Und fünfzig weitere Kollegen ebenfalls!«

Semin stand in der Grünanlage. Er hatte einen guten Ausblick auf die Pyramide und Sven im Auge. Er wartete, bis von seinen Leuten die Ansage über Funk kam, dass Erik aufgetaucht sei. Erst dann würde er sich weiter Richtung Pyramide begeben.

Und schon hörte er in seinem Ohr: »Zielperson ist angekommen. Blaue Jeansjacke, blaue Jeans und Baskenmütze. Kommt alleine! Wiederhole: ALLEINE!«

Nun ging Semin langsam ins Areal vor der Pyramide. Erik hatte Julia nicht mitgebracht. Wenn das nur gut ging. Hoffentlich konnte sich Sven beherrschen und gefährdete nicht die ganze Aktion. Es waren viele Menschen auf dem Platz. Gruppen standen beieinander und unterhielten sich, sie tranken und lachten. Andere saßen auf dem Boden oder den Bänken. Skateboarder zogen ihre Bahnen um die Pyramide und Eltern mit ihren Kindern liefen noch herum. Die Kinder spielten Fangen. Alles schien ganz normal. Es war ein lauer Abend und der berühmte Platz zog viele Menschen an. Wie jeden Abend im Sommer. Als Semin um die Ecke zur Pyramide sah, erkannte er Sven und Erik, der direkt auf ihn zuging. Von Julia keine Spur!

»Ruhe bewahren! Sven! Bleib ruhig!«, forderte Semin ihn durch den Funk auf. Aber da sah er schon, wie Sven Erik am Kragen packte und ihm ins Gesicht schlug. Erik flog nach hinten an die schräge Pyramidenwand. Sven ging einen Schritt auf ihn zu, packte ihn erneut und zog ihn wieder auf die Beine.

»Hör auf! Sven!«, versuchte Semin ihn durch den Funk zu beruhigen. Aber er erkannte, dass die Sache aus dem Ruder lief.

Sven rüttelte Erik und schlug ihm erneut ins Gesicht. Aber Erik hatte gar keine Möglichkeit hinzufallen, den Sven hatte ihn gleich wieder an der Jacke gepackt. *Er dreht durch!* dachte sich Semin. *Er dreht vollkommen durch!*

»Wo ist Julia? Sag es mir!«, brüllte Sven seinen Bruder an. »Warum hast du sie nicht mitgebracht?«, und er schlug wieder auf ihn ein. Diesmal waren es mehrere Schläge. Er war wie im Rausch vor Zorn. Dieses Mal würde er Erik nicht die Chance geben, ihn auszuknocken.

»Erst gibst du mir die Kartusche. Glaubst du, ich trau dir noch? Ich weiß genau, dass du alles für sie tun würdest. Da gebe ich doch nicht mein einziges Unterpfand aus der Hand.«

Erik grinste ihn an. Das Blut lief ihm aus der Nase und aus dem Mund. Er begann sogar, zu lachen.

»Wenn du mich umbringst, wirst du deine *Christine* nie wieder sehen!«, provozierte Erik seinen Bruder. Es war ein irres Lachen und machte Sven noch aggressiver.

Er drehte nun endgültig durch und verpasste seinem Bruder einen derartigen Schlag, dass dieser mit voller Wucht wieder nach hinten auf die Pyramide knallte. Erik rutschte die Schräge hinunter und blieb dort sitzen. Als Sven wieder auf ihn losgehen wollte, packte Semin seine Hand und hielt ihn zurück.

»Das reicht jetzt, Sven! Er ist schon bewusstlos. Wenn du ihn totschlägst, erfahren wir sicher nicht, wo er Julia hingebracht hat«, Semin zerrte Sven erst einmal ein paar Meter zur Seite. Dann griff er sein Mikro am Kragen und sagte:

»Hier spricht Semin, sucht den gesamten Platz und die Tuilerien ab, auch geparkte Fahrzeuge in den angrenzenden Straßen. Los, gebt Gas! Der Heli soll die Gärten abfliegen. Jede Sekunde zählt!«, er ließ das Mikro fallen und es baumelte aus seinem Kragen heraus. Es kamen bereits zwei Kollegen, stellten Erik auf die Beine und legten ihm Handschellen an. Sie nahmen ihn mit zu einem Kleinbus. Sie hatten ihn rechts und links unter den Achseln gegriffen und zogen ihn hinter sich her. Dann wendete sich Semin wieder zu Sven.

»Was an meinen Worten *LASS DICH NICHT PROVOZIEREN* hast du nicht verstanden? Wie kannst du so durchdrehen? Du warst ja blind vor Wut. Du warst ja schon im Blutrausch und hast dadurch die ganze Aktion platzen lassen. Ist dir das klar? Wozu hole ich hier fünfzig Mann auf den Platz, wenn du nicht mitspielst. Das hättest du alleine auch hingekriegt. Dafür hätte ich meine Tarnung nicht aufgeben müssen. Ich bin stinksauer auf dich, Sven!«

Semin wendete sich ab und lief hin und her. Er hasste es, wenn solche Aktionen misslangen. Er plante grundsätzlich seine Einsätze ganz genau, damit so etwas nicht passierte.

Sven kam langsam wieder zu sich und erkannte, was er angestellt hatte. Er stand nur da und sah Semin - hilflos - an. Dann fand er langsam seine Stimme wieder.

»Was habe ich getan?«, er zerraufte sich die Haare und Tränen liefen ihm übers Gesicht. Er war total verzweifelt. Wenn er Julia jetzt nicht mehr fand, dann war es seine Schuld. Er drehte sich zu Semin um und sagte: »Was machen wir jetzt?«

»*Wir* machen jetzt gar nichts, Sven!«, herrschte Semin ihn an. Dann merkte er, dass es jetzt an ihm war, sich wieder zurückzunehmen. Er hatte seine Wut rausgelassen und wusste, dass weitere Vorhaltungen nichts an der Situation ändern würden. Das Kind war schon in den Brunnen gefallen. Ruhiger sagte er zu Sven:

»Erst nehmen wir Erik mit in die Zentrale. Wir beginnen sofort mit dem Verhör, in der Hoffnung, dass er den Aufenthaltsort von Julia preisgibt.«

»Wo ist die Zentrale?«

Semin reagierte nicht, er drückte mit der rechten Hand seinen Ohrstöpsel ins Ohr und hörte auf die Meldungen seiner Leute.

»Das musst und darfst du nicht wissen«, er hörte wieder die Durchsagen mit.

»Rund um den Platz ist Julia nicht. Meine Leute haben alles abgesucht. Sie ist nicht hier. Sie liegt auch nirgendwo hier versteckt in den Büschen. Sie haben vom Heli aus mit Wärmebildkameras kontrolliert.«

»Und jetzt?«

»Jetzt werden wir versuchen, aus ihm herauszubringen, wo er sie hingebracht hat!«

»Und wie? Wenn er nichts sagt, was ist dann?«

»Lass uns das machen! Du gehst zurück zur Wohnung und wartest dort auf mich. Du hast für heute genug angerichtet! Ich muss dir das so knallhart sagen, Sven. Das war echt Mist!«, Semin war sauer, auch wenn er Sven verstehen konnte. Er wusste nicht, wie er gehandelt hätte, wenn er in seiner Situation gesteckt hätte.

»Ich möchte aber mitgehen!«

»Vergiss es, Sven! Ich kann dich da nicht mitnehmen. Selbst wenn ich wollte, ich darf es nicht! Ich hätte dir gar nichts von meiner Arbeit sagen dürfen. Bring mich nicht noch mehr in die Bredouille. Glaubst du nicht, ich weiß am Besten, wie es sich anfühlt, einen geliebten Menschen zu verlieren? Du hast noch die Chance Julia lebend wieder zu finden. Also halt mich nicht davon ab, meine Arbeit zu machen!«

»Ich habe Scheiße gebaut!«, sagte Sven resigniert.

»Ja! Das kann man so sagen! Aber wir werden Julia trotzdem finden. Jetzt muss ich los! Jede Minute zählt, Sven. Ich melde mich bei dir!«, und Semin verschwand mit seinen Leuten vom Platz. Sven war erstaunt, wie viele Männer plötzlich auf dem Platz mit Erik zusammenkamen. Viele Schaulustige hatten sich angesammelt, die durch den Streit und die Schreie aufmerksam geworden waren. Der Hubschrauber tat sein Übriges, um aller Leute Aufmerksamkeit zu erregen. Nun fuhren Einsatzfahrzeuge auf den Platz und nahmen alle Mann wieder auf. Dann entfernte sich die Wagenkolonne.

Sven ging langsam zurück zum Appartement. Er nahm nichts mehr wahr. Er lief wie in Watte gehüllt durch die Straßen. Es war schon nach Mitternacht. Irgendwann stand er schließlich vor dem Appartementhaus und wusste gar nicht, wie er dorthin gekommen war. Er stieg die Treppen hinauf und sperrte die Wohnung auf. Drinnen legte er sich aufs Bett und starrte an die Decke. Was hatte ihn nur geritten, so durchzudrehen. Alle angestaute Wut der letzten Wochen war heute Abend aus ihm herausgebrochen. Er lag Stunde um Stunde unverändert da und immer wieder sah er seinen Bruder vor sich. Wie er auf Erik eingeschlagen hatte und wie herausfordernd Erik ihn trotzdem angegrinst hatte. Provokativ. Und dieses Lachen. Wenn sie aus Erik die Wahrheit nicht herausbrachten, würde Julia womöglich sterben. Er hielt sich das Kissen aufs Gesicht und ließ seiner Verzweiflung freien Lauf. Immer wieder sah er die Szene am Louvre vor sich. Nochmals hörte er seinen Bruder sagen: *Wenn du mich umbringst, wirst du deine Christine nie wieder sehen.* Und da fiel es ihm erst auf. Was hatte Erik damit gemeint? Er setzte sich auf und streifte sich die Haare aus der Stirn. Dann ging er ins Bad und hielt den Kopf unters kalte Wasser. Er zermarterte sich den Kopf, warum Erik *Christine* gesagt hatte. Schließlich stand er auf und ging aus der Wohnung. Er hielt es hier nicht mehr aus. Er musste laufen, wie wenn er aus seiner Situation wegrennen könnte. Alle Probleme hinter sich lassen. Es war zu viel. Erst Peter! Wochenlang die Sorge um ihn. Er wusste immer noch nicht, ob sie ihn schon befreit hatten. Und jetzt Julia. Er war so glücklich gewesen, sie gefunden zu haben. Und jetzt hatte er sie wahrscheinlich verloren. Durch seine eigene Dummheit. Er wurde so wütend auf sich selbst. Er lief immer schneller und begann schließlich zu rennen. Er sah nicht rechts und nicht links. Er lief einfach nur ...

Es war vier Uhr morgens. Vor 24 Stunden waren sie aus den Katakomben gekommen. Und jetzt war die Welt für ihn zusammengebrochen. Er lief nach Süden zur Seine und dann über die Brücke. Immer weiter nach Süden. Plötzlich sprach ihn jemand an.

»Salut, Sven. So früh unterwegs? Wo hast du Julia gelassen?«

»Er sah auf und da stand François vor ihm. Nun erkannte Sven, dass er an der Kreuzung der Rue Sarette stand, wo sie sich das letzte Mal mit François getroffen hatten.

»Mon dieu, wie siehst du aus? Was ist passiert?«, fragte François mitfühlend.

»Julia wurde entführt. Und ich bin schuld, wenn wir sie nicht rechtzeitig finden! Ich bin total durchgedreht«, machte er sich wieder Vorwürfe.

François nahm ihn mit in seine Wohnung, die nur zwei Hausecken weiter lag. François hatte die Nacht wieder unter der Erde verbracht und war gerade hochgekommen. Da war ihm Sven aufgefallen. Er hatte sofort erkannt, dass mit Sven irgendetwas nicht stimmte. Deshalb hatte er ihn auch gleich angesprochen. Er machte Sven einen Café und bat ihn dann, alles zu erzählen. Am Ende seines Berichts erwähnte Sven noch, dass Erik Julia *Christine* genannt hatte und dass er nicht wusste, warum er das gemacht hatte.

»Du sagtest, dein Bruder heißt Erik?«

»Ja, - wieso?«

»Noch nie was vom Phantom der Oper gehört?«

»Doch, schon. Aber ich habe es nie gesehen. Ich kenne eigentlich nur die Szene, wo das Phantom mit der Frau in seinem Boot durch die Unterwelt fährt. Er hat eine Maske auf und sie ein weißes Kleid an. Das war's dann auch mit meiner Kenntnis.«

»Das Phantom der Oper heißt Erik. Dieser Erik liebt Christine abgöttisch. Doch sie liebt einen anderen!«

»Aber mein Bruder liebt doch nicht Julia!«

»Das vielleicht nicht, aber er weiß, dass du sie liebst. Und deshalb hat er sie vielleicht in der Opera Garnier versteckt. Dort spielt die Geschichte vom Phantom. Und Christine könnte der Hinweis darauf sein!«

»Und warum sollte er sie in die Opera Garnier verschleppen!«

»Die Oper hat fünf unterirdische Stockwerke und verbirgt da unten einen See. Darauf fährt das Phantom mit seiner Barke. Das wusstest ja sogar du. Dort unten kannst du alles verstecken. Die meisten Bereiche sind abgesperrt. Aber ich kenne einen Zugang dort hinein.«

»Unterirdisch?«

»Ja, natürlich. Wir Kataphilen kennen viele unterirdische Hauseingänge. Vertraust du mir?«

»Natürlich!«

»Dann ruf deinen Freund an und sag ihm, was wir vermuten! Wir steigen am Place de l'Opera, von der Metrostation aus in die Unterwelt ein. Dein Freund kann offiziell in der Oper nach unten gehen. Das geht auch und ist einfacher für Leute, die sich dort unten nicht auskennen. Seine Leute werden schon Zutritt erhalten.«

Sven rief Semin an. Er war nicht begeistert von Svens Alleingang. Aber er glaubte Sven und François. Er würde mit seinen Leuten gleich durch die Oper nach unten kommen.

»Und halt dieses Mal an dich! Dreh nicht wieder durch! Gib mir mal François!«, forderte er Sven auf.

»Hallo François. Ich bin Semin. Beschreibe mir genau, wo wir uns unten treffen. Wie kommen wir durch die Oper nach unten?«

Sie saßen bereits in einem Taxi und fuhren zum Opernplatz. Dort angekommen stiegen Sven und François die Treppen zur Metro hinunter.

»Du musst jetzt schnell sein! Kein Zögern! Wir müssen hier fünfzig Meter in den Metrotunnel hineingehen und können erst dann durch eine Seitentüre in die Unterwelt einsteigen. Wenn ich es dir sage, musst du sofort hinter mir herspringen. Und wenn ich springen sage, meine ich rennen. Fall nicht hin! Achte auf die Schwellen. Lauf genau in meiner Spur. Die Züge kommen alle vier Minuten. Das ist äußerst knapp für diese Strecke, um bis zur Türe zu kommen. Ein Zögern kann dein Leben kosten. Wir haben keinen Platz neben den Zügen. Sind wir nicht rechtzeitig weg, werden wir zerquetscht. Wir müssen aus dem Tunnel sein, bevor der nächste Zug kommt. Sieh genau auf mich und folge mir! Schaffst du das?«

»Ja!«

Kurz darauf gab François das Zeichen. Sie sprangen in das Gleisbett hinunter und rannten neben den Schienen zu der Türe.

Sven hätte den Zugang gar nicht gesehen. Er war so in die schmutzig-braune Wand eingebunden, dass man schon genau wissen musste, wo er sich befand. François riss die Tür auf und beide sprangen schnell hinein. Die Türe war gerade ins Schloss gefallen, schon hörten sie den nächsten Zug vorbeidonnern.

»Das war knapp!«, meinte Sven außer Atem.

»Ich sagte doch, es muss schnell gehen. Hier, nimm die Lampe!«, François reichte Sven eine Stirnlampe. Hier sah es ganz anders aus, als letztes Mal in den Katakomben.

»Hier drüben sind wir gleich unter der Oper. Und dann gehen wir direkt zum See hinunter!«

»Da ist doch nicht wirklich ein See unter der Oper?«, Sven konnte das nicht glauben.

»Es ist ein Wasserreservoir, das beim Bau entstanden ist. Das füllt sich durch einen Seitenarm der Seine und durch Grundwasser immer wieder auf. Hier machen sogar die Feuerwehr und die Polizei manchmal Nachttauchgänge zu Übungszwecken. Und ich kann mir auch denken, in welchem Bereich er Julia gefangen hält.«

»Wo treffen wir Semins Leute?«

»Wir müssen da vorne in den schmalen Gang hinein. Da warten wir auf Semin. Es kann nicht lange dauern, bis sie kommen.«

»Aber wie sollte Erik sich hier unten auskennen?«

»Vielleicht hat er auch Kataphile kennengelernt und deren Preisgabe von Informationen ausgenützt. Du bist jetzt auch hier unten. Vergiss das nicht! Und vor zwei Nächten hast du auch einen Eingang gesehen, den Touristen normalerweise nicht zu Gesicht bekommen. Wieso sollte er es nicht genauso gemacht haben?«

»Da hast du allerdings Recht. Wie weit ist es noch?«

»Wir sind schon da. Das ist der Treffpunkt, den ich Semin beschrieben habe.«

Sie warteten knapp zehn Minuten. Dann hörten sie Schritte auf sich zukommen.

»Das sind sie! Das sind mehrere Leute, mindestens acht bis zehn. Bleib ruhig, Sven! Ich kenne die Geräuschkulisse hier unten.«

Semin kam mit 12 Mann hier unten an. Vier Mann hatten eine Rettungsausrüstung dabei, und einer war sogar Notarzt.

»Hallo. Du bist François, nehm ich an!«, Semin streckte François die Hand entgegen.

»Qui. Bonjour, Semin. Gut, dass ihr so schnell runtergefunden habt.«

»Wo meinst du, hat er Julia versteckt?«, wollte Semin wissen.

»Unten am See, in den gesperrten Höhlen.«

»Und wie kommen wir dort am schnellsten hin?«

»Folgt mir! Ich gehe voran. Wir müssen dort vorne in einen Schacht absteigen. 37 Stufen nach unten. Dann sind wir schon auf der Ebene des Sees. Rund um den See gibt es Höhlen, viele davon sind wegen Einsturzgefahr gesperrt. Und da vermute ich Julia. Weil da nie jemand hinkommt. Da kann einer schreien so viel er will. Keiner hört das.«

Sie stiegen den Schacht hinunter. Unten war Sven im ersten Moment überwältigt von dem Anblick des unterirdischen Sees. Kaum zu glauben, dass es so etwas mitten unter Paris gab. Spitze Felsen hingen von der

Decke, einer Tropfsteinhöhle gleich. Unheimlich, aber auch faszinierend. Im Hintergrund eröffneten sich mehrere Höhlen, wie schwarze Schlünde.

»Wie tief ist der See?«

»Ich denke sechs Meter. So genau weiß ich das nicht. Kommt - wir gehen hier außen herum. Da drüben ist die erste Höhle.«

François ging voraus in die erste Grotte. Aber da war Julia nicht. So suchten sie der Reihe nach alle Kavernen ab. Immer wieder riefen sie Julias Namen und hörten dann wieder in die Stille hinein. Bis ...

»Da war was! Stopp! Seid still!«, Sven hielt François am Arm fest. Sie blieben alle ganz ruhig stehen, um jedes Geräusch zu vermeiden. Ganz entfernt hörten sie jemanden rufen. Es war ein Hilferuf. Eindeutig. Aber das kam nicht aus ihrer Ebene.

»Das ist sie. Julia - Julia!«, Sven schrie so laut er konnte. Und wieder kam ihr Ruf zurück.

»Sie muss in den Höhlen über uns sein. Das ist sehr gefährlich. Lebensgefährlich! Diese Höhlen sind zum Teil schon eingestürzt. Dein Bruder ist wirklich wahnsinnig. Wenn er sie da untergebracht hat, dann wollte er bewusst ihren Tod in Kauf nehmen. Wenn er sich hier auskennt, dann hat er auch genau gewusst, dass diese Höhlen absolut tabu sind. Jeder von uns erwähnt das, wenn er Leute hier durchführt«, François ging wieder zurück zum Schacht, den sie vor wenigen Minuten herunter gekommen waren. Wir müssen wieder hier rauf und dann geht ein Abzweig in der Mitte des Schachts ab, genau gegenüber der Trittstufen. Wie er Julia da rein gebracht hat, ist mir ein Rätsel.«

Als sie an dem Punkt ankamen, verstand Sven, was François gemeint hatte. Hier musste er im Schacht 180 Grad, also nach hinten gewendet, in einen Gang einsteigen. Und das über einem mehrere Meter tiefen Schacht. Drüben angekommen krabbelten sie auf allen Vieren durch den niederen Zugang, bis sich dieser nach ein paar Metern in einen hohen Raum öffnete.

Immer wieder rief Sven nach Julia.

»Ihre Stimme wird lauter. Wir sind hier richtig. Gott sei Dank! Komm, Sven. Sie muss irgendwo dort drüben sein.«

»Sven - hier. Ich bin hier!«, kam die schluchzende und verzweifelte Stimme von Julia.

Und als sie um die nächste Biegung gingen, fiel der Lichtschein ihrer Lampen auf Julia. Sie lag an der Felswand und hatte die Augen im Lichtstrahl zugekniffen. Sven wollte schon losstürmen. Aber François hielt ihn zurück.

»Langsam Sven! Mach hier keine heftigen Schritte. Das ist ganz brüchiger Boden. Langsam gehen!«, François deutete den anderen Männern, stehen zu bleiben und nicht in die Höhle zu kommen. Sven näherte sich in vorsichtigen Schritten Julia. François besprach mit Semin, wo sich seine Leute verteilen sollten.

»Geht zurück zum Schacht. Nur die Rettungstruppe soll da bleiben. Ihr vier verteilt euch hier im Gang. Alle paar Meter nur ein Mann. Hier sackt oft der Boden weg! Maximal zwei Mann in der Höhle.«

Der Notarzt kam langsam an den anderen Männern vorbei auf François zu.

»Moment, Semin und ich gehen erst ein Stück zurück in den Gang, dann können Sie hinein. Wir müssen die Belastung so niedrig wie möglich halten!«

Der Notarzt näherte sich vorsichtig Julia und Sven.

Sven schnitt gerade die Kabelklemmen auf, mit denen Julia gefesselt war. Die Kunststoffklammern hatten tief eingeschnitten. Ihre Finger waren dick geschwollen und dunkelrot. Als sie befreit war, nahm er sie in die Arme. Sie klammerte sich an ihn und weinte bitterlich. Sie konnte sich gar nicht mehr beruhigen.

»Endlich habt ihr mich gefunden. Ich hatte solche Angst! Ich dachte, ich muss hier unten sterben!«

Der Arzt war jetzt neben Julia, öffnete seinen Notfallrucksack und sagte zu ihr:

»Ich bin Maurice Betrand. Ich bin Arzt. Sind sie verletzt? Haben sie Schmerzen?«

»Verletzt bin ich nicht. Aber ich fühle mich so schwach und mir ist wahnsinnig schlecht. Meine Hände und meine Finger schmerzen stark. Ich kann sie nicht bewegen.«

Maurice Bertrand sah die Hände im Schein der Stirnlampe an und sagte »Das glaube ich schon. Die Durchblutung wurde lange gestört. Ich lege jetzt einen Zugang und spritze ihnen ein Schmerzmittel. Das dauert ein paar Minuten, bis es wirkt. Dann probieren wir, sie auf die Beine zustellen. Wenn das nicht klappt, bekommen sie ein Mittel, das sie kurzzeitig aufputscht, damit wir sie hier raus bringen. Sie müssen selber gehen! Wir können sie hier nicht liegend transportieren. Das Mittel wirkt Wunder, sie werden sehen, es verleiht beinahe Flügel«, er lächelte sie an. Der Arzt spritzte ihr gerade das Schmerzmittel, als ein Knacken durch die Höhle ging.

»Achtung! Aufpassen! Der Boden bricht auf! Raus aus der Höhle. Sofort!«, schrie François. Alle Männer im Gang eilten zurück zum Schacht. Die ersten stiegen schon ab. Nur zwei Rettungsleute blieben oben, um Julia zu sichern.

»Wir müssen sie jetzt auf die Beine stellen. Sie bekommen jetzt das Aufputsch-Mittel«, und er drückte den Kolben der Spritze durch.

»Mir wird ganz heiß!«, sagte sie daraufhin.

»Das ist normal. Jetzt los! Sie können jetzt gehen. Sie haben wieder Kraft!« Der Arzt nahm seinen Rucksack und wartete, bis Julia mit Sven aus der Höhle raus war. Dann verließ er den Raum und das keine Sekunde zu früh. Hinter ihm tat sich schlagartig ein großes Loch auf.

»Raus hier, schnell!«, schrie der Arzt hinter ihnen.

Das Mittel wirkte. Julia konnte sich alleine auf den Beinen halten und zum Schacht gehen. Ein Retter band ihr ein Seil um die Brust, für Gurtzeug war jetzt keine Zeit mehr. So schaffte sie es tatsächlich, über den Abgrund auf die Leiter zu steigen und nach unten zu gelangen. Dort allerdings versagten ihre Kräfte und sie brach zusammen. Alle schafften es nach unten in den sicheren Gang und konnte von dort durch die Oper nach oben gelangen.

Julia wurde mit dem Rettungswagen in die Klinik gebracht. Ihr Kreislauf war zusammengebrochen und kurze Zeit sah es gar nicht gut für sie aus. Semin war mit Sven hinter dem Krankenwagen hergefahren. Sven hatte nicht hinein gedurft, da der Arzt alle Hände voll zu tun hatte, Julias Kreislauf zu stabilisieren. Im Krankenhaus saßen sie vor der Notaufnahme und warteten, bis sie endlich zu ihr durften.

Semin berichtete Sven in der Wartezeit von der Vernehmung Eriks und, dass dieser Julias Versteck nicht verraten hatte. Semin meinte, so eine Hartnäckigkeit hätte er selten erlebt. Auch seine Kollegen hatten nicht gedacht, dass Erik so eiskalt wäre. Erik würde lange Zeit die Freiheit nicht mehr sehen. Er hatte Verfahren in Deutschland und nun auch in Frankreich zu erwarten. Erik war wirklich bereit gewesen, Julia dort unten sterben zu lassen. Verlassen in den Katakomben! Semin hatte die Vermutung, dass Svens Bruder den Verstand verloren hatte. Er war im wahrsten Sinne des Wortes wahnsinnig geworden.

TEIL XI

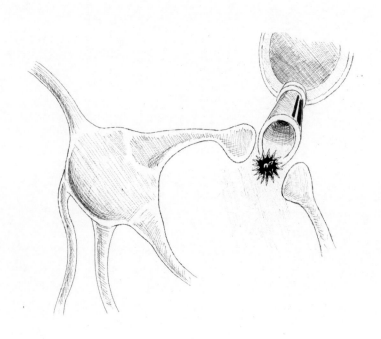

Semin stand am Fenster seiner Wohnung und sah auf das Nymphenburger Schloss. Er hing seinen Gedanken nach: Den gestrigen Abend hatten sie zu viert bei Lisa verbracht. Sie war so froh, dass Julia wieder heil zurück war. Julia ging es wieder einigermaßen gut. Sie war am späten Donnerstag Nachmittag aus dem Krankenhaus entlassen worden. Semin hatte veranlasst, dass Sven und Julia in einer Maschine der FIRMA nach München zurückfliegen konnten. Außer den blauen Striemen um ihre Hand- und Fußgelenke und den daraus resultierenden Schwellungen waren keine großen Verletzungen geblieben. Diese würde man allerdings noch lange sehen. Ihre Finger waren immer noch so stark angeschwollen, dass die Pariser Ärzte der Meinung waren, sie würde wohl mehrere Wochen physiotherapeutische Behandlungen hinter sich bringen müssen, bis sie wieder so schlanke Finger hätte wie früher. Man hatte sie im Krankenhaus mit Infusionen wieder so weit fit gemacht, dass sie die Heimreise antreten konnte. Sie wollte einfach nicht länger in Paris in der Klinik bleiben.

Am meisten hatten sich alle gefreut, als noch am Mittwochabend die Nachricht kam, dass Peter gerettet worden war.

Peter war sehr schwach und stark abgemagert in einem Kellerraum aufgefunden worden. Er war nicht mehr ansprechbar gewesen. Die Einsatzkräfte hatten ihn sofort mit dem Helikopter in die Notaufnahme der LMU fliegen lassen. Es folgte sofort eine Operation, da seine Schulter nicht nur ausgerenkt, sondern gebrochen war. Der Türsteher hatte die Sehnen zum Reisen gebracht und das Schultergelenk mehrfach gebrochen, so dass Peter ein neues Schultergelenk eingesetzt werden musste. Danach kam Peter auf die Intensivstation. Er lag auf einer Spezialliege, um den wundgelegenen Rücken wieder heilen zu lassen. Dort lag er seitdem im künstlichen Koma und stand unter Polizeischutz. Solange Pittli nicht gefasst war, wollte niemand ein Risiko eingehen.

Bei der Befreiung waren mehrere Einsatzkräfte verletzt worden. Es kam zu heftigen Schusswechseln, als die Einsatzkräfte das Gefängis von Peter stürmten. Ein Gebäude war in Flammen aufgegangen, weil Pittlis Leute ein Chemielabor angezündet hatten. Diese Leute waren wirklich ohne Rücksicht auf Verluste vorgegangen. Sie hatten sogar Handgranaten eingesetzt; hatten so aber auch selber Verluste einstecken müssen, die sie selbst durch die Wahl ihrer Waffen provoziert hatten. So war der Rothaarige schwer verletzt verhaftet worden und der Untersetzte, der Peter damals mit der Waffe bedroht hatte, hatte die Erstürmung des Geländes nicht überlebt. Die Frau, die in Peters Gefängnis aufgegriffen wurde, war eine Polin, die wohl als Pflegekraft nach Deutschland geholt worden war. Pittli hatte sie hier mit Peter eingesperrt, damit sie sich um ihn kümmerte. Sie war genauso gefangen wie er. Die Pflege Peters hatte sie mehr schlecht als recht erledigt. Sie hatte ihn total verwahrlosen lassen. Vielleicht war es ihr dennoch zu verdanken, dass er noch lebte. Immerhin hatte sie durch die Gabe von Infusionen verhindert, dass er verdurstete. Denn er musste schon länger das Bewusstsein verloren haben. Als die Rettungssanitäter ihn auf die Trage umlegten, waren sie erschüttert, seinen offene Rücken zu sehen.

Marc Pittli hatte sich während des Zugriffs absetzen können. Um seine Firma kümmerte sich nun die Staatsanwaltschaft. Semin ging davon aus, dass sich Pittlis Firma nicht mehr am Markt halten würde. Seine Konten wurden sofort eingefroren. Semin würde ihn auch noch finden. Dieser Verbrecher würde nicht straffrei ausgehen. Die Ermittlungen liefen auf Hochtouren.

Das Telefon klingelte und holte Semin zurück in die Realität. Er trat an seinen Schreibtisch und nahm ab. Es war Franziska aus der Kryptoabteilung, der er die Daten des USB-Sticks von Serena gegeben hatte. Diese waren nun ausgewertet. Serena hatte in dieser Probe etwas Bemerkenswertes entdeckt. Es ging um Proteine und um Tiefseeschwämme.

»Was hat das denn miteinander zutun?«, wollte Semin von Franziska wissen.

»Ich versuche, dir das mal ganz grob zu erklären: Schwämme leben im Wasser. Dort sind sie allen möglichen Giftstoffen und Verunreinigungen ausgesetzt, die sich im Wasser befinden. Das Wasser durchströmt sie permanent. Alle Stoffe, die im Wasser gelöst sind, passieren das Schwammgewebe. Die Schwämme filtern diese Stoffe buchstäblich heraus. Um all diesen Einflüssen zu widerstehen, haben die Schwämme eine starke Abwehr entwickelt. Seit langem forscht man auf diesem Gebiet. Man ist schon auf dem Weg, hier Medikamente zu entwickeln, die in der Krebstherapie eingesetzt werden sollen. Man kann also versuchen, aus Schwämmen Stoffe zu isolieren, zum Beispiel

Proteine. Diese kann man verändern und in die DNA von Zellen anderer Organismen einbauen. Auch die Kombination von Gen-Bausteinen wird heute in die DNA eingebaut. Dazu benutzt man sogenannte Minimalzellen. Das sind Zellen, die nichts können als leben. Ihr Genom wurde auf das absolute Minimum reduziert. Diese Minimalzellen kannst du nun mit Gen-Bausteinen füllen und diese in Organismen einbringen. Damit kannst du bestimmte Vorgänge in dem Ziel-Organismus verändern oder anregen, aber auch stoppen. Das ist jetzt natürlich nur eine ganz allgemeine Erklärung. Ich wollte dir nur einen Abriss geben, was alles möglich ist.«

»Hab ich verstanden. Und was hatte Serena jetzt gefunden?«

»Sie hat allem Anschein nach ein Protein in so einem Tiefseeschwamm entdeckt. Was das Protein kann und für was es in der Medizin nützlich sein könnte, muss ich noch herausfinden. Das ist ein weites Feld. Proteine sind Transporteure für Hormone, steuern das Wachstum von Zellen, auch von Krebszellen. Sie können somit überall im Körper eingreifen. Auch bei Alzheimererkrankung spielen Proteine eine große Bedeutung. Ich melde mich wieder, wenn ich mehr herausgefunden habe. Besser wäre es, wenn ich die Probe untersuchen könnte. Dann wüssten wir genau, auf welcher Spur Serena war.«

»Kann das irgendwie mit Erdgas- und Erdöllagerstätten oder mit Vorkommen von Seltenen Erden zu tun haben? Also ich meine Stoffe, die bei Explorationen gefunden werden.«

»Nein. Ganz sicher nicht! Das hier scheint rein biologisch zu sein. Das hat nichts mit Energieressourcen zu tun.«

»Wirklich?«

»Ja, ganz sicher!«

»Dann macht langsam auch vieles andere einen Sinn. Du sagtest Alzheimererkrankung!«

»Ja, da spielen Proteine eine große Rolle. Warum meinst du, dass es um Alzheimer gehen könnte?«

»Weil wir einen Hinweis haben, der lautet: Die Tiefe birgt die Erinnerung!«

»Okay, dann suche ich mit Augenmerk darauf weiter«, sagte Franziska zum Abschied.

Jetzt war Semin klar, warum hier Pharmafirmen involviert waren. Er musste zur Neptunia und die Probe finden.

77   Yellowknife, Kanada

Semin stand am Heliport und wartete auf die Abholung zur Neptunia. Offiziell war er für die reguläre Inspektion der Geräte gekommen. Er war gespannt, ob Elsbeth etwas gefunden hatte. Sie hatte sich nicht mehr gemeldet, so ging er davon aus, dass sie wohl auf war.

Da hörte er schon den Hubschrauber anfliegen. Zehn Minuten später ging das Drehkreuz im Gate auf und er konnte auf das Flugfeld hinaus.

Zwei Stunden später saß er in der Messe auf der Neptunia. Er konnte diesen Raum nicht betreten, ohne an den 21. Mai zu denken, an dem er hier die Nachricht von Serenas Tod bekommen hatte. Es war der schlimmste Moment seines Lebens gewesen.

Elsbeth kam an den Tisch und riss ihn aus seinen Gedanken.

»Hallo Semin!« Sie sah ihn musternd an und sagte mitfühlend: »Du musst jedes Mal dran denken, oder?«

»Das wird sich hier an Bord auch nie mehr ändern. Ich bin froh, wenn ich die Neptunia nicht mehr betreten muss - grüß Dich, Elsbeth! Gott sei Dank! Es geht dir gut! Ich hatte große Bedenken, als du hierher zurückgekehrt bist«, er stand auf und umarmte sie herzlich.

Sie sah nicht gut aus. Sichtlich hatte sie in den letzten eineinhalb Wochen viel Stress gehabt.

»Ganz ehrlich, Elsbeth! Du siehst nicht gut aus!«

Sie flüsterte ihm ins Ohr: »Ich weiß! Ich leide inzwischen auch an Verfolgungswahn. Ich war richtig erleichtert, als ich hörte, dass du kommst. Irgendwie fühle ich mich gleich sicherer, jetzt wo du an Bord bist!«

Da zu viele Leute in der Messe saßen, konnten sie sich nicht über das Thema unterhalten, das ihnen beiden auf der Seele brannte. Erst am Abend fanden sie an Deck einen Platz, an dem sie ungestört sprechen konnten.

»Ich habe jetzt wochenlang alle möglichen Bereiche an Bord abgesucht. Ich finde diese Probe nicht. Im Probenlager ist sie nicht. Mir fällt auch kein anderes Versteck mehr ein. Hast du etwas Neues herausgefunden?«

»Ja. Und ob! Serena hat noch vor ihrem Tod einen USB-Stick an ihren Großvater geschickt. Drei Wochen nach ihrem Tod hat ihn

Frederick erhalten. Serena hatte ihn mit der normalen Post aufgegeben. Vielleicht wollte sie den langen Postweg, damit der Stick so lange wie möglich unauffindbar ist. Frederick hat ihn einfach nur aufbewahrt. Er besitzt nicht einmal einen Computer. Deshalb konnte er auch nichts damit anfangen. Erst als ich zu ihm kam und ihm erzählte, dass ich Serenas Tod aufklären möchte, kam der Stick zur Sprache. Die erste Auswertung der Daten hat ergeben, dass Serena vermutlich ein neues Protein entdeckt hat. Für was es verwendet werden kann, weiß ich noch nicht. Die Untersuchungen laufen noch. Ich habe den Stick einer Chemikerin gegeben. Die wertet ihn aus, trotzdem es wäre natürlich besser, wenn sie auch die Probe hätte. Eines ist jedoch klar. Es geht nicht um Ressourcen. Es hat nichts mit dem offiziellen Auftrag der Neptunia zu tun.«

Elsbeth sah Semin durchdringend an. Nach einer Weile fragte sie: »Wer bist du wirklich, Semin?«

»Sagen wir so: Wenn es die Guten und die Bösen gibt, dann gehöre ich zu den Guten! Das musst du mir jetzt einfach glauben. Ich kann dir nicht mehr sagen!«, er sah sie an und erkannte, dass sie ihm vertraute und es akzeptierte. Sie nickte nur und erwiderte nichts mehr darauf. Er gab ihr einen Zettel:

»Ich habe Positionsangaben gefunden. Wenn ich dir diese Koordinatendaten gebe, kannst du mir dann sagen, ob ihr an dieser Stelle Proben genommen habt und wann das war?«

»Ja, das müsste ich im Logbuch der ROVs finden. Ich sehe gleich nach! Ich gehe auch die Bordbücher der ROVS durch!«

»Prima, dann mach das! Pass bitte auf, dass du nicht auffällst! Ich gehe wieder an mein Wartungsprogramm! Ich muss den Anschein aufrechterhalten, die normale Inspektion zu machen. Ich möchte bei deinen fünf neuen Freunden keine Aufmerksamkeit erregen!«, Elsbeth schüttelte den Kopf über seinen Sarkasmus.

Sie trennten sich. Semin ging wieder in die Rechenzentrale und ließ seine Testprogramme laufen. So fiel er an Bord am wenigsten auf. Er arbeitete die ganz normale Routine ab, wie bei jedem seiner Bordaufenthalte. Allerdings suchte er nebenbei im Netzwerk des Bordsystems, ob er diese Koordinaten in den Fahrdaten-Schreibern der ROVS fand. Diese ROVs waren Tauchroboter, die Proben vom Meeresgrund entnahmen. Es waren unbemannte Hightec-Tauchboote, mit Kameras, Greifarmen, Probenbehältern und biochemischen

Analyse-Geräten, die schon in der Tiefe Proben testen konnten. Die Ergebnisse der Tests wurden sofort an Bord gesendet und dann dort entschieden, ob an der jeweiligen Stelle am Meeresgrund weitere Proben entnommen werden sollten. Die ROVs waren speziell für die Tiefsee ausgelegt. Sie waren zwar mit einem Sicherungsseil, das von einem Kommunikationskabel begleitet wurde, mit dem Mutterschiff verbunden, die Steuerung dort unten übernahmen sie jedoch selbst. Riesige Kabeltrommeln standen an Bord, die die Sicherungsseile aufnahmen. Es gab eine Art Autopilotsystem an Bord des ROVs. Das System erkannte Höhen und Tiefen und passte den Kurs selbsttätig dem Meeresgrund an. Sie empfingen die anzufahrenden Koordinatenraster von Bord und steuerten dann autark. Die Tauchboote konnten in bis zu 10000m Tiefe abtauchen, wie es zum Beispiel im Marianengraben der Fall war. Es gab nicht viele Tauchboote von der Art, wie sie auf der Neptunia zum Einsatz kamen. Und die Neptunia hatte gleich zwei davon.

Wieder an Bord zurück, wurden alle Fahrdaten der ROVs über ein angekoppeltes Computersystem ausgelesen und sofort ausgedruckt. Dieser Ausdruck kam in das analoge Bordbuch, das in der sogenannten ROV-Garage aufbewahrt wurde. An Bord wurden die Fahrdaten der Neptunia, während die ROVs im Einsatz waren, in einem speziellen und von den anderen Systemen getrennten Computersystem gespeichert. Sowohl die Fahrdaten der ROVs als auch die Fahrdaten der Neptunia während eines ROV-Einsatzes konnte Sven nicht anzapfen, so dass diese Daten in Paris nicht online zu lesen waren. Das war auch der Grund, warum Sven *offiziell* in konstantem Rhythmus die Wartung an Bord durchführte. Jedesmal nahm er von diesen Terminen alle Fahrdaten mit nach München, von wo aus die Daten dann auch nach Paris übermittelt wurden.

Semin musste seine Recherche immer wieder unterbrechen, da Leute in die Rechenzentrale kamen und sehen konnten, was er an den Bildschirmen machte. Einmal setzte sich Markus Rezzi, einer der fünf Männer, die er überprüft hatte, neben ihn und hielt sich dort eine ganze Weile auf. Auf so einem Forschungsschiff gab es keine Nachtruhe. Das war für Semins Unterfangen natürlich hinderlich, andererseits auch vorteilhaft. So konnte er unauffällig durcharbeiten.

Er entdeckte gelöschte Dateien, aber mithilfe seines Notebooks und der darauf befindlichen Software, konnte er sie wieder herstellen.

Irgendwann in der Nacht hatte er die gesuchten Fahrdaten vom 18. Mai gefunden. Diese ROV-Fahrt war in genau diesem gelöschten Datenordner, den er wieder hergestellt hatte. Die Koordinaten stimmten mit denen im Papyrus überein. Warum war diese Fahrt aus dem System gelöscht worden?

Er ging zu Elsbeth in die Kabine. Sie war noch wach, obwohl es schon weit über Mitternacht hinaus war. Sie arbeitete noch.

»Semin, was ist? Komm rein!«

Er sah rechts und links den Gang entlang, bevor er in ihrer Kabine eintrat.

Er flüsterte, denn er wollte nicht, dass die Kabinennachbarn etwas mitbekamen.

»Ich hab's gefunden. Am 18. Mai 2013 wart ihr genau über dieser Position.«

»Ich habe im Logbuch des ROVs nachgesehen. Da kommen diese Koordinaten nicht vor. - Warum lässt jemand eine ROV-Fahrt aus dem Buch verschwinden? Was macht das für einen Sinn?«

»Und vor allem: Für wen macht das Sinn? Wer weiß, was Serena gefunden hat? Das Besondere ist, dass ihr Fund auch absolut nichts mit der eigentlich Aufgabe der Neptunia zu tun hat. Dieses Protein scheint für die Medizin vielversprechend zu sein. Und da kommen unsere fünf Mannen aus der Schweizer Pharmafirma ins Spiel. Sie suchen ebenfalls diese Probe. Das heißt aber auch, sie wussten genau, was Serena entdeckt hat. Deshalb kamen sie an Bord. Und Serena hat sichtlich geahnt, dass sie auf etwas Bedeutendes gestoßen ist.«

»Wie willst du jetzt weiter vorgehen?«

»Ich muss in den Probenraum!«

»Dort habe ich schon tausendmal nachgesehen!«

»Ich muss trotzdem hin. Ich kann mir nur ein Bild davon machen, wenn ich es selber sehe. Ich muss persönlich einen Blick in das Probenbuch werfen. Vielleicht kommt mir dann die zündende Idee.«

»Gleich?«

»Jetzt sofort!«, drängte Semin.

»Ich bring dich hin!«

»Ich muss dich warnen: Du bringst dich in Gefahr, wenn du mit mir zusammen dort hingehst. Das kann gefährlich werden! Ehrlich gesagt sieht man dir deine Angst an. - Wie hast du die letzten Wochen so nur überstanden? Du musst doch völlig am Ende sein!«

»Noch geht es. Ich habe einfach immer das Gefühl, beobachtet zu werden. Ich möchte nicht genauso enden wie Serena.«

»Die Gefahr ist nicht von der Hand zu weisen. Du solltest mit mir von Bord gehen. Zumindest so lange wegbleiben, bis die Sache aufgeklärt ist und du wieder in Ruhe hier arbeiten kannst.«

»Ich überlege es mir.«

Sie gingen aus der Kabine. Elsbeth ging voran. Semin blickte sich ständig um, ob sie Verfolger hatten. Sie stiegen mehrere Stockwerke hinunter, bis sie in den Gang mit der Türe zum Lagerraum für Tiefseeproben kamen. Elsbeth tippte den Code in die elektronische Türsperre ein.

»Drinnen ist es sehr kalt. Nur 4 Grad. Die Proben sollen hier die gleichen Temperaturbedingungen haben, wie in der Tiefsee. Wenn schon der Druck nicht stimmt, soll wenigsten die Temperatur der Tiefe da sein.«

»So lange werden wir nicht brauchen. Ich will hauptsächlich das Probenbuch mit Serenas Bordzeiten abgleichen.«

»Warum das?«

»Weil ich den Verdacht habe, dass Serena die Probe vertauscht und auch das Datum verfälscht hat; damit sich die Spur verliert. Du hast gesagt, die Temperatur ist wichtig? Wo sollte sie die Probe sonst versteckt haben, ohne das Risiko einzugehen, das sie kaputt geht? Da bleibt nur dieser Raum übrig, oder?«

»Natürlich wäre Temperaturkonstanz am Besten. Aber man kann es nicht immer durchziehen. Außerdem, wenn es sich um ein Protein handelt, dürften ihm Temperaturschwankungen eigentlich nichts ausmachen. Aber ob sie das Risiko eingegangen wäre, kann ich nicht sagen.«

Sie verglichen das Probenbuch mit Serenas Bordzeiten. Es war aufgrund der vielen Einträge doch sehr zeitintensiv; noch dazu hatten sie ständig die Befürchtung entdeckt zu werden. Es war ihnen außerdem schon ordentlich kalt geworden und sie merkten, wie ihnen die Finger steif wurden.

»Wir suchen nur die Eintragungen, die von Serena persönlich gemacht wurden.«

Und tatsächlich blieben am Ende nur ein paar Einträge übrig. Einer davon, Nr.272, trug die Tiefenbezeichung -4123m. Das Datum war aus dem April. Aber bei der Tiefenangabe klingelte es sofort bei Semin. Das war die Zahl auf der entschlüsselten Nachricht von Beringer gewesen.

Und 272 bedeutete, dass Serena einfach eine 2 dahinter gestellt hatte, um die 27 zu verfälschen.

»Das ist die Probe!«

»Aber die ist nicht vom Mai.«

»Aber die Nummer 272 ist eindeutig. Und ich weiß die genaue Tiefe. Ich kann dir das jetzt nicht genau erklären. Glaube mir einfach, Elsbeth! Das ist die Probe!«

»Okay. Und was willst du jetzt machen?«

»Wie kann ich diese Probe mitnehmen? Ich meine, wenn ich morgen von Bord gehe?«

»Es gibt Kühlboxen, die 24 Stunden die Temperatur halten. Die Dinger sind groß. Das fällt auf, wenn du die mit von Bord nimmst.« Elsbeth zeigte ihm an der Wand die zylindrischen Boxen. Jede war an die 50cm hoch und im Durchmesser 30cm.

»Der Meinung bin ich auch!«, hörten sie eine fremde, heißere Stimme hinter sich«, Semin drehte sich blitzschnell um. Er hatte nur kurz nicht aufgepasst, schon war es passiert. Er sah die Mündung einer Pistole auf sich gerichtet. Ein Mann stand in der offenen Tür. Es war Olaf Thiemann, einer der fünf Informatiker, die für Lucrumpharm arbeiteten. Semin sah den Monitor auf seinem Schreibtisch mit Thiemanns Vita vor seinem inneren Auge. Er stellte sich schützend vor Elsbeth. Vielleicht hatte vorhin im Rechenzentrum Markus Rezzi doch mitbekommen, wie Semin die ROV-Daten ausgelesen hat, und dann seinen Kollegen Thiemann informiert.

»So - und jetzt geben sie mir die Probe!«

Jetzt saß Semin in der Zwickmühle, mit Elsbeth im Raum konnte er es nicht auf ein Konfrontation mit diesem Typen ankommen lassen.«

»Ich weiß, dass sie die Probe gefunden haben. Ich habe es gehört. Sie brauchen es erst gar nicht zu leugnen. Jetzt holen Sie sie schon!« Er unterstützte seine Forderung durch eine Bewegung mit der Waffe.

Semin erkannte, dass der Mann nicht lange fackeln würde. Also drehte er sich zu Elsbeth um und nickte ihr zu. Sie nahm nochmals das Probenbuch zur Hand und sah nach der Position der Probe im Regal. Dann ging sie zu dem entsprechenden Fach und holte die Probe heraus. Semin nahm eine Thermobox und stellte sie auf den Tisch. Langsam ließ Elsbeth die Probe hineingleiten und verschraubte die Box. Der Mann nahm den Zylinder. Er umfasste ihn mit der linken Hand und drückte ihn an seinen Körper. Semin bedauerte, dass er nicht die Waffe aus der Hand legen musste, um die Box mitzunehmen.

»Dann noch einen schönen Abend hier drin!«, Thiemann wandte sich zum Gehen.

»Wo wollen sie jetzt hin mit der Probe? Sie kommen nicht so schnell von Bord«, fragte Semin.

»Lassen sie das meine Sorge sein! Bis sie hier rauskommen, sind wir mir der Probe schon längst von Bord!«, er ging hinaus und schloss die Thermotüre. Sie hörten, dass etwas Hartes an die Türe schlug, dann war es ruhig.

Elsbeth schritt sofort zur Tür und versuchte sie aufzudrücken.

»Thiemann hat die Türe verklemmt. - Man kann sie nicht elektronisch verriegeln, solange noch jemand im Raum ist. Hier gibt es Bewegungsmelder. Deshalb ist auch das Licht nicht ausgegangen. Der verriegelte Raum ist nämlich luftdicht abgeschlossen.«

»Wir bekommen also über kurz oder lang ein Sauerstoffproblem, weil hier keine Belüftung stattfindet!«

»Ja, deshalb ertönt auch alle Viertelstunde dieser Piepton, damit man wieder nach draußen geht. Aus diesem Grund habe ich vorhin immer wieder die Tür geöffnet, damit ein Luftaustausch stattfindet. Man soll sich hier auf keinen Fall länger als eine Stunde am Stück aufhalten! - Was machen wir jetzt?«, Elsbeth klang verzweifelt.

»Wir werden jetzt auf uns aufmerksam machen!«

Semin kramte sein Feuerzeug aus der Tasche. Er suchte den Thermostat für den Probenraum, der hier die Temperatursteuerung kontrollierte.

»Ah! - da drüben ist der Sensor. Dem werden wir jetzt ein bisschen einheizen, bis der Alarm im Rechenzentrum und in der Steuerzentrale ausgelöst wird. Das kann nicht so lange dauern.«

Und tatsächlich, nach nicht einmal einer Minute ging die Sirene an. Sie hörten sie ganz gedämpft durch die geschlossene Türe. Hier im Raum ging ein rotes Blinklicht an. Nach höchstens drei weiteren Minuten hörten sie, dass sich draußen Leute an der Türe zu schaffen machten. Dann wurde sie geöffnet.

»Wer hat Euch hier eingesperrt?«, fragte der Bordingenieur.

»Elsbeth kann das erklären. Ich muss schnell diesen Thiemann finden!«

»Den habe ich gerade gesehen, wie er mit Gepäck nach oben ging. Der scheint nachher mit dem Heli an Land zu gehen«, gab ihr Retter Auskunft.

»Danke«, rief ihm Semin noch zu und drängte an ihm vorbei. Er rannte die Treppen hoch. Auf dem Weg fragte er jeden nach Thiemann. So kam er schließlich auf der ROV-Ebene an und sah Thiemann und seine vier Kollegen mit Gepäck unter dem Dach der ROV-Garage stehen.

Jetzt hatte er ein Problem. Fünf waren etwas viel für ihn allein. Vor allem, da sie auch noch bewaffnet waren. Er ging wieder nach unten, in den Maschinenraum und holte sich von dort Verstärkung. Die Jungs dort kannten Semin ganz gut. Bei jedem seiner Besuche an Bord hatte er einen Abend mit der Maschinenbesatzung verbracht. Das waren kräftige Kerle. Genau solche Typen brauchte er jetzt. Er bat sie zu warten. Dann ging er zum Kapitän und legte bei ihm die Karten auf den Tisch. Er zeigte seinen FIRMEN-Ausweis vor. Trotzdem dauerte es etwas, bis der Kapitän Semin die Geschichte abnahm.

Zuerst cancelte der Kapitän den Helikopterflug. Dann begleitete er Semin und die Männer der Maschinencrew auf Deck. Der Kapitän ging von vorne und Semin mit der Maschinencrew von hinten an die Fünf heran. Semin hatte eine Waffe vom Kapitän bekommen, der sich ebenfalls eine genommen hatte. In Zeiten der Piraterie hatte jedes Schiff wieder einen gut bestückten Waffenschrank. Der Kapitän ging auf die Männer zu und teilte ihnen mit, dass er ihnen den Abflug untersage. Er sagte ihnen direkt auf den Kopf zu, dass sie eine Probe entwendet hatten. Die fünf Männer stritten das ab. Gaben sich zunächst unschuldig. Daraufhin forderte er Thiemann und seine Kollegen auf, die Taschen zu öffnen. Die fünf Männer waren so damit beschäftigt, sich dem Kapitän zu verweigern, dass sie nicht merkten, wie Semin und die Crew von hinten leise an sie herantraten. Gerade als Thiemann auf den Kapitän zuging, um ihn anzugreifen, drückte Semin ihm von hinten die Waffe in den Rücken. Die Mannschaft hatte sich hinter den anderen Männern aufgebaut und jeder hielt einen der Männer in Schach. Da kapitulierte Thiemann und auch die anderen vier gaben jeden Widerstand auf. Die Fünf wurden einzeln in ihre Kabinen gebracht und dort eingesperrt. Die kanadischen Behörden würden sich um deren Transport ans Festland kümmern.

Es war schon kurz vor 23 Uhr. Semin war gerade erst vom Flughafen gekommen und saß nun mit einem kühlen Bier in der Hand an seinem Schreibtisch. Das hatte er sich nach diesen harten Tagen in Kanada wirklich verdient. Seine Kollegen aus München waren schon am Dienstagmorgen nach Kanada gekommen und hatten sofort mit den Verhören begonnen. Am Anfang ging es schleppend, aber von Tag zu Tag wurden die Verhafteten gesprächiger. Zum Glück gab es Beziehungen zwischen Regierungen und Geheimdiensten, die nie öffentlich wurden. Auf Grund solcher Verbindungen hatten seine Kollegen die Verhöre in Kanada überhaupt führen können. Schlafentzug und ununterbrochenes Fragenstellen durch die verschiedensten Teammitglieder der FIRMA, hatten schließlich zu Ergebnissen geführt. So erfuhren Semin und seine Kollegen endlich, wo sich Marc Pittli versteckt hielt. Irgendwann hatten sie Markus Rezzi mürbegemacht. Er war der Erste, der unter den - sicher nicht ganz legalen Verhörbedingungen - eingeknickt war. Von da an ging es auch bei den anderen schneller. Immer wieder streuten sie bei den anderen Infos ein, die sie von Rezzi erhalten hatten. So gab einer nach dem anderen mehr Informationen preis. Nur Thiemann war wirklich eine harte Nuss.

Es dauerte danach auch nicht lange, bis auf Pittli der Zugriff erfolgte. Er hatte sich in einem kleinen Appartement in Schwabing versteckt. An der Klingel stand Meier. Er hatte keinen großen Widerstand geboten. Nun saß er in den Münchner Räumen der FIRMA und wurde verhört. Er gab sich hartnäckig. Das würde zäh werden, von ihm alle Antworten zu bekommen.

Semin hatte das Telefon in der Hand und zögerte noch, ob er Lisa anrufen sollte. Aber dann machte er es doch. Wenn sie schon schlief, dann weckte er sie eben. Er wollte ihre Stimme hören. Und sie würde sich sicher freuen, wenn er sich meldete.

»Hallo Lisa. Hab ich dich geweckt?«, fragte er vorsichtig.

»Semin! Schön, dass du anrufst! Bist du wieder zurück?«, sagte sie freudig überrascht.

»Ja, soeben zuhause eingetroffen. Ich wollte deine Stimme hören! Ich - ich hab dich vermisst«, sagte er zaghaft.

»*Das* höre ich gern!«

»Ich bin die nächsten Tage in München. Die Probe haben wir gefunden. Die Analysen laufen. Wir wissen grob, um was es geht. Aber noch haben wir nicht genug von Pittli erfahren, um auch gegen Lucrumpharm in Basel vorzugehen. Beinahe wären uns diese Typen auf der Neptunia noch durch die Lappen gegangen. War knapp! Aber jetzt haben wir sie und sie sind gesprächig. Der eine mehr, der andere weniger. Aber ich bezweifle, dass sie in das große Ganze eingeweiht waren. Sie waren mehr die Handlanger. Dieser Thiemann wusste vielleicht mehr. Er ist der Schlimmste von allen. Er hat Serena den Goldenen Schuss gesetzt. Sie muss fürchterlich gelitten haben. Die letzten Stunden müssen für sie die reine Folter gewesen sein. Ich darf gar nicht daran denken. Wenn ich das vorher gewusst hätte - ich weiß nicht, ob er lebend von der Neptunia runtergekommen wäre. Zum Glück werde ich nie erfahren, *wie weit* ich gegangen wäre. Thiemann und seine Männer werden dieses Wochenende nach München überstellt.

Die Verhöre mit Marc Pittli gehen weiter. Das dauert, bis wir alles aus ihm herausgeholt haben. Er weiß natürlich, dass er sich mit jedem Wort selbst belastet. Mit den sichergestellten Unterlagen aus der Koncinno med AG, den bisherigen Aussagen von Pittli und den Ergebnissen der Vernehmungen in Kanada, hoffen wir nun die Verbindung zu Lucrumpharm nachweisen zu können. Dann müssen allerdings immer noch die Schweizer Behörden mitspielen. Mal sehen! - So, jetzt bist du grob auf dem neuesten Stand. Und wie gehts bei Euch? Wie geht es den beiden Abenteurern?«

»Sven und Julia haben sich wieder eingelebt. Julia hat sich wieder erholt. Die Therapie schlägt gut an. Sven ist wieder in seinem Antiquariat. Er hat einiges aufzuarbeiten. Gestern haben sie zum ersten Mal Peter Binder besucht. Er ist wieder aus dem Koma aufgewacht. Er wird langsam wieder aufgepäppelt. Er hat stark unter den Beruhigungs- und Schmerzmitteln gelitten, die man ihm die ganzen Wochen verabreicht hat. Er musste eine Entgiftung durchlaufen, wie ein Drogensüchtiger.

Sein Rücken ist immer noch nicht verheilt. Er liegt weiterhin auf einer Spezialliege. Es wird Wochen dauern, bis er wieder einigermaßen auf dem Damm ist, geschweige denn, bis er seine Praxis wieder führen kann. Die Ärzte gehen davon aus, dass vor einem halben Jahr nicht damit zu rechnen ist. Er muss überhaupt erst einmal fit genug für eine Reha werden, denn die OP seiner Schulter macht ihm noch schwer zu schaffen. Das heilt alles auch nicht so, wie es soll. Sein Körper war einfach zu sehr geschwächt. Er muss Höllenqualen ausgestanden haben. Peter ist der eigentliche Leidtragende dieser ganzen Geschichte, obwohl er überhaupt nichts damit zu tun hatte. Und das macht Sven so fertig. Er leidet richtig darunter. Peter hat Sven von seiner Gefangenschaft erzählt - einfach fürchterlich - unvorstellbar, wie die mit ihm umgegangen sind. Ein Wunder, dass er das überlebt hat. Sven macht sich große Vorwürfe, ihn da mit hineingezogen zu haben. Aber Peter ist ihm nicht böse. Das hat er Sven mehrfach bestätigt. Das hilft Sven hoffentlich, irgendwann damit fertig zu werden.

Wir hoffen alle, dass diese Verbrecher wirklich dingfest gemacht werden und für lange Zeit hinter Gittern verschwinden. Peters Praxis führt jetzt ein Vetretungsarzt. Der Vertrag läuft auf sechs Monate. Aber das sind natürlich enorme Kosten, die Peter da entstehen.«

»Die muss er einklagen. Wenn es ihm besser geht, wird er das sicher tun. Das wäre ja noch besser, wenn er da keine Wiedergutmachung erhalten würde!«

Es entstand eine Pause.

»Und wie geht es dir?«, fragte Semin.

»Mir geht es gut. Jetzt noch viel besser, da du dich endlich meldest.«

»Ist es dir recht, wenn ich am Sonntag nach Dießen raus komme?«

»Sicher. Ich freu mich auf dich!«

»Ich kann nur noch nicht genau sagen, wann.«

»Mit der Fünf-Tage-Woche habt ihr es nicht, oder?«

»Nein, die gibt es bei uns nicht! - Gute Nacht, Lisa!«

»Gute Nacht, Semin!«

79   Dießen   Pittlis perfider Plan

Am Sonntagabend saßen Julia, Sven und Lisa auf der Terrasse. Lisa hatte den Grill angeschürt und Sven gab den Grillmeister. Lisa hatte versucht, Semin zu erreichen. Er ging nicht ans Telefon. So hatte sie ihm nur eine Nachricht aufgesprochen. Sie hoffte immer noch, dass er kommen würde.

Stunden später, sie räumten gerade die Terrasse auf, klingelte es an der Tür.

Es war Semin. Er trug eine große Alu-Box vor sich her.

»Du hast es doch noch geschafft! Wie schön. Komm rein!«, sie trat zur Seite, damit er mit der Kiste durchkam.

Er stellte sie ab und dann drehte er sich zu Lisa um. Sie sahen sich an und dann fiel ihm Lisa um den Hals. Es war eine spontane Reaktion. Sie hatte ihn so vermisst.

»Ich freu mich so, dass du da bist!«, sagte sie zu ihm.

Er sah sie eine ganze Weile nur an, dann zog er sie an sich und küsste sie. Endlich!

Julia kam aus der Küche in den Flur und rief »Lisa, wer ...?«, da sah sie die beiden schon stehen.

»Entschuldigung!«, sagte sie leise schmunzelnd und verschwand sofort wieder in der Küche.

»Und wer ist gekommen?«, fragte Sven, der am Spülbecken stand und den Grillrost reinigte.

»Semin! - Endlich ist er *richtig* bei Lisa angekommen«, und sie deutete eine Umarmung an.

Sven nickte, dass er verstanden hatte. Er trocknete sich die Hände ab, holte vier Gläser aus dem Schrank und ging auf die Terrasse hinaus. Julia kam gleich nach.

Nach ein paar Minuten gesellten sich auch Lisa und Semin zu ihnen.

»Na endlich!«, lächelte Julia, stand auf und begrüßte Semin.

»Wein oder Bier?«, fragte Sven.

»Hallo Sven. Bitte ein Glas Wein!«, Semin setzte sich zu Lisa. Sie hielt immer noch seine Hand fest.

»Lisa sagte schon, dass es euch beiden wieder gut geht. Aber mit Peter, das ist schon erschütternd!«

»Ja. Wir alle werden ihm helfen, wo es nur geht. Aber es wird dauern. Das wird ein langer Weg für ihn.«

»Julia - komm bitte mal mit in den Flur. Ich hab etwas für dich!«, bat Semin und stand auf. Im Flur zeigte er auf die Box am Boden.

»Mach sie auf!«

Julia klappte die Verschlüsse der Alukiste auf und nahm den Deckel ab.

»Du hast die Bücher wieder gefunden! Semin, ich danke dir! Ich habe nicht damit gerechnet, sie jemals wieder zurückzubekommen«, sie stand auf und umarmte ihn.

»Wo habt ihr sie entdeckt?«

»In Marc Pittlis Privathaus. Sie standen im Regal seines Arbeitszimmers. Ordentlich einsortiert, dem Datum nach. Auch das 79. Buch. Er hatte sichtlich nicht vor, sie dir je wieder zurückzugeben. Wann er sie Erik abgenommen hat, hat er nicht gesagt.«

Semin begann zu erzählen.

Heute führte die Vernehmung Pittlis endlich zum Erfolg. Sie hatten ihn endlich kleingekriegt. Wie - darüber schwieg sich Semin wieder aus. Er war direkt vom Büro hierher gekommen. Er wollte nicht früher aus den Verhören gehen, die er zwar nicht führte, denen er trotzdem beiwohnen durfte. Es war zu unglaublich, was Pittli in den letzten Stunden von sich gegeben hatte.

»Ihr werdet nicht glauben, was dieser Drecksack von Pittli vorhatte. Es ist so unvorstellbar, dass jemand so etwas Perfides planen kann. Und er war wirklich ganz nah dran sein Ziel zu erreichen:

Marc Pittli ist ursprünglich Biochemiker, auf dem Fachgebiet der Medizin. Er muss verdammt gut sein in seinem Fach. Denn nur dann kann man auf so eine Idee kommen. Ich kann euch das nur ganz grob einen Abriss davon geben. Ich bin weder Chemiker noch Mediziner:

Pittli hat ein Protein gentechnisch so verändert, dass es die sogenannte Autophagozytose stört. Dies ist ein chemischer Prozess, bei dem Bakterien, Viren aber auch sonstige Stoffe, die in eine Zelle nicht hineingehören, eliminiert werden. Bei der Alzheimer-Erkrankung ist dieser Prozess gestört. Dadurch kommt es bei diesen Patienten zu Anhäufungen und Ablagerungen von Beta-Amyloid im Gehirn. Dieses Beta-Amyloid wird im Gehirn benötigt, aber es darf sich nicht anhäufen.

Dies wurde an Gehirnschnitten von Verstorbenen nachgewiesen, die an Alzheimer erkrankt waren.

Pittlis verändertes Protein kann nun diese Beta-Amyloid-Anhäufung auslösen.

Nun kommt die Probe ins Spiel, die Serena das Leben gekostet hat. Sie hat in Tiefseeschwämmen ein Protein entdeckt, dass diese Beta-Amyloid-Anhäufungen auflösen und abbauen könnte und somit Alzheimer vielleicht stoppen. Nicht unbedingt heilen, rechtzeitig verabreicht, wäre die Demenz aber noch zu verhindern.

Nun hatte Marc Pittli die Idee, Menschen mit seinem krankmachenden Protein zu impfen, um die Alzheimer-Erkrankung in Gang zu setzen. Impfen ist natürlich der falsche Ausdruck. Ihr versteht schon, was ich meine.«

»Aber wie wollte er das Protein unter die Menschheit bringen?«

»Über die Nahrungskette. Genverändertes Getreide! Meine Kollegin hat es mir versucht zu erklären. Man nehme eine sogenannte Minimalzelle.«

»Was ist das jetzt wieder?«, fragte Lisa nach.

»Eine ganz einfache Zelle, die nur aus einer Hülle und einem minimierten Genom besteht, das lediglich dafür sorgt, dass die Zelle am Leben bleibt. Diese Minimalzelle ist das Grundgerüst, sozusagen der Transporteur. In diese Zelle kann man nun Genbausteine dieses Proteins einbauen. Nun verändert man mit Hilfe dieser neugeschaffenen Zellen die DNA des Getreides. Und schon hast du mit Brot, Backwaren und sonstigen mit Getreide versetzten Lebensmitteln dein Protein verteilt. Denk nur an Fertig-Pizza, Hamburger und Döner. Du erreichst ganz schnell Abermillionen von Menschen. Wenn nicht sogar Milliarden. Mehl ist ein Grundnahrungsmittel.«

»Das ist eine absolute Horrorvision!«

»Genau! - Jetzt kommt erst das i-Tüpfelchen seines teuflischen Vorhabens: Pittli entwickelt nun mit der Schweizer Pharmafirma Lucrumpharm ein Medikament, das mit Hilfe des Proteins aus den Tiefseeschwämmen die Erkrankung wieder stoppt. Er wäre damit der einzige Produzent dieses Wirkstoffes gewesen. Millionen Menschen wären auf seine Medikamente angewiesen. Sie müssten lebenslang das Medikament nehmen, um *ihre Erinnerung zu behalten*. Das war sein Plan. Und wir haben ihn in der letzten Sekunde gestoppt. - Ohne die Information des Papyrus hätte ich die Probe nicht gefunden. Die

Koordinaten und vor allem die Tiefenangabe -4123m waren der Ausschlag, um die Probe zu finden, deren Spur Serena verwischt hatte.«

»Wie kam diese Angabe nur auf den alten Papyrus?«, überlegte Sven laut.

»Das werden wir wohl nie erfahren!«

Vor Lisas Werkstatt startete der Motor des schwarzen Golfs. Alain du Gardin hatte seine Aufgabe erledigt.

Knapp war es in Müstair und in Paris gewesen. Da dachte er schon, die beiden würden ihre Aufgabe nicht erfüllen können. Als die Nonne Julia mitgenommen hatte, musste er eingreifen und Sven die Flucht ermöglichen.

Und als Alain in Paris erkannte, dass Erik vor Ort war, beschloss er den Franzosen zu mimen und die beiden nicht mehr aus den Augen zu lassen. Er vermittelte als der kaffeetrinkende Franzose namens Michel am Kiosk den Kontakt zu François, dem Kataphilen - den er ebenfalls gab. Das allerdings hatte schon mehr schauspielerisches Talent von ihm gefordert. Bei der Entführung Julias blieb er Erik auf der Spur. Wäre Sven nicht mitten in der Nacht losgelaufen und hätte so Alain, alias François, die Kontaktaufnahme ermöglicht, dann hätte Alain gegen alle Regeln der Wächter und seines Schwures verstoßen und Julia selbst befreit.

Dass sein Vater blind ist, stimmte allerdings wirklich. In dem Punkt hatte er die Wahrheit gesagt.

Die Papyrusteile hatten zusammengefunden und hoffentlich ihre Aufgabe erfüllt.

Damit waren die Custodes Posteritatis aufgelöst. Über 800 Jahre hatten sie die Kartuschen versteckt und vor der Vernichtung bewahrt. Alain hoffte, dass es all die Mühen der Jahrhunderte Wert war. Denn ihm war auch jetzt noch nicht bekannt, welche Botschaft auf dem Papyrus geschrieben stand. Wofür er all die Jahre die Kartuschen bewacht hatte. Die Wächter aus dem 12. Jahrhundert hatten ihr Wissen wirklich mit ins Grab genommen. Er hätte zu gerne gewusst, welches Geheimnis er bewahrt hatte. Aber das würde er wohl nie erfahren.

Stockholm

80   **Vier Wochen später**

Lisa hatte Semin nach Stockholm begleitet. Beide wollten hier ein paar Tage Urlaub machen. Während Semin Frederick besuchte, unternahm sie einen Spaziergang durch die Stadt. Sie war der Meinung, Semin sollte alleine mit Frederik sprechen. Dabei hatte sie nichts zu suchen. Sie wollte Serenas Welt nicht betreten, dann tat sich Semin leichter, mit ihr ein neues Leben zu beginnen.

Semin saß nun in der großen Küche von Frederick. Er hatte ihm die ganze Geschichte erzählt.
Frederick fragte daraufhin:
»Was war Eriks Antrieb, so zu handeln?«
»Erik hatte sich in die Idee verrannt, eine außergewöhnliche Entdeckung zu machen, vielleicht alte Schriften oder etwas Vergeichbares. Aus ihm ist nicht mehr viel herauszubekommen. Die psychologischen Untersuchungen haben ergeben, dass er, banal ausgedrückt, dem Wahnsinn verfallen ist! Er wird den Rest seiner Tage in der geschlossenen Anstalt verbringen. Sven hat mit ihm abgeschlossen. Er hat ihn nicht besucht und er wird auch nie wieder Kontakt zu ihm aufnehmen. Für Sven ist sein Bruder gestorben!«
»Hart, aber verständlich!«
»Frederick, ich wollte dich noch was anderes fragen: Ist es für dich in Ordnung, wenn ich eine neue Partnerin habe?«
»Aber natürlich! Dein Leben muss weitergehen, Semin. Du kannst doch nicht für immer alleine bleiben. Du hast Serenas Ermordung aufgeklärt. Serena würde dich nicht traurig sehen wollen. Fang ein neues Leben an. Behalte sie in Erinnerung. Die schönen Momente kann dir niemand nehmen!«
»Diese Momente werde ich auch nie vergessen. Danke Frederick«, Semin stand auf und verabschiedete sich von Frederick Öresond.

Er lief erleichtert in die City. Irgendwie hatte er noch diesen Freispruch von Frederick gebraucht, um mit Lisa glücklich werden zu können. Bis zu dem Moment, als Frederick ihn bestärkte, wieder eine Beziehung zu leben, hatte er Serena gegenüber ein schlechtes Gewissen gehabt. Nun war er frei. Er beschleunigte seine Schritte. Er konnte es gar nicht erwarten. Am Ende der Strecke rannte er sogar.

Und da stand sie: seine Lisa.

Sie lächelte ihn an und reichte ihm eine kleine Mappe.

»Hier ist dein Pass. Die Dame an der Rezeption hat ihn mir vorhin zurückgegeben. Ich musste einfach darin blättern. Du hast noch zwei Vornamen, habe ich festgestellt: »Amal und Adil. Was bedeuten sie?«

»Hoffnung und Gerechtigkeit!«